陈劲 —— 著

用去最后那半分温柔

上册

当代世界出版社
THE CONTEMPORARY WORLD PRESS

图书在版编目（CIP）数据

用去最后那半分温柔 / 陈劲著. —北京：当代世界出版社，2017.10

ISBN 978-7-5090-1275-8

Ⅰ.①用… Ⅱ.①陈… Ⅲ.①长篇小说—中国—当代 Ⅳ.①I247.5

中国版本图书馆CIP数据核字（2017）第230206号

书　　名：	用去最后那半分温柔
出版发行：	当代世界出版社
地　　址：	北京市复兴路4号（100860）
网　　址：	http://www.worldpress.org.cn
编务电话：	（010）83908456
发行电话：	（010）83908409
	（010）83908455
	（010）83908377
	（010）83908423（邮购）
	（010）83908410（传真）
经　　销：	全国新华书店
印　　刷：	北京天宇万达印刷有限公司
开　　本：	710毫米×1000毫米　1/16
印　　张：	30
字　　数：	557千字
版　　次：	2017年10月第1版
印　　次：	2017年10月第1次
书　　号：	ISBN 978-7-5090-1275-8
定　　价：	69.00元（全2册）

如发现印装质量问题，请与承印厂联系调换。
版权所有，翻印必究；未经许可，不得转载！

1

　　深夜一点十五分。城南火车站。

　　这么冷的天气实在是让人感觉难受，我不由得缩了缩脖子，把围巾裹得更紧一些。我第七次看腕上的手表，暗暗诅咒这辆载着韩京的火车来得真不是时候。

　　斑驳的铁轨在暗淡的车站路灯的映照下，泛着冷冽的青光，碎沙细石冷静地睡在地上，偶尔随着路旁的几根稀草摇头晃脑地摆动起来，仿佛要随风而去，但无奈始终留恋人间大地，不肯离去，只好徘徊在几步之内。我拨弄着脚边的一块小石子，玩着玩着，忽然又厌倦了这种无聊的行为，猛地一踢，把石子踢得老远，想借此把烦人的时光赶走。那石子"嗖"地飞入黑暗之中，再也寻找不到它的身影。夜色中的一切好像被我的愤怒一踢吓得不知所措，刹那间天地间安静了下来，连风都似乎不敢轻举妄动，只好绕道而行，但它又不甘走得如此窝囊，便在入站口处把路牌吹得震天响。

　　冬季的寒夜格外静谧，稍微有丁点动静，就特别容易让人感知。我脚下的站台仿佛不安起来，像耐不住寒风的吹袭，微微颤动了。我猜想火车将要进站了，心想这种熬人的时光可总算要过去了，便伸长脖子，把目光投向依旧漆黑的远方。可望了好长时间，我连一丝灯光都没看着，只好低骂了一声后，把开始发凉的脖子又缩回去，并开始怀疑地下的微颤是火车进站的前兆，还是自己冷得在发抖。这时一个不知什么时候冒出来的列管员，慵懒地拿着一块已掉漆的木牌，大声吆喝着让我们退回安全线内，估计她没料到天气冷得如此厉害，一发声五脏六腑同时收缩了一下，一句话像被生生掐掉了一半，听起来飘忽得仿佛狂风中的发丝。众人好像也没怎么在意她的呼喊，略略退了半步算是应付了事。我心想，我站的距离如果还能被列车带走的话，那我也死而无憾了。正想着，刺耳的笛声由远而近，拐角处一束昏黄的灯光映入我的眼帘……

2

"你说一个人的欲望究竟有多大呢?"

韩京说完这句话,猛地低头吸了一大口本地有名的牛腩汤面,把嘴巴塞得满满的,嘴角处还淌着汤汁,只见他一嚼一吞,眼睛眨巴了两下,吐了一个"爽"字。他碰了碰坐在旁边的我:"喂喂,发什么呆啊?不就是女人嘛?犯得着这幅沮丧脸吗?"

我拌弄着桌上的炸酱面,眼也没抬:"你读书是读坏了脑袋,或者昨晚出门脑袋给门夹了?我像这么低智商……不,是这么低情商的生物吗?就这点小事会发呆的人,普天下可能也就只有你韩京一个人了。"

韩京没有理会我,继续喃喃地说着有关欲望的问题,他忽又认真地对我说:"我说,人的欲望是无法满足的。你看,在你饿的时候,你有一碗很普通的面条吃就很满足了,就像现在一样。可吃饱以后呢,还想吃同样的面吗?天天都吃这样的东西,会厌倦吗?我想我会的,哎,你也会啊。你和我都想吃更好的,比如说在上面再浇多一层脆卤肉,再配上城南滚烫的肉丸汤……再往后呢,就想吃奶油酱紫虾,香葱拌羊肉,那可是羊羔子的肉啊,那个嫩啊,像苏小睿的腿……"

我"哦"了一声,终于把眼光落在了韩京那渗出微汗的脸,坏坏地笑道:"好一个苏小睿啊,一个令人念念不忘的女子,'衣带渐宽终不悔,为伊消得人憔悴'啊!"

韩京张了张嘴,正欲作声,抬头之际忽又不说了,而是用肘碰一下我,低声说道:"别张望,你前方 11 点位置,有……有美女。"

在这一方面,我和韩京很有默契,我马上干咳了几声,随手把手一抬,做了个掩嘴的动作,随即眼光直望 11 点位置。可惜迟了一点,韩京说的美女我只看了个小半边脸,因为对方已经匆匆走过了。我只见她齐耳的短发在飞扬着,在阳光下散发着很柔美的光泽,有让人上去闻一闻的冲动,身材看起来还算可以,不过衣服有点松,把线条都遮掩了。我"啧"了一声,责怪韩京怎么不早说几秒钟呢,在这个鬼地方,找个养眼的美女实在是件很困难的事。韩京摇着脑袋,一副惋惜的表情,还一直强调刚才的那个女的是如何如何的清纯,又如何如何的诱人,弄得我真想随手在地上拾块砖把他拍晕。

我把碗一推,准备去追那个女的,把她看个清楚,韩京在一旁把我按住:"走吧,什么时候了,第三节课就要上了!"

那年是 2002 年,我和韩京读高三。高考将在两个月后进行。

我与韩京是高中最要好的同学，在宿舍里我睡上铺，他睡下铺。我们的关系相当好，经常衣服混在一起穿，当然内裤除外啦。韩京是理科的高手，尤其精于化学，可高一时他的理科相当不好，测验考试时常全卷接近空白地交上去，有次测验前被家长逼得紧了，他企图作弊，其操作方法是：把考试内容抄在一卷纸巾上，然后考试前抹了一脸的风油精，生吞了几块生姜把脸都憋红了，然后压了声扮重感冒，嗯嗯唔唔地搞了一堂课，边测验边扯"纸巾"擤鼻子，待监考老师行近，"哼"的一声鼻响，手中纸巾一揉，丢桌上。于是整场考试监考老师虽见他形迹可疑，但就是不敢展开那几团纸巾一看究竟。结果，韩京此次考试顺利过关，成绩大进，班里还奖了本笔记本以资鼓励。

　　促使韩京成为理科高手的事件发生在高二即将放寒假的时候，其时韩京崇尚体育运动，篮球、足球、排球、羽毛球样样皆好。无奈他身上的运动细胞实在有限：经常往篮球场上一站，就频频把球往外踢；在足球场时就用手一拍一球准进。韩京见往技术型方向走不通，干脆转向体格型，扛回宿舍一对哑铃，疯狂地操练，并对外宣称，终有一日要将此哑铃舞得像架风车。

　　韩京初练哑铃时颇为痛苦，基本上是双手拿起哑铃时就不能再作声，提了一口气硬是呼出不来；双臂不能平举，仅是小幅度摇摆，像个扯线木偶。面部表情变化相当丰富，执铃前一脸认真，气沉丹田，呼吸平稳有序；执铃一刹那，满脸肌肉瞬间紧缩，牙关紧闭，仿佛便秘者蹲厕的冲刺时刻；执铃后两分钟，即变成木偶后摇摆了几下，韩京脸上的肌肉便开始微颤，嘴角抽搐，双眼如铜铃，气若游丝，血管如电缆似的箍在颈上，乍看以为鬼上身，甚是吓人。

　　在经过一段痛苦的适应期后，韩京已能轻松扛铃，并常在宿舍洋洋得意，频频起举，举得气喘吁吁，然后如牛般卧回自己的床休息。

　　吃得苦的人往往不是收获最多的人，但却一定是筋骨强健、体格壮实的人，如码头的搬运工、旧社会街头巷尾的车夫。韩京在扛哑铃上算是吃得苦之人，因而也最终练了一副好体型，姑且不论它是否中用，就算不中用，好歹也算是外强中干嘛。

　　面对一身饱满壮实的肌肉，韩京从不吝啬将它展示给大家看，常常在人数大于或等于三人的空间时，就开始有意识地把衣服一件一件地往下脱。往往等他上身脱剩一件背心时，大家就围着他啧啧轻叹，不时用手指戳一下，像阿姨在菜市买猪肉时不停地试它是否注水一样。

　　有一回，隔壁一个家伙过来观摩了韩京的肌肉数分钟，除了用手指戳外，还不时地用指甲往里掐。韩京问他这是干什么，他回答："我想看看你这副皮囊到底是不是充气的，我非常期待一下子把你的气囊捅破，然后你就像气球一样，'嘶嘶'泄气往外飞……"

结果，韩京用臂弯一把勒住那家伙的脖子，用力一收，崛起的肌肉遮了那人的半边脸，问："那你现在得出的结论是什么呢？"

那家伙忙一迭声地说："肉、肉、肉做的……不、不、不，铁……铁做的，铁做的……"

通常拥有某方面优势的人总会轻易盲目自大。在入冬后的一个傍晚，韩京在寝室里舞哑铃出了一身热汗，然后为了迅速与同学会合去逛街，他立马冲进浴室洗了一个冷水澡，随后准备上街。我一把拉住他，让他注意御寒，预防感冒，比如说喝碗姜汤之类的。岂料，韩京用力地把我按住，并且平静地对我说："别把我当小孩子看待，再说，你什么时候见过一头牛感冒的？"说罢，他又要挽起衣袖让我欣赏他的肌肉，我几经劝阻，但终以无效告终。

这件事的结果就是，韩京当晚就挂着两行鼻涕回到寝室，颤抖着不能说一句话。半夜，韩京高烧到40度，被我们连夜送去医院看急诊。

连吃了数日的抗生素药后，韩京逐渐康复起来。大病后的他对药物的效果非常感兴趣，于是展开了一张药品说明书，硬是把说明书上的那个复杂的分子结构式研究得入木三分。在对比、研究了数个药品的分子结构，并冥思苦想了数日之后，终于恍然大悟。自此一里通百里明，理科成绩突飞猛进，加之平时文科成绩不差，因此一跃成为年级中的考试高手。他的班主任为此欢喜不已。

韩京的进步史令不少人羡慕不已。在临近高考前的一个星期，一个原来成绩在高一高二时力压韩京数名而在韩京成绩爆发后被狂抛数十名的同学，企图仿效韩京。结果苦看了数十张药品说明书后，昏了头，伤了神，在高考当天高烧，十数年寒窗苦读宣告白费。在他被几名监考老师抬出考场时，旁边一名学生竟幽默地说了一句："千年道行一朝丧！"惹得众人哄堂大笑。

那年高考，韩京考进了北京的一所重点大学，而我也凭文科的优势，顺利进入了南方的一所高校读中文。

3

"你叫什么名字？"

"我……我……"

苏小睿是个文静的女孩子，平常不怎么主动跟人家交谈，而总是喜欢待在教室里和一两个同样是性格内向的同学聊聊天。也不知道她们会聊些什么，苏小睿总是微笑着，一直微笑着，目光清澈如水，眼里好像有着无数的话想让你知道。苏小睿人虽然文静，可成绩却好得惊人，从高一开始就是老师眼中的重点培养对象。这次参加的是化学竞赛提高班，是从全年级中选拔尖子组成的，苏小睿自然也在其中。

韩京与苏小睿就是在这里认识的。

开班的第一天，韩京就坐在苏小睿的左前面，他正翻着笔记，忽然听到背后的一个女生，也就是苏小睿的同桌，向苏小睿询问名字。

苏小睿不善言辞，一问之下，只轻声说了声："睿。"说完觉得只说一个字不太妥当，忙又补充："小睿。"说完，又觉得不说姓好像不太礼貌，马上又说："苏小睿。"几句话之际，就把一张粉脸涨得通红。

这番情景让韩京看在眼中，心想：一个女孩子的问话就把这小家伙窘得像个红苹果，如果是一个男的去问她，还不让她从苹果变成深秋的枫叶？

于是，韩京不怀好意地把头急转向后面（事后他的确跟我坦白说当时他是不怀好意的），大方地说："我是化学一班的韩京……"同时很有风度地把手伸出去，眼睛却用力地盯着苏小睿的脸，静看苹果变枫叶的过程。

负责教这个化学提高班的老师是年级级长，今天刚开课，就发觉课堂纪律不好：下面的人如在咖啡厅喝下午茶一般，窃窃私语声从不间断。但苦于自己对班上学生并不熟悉，也不好怎么发作，但眼看这样上课也不是办法，因此他急于找个典型训斥一顿，杀鸡儆猴。正欲发作之际，忽见韩京大动作地转身、扭头、伸手、谈话，他就如山洪遇到了崩缺的堤口，马上有了宣泄的途径。级长把声音提高了几个调，手指一点一点地对着韩京，训斥道："你你你……就是你，这是什么时候、什么地方，容得你这么放肆么？"

瞬时间整个教室安静下来，所有的目光都集中在韩京的身上，韩京保持着侧身姿势，手还伸在半空，定定地不知所措。

那个"苹果"吓了一跳，脸即刻不红了，变回了一个晶莹剔透的雪梨，垂下头，一缕秀发遮盖了半边脸，看不到她的表情。

附近的同学大概猜想到是怎么回事，个个掩嘴而笑，有人在低声地笑着说："上竞赛班都不忘撩妹！好，够大胆！够主动！有前途！"

韩京把身子转过来，叹了口气，心想真是倒霉极了，想搭讪都不顺畅，这样的课以后怎么上？想到以后的上课日子，顿觉索然无味。

级长抓着这个典型在上面大谈特谈，唾沫横飞，从课堂纪律谈到人生目标，从国内形势讲到处世技巧，投入程度只能用侃侃而谈来形容。如果此时哪个报社的记者经过，肯定会特兴奋，因为他肯定会以为央视的《百家讲坛》移师这个学校开讲了。

韩京心想，这回完了，让这老头一番"宣扬"，自己什么形象也甭提了。他倒不是害怕大家对他印象不好，因为自己本来在年级就没什么形象，只是可惜这样一来，那个"苹果"以后见了自己就会跑掉，连开个玩笑的机会都没有了，可惜啊可惜。

剩下的大半节课，韩京也没怎么听，只是安静地坐着，想着一些不着边际的事情。到了临下课的时候，后面传来了一声很娇柔的声音："韩京，我听过你的名字！上学期理科总分第五名，化学单科第一名，真的是你吗？"

韩京没有回头，只是觉得这声音好像在什么地方听过，她的声音很好听，那软软的调子入耳极舒服，能让你浑身放松，放下戒备。忽然，他有一种冲动，心想如果能一辈子听到这个声音，那该是件多美好的事。是那个"苹果"的声音吗？好像不是，她不是在我的背后。就这一恍惚间，下课铃声已经敲响。单调的铃声反而摒除了韩京心中的杂念，电光石火间韩京想到了一个人，对了，没有错，就是她了。

韩京不紧不慢地把书本收拾好，站起来，转过身，肯定地对后面的女孩说："凌丹，想不到你真人的声音比广播里听到的还要好听！"

凌丹听到韩京说出了自己的名字，微微一惊，可很快她就恢复常态，马上把微笑挂在脸上说："呵呵，想不到你能知道我的名字呢。"说罢，双脚轻轻掂了掂，做了个向韩京靠近的姿势。

旁边的苏小睿也已经收拾好东西，见韩、凌两人正在谈话，也不好意思怎么插嘴，静静地从后面走了。走了几步，忽然又微微转过头来，看了看韩京。正巧韩京也看到她的离去，目光就粘在她的背后，岂料对方突然回头，眼神碰了一下。苏小睿像是意识到了什么，赶紧"嗖"的一下马上转过头，急匆匆地走了，再也不敢逗留。

韩京无暇细想，因为凌丹还在，怎么也得礼貌一点，与对方谈了几句。凌丹仿佛对韩京很有兴趣，话很多，一路从教室聊到理科班教学楼，她说："我们班在四楼呢，每天都要爬啊爬，腿都不想动了，总有一天我得找个人背背我。"

韩京听到这句话的第一反应就是：这女的怎么这么懒？

韩京接着说："可以啊，体育班的人在那边。我想他们都愿意背你的。"说着指了指操场那边，一群大汗淋漓的体育生在嘿嘿嗬嗬搞着体能训练。

凌丹听到这句话的第一反应就是：这男的怎么这么钝？

于是凌丹笑笑说："他们太粗鲁，我不喜欢。好吧，我上去喽。"说罢，快步跑上了楼梯。

4

"苏小睿这个人有独特的一面!"韩京如是说。

"哦——你是说她的面容很独特,还是身材啊什么的?"我初听韩京提及苏小睿这个名字,以为他又在什么地方给某只恐龙惊吓了。

韩京反问我:"难道我总会'遇人不淑'吗?一般的女孩能通过我的口向你推介么?"

我说:"哦,那个女的看来……"

韩京用责怪的语气说:"嗬,什么这个女的那个女的,人家是有名字的,叫苏—小—睿!"

我说:"哦哦,叫小苏睿!"

韩京点点头,没留意我的口误。沉默了一阵,又说:"苏小睿这个女孩值得品味。"

我再次诧异地望了望韩京,品味着韩京所说的"品味",因为照韩京的性格,在跟我说话的时候,一涉及女人、女生的惯用动词都是些诸如"上""泡""撩"之类的。倒不是说韩京人庸俗,按我们的说法,这是一种简练准确的语言表达,明了直接。韩京说过,两个男人之间搞那么多废话干什么?能说一个字的时候,绝不说两个字。

我开始意识到出现问题了,这是韩京第一次从正面去肯定一个女生,既然她的脸不是那种独特的,就应该是挺不错的类型,而且还值得人去品味——品味这个词不简单啊,不过是坏得让人品味,还是好得让人品味呢?想到这个问题,我按捺不住了,马上问道:"怎么个让人值得品味?快快招来!"

只见韩京的双手慢慢升腾到胸前,我以为他准备凌空画个葫芦形让我欣赏,好让我知道苏小睿的身材是如何曼妙。正当我在脑海中开始编织那想象中的苏小睿的时候,韩京忽然"啪"的一声,双手一合,大喝一声:"死蚊子!哪里逃!刚才咬我咬得那么过瘾!"说罢,展开手掌,向我展示掌心血肉模糊的蚊子尸体。

我脑海中刚成形的苏小睿形象被他突如其来的一掌震得粉碎,这回真的是魂飞魄散了。再低头看看他手掌中的残肢断臂、血淋淋的蚊子尸骸,我再也没有心情凝神去想象苏小睿的样子,并且顿时对苏小睿这个人没了美感,也没了好感。

韩京一指弹飞了手中的蚊尸,在石块上揩净了手中的血迹,然后说道:"这怎么说呢……只能说,这种感觉,只可意会,不可言传。下次我带她来给你看吧。"

韩京说话的语气,俨然像随便带个小东西给我看,可他自己连跟人家对话都没有过。

更重要的是，他自己连下次什么时候能和她再见面都不知道。

韩京向我提及他们俩再次见面的地方时都不愿怎么说，倒不是他与我之间有所保留（其实他也不想怎么保留，因为很多时候他都需要以我的意见来进行参考），只是相遇的地方实在不是很方便说出口。

相遇的过程是这样的：

韩京又一次生病了，这次和上次一样，吃了几天药后便渐渐康复。可能是抗生素吃多了的缘故，身体虚得如空壳，走路像踩云一样，肠胃更是给药物毒害得如寒冬里的鹌鹑一样，在肚子里缩成一团。肠胃异常脆弱的结果就是经常泻肚。这天早上起床，韩京感觉还不错，想着久病的身体是时候补一补能量了，于是到学校的小商店里，买了两瓶牛奶，一仰头全灌进肚子里。

奶是喝得非常痛快了，只是一个小时之后韩京却感到肚子非常"痛快"——痛得快要死了。那种感觉的来势并不汹汹，但却犹如诸葛亮当年初出祁山伐魏那样胸有成竹，步步为营，逐寸移动，企图与韩京的耐心打持久战；后来肠胃内反应强烈，占山为王的菌多了，开始约束不住，纷纷攻城拔寨，开辟地盘，从四面八方开始进攻，顿时痛感直窜脑神经，下腹一阵胀痛，伴随着低鸣的响声，仿佛那初夏的雷鸣。

其时，韩京脑海中不知怎的浮现出当年小学时学过的一篇课文《观潮》，那个画面是怎么描述来着？好像是"浪潮越来越近，犹如千万匹白色战马齐头并进，浩浩荡荡地飞奔而来；那声音如同山崩地裂，好像大地都被震得颤动起来！"韩京一想到那种震撼的场面，身体马上就颤动起来。

他举手向上课老师报告说身体不大舒服，要去校医室看诊。此时老师正在台上说自己的课讲得如何精彩，如何紧扣考纲，如何紧抓考点，并且着重强调从教十多年来，课堂上从来没有人中途要离开，忽然看见韩京举手说："老师我不行了，我要离开……去……校医室。"

台上，老师吃了一惊，没想到学生这么不捧场，但见韩京面露痛苦之色，于是不敢耽误，马上批准韩京离开。后见韩京走路步履蹒跚，马上又上前搀扶，生怕韩京跌倒。直到韩京安全踏出课室，老师才抹抹汗，如释重负地回到讲台，补充道："我的课堂，啊，从没有人离开过！除了一些体质虚弱的、平时不注重锻炼的、挑吃挑喝不注重营养搭配的同学，由于身体的原因不得不中途离开，这是没办法的事情。啊，老师我啊，虽然瘦，但我瘦得健康。我年轻的时候身体一直很好，我注重身体锻炼啊，不挑食！不抽烟！不喝酒！所以呢，身体到现在一直很好！很棒！"说罢，得意地笑了起来。

再说韩京，他挣扎着从教室来到了下一层楼的男厕所，这层楼梯刚好十八级，韩京犹如从人间向十八层地狱一步一步地走下去。教学楼的楼梯每一级都做得很标准，又高又宽，韩京每走一步都只能用惊心动魄来形容，生怕失足坠落，因此走得异常缓慢，但肚中欲排泄之物随时有汹涌而出的可能，让韩京进退两难，真正的度秒如年。

好不容易终于摸索到男厕了，韩京夺门而入，却发现男厕中仅有的一个厕位大门紧闭。为什么只有一个厕位呢？这个问题韩京曾经和我探讨过，最后的一致结论就是：这是学校为了让学生多点时间复习应考，想出的缩小学生上厕所时间和次数的办法。

韩京捂着肚子，上前推门，结果是反锁着的，说明里面正有人方便着，这让韩京感到很着急。他正欲开声催促，希望能通融一下，把问题解决了，谁知道刚准备开口，忽然听到里面传出了说话的声音，原来有人打电话，细听之下好像还是自己的班主任。尽管韩京现在内急得将要晕厥，但还是没有那个胆子去敲门催促班主任快点完事，好让自己解决问题。

等还是不等？韩京觉得自己就像哈姆莱特，正面临着"to be or not to be"（生存还是毁灭）的抉择。

那个时刻，每一秒对韩京都是煎熬。在他看来，如果再憋上个两分钟，自己很可能会憋得中毒而亡。于是韩京扶着墙壁往外走，可一想到最近的男厕要下楼梯，转两弯才能到，他又站住了，心想：这样一路颠簸过去，绝对会屎撒教学楼，引来全校瞩目。如果真是这样的话，估计自己明天就只能选择转学这条路了。

情急之下，韩京冒出了一个念头，他转头望了望旁边的女厕，听不见什么声响，又看不见什么动静，接着他又向两边张望了一下，走廊无人经过。于是，韩京咬咬牙，心想：横竖也是死，总比爆屎死得好看，不管了，进去了再考虑。韩京深吸一口气，闪身入了女厕，见那扇厕门虚掩，正准备推开……

门打开了，苏小睿一脸惊诧地出现在韩京的眼前。

韩京顿时感觉时间像停顿了一样，呼吸停顿了，血液停顿了……任他事前怎么想象，也绝不会想到自己竟和苏小睿在这个时候、这个场合见面。只是时间只停顿了一瞬间，肚中的液体也只是被吓住了一秒钟，但并不能让它倒流，很快它又纠集军队，向着最后"关卡"进军！

韩京只能拼命地夹紧双腿，但上身却要摆出一副镇定的模样来面对苏小睿。只是现在最大的问题不是向苏小睿解释自己怎么会出现在女厕，而是马上解决生理问题。他冲着苏小睿苦笑了一下，然后一把拉住苏小睿的手，把还在发愣的苏小睿拉了出来，然后自己站了进去。韩京一手扶门，一边对苏小睿说："嗯……苏小睿是吧？这个……有些事情我实在很难在这个时刻跟你解释清楚，给我几分钟，就几分钟……"说完，把门重重掩上。可韩京又怕接下来发生的事情会吓着苏小睿，比如说那个声响啊之类的，恐怕会彻底毁掉一个人的所有形象与印象，哪怕这个人很帅，很有魅力。于是韩京又把门打开，伸出半个脑袋说："苏小睿，请你出去一下，顺便帮我在外面把把风，我一会儿就……就……出……"说到最后，韩京的忍耐程度已到了极限，说话都不能连贯，但表情却仍然要故作轻松。他的整个面部呈现出来的神态恐怕十个奥斯卡影帝都扮演不了。

苏小睿这时才从惊讶中回过神来，连忙"哦哦哦"地退了出去。

韩京绷紧的神经一下子松懈下来，只用了一秒钟的时间就把该脱的都脱了。几乎是同一时间，该出来的也都出来了……

五分钟后，韩京很不好意思地站在了苏小睿的面前，自进入高中以来，确切地说，是自从跟我混在一起以后，韩京从来就没有这样手足无措。尤其在女生面前，他经常会大大咧咧，想要问电话就问电话，想邀约就邀约，脸皮厚得很，可现在他自己也解释不清楚为什么。

两人就这样默默地对看了一阵子，韩京才冒出一句话："请相信我，我不是你所看到的、想到的那种人，今日这事非常难以解释，但我一定会解释的……你不要走！"

本来韩京想最后说，你不要乱想，但同时又想说，你听我解释了再走。谁知道这两句话中途撞面了，互相厮打起来，打着打着，发现都是自己人，都是大脑想说的，于是直接称兄道弟，感情好得不愿分开，最终融入一体——你不要走！

话一出口，韩京自己首先吓了一跳，以为嘴巴脱离大脑控制，直接爱上苏小睿了，竟然口不择言，把留人的话都说了出来。

苏小睿听到最后一句话，感觉身体也震了一下，仿佛被那句话的重量压住了，羞答答的眼皮抬了起来，用澄澈的眼睛望了望面前的韩京，随即又把头低下了。她轻声说道："我不会走，你让我走到哪里呢？今天我也请假了，我也不舒服。"

韩京"哦"了一声，本想说，我们一起不舒服，真是巧啊，身体真是有默契啊！后来一想，后半句让人听起来很有歧义，带有黄色成分，不能对着苏小睿说。于是话到嘴边，马上用牙齿咬住，咬碎，咽回肚子里去了。

韩京刚从厕所里出来，双手洗完后，还来不及拭干，还滴滴答答地滴着水。苏小睿低头看见了，伸手在衣兜里掏出一包纸巾，掀开，抽出一张，递给韩京。就这么一抽一送，一股清幽的香味扑面而来，不知是纸巾的香呢，还是苏小睿手上的香？

韩京嗅着香味，觉得这香味从来没有闻过，于是很努力地把这个气味记在脑中。他认为这种香味才叫香，清幽、独特、典雅、轻柔、不媚俗。其他的香呢，统统叫作俗。人有我有的东西，怎么行呢？

由于心中在开着小差,韩京心神恍惚地去接纸巾,谁知道一个不留神,纸巾没拿稳,落在了地上,飘在了苏小睿的脚下。韩京第一反应就是弯腰捡起来,在捡的一瞬间,韩京的目光自然地落在了苏小睿的小腿上。苏小睿穿的是校服裙,小腿的那一段毫无遮掩地呈现在了韩京的眼前。韩京的脑海里实在是不能用完整的句子来形容,反反复复的就是几个词:白嫩、无暇、光滑、香气浓郁……

韩京看呆了,把纸巾捡起来后,也依旧呆呆地,不发一言。

只听苏小睿的声音又传入耳中:"你也不回去上课了吧?陪我在校园走走吧……"

5

"那种感觉该怎么形容呢?"

说完,韩京拉开椅子,坐了下来,转身朝厨房那边招呼道:"老板,照例,牛腩汤面,冻奶。"然后,他抽出纸巾在桌上抹啊抹。

我说:"你的感觉变钝了吗?"

韩京说:"不,不!我只是找不到词语来形容。怎么说呢,那感觉就好像一个犯错了的孩子,站在了疼爱自己的姐姐的面前,既想承认错误,但又想借此撒下娇,好让姐姐安慰我,让她知道我心中对她的依恋有多深……"

韩京用手推推我,继续说:"喂喂,你觉得如果我把我现在的这番想法告诉苏小睿,你猜她会说些什么呢?"韩京忽然兴奋起来,手也开始不安分,捏着我的衣角搓啊搓,仿佛那是苏小睿的手。

面对这个喜怒形于色的家伙,我向来都非常坦白。为了防止让韩京把一切想得过于美好,作为他的好朋友,我应该也必须在关键的时候让他冷静下来,而让他冷静下来的最好方法就是打击他的信心。

于是我说:"不要管它是什么感觉,就算你再有感觉,这件事的结果也只能是一种感觉,你说你在现在这个时候能干些什么呢?除了每天在教学楼的走廊栏杆对着下面的师妹们怪叫,你能有些什么作为呢?韩京,如果你不是理科稍微那么厉害一点,你就和操场上练体育的肌肉男没什么两样。在感情上一样的冲动,一样的被动!这苏小睿我还没见过,不过听你的复述,我大概知道了她是哪个类型的女孩儿。不过你想一想,她纯得像纯净水一样,你呢,早已经被这个庸俗的社会给荼毒了——当然,我也被荼毒了——所以,你在这里谈起什么感觉不感觉的,合适吗?你能让她感受到幸福温暖吗?"看着韩京准备插嘴的样子，我又紧接着说："我说的温暖不是指你的体温啊，你以为就这样抱着她就是温暖了啊？错！温暖是一种心灵上的感受，一种可以依靠的、可以信任的、可以寄托终身的感觉。对照这些，你能承诺给她么？你又凭什么能承诺她呢？你的一身肌肉？哈哈。我看还是鸡肉比较实用些。"

正说着，韩京的牛腩汤面上来了。热气腾腾的面让人看得浑身暖和，升腾的热气把韩京的脸给掩盖了，让我看不清他的表情。我怕我的一番话让韩京沮丧不已，打击了这位外强中干的肌肉人，正犹豫着要不要重新鼓励下他的时候，韩京的脸劈破气雾又重新出现了，只见他一脸的迷茫，手却直伸向桌上的茶壶。

我一看，糟了，心想：刚才的话可能说得过头了，戳中了韩京的软肋，看，这家伙受刺激了，该不会操家伙要砸我头吧？

只见韩京一把拿起桌上的茶壶，慢慢地向我伸来，只听到他说："靠！你说了那么久，不口渴吗？你叭叭叭地说了一堆话，没看见我在思考问题吗？一分神，就没听到几句。哎，喝茶喝茶！"说着，他就把我的杯子装满了茶，然后又专心致志地拌弄他心爱的汤面，脸上挂着满足的表情。看着他的这副模样，我一时无语。

就在面快吃完的时候，韩京低着头喝着汤，喝着喝着，缓缓地说："我不知道将来会是什么，但我不会去想，我也知道苏小睿也不会去想，因为想也没有用。现在我给不了她温暖，我却还有温柔。我没有承诺，但我有诚恳。"韩京昂起头颅，深吸一口气，拍拍我的肩膀，平静地说："现在我知道谈什么都是次要的，把两个多月后的高考放倒再说吧。"

至于那天韩京和苏小睿第二次相遇后，在校园里逛时发生了什么，韩京没有跟我多说。只是跟我说，这是一个秘密。这个秘密直到数年后我才知晓，可很多事情已经发生了，再也无法改变。当然这是后话。

此外，我还知道，那个校园广播站的美女主持凌丹已经找过韩京好几次了。她是生物二班的学生，成绩优秀，人靓声甜，尽管现在高考临近，但仍在学校主持节目。对于凌丹，我也没有什么特别的感觉，也就见过几次真人吧，性格有点干练火辣，不是我喜欢的类型。倒是经常看见有一群男的，围在广播室外的宣传栏处，看着她的照片在啧啧轻叹。至于她来找韩京是出于什么目的，我没有去想。韩京更是完全不当一回事，每天感觉啊感觉之类的纠缠着自己。可能大家都意识到，这只不过是一种很虚无缥缈的感觉而已。或许过几天，风吹起来了，一切又都散了，就像雨后的池塘一样，什么也不曾发生过。

这就是我和韩京的高三生活：在炎热的夏季来临之前，一切都是平静的，一切都是平淡的，一切都是颓废的。生活中的每一样事情似乎都是那么熟悉，却又似乎是那么陌生。

事情熟悉得让人提不起任何兴趣，或者说，事情让人陌生得不知如何是好，思想根本无法动弹。

我的班就在韩京班隔壁，一文一理都在顶楼。由于那时报考化学的人不多，就只有一个班，同时学校教室紧缺，就把这个科目的唯一一个班安排到了文科楼这边。文科教学楼造型奇特，可能是为了突出自己的文科诗意风格，首先选址就把楼建在了校内的人工湖旁，弄得夏天的时候蚊子不断骚扰众人，并且在晚自习的时候真的可以做到"听取蛙声一片"。在诗意风格的熏陶下，楼下的高一学生真的变得喜欢吟诗了，不过吟的是"春眠不觉晓，处处蚊子咬"。

之所以说文科教学楼奇特，就在于它的上下部分的风格不统一：下半部分风格偏向于田园式，小桥啊、流水啊、小溪啊、杨柳啊这些；而上半部分呢，就偏向于欧式建筑风格，塔尖啊、钟楼啊之类——整座楼真的怎么看怎么怪。为什么会这样建造呢？是为了突出文学的广大包容性？是为了文科人浪漫的想象空间？是为了展现文科人博览古今、学贯中西的知识面？不是的。这只是因为当年开始建造文科教学楼时的校长是教语文的。他原本的构想是把文科楼建得有诗情画意一些，山山水水最合适，就算不能激发学生的作诗作词的欲望，至少也能刺激自己的创作欲望，写上几首诗词悬挂在校园的每个角落，自己看着舒服——当然了，也只能使他自己舒服。谁知道，该任校长可能为了让自己的诗词能体现高超的文学水平，在创作期间尽用些生僻字，以怪取胜，结果真的"吟安一个字，拈断数茎须"，在一个风雨交加的晚上，吟诗吟到脑溢血，再也说不出话来……

从外校调来接任的校长风风火火上任后，接手的就是文科教学楼的继续建设。他一看以前的设计图纸，大为不满，什么山山水水的全部不对他的口味，要求重改，无奈楼的地基已打好，下半层的结构不能再变，只能从上半部分修改。这位新校长是教历史的，据说以前大学主修的西方文学，辅修的西方建筑设计，对西欧的建筑情有独钟，因此大刀阔斧地把文科楼的上半部分改成西欧风格，数支塔尖直插云霄。

就这样，我校的文科楼以独特的中西怪异结合体闻名于全市。

我班和韩京的班就处于其中的一座塔的顶楼，每天爬楼梯爬个半死，唯一的好处就是处于学校的最高处，能"一览众山小"。

可能是文理两科的入学的内容不一样，看待事物的眼光也不一样，因此在很多方面能形成互补。我们班的人和韩京班的人很快就混得很熟了，但基本上是男的和男的一堆，女的和女的一堆，原因就是大家谁看谁都不怎么顺眼：男生就是因为长期熬夜复习，个个胡茬满面，头发长而且干枯，疲态尽显，犹如某些大学里长期玩行为艺术的那帮人，艺术气息十足；化学班上几乎没几个女的，而我们班的那些长得都很有特色，堪称鬼斧神工，属于百年难得一遇的人，有好几个真的是适合一辈子待在家中写作而不适宜上街的。

枯燥的高三生活让我们活得很机械，做题都做得麻木了，唯一的消遣就是在课间的时候，一群男的围在教室走廊外的栏杆上，从上而下地望着各个楼层往来的女生。每个人都会有自己喜欢看的类型，在喜欢看的类型当中又会有自己喜欢看的那一个。每天希望能看见他，也是一种兴奋的期待，虽然叫不出某某的名字，但就这么看着，心中也会觉得舒坦些，就当是一种心灵的解压吧。有时候，一些各方面实在是压抑太久的人，会忍不住释放出来，隔着栏杆就在那里大喊大叫，"靓女美女"这样地叫——包括我和韩京。不过，真正的美女一个都没有抬过头，而那些食肉级别的"恐龙"频频抬头，见有一帮男的望着的时候，马上就频频点头回应我们，甚至挥手作飞吻状，让人心生寒意。一次，我们班的一个男的朝着他自己觉得顺眼的不知名女生喊了句"靓师妹"，话音未落，他的心仪对象还没回应，倒是旁边路过的一个全校长相公认最鬼斧神工的一个满面麻子的肥女生猛然抬头，看她的反应速度就知道她显然是蓄势待发，酝酿已久。她见到一群男的就在顶楼那里望着她（其实是望着她所在的方向），顿时亢奋起来，咧嘴一笑，露出一排不整齐的牙齿，然后一手指向我们，大声地说："谁叫我啊？你们等我啊，我上来找你们！"

我们这群男的马上用手指着那个喊叫的同学，齐声讲："就是他！"然后如鸟兽散。那个喊人的家伙旋即要跑去男厕避难，唯恐被人上来纠缠，并且一个多星期不敢在栏杆附近出现。

夏日的气息一天比一天浓厚，我们的耐性一点一点地被高温蒸发，越靠近高考，我们的心越烦躁，越不安稳，总是千方百计要找些宣泄的途径。就在这最后一两个月，女生们愈发平静，但就是平静得太可怕了，几乎一整天不出一声，仿佛没有这个人存在一样。而男生们呢，愈发狂躁，活像一群发情的猴子。

我有那么几天心情特别烦躁，估计是青春期末期的一种骚动，感觉就是坐不安稳，身上好像总有什么东西需要突围而出，每天起来摸摸胡子，总有那么一小截冒出来，像春天的小草，总也收割不完。我特地留意了一下身边的男生，基本上都处于这种状态，甚至有几个刻意不刮胡子，每天搞得自己特唏嘘，为了配合自己的唏嘘造型，连头发也不理了，整天披头散发地出没在教室中。恰好的是，班中的几个唏嘘人同是好朋友，经常聚在一起探讨各种问题，不知情的人乍一看，以为丐帮长老们在开会，愣是不敢靠前，生怕被"长老们"用内功震伤。

心烦意乱的我，非常向往在清净的环境里待上一段时间，虽不知这是否有效，但我觉得总比每天看着丐帮弟兄们在开会要舒服一些。于是，我想到学校的生物园里走走。毕竟那里有花有草，有小水池，还有几只鸟在那里叫啊叫，听起来就感觉舒服。我一度将生物园想象成沙漠中的绿洲，对现在的我来说，有着致命的吸引力。

我和负责生物园的老师比较相熟，平时一块踢球跑步。于是我就向他说了一下情况，他很爽快，允许我进入生物园里休息，代替他去看守园子，时间段就是下午放学后学校生物小组同学值日的时候。我要看着师弟师妹们值日时不出什么差错。生物老师交代我说，生物小组的人呢，都很听话的，可以说是品学兼优，你这个做师兄的其实也没什么干的，在里面散散心吧。

那天放学后，阳光明媚，天空明朗，我健步走入学校的生物园，去享受宁静的生活。生物小组的人已经在那里干活了，记录的、打扫的、浇水的，按部就班，看来的确不用我怎么费心监工。师弟师妹们开始都很沉默，可能见陌生人出现，一时摸不清底细，不敢贸然露出真面目。后来见我进园后，也没什么特别的指令，只是在那里微笑——因为我的心情比较好，只是在园子里随意地走走停停，也就渐渐胆子大了起来，话语也多了，生物园里终于增添了一丝人气。

我走到养鸟的笼子前，看着里面在扑啦扑啦飞着的鸟儿，一只只养得圆滚滚的，很可爱。如果随便捉一只这样的鸟放在一群女生的面前，我估计它会被那群天性喜欢可爱生物的女生抚摸致死。我的猜测是有根据的，要知道女生对于喜欢的生物，总是喜欢一把抓住，用力搂在怀里，然后一手按着它的头，拼命摩擦，口里还说道："乖乖乖乖，亲亲，哟哟哟，你真淘气……为什么老张开嘴要咬我呢？傻家伙……"殊不知，这个小动物是因为被她勒得半死了，迫不得已才张开口咬她，这纯属是自卫的表现。可怜的是，它的这种行为往往被女生误以为淘气可爱，还以为自己很得该动物的喜爱，于是把它抱得更紧，然后每次一见它就搂住摸个不停。

我庆幸这里的鸟能躲过女生的偏爱，起码生物小组里的女生比较少，就算轮番抚摸，这些鸟总能留下性命。我在鸟园里逛着，欣赏着飞鸟的动作，感受着这活生生的生命给我带来的新鲜气息。这时，几个男生进来清点数量和清洗鸟笼，他们向我打了招呼后，就开始工作。一边干活一边谈论，大赞这些鸟养得好肥好白，旁边登记数据的一个斯斯文文的男生看起来工作很认真，不停地发问，时而微微点头，时而急切地插几句嘴，时而低头在纸上勾点圈划，神情是那样的专注，表情是那么的投入。我心想：现在这么认真对待工作与学习的学生真不多见啊！这种孜孜不倦的求学态度正是我们新世纪中学生所要具备的！于是我满心愉快地走过去，想听听他们的话题，结果听到的是那个斯文男生的急切发问声："刚才你说把这个白鸽炖了好吃，还有别的做法吗？红烧如何？快说快说，我好记录下来！"

旁边的一个同学扶了扶眼镜，补充道："这鸽太肥了，换个小鸽子做红烧乳鸽会好一些，看，这个正合适。"说罢，指着稻草堆上的一只只有几根毛的小家伙。

众人顿时活跃起来，纷纷献策，要什么料什么火候之类的，说完白鸽，又说到鹌鹑。于是一帮人冲去那边观察鹌鹑的大小轻重，钻研如何吃最可口。有说爆炒的，有说焖煮的，有说要清炖的，说着说着，只见个个都摩拳擦掌，恨不得就地燃起火堆，现场炮制。

我低头再看看那只肥白鸽，只见它"咕咕"叫了两声，扭头望了望那群正大呼小叫的业余美食研究者，又"咕咕"叫了几声，挪了两步，躲在一角不动了，估计是非常害怕。

我顿时没有了留在鸟园欣赏的兴致，匆匆离开了。走过几条曲幽的小径，来到了园内的水池旁，池边有个供人休息的小亭，我走进亭内歇息。只见在水池的不远处，几个女生也在歇息，看样子是刚刚灌溉完花草。几个女生正瞅着池内的几条鱼和几只乌龟，说准备要捞上来要耍，有一个一看身形就知道是玩竞技体育出身的女生随手拿起一把扫把，去碰那乌龟的头，一边喊着："缩回你的乌龟头！"碰着碰着觉得不过瘾，猛得一棍打下去，乌龟顿时沉没了。我估计这一猛棍的力度足以把韩京这样的猛男打得半天起不来，心里也只能为那只龟默哀，恐怕这只龟从此是不敢在白天浮上水面了。其余的女生见状，纷纷受到启发，个个回头抄扫把，围在池边，或打龟，或刺鱼，忙得不亦乐乎。

作为师兄的我正想着是否要出言劝止的时候，我们的生物小组的组长，同时也是我校学生会纪律部部长——专门负责监督检查各项纪律，以严于执法、勤于执法闻名全校的同学发话了，只见她一脸严肃，用不容争辩的语气说道："请大家停下来，我们不能这样抓鱼！这样是不好的，也是不应该的！"此话一出，大家都不约而同停下手，望着我们的纪律部长。我心中暗暗佩服，感觉身边正涌起一股正气。

纪律部长见大家停了下来，非常高兴，说："我说嘛，这样抓鱼怎么行呢？你看你看，扫把怎么抓鱼？要使带刺的，应该使用这个——这个树枝嘛！"说罢，右手从身后伸出，拿着一根估计刚从树上折下来的树枝，站在池边见鱼就插。她生怕别人不相信她的建议是正确的，忙又补充道："听我没错的，生物老师是这样教我的……"其他人一听是老师说的，马上来劲，纷纷折树枝不甘落后地加入插鱼行列中去，在水池边撩起一阵水花，她们的脸上挂着灿烂的笑容，阵阵银铃般的少女声音传遍四周……

我发觉自己在这样的场合是多么的格格不入，也发觉自己没有了要出言劝止的欲望，于是选择离开。

今天的天气真的太好了，太阳毫无商量地把阳光照在我的身上，把我烘得热热的。在离开的时候我感到一阵热感涌出，很自然地抹了抹手臂上冒出来的汗珠。正巧我经过一群女生的身边，突然有一个女生喊住我，递给我一根树枝，夸奖道："师兄，你也来一下吧！刚才你摩拳擦掌的架势，一看就知道是这方面的行家里手！以前在这里插过不少鱼吧？来给师妹们露两手吧……"

我借口有事要做，谢绝了"露两手"的邀请，立刻离开了生物园，我宁愿回去面对众丐帮长老，也不愿意在这生机勃勃的园子逗留。

我离园后的第一感觉就是，对于在园里生活的各种动物来说，在生物园里放养几只狼相对来说还可能比较安全些。

这就是我第一次，也是最后一次进入生物园休息。

事后我跟韩京谈起这件事的全过程，韩京并没有太大的惊讶，只是反问我说："你还记得生物园里曾经种过一株品种稀少的兰花么？据说是费了不少周折才从北方的一所重点的植物研究所移植过来的，可是不久后，却发现它在园中渐渐地枯黄了，最终不治而亡。大家都曾为此惋惜不已。"

对此，我们的生物老师的解释如下，这是由于南方的气候不好，该品种不能适应南方的水土，同时本校生物园的泥土比较新、比较硬，与北方广袤草原上的黑土相比，还是相对比较贫瘠的，养分不能充分地被兰花的根部吸收。兰花在生长的过程中，长期处于一种亚健康的生长状态，加上泥土的结构成分比较单一，各种微量元素的比例有点失衡。所以，该兰花品种在种种因素的影响下，最终还是在大家的悉心照顾中令人惋惜地枯萎了。归根到底，是由于南方泥土的营养不良，让我们无法欣赏这一稀奇品种所带来的自然之美！

韩京说起的这段往事我是知道的，因为当时在学校里大家也比较关注此事。只听得韩京继续说下去："你知道生物园的那帮家伙当时是怎么照料兰花的吗？他们一群男的，就每天围着那株兰花撒尿，六七个人围成一圈，就对着它尿啊尿，撒完后，个个都自豪不已，纷纷说自己为兰花浇上了第一手的肥料，而且还是童子尿，感觉自豪不已。"

就这样，在这群爱园爱校学生的"热心照料"下，这株兰花一个星期后开始枯黄，继而枯萎。

听到这里，我恍然大悟，说："原来我们学校的兰花并不是死于营养不良，而是死于营养过剩！"

于是我和韩京两人相视而笑，再也没有提过生物园的人和事。

那段时间里，我们除了学习，唯一的乐趣的就是在第二节课后的那半个小时里，到校里的小店里吃碗汤面。那里有个窗户，能看见校外的半条街道，以及形形色色的人，尽管他们来往匆匆，但却给了我们想象的空间，可以让我们打发颓废无聊的时间。我和韩京之间有很多话题，都是在这个时候谈论的，琐琐碎碎，什么都有。

不过在那次有关"与苏小睿相处是什么感觉"的话题结束后，韩京真的没有再提起过她，而是一头扎进题海中，做最后的拼搏。我本以为韩京这种性格较为粗犷的人，会在高中时代的最后阶段，来一次轰轰烈烈的追爱行动，我也随时做好安慰一个求爱失败的雄性动物的准备，想到好几段对白，来应对该失控动物的咆哮以及沮丧。岂知事情不是那样发展的，弄得我后悔不已，白白浪费了那么多脑细胞来想这个问题。但这都不是最痛苦的，最痛苦的是我每天都要看韩京的脸色，要主动去触碰他的眼神，看他是不是今天被拒绝了，还要看他身上啊手上啊这些地方有没有自残的痕迹，这样的行为搞得我自己疲惫不堪。

韩京与苏小睿几乎没有再有过具体的接触，那个化学提高班在竞赛结束后也解散了，也就是说韩京也没有机会和苏小睿再次接近。而就在那为数不多的课堂时光，每次韩京身边坐着的都是凌丹。凌丹每次都很早来到教室，在后排坐下，然后在旁边放上书，占一个位置，一见韩京出现在门口，就很大方很爽朗地喊："韩京！这儿有位置，这里坐！"一般来说，韩京来上课都是比较迟的，通常是踏着上课铃声入门。而这时教室的好位置通常都没有了，只剩下最靠近讲台的一行没人坐。所以韩京被凌丹在大庭广众之下这样一喊，为避免引起过多的注意，同时自己也的确想坐后面，于是每次都没怎么考虑就坐到了凌丹的旁边。而苏小睿则每次都坐得比较靠前，从韩京的位置向那边望去，只能看到苏小睿的一小边侧脸，可是还都被她那齐耳的短发所遮。上课的时候，苏小睿要么就是抬头看着黑板思考，要么就是低头在笔记本上写写算算，那垂下的短发也不规则地颤动起来，一摆一摆的，像春天湖边的细柳在摆动。认真的苏小睿偶尔会用手把垂下的短发一揽，往耳后一放，接着又会继续写啊写，写着写着的时候，随着动作的摆动，耳后的头发又会慢慢地滑落下来，几根几根地滑落。当头发滑落得差不多的时候，苏小睿又会随手一捋，重复刚才的动作。

韩京在后边把这个过程看得很清楚，他很喜欢看着苏小睿认真学习的背影。那因写字而微微颤动的身体，越发显得苏小睿娇俏可人，给人的感觉是那么的娇弱，让人心生爱怜之心。不过，韩京更喜欢看的是苏小睿捋头发的一刹那，因为这时候能看见她的小半边脸，虽然角度不佳，但线条仍然能依稀看到。有时她侧起脑袋想问题的时候，脸会稍稍往韩京这边转一点儿，这时线条会清晰一些，那白嫩的皮肤即使在瓦数不高的灯管下，也依然能泛出柔美的光来，让人有伸手去把她的脸轻轻捧起来轻抚一下的冲动。

有一次，韩京看着苏小睿的侧脸，不知不觉地看得入了迷，连身边的凌丹一直望着他都不知道。

过了许久，韩京回过神来，低头却发现自己的笔记本上已经抄满了笔记和公式，字迹娟秀隽永。正疑惑的时候，旁边的凌丹平静地说："笔记我都已经帮你抄好了，如果下次还想继续看下去的话，可以提前把笔记本递给我，我会帮你料理一切的！"说罢，凌丹笑了笑，露出洁白的牙齿，灿烂的笑容让韩京心里感到一丝的温暖……

6

凌丹的热情让韩京感到有点不自在，人家可是在关注着你，而且是那种不计较得失的关注，毫不在意你的心思放在哪里。这种不求回报的关注使韩京有点内疚，那种感觉就像是一个贼在偷了别人东西后，失物主人不但没有责怪自己，反而还帮贼开门放他走一样。所以在最后的一两节课时，为了消除内心的这一丝愧疚，韩京都不敢再去凝视苏小睿的背影，只好低下头看着自己的课本，或在笔记本上涂画着线条。虽然眼睛没看苏小睿，但心思却也没在听课上。身边的凌丹倒听得很认真，频频举手要回答老师的问题，使上课老师的目光常常落在韩京这边，这更让韩京头也不敢抬，默默地待着。

下课的时候，韩京伸了伸腰，长长地嘘了口气，把一节课不能抬头挺胸而闷在肚里的气呼出来，感觉精神了一些。后来猛地发觉旁边的人竟在看着自己，马上收敛神态，扭头去看同桌凌丹。

凌丹依旧没有说话，左手轻盈地旋转着圆珠笔——她是一个左撇子，修长的手指有节奏地一拨一弹，笔就在指间快速地转动，笔的光影在日光中幻成一朵银白色的花。凌丹的目光很炽热，这是她和苏小睿所不同的，凌丹不会回避什么，该怎样就怎样。现在她的眼光就落在韩京的双眼上，仿佛要直射韩京的内心世界一样。她的目光虽然炽热，但并不逼人，不会让你产生害怕之感，反而被她这样看着，看得久了，会觉得这种被人重视的感觉挺好。自己好像就是凌丹心中唯一的一个人那样，被人珍重的瞬间感受的确让人痴迷。

凌丹见韩京望着自己，整个人一副呆住的样子，忍不住先笑了起来。这次韩京才发觉凌丹笑的时候，脸上会浮现出一个很精致的小酒窝。这个小酒窝在她的脸上恰到好处，本来凌丹就长得比较妩媚，但这个小酒窝能让凌丹在妩媚中露出一些顽皮与可爱，让人越看越想去细细欣赏。

韩京有点诧异自己的发现竟是那样的迟，毕竟这段时间以来这个女生一直在"照顾"着自己，而自己直到现在才知道凌丹有如此明显、好看的特征，这也说明了自己一直没有好好看清人家的样子。如果人家的样子长得令人不敢恭维也就罢了，可相反，这个女生的容貌绝对可以让人眼前一亮，有一种让人看得一口气吸进去半天呼不出来的那种惊艳，自己却好像根本没在意过这个人似的，这真的是有点对不起广大的人民群众了。正如我曾经对韩京说的那样：别的先不计较了，单是每次上课，都有个女孩子为你占好你喜欢的位置，帮你抄笔记，还可以容许你放眼看另一个女孩，不计较不吃醋不抱怨，这种感觉想想就爽。就算最后什么实质性的东西都得不到，起码每次感受其他人那羡慕的眼光，精神上就已经有极大的满足，一天不吃饭都能支撑下去了！

此时，韩京望着凌丹的小酒窝，心一下子颤动了，恍惚间脑海中仿佛要出现些什么，像是一种感觉，也像是一些片段或文字，可怎么也想象不出来、形容不出来。只觉得凌丹的笑容愈发灿烂了，样子愈发迷人了。一时之间，怎么也说不出话来。

凌丹没想到韩京会在这个时候盯着自己，但又不像有意望着自己，眼光是那样的零散，是那样的迷离，使自己的眼光失去立足点，无法与对方的眼光有所接触，更说不上有所交流了。凌丹有点不开心了，眉头轻皱了一下，旋即又舒展开，笑问："韩京，看来你很喜欢盯着女孩子看哦。这是你的特殊嗜好吗？"说罢，头轻轻上扬，小嘴有点翘起，好像要告诉韩京，自己这样问是表示在生气呢。

韩京眼光抖了一抖，眼睛急速眨了两下，心思一下清醒了，明白自己刚才盯着别人看是非常不礼貌的行为。现在尽管事发仓促，问题也问得有点难度，但韩京还是能够应付过来，并且还不忘展露一下自己的痞子本色："这个不能怪我，要知道，美好的事物总能够吸引众人的眼光，我也不例外。"韩京认为这样回答恰到好处，既化解了问题，也恭维了凌丹的美貌，简直是无懈可击。韩京暗暗为自己的随机应变喝彩。

凌丹"哦"了一声，并且把尾音拉得很长，表示自己已经明白了，只听她说："那看来，这个班里还有另外一件美好的事物，是不是啊，韩——京？"她把韩京的名字也拉长了来说，仿佛早已看透了他的心。

韩京笑笑，没有接她的话题。他低头看了看凌丹的笔记，赞道："你的笔记做得真好，你真的很用心啊，比我在这里混时间好多了。"

凌丹没有追究韩京有没有回答自己的问题，随手翻着自己的笔记说："我可是想参加竞赛的，拿了奖或名次，高考可以加分，我的理科啊，没你的强。"她停了停，像是考虑着什么，才继续说："你看你，把精力都浪费在哪儿了？有好天赋不认真学。刚才课堂上已经宣布了参赛名单，没你的份了！都是你自己找的。"

韩京刚才上课的确没在听，自己也没想过能进竞赛名单，况且自己也不想进。于是他"嗯"了一下，说："这个无所谓，我也没打算去，加分对我没太大吸引力……我参加高考就行了，一是一，二是二，全凭自己的实力说话，考上了就上。我最怕周折了，到时要弄什么加分的手续啊、证明啊，想想我就害怕。"

凌丹意味深长地望了韩京一眼，眼光中有羡慕之意，她说："成绩稳定了就是好，说话的底气都跟我们不一样……我……我还要拼命去争取呢，你呢，什么也不着急，可就是能够有收获。"凌丹的话意味深长，不过韩京这次倒真的没有听出来。

凌丹说着说着，忽然轻微地伸了伸腰，然后伏在桌面上，脸色显得有点苍白，神色之间有点疲倦。凌丹伏下后，头仍然侧向韩京这边，同时用手把一缕散乱的头发拨起，好让韩京能继续看清自己。凌丹的眼睛眯了一下，又马上睁开，好让自己看起来精神一些，并且说道："好累哦，刚才听课实在太用神了，本来我今天精神也不怎么好。腰，有点酸软。"

韩京听了也没有细想，只是见了凌丹的倦容，有点不习惯。毕竟这个女孩给他的感觉一向很刚强、很阳光，个人也很有气质，可以说是不逊色于任何一个男生。怎么今天会这样呢？韩京猜想她可能生病了，或者说最近学习任务重，复习得异常紧张，精力透支得厉害。于是韩京带着开玩笑的口吻对凌丹建议说："想不到你也这么脆弱，平时玩题海战术玩得挺过瘾吧？你看你看，玩出火了吧？不注意休息的后果就是身体出小状况，今天你觉得疲劳对吧？明天你就可能倒在床上病得一觉不起了。我劝你啊，不要再搞什么紧张的突击了，老老实实好好休息，像我一样，睡得早吃得好，包你能够活蹦乱跳，像活虾一样！你的成绩还怕上不了好大学吗？所以，你要记住，把心态放轻松点。现在这个世界还把自己逼得那么紧，是件很傻的事情！"

凌丹对于韩京的话听得很认真，很明显她一时也领会不到韩京为什么会忽然把话题说到那边去了。她想了想，明白了，忍不住"扑哧"一声笑了出来，她也用开玩笑的语气对韩京说："韩京，我觉得你好可爱啊！看来你也不应该只专注于化学一科，应该去多学学生物吧！"说完，凌丹掩嘴一笑，身子因发笑微微颤动着，苍白的脸又有了那么一丝的血色。

韩京非常不解，不明白凌丹在笑什么，更不明白为什么自己建议她多休息，反而建议自己学生物，因此一时接不上话来，眼睛望着凌丹，等待着凌丹的进一步解释。

凌丹重新坐了起来，把头凑向韩京，带来了一股淡淡的幽香，不知是凌丹头发的，还是凌丹身上的，有点令人目眩的感觉，但又足以让人沉迷其中。一年后，韩京知道了这种香味是一种香水的味道，而这种香水的名字叫"毒药"——让人沉迷得无法自拔的毒药。

只听得凌丹在韩京的耳边轻轻地说道："今天，我来那个了。"

韩京万万没有想到凌丹竟会在他的耳边轻描淡写地说出这么一句话来，不由得大吃一惊，连嘴巴都忘记合上了，连忙望向凌丹，看她的话是不是带有别的含义。

这时，凌丹已经恢复了原来的姿势。她一直在看着韩京的表情，见到韩京瞬间的惊慌失措，她感到很满意，脸上掩盖不了兴奋、得意的神色，她有了胜利的感觉。她笑盈盈地望着韩京说："现在你明白我为什么这么累了吗？你还傻傻地责怪我学习操劳呢，呵呵。"凌丹顿了顿，接着说，"不过刚才抄笔记挺累的，要集中精神去听，费神得很。"

韩京有点过意不去，想到这段时间以来，自己的笔记很多时候都是凌丹帮忙抄的，尽管自己好几次表示不用麻烦，可一不留神就被她把笔记本抢了过去，密密地写了起来。自从韩京第一次上课时被上课老师当面批评了一次后，他在这个竞赛班里异常低调，现在自然不敢在堂上公然与凌丹拉扯笔记本，也只好由着她了。现在想想，韩京非常过意不去，连忙表示说，剩下的笔记他来抄就可以了。接着，他想了想，又说："凌丹，你的笔记我也帮你抄吧，今天你……你也累了……"

凌丹听了这句话后，整个人马上活跃起来，好像身上会散发光芒一样。她满眼都是欢喜的神色，可嘴里却偏偏说："不了，我还可以应付，这几年我都是这样过来的，你也别把女孩儿，尤其是我，想得那么孱弱！"

韩京再傻也能察觉凌丹心里的真实想法，心里马上浮现出一句名言：女人都是口是心非的动物！

韩京微笑了一下，没有答话，只是随手把凌丹的笔记本抽了过来，凌丹果然没有阻止。

凌丹这时候反而不好意思去望韩京了，也不说话了，低着头，似笑非笑，一副若有所思的样子。

韩京一时也接受不了这短暂却令人有点难堪的沉默，左思右想，想说些能缓和气氛的话，但脑子一时硬得像块陈年鱼干，思维发散的方向总是围绕着凌丹这个人，而且来来去去就是那几句话。人在情急之下，往往会对自己不了解却又有点兴趣的问题特别敏感，韩京几次欲言又止，可这时凌丹却异常沉默。这压抑的沉默无形中对韩京构成了压力，仿佛在诱导韩京的话题出口。

最后韩京实在是憋不出什么好话题了，最终问了一个这样的问题："你来那个……那个的时候，心情会不会特别的烦躁呢？"

这个问题问得很冒险，很可能让双方都下不了台，万一凌丹不答呢？韩京问完之后，顿觉后悔，暗自责怪自己什么时候变得这样无耻，居然大胆问别人这样的生理问题——尽管答案人尽皆知。

正因为有了后悔的念头，等待凌丹回答的过程就显得尤其漫长，空气简直像凝固了似的，韩京问出的每个字就像是慢动作飞在空中，随时都会被凌丹的答话击中，然后逐个字逐个字地掉在地上，摔个粉碎。

凌丹倒没什么特殊反应，也感觉不到她有不好意思或责怪的表情，只是把眼光重新放到韩京的脸上，若无其事地轻轻说道："会啊，我会很烦躁的，所以呢，以后每个月的这几天，你——韩京要迁就我，不要惹我生气，知道吗？"

以后？韩京不知道为什么，对凌丹话中的这两个字感觉特别深，"以后……以后……"韩京把这两字放在嘴中，细细琢磨着，分析着，对外面响起的上课铃声也充耳不闻了。

7

在离我们的高中生活行将结束还有十多天的时候，我们全校师生在教学楼顶层观赏了一场盛大的烟花表演。燃放烟花的地点不是在我们学校的操场，而是在离我们学校不远的市中心广场。

举行这么盛大的烟花表演的原因，据说是有个大型的跨省博览会由我市承办，这是我们这个小市从来没有遇到过的大事，因此市政府特别重视，早在数月前就通过各种媒体、各种途径大力宣传。

在我们这群等待高考的人眼中，时间尽管过得特别慢，但时间毕竟是在不偏不倚地往前走着。我每天最期待的时刻是晚上闭眼睡觉的那刻，因为这就意味着当我再睁开眼睛时，又将是新的一天。我经常想，这一闭眼的意义真的非常重大——因为能开启新的一天啊。试想一下，如果在一年的最后一天睡觉了，闭眼再睁眼醒来，就是新的一年了，那这个意义更重大。那如果是在一个世纪的最后一天晚上睡觉呢？那睁开眼就是开启一个世纪了！那个意义多么重要啊，一个人一辈子很可能就只有这一次了！呵呵，有时我忍不住会为自己的这个想法而感到高兴，甚至是莫名的兴奋。

对此，韩京的评论是，你这是青春期暴躁抑郁兼高考前期忧虑狂躁非典型唐氏压抑癫丧左脑非正常颤动妄想型狂想综合幻想症，没得救的了。

我听了以后，只问了他一句："你能够重复一下你刚才说的那个什么幻想症吗？"

韩京"哼"了一声，不屑地对我说："我说嘛，像你这种素质相对还比较低的人，是比较难理解这么科学的名词的，你听着啦，就是那个……那个……青春期忧虑抑郁非典左脑抽搐……那个什么颤动唐氏暴躁……啊！"

韩京绕了半天都没能把自己所说的内容完整地重复一遍，倒是说话说得急了，一口把自己的舌头给咬了，痛得他咧嘴露齿的，可怜巴巴地望着我。

就在我闭眼睁眼的时光里，博览会终于在学校不远处的市中心广场正式开幕，那一天广场四周彩旗招展，硕大的氢气球一个个胀鼓鼓的，挨挨挤挤地飘在广场上空，让人有种想撒一把钉子在上面把气球全都扎破的冲动。氢气球下面都挂着条幅，除了少数是预祝博览会成功的外，更多的是一些广告标语，广告商很会利用这空中的宣传途径，知道在空中能让人清楚地知道自己销售的产品，因此图文并茂地把广告打出来，什么"脚气灵""痔疮一贴治""鸡眼清""臭狐净"……乍看之下，以为是疑难杂症药品展销会在此举行。

那天，学校里也没有因博览会开幕而有什么特别的改变，比如说饭堂的饭依旧难吃，澡堂的热水依旧不热，总之一切如常，一切都像往常一样，直到夜晚的来临，才有了一点的不同。

那时我们都在上晚自习，这天离高考已经不足两周了，对于毕业班的我们来说，与其说是来上晚自习，还不如说是来放松一下心情，调整一下最后的状态。大家的心情喜忧各半，但我知道，大家唯一的想法就是让这该死的时光快点过去，在高考的战场上要么死得痛快，要么功成名就。在这样闷热的夏夜，这样熬着非常痛苦。

正当一班人浑浑噩噩地在班中自习时，忽然一声尖锐声响自窗外由远而近地传来，然后听到"砰砰砰"数声响。坐在窗边的同学的脸瞬时被映得红艳艳的，接着又黄澄澄的，接着又绿幽幽的。我们开始都惊讶了，接着都明白是什么了。有同学直接喊着："广场放烟花了！"

我们的心一下子都动了起来，烟花啊，是一个多么能让人遐想的词语！绚烂的光辉，耀眼的火光，在广袤的夜空中无拘束地绽放，尽全力向四面八方飞射，向大地众生展现自己短暂却华丽的身影，然后无怨无悔地燃尽，投向自然的怀抱！这就是我们，现在的我们很渴望追求的一种境界！我们需要释放，我们需要看烟花！

想看烟花的念头一起，便再也收不住，不靠窗边坐的同学个个心瘾难抑，纷纷伸脖突眼，尽量把眼光放长，想把广场烟花的盛况收于眼中。无奈，看在眼中的与心中想要得到的差距实在太大，令人心焦不已，仿佛心窝中掉进了只毛毛虫，想挠不能挠。脑中只能不停地责怪自己怎么不是一只长颈鹿，否则直接把头伸出去不就行了吗？想着想着，又觉得把头这样伸出去有点危险，万一有些"活跃"分子一边看烟火一边兴奋莫名地"呜！""噢！""耶！"怪叫的同时，把那些如砖头般的字典、习题集扔出窗外的话，自己的脖子岂不是要被砸成九十度？于是，个个都又恨不得那些靠窗的同学的脸变成一面镜子，直接反射外面的情形好了。

靠窗的同学全都放下笔，一脸陶醉地望着外面的烟花，随着"噼噼啪啪"又一阵响，空中又炸开了几朵彩光，这次的色彩更艳丽，端坐在教室的我们，隐约都能听到广场上人们啧啧的感叹声。

这时，全班人的眼睛都是朝窗外望的，所有动作都停止了，整个教室里的人像定格了一般，时间也仿佛一瞬间停了下来，只有烟花的余光在教室中慌乱地逃窜，挑逗我们的心思，挑战我们的忍耐力。只是碍于看班老师在场，大家都不敢轻易乱动。

看晚修的老师也是个年轻教师，在这闷热的夜晚看晚自习本就是一件痛苦的事。现在窗外烟花四起，他自己内心也想去看个热闹，看到班里的同学个个人心浮动，知道与其在那里心不在焉地学习，不如索性让大家去看个痛快。于是他打了个手势，示意大家都起来去看，然后他自己也率先站到窗边去看了。

大家一看老师已经带了头，自然心领神会，立即欢呼声四起，一帮人"刷"地都挤到了窗边，站到桌上的、站到椅上的，都把目光投向广场上空的烟花。

没有了顾忌，没有了阻挡，大家都看得很投入。刚才还闹哄哄的一群人，霎时又重新安静下来，带着虔诚的神色来观赏久违的美丽。每个同学的脸上都映着光芒，在厚厚的眼镜片上，在早已疲倦的眼睛里，在每个人久受压抑的青春心灵上，都闪烁着渴望已久的火光。星星点点的烟花，投射在我们的眼珠里，犹如月夜下的水塘，呈现出了难得的一刻恬静。这一刻，我们都不再言语，也不需要言语，因为再多的言语在此时此刻都是累赘，我们什么都不用表达，只需要静静地、静静地去享受……

很快，我们就发现，教学楼每层楼的窗外都开始聚集学生，已不单单是我们高三的这些人了，高一、高二的都不甘寂寞，逐渐往能看烟花的地方聚集。学校的两栋主教学楼的一边密密地围了一圈人，幸亏这些建筑物的质量尚可，否则，教学楼会向着人多的一边倾倒，后果不堪设想。

每个班级的值日老师都已经控制不了这种局面，幸亏今晚的值日行政领导还比较人性化，觉得与其强硬地去制止大家的行为，还不如顺应民意。否则民怨一起，今晚搞出其他乱子来，后果更难以收拾，索性让大家看个够，看完以后继续乖乖学习，皆大欢喜。老师们得到指示后，也吃了个定心丸，于是对学生们一律放行，甚至站到了学生的中间，与学生们一起指点空中的烟花，也好为自己留下一个平易近人的印象。毕竟现在这年头，要做一个受人尊重、让学生喜爱的老师也实在不容易。

从大家对烟花反应程度的不同，大致可以看得出他们是哪个年级的。最安静的，只是在静静欣赏的，绝大多数是高三的。倒不是高三的人够理智、够成熟，能做个冷静的观众，只是平日复习看书看多了，脑子都干实得不能转弯，只好望着漫天的烟花，让疲惫的心思慢慢放松。或是想到了太多的往事，或是对着未来美好憧憬，又或是对即将到来的不可预知的高考的一种惶惶恐惧感……种种人的种种心思，都让高三的人一时之间丧失了语言能力，不能表达出来。

而往下两层，人影晃动、略为嘈杂的是高二学生。估计这时的他们暂时也没那么大的压力，只是见着烟花正璀璨，无形中营造着一种浪漫的气氛，而这种浪漫的时刻是不能浪费的。于是纷纷大胆起来，趁着烟花起落、火光忽明忽暗的空当，抓紧时间向自己有好感的异性表白，也不管结果如何了，先说了再算。有些人喜欢的对象是隔壁班的，因此有不少人匆匆赶去，而其他班的人又匆匆赶来——可见距离的确能产生美，亦可见"兔子不吃窝边草"是对的，但吃其他兔子窝边的草就没问题。一时间，高二年级的楼层人影绰绰，人来人往。不过，估计今晚表白的成功率并不高，因为第二天我发现在饭堂中有很多一脸青春痘并且一脸痛苦的男生正大口大口地啃闷饭吃，看样子就差没把"失恋"二字刻在脸上，这是典型的"化悲愤为食量"。

高一的学生最为兴奋活跃，估计以前没在学校里遇过这么自由的时刻。由于高一的教室比较靠近操场，不少人喊着叫着冲出了操场，对着天空振臂高呼。不明内情的人以为他们在上演攻占巴士底狱的戏剧，为获得自由而欢呼。刚过青春期没多久的女生们，纷纷做出浪漫状，估计是言情小说看得不多也不少的程度，正深受其害。不少女生把烟花当作流星，正闭眼默默对着转眼即逝的烟花许愿，许着许着，忽又睁开眼睛看看那个接受自己愿望的烟花消失了没有：没有消失的，就赶紧闭眼继续许；如果消失了呢？没关系，等下朵烟花绽开时，还是继续许。

有个高一学生故作老成，也为了显示自己学贯中西，好让同学们佩服自己，在暗自翻查了几本手头上的化学资料书后，走到同学身边，突然大声朗读出烟花燃烧的化学公式，并且大谈特谈烟花燃烧后的产物有哪些哪些。岂料教本年级的一个身材矮小的化学老师正混迹学生当中看烟花，听到该生正错误百出地背化学公式、讲化学常识，忍不住出声纠正。该生吓了一跳，想不到自己背的公式有误，后来回去仔细一看，原来自己买的参考书是盗版的，整本书除了封面自己写的名字是正确的外，其他都是错的，这本书买回来以后自己都没翻过，今天一用才知道这书是根本不能用的。

有个高一学生更搞笑，为了显示自己饱读诗书，想吟诵首与烟花有关的诗句。最后他绞尽脑汁地憋了一句"故人西辞黄鹤楼，烟花三月下扬州"，这句与真正的烟花毫无关系的诗句一出口，顿时引起一片窃笑。

总之，这场烟花对于高一的学生来说，是一次引发欢庆的号角！他们纷纷攘攘，指指点点，想说就说，欢声笑语洋溢着整个操场，像个沸腾的油锅。

我们静静地站在上面，望着下面欢庆的人群，真的有点想纵身跳下去加入他们的行列。

烟花真的很美，可是也很短暂。一场盛大的烟花会演就在最后一组数炮齐放的烟花绽放中完满结束。巨大的声响在整个城市的角落中回荡着，薄雾般的轻烟在空中弥漫着，但很快就让顽皮的风给吹散了，静静的夜空仿佛什么也没有发生过。

烟花的巨响消失后，校园的欢笑声失去了对比，显得格外响亮。不过，他们好像也被自己的声音吓着了，笑声渐渐地低了下来，那些在操场上的学生也陆续归来，一场热闹的烟火下的狂欢就此结束。

我们在烟火结束的那刻，"噢"的一声，也各自散开了，有点怀念刚才消逝的绚丽烟火，不知为何，心情竟有点失落。毕竟下一次再见如此美丽的烟花又不知是何年何月，也不知道身边是何人在陪你欣赏了。

这一场意外的"烟火"事件扰乱了我们的晚修安排，在剩下的数十分钟里，我们都没有再看什么书，而是在座位上跟前后左右的人窃窃私语，什么都聊。高三学生的脑袋到这个时候才开始正常起来，说的话越来越多了，说着说着，声音也渐渐大了起来。平常都只顾低头看课本的我们，今晚又都重新抬头，去瞧瞧身边的同学，聊聊久未接触的话题，男女间相互取笑一下，偶尔的一句俏皮话，引起笑声一片，教室里呈现出一番难得的温馨场面。

8

放晚修后，我习惯性地等着韩京，我每晚都是跟他一起走的。只见韩京一边提着书包，一边快步走来，见我在等他，也不停步，一把拉着我往楼下走，嘴里说着："快快，数学老师还没走呢。快去理科楼！"

我被韩京拖下了两层楼，才明白缘由，原来韩京今晚复习时恰好看到一条模拟高考题，本想不做了，但自己心中总是放心不下，想到万一高考考到呢，万一自己又不会做呢。万一……心中有着太多个万一，人往往就是被这么一两个"万一"拽着往深渊走。韩京不自觉地又动笔算了起来，一直在苦思冥想都未得其果，头绪像黑暗中的蚊香火一样，忽明忽暗的，让人不敢下手去触碰，仿佛一碰就会灭掉一样。后来窗外烟花四起，火光不断，韩京的心思更不能集中，身边的同学哇哇地站起来往窗边涌时，自己还一脸茫然地坐在那里。

韩京正好坐在窗边，位置甚好，可自己却反应最慢，好比是在郊外唯一的厕所里占了一个位置，却不"方便"一样，是会引起一些同学不满的。于是有好几个女生在韩京的桌旁冒了出来，拼命踮脚往外看，好像春天的小苗苗一样，在春雨中茁壮成长。其中有个女生平时与韩京比较熟，为人大大咧咧，同时身形又比较肥大。其实这些都不重要，关键是她来得也比较迟，因为身形原因也占不到好的位置，见韩京正呆呆的不知世事，于是一拍韩京肩膀说："兄弟你就将就一些吧，桌子我用了。"说完，猛然把肥臀一抬，直接坐在了韩京的桌上，利用桌子的高度取得了一定的观赏角度，然后开心地观赏烟花了。

韩京被她一拍肩膀，回过神来，一见是自己班上的肥同学，马上意识到大事不好，可还未能及时制止，一团硕大的物体已经占据了自己桌面的三分之二。那本摊开的参考书也瞬时被掩盖，一点纸边都不留，可怜的还有那支还放在书上的笔，隐约中听到"嚓嚓"声，估计它的下场也很悲惨。韩京心中尚存一丝希望，想抢救那可怜的笔，正想摇摇那同学，请她高抬贵臀，放笔一马，可一抬头就见那个肥同学正看得一脸陶醉，嘴角正慢慢上翘，角度正在扩展，脸上的肌肉正缓缓隆起。韩京吃了一惊，顿时心生怯意，不敢惊动对方，心想：她现在正是春心荡漾的时候，自己这时映入她的眼帘，搞不好她就近把臂一伸，把自己就地解决了。于是韩京把伸出的手又缩了回去，见大家为看烟花变得异常兴奋，自己心中也起了心瘾，于是也从座位上站了起来，靠在窗边看烟火。眼里看着五彩的烟花，心中也暂时放下了思考的题目。

烟花结束后，肥同学心满意足地离去，回头还用目光在韩京座位周围寻找，估计是想找韩京，想做什么不得而知。韩京连忙继续盯着窗外，扮作不知。

大家各自归位后，韩京望着那支"劫后余生"的笔，望了很久也没有握笔的冲动，于是捻起书，把笔抖落在抽屉中，换了别的笔继续运算，但直到下课仍无头绪。这时的韩京有点急，本来他的理科非常好，一般不会遇到这种情况，可现在这道题的出现像在心中埋了一根刺，不拔不快。好不容易等到放学，他就迫不及待地要到别的班去找年级的数学老师，他要解开心中的疑问。

我被韩京连拖带拽地来到理科楼，他找到了他的老师，进教室询问。我呢，留在走廊等他。无聊之际，抬头望天空，想想再过十几天，自己就离开这里了，三年的高中生活咋一下子就过去了，很多事情还没回味呢。今晚的夜空很清朗，稀稀疏疏的几粒小星散在无云的天幕中，月亮倒是很明洁，整个空间显得特别宁静，往常的人声都像消失了一样。到了现在这个时候，闷热的感觉渐渐消退，伴随着小池中的几声低沉的蛙鸣，静下心来，甚至还能感到一丝的凉意。

我回头看看教室中的韩京，正低头不语，而数学老师正持续地说着话，声音不大，但老师看样子挺严肃的。我心想：韩京这家伙还不错嘛，到现在这个阶段了，还那么执着地对待每一道题目，这份严谨性真令我敬佩。

只见韩京猛地一阵点头，然后夹着课本出来了，冲着我眨了两下眼，伸伸舌头，做个夸张的鬼脸，示意我从侧楼梯下去。

我问：" 怎么啦？满意而归了？"

韩京的答案有点出乎意料，他说："有关这道题的讨论老师只有一句话。"他顿了一下，接着说："那就是：你抄漏了一个条件，怎么能做得出来呢？！"

韩京的语气变得有点无奈："他一看我问的是这道题，他自己先恼了，说这道题不是在课堂上面讲过了吗？你有没有听课？你啊，你现在这种状态很危险啊，成绩虽然不错，但不过这只是平时的，笑到最后的是谁，还不知道呢……"韩京手指一戳一戳的，扮着数学老师的动作、神态和语气。

就这样，韩京被老师又教育了一番，想想自己这么急匆匆地跑过来，居然是跑过来挨教训，觉得有点冤。

我俩说着说着，就往楼下走。突然，在往下一层楼的拐角处，韩京止住了脚步，好像一瞬间被摄走了灵魂一般，一动不动，一言不发，眼睛定定地望着远方，神情却很专注，像是在用心去捕捉什么声响似的。我被吓了一跳，以为韩京一时激动，脑溢血了，连忙要去扶他。韩京一摆手，示意我别作声，同时也别动了。

这回我知道有状况了，凝神一听，这下听得真切，只听得下面不远处有女生说话的声音传了过来。在这安静的环境中，尤其显得悦耳。

只听得其中一个说："小睿，小睿，你看回去还有热水不？"

又一个说："哎，怕什么，你到男生楼走一趟，还愁没热水？"

这时，一个清柔的声音答道："嗯，应该还有吧。没有的话，就用我的吧，我还有一壶呢。"

第一个说话的女生说："好啊好啊，我都说呢，苏小睿真是个好姐妹，是个大好人！"

几个女生嘻嘻哈哈地又说了几句。而我却发现，在我身边的韩京却连大气都不敢出，缩在拐角的黑暗中，一动也不动。

这是我第一次近距离听苏小睿的声音，清脆甜美，真的觉得有独特的引力。我又望望韩京，觉得他的某种感觉的产生是有道理的。平时韩京也远远地指过苏小睿给我看，但看不清楚，现在她的人就在下面，我真的想就这样走下去，一看究竟，但又猜不透此时韩京的心思如何，心想：可不能擅作主张，坏了韩京的事情。于是我也不动，静观其变。

由于楼梯的灯光不亮，而我们两人又恰好在楼梯拐角的黑暗处，因此下面的几个女生没有发现我们，仍在嘻哈说笑着。我悄悄把头从楼梯上方探出一小截，往下面张望，主要目的是想看清苏小睿的脸，因为她对我来说，的确太有神秘感了。我也想看看苏小睿的魅力究竟有多大。

而身边的韩京也缓缓地挪动了脚步，站上了两级台阶，不动声色地在我上方把头也伸了一点出来，看得出来，韩京好像有点害怕，生怕自己被发现了，不知如何面对苏小睿。

所以他站得比较高，方便随时撤退。

就这样，两颗脑袋静静地在黑暗的拐角边上的陈旧的楼梯扶手上方冒了出来，而且感觉是叠在一起的，如果这时候苏小睿来到下面，毫无心理准备地往上这么一望的话，估计十个苏小睿都会被我们吓死。

由于我们不敢把身体探得太多，因此我的观看角度有限，只看见苏小睿正挨在走廊的花基边上。白白的瓷砖本来很普通，但苏小睿往那里一靠，就连单色的白瓷砖在她的映衬之下都会显得特别有诗意，仿佛纯白的画布上印着一位静止的古典美女。

我把脖子再探出些许，想望真切一些，无奈苏小睿是侧身站着的，楼层的灯光又实在太暗了，仿如那市集公共厕所的昏暗灯光，我看得眼睛有点发酸了，还是未能将苏小睿的芳容看个清楚。

这时，一个女生从附近的教室小跑出来，喊着："让各位久等啦，钥匙拿到了，走吧！"说罢，亲密地挽着苏小睿的手臂，往前轻拖着走，几个女生往我们这边的楼梯走来了。

我们神经一阵紧张，马上把头往里面缩，两个人缩头的动作是那样迅速，是那样的整齐划一，如果此时又让人看见了，真是以为见鬼。由于速度很快，我又是猛地一抬头，两人的脑袋差点碰在一起，吓得我俩马上用手遮掩着嘴巴，生怕发出声响。

韩京的缩头是因为怕自己这样的行径被苏小睿发现了，况且她的身边还有数位女生。试想一下，在这样的一个时候，在这么一个人迹稀少的楼层，自己在阴暗处鬼鬼祟祟地偷窥别人，被人当场察觉认出，给人的印象绝对就是一个偷窥狂！恐怕那种感觉就像是在大庭广众被人猛地脱了裤子一样，绝对的无地自容。因此韩京缩得很坚决，缩得很迅猛。

而我的想法就比韩京单纯得多了。我只是真的怕我们这样一幅楼梯间的造型被下面这几个弱质女生见到的话，恐怕有几个当场就得"妈、妈、妈呀"地扶着墙，慢慢坐下，吓晕了。万一吓死了一两个，这个责任可负不起。

幸好那些女生没有察觉我们的存在，叽叽喳喳地往楼下走了。今晚苏小睿好像特别高兴，面对的又都是女生，因此话也多了起来，她与身边的人各自都交谈了几句，语速很快，但吐音清晰。说着说着，苏小睿说到了烟花，她声音略带兴奋地说："好久没看过这么美丽的大型烟花了，记得在我的小时候，我骑在爸爸的脖子上，坐得稳稳的，那时候我看过这么一次相似的烟花，那种感觉好美啊！"

旁边的一个女生"痴痴"地笑着说："现在你想骑在谁的脖子上看呢？是不是那个……啊，哈哈哈……别……别弄啦，哈哈……"

苏小睿没有让她继续说下去，伸手往那女生的腰间一掐，对方没有留意她来这一下，话还没说完，就把腰一扭，差点笑岔了气。

苏小睿假装有点生气，想扮个严肃的样子，可自己不习惯这种扮相，一下子又自己笑了出来，说道："看你还敢乱说笑不？不过，骑人我倒没想过，谁像小傻瓜一样让我骑啊？"

我听了这句话，头不自觉地往上望了一眼韩京，心想：这个人看来想当小傻瓜呢。

韩京也低头望了望我，轻轻摇摇头，意思是说，我才不当小傻瓜呢！

我点点头，表示明白了，也怪自己想得比较肤浅，原来人家想当大傻瓜！

苏小睿的声音再次从下面传了上来，这次的音调竟有点失落的感觉："下次又不知是什么时候可以再看了，我不想又要等上数年，甚至十几年，我想在人生最美丽的时候，在最美丽的烟花下，见证最美丽的事情！"

旁边的女生附和着，纷纷说苏小睿好浪漫啊，一群人拉扯着，谈笑着，推撞着，渐渐远去了。

我以为该看的已经看完，该听的已经听完，便转身抬头准备撤退，正想跟韩京交谈，竟发觉韩京正怔怔地望着苏小睿远去的方向，嘴里却喃喃地说着："小睿，我想陪你看美丽的烟花，在你最美丽的时候……"

9

我实在是看不惯粗犷的韩京忽然变成一只温柔小鸟的样子，这种感觉就像是在美国玩摔跤大赛的肌肉男突然在擂台上捏着兰花指唱起京剧来，我有点适应不了。于是在一瞬间，我顽性大发，突然双手用力箍着韩京的手腕，把他往下拖。我的用意很明显，趁着苏小睿在下面，干脆把韩京带下去，让他面对面地说出刚才的那些什么"美丽的你美丽的我美丽的烟花"之类，让说话人感到无限热情但让身边无关紧要的人听得无限寒冷的话。让那些什么朦胧的感觉见鬼去吧，让韩京在最后的中学时光中，轰轰烈烈地面对这份只有他才明白的感觉吧！是好是歹，是生是灭，就看这一次了。反正就还有那么几天的高中生活，万一不行，顶多就以后不见吧，没什么损失的。这样拖着让自己挣扎苦恼，何必呢？

韩京被我强硬地拖下了大半层楼，终于明白了我的"好心"。他见我双手齐拖，拼命把自己往下面拉，马上展开了剧烈的挣扎，埋怨道："你傻了，是吧？等着看我的好戏？好啊，你想得真好！放手！你这该死的大猩猩！"

我才不介意韩京的挣扎，反正我的最终目的是让下面的苏小睿停下来，好让他和她有个见面的机会。如果韩京能聊着聊着，把对方送回宿舍更好，我算是为促成一段好姻缘开了个好头。于是我也故意把声音放得比较大："怕什么，来！来！又不是什么见不得人的事情！"我生怕下面的一群女生以为这里打架或是闹鬼了，全部跑掉。于是，我马上扭头往下面喊："小睿啊！小睿！等等我们啊！"

韩京这边一听我居然在这个时候肆无忌惮地大喊苏小睿的名字，顿时吓得魂飞魄散，手猛地抖了一下，挣扎的力度明显增大了。要知道韩京是在宿舍玩哑铃玩惯了的，真的是动起手来，恐怕两三个我都按不住他。这时的韩京认真地与我较上劲、甩起手来，我还真拉不住他，加上我自己这次的突然"发难"，自感也有点理亏，对不起好朋友，于是也不好怎么强拉他。只好把手一松，让他走吧。

韩京的力度有点过猛，一下子把手拔得太快，整个人跟跟跄跄地跌撞了出去，好不容易才稳住了脚步。他顾不上责怪我什么，而是很紧张地张望着楼梯下的动静，生怕苏小睿"噔噔噔"跑上来，与自己见面。他伸头缩颈地望了几秒钟，没见什么人上来，心中盘算着自己有着充足的时间安全逃跑，排除了会与小睿见面的可能性后，动作马上大起来。他像只潜伏在草丛中很久的蚱蜢，弹跳起来，长腿一伸，竟然往楼上的方向一步跳了五级楼梯！在他发动的同时，他向我抛下一句："兄弟，我先走啦！你看着办吧！"话音未落，他人已经弹上了上一楼层，往另一个楼梯的方向走了，只留下我一个人呆站在楼梯的黑暗中。

我只得苦笑一下，心想：在这个有点闷热的夜晚，少了一场精彩的好戏看，真有点遗憾。其实我也并不是故意想让韩京难堪，只是这个年龄段的人做起事情来，有时是比较冲动的，喜欢按着自己的性子想做就做，自己的想法有时能代表一切。我想，如果换我是今晚的主角，估计后果真的会非常严重——以韩京的脾气，他很可能会直接把我拦腰扛起，直接扛到苏小睿面前放下，然后一把搂住我的脖子，固定我的方向与位置后，对苏小睿说："你们两个说话啊，说话啊！慢慢说，我不插嘴就是了，呵呵。"整个人的嘴脸仿佛就是准备看两只蟋蟀开始掐架。

我一想到韩京的那个表情，身体不由自主地颤了一下，轻嘘一声，暗自庆幸自己不是男主角，否则，真的遇到这种情况，自己该如何摆脱窘境呢？

楼上已经没有了韩京的动静，估计他已经顺利地进行了胜利大逃亡。想想现在真的是人去楼空了，自己呆站在这里也没什么好玩的，正欲转身下楼之际，冷不防看见楼下楼梯的扶手上搭着一只白皙的小手。在黑暗之中我看得毛骨悚然，所有的想法一瞬间像蒸发掉了，心狠狠地抽搐了一下，好像是心突然缩小一半的感觉。

这时白皙小手的主人出现了，楼梯的阴影处现出了一个人影，她定定地望了我几秒钟，然后怯生生地问我:"请问,刚才……刚才是你叫我吗?"

啊!苏小睿!是苏小睿!她真的听到我的喊声,真的停下了脚步,并且还真的走上来了!

这个突发情况令我猝不及防。幸好在黑暗中,我的脸色不至于被苏小睿看得清楚,因此我有了那么几秒时间来应对这种情况。这么短的时间里,我的脑筋在急速运转,想着该如何跟她谈下去,是从有利于韩京的角度出发呢,还是暂时忘却我和韩京的好朋友关系,只是以一个普通朋友的角度去谈话呢?这两种不同身份的谈话,内容可绝对不一样,效果如何,很难预料。最后,我决定不能跟苏小睿一问一答,也就是说,不能让她来问,我来答。如果这样的话,我会很被动,很容易被对方两三下就盘问出真相,那时候情况就不好掌握了。

于是,我不紧不慢地说话了:"对啊,是我叫你的。怎么?我不可以叫你吗?"

苏小睿本来只想听我说原因,谁知道对方又抛来一个问题,自己顿时语塞,她的大眼睛眨了两下——黑暗中我能看清她的细微动作,轻轻咬了下嘴唇,又问:"你认识我吗?"她说完这话,忽的觉得自己问得有点多余,因为人家不认识自己,怎么能叫得出自己的名字?

苏小睿有点不好意思了,微微低了一下头,又迅速抬起头,有点害羞地望了望我。可她仍看不清黑暗中的我,眼光没有了立脚点,所以又马上把眼光收回了,继续说道:"你怎么认识我的啊?"

我看见苏小睿有点发窘的可爱样子,心中暗自发笑,于是我继续轻快地说:"我当然认识你啦,我认识很多理科班的高手呢!你,还有化学班的方小宇、李达,生物班的那个凌丹,物理班的朱梓国、叶桑……对了,还有,那个化学高手,韩京!"

我一边把话说得很慢,一边留意着苏小睿的表情。我说出那一串年级里有名的理科高手的名字时,苏小睿初听时,也露出了吃惊的表情,因为这些人自己都认识,都是学习上的强劲对手,想不到黑暗中的人居然都认识。苏小睿听着听着,微微张大了嘴巴,表示惊讶。

可我在黑暗中看得真切,在我说出最后一个名字的时候,苏小睿望向我的眼光中流露出一丝说不清的意味,整个人很微弱地摇了一下,手也不自觉地拉了一下书包的带子,仿佛在掩盖自己的不安。

月光这时正游走到能照亮楼梯阴暗处的角度,我慢慢地从黑暗中展露出容貌来,同时苏小睿的眼睛已经开始适应黑暗的环境,因此她也能看清我的样子。

看得出苏小睿对我这个人是比较眼熟的,她微微皱起眉头看了我一阵子,像是在确定我的身份一样，毕竟在这种环境下把人认错，是件比较难堪的事情。不过她很快就有了确切的答案。因为这时的月光毫无顾忌地照在了我的脸上，把我的一切都暴露在淡淡的月色之中。苏小睿是何等聪明的女孩，她怎么会认不出我这个经常与韩京待在一起的人呢？

苏小睿有个特点，我现在发现了。就是她喜欢在说话前先微笑一下，我个人倒很喜欢她的这个特点，毕竟笑能缓解双方的紧张关系，更何况是这样一个可爱靓丽的少女的笑容呢？谁会看得厌呢？

果然，苏小睿先笑了笑，可能是见了"熟人"的缘故，她整个人放松了一些，心中的戒备与不安仿佛也在悄悄减退，她的声音明显轻快了很多："哦，我见过你的！我认识你，你就是……就是韩京的好朋友！对吧？……嗯，是的，就是你，我知道你写文章很厉害的，文学水平特高。"

我见苏小睿认出了我，也没感到有什么奇怪的，因为如果苏小睿对"韩京"这两字敏感的话，表明她的确与韩京存在着一些比较含糊的感觉。那么她能这么快地认出我，也说明她对韩京是比较留意的。这也算件好事情吧。

可我却有点不祥的预感，因为我已经感觉到苏小睿接下来的问题肯定与韩京有关。因为我的身份被人知道，人家就会自然猜想，你在这个时候平白无故地在楼上喊一嗓子人家的名字，而且现在自己是一个人，还是鬼鬼祟祟地躲在这种阴暗的角落，那岂不是摆明了在偷窥人家？偷窥到了"兴奋"时，还喊人家的名字？如果让苏小睿联想到这个程度上，那么我不就成了一个龌龊的家伙？

此外，苏小睿见到我，肯定也会猜想韩京就在附近，或者曾在这里——偷望自己。那样的话，很可能就把一些本来向着美好方向发展的感觉忽地往坏的方向拽一样，把事情搞砸了。一想到这里，我的心不由得惊慌起来，我引来苏小睿的初衷是要看韩京与苏小睿之间的一场"好戏"的，没想到一不留神，自己反而入了"戏"，成了男主角，真是始料不及啊。没办法，只好自己顶风而上，自己闯下的烂摊子自己来收拾吧。

同时我也暗暗打定主意，再怎么糟糕也好，也要把后果独自承受下来，与其让韩京与我一同变成卑劣的人，倒不如我自己一人扛了，起码还有一个人是"清白"的嘛。忽然之间，我感觉自己变得悲壮起来，觉得自己将要为兄弟牺牲了，这份真挚的感情真令人敬佩啊！我不禁把胸膛抬起了一点，准备迎接对方的质问。

可苏小睿仍然沉浸在发现我是谁的兴奋中，她可能不知道我的真名，但她知道我和韩京的关系很密切，当然也知道我是来自文科班的，可是自己总不能"你你你"这样称呼人家吧？所以她总想把自己与我的朋友关系拉得更近一些，好让我知道，她的确是认识我的。

苏小睿一时心急，没想出些有代表性的文科人物来，只好轻抿着小嘴唇，暂时沉吟不语。

可苏小睿的这副犹豫不决的表情在我看来，却是另一番意思，以为她在想着该如何发问。我生怕她的问题一旦出口，对自己的处境不利，如今之计，很明显应该求个全身而退，大家相互留个好印象，以后也好在公共场合能愉快见面。我想到这里，觉得不应再在这里傻站着，而应不失体面地打个招呼，然后趁机闪人。

于是我一下子接过苏小睿的话题，笑道："是啊是啊，不就是我嘛。哈，想不到在这里见面了。我路过的，到这边来……找个同学，找不着，你看这是怎么回事呢？哎，时候不早啦，我们各自散吧！"

说罢，我转过身，吐了吐舌头，挪动脚步正想开溜。后边的苏小睿一看我要走了，心中想的那些模糊的名字也暂时抛一边了，自然的反应就是马上喊着我："别走，别走！"她见我略一迟疑，马上就追问道，"喂喂，你还没有告诉我，你刚才为什么叫我呢？"

我一听心中暗暗叫苦，心想：小睿啊小睿，你真是哪壶不开提哪壶啊，你以为我想这样叫你的吗？我是在"帮"韩京那家伙呢。我叫你能有什么事？

我正支吾着不知该如何作答，忽然听见楼梯的下方传来几声细细的"哧哧"笑声。我侧头往楼梯扶手间的缝隙一看，原来下面躲着几个女生，就是刚才与苏小睿一起走的几个女生。她们当时也听到上面有人高喊苏小睿的名字，顿时好奇心起，商量着说要给苏小睿壮胆，保护她的安全，实际上个个都想跟着上去看热闹。毕竟女生对于别人的感情特别感兴趣，很喜欢掌握第一手的情况，然后回去分析，帮那个人出一些幼稚的主意，如果觉得自己的建议或做法正确了，自己也可以幻想一下，想想以后如果某某某这样对我，我又该如何如何应对、如何如何处理。

于是，几个女生屏息凝气、蹑手蹑脚地跟在苏小睿的后面，几个人像串糖葫芦似的潜伏在下一层的楼梯里，静听我与苏小睿的对话。同时，一个个像等待喂养的雏鸟一般，昂起头颅，睁大眼睛，张大嘴巴，在下面张望，想看清我的模样，想看看谁那么有激情与热情，敢在这里呼喊！

我看着她们的神情，一脸的期待，估计她们五个中有四个想看我如何对着苏小睿表白——毕竟这些内容最受女生喜爱，剩下的一个人是想看我在表白后如何被人拒绝——毕竟故事主角不是自己，要大团圆干吗？还是看一个猛烈追求、一个断然拒绝比较过瘾，起码自己可以意淫一下，幻想一下自己去拒绝一个对自己爱慕已久甚至为自己守了几天几夜不眠不休、不吃不喝的痴情男子的感觉，然而这完全是出自该女生的一厢情愿的幻想。因为真的没有几个男的会这样做，而真的这样做的男子也许已经累死了，或者饿死了，或者渴死了。

那串"糖葫芦"一见我在望着她们，马上像群受惊的蚂蚁，纷纷走散，不过，她们的笑声却变得更加肆无忌惮了，"哈哈"声马上回响于楼梯之间。

不知是谁还嚷道："哎！别走！那个谁你就别走了，留下来陪小睿吧！我们可走了！"另一个接着道："你可以送小睿回宿舍啊！别拐走了我们的小睿！"

说罢，一群女生嬉笑着，蹬蹬蹬地全部跑下了楼，只留下无奈的苏小睿和无语的我。

苏小睿伏在楼梯扶手上，探头向下面正在奔走的女同伴喊着："嘿，等等我嘛，别走啊！"可惜人群已经远去，没人理睬她的叫喊。苏小睿无奈地轻叹一声，转过头来，有点慌张地望着我，眼神中更多的是要我拿主意，现在究竟要怎么做了。

我当然能看得出她的意图，其实现在的情况无非只有两种，一是留着继续谈下去，一是马上动身，离开这里。不过为了表示大度与绅士，也为了对方的安全，自己是理应要送人家安全回到宿舍的。

对于这两种选择，我几乎没有怎么犹豫就选择了后者，因为我一早就有开溜的念头，毕竟自己对着苏小睿暂时还没有想说话的欲望——我的确是不知该说什么好，我对她的了解真的不多。我想，与其在这里说多错多，还不如赶快结束这次见面。

于是我对苏小睿说："看来大家都对我很有信心，让我保护你回宿舍，不过你放心，有我护送你的话，估计能伤害到你的人现在还没有出生呢。"

苏小睿"哧"的一声笑了出来，然后又笑了笑，微微点点头，意思应该是可以让我送了。我见气氛经我一调剂稍微缓和了一下，于是赶快顺水推舟，说："对吧？你也认同吧，好啦，我们走吧，这里的蚊子很厉害，我们可不能在这里坐以待'吸'，走走走！"

苏小睿应了一声"好吧"，就转过身，待在原地不动，等我走到了她的身前，她才跳下一级，并不作声，紧跟在我的身后，显得非常的可爱。

就这样，我们两个一走一等，慢慢地走出了教学楼。在走出教学楼的时候，我突然有点害怕，我担心逃走的韩京一直还在楼上的某个角落看着我们，如果让他在楼上见到我单对单这样陪着苏小睿，会不会醋意大发？万一他从楼上用书砸我怎么办？想到这儿，我往苏小睿身边靠了靠，好让韩京怕砸到苏小睿而不敢下手。

转过教学楼，走在了校园的主道上，身边的学生也多了起来。我和苏小睿在这段路程里也没有太多的交流。可能到了人多的地方，两个不太熟悉的人会变得有点害羞，生怕太热烈的交谈会引人注意——尽管根本没有人注意。我俩也只是略谈了一下有关学习的情况，比如高考的准备啊、报考的大学啊，都是些很无聊的问题。更多的时候，我是在看着远方的操场，或是把头仰起，望望天上的月亮，苏小睿则总是在落后我一步这样的距离，偶尔的作声也是轻声细语的。

不过再怎么少的话题，聊着聊着也总会最终扯到韩京，毕竟韩京是我们两个人之间一个沟通点，我们都是韩京的朋友，怎么会不聊到他呢？

对于韩京的事情，我始终持着比较谨慎的态度，我不能一下子把韩京的事情说得太多，这样的话韩京以后和苏小睿相处就会变得被动，因为自己的底牌被人家知道得比较多。另外，我更不能把韩京一味地往好的方向说，因为不停地说他好，再迟钝的人都会察觉到你在"推销"他人，人家会出于害羞而不敢有所回应，还可能会引起反感，这同样对韩京不利。

所以我对韩京的描述趋向于简单化，有时越简单越让人猜不透，人家越猜不透你，你的神秘度就越高，这对维持一种似是而非的感觉非常有必要。有关韩京的一些事情我说得很随意，但我说得很清楚，能让苏小睿在我的描述中知道韩京的一些性格，但应该绝不会讨厌他。

当然，在这期间，我也在试探苏小睿对韩京的感觉，这一点很重要——因为明天我就可以借此为卖点，"勒索"韩京请我吃顿午饭。

苏小睿提到韩京，脸上露出了笑意，仿佛想起了些愉快的事情，她说："他啊，是个很有趣的人。我和他曾接触过……"

听她这么一说，我估计她说的接触，应该就是上次韩京在教学楼中差点要被屎憋死时在女厕中见到苏小睿的那次，想到这儿，我也忍不住要笑出来，因为韩京那痛苦的表情仍旧历历在目。

之后韩京与苏小睿在操场上走了一节课，当时具体是怎么回事，韩京他一直没有说出来，那今晚苏小睿会说出一些当时的情况吗？我不禁有了点期待。

10

"他是个有趣的人。"苏小睿对韩京的第一个评价就是这个。

说韩京是个有趣的人，这一点我绝对认同。如果说我俩凑在一起，还没趣的话，那这个世界上就真的很没趣了。我和韩京的鬼点子怪主意非常多，想象力非常丰富，哪怕一个平凡的故事，经我们一唱一和地复述的话，都将会变得有趣起来。

因此，我点点头，对苏小睿的话表示赞同。苏小睿见我同意，也非常高兴，接着轻快地说:"那次啊,韩京与我走在操场上,见我不作声,他倒自己慌起来,对了,你也知道那次发生什么事了吧?"

我知道她说的是那次韩京因内急闯了女厕的事情,作为好友的我当然知道,我觉得这没有什么必要隐瞒。况且这虽是件可笑的事情,但也绝不是什么下流无耻的举动,毕竟韩京是被"逼"的。

于是我说:"这个当然知道,他当天就跟我说过了。"我轻轻地笑了一声,说:"小睿,他还为这次不光彩的见面懊恼了好几天呢。我们就放过他吧,以后也别提了,当然只是在他面前不提,在我面前怎么提都可以,哈哈。"

苏小睿也捂嘴笑了一下,接着说:"所以呢,这一路上他特别的不好意思,以为我不说话是在生气呢。他很想缓和一下气氛,就在不停地说些笑话,都是些黑色幽默。"苏小睿回忆了一下,顺便挑了一两个,简单复述给我听。我一听,也笑了,这本来就是我告诉韩京的嘛,想不到他用来跟女孩子搭讪了。但我肯定不会告诉苏小睿这些我都知道,还是让她怀着"韩京这个人真的很有趣"的结论吧。我听着,装作第一次听的样子,哈哈笑了两声。

苏小睿很高兴,她以为我也是第一次听,但其实女孩子的心思是很敏感细腻的。她的高兴,更多的应该是源于她觉得,作为韩京最好朋友的我,也是第一次听这样的笑话,而这些笑话是自己早就享有的了。这种独一无二的专属感,会让每一个女孩子都感到愉悦、感到甜蜜。苏小睿自然也不例外。

不过我知道,韩京的有趣应该不只是单纯地复述几个冷笑话这么简单,应该还有后续的。所以我仍然期待苏小睿接下来说的话。

果然,苏小睿继续说:"韩京啊,见我笑了,顿时活跃了起来,竟然慢慢伸出手臂……"

我微微吃了一惊,心想:韩京该不是想在操场这个地方对苏小睿来个熊抱吧?该不是在光天化日之下变身为禽兽吧?我连忙把眼光扫向操场的四周,努力地用想象去构建当时的情景。

没想到苏小睿没有露出惊恐的表情,反而用稍带顽皮的口吻说:"他猛地伸出手臂,猛地又屈臂收起,向我展示他的手臂肌肉,并且跑前两步,摆了几个健美比赛的姿势,哈哈……韩京还问我,想不想看他的无上装肌肉 show?"

听到这里,我忍不住了,哈哈大笑起来,想到那可是在白天操场上啊,韩京真是动作不惊人誓不罢休啊。

苏小睿拼命忍着笑,但一想到那时的场面,她还是忍俊不禁,只好与我一起笑,什么话也说不出来。

趁着夜色，我看着愉快笑着的苏小睿，觉得她真的好美。

看看路程，也差不多到女生宿舍了。我还想问多一点东西，我掌握的情况多一些，对韩京以后就相对有利一些，我明天就更有可能吃到韩京请的饭。

于是，我不失时机地问道："那你对韩京又说过些什么呢？我看他回来之后，好像深沉了很多，仿佛在想些什么。你不会是打击他了吧？"

苏小睿听到我的问话，慢慢地，她不笑了，后来还是勉强地再笑了一下，偏着头望了望我，说："没有说什么啊，只是闲聊了一下。你看他，他多么好笑，我能说什么呢……"苏小睿说着说着，脚步渐渐地慢了下来，好像在想些什么，好像也在犹豫着什么。

我见此，自然也不好断续问什么了。说真的，不知为何，我也觉得让这么一个女孩子在月色之中陷入一种忧愁的状态，是件很残忍的事情。我很不忍心。

就这样，我不言她不语地走了一小段路，眼看转过前面的大花坛，就到女生宿舍了，可这时，苏小睿停下了脚步，她一停，我自然也跟着停下来，有点疑惑地望着她。

苏小睿捋了一下头发，咬了一下嘴唇，在我的身边轻轻问道："你相信命运吗？"

"啊？"我轻喊了一声，以为听错了，因为这个问题问得没头没尾，没有任何一点先兆，之前的话题也似乎没有留下与命运有关的伏笔，她怎么在这个时候问我这个问题呢？我有点茫然，不知该从哪个角度去作答。

苏小睿追问了："相信吗？"

我只好按我的观点出发了，说："相信啊，怎么不相信？我和韩京相识，是命运。我今晚与你相见，也是命运啊。不过世事也没有绝对的，相不相信也得靠你自己的努力——要扼住命运的咽喉，贝多芬就是这样教我们的。那你呢？相信吗？"

我把话说得很圆，既有自己的看法，也保留了一定回旋的余地，现在无论苏小睿相不相信命运也好，我都可以顺着她的观点说下去。

苏小睿眼神有点黯淡，淡淡地说："我不想相信……"

我一听，这好办，原来她不相信，我正想顺着她的观点说一番命运其实信不信也无所谓的话。但苏小睿没有让我继续说下去，而是接着问我："可我不得不信。但如果命运非得让你做一些你不想做的事情，那相信命运的你，会怎么办呢？告诉我！"她的语气竟有点急。

我真的无法在短时间内通过推测来弄明白苏小睿这些问题的含义，迟疑着不知怎样回答。

苏小睿显然忽然意识到自己这样的举动有点失常，她略带歉意地向我笑了一下，低了一下头，挪动脚步往前继续走了，边走边说："你看我，最近可能压力太大了，都不知该怎么与人相处了。你不要见怪。我觉得你也是一个好人，和韩京一样，都是好人。我觉得你可以信任，所以一时说了一些奇怪的话来，希望你不要见怪。"

她把话说得很轻很慢，因此她说完的时候，已经走到了女生宿舍的门前，我不能再送了。我听完苏小睿的话，点点头说："你也是一个好人，别想太多，一切都会好起来的。我、韩京是你的朋友，无论怎样，总会帮助你的。"

苏小睿"嗯"了一下，对我又微微一笑，想说什么，但她的眼睛发现刚才撇下她走的几个女生正从另一个方向往宿舍走来，苏小睿不想又在这里被人瞧见说笑话，连忙对我说："我同学回来了，我先回了。你自己也要小心……或许，我们有机会再谈谈……"说罢，转身就闪回了宿舍里，在她的背影消失前，她似乎回头看了我一眼，眼神中有着一丝忧郁。

两天后，我偶然听到路过的一个女生说，苏小睿回家专心复习了。这是我在高中阶段，最后一次见到苏小睿。就是在高考当天，尽管知道她回来考试，但仍然没有在来往的人群中再见到她。我与她的下一次见面在几个月后，在我就读的大学里。

高考终于如期而至，一连三天的考试，让无数考生考得昏天黑地。整个校园仿佛一瞬间释放了无数的沉重压力，我在校园中看着头上的天，都觉得特别的晴朗。

这个温度为33度的夏日，宣告我们的高中生活结束了。

高考完，仿佛一切都结束了，但仿佛一切才刚开始。我和韩京在高考结束后的当天把行李收拾了一下，准备搬离学校，毕竟回家的感觉会自在、舒服一些。

在从高中宿舍搬出来的当天，韩京与我一起到城郊的大堤看海。我们任凭海风轻拂我们的脸庞，望着海天相接处的太阳正一寸一寸地沉没，夕阳的余晖肆无忌惮地影射在我们的身上。一身红艳的韩京忽然用手往空中一指，招呼我说："你看！"我仰头一望，只见一行青鸟缓缓在天空掠过，向着太阳的方向飞去，夕阳中的几个黑鸟影异常醒目……

只听见韩京说："人应该像青鸟一样，活得自由自在，无牵无挂，往自己喜欢的方向飞。你看你看，它们飞得多稳，展翅往高处飞，飞啊飞，不急躁，不迷茫，慢慢上升，这代表了一种积极、乐观、向上……"话还没说完，带头的那只青鸟猛地直线下降，往水中一扎，捕鱼去了。其余的飞鸟纷纷下沉，争先恐后地入水觅食，激起了一阵浪花。正当韩京看得目瞪口呆不知如何把话说下去时，我接口说："不用问，现在青鸟不飞了，捕鱼去了，那肯定又代表了人在逆境中的一种勇敢、自信和沉着，在人生的命途中能屈能伸，对吧？"

韩京看看我，微笑不语。半晌，他才说道："看来中国语文的素质教育在你身上挺奏效的，把人才培养得还可以嘛。"

我们两个选的科目不一样，我们对大学的选择也有点差异，这就意味着，很快我们相处的日子就要结束，身边的这个好朋友即将远行了。以后对方有什么境遇，有什么困难，自己都将不会是他身边的一个人，这个事实多少让我们感到有点伤感。虽然这种伤感暂时还不强烈，只是淡淡的，但这忧伤的气味已经存在了，我们两人的友情这么深厚，这一点点忧伤的气息已经足够蔓延到我们的生活之中，让我们感到无比的失落。

不过我们坚信，真正的友谊是会天长地久的，一年中不是有假期么？我们还可以再聚的。我们也约好了，无论怎样，一年怎么也得聚那么两次。

我们沉默了良久，韩京开始说话了："这个假期，我打算去远足。到外面走走。"

我说："你一个人吗？还是想约一下……她？"说到这里，我的脑海里又浮现了苏小睿在与我分别时，那充满忧郁的回头一眼。

韩京没有问我这个"她"指谁，因为他知道我问的是谁。他没有任何表情，继续说道："我没有见过她呢。你也是上次见她以后，就再没音讯了吧？"

我点点头，表示的确如此。上次我与苏小睿见面的事，跟韩京提过一下，但我没有拿苏小睿的事跟韩京开什么玩笑，因为苏小睿最后的表现让我有点不解与不安。我只是告诉韩京，我被苏小睿截住了，后来我就送她回宿舍了。

当时韩京听了也没有什么特殊的反应，只是说："这就好，这就好。"然后反问我，"你这小子没给我添乱吧？"我笑笑不答，只是轻轻摇摇头。

不过我没有把苏小睿有关"命运"的一些问答告诉韩京，本能告诉我，这可能不是一件容易解决的事情，至少不是现在这个时候来解决。如果贸然告诉韩京，以韩京这么容易激动的性情，可能会影响到他高考的情绪。还是将它缓一缓吧。

现在我们面对大海，我觉得是时候了，扭头看看韩京，正想开口之时，韩京却忽然拉着我，手往天上一指，说："你看！那行青鸟……"

我们那天在大堤上谈的内容不多，因为在探讨完青鸟忽高忽低的飞翔后，一个同班同学骑车路过时看见了我们，他对着韩京嚷："喂，韩京！刚刚你家里来电话找你，好像有急事，回去吧！"

韩京一听，脸色微变，忙拽着我，披着余晖就往宿舍里赶。

这件突发事情的结果就是，韩京真的是"远足"了。不过走的是回家乡的路，据闻是他的爷爷病危，已经拖了好些天，家里人怕影响韩京高考的心情，一直瞒着未说，现在就要他连夜赶回去了。

没想到，我和韩京的分别这么快就开始了。

两个月后，我们搭着两班不同走向的火车，各奔前程。之后发生的事情，这时的我们是谁也无法想象的。

11

  韩京当夜就收拾东西，匆匆赶回家与家人会合，启程回老家。我送他一直到校门口，他没有跟我说什么，直到临上车前，回头对我说："我们电话联系啊，你要保重！"说罢跳上车，在车窗处又探出头来，补充一句："帮我留意一下成绩……还有，苏小睿的成绩。还有……"说完这两句话，韩京明显有个思考的过程，一副欲言又止的模样。为了听清他的话，我踮起脚尖，把脖子伸得很长，十足一只挂在橱窗的烧鹅，这种感觉可不好受。可偏偏韩京"还有"两字说得好长，弄得我有把他直接从车窗里拉出来，把话说清楚了再走的冲动。

  终于，他说出了两个字，我平时极少听他提到的两个字："凌丹。"

  韩京要我打听一下凌丹的成绩，这多少让我有点惊奇。但我可以理解，毕竟在很长的一段时间以来，凌丹对韩京的照顾很到位，老实说，韩京应该多少对她有点好感。因为无论谁也好，如果能感受到另一个人对你的强烈好感，内心还是窃喜的，被人重视、珍重的感觉真的很好，一旦适应，就不想轻易失去。这是个很容易明白的道理。

  所以，韩京想知道一下凌丹的情况与去向，是很正常的，也是情理之中的事情。我没有怎么犹豫就答应了。心想：韩京这一次出门，除非真的一切安好，否则他爷爷真的出事了，没有一个月是回不来的。韩京家族人数不多，他作为长孙，回去料理一切是应尽的义务，而这是需要一些时间的。

  "好吧！你……"我本想说，你安心走吧，但发觉非常不吉利，像是送韩京永别似的，所以临时又改口说："你……一路顺风吧！再见，保重！"

  在夜色中，韩京把头隐蔽在车内，我在外面已经看不清他的容颜，只见他做了一个让我回去的手势，然后缓缓推上车窗。

  汽车缓缓开动了，韩京把脸贴在窗上，双手也用力地按在玻璃上，望着我，嘴里在念叨着什么，可我已经听不见看不清了，只是觉得他很留恋这里，很想留在这里。

  韩京走后一切如常，我暂时还没感到有什么失落感之类的特别感觉，因为明天自己也回家了。这一晚，我睡得很早，可能是高考后心力交瘁的一种缓慢的后遗症，让人在任何时候都能进入睡眠。只是可能高三阶段习惯了早起，形成生物钟了，天刚亮的时候我便醒来了，

  这一醒再也睡不着了。我看看床头的手表，才五点四十分。由于已入初夏，天亮得很早，

透过纱窗，我看见外面已光亮一片，透着无限的生机，吸引着人们往外走去。此时我的室友睡得正香，偶尔还传来咂嘴磨牙的声音。这种有点刺耳的声音与外面婉转清亮的鸟叫形成了鲜明的对比，愈发使我这个在下半夜没睡好的人有了要起床的冲动。想到这里，我再也忍耐不住了，一跃而起，差点没从上铺摔下去。在睡梦出了一身热汗后的我，在清醒之后又出了一身冷汗。

下床的时候，一脚踩在韩京的枕头上，软绵绵的，我才意识到下铺的韩京已经回家了。他的床上散乱地放着几件衣服。床头还贴着些小纸片，都是些课程表、座右铭之类的，还有就是一小幅从不知名杂志上剪下来的影星史泰龙的照片。史泰龙是我和韩京的偶像，还记得当年我跟他一起看《洛奇》，看得两个人热泪盈眶，深为主人公洛奇那种对人生的追求不屈不挠的精神所感动。我估计韩京在高中后半段迷上健身玩哑铃，多少有点受洛奇的影响，喜欢挑战自己，不轻易言败。

我望着史泰龙那不苟言笑的长脸，摆了一个与照片一样的姿势，摆了几下拳头，以此向他致敬。忽然，我见到了在韩京床头的史泰龙照片后好像有个小纸片，露出了一小片纸角，我有点奇怪了，想着韩京会放着什么在里面呢？

我没想过韩京会藏着什么秘密在里面，因为在学校这样的范围内，韩京与我是没有什么秘密的，况且真是秘密也不会藏在这里。我在抽出纸片之时也没想过能看到什么，也许就是一张白纸，也许就是一张计算的草稿纸。

我抽出来一看，纸片倒不是空白的，而是一张风景照，右下角写着"云南风光"。照片中蓝天白云，连绵起伏的皑皑雪山包围着绿草如茵的辽阔草原，几条蜿蜒河流缓缓流过郁葱的草甸，仿佛几条明如玻璃的带子铺散在绿色的地毯之上，好一个清新自然、优雅纯净的地方！

我端详了照片一阵子，想着韩京把这么一张风景照藏在后面干什么？难道是想去云南旅游？我好像没有听说过他有这样的打算，据我所知，韩京也没有打算报考云南的大学。或许只是他觉得风景好看，把它剪了下来，又随手把它插在那画报后的吧。

我翻过风景照看它的后面，有一行用铅笔写的小字，好像是一个地址，我轻轻读道：云南，迪巴，槎洱……后面的一些字模糊不清，看似是韩京用手指抹去的。地址的下面还有几句押韵的话："小草头，顶风抖。月无力，藏梢头。寂夜静，滂沱泪。敢问心，为了谁？"

我来回读了几次，心想：韩京何时变得多愁善感起来，什么草啊月啊，泪啊心啊，这些不像是他的风格。

风景照上没有写下任何时间，我无从知晓具体是什么时候放上去的，不过从它的崭新程度看，应该不超过三个月。

我忽然意识到这可能是韩京的一些个人的情感事情，也就是说个人的私事——每个人都有属于自己的秘密，这点我理解。我意识到后，觉得自己是不是多事了呢？尽管是无意看到的，但心中仍有些罪恶感，于是毫不犹豫地把风景照放回了画报的后面，默默地向不在现场的韩京道了个歉。

我走出走廊，深深地吸了一口外面的新鲜空气，顿觉心旷神怡。看着晨光中的绿树，它们正挺直腰杆，想要争取到今日的一缕阳光。被这种充满生机活力的生物所感动，是一件好事，我也觉得自己好像轻快起来，想要在这清晨中起舞。

不过感到人生的美好、人生的振奋仅仅是几分钟的事情，因为很快我就感觉到人生的现实，那些什么生机啊什么活力啊，无论多重要，最终都必须要服从温饱问题，这是最基本的——我饿了，昨天晚饭后我没再吃过东西，而且一夜睡得不好，感觉体力消耗得特别大，肚子空荡荡的。"人的肚子里是不能只有新鲜的空气，还必须要有新鲜的食物。"这是我在校园清晨中悟到的一个宝贵的真理。直到多年以后，我仍然发现这个真理是无比正确的。

我顾不上刷牙洗脸，马上回房间攥着饭卡，就下楼直奔食堂。我走着走着，经过了旧宿舍区的几栋矮楼，想当年我读高一的时候，便是在那里住的。看到这楼，我不禁想起了当时发生在这里的一件轰动全校的事。其时由于学校住宿床位紧张，不少宿舍楼都混搭了不同年级学生住宿，那年我们高一的住三楼，三楼还安排了部分高三男生居住。某个夜晚，我亲眼见到高三的师兄攀上宿舍的铁栏从我窗前游走过去——事后我们估计他是忘记带钥匙了，为了省时间就直接攀铁栏进入自己的卧室。

无论这位师兄当时的动机如何，看到他如此神勇的表现、熟练的动作，我觉得应该不是第一次了。毫无疑问，这位师兄成了我们这批新生的偶像，那时的我们还很单纯，都是看武侠小说长大的，我们同宿舍的一致认为这位师兄懂得"壁虎游墙功"，是位武林高手。

之后，这位师兄的英雄形象毁于一次意外，可能是平时爬得很爽很便捷，对于这件事他已不以为然。那时他又一次游走到我们宿舍的位置，意外的是，在拐角的地方他一脚踩空，整个人顿时失了重心，险些从三楼掉下去，幸好衣服挂在铁枝上，手使劲地扶着栏杆。他所处的这个位置非常尴尬，不上不下的，整个人就悬在那里。我们一群人在宿舍里看得真切，连忙出去救师兄。可挂在那里的师兄叫喊着，死活不让我们靠近，理由是，怕我们人多一哄而上，手忙脚乱地拉扯，拉到最后发现只剩下半截衣服，他的人却不见了。

看见师兄在阳台外面喊得撕心裂肺，我们都不敢靠近。只能派人马上去通知老师，顺便报警，隔壁有个跑过来看热闹的很迅速地打了急救电话，并振振有词地说："我看师兄肯定会掉下去！所以先把救护车叫过来是没有错的。"

还有个同学的经济触角比较敏锐，马上一扫桌上的杂物，铺开白纸坐庄，一边是"挂在外面的师兄掉下去"，一边是"挂在外面的师兄不掉下去"，吆喝着要大家下注。

结果，我回头一看，十个有九个是买师兄掉下去的。

对于外面的师兄来说，等待救援的时间比一个世纪还长，他一边大喊着不让人靠近，一边又在苦苦哀求别人来救命。看着挂着的衣服渐渐有开裂的迹象，他吓得嘴唇都哆嗦起来，人却不敢再动，喉咙里发出低沉的呜呜哀鸣。

这个事件吸引了不少同学起来观看，楼上楼下全是人，毕竟这么近距离看人从楼上飞下来不多见，况且楼层不算高，应该跌不死，场面应该不会太血腥。所以不少女生也在驻足观看。

可能是人多了的缘故，师兄明显觉得有点不自在，身体竟不自觉地摆动起来，可这一动，似乎真的要掉下来了。师兄头也不敢抬，只能继续哆嗦地努力保持一个姿势。可细心的同学发现，师兄的裆部开始慢慢地湿润起来，而且面积越来越大，最后竟渗了出来，往下滴了起来，原来师兄吓得尿裤子了。

由于是晚上，那群在下面看热闹的人，对于这一情况并不知情，不少人纷纷用手抹着额头，说："咦？奇怪，怎么下起小雨了呢？"

直到上面的人喧闹起来，陆续听到不少人在奔走相告，说"师兄撒尿啦师兄撒尿啦！"下面的人才知道原来不是下雨，而是"下尿"。于是个个都激动起来，有人大声喊着："你人掉下来之前，还要派先遣部队啊？"周围的人听罢，都哭笑不得。

最后，救援人员终于到了，在下面打好了气垫，并在消防队的协助下把慌张的师兄救了下来。

之后，这位师兄因惊吓过度而在家休息了一个月才正常上学。后来据说他身上带了几串相同的钥匙，防止再因不带钥匙而铤而走险。

当然，经过这次的突发事件，师兄的大侠形象不再复存，一代大侠的"传奇"故事就此告一段落。

今天我经过此地想起了这么一件往事，顿觉时间过得飞快，当年自己还以高一的身份看热闹呢，今天自己就是即将离校的师兄了。正当我心中充满无限感慨之际，抬头的瞬间便被一缕"阳光"亮瞎了眼。

这"阳光"属于一个女孩子的，她正从校园的另一头向我这边走来，距离有点远，我一下子不能完全看清她的容貌，但她很有气质，这是我直接能感受到的。她走在校园里，就像一株初夏中最早盛开的荷花一样，是那么的耀眼，那么的独特，那么的热情奔放！

她穿着一件紧身的白色圆领T恤，整个身形被包裹得线条尽显，下身穿一条时尚的牛仔裤，看起来既得体又收腰。尽管一身的配搭显得有点简单，但绝对能将少女的青春魅力完全展现出来。贴身的衣服根本遮挡不住藏在她身体里欲喷涌而出的热情与活力，而她的气质与活力仿佛能感染每个人，让他情不自禁地跟她走！

她神采飞扬地向我靠近，但眼光没有注视我，而我当时一下子是被她的气质震住了，出自本能地只能盯着这个女孩，希望多了解一些她的信息。

我们两人渐渐地靠近了，我看清了她的容貌，有点熟悉，但想不起她的名字。她扎着高高的马尾，高挑的眉毛，妩媚的眼神，面颊稍施了一点脂粉，不多不少刚刚好。忽然我觉得自己是不是眼花了，因为那个女孩子竟望着我，对我微微一笑，热情而不失温柔地问候了我："早上好！你也这么早啊？"

几乎是同时，我的脑海中浮现了这个女孩子的名字。

她就是校园的广播站美女，韩京的热烈追求者——凌丹。此刻她正站在我的面前，笑盈盈地看着我。

我被她炽热的笑容所感染，马上也把最灿烂的笑容堆在自己的脸上，好让毫无准备的自己看起来镇定一些。

凌丹跟我打过招呼后，迅速用眼光上下打量了一下我，原本已经不笑的她突然"哧"的一声又笑起来。她可能觉得自己笑得有点奇怪，忙用手背轻轻地挡住了自己的嘴巴。

我正准备要跟她对话，但凌丹的笑像子弹一样把我想说的话一下子打碎了，怎么挽留都抓不住。我也只好在赔笑的同时低头看看自己，究竟有什么好笑的。

这一看我知道问题出在什么地方了，原来我只顾着出门找吃的，身上穿的仍是松垮的睡衣，再加上我一头松散的头发，有点掉色的人字拖鞋，的确令人发笑。我自己看到了，都有点不好意思。

我抚着自己的头发，尴尬地问凌丹："你也很早啊。要办事吗？"我实在想不出什么理由来解释凌丹的出现。

凌丹抿着嘴巴，耸耸肩膀，做了一个无奈的表情，但语气依旧轻松地说："不去办事。为学校继续做事情而已。嗯，你看，快六点十五分了，我要去做校园的广播。你也知道，学校不肯让我轻易下火线！一定要我做完这个学期的广播。不过我骗学校，说我明天就要回家了，所以呢，今天是我最后一次做广播了。"凌丹调皮地跟我眨了一下眼睛，轻声地对我说："这个小秘密你可不要告诉其他同学和广播站的老师啊，我相信你的，韩京的朋友我都相信,更何况是你。"

听罢这话,我情不自禁地摸了一下自己的脸颊,心想:这下可糟了,我怎么到哪里都成了可信任的人?韩京自不用说,苏小睿也这样,现在连偶然碰见的凌丹都这样说!难道我的样子看起来就那么老实?我一瞬间被自己所感动了,想到自己的人格那么受人信赖,想到自己平时的为人能得到别人的肯定,多自豪,多骄傲啊!看来群众的眼光都是雪亮的,我信心大增,忙把腰杆挺直了一些,好让人觉得我真的值得信赖。

不过我转念一想,通常都是些相貌马马虎虎、没什么特长特点的人,才会让人相信,因为人家觉得你这样的人才不会乱说话,就算乱说话也得不到别人的重视。电视、电影中不是经常有这样的人存在吗?就是那些相貌丑陋的,往往听的秘密也是最多的,往往也是死得最快的。想到这里,我内心一阵冰凉,又忙把腰收了收。

后来我自忖本人的相貌也不算很差,应该不会英年早逝,于是我又坚定了自己是个能信赖的人的念头。

于是我对凌丹点点头,说:"我也打算今天回去,所以呢,我怎么能告诉别人你的动向呢。况且这些事我也不会管的。放心吧。"

凌丹满足地点了下头,像想到了什么似的,说:"噢!你也要走了。韩京已经回家了吧?看他走得匆忙,不会是家中有什么事情吧?这家伙什么也不说就跑了。本来还约好了放假后来个旅游呢。"说到后面,凌丹有点责备的口吻。不过她很快又自己解释了,而且变责备为担忧,"不过他可能真有困难了。希望他能尽快解决。对了,如果他找你帮忙,你可要想想办法帮助他啊,我会感激你的。"

凌丹一口气说了一堆话,让我一时无法知道该接哪句话,口里只能答应着:"那当然,他有困难,我会帮的,谁让我们是兄弟呢。"

凌丹抬手看看腕上的表,说:"哦,时间不早了,我要赶去放广播了。希望你今天有个愉快的一天!一路顺风!"

我向她报以微笑,说:"谢谢!也希望你今天能有个愉快的回忆。我们都很喜欢听你主持的节目。幸好今天我能听到你最后一次广播。我会用心听的。"

凌丹笑了,在她的身后,数缕的阳光正从斑驳的叶间透射下来,把凌丹照得光艳动人,每一寸肌肤都像白玉般晶莹,每一丝秀发都水润润的,每一个器官都像是经过万千能工巧匠雕琢而成的,绝对的经久耐看,绝对的动人心魄。

如果我是韩京,或许我真的动心了。放着这么一个动人的女孩在面前,怎么会忍心拒绝她呢?况且她对自己又是那么好,那么热切追求,一切的一切都不用自己费心了。只要一点头,一个美好的人生不就展开了吗?

我向她挥挥手，目送她转身离去。可凌丹转身才走了两步，又侧身回头对我说："请允许我再问你一个问题，好吗？那就是——你知道韩京准备报哪所大学？你应该知道的，对吧？"

这个我当然知道，韩京在报考问题上，已经跟我探讨了不少次。只是我应该告诉凌丹吗？但我只是迟疑了一下，因为这其实也没什么好瞒的，成绩一天没出，什么都有变数，告诉她又何妨？于是我讲了韩京心仪的一所名校的名字。

谁知道凌丹听了也没什么意外表情，只是很快肯定地说："哦，是这所。好，那我也报这所学校。"听凌丹的语气，好像这学校她喜欢进就进、喜欢出就出一样。

我心想：成绩好的人就是牛，考所名校说得像上市场买菜一样轻松。看来有的人天生就是读书的料。天啊天，你咋那么不公平呢。

凌丹见我沉默不语，以为我打算会把她的这个想法告诉韩京，所以连忙补充说："我也是暂定的，谁知道大家考得如何呢。不过也希望你不要把我的想法告诉韩京，拜托了。"

"好吧，我答应你。我优点不算多，如果有且只有一个优点的话，那一定是嘴巴挺紧的，绝不泄密！"

"好，再次谢谢你！我会记着的，以后我也帮你守几个秘密。你可要相信我啊！我走啦。"凌丹面向着我，脚却慢慢后移，边退边说："为了报答你，等一下我点首歌送给你听，希望你喜欢。再见！"说罢，凌丹转过身，快步轻盈地走远了。

我被迎面而来的太阳光刺痛了眼，忙把手挡在眼前，目送凌丹的远去。

十分钟后，我站在了宿舍的走廊上，俯视着下面学生渐多的小操场，一手拿着肉包子用力地嚼着，一边把饭堂打来的稀粥往嘴里送。其实走廊非常热，一般情况下我不会站在外面晾着的，只是刚刚见了凌丹，心中总是像装了些什么，让我不想坐下，宁愿站着让自己累一些，有感觉一些。

凌丹说会点首歌给我听，我想在外面听清楚一些，她会说些什么呢？点什么歌呢？

凌丹的声音如期在广播里出现，可能是因为她最后一次做广播了吧，听她的语调，我总觉得与平时她的腔调有点不同。平时的是热情奔放，主持清晨的节目显得很有活力，让听的人都仿佛注入了无穷的动力。但今天凌丹的语速明显慢了一些，语调也变得更婉转温柔，可能她自己也有点不舍吧。她在这个岗位上已经干了四年多，一直都是校里的王牌主持，不少学生都喜爱她的节目。可这是最后一次了，以后可能再也没有机会在这熟悉的地方说话，我想凌丹心中此时一定会涌起一阵伤感。

凌丹循例地讲了一些规定的校园广播内容后，略略地停顿了一下，背景音乐此时响了起来，我估计凌丹可能会借着广播说几句心里话，所以我侧了侧身，凝神去静听。

果然，背景音乐慢慢小了，凌丹的声音缓缓地从广播中传出："今天是美好的一天！我从睁开眼睛的那一刹那，就感觉到了。不知你是否也感觉到了吗？其实，我们面对的每一天都是新的，都充满着美好的期待，每天你都可以通过自己的努力，把一切的东西都变得让自己喜欢和快乐。"

凌丹在广播室里停顿了一下，继续说："我一直都是这样来面对我的生活，希望我的朋友，我的师弟师妹们，也能以积极的心态去面对每一天。虽然，美好的时光总是过得特别快，但我们只要用心生活，那么生活的美、生活的幸福，总有一天你会感觉到的，甚至能触摸得到。"

"感谢这几年来大家对我的支持与鼓励，让我的节目能陪伴着大家一起成长，一起分享你与我的苦与乐。我在这里学到的东西，留下的回忆，将永远记在我的脑海中，这是我人生中一份可贵的财富。谢谢你们，有了你们，我的生活与我的世界才变得更完美！"

凌丹的声音越说越有感染力，善于把握时机的她把感情拿捏得十分到位，每个字透过电波投向校园都具有无形的杀伤力。我瞧见下面有些正赶路的同学都停下了脚步或停下了手中的事情，仰头在听此时的广播。

"下面的这首歌我个人十分喜欢。现在送给大家，同时送给我心中的一个人，希望远方的他能够感受到，希望他在今天能解决问题，摆脱烦恼。哦，对了，还要把这首歌送给刚刚我碰见的一位朋友，他很阳光、很可爱，希望他也能借着这首歌，找到心中属于自己的那份感觉。"

听到后半段，我知道凌丹口中的"朋友"是我了。这时，校园里响起了动人的旋律，凌丹把音量调得有点大，所以每句歌词都让人听得很清晰：

乌黑的发围盘成一个圈，缠绕所有对你的眷恋，搁着半透明的脸，嘴里说的语言完全没有欺骗。

屋顶灰色瓦片安静的画面。灯火是你美丽那张脸，终于找到所有流浪的终点，你的微笑就输了疲倦，千万不要说天长地久，免得你觉得我不切实际，想多么简单就多么简单，是妈妈告诉我的哲理。

脑袋都是你心里都是你，小小的爱在那城里好甜蜜。

念的都是你全部都是你，小小的爱在那城里只为你倾心……

听着这熟悉的旋律，我知道这是来自王力宏的《大城小爱》，歌词十分柔美深情，内容直白感性，与其说这只是凌丹喜欢的歌曲，还不如说这是凌丹借着最后的广播机会来宣泄内心的情感，将心意融进电波之中，遥遥地向"他"——韩京送上祝福与思念。想不到凌丹的心也有细腻的一面，在这清晨时刻能用一首如此恰如其分的歌曲来诠释心中的感受。

歌曲的余音久久在操场上空回荡着，仿佛真的要承载着凌丹的思绪飞向远方，去寻找它的落脚点……

"大城小爱，大城小爱……"坐在通往回家的汽车上，紧抱着随身携带的书包，我喃喃自语地说着这几个字，什么是爱？何谓大爱，何谓小爱？几年的苦读岁月让我根本没有心思或潜意识压制着自己不去面对这个敏感的字，总觉得自己不是时候、也没有能力去承受这些东西。但今天凌丹在广播中的大胆作为，让我看到了一颗热切追求自己幸福的心，让我前所未有感受到了凌丹的那份执着与坚定。仿佛在她面前，什么是她要的，什么不是她要的，一切都是那么清晰。

难道这就是她所谓的爱？那应该算是爱吧。如果有一天，要她为韩京牺牲，她愿意吗？可是，韩京愿为凌丹牺牲吗？还是肯为苏小睿牺牲？

不过，不一定是要为对方牺牲才叫爱的。我苦笑一下，否定了自己的一些想法。我斜倚在车窗边，望着外面的树"嗖嗖"地往后面远去，心中有着无尽的感慨。

回家后，我在家舒舒服服地闲了几天。首先当然是睡上几个好觉，家里人也体谅我经历了几个月的"炼狱"备考生活，现在见我能安全、身心尚算健康地回到家中休养，自然是无比欢喜，每天让我睡啊睡，见我早起了他们还不高兴呢。然后睡醒了，我就看到了一桌营养丰盛的饭菜，父母说是让我补一补失去的营养。虽然我知道补营养跟学习不一样，不是靠几天的"恶补"便能将失去的营养全部补回来，但我依然很感动，在自己的日记本写下了好几篇感恩父母、父母爱难忘、爱祖国更爱父母之类的文章。我想，反正也是闲着没事，写一写文章，练下文笔也好，以后到了大学，碰上了"母亲节""父亲节""三八节"等节日，有需要的投个稿赚点稿费调剂下伙食也好。

在家的这几天，我哪里也没有去，什么朋友也没有找，只是做着一些轻松的事情，看看书，睡睡觉。我只是想尽量让自己的生活状态变得简单一些，这样才会觉得自己的人生不是虚浮的。

屈指算算，也有十多天没有韩京的消息了，以前和韩京待的时间久了，已经习惯了和他谈笑的岁月，现在不知不觉中少了他的影子，心中总觉得有点空落落的。没想到再听到韩京声音的时候，他带来了一个沉重的消息——他病危的爷爷去世了。

12

韩京的电话来得很突然,他的声音听起来有点沙哑,而且十分疲惫。看来这些天他应该是在不停地奔波,因劳累而精神不振。我听他的第一句话,就有种不祥的预感,感到韩京那边可能发生了些不幸的事情。

韩京在电话那头说道:"兄弟,是你吧?我是韩京。这几天这边事情有点……有点多,学校那边还好吧?你回家这边也好吧?我可能还有段时间不能回来。"

听到韩京的声音,尽管沙哑得我差点听不出来,但我还是有点欢喜,只听韩京在那边叹了口气,继续说:"这两天心情不太好。跟你说吧,我爷爷……爷爷他……去世了……我只见了他最后一面,可他已经说不出话来,只是颤颤地抚摸着我的头,眼泪在眼眶里打转……"说到最后,韩京哽咽了。韩京与他爷爷的感情非常好,韩京是在爷爷身边长大的,爷爷一直很疼爱他,韩京直到初三才到了这边读书,所以爷爷的离去让他倍感难受。我想这两天他肯定哭过不少次,因此声音都有点哑了。

我只能安慰着韩京,让他节哀顺变,想着他可能没心思去理会学校里毕业的事,便问有什么需要帮忙的。韩京想了想,说道:"估计学校那边快要清理宿舍了,麻烦你回去帮我收拾一下,能留下的就直接入箱,没用的一律处理了吧。你把关,我放心。现在高三几乎没多少人留下了,我的一些书都不知道还能找齐不,唉。"

其实我在走之前,已经帮韩京简单地收拾了一下,连忙答道:"这个好办!我已经帮你料理完毕了!"

韩京交代完这件事,略有迟疑,但还是说了:"小睿……还有那个……算了,她们也走了吧?不知道她们去了哪里?如果你有了她们的消息,帮我留意一下。"

我知道韩京的嘴里还想提到的是凌丹的名字,心想:怎么你们几个都喜欢问来问去,怎么都是找我问呢?我苦笑一下,说:"行了。好好,她们跑不了的。我一定会想办法把她们的去向都给你弄清楚。"

韩京咳嗽了几下,然后又听见电话中传来沙沙的杂音,估计是乡村电话的线路不好,信号接收得较差,他在那边"喂喂"了几下,才又通上话。不过受韩京情绪的影响,我们的话不多,韩京想想要说的也说完了,于是强打精神,在电话那头笑了一笑,说:"好吧,那一切就拜托你了,你办事,我放心。兄弟,一切保重。希望我们在上学之前能再见,保重!"

就这样,我们挂了电话。想想剩下的一大半暑假还需自己独自寻节目,有点怅然若失,但想到韩京在那边的情况可能更难受，想为他分担一下，却又无能为力。

接下来的暑假时间过得飞快，我的感觉就是每天睡醒一觉，日子就像过了十天一样。原本放假前还在盘算自己的两个多月的无压力暑假怎么度过，但现在掰掰指头，还剩两个多星期。我想想这个假期，除了身上长了一点赘肉之外，好像自己在别的方面一点收获都没有。我有时一觉醒来，真有点空虚的感觉。

暑假中，我如愿地等来了大学的录取通知书，和我的初填志愿一样，这其实没有什么值得惊喜的。我的感觉就是下去签封普通的快递一样，当然我是能体会有些人被心仪大学录取的那种狂喜心情，但对于我来讲，我真的没有什么感觉，或许我的反应神经天生比较缓慢。我有点害怕自己在半夜会兴奋起来，手舞足蹈地又唱又跳。万幸的是，我依旧能安稳入眠。

韩京由于在外地，又是在农村，消息有点滞后，后来我知道他被自己心仪的北京某重点理工大学录取了。

至于苏小睿与凌丹的去向，我也辗转地通过老师、同学打听了一些情况。苏小睿的分数还可以，只是填报的志愿有点不合理，恐怕要进她初填的大学有点难度，之后经过一段时间的大学调剂与轮档，后来被东南方某省的一所重点大学录取，学校其实也还算有点名气，不知合不合苏小睿的心愿？

凌丹的分数就属于正常发挥，稳稳当当地上线，而且志愿也填得很自信，据说整个志愿表也就填了一所学校，就是韩京所填报的理工大学，相信凌丹是根据我提供的信息做参考的。以她的分数与条件，本来她可以选择更好的学校，老师都有点不理解凌丹为什么要自降"身价"。凌丹的性格是比较倔强的，她只是不停地向老师强调这是自己的喜好，自己有能力，其实去哪所大学上都一样。况且以后还要考研呢，到时再考一个更有名气的大学不就可以了吗？

韩京在我要去上大学前一个星期回来了，我与韩京在他的家中相聚。他人略显消瘦，神情有点落魄，但给人的感觉却沉稳了很多。但说句不好听的话，就是给人的感觉好像有点钝了，有时面对我的一句普通问话，他都要稍稍沉吟一下，再来作答，仿佛要经过一番深思熟虑。我想，可能是在那边处理过一些严肃的、正经的事情，所以人变得谨慎了一些。

韩京不止一次在惋惜我们不能在大学里面相聚，当时还觉得分别的日子还很漫长，每天嘻哈谈笑，但没想到这个时刻居然不知不觉地就来到身边了，而且留给大家的回忆和时间竟是那么的少。

当韩京得知凌丹竟然和他考进同一所学校，眼神中折射出一种异样的光彩，我也是在一瞬间捕捉到的,韩京的嘴里喃喃地说着:"噢!噢!那么巧啊,呵呵……真巧啊!"他像是想到了什么,但话到嘴边,还是咽住了。过了一阵,他问道:"那苏小睿呢?"

我报出了苏小睿的大学名字,韩京"咝咝"地吸着冷气,搓了一下手,脸上浮出遗憾的表情,轻叹道:"哎,这个学校可在沿海的东南省,离北京远着哪。可惜,可惜……"说罢,他摊摊手,重重地对我说:"可惜!"

我默不作声,点点头,心想着韩京的可惜也许真的说对了,现在这么一别,应该是没有什么机会再见了。听说苏小睿也不是这里人,她是什么地方的人来着?我一时没记起来。反正以后放假了,上学了,就没有机会再见这个可爱的苏小睿了。韩京与她的一段朦胧的关系,我看就此结束了,徒留无尽的思念与遗憾在人间吧。

韩京沉默了一阵儿,忽然抬起头,眼里又出现了几分神采,他好像想到了些什么似的,不停地在翻他堆在书桌上的书,然后找到一本拼命地翻。我正纳闷这小子不知是哪根神经出错的时候,就见韩京一脸兴奋地把书递到我的面前,用手指着上面的几段文字,说:"我想起来了,想起来了!苏小睿的那个学校,她选的那个专业,头两年是在我们这个省的分校读的!你看,你看,这里写着的……"韩京几乎把书贴在我的脸上,生怕我看不清楚,我连忙用手把他拿的书按下来,用眼扫了一下,的确是这样。

韩京继续兴奋地说道:"好啊,好啊,兄弟你看,如果我没记错的话,苏小睿就读的南方校区就在你大学的那个城市!你们两个校区很近,太好了!"

我实在想不出我和苏小睿两个校区很近究竟有什么好,难道韩京想将苏小睿让给我,让我跟她发展?

在我皱眉忖思这两者之间的关系时,韩京的声音清晰地传进我的耳朵:"你在那边,苏小睿也在那边,兄弟,我想托你这两年照顾好她,无论发生了什么事情,也要帮她撑着。两年之后,我再来接手……"

13

大学对于当时还比较单纯、比较幼稚的我来说,唯一的想象就是那是个很大的学校,否则怎么会叫大学呢?

来大学报到的那天,光是报名入学绕着那几栋楼就走了半个多小时。后来我路过操场时惊讶地发现,大学里不仅楼大楼多,连学生都特别强壮,个个虎背熊腰,以致我把前面见过的一个瘦弱的师兄误当作了附近某中学的学生。我仗着是大学生的身份,一把揪住他，以和蔼的、循循善诱的口吻规劝他："小孩，还不回去上课？这么小的年纪逃课出来溜达是多么不好的事情，你辜负了党和人民对你的期望啊！这不是你来的地方，回去吧。"我笑吟吟地望着面前的师兄，满以为他会满脸愧色，徐徐而退。我为自己能挽救一名祖国的花朵而充满自豪。

那位师兄由于身材的原因，被我无故截停，起初还以为大白天闹强盗，要在这操场中间抢劫，立刻就出了一身冷汗，忙哆嗦着把手往裤兜里掏钱，嘴里还结巴地说着："大……大……大"，但回头一看我的神色相貌，就知道是初来报到的新生，于是马上镇定下来，把那个将要出口的"哥"字咽回肚子里，一脸的愠色，扶了扶眼镜，很神气地对着我说："上课？我这一年都没怎么上过课呢！你这新仔，嗬！我是你师兄，放手，放手！"

这个瘦弱的师兄挣扎了几下，才从我的手中跳脱出来，他一着地，走开两步的距离，正想借着师兄的身份来摆个架子，打压下新来的师弟，估计平时他这种人在同级里饱受排斥，现在好不容易逮着个机会，自然要发威一下。

可他定睛一看，看到我无论是身材还是体型都比自己高几个档次，万一两个人语言不合，恐怕自己还没跑出这个操场就给对方打翻在地，再打得满地找牙。他毕竟在大学里见多识广，相信也看到过很多大学里面的狂人，师兄转念一想，很可能面前的这个人是个火爆脾气的，或是个情商低下的人，一旦受了刺激，大嚷一声："妈的，老子不读了！看拳！"逮着自己往死里打，那不是很糟糕？自己无论如何都不是他的对手，罢了罢了，还是少惹他为妙。

瘦弱师兄打定主意，拨了拨散落下来的一撮头发，翻了一下白眼，甩甩手说："算啦，算啦，不跟你这小子一般见识。跟你说多了，还真浪费爷们的时间。"说完转身走了。

我没想到这小家伙居然是我的师兄，吃了一惊的同时也十分的不解，怎么前后会有这么强烈的对比呢？刚才我见的大学生不是非常强壮健硕的吗？直到三天后我对着新发的校园地图手册细细揣摩后，才恍然大悟：原来那天我经过的是体育学院，那班在操场上耍得正欢的人都是玩体育的。

去文学院的办公室报完到后，我又去宿管科拿到了宿舍的钥匙，把自己的行李运回宿舍。宿舍里没有其他人，我只看见1号床放了个大箱子，除此之外，没有再看见什么外来的东西。我在宿舍里走了一圈，摩挲了一下那些床板，想象自己将要在这个地方度过四年的岁月，顿时涌起了一股激情，四年的时间那么长，自己怎么也要在这个地方干出点成绩来。念头定下来后，我顿感时间的宝贵，连忙出门去办在校内需要的各种必备东西，然后又到校门外附近的地方购买一些生活用品。

我初来此地，人生地不熟，自然不敢多开口，深恐购物时被奸商所骗，但一个学生是否是新生总有痕迹可寻：一脸倦容，风尘仆仆，是坐了一夜火车来报到的；低头不语，声如蚊叫的，是初来本地、胆小害羞的；满嘴方言，兴奋形于色的，是属于"久羁鸟笼，今朝释放"的那类——凡此种种，皆为新生。我虽然入店时故作镇定，但无奈奸商的眼光确实锐利，我都不知道究竟被他何时看透了底细，又或者我始终被他觉察到了新生的痕迹。在奸商的花言巧语下，我浑然不觉地爽快地买了三百多元的日用品，什么地拖、扫把、拖鞋、牙膏、牙刷、牙签等等一应俱全。仿佛一个特种部队的战士一样，我把地拖扫把当长枪背在后面，身上挂着大包小包地往宿舍里奔。事后我在宿舍里面最阴暗、最不起眼的角落里发现了校园的小卖部，自己进去暗自算了算同样商品的价格，发现自己在外面买东西被奸商宰了八十多元。

话说当我再次奔回宿舍的时候，已经夕阳西下了。我看见宿舍的门敞开着，心中自然一惊，以为初来贵地就遇入室盗窃了。我摸摸身后的地拖、扫把还在，心想：不要让我把你这小贼堵在里面，我这两根棍子可要把你打得屁股开花。

我慢慢探头进去瞧瞧情况，只见一个人在弯腰翻动着地下的几个行李箱，正把里面的东西往外搬。我忙往自己的床上看，看到自己的行李箱完好无损地放在那里，心中的忧虑随即散去。我知道宿舍的这个人将成为我的室友，赶紧打量对方，只见他人长得挺高的，眉清目秀，但偏瘦偏白，眉宇间带有英气，总是抿着嘴带笑的模样，衣着入时得体，看起来还算一表人才。

他也抬头看见了我，愣了一下，可能在迅速判断我的身份是敌还是友，但很快他就确定了我的身份——我的一身特殊"装备"，无疑说明了我的新生身份。他见是自己的室友，马上放下手中的东西，大步跨到我的面前，帮我提手中的东西，并且热情地打招呼："你好你好！是这个宿舍的吧？已经报到了吧？呵呵，我还是刚刚才到呢！"

我点点头，忙说："谢谢！谢谢！我自个儿来拿就行了，不用麻烦！"

他一边帮我递着东西，一边说："不客气，不客气。"

当我把东西都放好了后，刚转身，他就把手伸了过来，大声地自我介绍道："我叫方岳！文学院汉语言专业的。很高兴见到你，不知该如何称呼？"

我握着他的手，说："方岳，你好！我也很高兴认识你。我叫苏梓，以后请多多关照！"

方岳眉头皱了一下，不解地低声说："啊？梳子？这是你的外号啊？"

我笑了，料到对方听错，便解释道："是苏梓，苏轼的苏，桑梓的梓。"

方岳"哦、哦"了两声，也笑了起来。

我在一个陌生的地方遇到了一个热情的陌生人，心情还是不错的。心里也想为方岳做点什么。

我们各自都在收拾自己的东西，时不时还互相问问对方的情况。我发现，方岳这个人其实挺健谈的，说话的声音也很大，让与他交谈的人很容易也进入状态，大家的话会越讲越多。方岳的健谈来自他的生活经验，他很注重社会的阅历与动手能力，正如他自己所说的——"实践出真知"。他读书期间，每个假期都出去做兼职，一方面是赚点外快，一方面就是要接触这个社会，让自己的阅历更丰富一些。所以，与他谈话，会觉得自己的见识也有所增长。

我们的东西都摆放好便坐下休息。我伸手指了指空着的2号床和已放着一个大箱子的1号床，问方岳："不知道这两位又是怎样的人物呢？"

方岳说："1号床我来的时候也没见着，可能晚点会回来吧。至于2号床，可能现在还没上火车，在家悠着呢，吹着空调，喝着可乐，按着电视遥控器，专看有美女的节目，边看边大喊，嘿！这妞正点！"

我笑说："你可别把人家看得那么庸俗，人家可能是个奋发向上的学子呢！现在的他可能还在家里埋头苦读高三的课本，一手扶着自己鼻梁上的厚厚眼镜片，一边拿笔疾书。最后还抬起头，坚定地说，我要为大一生活打下良好的、坚实的学习基础，将来报效祖国，到祖国需要的地方去扎根、发芽、成长！"说着，我摆出一副虔诚、坚定的模样，抬手在胸前，直视前方。

方岳哈哈大笑，说："想不到你损人比我还过呢！"

傍晚时刚被我们讨论过的2号床室友，居然在半夜时分风尘仆仆地来到我们宿舍。其时我正睡得香甜，忽听得房门"咔嚓"的一声响，我正担心是不是会被人半夜拿刀架在脖子上实施抢劫时，就听到外面传来楼下宿管员宋伯的声音："是这里了，进去吧。就差你一个了！"宋伯语气明显不够友善，估计是在正在美梦中就被痛苦地叫起来为对方开门的缘故。之后，我听到了一声略为疲惫的南方口音答道："辛苦了，谢谢！"

宋伯的脚步声消失后，我才听得轻微的拖行李入房的声音，可能"2号床"怕扰人清梦，故把动作放得极轻。岂料现实生活中愿望总与实际相脱节，"2号床"本想像春雨一样悄无声息地潜入"人间"，无奈漆黑中无法掌握室内地形，一不小心绊在了门旁的行李架上。行李架上由于放了我和方岳的一些箱子，重心有点不稳，于是行李架在黑暗中"吱吱"地徐徐倒下，"2号床"在暗处见一庞然大物不受控制地倒地，自己在一旁扶都扶不住，只得闭上眼睛，任由事情发生。顿时春雨变成春雷，"轰隆"的一声，响彻"人间"。"2号床"吓得半响不敢出声，龟缩在一角，竖起双耳细听动静。

其时我与方岳均被震醒，一心想着"2号床"快手快脚入房，爽快整理，下半夜好让我们继续入睡，但隔了几分钟后才听得"2号床"如虫爬似的继续挪动的声音。

方岳在自己的床上等得心浮气躁，恨不得马上掏钱让"2号床"今晚出去住旅馆，免却了现时的微声折磨。后来他实在没有了睡意，估计按照"2号床"这样的速度，天亮了他还没回到自己的床边。于是方岳干脆咳了一声，坐起来大声喊道："欢迎新舍友！欢迎来到新宿舍！"

我听到了方岳的呼喊，知道这样睡着也没有意思，不如下来聊聊，于是也坐了起来，说："同学，开灯吧！"

"2号床"本来正挪得起劲，忽然见到3号床有人猛地弹起来，正吓得不知所措的时候，听到有人声传来，方知对方在等着自己呢。

灯开后，我见到一个黑实的年轻人，他剪着一个寸板头，一身运动装，正咧嘴向我们憨笑着。他见到我们两个睡眼惺忪的模样，知道我们是被他吵醒的，深感不安，连声道歉，并拉开一个行李袋，拿出一堆家乡特产，招呼我们下来吃。

半夜醒来，我和方岳都觉得饥肠辘辘，一听"2号床"说有吃的，顿时精神一振，同时肚子马上就响起来了。我们对视一下，都觉得无论从心理方面还是从生理方面，都应该下去把东西给吃了，于是我们从床上一跃而下，摩拳擦掌地准备对付引诱我们下床的食物。

在吃的过程中，我们通过交谈，知道新来的室友叫李书南，汕头人。可笑的是方岳，他得知人家的姓名后，边拈起一块糕饼往嘴里送边断言李书南的家人必定都是正派人士，尤其是不喜赌博，因为好赌之人是绝不会把谐"输"字音的"书"放在儿子名中的。

李书南听着方岳的胡猜，也没有否认，还是在一旁微笑，看着我们吃他带来的特产。

吃完了李书南带来的特产后，我们仍然没有睡意，眼看着李书南简单地铺了一下床，挂了个蚊帐，和衣倒头便睡，不一会儿便传来呼呼的打鼾声。我和方岳睡也不是，不睡也不是，看着熟睡的李书南，我们都羡慕不已。

第二天早上，天气晴朗，"1号床"的人依旧没有出现。

14

1号床上的大箱子一直是我们好奇的焦点。一是因为这么大的箱子我们从来没见过，二是1号床上只有一个箱子，那也就意味着他的全部家当就集中在这个箱子里，我倒很想知道他的所有日用品是怎样安放在箱子里面的。

胆子比较小的李书南一度认为此箱子是危险品，比如说是某个特别憎恨应试教育的或憎恨中国大学教育的恐怖分子为了炸学校而安放的炸弹。像这样大的箱子爆起来的话，离这个箱子最近的他恐怕会被炸到连根毛都找不着。因此，李书南强烈建议先把这行李箱寄放到楼下宿管处，等他的主人现身了，确认是良民后，我们再帮他把箱子搬上来。

书南的建议遭到了方岳的反对，理由是："如果这箱子是炸弹并放到楼下，爆起来的话我们照样死。你看你看，我们这宿舍这结构这楼龄，能耐爆能耐震吗？我估计恐怖分子要引爆的时候，必然是等到晚上夜深人静之时，趁着人最多的时候下手，好运的话，甚至连楼下那啰唆的门卫宋伯都一并灭了。到时这楼塌了下来，你李书南能活吗？绝对是在睡梦中流着口水就挂掉了。嘿嘿，估计你李书南也就只能被找到一根毛了。"最后，方岳建议，不如把这箱子放到楼旁的荷花池边上，这么大的箱子，估计也没多少人能搬得动，多半没有人会偷，就算万一被偷了，全校要搜这个大箱子还不容易？

方岳的建议遭到了我的反对，理由是："如果这箱子是炸弹，光天化日之下我们三人抬出去，能不让人发现吗？万一学校真的给炸了，我们就是最大的嫌疑犯，下半辈子只能亡命天涯了。再说，你看这楼梯这宽度，我们这一路抬下去，会不把这箱子碰撞一番吗？如果就这样撞啊碰啊磨啊，在我们抬的过程中这箱子忽然爆了，我们三人就互相看着对方从有形到无形，从有毛到没毛。况且这箱子这么沉，在搬的路上稍微有点闪失，估计走在前面的人肯定会被压得连肺都吐出来。方岳你愿意走前面吗？书南你呢？既然你们都摇头，那我建议还不如放在这里好了。一动不如一静。"

方岳和李书南被我的假设唬得噤若寒蝉。最后，李书南沮丧地说，还是我的建议比较好，至少还有根毛！

"1号床"的身份之谜在开学前一天终于揭开。那天中午我们三人刚在外面吃完饭回来，一眼就看见1号床上的那个大箱子被打开，衣服铺满了一床。我的第一反应就是炸弹爆炸了，或者这炸弹是山寨的，大、假、空，导致爆炸威力太小，只把我们的衣服炸飞了。可转眼我们就发现，我们三人的床都很整齐，不像被爆炸气流冲击过的样子。正奇怪之际，只见从浴室里探出一个胖胖白白的脑袋，向我们笑道："Hi，终于见到你们了！亲爱的——朋友们！"

这位来自江西的江锡，是1号床的主人，他老爸是承包煤矿的，家庭殷实得不得了。他一个星期前就来学校了，比我们三人来得都早，他放下这一箱衣服后，全家一起就在当地旅游了一番，吃住全在外面。这个大箱子只是衣服，那些日用品全部在当地购买，还有好几箱东西呢，他的老爸正在雇人从外面搬过来。

江锡的到来，让我们这四人宿舍充实了很多。当然，这既指人数上的充实，也指空间上的充实——一是江锡身形比较巨大，占了很多地方；二是他带来的东西实在太多了，占了很多地方。他妈妈深恐这胖子首次远出读书在生活上有诸多的不习惯，于是决定把钱铺开来花，所有日用品一应俱全，连挖耳朵的小勺子都有了。

方岳午睡前见他在搬弄箱子的东西，几个小时睡醒后，还见他在搞那个箱子。就这样，我们三人看着江锡这个胖子整整收拾了一天，才勉强把他的杂物全部收拾好。我们觉得，江锡这人也挺有耐性的，做事不急，有点慢，这是目前我们唯一喜欢他的地方。

等到西边的太阳慢慢从校园边的南石山沉下去的时候，方岳便提议，既然宿舍的人都来齐了，不如乘兴一起出去吃顿饭，当是庆祝我们四人能有缘相聚在这个学校这个学院这个宿舍。方岳说："想想中国十几亿人，就我们四个能在这么个小空间里同住，不简单嘛！这是缘分，既然是缘分，就要尊重，就要珍惜！"

方岳连"缘分"这么虚幻的字眼都说出口了，我们自然都不好拒绝，同时我们也想了解一下学校周边的伙食如何，否则以后连去哪里吃夜宵都不知道，这可是十分重要的。于是我们四人欣然同行，在学校外面附近的一间门面看起来还挺顺眼的小店坐下，每人点了两个菜后，我们便开始了漫长的等待。

好不容易菜上来了，一只酱油鸡、一尾蒜爆钳鱼、一锅生地茯苓猪骨汤、一碟鱼肠炒蛋、一盘土豆泥焖牛肉、一个豉汁排骨，外加两盘时蔬、几盘精致的他乡小菜，让我们四人吃得大呼过瘾，我感觉好久都没吃过这么好吃的东西。可能这几天在学校的饭堂吃得太没有油水了。

吃完后，我、书南和方岳三人自动摸出钱包准备付账，却被江锡一把按住，坚持说这顿饭他请客，一副谁不让我请客我就跟谁急的架势。在他的一再坚持下，加上我们凭空想象出的江锡老爸这暴发的煤矿主满脑肥肠的模样，都觉得让这些煤矿主子弟为社会多做点贡献是应该的。于是我们心安理得地让他来埋单。

江锡唤过一个跑堂的小伙，掏出一张银行卡，说了句"我就刷卡消费吧"。那个伙计接过卡来回翻了两下，用手敲了敲，随后又看了下账单，便大呼小叫起来："帅哥，别为难我吧，才几十块钱还要刷卡？我这店刷的都是百元以上的。店里有规定，起码百元以上开刷。老板你就给现金吧。"

江锡以为他店里真有这规矩，也不想与他纠缠，但一低头看账单，乐了，说："看，这不是九十八块么？帮我要两包纸巾好了，够一百了吧？去刷吧！"

伙计听罢，捏起银行卡看了看，忽地又说："我们这里不刷中国银行的，要刷中国建设银行的！"

江锡一听觉得真是莫名其妙，这刷卡还要分银行吗？不是"银联"的就全国通用的吗？当时江锡也没怎么细想，掏出钱包，"啪"的一声，又拍出一张建设银行的卡，问那个伙计：

"这行了吧？还要不要其他银行的？我这还有农行的、工行的，要不要啊？"

那伙计咕嘟了一下，接过卡跑去结账了。

过了两分钟，饭店老板出现了，一过来就满脸笑容地对江锡说："这位，这位靓仔，这……卡怎么刷的？我们这里没有刷卡的，也不会刷卡，你还是给现金吧。"

江锡一听忍不住火了，一拍桌子喊道："靠！不会刷卡早说嘛！让你的伙计别在这里装什么高档饭店，说什么百元开刷之类的！放屁！我看这里没有人吃过百元以上的，唬什么人？我跟你说了，我就是只有卡，没有钱！你找你那爱充大头的伙计要钱吧。"

那老板依然笑嘻嘻地说："呵呵，看来各位想吃霸王饭不成？"

我一听口气不对，又瞥见厨房里面像是埋伏了好几个人，磨刀霍霍的要准备抄家伙出来，心想好汉不吃眼前亏，于是连声说，算了算了，然后掏出一百元结账了事。那老板收钱后，笑容更灿烂了，一直目送我们到门外，并且挥手作别。

由于第二天正式开学，这一晚我们都没怎么在外面逗留，毕竟我们对附近的情况不大熟悉，平时在家经常被人灌输些在外面一定要注意安全的思想，因此在外面读书的我们，在不熟悉的环境中，还是比较谨慎的。只是饭后在附近的所谓步行街逛了一下，发现也没什么东西可买的，很多东西只是看着好奇，拿上手反复地看了看，又放下了。只可怜卖东西的摊主，一整夜见到学生在整条街穿来走去的，可就是没有多少人愿意买，急得他直抓耳挠腮。

在街角的一个不起眼的地方，我们意外地发现了一间小书店，店内的书价钱低得让人不敢相信，估计是定价的3折左右。在这间店里流连的人可真不少，且以学生居多。就在这小书店前方五百米的地方，就有一间新华书店，可那里却门可罗雀，没什么人出入。看来，价钱是很能影响市场的。

方岳在书店里面翻看了几本书，然后用肘子碰了一下我和书南，低声说："喂，喂，这些书我看都是盗版的，怪不得这么便宜。"说罢，他抖抖手中的一本余秋雨的作品集，偌大的一本书，几百页，才15元。我细细看了一下，发现真是盗版的，余秋雨的《霜冷长河》在这里变《霜凉长江》，我再低头看看跟前的一本书，是易中天的《读城记》，咦？怎么成了《读诚记》？难道是易中天的新书？他在研究人性方面难道又有了新的结论？我连忙把书抽来一看，名字是易中天的，但照片是贾平凹的。我一直认为，作家的容貌好坏跟作品的好坏没关系，放谁的照片在书上不要紧，可能是易中天他就是喜欢把贾平凹的照片放上面呢，特地授意出版社这样干的呢，关键是书的内容要精、要好，于是我也没有把这带有贾平凹照片的易中天的书想得太失望，最后我把书随手一打开，发现里面的内容怎么既不像易中天的，也不像贾平凹的，想着这是谁的文章啊，一看题目，居然是于丹在谈《论语》心得。

我心中一惊，连忙把书合上，吐了吐舌头，把书放回去。天知道我再这样翻下去，会不会看到一篇文章，是关于孔子论于丹心得的。这年头，只要有搞头，有钱赚，盗版商是什么都能炮制出来的。反正就乱写一通，你喜欢就看，要真是跟他较真的，他也许会跟你说："靠！没看过科幻书么？孔子就不能对话于丹？我下一本书就是老子对话布什的！"

江锡在一个书架上找到了一堆旧的电子游戏杂志，正翻得兴起，看着价钱很便宜，一下子就挑了五六本出来。他说，他放假就是在家玩游戏度过的，等在这里住熟了，就让家里把电脑寄过来，我们一起玩啊！哈哈！

李书南也挑到了些艺术类的旧书，据说他自己比较喜欢这些书画类的国粹东西，现在读大学了，时间多得不知该怎么使用，就打算好好看看书，提高自己的内涵。

我在书店里走了两圈，看到这里的书盗版的确实不少，但还是有一些值得买的好书，都是从各个地方收购回来的旧书，要想买到真品，需要你花点时间在这里淘一淘。

方岳见书南和江锡都有所收获，自己两手空空地走出书店似乎心有不甘，想着自己有时间却无法挥霍是件极为痛苦的事。虽然买回的书自己很可能一个学期都看不了几页，但有点东西在手的感觉还是比较踏实的，起码感觉自己是有事可干的。人有时就是为了那么一点寄托而活着，哪怕这点寄托是很微小的。于是方岳瞅到了一本比较厚的书，拿在手上很有分量，估计够自己看一个学期的，方岳为自己能够这么早就安排好自己整个学期的空闲时间而感到高兴，一看价钱还可以接受，才正式看封面，原来是王朔的作品集。

方岳毕竟是读中文的，文学底子还有一点，他大概知道哪些是王朔的代表作，翻开目录一看，头一个小说就是《我是你爸爸》，方岳定睛细看，确定了这几个字都没有错，心稍微定了一些，心想这书不要盗版成了《我是你妈妈》就可以了，自己看的时候也就将就些，这么厚一本书，要是实在看不下去，用来垫一下饭盒还凑合能用。于是方岳下了决心要买这本书，把它夹在了腋窝下，轻声轻快地吹着口哨，等着我们一起走。

我走到一个大书架前面，从底层一路看上去，看到的无非都是些畅销书、热门书之类的，看它们的排版和封面，就知道绝大多数是盗版的；往上一些的是工具书，看着还算正规，但我觉得真正使用的工具书还是得到正规的书店买比较权威；再往上一些的是比较冷门的书，也就是平时比较少人问津的书籍，如研究哲学的、东西方文学史的一些纯理论的书，不过我对这类书比较有兴趣。我看到在上层靠左的地方有一本《欧洲文化史》，编者是我国一个著名的学者，出版社又是国内的一个有实力的出版社，这本书我在高中时听我的语文老师推荐过，自己也曾在一些文学杂志上见到过评论，心想这书应该还可以。我把书抽了出来，翻了几页，看它的质量，看它的排版，看它的内容，应该是正版的，可能是通过什么途径流落到这个书店里的。看到它的好，我有点动心了，觉得一本好书用一个超便宜的价钱买下来，无论怎样这都是一件令人愉快的事情。

我一直陶醉地看着手中的书，直到决定要买了，才从书的世界里回到现实，这时才发现身后站了一个人。本来书店人来人往的，身后有个人并不奇怪，但身后的人好像没有要离开的意思，只是在安静地等待着。

头顶上的风扇在有规律地吹着，把一股淡淡的幽香送往我的鼻子里，我知道这是身后的人身上传来的。这香味已经传来好久了，只是我刚才没有觉察罢了。可能人家也想浏览我面前书架上的书吧，我竟没有留意到人家，没有及时把身子挪开一些。让人家等久了，我感到一丝内疚，忙把手中的书合上，把身子往旁边侧移了一些，同时把头偏了一下，想借着移动的角度把身后的人看清楚。闻着这香味，我想，应该是个女孩子吧。

可就在我把身子移动的一瞬间，身后的香气竟飘远了，我只用眼睛的余光看到一个靓丽的背影从身后退走，无声无息，轻盈得如同一只美丽的蝴蝶在鲜花中翩然起舞一般。

15

发觉到身后的人要退走了，我很自然地把头迅速往后面望去，只见一个扎着高高马尾的女孩子正闪进书店里的人群中，由于角度问题，我一时看不清她的容颜。只见她那颤颤颠颠的马尾辫下，露出了一个白皙的脖子。

我以为她将消失在我的视野里，以后可能再也见不到了，她究竟是怎样的容貌呢？我的心掠过一丝惆怅之感，心中竟有点不舍得她的消失。

但世事往往不能预料，有时看似没有希望的，可又突然出现转机。只见那个女孩子在人群中躲闪着，左拐右拐地转到了收银台那边，对着那个肥肥胖胖的女店主礼貌地问道："你好！请问，那本《欧洲文化史》，这里还有存货吗？我想要的那本看来被人买了，想麻烦一下老板，你看看还有多一本吗？我真的很想要。"说着说着，她把眼光往我这边送过来。

由于我一直都在留意她的动向，因此，尽管她在那边说话的声音很轻，但我还是能听得很清楚。我想，她口中说的人不会就是我吧？她想要的书难道就是我手中的这一本？我低头看了看手中的书，又马上抬头往那边看去，想进一步确定对方说的就是我自己。

我望她的目光正好与她送过来的目光相接触，在这书店的两端，两道目光就这样相接触了，就这样第一次接触了。

不知道为什么，我从她的眼里，看到了她对这本书的渴求，我想应该是她看中了很久的了，否则她怎么会在我的背后站了那么久呢？可能如果我放弃这本书后，她就会上来把书拿走。在此期间，她没有做出任何打扰我的行为，而是选择了静静地等待。或许她的内心是焦急的；或许她知道如果错过这本书，不知何时才能再见到如此好的书，但她没有躁动，而是用一种平静的举动来争取解决问题。

我忽然被这个女孩子这种高素养的内在感动了，她的恬静，她的耐心，她的礼貌，她的谦逊，都给我留下了深刻的印象。

我们对望的时间不是很长，当她觉察到我在望着她时，有点不好意思了，以为我在怪她打算"抢"买我的书。她把急切的目光投向女老板，想看看老板的反应如何。

那胖女人可能头一回听说自己的店有一本叫《欧洲文化史》的书在卖，这本书当时是通过怎么样的途径进来的，她根本就不知道。平常自己看店的时候，最常听到一些人过来询问什么《人体艺术摄影》《中外禁书精选》《清宫历代秘密艳史》等之类的书，或是想买一些盗版书商生编乱造的低俗小说，诸如《猛吕布恶战美貂蝉》《潘金莲与我的二三事》《民国四大金花之孽海情缘》等等。这些书都很有市场，每天有不少人前来问津订购。现在霎时间被人问到这么一本学术著作，老板娘一脸茫然，她嘟囔了一下嘴，掩饰着自己的窘态，脑海里拼命地想着那究竟是一本什么书，可是她最终还是放弃了，于是说道："应该没有了，嗯，没有了。这书很好卖，忒多大学生来我这儿买，下午才卖了几本，现在就只剩那一本了，你再找找吧。或者过两天再来看看，看那些盗……嗯，那些正版书商有没有再送货来。"胖女人为自己能这样把话说得滴水不漏而且几乎没有半分的犹豫，说着说着连自己都以为是真的了，她忙用手擦擦额头上的一滴汗珠，笑得很灿烂。

那女孩子有点失望，尽管她知道老板娘的这一套说法根本不可靠，这书怎么可能说有就有的呢？但人家手中正拿着那书，看上去也是爱不释手的样子。算了吧，她想。心里虽然有点可惜，但毕竟这里还是有爱这本书、懂这本书的人，总算也是件好事。想到这儿，她又朝我这里望了一眼，这次是看我的人了。

我一直捧着书站在那里，听着胖女人在乱侃，听到一半我就知道这根本是在乱吹。我估计自己在这个地方读完四年本科，都可能看不到这本书再次出现在这店里。我看她的神情，应该是对这本书留意了很久的了，或许由于种种原因，未能够在之前买到，而我自己则是无意中才看到的，尽管我有想买下的念头，但毕竟是一时兴起，比起人家早就心仪这书来说，可能这书更适合她。

这个念头一起，我就打定主意把书让给她了。我把书一合，捧着书快步来到收银台前，对老板娘说："这书过几天还有吧？那好，我过些时候再来买，今天钱带得不够。就让给这位姑娘吧。"

说完，我把书递给了面前的她，说："在学校读这个专业的吧？那这书你就拿着，你也挺有眼光的，这是本好书。让你先买吧。"

那女孩子刚把目光投向我这边，想看看我的人，就忽然见到我已经来到跟前了，吓了一跳，估计心正扑通扑通地跳得厉害，忙把眼光垂下了，见到书也递到了自己面前，连忙把手挡在书的前面，往我这边推，赶忙说："哎，别，别！这书是你先拿到的……你喜欢就先买吧，我迟点再来买，或者我到别的地方买就可以了。"

我才不跟她在这里推推让让的，免得引起方岳、书南等人的注意，我用手把书一送，稳稳地塞在了她的手里，才把手松开。我凑近一点，轻声说："别推让啦，今天我真没带够钱，钱包忘在宿舍了。这书是好书，再迟买可能会真的被人买走了。我宿舍的书多着呢，我看这书还是比较适合你。你买吧！"

那女孩子拗不过我，但见我那么大方地把书让给自己买，心中有些感动，也知道我是爱书之人，帮我的念头油然而生，忙说："既然你也喜欢这书，那……那我借钱给你买，到时你借我看好了。"

我忍不住笑了，心想：这女孩子真逗，还真以为我没带钱，现在还有人会把钱借给一个素不相识的人？真不怕我一借不还吗？不过我还真为她的那股纯真劲所打动，我不忍拒绝她的好意，当然也不肯按她所说的买下这书，我略一沉吟，半开玩笑地说："这样吧，这书你来买吧。以后，我向你借来看，好吗？"

这话我也是随便说说，天知道眼前的这位漂亮的女孩子是哪里人、住在什么地方，这么一别，谁知道该往哪里找她借书呢。我只是让她安心地把书买下来罢了。

那女孩子没听出我话语中的随意，以为我真的打算这样做，她显得很高兴，连声说："好，好，好啊！就这样定吧，你想看的时候，就来找我借吧……谢谢你，真的。"她抬起头，望着我的眼睛。

她的眼睛好明亮，眸子中的光芒一闪一闪的，像天山的湖水一样明澈透亮。弯弯的睫毛像是湖边的柔美的芦苇一样，在微风中轻轻荡漾。

这时方岳、李书南和江锡三人各自夹着书往店外走，方岳边走边招呼我说："苏梓，走啦！书还没买到吗？我们都结账了，走啊！"

我应了他们一声，回头跟她说："那我走了，舍友们在喊我了。再见。"

她手捧着书，眼睛还是望着我，问："你也是这个大学的吧？"说着报出了我就读的大学。

她见我点点头表示肯定，又接着问："我也是。那我该怎么找到你呢？或者说，你该怎么找到我借书呢？"说着轻轻拍拍手中的书。

我看到方岳他们已经快来到身边了，于是低声地跟她说："缘分一定会让我们再见面的。"

说罢，我便跟他们三个一块走出了书店。方岳在我旁边走着，还不停地往书店里面望，同时还拼命地拉着我的衣袖，嘴里低声地说："喂，喂，喂，看啦！这个地方还有这样漂亮的女孩子，实在难得啊！哎，刚才你们两个不是正说话来着？怎么？你们认识？小子，快找机会介绍我认识！"说到最后，方岳的语气明显兴奋起来。

我哪会理睬方岳这热血青年的"无礼"要求，于是有点不耐烦，毫不客气地说："刚碰到面的，就一本书的问题随便聊几句，我哪会认识她啊！只有你那么渴望认识女孩！走走走，走吧！"

方岳还一步三回头，喃喃地说："真是少见啊，要是我们学校的就好了，非得把她的一切资料弄到手不成。"

逛完书店后，我们四人见附近也没什么好走的了，于是就回宿舍了。这个宿舍的楼龄实在有点大了，估计我们的祖辈有幸能在这里上大学的话，可能还与这楼见过面呢。在这种楼里生活，内心世界仿佛与时代脱节了，一安静下来，就像坐禅一样。神经稍微有点薄弱的人，看着斑驳的墙壁，以及外面耷拉着脑袋的花草，可能连轻生的念头都有。

当然，对于我们这四个对大学生活还充满着憧憬的人来说，暂时还没有轻生的念头。最折磨人的是这里的设施，由于这楼属于早期的校园建筑物，室内就装有一把小风扇，而且还装在了正中央。我们四人的床呢，就全部贴在墙边，基本上是没有一点风能吹到。夏天的炎热此时还在肆无忌惮地行走于人间，指望头顶的这风扇解决四个男人的温度是不可能的事。哪怕你就站在风扇底下，也感觉不到什么凉风，抬头一看，头顶的风扇慢得像百岁老人在耍太极，不时还发出极不稳定的咔咔声，站在下面吹风还怕随时掉下来被砸到。俗话说："两害相权取其轻。"我们想着与其平白无故地被破风扇砸死，还不如将就点，洗洗睡吧。

把蚊帐放了下来，睡在床上才发觉更热，我和书南两个人比较瘦，汗出得不多，但江锡那胖子就难了，大汗淋漓地，辗转反侧地把床弄得震天响，一边还在抱怨，说："我怎么要遭这种罪呢？天妒英才啊！"他大声赌誓说，明天要出去买四把风扇，把自己围起来吹个够。

方岳一边抹汗，一边说："小胖，你就省省吧，我早看过了，这里根本就没有那么多的电线插座，整个屋子就只有两个，况且你看这电线，在外面裸露这么长时间，颜色都变了几圈了，万一漏电着起火来，我怕你半夜被生生烧成烤猪。"

还是李书南比较务实，他躺在自己床上，突然发话了，肯定地说："大家就忍耐那么一年吧。我看过开学时下发的学校资料，新的学生宿舍正在建造，嗯，就在西区新月湖的旁边，你们有印象吗？据说明年就交付使用了。学生手册里说得很清楚，到时这里就不住学生了。文学院的，当然包括我们了，都要搬到那边。所以，我们还是要乐观地面对生活，要用积极的人生观、价值观、世界观来引导我们的行为！马克思唯物辩证法告诉我们，任何事情都有两面性，有坏的一面的同时，也会有它好的一面，关键是我们……"

连忙打断李书南的"政治教育"，一本正经地说："行了行了，书南，行了。我就说嘛，书南在我们四人当中是最实际的一个，立足当前，预见未来。看，他说的话多稳妥，内涵多丰富，连马克思大爷都上来了，看哪，小胖，方岳，你们的人生观、价值感、世界观就不太行了，怎么能那么奢侈地要买四台风扇呢？你们怎么没有想到这是一种无知的浪费行为呢？我们现在是苦，但也正是磨炼我们意志的好时机，我们要发扬红军战士一不怕苦、二不怕累的革命精神，咬紧牙关，坚持下去，用我们的实际行动来展现新时代大学生良好的精神面貌，决不能在困难面前失了原则、掉了本色、垮了精神。我们要积极向党组织靠拢，树立崇高的革命目标、坚定积极的人生目标！所以，小胖，你就忍耐一下吧，不就一年吗？权当减肥嘛，一年后，你就是一个精壮的男人啦。哈哈哈哈。"

我刚开口的时候还保持着严肃的语气，大家都很安静地在听，但我说着说着，自己都忍不住开始笑了，说到最后，看到其余三人都像不认识我一样地望着我，我实在坚持不住了，大声笑了出来。此时大家才知道我话里的调侃意味，都"哧哧"地大笑。

就这样，大家说话的氛围逐渐浓了起来，谈的话题也很多。大家熄了灯后仍在谈，不知不觉时间过得很快。入夜以后，天气凉了一点，大家谈着谈着，都慢慢睡着了。

我在床上，在将睡未睡之际，想到的竟是晚饭后在书店里碰见的那个同校的女孩，她说她也是这个学校的，那她是哪个院系的呢？我说缘分会让我们再见的，我什么时候竟开始相信起缘分这样没根据的东西来呢？早知如此，我该问问她的名字。有了名字，找人总算有个方向，总比现在只得个初次见面的印象要好很多。想到这儿，我仿佛连脑海中那点关于她的印象都变得模糊起来，变得有点不真实了。

我暗自怪着自己，扮什么潇洒说什么缘分啊，可能是以前跟韩京在一起久了，让他的浪漫主义给感染了。这可恶的家伙！在这个闷热的夏夜里，我忽地想起了韩京，然后又很自然地想起了苏小睿，想起凌丹，不知他们三个在异乡的环境中过得怎样。

16

第二天醒来的时候,我就听到李书南已经在下面的书桌旁"哐哐"地吸着一碗粥。我一摸出床头的手表,已经快到上课的时间了。

我坐了起来,环顾四周,只见方岳正光着膀子,睡眼蒙眬地准备下床。不知是他没睡醒还是不习惯这床的位置,在下床梯的时候,脚下一个打滑,差点从天而降,顿时吓出一声虚汗,人马上就醒了过来。他缓缓地下了床,跟书南打了招呼:"小南,怎么那么早呢?你小子昨晚睡得好啊?"

李书南吞了口粥,应道:"早啊!倒不是睡不睡得好的问题,只是一直习惯了早起,实在睡不了,以后打算再早点,读读英语也好。"

我见只有他们两人在,江锡呢?我一看,原来还在睡觉,那呼噜打得正响呢。我想,这胖子肥可是有根有据的,瞧这睡眠的质量,跟养猪有什么区别呢?

江锡最终被李书南、方岳两人摇醒,起床后他以最快的速度刷了个牙,穿起一套新衣服,然后在箱子里抓了几条巧克力,说道:"这是我的早餐,有营养有热量,谁要啊?我这儿有很多。"后来他知道我和方岳都没有吃早饭,很大方地塞给我们每人一条,然后自己又去拿了三条。

我们一行四人就这样出门了。走在路上,只见许多新生都在赶往不同的教学楼,他们有说有笑地结伴前行,兴奋的神色溢于言表。而那些慢条斯理的学生,一副通宵熬夜、精神不振的模样,我想应该是大三大四的学生,在这里生活得久了,什么都见惯了。看到那些雀跃的新生,他们的眼神似乎有了点光彩,仿佛看到了当年自己初来此地的激情。当然,他们的眼神放光,还有一个原因,就是看到了那些年轻靓丽的师妹从自己面前经过。

说实在的,当我走在这绿树成荫、鲜花盛开的校道时,心情竟很平静,好像自己还在梦境一般。面对自己的这种情况,我感到有点失落,没想到憧憬了很久的大学生活,到真正开始了,我竟然一点感觉都没有。

我们很快来到了文学院的6号楼大厅——昨晚隔壁一个同学告诉我们到这里集合,据说他是最早来报到的,而且做事也很积极。每隔几个小时他就往文学院办公室里窜,围着那里的老师问前问后,通知学生、张贴通知的活不在话下,连斟茶递水的工作也没少干。他的这种行为当然受到院领导的赞赏,后来他被分管新生工作的老师暂时定为我们这个班的代班长,我看他那积极的态度,心想:这家伙铁定就是以后的班长了。后来一打听，他叫刘帅。

6号楼大厅已经有一帮学生了，我瞅着他们，应该是自己的同班同学，因为有好几个挺面熟的。认真一看，果然见到刘帅在那里，正热情地招呼一些同学往这边靠。刘帅的架势十分像首长在接见下属，老远见到有同学从外面进来，他必定向前快走几步，抢在同学面前，伸手就握，一旦握住了，又必定双手紧紧裹着对方的手，用力握几下，同时配以略带颤抖的声音，动情地说："同学，你终于来了！同学，辛苦了！来，来，这边请！"然后一手拉着人家，一手往里面指，引着对方向前去。

我边看边想，如果我不幸被刘班长握住了，听到他说"同学，你辛苦了！"时，我要不要回应一句："为人民服务！"或"班长好！"呢？

我、方岳和李书南来的时候人比较多，我们都没被刘班长"热烈欢迎"，可江锡一路上边走边吃他的巧克力，快到门口了还要去丢包装纸，所以比我们慢了几步。他一进大厅，就被刘班长逮个正着，只听见刘班长再次动情地说："同学，你辛苦了！"一把握住江锡的手，用力地握着、晃着。

江锡嘴里的巧克力还没吞完，正嚼得起劲，忽然面前窜出个人，并且自己手还没伸出，就已经被人家拿起拼命地握着，仿佛这手不是自己的一样，让人想拿就拿，心中自然吓了一跳。但一看眼前这人有点眼熟，依稀记得是隔壁宿舍的同学，于是咧开嘴，笑了。这一笑不要紧，露出了他粘满巧克力的牙齿，黑漆漆一团团地粘在上面，还有些巧克力半溶不溶地流淌在舌头之上。刘班长显然没料到对方的嘴如此"恐怖"，这一吓，险些连眼镜都抖落在地上，笑容顿时僵在脸上，握着江锡的手也忘了松开。

估计江锡本人上学这么久也从来没有受过这么"热情"的欢迎，心中自然十分感动。他不知看过哪本教礼仪的书，说什么如果在公共场合，对方用力地握你的手，那就表示对方十分重视你，而自己呢，也应该用力地握住对方的手，以示尊重。江锡看到刘帅握着自己的手，也用力握了很久——殊不知对方是被自己的牙齿吓着了。

于是，江锡用力——非常用力地回握住刘帅的手。江锡这胖子少说也有160斤。手臂比一般成年人的大腿还要粗，手上的力量可非同一般。他这一握，我看连韩京那样练惯哑铃的人都可能有点吃不消，更别说这相对瘦弱的刘班长了。果然刘班长脸上的表情瞬间变了样，由带着僵硬的笑容变成无尽的惊慌，他感觉自己的双手仿佛被铁钳夹住了一般，丝毫动弹不得，那个痛啊，实在不知该如何形容。但他又不好意思喊出来，只得勉强地挤出点笑容。

江锡忽然见到对方的神情有点不自然，脸上的肌肉好像在抽搐着，似笑非笑，像要哭一样。他一时搞不懂这同学怎么啦，怎么表情说变就变，看来是个怪人。于是他也不想跟他多待了，松开手，说了声："谢谢啦！"瞅见我们站在不远处说笑着，他就大踏步往我们身边走来了。

我站在人群中，仔细地看着我班的同学，感觉既亲切又陌生。毕竟大家都经历过高中的煎熬生活，经历过高考的残酷竞争，我的心中怎么能不感慨呢？这些曾经的对手，如今是自己的同学了，是自己的战友了，这感觉怎么不亲切呢？

读文科的大部分都是女生，我们男的就那么三个宿舍的人，总数才十二人，是人丁单薄的一个群体。现在由于大家都不熟悉，所以我们男的都站在了一个小角落，看着外围的一群女生在叽叽喳喳，她们聊得非常投入，甚显亲密。据我观察，女生们的交际能力都非常强，她们几乎每个人都能和这边一群人说完，又能转身马上投入与另一群人的谈话中，而前后是相差十万八千里的话题，并且都能做到随时加入，随时发表观点，并能对之前发过言的同学的话进行即时点评。各种观点、材料顺手拈来，侃侃而谈，有针对性，有个人见解，有鲜明观点，仿佛一直都在这里谈论这个话题一样。

我对女生们这个与生俱来的能力表示由衷叹服。相比之下，我们这一小撮男生由于人数少，发出的声响也不大，因此活动的范围越缩越窄，最后只能龟缩在教学楼大厅中的一个角落，显得异常低调。

我和方岳在无所事事之际，只能四处看张贴在墙壁的各类简介。由于是开学第一天，为了让新生们对学校有更深的了解，整个大厅里都贴满了各类介绍，有学校的、学院的、本专业的，有院系里面的教授、副教授、讲师的，看得人眼花缭乱。我、方岳和江锡就真的耐不下心看这些文字，我粗略地看了几眼，看到的无非都是怎么好、怎么优秀、怎么权威、怎么先进、怎么特长、怎么专著这些字眼，每一个人物都是专家，每一项数据都是第一。这个人是某个方面的翘楚，那个人又是某个领域的栋梁。这些字眼把我吓得一惊一乍，想想自己以后将在众多"翘楚"和"栋梁"们的督学下学习，心中不知是荣幸还是有压力。

李书南倒是很有兴趣，他把周围的展板看完后，意犹未尽，还想把其他的都看完。无奈外围的女生实在太多，大有形成铜墙铁壁之势，仿佛有把我们男生围死在角落里面的意图。书南这个瘦小男子几次突围未果，均被几个粗壮的女生挤回了原地，最后只能望着外面的展板兴叹，突围的念头因此作罢。

这时，刘班长已经接待完自己的"战友"们，于是精神抖擞地步进大厅人群中，手中不知何时拿着一张纸，大声嚷着："同——志……同学们！接到学院的通知，新生到四楼阶梯教室领取新书！记着啊，是四楼阶梯教室！现在我先上去找李老师，我在上面等大家。"说罢，把手一招，自己拨开人群率先走上楼去。行进过程中，他多次回首望着后面缓缓尾随的同学们，眼中流露出一股坚定的同时，嘴角露出了一丝满意的笑容。

我们在四楼的阶梯室拿到了一大摞教科书，光是《中国文学史》就有四本，《中国文学作品选》就有八本，另外还有些文学批评著作等。拿在手里沉甸甸的，让人不但能感觉到知识的分量，而且能十分真切地感受到物质的重量。

我们男生中有不少人身体尚算健壮，搬起这一摞书尚且感觉吃力，个个都挺胸收腹，含着一口气不放，双手兜底地抬起那些书，纷纷化身为长臂猿捧着书缓缓往楼下走去。

我捧着书，对身边的方岳说："这回真的是吃不了兜着走了！"

方岳也连声抱怨，说："真搞不懂，这么多书，干吗要从地上搬上四楼来，现在又要我们从四楼往楼下搬呢？吃饱了撑的还是怎么着？"

我们男生在吃力地拿着各自的书，可那些女生就不行了，望着偌大的一摞书，个个你望我、我望你，不知该怎么处理它们好。最后，众女生把眼光全投向我们这群男生。我正好无意地往女生那边瞟了一瞟，马上被那眼神给电击了一下。那眼光啊，直戳我们的心里——个别女生甚至伸出了半截舌头在反复地添着自己的嘴唇——当然，这只是我的想象，我只是想突出地、生动地、贴切地形容一下女生在这个急需帮助的时候见到我们这群相对比较精壮的男生的感觉。

果然，女生这时候想到了我们男生的重要性，马上一个个变得文静可爱，声调迅速降了下来，变得娇声娇气，竟然缓缓地向我们靠了过来。

我马上意识到问题的重要性，心中想着这时不全身而退，恐怕得流出一斤的汗来帮女生们搬书，我脑海中立即出现了我像一头牛似的在前面拉着一车书的场景，而后面的女士则"呵呵呵"地散步似的走着。

我心感不妙，无奈肩上正被方岳用力地压着，我不停地摇动肩膀，希望方岳能放我脱离险境。

方岳以为我的意志不够坚定，见我抖得厉害，于是更用力地压着我，嘴里还不停地为我鼓劲："苏梓同志，镇定点！前路纵有高山悬崖、深渊洪流，只要革命的火种仍有一星火光，我们也要把它吹旺，烧遍那大江南北。让今日这些劳民伤财之事不再在中国的大地上重演！"他滔滔不绝地说着，却丝毫感觉不到身后的"危险"。

本来我们所站的地方属于一个靠近门口的角落，要离开十分容易，并且这角落不大引人注意，正所谓"进可攻，退可守"。女生们不能很快发现我们，我们如果抓紧时间仍能即时离开。

可方岳误了事，他的嗓门本来就大，这时为了向我吹嘘自己的革命理想，更是语气坚定，声调也高了几度，况且动作摆动幅度较大，又勾肩又搭背的，顿时成为全场女生的焦点。她们见这男生气定神闲，谈笑自若，身材高大，一看就是一副搬书抬柜挑重物的好料子。有个女生反应最快，快步扑向方岳，一掌推向方岳的背部，挤出一点笑容，把声音调到最温柔的档次，说："帅哥！是我班的同学吗？能帮我们几个女生把书搬回宿舍吗？不远的，就走十来分钟……"

方岳正跟我说得忘形，忽见我脸色不对，正想询问，就听见后面传来一声娇声，还把手推了过来，虽然力度大了点，但对方一声"帅哥"叫出口了，就不计较劲大劲小了。方岳心想：这声音听起来还不错嘛，人应该也差不了多少。想不到大学真开放啊，连女生都那么主动了，才刚开学，自己就落入了别人的"法眼"了，看来还是有人识货啊。

方岳怀着美好的幻想，非常潇洒地转过头，几乎脱口而出说道："美女，没问题，搬回你家乡也行！"回头一看那女的，下巴险些掉到地上，舌头都来不及缩回去，为了把说出口的话吞回去，舌头都咬了。

眼前的女生肥肥矮矮的，一头不怎么打理的短发，估计走在外面鸟儿都想在那儿安家。一副圆框大眼镜，遮盖了半边脸，在眼镜的投射下，脸上的数粒黑雀斑清晰可见。此时，就是这么个女生，正笑吟吟地望着方岳。

我看到方岳的表情从一脸兴奋瞬时变成无比的恐慌，心中觉得非常好笑，连忙把脸转向一边，咧嘴而笑。我不敢再看方岳那比哭还难看的笑容，只觉得方岳的答话声音略带颤抖，而搭在我肩上的手竟开始痉挛起来，揪住我的衣服不放，我想他的内心一定在饱受着煎熬。

雀斑女生被方岳刚才的那一句"美女"所震撼，整个人生观仿佛因方岳而改变，她连忙低下头，因此看不到方岳那哭似的笑容。只听方岳说："这个……其实……我本来是很有空的，但正好……那个，有个老同学，在这里，不，在楼下约了我，我看，我得准时赴约嘛！我们做人讲的是要有诚信，对不？要有信誉！"

方岳这时动用了全部的智慧与脑细胞想办法推掉这苦差事，回过神来的他开始意识到帮这几个女生搬这摞书走上十几分钟的路程，其难度不亚于参加高强度级别的三项铁人大赛。

至此，雀斑女生仍不死心，往方岳身边靠近了一些，抬头，眯眼，露笑容，用眼神对着方岳的双眼送了一秋波，佯嗔道："咦，你这个坏人！你想累死我吗？"

谁知她生平第一次使用"欲怒不怒, 欲娇不娇"的语气说话，一时拿捏不住音量大小，说得非常有穿透力。正巧的是，不知为何忽然整个教室静得可怕，这一声"坏人"在整个教室不知回荡了多少回，震得方岳心都碎了——是那种毫无生还机会的碎！

方岳顿时觉得四周的目光都射向自己这个"坏人"，心中觉得非常郁闷，明明无辜，但现在好像背负着千斤重罪一样，仿佛自己对眼前的这个肥雀斑姑娘干了什么坏事似的。

方岳心想，如果这时不赶快答应下来，下一秒钟还不知会出现什么惊天动地的事情，于是连声说："好，好！不就搬书嘛，助人为乐乃是我辈青年应该具备的精神，尽管我有约在身，但总得分个先后，有个轻重，相信等我的那位老同学会原谅我的迟到，他将会被我不计较不索取的默默奉献精神而感动得声泪俱下，不过只可惜我本人身形瘦削，不能搬太多书，我帮你搬一点，然后再帮你的同学稍微搬一点……"其实，方岳此时仍在做最后的挣扎，心想：既然推托不掉，就得装得潇洒一些，先咬牙答应下来。然后边说边用眼去瞄那群女生中有没有些靓丽的女同学，自己反正要跑这一趟，醉翁之意不在酒，在某个美丽女生眼中留个好印象，甚至留个电话号码，顺便参观一下女生宿舍，这一趟苦差也不算白跑！

可眼睛一瞄，方岳心凉了半截，本班的女生个个都长得鬼斧神工——方岳只想到用这个词来形容，实在是令人叹为观止，不能越雷池半步啊！他顿时万念俱灰，觉得自己这一次搬书，等于是往侏罗纪公园走了一遭。

正在沮丧之际，忽见雀斑女生猛然转头，把手一招，对后面的一群女生喊："喂！他肯搬书！来啊！"

那群女生的眼光"唰"的一下往这边望来，然后"轰"的一声十来个人群情汹涌地杀奔至面前，七手八脚地把书递过来。混乱之中，我看到有几本书是直接从后面扔上来的，我和方岳被迫举手护头挡隔"暗器"。幸亏大部分女生已经找到男生搬书，否则我们两人绝对有被教科书掩埋的可能性。

我见势头不对，正想趁乱开溜，可被方岳死死拉住。方岳见没有书再飞过来，稳定了一下情绪，把我拉到身边，然后大声地对面前的女生说："正所谓'赠人玫瑰，手有余香'！帮助有需要的人是我们生活中一项永不过时的追求。我答应帮大家搬一部分书，但无奈个人的力量是单薄的，是孤单的，是不成气候的！但庆幸的是，我身边还有一位同样是以助人为快乐之本的新时代好青年、好学生！他就是苏梓同学！刚才我跟他在交谈时，他还私下跟我说，要不要去帮帮我们身边的至亲的女同学们呢？他那着急的语气、真挚的情怀把我深深地打动了！等一下，他将用最无私的品质、最朴实的姿态、最真诚的态度，为大家义不容辞地搬书，他在言传身教的同时，啊，也希望大家以后能把助人为乐的观念长久地留在心间！苏梓，你说是不是呢？看，大家都被你感动了！"

我心中把该死的方岳咒骂了千百遍，在桌下狠狠地踢了方岳一脚，可面对一群对方岳的话看似好感动但实际上无动于衷的女生，我只能微笑而对，轻轻点头，不能言语。

我正想用同样的方法把江锡和李书南那两个人哄过来一起干活，四周一看，书南早已不见影踪，而江锡那肥硕的身材自然成为搬书的重点目标，正被数个女生围着不能脱身。我的感觉就是，这块肥肉铁定完了，被一群恐龙围成这样子。

我超负荷地搬着堆成小山的书，和方岳缓缓地走下楼，我看着最上面的一本书的封面上鲜红的文字——《中国文学史》，脑海中想象的却是那次在书店中看到的《欧洲文化史》，它的主人此刻在什么地方呢？此时她也在领着厚重的课本吗？会有男生帮她搬一搬吗？

17

大学生活的帷幕就这样拉开了，之前对大学的生活充满着期待，到真正开始了，却发觉它奔跑的速度非常快，"嗖"的一声就从你身边无声地经过。有课就去上上，然后回来打饭，跟男生开些没心没肺的玩笑，晚上想看看书，却又静不下心去看，跟着同学打打牌，又觉得时间不应该是这样利用的，心底总有一些虚无之感。

为了排解心中的虚无，也为了充实自己的生活，我决定参加学校里的社团活动。此时正是学校各种社团招收新社员的时期，有文学社的，有摄影的，有舞蹈的，有机电的，有书画的……

我对照自身的特点，觉得还是在文学上比较有兴趣，而且比较有优势。我可不想像傻瓜一样在一个毫不擅长的领域里浪费时间，伸长脖子去听，最终却一知半解，什么也学不到。于是我决定参加文学社，一个属于校级的社团。

我火速报了名，交了入社费，并递交了几篇作品作为入会的材料。一切准备就绪后，就等着参加文学社的各种文学活动，想着自己在这些社团活动中该如何出谋划策，想着该如何进行文学学习、理论探讨，想着在这些活动中该如何和来自各学院各专业的文学高手一一切磋。不知为何，我的潜意识觉得这样校级文学社的活动，必定是一场刀光剑影、文气逼人、纵横捭阖，类似华山论剑的大会，到时诸子百家、先秦散文、汉赋、唐诗宋词、元曲、明清小说等内容漫天飞，稍不留神就会被伤到。

虽然我作为堂堂文学院中文专业的学生，自忖文学功底也不差，但仍然担心去了那里稍有不慎会失了中文人的风范，于是报名之后，我每有空闲都捧书猛读，以防万一。

可是自从报名之后，我就再也没有那文学社的任何消息，风风火火的社团招新的时期一过，所有社团的人一下子全部消失，徒留无数疑问在人间。

开始我还安慰自己，心想这类大型的活动怎能说有就有呢，怎么说也是场类似华山论剑式的聚会嘛，哪能每天每周都有。可是越这样想，心中就越是心焦，越是想亲身参与一下那样的盛会，哪怕真的是一年一场，如果有水平的话，那也值了！于是我每天都在等文学社的消息，随时准备拍案而起，大喝一声，单刀赴会了。

正当我越等越心灰的时候，一天，一位文质彬彬的师兄来到我的宿舍，推门而入，向我递来一纸通知。我低头一看，好家伙，是来通知我去参加校级文学社现场作文大赛的！

我手捧"英雄帖"，缓缓地站起来，一手搭在身边方岳和江锡的肩膀上，斩钉截铁地说："诸位好汉，且看我到那华山之巅，力挫群雄，镇压群妖，扫荡寰宇邪魔，立我中原人的威风！吾此番前去，凶险万分，君当自重！"

方岳以为我受到了什么刺激，比方说向我们班的某只"恐龙"强烈示爱后居然被对方当面拒绝，心中一时想不开有了寻死的念头，连忙把我按住，连声招呼江锡说："马上把大家都召集起来，这里有个情场失意者。"后来好不容易问清了我是怎么一回事，他才缓缓地点头说："哦，原来是这么来着。唉，可惜！实在可惜！"

我以为方岳说的"可惜"是没有看到由我当主角的一场爱情悲剧，后来只见方岳用手指在空中虚戳着，转头对我说："苏兄，这场华山之巅的论剑，没有了我'中神通'还有什么意义呢？看你这素质、这伎俩，顶多就混个'西毒'，如果我出手了，还不把你戳得像只蛤蟆似的。不过也罢，山中无老虎，你这只猴子也该称王了，这次我就先遣你打个前锋，可别泄露了我的名号与行踪。去吧！善哉善哉！"

说完此番无厘头的话，方岳脚步浮动，飘然而去——飘到饭堂打饭去了。

我彻底被方岳的言论所击倒，看他说话的逻辑，我知道他下场的话，铁定被打得满地找牙。

"印心石"文学社成立于1983年，是本大学中一个老牌的社团，至今走过了二十多个岁月仍然屹立不倒。尽管社团里良莠不齐，但不乏潜伏于各处的文坛怪客与异人，其中有些还真的写出了名堂。省里三个著名的作家读大学的时候就是混迹于这个文学社的，并且三人是连着三届的学生，他们在社团的这三年也被誉为"黄金岁月"，至今也在学院里广为传颂。后来他们三人联手回校作了几场讲座，也挂了个学院的名誉教授，因此使得"印心石"文学社在省内还是有点名声的。

不过起初我真的没怎么留意这个社团，乍看之下我还以为是搞雕刻篆刻的社团，玩石头玩雕工的。后来一看后面有连着文学社的名字，才驻足看了一阵。谁知我的停留引起了报名点那些师兄的注意，他们连忙迎出来，连哄带劝地把我请入里面，好几个人围着我介绍该社团怎么怎么好、有多长的历史、有哪些著名的作家从这里出来又回到这里。我想着这么大的社团，报了名以后起码有保证，万一出了什么问题，跑了和尚跑不了庙。

我暗自记着面前的这个师兄的脸,想着以后有事了就找他们求助。不过几年以后我再想想,说真的,自从这次以后,我还真的没有再看见他们中的任何一个人。

现场作文大赛是"印心石"文学社的一项传统活动,每年从这项活动中都能涌现出一批写作新秀。社团也将从这些人当中选出接班的理事,去接替那些早就萌生退意的老理事。比赛的目的是通过现场揭题、即兴作文,来检验个人的临场应变能力和体现个人的文学功底。但在有限的时间内创造出与众不同、新颖别致的文章,不是件容易的事。

既然是无从准备,我也没有刻意做些什么,到了比赛那晚,早早地吃了饭洗了澡,瞅着时间差不多了,在桌面上顺手抓起一支还能写的笔,找了两张稿纸便直奔"战场"了。

赛场那边已经聚集了不少人,个个一副雄心壮志的样子,一个比一个张狂,这个开口就是"陀思妥耶夫斯基"说什么,那边的某人开口又"列夫托尔斯泰"怎样怎样,一不小心吹嘘过了头,把自己说成了托尔斯泰的入室关门弟子,立刻被人笑得脸都黄了。我进入赛场后,在后排的某个角落找位置坐下。尽管外面人来人往,但赛场里面坐下来的人却寥寥可数,估计外面不肯进来的人,是要让别人感觉到自己毫不紧张,想怎么写都能获奖的。

随着正式比赛的时间越来越近,外面的人再怎么嚣张,也得进来用文笔跟大家一较高下。偌大的阶梯教室,竟也密密麻麻地坐满了人,看来这个社团的号召力也真的挺大,当然不少人是冲着奖品、奖金来的。不过,这么多参赛者,在现场真的有一种无形的压迫感。让人不敢发出大的声响,个个都屏息凝视,等待揭题的一刻。

终于有个人从前门进来了,是个半秃头的中年男人,听主持人介绍,他是该社团的指导老师及文学顾问,是某文化单位的领导。他环视着黑压压的一会场的人,在主持人的介绍声中微微点头,然后简单地说了几句鼓励式的开场白,最后转身写下了本次作文的材料:

"树上有10只鸟,猎人一枪打死1只,你说……"

一行字的材料一出,下面的人不禁嘤嘤作响,可能会说,这样的题目还不好写?甚至已经有人不以为然地动起笔来。

我坐着不动,见讲台上的中年男人嘴角藏有一丝不易察觉的微笑,觉得这文章不能落于俗套,越是简单的,越难创新。该如何写呢?我沉吟了良久,动笔写下了以下的文字。

《兽性·人性》

这似乎是个老套,甚至已显得可笑的IQ题了:"树上有10只鸟,猎人一枪打死一只,你说……"一般情况下,问的是树上还剩多少只鸟。至于其他一些别出心裁的问法,这里暂且不论。

问题的答案早已让世人反复揣摩，答案不外乎以下几种：答案一，还剩九只，从算术上说，十减一应为九；答案二，还剩一只，因为除了被射死的一只外，其余的都飞走了；答案三，零只，死了的那只已掉在地上，其余的飞走了，因此树上一只也没有。当然，一些富有想象力的朋友还可以答"两只""三只"……他们的解释为：树上或许有几只大鸟和几只不会飞的小鸟，射死一只大鸟后，其余大鸟飞走了，留下不会飞的小鸟。至于有多少只大鸟、多少只小鸟，看答案而定吧。

在这众多答案中，恐怕最不得人信服的是答案一。因为无论从想象还是从逻辑上讲，在猎人开枪射杀一只鸟后，还有九只在树上的可能性不大。毕竟，鸟是动物，具有动物的本能，如果在猎人"轰"的一声枪响后，其余的九只鸟依旧呆站着当靶子，又或者叽叽喳喳地飞在死鸟旁叫个不休，那只能意味着世界末日即将来临，别无其他解释，因为这种现象在现实中是没可能的。如此看来，答案为九只的说法只能在一年级的数学课上哄哄小朋友而已。

但如果我现在把题目改一下，变成"如果街上有10个人，持刀的歹徒刺死了一人，你说还剩多少人呢？"这个问题并不好答，对吗？人毕竟不是兽，人在这样危险的时刻应当见义勇为，挺身而出。可能很多人在大会上、在公共场合上正气凛然，信誓旦旦地说要与歹徒拼生死，与国家利益共存亡，但当真正面对凶残的歹徒时，又有多少人能义不容辞、视死如归呢？对于鸟的飞散可以归于兽性，但对人呢？你可以归于什么？归于懦弱？归于冷漠？那我们一直提倡的人性中的正义、善良、勇敢哪里去了呢？人与兽的区别有很多，其中人有情有义是区别之一：人正因为有了情，才有了许多千古流传下来的可歌可泣的故事；亦正因为有了义，才有许多万世不灭的可歌可颂的英雄传说。按理来说，有情有义的人面对歹徒时会挺身而出，但直到今天，依然还有许多因见义勇为而发生的悲剧。那些取笑"答案为九只鸟"的人可曾会联想到自己，当真处在那种环境，自己会逃吗？或许，答"还有九只鸟"的人的内心深处，还藏有一些珍贵的人性。

可能，我以上的说法有点偏激，或者有点悲观。不过，我依然相信人是善良的，是正义的，是勇敢的，这种相信至死不渝。我很欣赏先烈夏明翰在狱中写的一首诗："砍头不要紧，只要主义真。杀了夏明翰，还有后来人。"此诗激励了千千万万的仁人志士为理想而奋斗，亦很好地说明了人性之正义、之勇敢。毕竟，人是有别于兽的，对于今天涌现出来的见义勇为的英雄，我是感到欣慰的。我会对他（她）们献上最崇高的敬意。正因为是对人性的善的相信，我可以坦白地讲一句，面对凶残的歹徒，我会选择斗争。当然，实力悬殊的时候，我会采取智斗。

最后有些话还是要说一下的。其实，动物也并非只有兽性，有时动物显现出来的行为也着实令人感动不已。比如，母鸡张翅护小鸡，抵抗老鹰；老麻雀不顾生死，飞啄毒蛇，保护幼鸟……对于这些"单纯"的"兽性"，我们是否应该反省一下呢？人如果做到连禽兽都不如的份上，那还有什么意思呢？

如果让我来答那条 IQ 题的话，我会毫不犹豫地答："九只。"因为，我想到了人性，善良的人性。

我放下笔，看看时间，这一写竟写了近两个小时，连续的奋笔疾书，我的手有些酸软。看到教室里的人都走得差不多了，于是我也把手中的稿纸交给了在场的工作人员，快步离开了会场。

外面的空气比室内清新很多，这时各教学楼、图书馆都快关灯了，身边来往的人顿时多了很多。在皎洁的星光下，一对对男女欢笑着、打闹着。这些人的出现，倒让我在这个清风送爽的夜里显得有点孤单。

18

之后的生活一如既往，文学社轰轰烈烈的现场作文大赛一下子仿佛蒸发在人间，昨天还醒目地挂在教学楼侧面的巨型条幅，好像是早晨的露珠见了阳光一样，转眼间就消失了。昨晚还摩拳擦掌奋笔疾书的各派文学高手，仿佛被某个高手一夜灭门一样，再也寻找不到他们的踪迹，大有"大隐隐于市"的作风。以致我在饭堂吃饭时丝毫不敢轻视身旁那些吃相怪诞、满脸胡茬、浑身没件整齐衣服的家伙，因为他们很可能就是某文学社的领军人物。

就在我几乎快要淡忘我曾参加过这样一个比赛的时候，结果出来了。就在某天我跟室友们一起到学院上课时，在学院的大厅里见着有不少人围在那里，指点着、议论着。我们这些大一的学生正是好事之人，有热闹当然要去看一看，况且看这阵势，估计事情不小，我们心中顿时一阵激动，连忙跑上去看是怎么一回事。

只见在学院的公告栏里贴着张红纸，我定睛一看，"光荣榜"三字位列中央。仔细一看，才知道是结束已久的"印心石"文学社现场作文大赛的比赛结果。我知道是这项比赛的结果单，心竟开始有点紧张，毕竟自己的那次作品有可能就在榜中。虽然瞬时想法万千，但望着偌大的一张红榜，我的目光竟无从落下，只是呆呆地看着下面的几行字。

方岳等人知道我参加了这项比赛，忙着找我的名字，最后还是书南首先发现的。这倒不是他眼尖，而是我们是从下往上看的，而他是从上往下看的——他对我的文学水平很有信心，所以他最快发现，因为我的名字就在第二位，一等奖。

我们正看得眼球快抽筋的时候，猛地听到书南大叫"在这儿，上面！"我们的眼光"刷"地一下往上移，果然见我的名字就在那里，粗黑的"一等奖"三字下面，就只有两个名字，其中一个就是苏梓。

大家确认无误后，连连激动地拍着我的肩膀，江锡用臂弯一把搂住我的脖子，险些把我掐死。方岳也很兴奋，他哈哈大笑，说今晚要去庆祝。就这样，我们几个在众人的目光中说笑着离去。

我回头看了看我名字上的那个名字，小声地反复说着："方雅婷……方雅婷，你是谁呢？挺厉害的嘛……"

后来听到一些参加比赛的同学打听回来的小道消息是，这次比赛很可能要搞一个颁奖会之类的活动，届时学院领导会来出席。我对于颁奖礼上的什么奖金奖品兴趣不大，倒是希望在颁奖礼上，能见一见那个叫方雅婷的人，看名字估计应该是个女的，能在这样的大型比赛中技压全场，对她我是真的很好奇。不知为何，我的潜意识告诉我，当我亲眼看到她的样子会很失望：这个才女很可能就是一个平凡得你在学校里选一百次美都选不上的人。可能人不算难看，但有点胖，矮矮的，有点斑，厚眼镜，小突牙。当这些特征集中在一起的话，估计会让人对此女的兴趣大减，但这个其实算是勉强可以接受的程度。如果是一个长得很鬼斧神工的女生，我很担心我与她同台照面后，会让我对女人，甚至是对文学的热爱，短期内会留下阴影。

好在我天性比较乐观，望着方雅婷这么有诗意、这么温柔的名字，我怎能把她跟"恐龙"联系在一起呢？

在大学已经两个多月了，对大学的各种生活的新鲜感已渐渐消退，觉得这里的生活与高中相比，除了相对较自由之外，其他的一切如旧。当年身边有个说说笑笑的韩京，现在只是换成了方岳而已。

说到韩京，入学后他还给我写了一封信。

在拿到韩京的信后，我才记得我们分别时都说过，到了彼此的大学后，要给对方写信。可入学后，人不知为何竟变得慵懒起来，自己作为一名文学院的学生，平时又素以玩文字见长自称，竟连执笔写封信都拖那么长时间，实在有点说不过去。我看着韩京熟悉的笔迹，暗叫一声"惭愧"，慢慢拆开了信封。

写信的纸正是韩京就读大学自行印刷的稿纸，朴实庄严的校徽透露出理科人的气质，苍劲有力的校名有着一股威严，真不愧是北方的重点高校。我抖开信纸，看着韩京的字迹，他的生活气息扑面而来，向我展示韩京的异地生活。

梓弟：

　　展信佳！最近可好？

　　想高中与你三年同窗，尚未叫过你"梓弟"，这次冒昧以哥的身份写信给你，一是考虑到你读的是文学专业，人文气息浓重，兄弟相称显得我俩交情深厚，二是我在北方读书，每天说的都是普通话，用北京腔说话日渐成为习惯，每天被宿舍的人以"哥儿们"叫来叫去的，所以一下笔，就想到哥弟这个称谓了。我想，本来我就早生你数月，这次就暂以兄的称呼写信吧，莫怪莫怪，呵呵。

　　到了这边生活已有俩月了，刚来的时候，我就因为水土不服病了一回，又拉又吐的，差点以为自己就死在祖国的首都了。我当时就心想：北京这么大，还容不下一个南方来求学的大学生？就这样迷迷糊糊地又打针又吃药的，当时那个虚弱啊，我是连外面刮点风都不敢出去的，为什么？怕被刮走啊！不过最后还是把病给治好了。现在我的饮食基本上与这边的接轨了，吃着吃着，身体竟比以前还壮实了一点。这可真应了那句"塞翁失马，焉知非福"啊！（见笑了，在你大文豪面前卖弄文字。）跟兄弟你实说吧，在这边多亏了有某人的照顾，我才恢复得那么快。你想想，人生地不熟的，自己病倒了的感觉不好受。真是多亏了她，我现在都不知该怎么去感谢她。不过聪明的你，应该想到她是谁吧？这个人你也认识！对了，就是凌丹。

　　她报的大学和我一样，这是你知道的。她考到这边后，竟和我是同一个学院的。本来这没什么，我们的学院很大，专业广、人数多，我以为大家见面的次数不会太多，到时偶尔碰到了，打个招呼，顶多就当是同乡的好朋友，相互有个照应，其他的我也没有多想。没想到那天刚从理工楼出来，就看见凌丹在大门口等我啦，让我始料不及的是，在她身边的几个女生（估计是室友吧）竟然掩嘴而笑地走过，有个大胆的女生还叫着："你就是韩京吧？凌丹在等你啦！"

　　当时我就愣住了，但见了认识的人，总不能呆站着不动，于是我就走上去跟凌丹说起话来，后来就一起到饭堂吃了顿饭，聊到了高中的很多事情。"他乡遇故知"，这真是件令人兴奋的事情，呵呵，聊到你，也聊过苏小睿——至于聊了什么，以后我们再谈。

　　就这样，我们越谈越开心，没想到我和凌丹在他乡的第一次相遇竟如此轻松。后来我才知道，原来凌丹从来学校报到那天起，就在她的室友面前不停地提起我的名字，一口一个"韩京"的，甚至在新班同学自我介绍时，在台上说完个人基本信息后，还说了她是某某专业新生韩京的特殊朋友，希望以后大家能和我们相处愉快！她把"特殊"两个字说得很响亮，仿佛在她的心中我和她就这样连在一起了。据她的同学说，当时凌丹的话一出，下面的人就"哗"的一声嚷开了，尤其是那些男生，不少都难掩失望神色，估计是想不到面前的这位漂亮女同学竟然有特殊朋友了。这样一来，班上的男同学都不敢对她有所表示，而我呢，仿佛一夜之间，人人都知道我在另一个专业里有一位特殊的朋友，这可让我哭笑不得啊。

凌丹这个女孩子，真让我有种说不出的感觉。我得承认，她确实很优秀。你也承认吧？可她在某些方面给我的感觉很强势，我有点适应不了，至少目前，我是有点不敢正面接受这种强势的热情。现在我和她很多时候都在一起，尤其是前段时间我病倒了，她每天都给我打电话，关心我的情况，还托我的室友捎来不少吃的、用的，去医院几乎都是她跟我去的。大家都说她很好，很体贴，当然我也是这样认为的，可我暂时还没有勇气去辨清这其中有什么关系，我与她究竟要怎么发展。尽管目前其他人都认为我们是一对儿了，我想凌丹自己都觉得是那样子的了。可我呢？总是含糊地去逃避，病得重的时候，我就装没有精神，"哼哼哼"地过一天，现在病好了，我就一头扎进实验室，找一些事情忙。否则我与凌丹单独相处时，我真不知该怎么做、怎么说了。

呵呵，苏梓兄弟，你说我这个人是不是怪人一个呢？人家迫不及待地想找个对自己好的人，而我却身在福中不知福，我真怕我这种态度，迟早害了自己。我究竟是怎么想的呢？我心里难道还有谁放不下的吗？我想你会知道那个人是谁的，你觉得我该怎么做呢？

我啰啰嗦嗦地写了一堆事，也不知你读起来是否觉得烦，不过我这边的情况就是这样。不知那边的你，是否一切如你所愿？是否有你想见的人出现了呢？嗯，苏就读的大学就在你的附近，你和她是否见过面？如有，请捎去我的问候，还望你能照顾一下她。

天气渐渐变冷，我这边估计下周就要下雪了。忽然有点怀念南方的温暖天气，兄弟你可要按时添衣，保重身体。我们放假再见。

盼望你的来信，祝一切顺利，安好！

兄韩京
X 月 X 日

读罢韩京的信，我把信纸放在了桌上，不断地抚平着，似乎想借此来整理一下自己的思绪。看来韩京在北京的生活过得也不错，这是我目前对韩京现状的最真切感受。照这样发展下去，我看韩京的心理防线迟早会被凌丹攻破，这只是时间的问题。试想一下，在那边人生地不熟的，在无数个寂寞的日子里，一个正常人难道就一点活跃的思绪也没有？就真的会一头扎进实验室里十天八天不问世事？在生活中如果有个人对你无微不至地照顾的话，我想，任何一个人都会心存感激之情，至少也会产生一点好感。但这点好感绝对会以星星之火的燎原之势，迅速把韩京的内心"点燃"，慢慢地，韩京会被这种贴心的照顾所感化，一旦失去，便感到不适应，感到不开心。万一这种感觉真的出现了，那么我可以肯定地说，韩京的主动权已经不在他手上了，而在凌丹的手上了。

现在唯一的障碍就是韩京心中尚存有一个苏小睿，他对她的那种感觉已经萦绕在他的心中，从韩京的来信中，我可以感觉到这一点。正因为有了这么一点情愫，韩京对待凌丹的态度才显得有点犹豫，甚至可以说有点逃避的意味，逃避着事态的进一步发展，逃避在凌丹与苏小睿之间做出选择。但现在的情况趋势应该是凌丹慢慢占据了上风，毕竟"近水楼台先得月"，凌丹胜在地域上的距离够近，能在韩京身边展开攻势，而苏小睿呢，只是遥远南方中一个若有若无的影子，全凭着一种想象来支撑，全靠着一种对真挚感情的执着来维持。这种虚无的感觉随时可断，怎能比得上身边实实在在的享受呢？

曾经我与韩京都相信真正的爱情，或者说相信纯真的感情是不会受到地域距离的牵制的，只要双方真心，那么纵隔万里，同样会彼此不变，感情永远如故。但在大学的这段时间，耳闻目睹了许多身边的师兄师姐的爱情故事，令我在"感情不会受制于距离"的问题上有了一点动摇，在现代这个讲究速度的社会里，身边的诱惑实在太多太大了，有多少人能够在众多诱惑面前始终保持对远方爱人的一份忠诚呢？

想到这一点，我的心有点发麻的感觉，不知是为韩京的即将"被攻陷"，还是在为苏小睿与韩京之间的一点纯真感觉即将夭折而感到惋惜。

想到苏小睿，忽然我有了想见她的冲动，我要转送来自北京的韩京的问候，让他们两人的关系能够暂时拉近些，或许我能够挽回一段惊世未了情呢。我依稀记得韩京在信中提到在苏小睿的问题上我该怎样做。于是我连忙把信又抽出来，再一次确定韩京嘱咐我的事情——捎去他的问候，同时照顾一下苏小睿。

我记得苏小睿就在我的大学旁边的某校南方校区读书，我要去见她一面也不是很难的事情。捎去韩京的问候非常容易，但后面的这个"照顾"，含义很广，可以有着不同的理解。作为一个相识的老同学，在异地照顾一下对方，是很正常的事情，但照顾到什么程度，却十分难以把握。难道韩京知道，苏小睿目前或者说一直都处在某种艰难的处境，需要人去暗中照料？

我的脑海中马上浮现了很多有关苏小睿以及韩京对我提及苏小睿的一些片段，比如说苏小睿跟我说的"命运"、韩京"你照顾她两年，之后我来接手"的说法，苏小睿那忧郁的眼神、韩京与小睿之间的秘密等等。当然，这其中究竟有着什么关系，现在我想破头也不可能猜得出来，但事件中的两个主角，一个在北方，一个在南方，中间隔了万里，而唯一能在他们之间产生联系的，就只有我一个人了。我在这个故事当中，起着什么作用呢？我的一举一动，将会带来怎样的后果呢？我感到自己像是别人命运中的一个操控者，随时能改变人家以后的人生，同时又感到自己是别人手中的一个棋子，被人驱策着去做某些不可预知的事情，是好是坏，我这个棋子是控制不了的……

19

本以为南方的冬天不会很冷，我从家里来大学之前，抹着一头的热汗，埋怨着老妈怎么老往我的行李箱里塞毛衣，并且摆出一副满不在乎的表情。我怎么说也是一个大学生了，应该要学会自立自强，区区寒冷挡不住我的一颗赤子之心。爱子心切的老妈可不管我的狂语，把几件厚厚的毛衣塞满我的皮箱后才肯放行。

今年的冬天喜欢突然袭击，一个有点闷热的晚上，气温骤然下降。傍晚还在抱怨天气预报又失准的我在夜里被冻醒，连忙裹紧被子缩成一团，清晨时分实在顶不住了，于是打算起床去拍醒方岳进行我们进入大学以来的第一次晨跑，却发现李书南和方岳的床上空无一人。我心中忽地紧缩了一下，以为这两个室友半夜给冻僵了，给人抬去校医室急救了。我连忙跑到阳台去张望，却发现李书南正在阳台上背英语单词。我问："方岳呢？"李书南扶扶眼镜，说："我起床好像就没有见过他。"

纳闷之际，我跑到江锡的床边，打算唤醒这胖子一同去找方岳，岂料解开蚊帐却发现，方岳缩在江锡的被窝里睡得正香呢。

事后方岳的解释就是，半夜实在太冷了，他本打算和我挤一挤的，但发现我的被子薄得像张纸，就放弃了。所以他就只好找江锡了，江锡的床上是挤了点，不过江锡在冬天里能顶得上一个大暖水袋。

我对方岳的解释表示接受，我只是抱怨方岳，说："你半夜跑去跟谁睡都没问题，问题是你走之前好歹把你自己的被子丢给我嘛，明明知道我的被子像层纸，典型的见死不救。"

方岳的回答是："我也想把我的被子给你。问题是，我根本就没有被子。"

我进大学的第一个冬天就这样开始了。在这冬天开始的第一天，我和方岳做了一件非常重要的事情，就是一同到外面买被子。当晚我躺在暖暖的被窝里，想到的是，韩京在北京应该看到了人生的第一场雪吧？

这天我们第一堂文艺理论课开课了，教师是一位有名的文学院教授。他上课上得很有风格，始终有一只手是要插在西装裤袋里面的，拿粉笔从来只用两根手指，而且只是用食指和中指夹住。第一次见到有老师是这样拿粉笔的，我们以为这位教授打算给我们露一手奇异的板书手法，谁知道该教授一上台就侃侃而谈，讲课讲得兴起之时，猛地把两指夹住的粉笔往嘴里一送，叼着猛吸一口，放下，又继续讲课。

我们看得目瞪口呆，以为该教授有吸"白粉"的嗜好。后来才知道教授烟瘾特大，一天除了讲课烟不离手，在讲台上就喜欢保持夹烟手势，忘我时连粉笔都曾咬碎。

今天教授的课讲得很快，讲完后让我们自己看书，完成几个问答题，然后自己又溜到外面抽两口。在下课铃响的时候，外面竟涌进来四五名女生，每个人都挂着工作牌，手中拿着一叠问卷。当中的一个女生快步走到阶梯室的中间，拍着手，吸引了大家的注意。我仔细一看，原来是教科院心理系的学生过来做一份心理问卷调查。

这种情况倒不是第一次出现了，我坐在阶梯室的最后一排，一点也没注意中间这位女生在说什么，只是很随意地扫望了一下站在她背后的另外几个同伴。

可一望，我的目光却不能再溜走了。我的全部注意力都集中在某个女生的身上！望着她，我总觉得有似曾相识的感觉，可印象很模糊，仿佛有种在佛殿之中被烟雾缭绕的感觉。我拼命想撩开这层烟雾，想看清这烟雾背后的真实景象。我呆呆地望着那个女生。

她把柔顺的头发随意地扎起来，不高不低、斜斜地摆在脑后，随着她说话的速度一颤一颤地在后面抖动，从教室外面投进的光线上看，她染了一头暗紫红色的头发，显得生气勃勃。她上身一件米白色的休闲长衫，下穿贴身的灰色运动长裤，这种运动活力型的装束在现在的校园里已经很少见了，显得那么与众不同。她侧挂一个小提包，提包的带子从胸前划过，把宽松的上衣勒得有点歪，但却勾勒出她上胸美丽的曲线。双腿的线条很流畅，不长不短，在她的身下更能突显她不同寻常的个人气质。她的眼睛很大，随便往哪一看，就透出一股非常可人、充满灵气的感觉。

在我拼命回忆这究竟是谁，我究竟在什么地方见过她的时候，中间讲话的女生已经把话讲完了，只见她转身向后面的同伴打了个手势，后面的几个人就分散行动，把一张张问卷分发到我们的手中。

我的目光始终没有离开过那位女生，一直看着她拿着问卷一步一步向我的位置靠近。我清晰地看到她每发一张问卷，就对着拿卷的同学送上一个舒服的微笑，并且轻轻地说一声："谢谢配合。"

如此的礼仪！如此的恬静！如此的耐心！如此的女子，我怎么能忘记呢？我脑中马上就找到有关此女子的所有记忆！我为我自己能在最后时刻想到她是谁而感到兴奋，尽管我直到现在还不知道她的名字。

当她把问卷递到我手中的时候，迎着她那声温柔的"谢谢配合"的话语，我站了起来，与她面对面地望了几秒钟。我看到了她深邃的眼睛里微微颤动的光芒，感觉到了她的心开始加速跳动，她的嘴角开始上扬，绽放的笑容如同春天的嫩叶一样娇嫩。我想她知道我是谁了。

于是，我再把头凑近一些，因为我觉得我将要和她说的话，是我们两人之间的小秘密。

然后，我说道："缘分让我们再相见了，请问，我可以借看你买的那本《欧洲文化史》吗？"

她连忙不住地点头，很想叫一声我的名字，以示礼貌，但话到嘴边却忽然想起根本就不知道我的名字，只好嘴里连声说着："噢……噢……噢……你是……我记起来了……"一边说着，一边轻点着手，好像示意我不用提醒她，她已记起我们之间的事情。

我当然能领会她的意思，于是我微笑不语，也微微点头，算是彼此打了招呼，同时顺手接过了她手中的试卷。这时我却发觉身边有无数道眼光射过来，毕竟这是在课堂上，我忽然就站了起来，接了试卷又没有丝毫要坐下的意思，同班的人怎会不侧视呢？

她也想不到我忽然就无言了，看样子在想些什么，但她不好意思绕开我继续发卷，也只好在我面前站着，只是脸上显出了点粉红色。她轻轻摆了下头，摆动的发梢送来了一阵幽幽的香气，跟我上次在书店中嗅到的一样。

我意识到了自己的无言已使对方陷入了有点尴尬的局面，就迅速抖了一下试卷，并借着抖试卷的空当，再次轻声地跟她说："快下课了，我们出去走走，好吗？"

话出了口，我都不敢相信我已经把这话说出口了。这很明显就是一个约人的举动，话已出口的同时，我心中暗道一声"糟了"，这种场合下被当场拒绝是件很尴尬的事情，铁定会成为未来一周内全班同学茶余饭后的笑料谈资。

我的眼光马上集中在她的嘴唇上，看看她将要说出怎样的字眼，同时心中盘算着对方如果拒绝了我该要说些什么。

她望了我一眼，没有马上说话，而是低头拨弄了一下她手中的卷子，同时扭头看了看和她一起进来的那几个同学。这个过程在我看来显得异常的漫长，每过一秒中我都感到了越来越大的压力，好像身边的目光越来越多，其中包括了旁边刚刚从昏睡中清醒过来的方岳。

当时方岳听课听得将要昏昏入睡，忽然身边不知谁喊了一声，有其他学院的美女来了，顿时整个人生猛起来。一边摸着嘴边的口水，一边弄乱自己头发——他这个举动是有根据的，因为他不止一次地跟我说，有位在情场上颇为得意的师兄向他传授经验，说现在的女生特喜欢看韩剧，不是为了看什么剧情，就是为了看韩国的帅哥。那些帅哥有什么特点？首先第一个是头发要乱，越乱越有性格，越乱越显得不羁；第二个是要显得颓废，眼神要颓废，表情要颓废，态度要颓废，总之是一切都要颓废。这样就很受现在的女生欢迎了。

所以方岳在听说有美女来时，第一个反应就是要把自己的头发弄乱，以期在与美女相见时能一下子吸引对方的目光，甚至一下子能获得对方的青睐。

当方岳清醒后第一眼就看见一个美女在向自己这边走来，然后很惊奇地看到我在他身边站了起来，并且还与人家对话，他的嘴惊讶得张开，连忙去拍旁边睡得正香的江锡，示意有好戏看了。

时间又过了两秒，我感觉有点承受不了，正想说两句诸如"如果没空那就下次吧"之类的话，好让自己有个台阶可下，可是话刚想出口，她却说话了："好吧！不过我的工作要先跟我的同学交接一下……"

说着，她连忙把手中剩下的几张余卷分发给我身边的人，当然包括方岳。方岳见我"搭讪"成功，心底顿时萌生出一股豪气，想着追女生要胆大、心细、脸皮厚，于是马上学着我的口气，说："嘿！同学，下课了出去走走吧，去馆子吃一顿，好吗？"说着往我身边靠着，以示他同我是很熟的朋友。

我当然不会理睬方岳的"无理"要求，我把手中的调查卷往方岳手中一塞，说："做卷吧！想吃饭要等下次了。"

得到了对方的肯定答复后，我觉得此地不宜久留。我两三下就把书收拾好，提起书包，对她说："我们走吧！""我们"两个字一出口，我与她的距离仿佛拉近了很多。

她也利用我收拾书的空当，跟她的同伴——也就是站在教室中间说话的那位，打了个招呼，作了几个手势，意思是说：有点事，要跟自己面前的这个男生出去一下。

她的同学对此非常惊讶，马上将目光射向我这里，把我上下打量了一下，但最终还是向我点了一下头，又示意她可以离开了。

于是我俩在众人的目光中，缓缓而退。

我和她溜出阶梯教室后，我指了指教学楼后面的一个小花园，除了早晨较多学生在那里早读，晚上较多学生在那里约会，其他时间还是比较幽静的。我抬头看了她一眼，意思是问我们到那边走走如何，她点了点头，有点羞涩地走在我的后面。

我并没有急着要问她的名字，因为这样显得很肤浅，好像要急着发展什么似的。不过作为一个男生，而且还是自己叫人家出来的，如果一味沉默扮酷好像也不大好，所以我就聊了一些日常的轻松话题，希望把气氛弄得随和点。

说着说着，我们已经来到楼后的小花园，我们因买一本书而认识，那么话题很自然就回到那本书上了。

我问:"那本书还可以吧?在那个盗版书店里,我看就这本书最值得买了。"

她笑笑说:"呵呵,是啊。之前我好几次想买,都因为别的原因没买成,好在有你的慷慨让书,才使我不至于再一次空手而归。真的非常感谢你!"

"自古有云:'宝剑赠烈士,红粉赠佳人',我看'好书让美人'也不会错,感谢这样客气的字眼,以后免提吧。"

"这书我想你一定会爱看的,你是文学院的人,文学底蕴肯定比我深厚很多。书拿到以后,我尽快地把它看完了,我想我一定能在学校里再碰到你,到时我就可以借给你读了。想不到……这么快我们就遇见了。"

我微笑着说:"那就是我们有缘了。"我停了一下,继续说,"这书不用急嘛,你慢慢看,我最近看着其他的书呢。我看完再找你借吧。不过……下次我们见面还要继续靠偶然的碰面吗?"

我的言下之意就是,是时候让我知道你的名字了吧?在什么学院什么班级什么宿舍,这些问题肯定是随之而来的。

她连忙摇头:"不,不,不,这么大的学校,要碰个人可不是件容易的事。我们都是爱书之人,一次生,两次熟,现在我们是第二次见面,算是朋友了。我先自我介绍吧,我叫方雅婷,教育科学院心理系大二生,很高兴认识你!"

我有点吃惊,面前的这位柔弱的女子竟是我的师姐?我还以为跟我一样是新生呢?

只听方雅婷笑着问:"看你上的课程,看你的神色,是大一的吧?"

我反问:"怎么?大一的学生有特殊的神色吗?能让你一眼辨认出?"

方雅婷说:"多少有点吧,新生有点拘束的感觉,羞答答的。呵呵……不过,比我当年好多了,我是到了第二年才稍微胆大了一些,多亏我的好朋友不断鼓励我,拉我东跑西跑,做这做那的。现在上台演讲、对外工作、随机调查,都应付得来。"

我说:"对,人是需要历练的,才能慢慢成长。那师姐以后要多多照顾我这个师弟啊!"

方雅婷说:"别叫我师姐吧,太显老了。其实我的实际年龄可能比你小呢。我当年读书读得早。"

我和她的情况恰恰相反,我倒是晚了一年才读小学,后来我们两人把实际年龄一比较,发现我比方雅婷差不多大了一岁。

这下子我可乐了,我笑问:"这回我搞不懂怎么称呼你了,论辈分你是师姐,论年龄你是我妹妹,你说如何是好呢?"

方雅婷也笑了:"是啊是啊,这是个难题。你不是师兄,叫你师弟我看你也不太乐意。嗯,嗯，就叫你师哥吧！——前一个是师弟的意思，后一个是哥哥的意思。好，好！太好了！就这么办！"

方雅婷像个可爱的小孩，为自己的这个新发明而感到兴奋不已，不禁拍起手来。

忽然，她又正色道："不过，在人前，你还是得称我为师姐！这可是每个学院的规矩喔。"说到最后，她也觉得自己板起脸来说话的语气有点可笑，忍不住又"扑哧"笑了起来。

面对这么个可爱温柔的所谓的师姐，我能有什么办法呢？三言两语间就当了人家的师哥，以后都不知道是谁来照顾谁呢？

我觉得"师哥"这个称呼要是真的让方雅婷喊出来，我会有点受不了，那个感觉啊，有点冷，有点肉麻。我眼前马上就浮现了《笑傲江湖》中令狐冲与岳灵珊练剑时的忸怩神态，你一剑来，我一剑去，这边一声"师哥"，那边一声"师妹"……那个画面一在我脑中出现，我身上就不由自主地起了一层疙瘩。

于是我认为很有必要正式介绍自己："嗯，雅婷师——姐，我叫苏梓！文学院汉语言文学专业大一新生，请多多指……"

我的话还没说完，方雅婷就轻呼一声："怎么？你就是苏梓？真的是你吗？"

我被方雅婷的三个反问问得有点不自在，以为我的什么丑事已经名扬大学校园了。于是我脸上的笑容变得有些尴尬，我摊摊两只手，反问方雅婷："我就是苏梓啊，怎么啦……怎么啦？"说到最后，心里有点虚，好像一个忽然被家长严厉批评却不知道自己做了什么错事的孩子一样，不知该说些什么、做些什么。

幸好我的临时应辩能力还算比较强，我在短短几秒钟内就分析好了当前的形势。毕竟自己入学的时间还算短，整天和自己混在一起的就是方岳、江锡和李书南这些室友，所以我基本上断定自己并没有什么恶行名声在校园流传。那应该是其他方面让对方认识了自己，而且看样子是好的方面。

我算来算去，唯一想到的就是那次全校性的现场作文大赛，这是我为数不多的一次参与了全校性的活动，可能她就是这样认识我的。

想到那次现场作文大赛，我的心猛地一震，口中喃喃地念着她的名字，这次我的心又一次猛地跳到起来。我想到了，我想到了！"方雅婷……方雅婷……方雅婷！一等奖第一名！"

我脱口而出地喊出了后面的几个字，连忙用力一拍大腿，喊道："啊！你就是那个写文章的方雅婷！对吧？我也没猜错吧？"

方雅婷见我的身份被确定，同时也被我猜出了自己的一些情况，一下子惊讶得张开了嘴巴，一双小手挡在嘴边，随后惊喜的笑容浮现在脸上，好像为这次的认识感到高兴。

我当然也有点惊讶于命运的安排，想不到我与方雅婷的联系在很早以前就已经开始了，从一本书的相约，到后来的文笔上的"交锋"，再到今天的偶然邂逅，都让我对方雅婷有了很好的印象。或许是大家的气质都有些相同吧，或许是对彼此才华的一种惺惺相惜吧。我相信，我面前的方雅婷也会有这样的感觉的。

我微微一笑，说："好啊！我们刚见面时是以书会友，之后是以文会友，不过再下次，我们以什么来相会呢？"

方雅婷轻轻甩了甩额上的头发，一只手指轻点腮边，眼珠子往上望着，转了几下，像是在思索我的问题，然后调皮地说着："嗯……嗯……老天才知道呢！下次再说吧。"

谈笑之间也不知过了多久，方雅婷看了看手表，指指上面的时间，问我："你是不是还有课呢？不好意思，同你聊过时间了，害得你迟回教室了，你赶紧去上课吧。"

我说："这不是什么大问题，而且是我让你来走走的。如果我这时候走回去上课，打断教授的讲课兴头，那才是真正的扫兴行为。算了，这课我不上了。"就这样，我们并没有结束这场谈话，而且谈的事情越来越多，比如彼此的专业、学校的一些奇闻趣事、彼此的家乡情况等等。一聊之下，竟发现我们对很多问题的看法大致是一样的，谈的领域和兴趣也都熟悉，这样的话题自然滔滔不绝，不知不觉一节课就这样聊过去了。

谈到最后，我们聊到了身边的一些朋友和同学，我问她："刚才跟你一起进来做调查的，那个看起来很干练的女生，是你的好朋友？"

方雅婷问："是不是那个一进来就在教室中间招呼大家配合调查的女生？"

我点点头。这时方雅婷的脸上露出了自豪的神色，她说："是啊！她是我的好朋友蓝蔚！她可是我们学院的女强人，能力出色，干劲十足，对朋友也好。我们是一个宿舍的，进大学以来，她一直照顾与帮助我，我的胆子就是跟她一起到处做工作慢慢练出来的。平时啊，在学院里面，没有人敢欺负我们这个宿舍的人，就是因为有蓝蔚在这里！"

我恍然大悟，说："怪不得刚才我约你出来走走的时候，蓝蔚上下把我看了三四次，像是要审查我三代关系似的，还真怕我把你这个弱女子弄丢了。"

方雅婷没有理会我的抱怨，说："你可别觉得她不近人情，她那是关心同学。不过她太强势了，弄得男生都不敢接近她，但是她人挺服理的，如果有人能在道理上说得通她，她就会听你的安排或指挥。当然能在道理上压得过她的，也就是能说会道的人，少见得很哪。"

听到这里，我心里猛地就想到了一个人，那就是方岳，我的第一感觉就是方岳很合适那个叫蓝蔚的人，能说会道对方岳来说不是小事一桩吗？方岳的性子又是不太肯服输的，一旦跟蓝蔚强强对碰，绝对是一场好戏。

我对方雅婷说:"真是'无巧不成书'。我身边有个人或许能跟你的蓝蔚交个朋友,让他们在强势中相互认识吧。"

方雅婷点点头,露出了满意的神色,好像为今天终于能够帮助自己的好朋友蓝蔚做点什么好事而感到高兴。她双手撑在石凳上,身子微微前倾,恰好一缕阳光透过树叶的缝隙投射在方雅婷的脸庞上,划过一道优美的光线,她整个人仿佛在光中得到了一股圣洁的力量,人变得更素洁淡雅了。

20

方岳对于这个突如其来的好消息,明显觉得有点不太适应,说话都变得有点语无伦次:"怎么……那女的……我的?打算介绍给我?这个嘛……这个主意……真够好的!是真的吗?呵呵!"

我说:"这难道还有假的吗?"

确定消息后,方岳不禁摩拳擦掌,一副跃跃欲试的架势,并且豪情万丈地讲:"兄弟们!我一定要让她的长发在我们宿舍楼下的夕阳中飞扬!"

我在一旁说:"她是短发。"

方岳略一沉吟,喃喃说:"哦,那可能我看错了。她是短发吗?她不是跟你今天一起出去的那个吗?"

我说:"当然不是啦。我要介绍的是她的同学,就是今天在教室中间讲话的那个。有印象吗?"

方岳的热情顿时下降了一半,他摆摆手,说:"她啊?算了吧。这不是个好惹的主,我一看她就是女强人的模子。你不知道她今天多凶猛。你走了不久,不是到了下课的时候吗?隔壁房的小赵,刚想站出来到外面小便,被这个女的呵了一声,说,'交了卷再离开!'吓得小赵马上坐下,全班人乖乖地填完问卷,全部收齐了,才敢离开。你看,这样的人好对付吗?"

我说:"正因为这样才要你出手啊。"

这句话对方岳来说比较受用,加上几个月下来,大学的生活渐渐变得有点单调,不找点东西来寄托一下,总觉得在浪费时间。方岳努力回忆蓝蔚的模样——其实样子也不错嘛。虽说可能性格有点好胜,但性格可以改造,说不定一旦征服了她的心,她会变得像绵羊一样温顺呢。想到这里,方岳的心思有点松动了。

我们谈话时，旁边还坐着李书南和江锡，听到我们的对话，都感兴趣地靠过来。江锡正嚼着一把五香豆，附和着说："我说，方岳，难得有机会展现一下你的手段，别藏着掖着的，如果苏梓介绍给我的话，我一定接受，呵呵。"

李书南最近正攻读英语四级，始终比较关心的是学习，他问方岳："你猜蓝蔚过了四级没有？有的话，你帮我向她取些经验。毕竟她是师姐啊。"

我说："小南，你能不能在这种关系到方岳人生的关节眼上不提学习这种东西？我们现在谈的问题很严肃。再说，这个跟四级有什么关系呢？我们要考过四级，还不容易，玩一下就过去了。"

江锡说："方岳，小南说得好，人家是师姐啊，你这个师弟能越界行事啊？况且今天你是看到了，那个蓝蔚巾帼不让须眉，我怕你吃不消。"

方岳缓缓地说："年龄不是差距，身高不是距离。师姐，这也没什么。这性格虽说有点男性，但她终究还是个女的，只要你比她更强硬，在气势上压制住了她，我觉得跟她相处，不是没有可能的。我看，这样吧……"说到这里，他戛然而止，微闭双眼，一副运筹帷幄、决胜千里的模样。

我们三人被方岳的一番似乎头头是道的分析讲得连连点头，见他正在冥思苦想，也不敢发出声响，只得静静等候。

方岳睁开眼，示意我们向前靠拢，然后很自信地说："好！现在听我来调度！首先要确定蓝蔚上课的时间与地点，然后我们一起聚集，直奔教育科学院。我们四人分别从四个楼梯口上，以防蓝蔚从别的出口下去，如果一切正常，我们就在蓝蔚的教室门口集中。跟着就是江锡，在下课的时候，推门进去就大喊一声：'蓝蔚，出来！有人找你！'记着，别的话不能多说，必须一喊完就撤，这样就能给蓝蔚造成心理压力，女人总是在不知情的情况下心智最脆弱。"

江锡插嘴说："为什么是我去喊呢？"

方岳说："看你的身形就知道你来头不小，这样显得我更有背景！"

江锡点点头，表示明白，不作声，继续听方岳说。

方岳咂咂嘴，继续说："接着，蓝蔚必定是在有点紧张的心态下走出教室，这时我就假装在教室门口经过，与她面对面地差点撞上，这时她一定会心慌慌地往上看。我就用一个居高临下、颓废不羁的眼神震慑她的心，再配以我唏嘘的须根、壮实的胸膛，保证当场在她心目中建立一个猛男的形象。这时，你们又该上场了，你们三个跟在我的背后，喊一声'大哥'一声就可以了，目的只是营造一种气氛，让她觉得我十分有来头，从而彻底征服她那看似刚强实则脆弱的心！"

方岳说完了，我们却陷入了沉静。

方岳说："怎么啦？给点反应啊！"

我试探着问："这就是你的计划？"

方岳说："是啊，不可以吗？"

我、李书南和江锡三人面面相觑，然后一哄而散，纷纷上床睡觉。

我临走前，拍拍方岳的肩膀，说："兄弟，你的计划勇气可嘉，可是也要讲究实际啊。你想到了好计划后，再向我正式介绍吧。"

方岳自言自语地说："我的办法不好吗？我觉得可行啊。"在爬回自己的床时，方岳回头对着我嚷："你这家伙！自己还留了一手呢！跟你出去的那个女生才叫好呢，怎么不介绍给我？"

十二月的天色总是给人一种灰暗的感觉，伴着凛冽的寒风，让人不想在外面多逗留一刻。街上的行人行色匆匆，仿佛有忙不完的事情。而大学里的学生呢，要么就是躲在宿舍里海聊、打牌消遣，要么就是和自己的恋人相拥取暖去了。总之，在冬天里，没有一个人愿意孤孤单单的。

在这个月份里，比较令人期待的就是月底的圣诞节了。听师兄们说，圣诞节时每个学院都会有舞会或者是派对，让其他学院的学生前来参加。每个学院都会私下比较，看看每年谁举办的活动最成功，吸引了最多的人来参加。当然，这些舞会或是派对，也是让男女生有个交流的机会。据说，不少大学里的恋人们，都是在这些场合中认识的。

"我的打算是不如让方岳与蓝蔚在这个时候见面吧。"我对方雅婷说。

"呵呵，这样合适吗？方岳会不会一到了舞会之后，眼睛立刻就不够使了？我们教育科学院出了名的美女多。每年我们学院的活动差不多都是最受欢迎的。你呀，得先跟方岳提个醒，以免给人家落下个坏印象。"方雅婷说。

"这点分寸我想方岳还是懂的。那就这样定吧，那天晚上我们就在教育科学院门口等吧。"

"嗯，好的。"

我跟方雅婷相识后，见面的次数渐渐多起来。其中包括了一次借书和还书，然后在还书后又相约吃了一顿饭。我们彼此也没有什么特殊的感觉，就像是和一位认识很久的朋友在交往一样，一切显得很自然与轻松。有时她会充当一下师姐的角色，跑去小卖部，买来一瓶水，递过来，说："师弟，喝点水吧，看你累的。"当然，我有时也会充当一下"师哥"的角色，做一些相对操劳的事情，如提早去图书馆占个好位置之类的。

周三晚上，我前去听方雅婷向我推荐的一门公共课时，一进门就看到方雅婷坐在一个靠前的位置上,我点头向她打了个招呼,就走到后面找个位置旁听了。在这种场合中,我还是不敢太张扬地与方雅婷有太明显的接触,以免让人在背后说三道四,给方雅婷带来不必要的误会。

这门课听起来倒是有点意思,当台上的教授说到精彩处,众人掌声雷动。我在人群的空隙中,看到方雅婷扭头望了我一眼,冲我扬扬眉头,笑了一下,神色有点自豪,好像在为自己向我推荐了一门好课而感到骄傲。那可爱的神情,让人有想要捏一下的冲动。

正当我同样报以一个微笑给方雅婷的时候,忽然见到她身边的一位女生也好奇地扭过头来向我望来,一双大眼睛正仔细地看着我。

我开始以为只是一个素不相识的女生出于好奇心而望的,可是那人看着好像很眼熟,我凝神想了想,想起她就是蓝蔚了。我连忙把眼光移开,装作若无其事地望着黑板,然后又装作记笔记的样子,把头埋了下去,借着前面的人群完全躲开了蓝蔚的视线。我暗中吐了一下舌头,心想:怎么蓝蔚也来了?看情形她可能对我有所了解了。

下课时,我故意把速度放慢了一些,好让方雅婷与蓝蔚先走,等人走得差不多了,才慢慢地踱出教室。谁知道一出教室门,我就见到方雅婷在不远处等着,而旁边就是蓝蔚。我心想:自己也没有什么好胆怯的,来听公开课而已。于是我冲着方雅婷问了声好,又对着蓝蔚微微点点头,以示礼貌。打完招呼,我正想往另一个方向溜走,后面的蓝蔚就喊住我了:"哎!先别走!"说罢,就赶了上来。

她走得很迅速,我不由地向后退了几步,靠在了教室拐角的一面墙上。蓝蔚这时已经来到了我面前,她上下打量我一下,最后眼神定在我的脸上,神情严肃地问:"你叫什么名字?哪个学院的?什么专业?"说着又踏前了一小步,我只好又退了一小步,挺胸收腹,背紧贴在墙上了。

方雅婷这时也走上来了,她替我答道:"他就是苏梓。"

蓝蔚说:"哦?他就是苏梓。文学院的吧?"语气略微缓和了一些。

我说:"这位是蓝蔚——师——姐吧?"说着望着方雅婷,向她求证。

看着方雅婷点点头,我仍不敢动,还是背贴墙地站着,说话得提着一口气说:"蓝蔚师姐!久仰,久仰大名!你……你能稍微退开一点吗?我……我没地方站了。"

方雅婷捂着嘴笑了,蓝蔚大眼睛眨了一下,退到方雅婷的身边,说:"你久仰我什么?你知道我很多事情吗?"

"略知,略知。蓝蔚师姐在整个学校里还是很有名气的,大家都知道教育科学院的蓝蔚,是个能力强、办事稳、效率高的人,是学院里面的一员干将。"

"哦?是吗?"蓝蔚面对这些恭维的话,心中难免有点欢喜,嘴角浮现出了一丝难以察觉的笑意。

其实我说出这番话，的确是诚恳的、发自内心的，在这种情况下，讲真话是最妥当的。况且蓝蔚的确很优秀，我说的时候没有一点违心的感觉。

"看蓝蔚师姐雷厉风行的作风，应该是军人家庭出身吧？"

蓝蔚的脸上终于露出了点惊讶，说："这个你也知道？雅婷告诉你的吗？不过，我从没告诉过雅婷啊。我爷爷的确是部队的。"说着，用疑惑的目光望了望方雅婷。

我心想：这个就真的是我猜的了。很早以前看过《福尔摩斯探案集》里不是有很多推理情节吗？一个人的身份，看他的言行举止、行为习惯是能大致推断出来的。我看蓝蔚的语调、走路的姿势、办事的作风，应该是和军人家庭有点关系的。我暗自庆幸自己读书读得多还是很有好处的。

"哦，这可是我猜的。听方雅婷说，师姐可是来自四川一带的。你爷爷是西南野战军的吧？正巧，我的祖上也是军人，我爷爷是东江纵队的。"

"你？真的看不出啊。"蓝蔚这回真的吃惊了，重新把我上下看了一下，"呵，想不到你也是军人后代呢。嗯，不错，不错。"

我松了口气，看来给蓝蔚留下的印象还好。以后应该不会像这次交谈那样紧张了吧，我有点欢喜地望了望方雅婷。

蓝蔚还是挽着方雅婷的手，这回算是有点笑意地跟我说："据我看呢，你还是挺能说的，不愧是文学院的人。不过我觉得，文学院的人，大多数都只是会耍嘴皮子，有真才实学的并不多。毛主席怎么说来着，这叫作'墙上芦苇，头重脚轻根底浅；山间竹笋，嘴尖皮厚腹中空。'你是这样的人吗？"

方雅婷有点紧张地拉了拉蓝蔚的手，示意她的问题不要太难了，怕我下不了台。蓝蔚则轻轻地拍了拍方雅婷的手，用动作表示她会懂得分寸。

"看来蓝蔚师姐想考我了？"我笑说。

"不敢。只是想见识一下文学院的人的厉害而已。这样吧，不少人都说我的名字好听，你能说说分别带有我姓和名的诗句吗？解释得通呢，那我就给你个送我们的方雅婷回去的机会，怎么样？"

"那护送两位师姐回去，原本也是我分内之事。答得出也好，答不出也好，我也是应该送的。不过，既然蓝蔚师姐想问问自己的名字有何好，师弟还是愿意回答的。"我笑笑，心想：弄些诗词出来并不是难事，关键是要解释得通，还要解释得好，让人印象深刻才好，否则还真显不出我的才华。

"李商隐《锦瑟》有诗曰:沧海明月珠有泪，蓝田日暖玉生烟。在古代，玉之美者曰蓝，美玉温和而色秀，蓝田玉更是其中的精品。你姓蓝，这本身已经是一个得天独厚的美姓。再有白居易的'日出江花红胜火，春来江水绿如蓝。能不忆江南？'名句，更把'蓝'字的意境扩得更大，蓝天碧水，蓝青互渲，道出了春色之迷人，江南之美景。这其中，'蓝'字起了多大的作用。至于'蔚'字，可见陈子昂的《感遇》诗：'兰若生春夏，芊蔚何青青。'意思是，秀丽芬芳的香兰与杜若，生长在春天与夏天这个万物生长的季节，它们翁翁郁郁的，生长得非常茂盛。'蔚'在这里就表示碧绿之意。一蓝一蔚，充满了色彩之美，让人无尽遐想，如入春意盎然之地。蓝蔚师姐，你这名起得好啊。"

一旁的方雅婷一脸的惊讶神色，嘴巴微微张开，不过眼神却是欢喜的——我能觉察得出来，尽管是在光线暗淡的地方。

"嘀！这简直是令人拍案叫绝了！"蓝蔚情不自禁地拍了一下掌，"想不到我的名字竟是那样的好呢！看来，今晚雅婷是得让你送回去了，在路上再听你把她的名字也分析出一番诗意来。"

"不了，不了！你们两个人有伴，我还留着干什么呢？我先回去了。"我可不愿夹在两个女生当中，倍感束缚，更不想当着蓝蔚的面，与方雅婷搞得行迹暧昧，好像自己心中有鬼似的，这样以后我和方雅婷相处难免会变得尴尬，破坏了现在这种虽然简单但自然舒服的关系。这是我目前所不想的，一切还是顺其自然较好。

主意既定，我马上跟这两人道了再见，飞似的往楼下跑了。

为了中途不再与她们相遇，我故意从一条远路迂回往宿舍区方向走，而且走得很随意，漫无目的，心中想着今晚与蓝蔚、方雅婷相见后，不知蓝蔚对我会有何评价？在方雅婷面前会说些什么呢？揣摩了几个答案后，我自己都暗自发笑，为什么自己那么在意呢？蓝蔚对我有什么看法重要吗？我就是我，一个真实的我，走好自己的路，让别人说去吧。

正想着想着，绕过前面的一片榕树群，在一片昏黄的街灯的映照下，我看到在校道上走着一个倩影，那绰绰的身姿，竟是方雅婷。可就只有她一个人在走着，蓝蔚已不知去向。我看了好一阵子，确定蓝蔚的确不在她身边，我还是犹豫了一下，不知是否该上去与方雅婷一起走。尔后转念一想，为什么不敢上去呢？自己又没做什么龌龊的事情，何必鬼鬼祟祟的，就是真的送她回宿舍，也不是什么见不得光的事情。于是，我鼓足了勇气，快步赶了上去，一下子窜到了方雅婷的面前，说："怎么啦？蓝蔚真的让你自己一个走啊？"

方雅婷被我吓了一跳，认出来人是我，才吐吐舌头，说："到底还是让蓝蔚说中了，你还是出现了。她啊？早就在教学楼下丢下我了，说有事要做，还说能预见你会在中途出现。还说……你们有缘的，怎么也能碰上。正想着她的话，你就跳出来了。你们俩是不是约好的？"

"我才第一次正面跟蓝蔚接触，哪可能跟她约好？我在附近晃悠了一阵子，想不到又见着你了。我可事先声明啊，我没有跟在你的身后，我看你身旁没人才跳出来的。一切真的是巧合。"

"怎么？不敢说是缘分啦？"

"呵呵，你怎么跟蓝蔚一样，变得那么喜欢问问题呢？"

"好啦，不问你了。现在肚子有点饿，天气又那么冷，陪我去吃碗糖水，好吗？"

"好啊，随时奉陪！"一边说着，我摘下我的手套，塞给方雅婷，示意她戴上取暖。

21

平安夜终于到来了。

这天的气氛有点不一样，白天随处可见脸上洋溢着微笑的男生在校园里匆匆而过，或许今晚已经约到了心仪的女生一起过节，又或许想到了今晚让女友见到自己费尽心思策划了某些神秘环节时的惊喜表情。

下午四五点的时候，女生们也仿佛全部躲了起来，不用怎么猜想，我们都知道这个时候女生肯定都在宿舍梳妆打扮，准备着今晚美妙的约会，想必今晚一定会有许多更美妙的事情发生。

我和方岳站在宿舍的阳台上，望着下面校道上寥寥无几的人。方岳忽然感慨万分："我说啊，怎么中国人对西方的节日特别感兴趣呢？一个圣诞节就搞得像举行开国大典似的！"

"这有什么稀奇的。中国人讲究的是人情礼数，办点什么事都要找个理由找个借口来送送礼，联络一下感情。节日送礼就最好不过了。"

说罢，我看了看手表，招呼方岳："走，去吃饭！今晚可约了人在教科院门前等呢。"

我没有把蓝蔚也在那里等的消息告诉方岳，只跟他说，今晚方雅婷叫上我们一起到教科院里参加舞会。我还添油加醋地大赞教育科学院美女众多，而且性格豪爽，大多数都是跟着感觉走的，只要在那昏暗的灯光下跟你来电了，接下去的事情就简单得不得了。总而言之，教科院的圣诞舞会，是整个大学一年中单身男生必去的地方，是结束单身的圣地！

我的话当然是胡扯的，目的只是让方岳答应跟我去，但我的这番话明显对方岳的杀伤力很强，只见他听得目瞪口呆，看样子已经在遐想着怎样跟教科院的女生交往了。我正暗自偷笑，方岳忽然反问我："咦？你怎么知道的？看样子，很在行似的。你瞎猜的吧？"

我见事情快要穿帮，连忙咳了两声，含糊地应了句"听人家说的呗"之类的，忙转移话题，最终还是约好了方岳一起去看看。

本来还想叫上江锡和李书南的，不过李书南这天晚上说什么也不出去，考试在即，要看书复习了。而江锡则老早答应了要参加同乡会，不去不行，其实他很想跟我们一起去教科院的——因为他也受了我的蛊惑，以为教科院舞会真的是什么大学单身男生必去的地方，是结束单身的圣地。他临出门前还不停地对我和方岳说："兄弟，给我留几个啊，别太独吃了，有好的，回来给哥们介绍介绍……"

"你们可来了！"方雅婷笑吟吟地对我们说。

今晚方雅婷穿了一条淡蓝色的裙子，腰间系了一条粉色的丝带，衬托出她的皮肤更加白皙细腻，折叠的裙摆随着她的轻微动作微微颤动着；脚下穿了一双系带的高跟鞋，整个人看起来愈发高挑了，在人群中显得靓丽可人。可以想象，方雅婷在舞会一出现的话，必定会成为众多人邀舞的对象。

我点点头，一边用眼睛的余光搜索着蓝蔚的身影，一边嘴里说着："就你一个人吗？你的室友们不来吗？我可带了朋友来。"说着指着身边的方岳，"我可答应人家要介绍新朋友给他认识的。"

方岳因为我的缘故，已经跟方雅婷见过几次，所以在她面前不显得局促，反而故作认真地说："是啊是啊！一个晚上多难熬啊。你们两个有说有笑的，我怎么忍心插嘴呢？快给我介绍个舞伴！快！"

方雅婷努努嘴，给我打个眼色，示意蓝蔚就在附近，我的眼光越过方雅婷，果然看到不远处的小卖部休息伞下，蓝蔚正喝着饮料呢。

方雅婷招呼着方岳："好，好。急什么，等等就给你介绍嘛。我今晚有个伙伴和我一起的，来来，认识一下。"

走到那边，我才看清蓝蔚今晚的模样，化了个淡淡的妆，之前看见她束起的一小撮头发放了下来，倒有几分独特的韵味。此时她正咬着塑料管，吮吸着一瓶可乐，望着方雅婷、我和方岳来到面前，才站起来，略带埋怨道："我说啊，自古就是男生等女生，怎么今天调了过来呢？男人都变坏了吗？"

方岳接口就说："不是男人变得坏，而是世界变化快。"

我差点就笑出了声，方雅婷也掩嘴而笑，拉了拉蓝蔚的手，示意她别太生气，并且向蓝蔚介绍："这位苏梓，你应该认识了，这位是他的好朋友，方岳。嗯，这位是我的室友和好友，蓝蔚。"

蓝蔚刚被方岳驳了一下，来不及"回敬"对方，同时又免得打断方雅婷的介绍，现在只得望了一下方岳，嘴角动了一下，算是打了招呼。

方岳倒没有意识到这次的见面是我和方雅婷的一次预谋计划，以为真的就是恰好碰到的，想着既然刚认识，况且对方似乎对男生有点偏见，当务之急当然是塑造新时代好男人形象，以免又落得一个小气无礼貌的印象。

于是，方岳热情地伸出手，爽朗地说："蓝蔚好！我叫方岳！既然你是雅婷的好朋友，那就是我的好朋友了，那我们就不拘小礼了。初次见面让你久等，实在抱歉，保证下不为例！"说罢，把手递到了蓝蔚面前。

方岳的大胆举动使我和方雅婷始料未及，想不到方岳的问候方式这么直接，如果蓝蔚把手伸出去了，就等于是打破了蓝蔚心中的一道以前从未被逾越过的防线，这或许是件好事呢。

蓝蔚也有点吃惊，事情就是来得那么突然，容不得她有什么时间、理由去推搪。出于礼貌，是应该接受人家真诚的道歉的，但就这样让对方握住自己的手，好像一出场就掉进人家的控制网一样，显得自己非常被动，一点也不矜贵。

就在这犹犹豫豫之间，蓝蔚还是决定了，不把手伸出去。宁可自己失礼一点，也不可以让自己的主动权失去！

方岳的手伸得很坚决，蓝蔚的手却始终没有伸出来，甚至连抬起来的意思都没有，气氛仿佛一下子就凝固起来。我和方雅婷的心提到了嗓子眼，为方岳捏了一把汗，想不到局面这么快就僵住了。我正准备说上一两句别的话，缓和一下气氛，化解这场尴尬时，方岳做出反应了。

方岳的手在半空只停了那么两秒钟，看情形，他也感觉到了蓝蔚没有伸手的打算，在这千钧一发的时刻，方岳的手没有再停留，而是直接往蓝蔚的手伸去！

这一下的变化谁也没想到，我的第一反应就是，难道方岳恼羞成怒，非得去握蓝蔚的手不可？可以预见，一旦蓝蔚的一只手没经她本人同意的情况下落在了方岳手中的话，蓝蔚的另一只手马上就会扇在方岳的脸上。

我们都预料错了。只见方岳面不改色地把手伸向了蓝蔚手中握着的可乐易拉罐，摸了摸罐身，轻轻皱了皱眉头，说："哎！你怎么还喝冻可乐啊？这么冷的天气喝冷饮对肠胃可不好，尤其是女生。晚上睡觉脚不暖吧？"方岳缩回手，抖抖指头上的水珠，继续温和地说，"女人天生缺血气，蓝蔚师姐，以后可要注意了。"

方岳的一番话说得暖人肺腑，我即时感觉到现场的温度也回暖了不少，方雅婷更是喜上眉梢，眼看一场尴尬的见面变成了充满关心、体贴的约会，实在太好了！方雅婷在心里实在佩服方岳的临场机智。

蓝蔚本人显然也没料到方岳竟会如此照顾自己，在一刹那间，自己也判断不清对方伸手的意图了，只是在不停地反问自己刚才不伸手是不是真的太过分了，或许人家真的没有什么别的意思。心中有了这个想法，她真的有点后悔了。但她却把这种悔意的感觉隐藏得很好，在她的脸上丝毫看不出来。

蓝蔚转着手中的可乐罐，语气明显缓和了下来，淡淡地说："嗯，还好吧。我也不是常喝，谢谢你的关心。"

见气氛已经回暖了，我笑着说："好啊，方岳，平时我打球后喝冷饮的时候，怎么不见你来关心我呢？还一个劲地劝我喝喝喝的，看来我的地位还是不能和女生相比啊！哈哈！"

在我和方雅婷看来，这次的见面还算成功，相信方岳的形象在蓝蔚的心中不是很差。

蓝蔚这时又说了："怎么啦？人都到齐了吧？怎么还不走？再等的话，舞会可要开始了。"说罢，她主动挽了方雅婷的手，开始往前走了，我和方岳在后面跟着。

进了教育科学院，蓝蔚的话明显多了起来，可能对这个地方比较熟悉吧。她不时回过头来，跟我和方岳介绍教科院的一些历史与情况。随着话题的增多，四人说着说着，开始并排一起走了。

我们越来越接近举办舞会的综合教室，一路上碰见了不少该学院的人，频频向蓝蔚打招呼，可见蓝蔚在学院里的人气还是很高的。来往的人望着蓝蔚身边的我和方岳，眼里除了吃惊，还有一点说不清道不明的意味，不过我和方岳倒是装着什么都不知道，跟着她们来到了舞会现场。

这是在教科院中心楼六楼的一个综合室，面积很大，一向都是用来搞大型节目的，不知哪年兴起了圣诞节搞晚会的惯例，总之，这几年，教科院的学生圣诞节前夜就选择在这里办舞会，而且一年比一年热闹，成为这所大学一年一度的热点地方。有些年轻的老师，尤其是外教老师，甚至还有学院里的一些教授，偶尔也来这里走走，凑个热闹，感受一下节日的气氛。想想平日里的一些严肃的老师，难得在这个晚上纵情一跳，博来的不只是一阵阵掌声，更多的是学子们羡慕的眼光——看，我们的老师、我们的教授多有活力，文"舞"双全哪！

我们四人到的时候，人还不是很多，舞会上的音乐放得很柔和，灯光转得很慢，斑斑点点的红绿光洒了一地，连地板都显得轻盈了、脆薄了，让人踏上去也不敢用力，生怕踩坏了闪亮的地面。

负责现场的学生认得蓝蔚——蓝蔚也是这场舞会的主要策划人和负责人之一，马上给我们四人安排了一张角度最佳、位置最好的桌子，让我们今晚能够尽兴地玩一把。

由于现场工作安排的原因，蓝蔚跟几个负责的师兄弟到一旁交流工作去了。只剩下我们三人在那里，轻晃着脑袋听音乐，享受着舞会上独特的气氛。

趁着一曲音乐完结的空当，我别过头，用眼神瞧着那不远处的蓝蔚，低声对方岳说："我看蓝蔚这女生还可以啊，开始人是冷了点，不过相处久了，还是有点意思的。况且，人还不错嘛，论长相，论能力，还是能让人心动的。"

方岳的眼睛望了一下蓝蔚，由于方雅婷在旁边的缘故，他也装着没事的表情，嘴里低声回答我："这个先不考虑，顺其自然好了。这得讲求双方的感觉，一个巴掌拍不响，要双方来电了才有下文，不过现在的我，没任何感觉。"

最后，他凑在我耳边，说："别浪费机会！今晚的舞会很精彩，我的机会可能在舞池上呢，天知道今晚我将会碰见和遇到些什么靓丽的女生，你是跟我一起来呢，还是……把握你身边的机会呢？"说罢，方岳在昏暗的灯光下瞅着我的眼睛，嘴角努了努，眼神偏向了我身旁的方雅婷。

我沉吟着不知该如何回答，因为我自己也不知道目前与方雅婷最适合处在哪种位置或关系上。与方雅婷交往的一个多月里，彼此的感觉还不错，无论是兴趣、爱好、性格、学识等各方面都很接近，两人的相处并没有因为一个是师姐一个是师弟而显得局促和陌生，反而在一起的时候，像是我在照顾她一样，处处得让着她、哄着她、关心她、体贴她。这段时间以来，我们都没有把见面的事很正式地当作是约会，通常的情况就是一个电话打到她（或者我）的宿舍，说什么时候什么地方做什么，然后大家就见面；又或是见面结束的时候，在送她回到宿舍的门口时，就约好下次见面的时间。

要我在这个舞会上贸然地去表达些什么，后果我可不敢把握。所以我还是觉得，暂时没有必要这样做，还是见机而行吧。

方岳的眼睛一直望着我，像是在等着我的答案，他的目光让我感到一丝不自在。我的默不作声让人感觉心中藏掖着什么，像是有些事情不敢透露、不敢承认。说真的，我并不想让方岳对此有所误会。

正当我千方百计地想转移话题时，旁边的方雅婷拉了一下我，我马上丢下方岳，扭头去看她。只听她略带兴奋地说："听听播的这首纯音乐！我很喜欢这首曲子，你试着闭上眼睛，会感觉很静谧的。"说着，她自己就闭上眼睛了，微微地吸了一口气，脸上有了陶醉幸福的神情。

我暗地里向方岳打个手势，意思是说我们的话题先暂停，我要跟方雅婷聊天了。方岳耸耸肩，点点头，示意他没问题，让我自己去聊吧。

这时我才把身子转过来，趁着方雅婷还没有睁眼的空当，连忙猛吸一口气，闭着眼睛开始感受方雅婷推荐的曲子。当我缓缓地把气呼出来，睁开眼睛的时候，发现方雅婷正把眼睛睁着圆圆的望着我，我若有所得地点点头，说："曲子给人一种很空灵的感觉，虽然我不是很懂，但刚听了几个段落，感觉……还是挺舒服的。是班得瑞的吧？"我对纯音乐乐队知道的不是很多，也就知道班得瑞和神秘园。

想不到我倒是猜对了，方雅婷说她有很多班得瑞的专辑，每当心情不好，或是生活中受了委屈，又或是心中觉得很烦躁的时候，她就会随意地选一张来听听，几曲过去，心境就会舒服很多；或是在曲中安恬入睡，第二天醒来就会感到一切都是新的，对生活又会重新充满希望了。

我笑笑说："或许不是音乐改变了你的心境，其实是睡眠的作用！有研究表明，睡觉才是治疗痛苦的最好方法。一觉醒来，对昨晚难以解决的问题的焦虑感会明显降低，人们对解决问题的信心会重新树立起来，而且经过一晚的休息，大脑变得灵活清醒，想出的解决问题的途径与方法自然会增加。我通常遇到难以解决的问题，或是心情不好的时候，就是选择睡觉，真的万试万灵！"

"嗯。或许是吧。不过多年的习惯是这样，我就是比较钟情纯音乐。每个人都有自己解压的方法，对吧？"

"相对纯音乐而言，我就比较喜欢歌词了。曲子可以是一样，但歌词填得好，会使人产生无限的想象，营造出无限的意境。根据一首相同的曲子，不同的人可以根据自身的经历或感情，填下不同的歌词，这里面所包含的意味，所传达出来的信息，已经大大超出了一首曲子给人的感觉了。为什么这几年的中国风流行得那么快？我想与它填的词大有关系。芭蕉、宣纸、檀香、琵琶、枫叶、绣花针……看，这些词给人多少的想象啊！"

"哦，这就跟以前的宋词差不多了？"方雅婷拨弄着杯中的吸管，"每首词有了一个词牌名，词牌名就是一个曲调，在同一个曲调里面每个人都可以按照格式，填上自己想说的话。"

"对！就是这个道理！"

我接着说："在中国悠久的文学历史中，每个阶段都有一种兴盛的文体，概括起来就是诸子百家、先秦散文、汉赋、唐诗、宋词、元曲、明清小说，中国古代的数千年文学精髓都在这十几个字当中了。其中与曲子有关的就只有宋词与元曲。我个人而言，比较喜欢宋词，宋词很讲求意境，篇幅短小精悍。词开始之初，柳永等婉约派词人创作的艳词——我的意思是辞藻比较艳丽浮华——只在市井间流行，后来经过苏轼等豪放词人的努力，把词的内涵提高到爱国、思考人生、社会的层次，自此宋词彻底跳出了歌舞艳情的窠臼，升华为一种代表了时代精神的文化形式。"

方雅婷饶有兴趣地听我说了一大段话，赞道："学过文学的果然不一样，把精要都点出来了。这我可比不上你，我只是爱好文学而已，写个文章作首小诗之类的。嗯，你有喜欢的词吗？"

"怎么没有？就说刚才的柳永吧，他的代表作《蝶恋花》就是其中一首。'衣带渐宽终不悔，为伊消得人憔悴'，这样的词，倾倒了多少红尘女子。就今天的角度来看吧，这种为意中人朝思暮盼的认真执着，为意中人彻底付出而不怨不悔的态度，就是一种难得的真！是值得歌颂的。"

方雅婷没有应我的话，而是喃喃地背着柳永的这首《蝶恋花》："伫倚危楼风细细，望极春愁，黯黯生天际。草色烟光残照里，无言谁会凭阑意。拟把疏狂图一醉，对酒当歌，强乐还无味。衣带渐宽终不悔，为伊消得人憔悴。"她好像也在回味柳永词里的那千丝万缕的情意，忽然，方雅婷像是想到了什么，笑着问："怎么啦？现在的你在为谁衣带渐宽呢？又为谁消得人憔悴呢？"

我也笑了笑，没有回答，本来想脱口而出说："为你。"在即将说出来的一刹那，我觉得这个玩笑开得不是时候，也不是场合，所以最终还是忍住了。

方雅婷没有期待能从我的嘴里说出某个具体的答案，所以她也没有坚持她的问题，而是谈起了她自己喜欢的词："柳永的词诚然很感人，但他的愁思总有可以寄托的地方，他爱的人，也许总能有见面的时候。人世间最惨痛的事情就是，与心爱的人永远不得相见，也就是阴阳两隔。苏轼的《江城子》就是一例，别看苏东坡是豪放派的代表词人，但他写的这首悼念亡妻的词可谓是感人至深。"

"哦，就是那首：十年生死两茫茫，不思量，自难忘。千里孤坟，无处话凄凉，纵使相逢应不识，尘满面，鬓如霜。"

方雅婷见我背出了上阕，也轻声跟我一起背出了下阕："夜来幽梦忽还乡，小轩窗，正梳妆，相顾无言，惟有泪千行。料得年年肠断处，明月夜，短松冈。"背完下阕，方雅婷陷入了沉思，仿佛也被这词中的无尽哀伤感染了。

这首词的典故我是知道的：苏东坡十九岁时与年方十六的王弗结婚，王弗年轻貌美，对苏东坡温柔贤惠，两人恩爱情深。可惜这样一对才子佳人恩爱不能到白头，王弗活到二十七岁就早逝了。苏东坡丧失了这样一位爱侣，心中的沉痛、精神上所受到的打击是难以言说的。他的父亲苏洵曾对他说："妇从汝与艰难，不可忘也。"可见，当年王弗在苏东坡最艰难之际，感情仍然是最真的。转眼十年过去了，苏东坡来到密州，这一年正月二十日晚，他梦见了当年与自己恩爱无比的亡妻王氏，醒来之际，心中思潮起伏，无尽哀思化作段段柔情，执笔写下了这首传诵千古的悼亡词。

自古文人多情，这话说得没错。我自己对这首本来耳熟能详的词也起了些情绪，默不作声，想到了人间的真爱竟是如此感人，现在的社会里还有这种跨越生死的爱情吗？

方岳在一旁看不过眼了，说："你们两个多情的种子，你们看看这里是探讨文学的地方吗？今晚是要来释放热情的，唱唱跳跳才是正事！快转话题！"

方雅婷为刚才冷落了方岳而有点不好意思，正准备说点什么的时候，蓝蔚回来了，带了两个女生过来，都是学院里的朋友，同时也是学生会里的干部，其中一个是同宿舍的伊韵儿，另一个是与我们同届的关芯。

在灯光下，两个女生看起来都比较清纯，伊韵儿相对比较稳重一点，对我们笑笑后，落落大方地坐在了方雅婷的旁边，而关芯长相较为普通，但看样子性格比较爽朗，一到就嘻嘻哈哈地拉着身边的人不停地在说些什么。

蓝蔚也没有再离开了，只见她从一个包里拿出一大捆短短的手持烟花棒出来，散发在桌面上。我和方岳没料到蓝蔚会来这一手，不禁轻呼一声。而方雅婷、伊韵儿和关芯的反应则平淡很多，方雅婷笑说："意外吧？等一下舞会结束后，还有个放烟花的特别节目！这可是蓝蔚的主意，我觉得这个建议实在太好了，当时就举双手赞成。"

方岳说："女孩子就是喜欢看烟花、玩烟花。"大家都笑了。

提到烟花，我脑中不知怎么就想到了高考前看的那场盛大烟花，而在那烟花之夜，韩京、苏小睿与我之间相处的点滴又重回我的眼前。

出于对刚才初次见面时有点冷淡的弥补心理，蓝蔚落座后与方岳的交谈明显多了，而且大多数都是蓝蔚找话题的，此刻的方岳反而显得话少，"哼哼嗯嗯"地回答着。我心想：好一个方岳，居然反客为主，从被动变主动了。而方雅婷则更是欢喜不已，昏暗中不时用手碰碰我，示意我随时留意他两人的发展。

关芯的谈兴也很浓，跟几个人都很聊得来，但看得出，她对方岳非常感兴趣。我记得她刚来的时候，就把我和方岳上下看了好几遍，或许是方雅婷在我身边挨得很近的缘故吧，所以她对我还是有点距离的，反而潇潇洒洒一个人的方岳似乎对她更有杀伤力，何况她自己也是新生，因此与方岳的话题也特别多。

方岳明显感到目前这种局面自己占着优势，愈发地沉稳了。由于有着心理良好的暗示作用，他的思维转得很快，谈吐也很有见解，渐渐显出他健谈、幽默的一面，与伊韵儿、关芯、蓝蔚几个人有说有笑的，还不时调侃一下旁边的我，把我们这一桌的气氛搞得很活跃。

由于是学院里面的活动，尽管活动内容的范围放得较宽，但有些方面还是比较谨慎的，比如说较少提供啤酒之类的助兴饮品。蓝蔚动用了些关系才拿来几瓶本用来提供给教师的啤酒，但我们谈得这么高兴，更何况伊韵儿、关芯又下场跳了几支舞，酒很快就一扫而空。而且还觉得不够，我们都约定了舞会后，我们这一桌人再到外面喝上一顿。

舞会果然很热闹！教科院有了数年办圣诞舞会的经验，轻车熟路地进行每个环节：从开始的自由组合下场热身，到稍后的邀舞，到最合的劲歌热舞，中间还有诸如各类舞种的表演、幸运抽奖、特邀嘉宾、神秘嘉宾献唱、评选最佳男女舞蹈组合等等，一个个环节都搞得有声有色，全场笑声不断、高潮迭起。

整个晚会时间最长、同时也最受欢迎的，当然是中段的邀舞环节了。在这个时段里，你可以邀请舞会上的每一个人，完全可以放下身份、辈分、年龄、性别等的限制。不少男生都是利用这个机会，去结识自己心仪的女生，反正在这个时段里，人人都有机会。能邀请到自然好，被婉言谢绝了也不必尴尬，毕竟在这大舞厅里，大部分的人都是初见，并且是在昏暗的灯光下，有时候不细看，对方的眉目都只能看个大概，被拒绝了，明天如果在校园里再次碰到，也未必能认得出对方。不过一般情况下，拒绝的可能性还是比较少的，很多女生都会很大方地接受前来邀舞的男生，这既是一种礼貌，同时也是一种证明自己有魅力的最有力的说明，对于不少女生来说，这可是一种荣耀。至于被邀请不肯下场跳舞的女生，要么就是实在不会跳而羞于下场，要么就是已经名花有主，不受邀请以免与恋人发生误会矛盾——这种情况大家都心照不宣了，一般看到女孩子身边挨着个亲密的男生，那么她被邀舞的可能就大大减少了。

我们这一桌有四个女生，只有两个男生，女多男少，自然成为目标所在，伊韵儿和关芯就是这样被前来邀舞的人请去跳了两支舞的。伊韵儿样子虽然文静，但跳起舞来一点都不含糊，动作娴熟，体态轻盈，舞动的裙摆远远看去像是一朵盛开的鲜花，看来伊韵儿平时是学校舞厅的常客了。

但本桌受邀请最多的是方雅婷，从邀舞时段开始，已经有四个人前来请方雅婷了，每次方雅婷都微笑着摇头，示意自己不太会跳，拒绝了。其中有个男生不甘心被拒，厚着脸皮留着不走，继续请，以为女孩子脸皮薄，碍于礼貌总会出来的。

方雅婷有点无奈，但老让对方站着也不是办法，总不能就这样僵持着吧？我刚想站起来说："老哥，你没看见人家不愿意吗？男人嘛，要有点风度，别被拒绝了就在这里婆婆妈妈的。"

岂料方雅婷只用了一个动作，就把问题解决了。只见她把位置挪了一下，与我坐的位置靠得极近，已经是肩并肩地坐在一起了。

那个男生一副恍然大悟的样子，也不再坚持什么，礼貌地跟大家点点头，迅速地离去了。

我们都知道舞会的规矩是，如果女生有男朋友了，是可以拒绝任何邀舞的。如果是这样的话，那刚才方雅婷的举动……

蓝蔚等几个人都惊讶地看着我和方雅婷，而我的吃惊程度绝对不亚于他们四人的总和。我正不知道该如何分辨的时候，方雅婷已经迅速回到自己刚才的位置上了，笑呵呵地对着大家说："怎么了？刚才我的办法妙吧？这可是不下场跳舞的最好办法，哈哈！"说着，又转头对我做了个鬼脸说："不好意思啊，刚才把你当成道具了，不过我实在不想跟这些男生跳，没想到还真有推不掉的时候，只能找个堂皇的'理由'拒绝他了，苏梓，你可不要怪我。"

对于被当作一个"道具"，我倒无所谓，我只是在琢磨着她刚才话中的"不过我实在不想跟这些男生跳"，那么是否意味着不是不想跳，而是要看跳舞的对象。如果真是这样的话，那么谁来邀请她才会跳呢？如果是我的话，会有机会吗？想到这儿，我的心不由得一阵莫名的激动，但念头一转，万一不是我自己，而是她的同学、师兄之类的呢？想到方雅婷与他人跳舞时一脸的喜悦和陶醉，我的心却猛地一阵抽搐，心里空落落的。

大家听了方雅婷的一番解释，都哄笑起来。方岳大大咧咧地说："哎！雅婷，刚才你这样可不对了，这里有两个男生，怎么有这么好的待遇不给我方岳呢？让我当你的道具好了。毕竟，怎么看，我都比苏梓要帅些嘛！"

"才不是呢！我觉得苏梓比你帅，而且不是帅一点，而是帅几个档次！"方雅婷反驳道，脸上仍然是露出顽皮的神色。

旁边伊韵儿接过话，笑着说："你看你看，马上就帮苏梓讲话了，这可在雅婷身上不多见啊！我看啊，这其中定有不少的秘密，你们说对吗？雅婷，今晚回宿舍可要详细招来。"

蓝蔚、关芯也在旁边笑着起哄，我马上澄清事实，无奈一张嘴敌不过对方的四条舌头，最后为了和方雅婷以示清白，我们被罚喝了一杯啤酒。

方雅婷一杯啤酒下肚后，脸色竟有了点微红，我离她最近，在暗暗的灯下看得正清楚。只见方雅婷放下杯子，竟也在静静地看着我，她的眼中忽地有了些旁人不易察觉的光彩，像是在对我诉说着什么。

我下意识地把头低了下来，使目光不再与方雅婷有所接触，隐约中看到方雅婷也在一瞬间调整好了状态，脸上又浮现出了她一贯特有的甜美可爱的笑容，与蓝蔚说起了悄悄话来。

当时，我们的几秒钟的眼神接触谁也没有注意到，但我仿佛感觉到了什么似的，我的心中泛起了一阵波澜。我有点慌了，连忙摄起心神，去看舞会中的那你来我往的一对对人热舞。

人群中，我看到了我们班的刘帅班长——平时那么自我陶醉、非常自信的班长，此刻也在舞会中转来转去地找舞伴。在人群的空隙中，我看到刘班长十分主动，频频出击，在他身边还有一两个本班的同学，都是他的老乡，也跟在刘帅身边，看有没有机会可乘。

我脑中立刻就浮现刘班长平时在宿舍时和我们男生海吹的模样。刘班长经常把自己泡妞的过程讲得轻而易举，成功率高得惊人。有一回他讲的经历尤为夸张，说是自己只和对方眼神接触了一下，那女的后来就对他展开了猛烈的追求，怎么甩也甩不掉。此君平时有关泡妞的理论一套接一套的，很能唬住人——当然只能唬住他身边的几个老乡和几个来自边远山区、连和女孩子都没搭过话的男同学。开始，大家还觉得他挺猛的，毕竟是亲身接触了一个真正做到能"眼神制敌"的人物，而且这个人物还是那么平凡，长相也那么普通的一个人，看来人真不可貌相，他的身上必有什么过人之处。大家纷纷问他为什么不在大学施展本领，让我们开开眼界呢？我们一再怂恿刘班长出手——当然我们的最终目的是希望刘帅成功后，能提携一下我们，以调剂一下寂寞的大学生活。可每当我们情真意切地请求他时，刘帅总会缓缓地抬起头，眼中隐隐含有泪光，嘴唇微颤着，吟出一句诗："自古多情空余恨，此恨绵绵无……绝……期。"意蕴极为悠长，仿佛其中包含有无数辛酸惨痛凄楚的经历与回忆。最后，他垂首说道："我，已经收山了。不要再逼我！"见他如此，试问，我们怎么忍心再去苦苦逼问他呢？

但后来刘帅的故事听得多了，他的痛苦表情也见惯了，并且发觉此君的理论常有前后矛盾之处，而且经常把事例张冠李戴，今天的故事明天换个人名可以继续向其他人吹，我们就对他的故事产生了很大质疑。有一次更为搞笑，刘班长以自己为主角说了一个颇为曲折坎坷的爱情故事，我们一众人听得唏嘘不已，直到回房午睡时，江锡看着看着杂志，忽然大喊一声："靠！刘帅的故事是《人之初》上面照搬过来的，我们被骗了！这故事跟刘帅一点关系都没有！"

刘帅的感人故事的背后内幕被江锡揭穿后，大家渐渐对刘帅的所谓经验与技巧开始持保留态度，最后听过就算了，当是吃完饭的一种谈资。

我们通常的做法是，中午吃完饭，一伙人跑去听刘班长的爱情故事，通常一个老故事听完，困意顿时涌起，然后大家纷纷归巢，中午觉睡得特香。万一某个同学的昏睡状态起得较慢，不要紧，可以要求刘班长再多讲一个——他可是非常愿意这样做的，那么第二个故事听完，哪怕你是刚睡足24小时的人，都可以储足困意再去睡一轮的了。

此刻，声称已经"收山"的刘帅非常积极地游走在每个角落，大有重出江湖之势，仿佛要把过去的悲情在今晚彻底清洗。但尽管他积极去邀舞，但成功率极低，终于后来碰见个脸皮薄了一点的女生，经不住他的再三邀请，勉强肯出来跳跳，想意思一下就算了。但刘帅一把就拉住了人家的手，另一只手迫不及待地就要去揽她的腰，对方吓了一跳，顿时恼了起来，双手往前一推，挣脱了刘帅的掌握，气呼呼地转头就走，急得刘帅在后面直搓手。最后只好又跑到旁边另一张桌找人跳舞，两三个回合下来，刘帅身边的两个老乡看着情况有点不对劲，径自找人跳舞去了。

我冷眼旁观，正想招呼方岳来看看刘帅的表现，谁知我刚要拍方岳的大腿时，就见到一条粉嫩的手臂已经轻轻地搭在了方岳的肩上，并且有了滑动的趋势，打算去勾方岳的脖子。我看得真切，忙抬头一看，原来是关芯，只听到关芯柔柔地看着方岳，笑着邀请到："今天跟方岳哥初次见面，你们男生是不打不相识，那么我们就来个不跳不相识吧，来，来，我们跳一支！"

方岳没有理由拒绝热情的关芯，口里应着："好，好！不过声明，我的舞艺可是一般，你得让着我。"同时，肩上不经意地抖了一下，把关芯搭在上面的手抖了下来。

我看着方岳与关芯渐渐走到舞池的中央，两人都在熟悉着对方跳舞的习惯与脚下的幅度。当然，看起来，方岳要显得笨拙一点，毕竟方岳的跳舞技术和我一样，都是在平日里一些选修的跳舞课上学来的。关芯则熟练很多，因此很热情地指导着方岳，并且与方岳挨得很近，嘴里不时地嘻哈笑着。

这已经是一个很明显的试探态度了，现在就看方岳是怎样想的了。一拍即合的话，那么明天我想就可以见到关芯拖着方岳满校园逛了。但这样迅速的爱情，有结果吗？难道就真的是享受一下这个过程就可以了？大家合则聚，不合则散，毕业以后说分手，大家都各取所需。大学中的卿卿我我，只不过是为了不寂寞而寻找的一个怀抱罢了？

念及至此，我不用自主地抬眼望了望身边的方雅婷，她还在和蓝蔚说笑着。我想着我跟方雅婷从相识到最近一个多月的交往，我觉得每一丝的感觉都是由心而生的，对她的好感，对她的敬佩，对她的真诚，全部都是真真切切的。我没有想过跟她相处只是为了排解寂寞，更不会存有什么龌龊的念头，我希望我与方雅婷的感情——或者说是友情，是纯粹的，是纯洁的！

想到这儿，我的心头略略松了一点，或许是庆幸自己的感情来得踏实与认真吧。我望着方雅婷，忽然发现正在和方雅婷说笑着的蓝蔚有点心不在焉，眼神不时地往外瞄着，我顺着她的眼光望去，竟看到了方岳已经把关芯的腰搂得紧紧的了。

我暗吃一惊，想不到方岳这么快就被对方攻陷了，看来人在突如其来的激情面前，所谓的防线是那么的不堪一击，这下不知方雅婷、蓝蔚怎么看待方岳了。按这种情形来看，蓝蔚与方岳之间就再也谈不上发展什么了。我想，在这一点上，方雅婷肯定会比我更加沮丧，想到方岳是我的朋友，而我带来的朋友竟又是这种靠不住的人，我自己都觉得惭愧，竟不敢去瞧方雅婷了。

不过我对方岳还是很了解的，我细心一想，感觉有点不对啊，方岳自与关芯见面以来，反应并不明显，照理方岳不会这么容易着道的。我连忙定睛细看那舞池中搂得正紧的二人，发觉方岳的表情有点尴尬——总之脸上的表情不大自然，尽管两人挨得很近，但方岳明显身子有点回缩的迹象。这其中必有内情，现在只能等方岳回来才能清楚其中的情况了。

这时有个师兄走过来，很热情地跟蓝蔚、方雅婷、伊韵儿三人聊着，看似彼此也很相熟，几句话过后，那师兄中断了话题，转而很诚恳地去邀请方雅婷跳一支舞。这位师兄身材修长，看上去很儒雅，方雅婷正跟他聊着，没料到对方会突然邀舞，略为沉吟了一两秒，还是答应了。那师兄十分高兴，忙做了个邀请的手势，跟方雅婷跳舞去了，他的动作很轻很柔，生怕把方雅婷这个玻璃般的美人弄碎了。

在他们两人离开桌子后，伊韵儿对着蓝蔚说："哈，廖师兄对方雅婷还是那么好，从雅婷当年一入学，廖师兄就常有意无意地照顾雅婷，可惜'落花有意，流水无情'，雅婷好像察觉不到一样。其实嘛，廖师兄这个人也挺不错的，学习好，样子好，家境好，对雅婷又那么痴情，为什么雅婷跟他不来电呢？"

蓝蔚说："小伊，事情没证实，先别乱说。廖师兄对雅婷好，可人家从来就没向雅婷表示过什么，或许真的没有你说的那回事呢。"

"嗐！这还用说么？明眼人一眼就看得出来怎么回事！我看师兄这样做还挺明智的，把这种朦胧的关系保留着，只要不把这层纸捅破，大家相处就不会尴尬，这叫静观其变，以后等机会成熟了，慢慢再来发展。你看，现在不是能一起跳舞了吗？或许跳着跳着，就来感觉了。"

伊韵儿说话的声音很大，我在旁边能听得一清二楚，但自己当然不好就这个问题发表什么意见，不过目光却一直跟着方雅婷和廖师兄这两人的身影。他们跳的都是很慢的节奏，一来一往的，动作十分优雅，廖师兄的脸上挂着微笑，嘴里不停地在说些什么，估计都是些套近乎的话了。

这时候的我变得很沉默，脑子里竟渐渐听不清所有人的话语，连舞厅的音乐也好像在慢慢减退，旁边的人开始变得模糊，一个个变得虚幻起来。直到后来我的眼前只看到了方雅婷与廖师兄两人拉着手的画面，他们在跳啊笑啊，越走越近，最后两个人竟依偎在一起了，并且回过头来，对着我微笑。我有点不敢相信，擦了擦眼睛再看，竟看到他们两人的笑容有些怪异，原来他们在冷笑着……

那一刻我的确不知道自己在干什么，就这样发了呆，旁边的蓝蔚早就注意到我的走神样，连忙拍了拍我的肩膀，喊了两声，才把我拉回现实中来。我有点不好意思，幸好这里的灯光比较闪烁，我的失态不至于让对方瞅得很清楚。

伊韵儿在旁边笑说："怎么啦？不舍得雅婷去跳舞啊？那你自己也去邀请啊！只在这里发呆是没有用的。"

我不敢多去辩驳，怕越描越黑，说多错多，只是连说了几个"哪有"，就低头喝自己的饮料了，并且找了几个问题去请教面前的两位师姐，把话题先扯出去。

想不到去跳舞的两对人，最早回来的竟是方雅婷，从下场去跳到回来，前后也就七八分钟的事情。我们都大感惊讶，想着到底是怎么回事。按理来说，廖师兄那么难得有这个机会，绝对希望每一秒过得像一年那样漫长才好，一曲过后，必定会再邀请多跳一支。现在这是怎么回事？

方雅婷回来时一脸轻松，轻嘘了一口气，才把过程告诉我们。原来廖师兄跳舞过程中，一味顾着自己说话的语气如何轻柔，把自己的动作扮得很优雅，但顾此失彼，脚步经常走错，这可苦了方雅婷，一曲舞中被踩了好几次，痛死了。并且他的所谓优雅是装出来的，腰直直的，没有一点柔性，像一块木板似的，与他共舞，一点感觉都没有。更要命的是，他所说的话都好像是专门准备过似的，听起来生硬文绉，而且总是有意无意地说出一些古怪的话来，方雅婷只好装作不知道，一概不答。想着这样跳下去也没有意思，于是一曲过后，找个理由说自己今天有点累，不跳了，马上就回来了。

我们听后哈哈大笑，想不到这个师兄还这么"有趣"。伊韵儿开玩笑地说道："雅婷，你就别那么挑剔了吧，人家肯去提前准备，说明人家重视与你的相处时间，可能……可能师兄他……几个月前就开始练舞了，就为了跟你跳上一曲！"说到最后，自己忍不住又大笑起来。

说话间，方岳和关芯也回来了。只见方岳满头大汗，看情形刚才可能十分紧张，又或是疲于应对某些情况。在这种环境下，我不便与方岳交流太多。而关芯同样是香汗淋漓，脸上红红的，一点都不在乎众人的眼光，仍旧很爽朗地跟大家说笑着。只是蓝蔚的态度有点变化，不再怎么说话，对着方岳和关芯几乎也是一言不发。

舞会的时间过得很快，其中穿插着许多互动的游戏节目，我们这一桌子人隔三岔五地就跑出去参加节目，关芯几乎每次都拉着方岳出去，不过方岳也很大方地邀请了蓝蔚和伊韵儿一起出去玩。大家都是年轻人，玩起来果然尽兴，一些所谓的微妙感觉也在这欢乐的气氛中隐藏了起来。

最后一个节目是名为"踩气球"的活动，就是每个人的腿上都绑着两个气球，参加者要设法踩破别人的气球而保留自己的气球，最后在规定时间内，自己脚上还有气球的为胜利者。想到舞会快要结束了，刚刚玩得尽兴的我们几个人，都跑出去玩了。随着一声哨响，整个舞厅都沸腾了起来，玩的人兴奋，看的人激动，只见一片人头攒动，"砰砰砰"的气球爆破声此起彼伏，各种笑声交集在一起，声浪大得像要掀翻屋顶。

我下场的时候就和方雅婷离得很近，游戏开始后，方雅婷"啊啊"地叫着，跳着跳着竟来到我的身边。由于兴奋激动，并且要躲闪来踩自己的人，一把就攥紧了我的手臂，不放开了。

不知哪个名人曾经说过："被人信任是一种幸福！"我见方雅婷像是需要我的保护，我当然责无旁贷，奋力地踩破了几个"进攻者"脚上的气球——只是我脚上的气球也同时被人踩破了。我一看没有了顾虑，更是底气十足，护在方雅婷前面，见气球就踩！一轮激战过后，时间结束，想不到方雅婷的脚上还挂着一个气球，她是胜利者！方雅婷高兴得连蹦带跳，最后竟一下子抱住了我，嘴里说着："我们赢啦！多亏了你！幸亏有你啊！"但方雅婷忽然觉得自己的动作似乎有点不大妥当，忙微红着脸把手松开，然后轻声嘱咐我："我们赢了，记得帮我去拿礼物！我在这里等你！"说罢，把气球从自己的脚腕处解下来，递给了我。

当时舞厅中的人还很多，我们刚才的这一幕没有任何熟人看见。我拿着方雅婷的气球，拨开人群去领礼物了。当我回来的时候，舞厅的音乐再次响起，舞会以最后的一支舞作为结束。身边的人没有下场，都纷纷在旁边找着自己的舞伴，而场边的人，大多数也走下场来，打算用舞蹈把最后的欢乐延续到终场的一刻。

我把小礼物——一个很精致的毛绒小狗，递给方雅婷，方雅婷把它接过来后，并没有说什么，也没有挪动脚步，似乎在等待着什么。

身边的人已经翩翩起舞了，有几对人已舞到我们的身边，又轻轻地绕了过去，我的心念一动，莫非是这样子？

"我们也来跳一曲吧！"我轻轻地说。

"好！我一向听你的。"方雅婷最后半句话说得特别轻，并且把手抬了起来。

我把手轻轻地搭在了方雅婷的手上，脑子里在回忆着平时在舞蹈课程上学习的一些跳舞的基本技巧。我的脚移动得极慢，因为刚才方雅婷对廖师兄的跳舞评价仍在耳边，我可不想重蹈覆辙，把方雅婷的脚给踩到了。

倒是方雅婷一时适应不了我的慢节奏，踩了我几下，幸好我穿的是不露脚趾的休闲鞋，被踩了倒也不觉得痛。经过几次的磨合，我渐渐摸清了节奏，也跟方雅婷能跳得像模像样了。跳舞之际，随着肢体的摆动，方雅婷耳际发端的微香扑鼻而来，混合着方雅婷少女的独特柔香，沁人心脾。我像是搂着一块香玉在起舞，脑子里竟想不起要在这个时刻说些什么话，只盼望着这支舞的时间长些，长些，再长些吧！

我们俩自交朋友以来，从没有如此接近对方，大家都不知道该在对方耳边说些什么。仿佛自己的话会被放大很多倍，引起对方不必要的误会，所以我们都选择了沉默。

我们的沉默没有维持多久，只见我们身边划过一道耀眼的光芒，绚丽的光把大家的目光都吸引了过来。原来是舞会主持人点燃了手中的烟花棒，高举过头，热情地呼喊着："来吧！让我们一起点燃我们的激情，让我们的青春，让我们的大学生活，也像这烟花一样绚烂多彩吧！请向你们身边的老师，身边的同学，身边的师兄师姐、师弟师妹，当然还有你们身边的恋人，送上你们最最真诚的祝福吧！"

人群中"哗"的一声沸腾起来，舞会开始之初，几乎每张桌子上都派放了一大捆短短的手持烟花棒——就是蓝蔚拿给我们的那种，这可是今年教育科学院圣诞舞会精心策划的特别节目，借烟花来传情，借烟花来传递祝福！

于是在短短的数秒间，舞会上的好几个地方都点燃了烟花棒，他们高举过头，一起摇摆，一起欢呼！这份激情如在平静的湖面上投下巨石，泛起的波纹迅速传向四面八方。舞池中的人们同样激动万分，纷纷涌动着回到自己的桌上取烟花棒，但更多的人已经举着烟花，唱着笑着走下舞池。

由于人来人往，拥挤中方雅婷不知被哪个热情的同学碰了一下，失去了重心，一下子就扑到了我的怀里。我连忙握紧她的手，另一只手扶着她的腰，免得方雅婷摔倒。我看见身边的人越来越多，而且手中还持着燃烧的烟火，生怕混乱中使方雅婷受伤，连忙把身子挡在方雅婷的前面，拉着她往人稍微少一点的角落落脚。此处离我们的桌子已经有好远一段距离了，在众多挥舞的手臂中和耀眼的冷烟火中，我根本找不到方岳、蓝蔚等人的身影，或许他们也在找我们吧。

回过神来，我才发现自己拉着方雅婷的手一直没有松开，我的心立刻抖了一下，深恐对方有所误会，但从手心皮肤接触处，我感觉不到方雅婷有任何缩回的意思。我抬眼去看身边的她，只见她已陶醉在眼前的这片景象当中。她看着满场的烟火，那明晃晃的火光在她的眸子里闪烁着，如细细碎碎的星光投影在清澈的湖面上，是那样动人，那样柔美。看着看着，方雅婷突然兴奋地回过头来，高兴地对我说："这次的活动真是伟大的创举！以前从没有过的！我好开心，来，我们也来许愿吧！可惜我们的烟花……"

方雅婷以为烟花都在桌子上，但经她一说，我才想起，刚才方雅婷到外面跳舞的时候，伊韵儿在分发烟花，说等会儿就用上了，当时我随手就放在我风衣的口袋里了。方雅婷不说我还真想不起来了，我连忙从兜里掏出烟花棒——也很自然地松开了握着方雅婷的手，把几根烟花棒塞在了她的手中。

我向旁边的一位师兄借了一根燃着的烟花棒，把自己手中的一根点燃了，"哧——"的一声，耀眼闪亮的银白光芒在我和方雅婷之间绽放开来，把我们的脸照得明亮清晰。

"快！你也来接上！不要让它停下来！"我招呼道。

方雅婷把手中的一根烟花棒也搭了上来，又是一声"哧——"，光芒更亮了！由于烟花的剧烈燃烧，银白的光中又夹杂着些红光，把方雅婷的一张秀丽动人的瓜子脸照得更艳丽动人。

"现在时机正好！来，我帮你拿着，你赶紧许愿！"我说。

"不，我们一起来许愿！"方雅婷没有松手。

"好，好，我们一起来！"我连忙闭起眼睛，杂七杂八地想了一大堆愿望，健康、家庭、工作、学习的什么都有——我想，甭管那么多，反正许了那么多愿望，总有一个会实现吧？

当我睁开眼睛的时候，第一眼就看到方雅婷在看着我，我稍一愣神，手中的烟花棒已快烧到尽头要熄灭了，我忙喊："赶紧接上！"边说边把身子靠过去，想把快燃尽的烟花递到方雅婷那边，岂料对方也和我一样的心思，递烟花的同时，身子也是往我这边靠。我们两个一下子靠得很近，几乎要面贴着面了，方雅婷吐气如兰，我已经感受到了她的气息！

与此同时，新的一根烟花棒瞬即点燃，银亮的光芒再次把我们覆盖，也遮挡了我们周围的视线，仿佛在这一瞬间，天地间就只剩下我们两人，而我们的距离在这一瞬间又是那样近。我在光亮中看到了方雅婷的眼睛，而这一望，我的眼光竟再也脱离不了，她的目光引着我一点点地去接近。

烟花棒在"呲呲"地燃着，我们的目光在相互吸引着，我情不自禁地轻轻用手搂住方雅婷的腰，俯头就要吻向方雅婷的嘴唇。此时的方雅婷也顺从地合上了眼睛，长长的睫毛在微微颤动着——我竟然看得那样清晰，她的一举一动我完全可以用心去感应，这感觉太美妙了！

两人的嘴唇还有一寸的距离就要接触到一起了，正当我鼓起勇气去吻一个人的时候，我忽然觉得肩上一沉，有一股力量把我从方雅婷那边拉了回来，同时耳边传来了一个熟悉的声音："苏梓，我可把你找到了！原来你躲在这里呢！"方岳十分高兴地对身边刚拨开人群来到的关芯、蓝蔚和伊韵儿说，"我说嘛，他们两个不会走远的，只是人太多，挤到一边去了。哎，你们也有烟花啊？我还以为你们两个在无所事事干瞪眼呢！害得我还担心你们没节目……"

方岳一口气说了一番话，忽然发觉面前的气氛有点不同平常，他忙望着我，耸着眉头向我猛打眼色，试图在我的眼神中找到一点蛛丝马迹。我可没有兴致去说什么，只好苦笑一下，问："你们呢？你们的烟花呢？"

"早放完了！我们四个人，每人两手各一支，还不两三下全部放完了？就是图个一刹那的热闹，不过那场景可真的挺壮观！"方岳答道。

在我们说话的空当，蓝蔚上前挽着方雅婷的手，她刚见到我们时当然也感到了一点异常，暗觉得自己这一帮人来得可能不是时候。她看到方雅婷面泛微红，不作言语，便马上靠过去，在她耳边轻轻问："雅婷，怎么啦？是不是他欺负你了？是的话，跟我说，我马上教训他！"

方雅婷连忙拉着蓝蔚的手，说："别……别去，我没事，真的没事。"

蓝蔚的心稍松了一点，同时也大概明白了些什么，也没再追问了。

"好吧，人齐了！走吧，按刚才的计划，我们到外面喝酒去！"关芯高兴地说。

大家结伴前行，而蓝蔚还要协助料理一下舞会结束后的相关工作，所以她会迟一点到。

我们聚会的地点是在学校西门外的一条小巷里，是一间名为"水榭轩"的休闲酒吧，格调尚算优雅。这里今晚同样非常热闹，好在方岳与这酒吧的老板是老乡，开学至今也常来消费，因此混得极熟，没等多久，我们就在酒吧角落处等到一张桌子。桌子不大不小，刚刚能坐得下六个人，位置是挤了点，但在这个时候还能占个座位，已属不错。

落座后，我们的谈兴依然很浓，由于刚才的舞会上，大家相互间或多或少都参与了活动，因此这时都不算陌生，甚至可以互相开玩笑，气氛十分融洽。后来伊韵儿对这里的酒吧名来了兴趣，询问大家："为什么这里叫'水榭轩'呢？"

这个问题当然应由与老板最熟悉的方岳作答，只见方岳扮作很正经的样子清了清嗓子——这个动作已引起了大家的一阵窃笑，说："有关这名字的由来，我也是听老板说的，究竟是否真的，可另作考究。据说酒吧这块地方，数十年前还是一片荷塘，再把历史往前推，还是清朝皇室一个亲王的私家花园，所以当年这里的荷景艳绝一方。就是在平常的月份里，每当明月高挂，这里湖光水月互相辉映，也是寻常难得的美景，所以这一带亭台楼阁修筑得相当多，而其中最有名的一间就名为'水榭轩'。直到现在，'水榭轩'一名，在不少熟悉当地历史的人中还有一定的知名度。现在的这位老板追昔当日盛况，希望能借此美名吸引更多人来消费。加上这老板是南方人，比较迷信地认为'有水即为财'，以'水榭轩'为名就最恰当不过了。"

水榭轩酒吧外就保留有一大片水塘，夏天也确实是消暑赏荷的好去处，此刻听方岳的一番说明，都觉他所言不虚，于是大家都为方岳的见多识广大为赞赏，共同干杯庆祝。

谈笑间我站了起来，示意要去趟洗手间。回来的时候在走廊，我碰到了隔壁宿舍的一个同学,他也是在今晚聚了几个老乡在此喝酒聊天,打过招呼后,我正准备回去,却不料那个同学喊住了我:"苏梓!差点忘了,我从宿舍出来的时候,有个漂亮的女孩子在打听你的去向呢!得知我是你的同学,她就塞了一张纸条给我,让我转交给你,现在好了,你就在这里,给!她是你女朋友吗?"

我听罢十分纳闷,因此也不知该如何作答,接过纸条打开一看,只见数行娟秀的字迹呈现在我的眼前:

苏梓:

展信快乐!想不到这个城市的冬天也是那样的冷,更想不到你的大学校园里是这样的热闹,连我这个外校来的人都感受到了你们的热情。我想今晚的你,也应该和你的朋友们玩得很愉快吧?像你这样的人,到哪里都是受欢迎的对象,我说得没错吧?

今晚我一个人来到这所学校,漫无目的地走着,在外面我也不知道有什么地方好去,我知道你在这里读书,所以就自己跑了过来,请原谅我在没有通知你的情况下,来到这里想意外地碰上你,让你意外一下。不过现在看来机会不大了,或许明天我们能见上一面,如果可以的话,明天我们在你们学校东门那棵大榕树下见吧。好了,天气实在太冷了,我的手快握不住笔了,一切留待明天再谈吧。

祝你有一个平安祥和的平安夜,兼祝圣诞节快乐!

苏小睿
12月24日晚

我把信来回看了两遍,手不自觉地微抖了起来,看她的信,语气故作轻松,但心中必定有着许多难言的痛楚,否则苏小睿一个弱女子在这寒夜里怎会漫无目的地到处乱走呢?现在时间也不早了,她到底在哪里呢?可千万不要出了什么意外。

我一把拉着我的同学,问他是什么时候见过这女孩子的?那同学说:"就大概十五分钟前吧,我也是刚约好了同学出来喝酒,我一出楼梯就碰到了。"

"十五分钟……十五分钟……"我寻思苏小睿可能还留在校园里,于是我马上谢过我的同学,攥紧纸条,撒足狂奔,直奔我的宿舍楼下。

我气喘吁吁地来到目的地,可是宿舍外的校道里冷冷清清的,哪里还有苏小睿的身影呢?

22

"雅婷,你在想什么呢?"蓝蔚轻轻碰了碰身边的方雅婷,"怎么整个人变得有点魂不守舍的?"

"哦……哦,没事。可能晚上的舞会人太多了,空气有点闷,现在觉得有点累。"

方雅婷和蓝蔚的悄悄话没有引起其他人的注意,因为方岳说得正起劲,伊韵儿和关芯听得正入神。

其实只有方雅婷才知道自己究竟是怎么一回事。在舞会出来后,每当她想起刚才在那银色火光中双目微闭、静候一吻的场景,脸上就不免有些发烫,心里也有点慌。来到"水榭轩"坐下,喝了两杯白开水,才感觉脸上的烧烫感有点退下,只是自己再不敢与我有什么目光接触了,尽管我坐在她的对面。

我落座不久后,就示意去了洗手间,但这一去,去了将近二十分钟,人还没有回来。方雅婷不免暗自担心,怕我出了什么事,又或是身体有什么不适。

方岳也察觉到这一点,咕嘟着:"这个家伙怎么回事啊?该拉的该撒的,都应该拉撒回来了吧?"但他相信我的处事能力,这其中肯定是出了些什么突发事件。为了不影响其他人的情绪,方岳还是继续讲故事说笑话,把气氛维持下去。

但方岳的心中始终有点放不下,心中搁着事,说话的兴头也不大,最后他决定自己出去看看,好歹多个人帮忙,解决问题也顺利一点。于是他也要上洗手间,离桌前还承诺大家要把我从洗手间里揪出来。

可就在方岳站起来的时候,刚才与我在走廊外面谈话的同学就迎面走来了,见面就说:"哈哈,我说你就在这儿嘛。老远就听见你的笑声了,怎么了?你也来……圣诞聚会啊?"一边说着,一边用眼的余光扫视全场,发现清一色都是女的,脸上不免露出羡慕神色。

"刚才我看见苏梓在外头,我就猜想你在附近,果然嘛,还和这么多女生在一起,真有你的!各位女生,大家好!"说着,这同学向方岳身后的蓝蔚等人打了个招呼。

"怎么?你刚才见过苏梓了?"方岳问。

"是啊,就七八分钟前吧。我看他走得匆忙,有事办吧。不过,他是因为一个女孩儿走的……"

这话一出,连方岳都觉得有点不解,怎么突然之间有个女的来了?方岳赶紧追问:"把话说清楚点,咋回事啊?"

那同学的一句话，几个女生也听得清清楚楚，尤其是方雅婷，更是竖起耳朵要听个明白，心中不知为何竟然乱得糟糟，盘算着各种可能发生的事情。

那同学继续说道："我出来聚会的时候，在楼下碰见一女的，那女的可漂亮了。她是来找苏梓的，恰好问到我，当然，像我这种以雷锋为人生榜样的热心青年，自然乐意为她解答，只是我真的不知苏梓大哥在哪儿，否则我肯定会带她找到苏梓哥的，哪怕天涯还是海角……后来那美女就塞了一纸条给我，让我转交他，然后就走了……我赶着来聚会，也没留意她往哪里走。"

他咽了一口水，见方岳身后一众女的暂时没有什么反应，想来自己的话也没刺激到谁，于是放心地往下说："可苏梓啊，一听到这个消息就整个人怔住了，战战兢兢地打开纸条，看完后，脸色都变了。那个神情啊，用悲喜交加来形容真的不为过。接着他问我什么时候见的那女的，然后一溜烟就跑了……哎，你们不是在等他吧？我看啊，八成他不会回来了。你看都什么时候了，一个女的能在这个点来找人，你说能是什么关系呢？呵呵，苏梓哥这回玩大了，圣诞夜抛下小女友溜出来独自享乐，这下子人家找上门来了……少不了一场河东狮吼……"

方岳看他越说越来劲，越说越不靠谱，忙打断他："去去，别瞎说一通，没证没据的，想象力那么丰富怎么不去当编剧啊？我跟苏梓的关系那么铁，他有多少料我不清楚？从来没有那一码事。"方岳声音说得很大，显然是说给后面的人听的。

方岳半推半扯地把这个还想留在这里结识女生的同学带了出去，当两个男生离桌后，蓝蔚露出一丝不满，说："我说嘛，现在的男的，哪个不是三心二意的，退一步说，真是有事了，回来说一声不行吗？做事那么没交代，行吗？"

伊韵儿也说："是啊，看不出苏梓这人也有挺多不可告人的秘密。"

方雅婷不知该说些什么，只觉得脑子里乱糟糟的，不知是该相信那同学的话，还是相信方岳的话。但无论怎样自我安慰，总是恢复不了刚才那种羞涩暗喜的心境，自己的心情仿佛一架失重的天平，重重地倒向了一边。

我在宿舍附近走了几个来回，绕了一些小道，但始终没有发现苏小睿的身影。我由于跑得快，心情也比较急，一口气喘得不顺，只得停下来歇歇。丝丝的白气从我嘴里呼出，形成了一层白雾在我面前升腾，我看看时间，找了苏小睿也近半个小时了，我把好几条要道都跑遍了，按理说能追到她的，看来她定是有了地方落脚。想到苏小睿此刻安全不成问题，我的心稍稍放下，没法子，只好先回去跟方岳他们会合，丢下大家这么久，怪不好意思的。想到方雅婷脸上一定浮出不满的神色，我又一溜烟似的往"水榭轩"这边赶。

来到门口，就看到方岳在四处张望，一见我可兴奋了，一边把我往里拉，一边低声埋怨：

"我说好兄弟啊,你外面藏掖着个妞儿就算了,可总得说一声啊,好歹兄弟帮你全挡了,你这不言不语地跑路了,我可摸不着情况,不知该如何把话说圆。"

我说:"该怎么说就怎么说,我可没什么亏心事。不过这说来话长,回头跟你慢慢讲。"我停了一下,问,"里面什么情况?"

"大家都不知你为何失踪,期间隔壁房的恒子又过来胡乱地插了几句嘴,说你为一个女的跑了!不过还好,现在你回来了,有什么理由,你自己回去编吧,走!"

我回到座位上,连忙向在座的各位道歉:"对不起,刚才……刚才有位高中的女同学来访,恰好又是我好朋友的重要朋友,所以……我不得不走一趟,而且当时比较急,来不及回来说一声,不好意思喔,各位。"

"那你找着了吗?"关芯非常关心地问。

"找不着了。可能已经走远了,嗯,我想不要紧的,或许到时我打个电话给她,问问是什么事情。其实,这真的没有什么,我也很意外她怎么突然来找我。"

"这需要解释吗?解释就是掩饰。"蓝蔚的语气有点冷,作为刚认识不久的朋友,我无论去见谁找谁,好像都跟蓝蔚没有半点关系,蓝蔚这样说话显得有点冲。但蓝蔚是站在了方雅婷的立场来考虑的,她觉得方雅婷跟我做朋友也有一段时间了,看方雅婷的神色举动,多半已经和我暗生情愫,可我在这关节上又不知从何处冒出一个特殊的女性"朋友",怎么不让人气愤呢?在刚才的舞会时,她就看到了方雅婷的神色有点忸怩,以为当时就让我趁机"欺负"了,现在居然不负责任、堂而皇之地去找另一个女的。作为方雅婷的好朋友,蓝蔚觉得有必要为她讨一个公道——至少不要让我那么得意。

方雅婷听到蓝蔚的话有点重了,生怕再说下去,会引起什么不快,忙在桌下拉住蓝蔚的手,用力地掐了几下。蓝蔚还想说些什么,但最后还是忍住了。

我个人倒是问心无愧,事实上我真的没有背着方雅婷去做些什么两面三刀的事。苏小睿是我的朋友,也是好朋友韩京嘱咐我要照顾好的人,在那种情况下,我自然要为苏小睿的安全着想。我心想:这其中的误会真不是三言两语能解释清楚,尤其是在这样复杂的环境下,不过我相信清者自清,了解我为人的方雅婷,她一定会知道事情的真相的。

想到这一点,我抬眼去望坐我对面的方雅婷,只见她也缓缓抬起头,目光像是投向了我。我抓紧机会,快速用唇语说了三个字:"相信我!"

方雅婷的目光闪烁了一下,随即又滑向了桌面,长长的睫毛盖了下来,像一只含有珍珠的漂亮贝壳缓缓收敛,把光芒都藏在了里面,然后轻轻点了点头。

用唇语说话,是我和方雅婷之间的一个小小的秘密,平时我们的约会都不是以恋爱关系为前提的,但两个人要见面,要在一起,总得找个大家都能接受的理由,于是"一起学习"便是最简单、最便捷的说法。我和她以共同学习为理由，去图书馆，去草地背英语，去自修室，去参观当地博物馆等等，只要和学习挂上边了，我们就能见面了。当然，见是能见了，但也不是挂羊头卖狗肉的做法，通常在一起时，除了休息的时候能轻松聊聊，开个玩笑，其他时间还是认真看书学习。尤其是她督促我背英语单词的时候，马上变为了不苟言笑、一丝不苟的师姐，认认真真要我背出每一个单词，我稍稍犹豫了也不行，非得要我反复背到脱口而出才肯罢休。我在背单词时被"折磨"得要死，也想以其人之道还治其人之身，可方雅婷的英语好得很，怎么也难不倒她，我只好提高难度——用唇语说英语单词，要方雅婷看我的口型说出该单词和意思，但这样也难不倒方雅婷，十次中有七八次都猜出来了，至于错的两三次，方雅婷说是我的发音不正确，最后翻开书本对照音标来念，才发觉又是我错了。所以在过去的一段时间里，我和方雅婷一起背单词是一件很令人抓狂的事情。不过，我挺喜欢看方雅婷抿着小嘴想单词的样子，还有就是和我激辩单词发音时脸色红红的模样。

有一次，轮到方雅婷用唇语考我的英语单词，那天我的状态很好——应该说是在两人很长一段时间的魔鬼训练下，我的英语基础变得很不错了，一连好几个都猜对了。正当我自鸣得意的时候，方雅婷只说了句："听好了，下一句。"接着用唇语说了个词语，这可把我难倒了，我绞尽脑汁回想曾学过的单词，反复听了几次，最后还是挠破头皮也想不出，只好举手投降，要方雅婷出示答案。

方雅婷还是扮着很正经严肃的样子说："真的不知道？确定放弃回答？答不出可是要惩罚的⋯⋯你可要听清楚了，免得下次又忘记了。"

"答案是——我们去吃饭啦！你这个小傻瓜！呵呵，连自己母语都忘记了，该不该罚？"方雅婷忍不住了，"扑哧"一下笑了出来，掩着嘴还笑得身子不停地抖动。

我愣了几秒钟，才明白刚才被方雅婷开了个大玩笑，自己还想单词想得脑子都快炸开了，面对可爱的方雅婷，我哭笑不得："好啊，方雅婷同学，看你平时一副旧学堂老先生的督学模样，竟也开起玩笑来了，看来你的治学态度还不够严谨哪，我这个学生是不是跟错师傅了呢？"

"嗬！你敢说我老？今天就罚你请我吃饭！"方雅婷轻捏我的手臂，佯怒道。

"好，好，好，我请我请，放手吧⋯⋯好啊，以后我也这样考你，总有一天我会罚到你的。"

"好啊，谁怕谁！"

就这样，我们的唇语交谈就开始了，在图书馆里、自修室里经常使用，彼此接触得多了，现在我们动动嘴巴，就知道对方的意思，有时候感觉就我们两个在用，只属于我们自己的小秘密，心中会有一种莫名的满足感。通常情况下，我用唇语跟方雅婷说话，她总会回答我的，所以刚刚我对她说"相信我！"时，她没有作答，我的心沉了一下，有点不祥的预感。

我怕方雅婷对我的误会变得很深，有点想把苏小睿给我留的纸条给她看，以示我的清白，但我始终没有这样子做，一来我觉得自己根本没有她们所说的这回事，现在把纸条拿出来张扬，倒真的有点像为自己辩护，显得做贼心虚；二来这毕竟是我个人的私事，一个朋友来访——虽说来的时间有点特别，但这也并没有什么，要我在众人面前展示我朋友留给我的字条，倒让我觉得有点不自在。我、韩京和苏小睿三人的关系，不是跟关芯、蓝蔚、伊韵儿等见过一两面的人可以相比的，她们也未必能理解我们之间的感情；三来刚才被蓝蔚不分青红皂白地抢白了一句，让我的心多少有点不平之气，虽然我知道蓝蔚也不过是因误解而说的气话，但我也不想就此而低声下气地再解释什么，或许是觉得面子问题吧。

经过这一番小插曲后，人总算又齐了，点好的小菜也陆续上来了，大家今晚在舞会上疯了一阵子，都饿了，于是大家就着啤酒，边吃菜边聊。虽说刚刚的气氛稍微有点尴尬，但几杯啤酒后，吃了几口热菜，身子感到有点舒坦了，我们这一桌子年轻人，又开始七嘴八舌地聊了起来，把刚才的一丝不愉快一扫而光。两个学院两个年级三个不同的班，这一聊开，有趣的事可多了。

来到"水榭轩"后，没有了工作在身，蓝蔚痛快地喝了不少酒，脸上也变得红红的，不过有时她大口喝酒的原因，是由于不时地看到关芯趁着酒兴，把头有意无意地挨在方岳的肩膀。蓝蔚对此心存芥蒂，其实蓝蔚早就明白了我们想把方岳介绍给自己的最初计划，只是不便说破。直到与方岳初次见面，感觉印象还好，后见方岳通过一杯可乐来关心自己身体，心里自有一丝暖意，可今晚以来一直见关芯与方岳走得很近，心里总是觉得不舒服。不过蓝蔚的眼睛也是雪亮的，她看到方岳对于关芯的主动进攻并不是十分感兴趣，心中自然有点欢喜。蓝蔚是个性格直爽的人，一旦困扰的问题想通了，豪爽劲就上来了，一个劲儿地找我们干杯，一张俏脸在灯下显得明艳动人。

谈笑间，我不时地把目光往方雅婷这面扫视，希望能与她有点眼神交流，现在的我，多想和她说上一两句话啊！但方雅婷的目光总是躲闪着，有时她也在各种话题中插插嘴说说话，可当我也开始说的时候，方雅婷却又突然不说话了，只是在听，也不给反应与评价。当一个人特别留意另外一个人的时候，常会变得异常敏感，仿佛对方的一举一动都有着特殊的含义。方雅婷的这些微妙的举动，在旁人眼中可能不算什么，但在我的心中，就有点不对劲了：方雅婷竟想要和我保持着一定的距离，而且是刻意的。

我想，如果方雅婷能笑一下，那可能情况会有所不同。想起之前看过的电影，男女吵架后只要男生不停地哄女生，两个人终归是会重归于好的。想到这一点，我仿佛找到了救命的稻草，马上留心身边的人和事，看有没有可以发挥的地方，无论怎样，希望能最终博得方雅婷莞尔一笑，那么事情就好办了。

这时我们正讲到中国文字游戏这个话题，作为文学院的学生，而且平时自命为才子的方岳自然很感兴趣，有话要说。他说："说到文字游戏嘛，这个我就不敢谦虚了，过分谦虚就成了自卑了。这个我很在行，也比较有研究。中国的文字博大精深，我想这大家都会认同。文字用得好，什么意境、诗意、氛围就全出来了，看我国的诗歌就知道了，全凭短短几个字就能传情达意了，某些诗句多吟诵两遍，眼泪都会不自觉地流下来。这真的令世人佩服！哈哈，想起一个笑话就是，有个老外来中国考试，第一题就是考'戊戌成成'的读音，当场就吓晕了。不过，话又说回来，中国文字用得不好，又或是用得不当，闹了笑话还算小事，很可能会出人命呢。我举些例子……"

方岳喝了口啤酒，继续说："比如说嘛，有个词语顺着说好听，但倒过来说，就是悲剧了。这词是什么呢？"他见大家都在苦思，也不卖关子了，"这个词是'故事'，顺着说，故事不是大家都喜欢听吗？但倒过来，'故事'变成'事故'，这就是大家都不愿看的悲剧了。还有一个也是笑话来的，不过是一个人名，我有个朋友的同学，名叫范坚强，本来名字挺刚劲有力的，不过……一倒过来说就成了……"

"不就是强坚范嘛，这有什么！"蓝蔚争着把话说出来，"咦？强坚范……强坚范，不就成了'强奸犯'了吗？哈哈哈……"

大家一下子就笑倒了，吵着让方岳再说一点，"刚才不是说文字用不好就闹出人命吗？究竟是怎么回事？"

"这可是清朝的事情了。那个年代的文字狱特疯狂，不过很多案子在今天看来，完全是莫须有的罪名。最有代表性的一个例子就是雍正年间，有一个叫查嗣庭的官员在外省做科举考官，出了一道作文题：《维民所止》，这是出自《诗经》里面的，大意是说，国家广阔土地，都是百姓所栖息、居住的，有爱民之意。这个题目完全合乎儒家的规范，没有什么问题。但是，当时盛行文字狱，雍正听说后，觉得'维止'两字是'雍正'两字去了头，这岂不是要杀自己的头吗？这一下不得了，雍正下令将查嗣庭全家逮捕严办。查氏一家死的死，入狱的入狱，查嗣庭本人受尽残酷折磨，含冤死于狱中，死后连尸身都不得安宁，受到戮尸之辱。他的儿子也惨死狱中，族人遭到流放。这可是一件千古奇冤的案件啊。"

这个故事在座的人都曾大略听过，但再听一次，仍是觉得生在那个年代可真是不幸，提笔写字都得胆战心惊，真是被人抄家杀头了，都不知自己罪在哪里。

方雅婷的心最柔弱，连声说："不说这个了，要说的话，就找有趣的故事来说吧。笑一笑总比心情郁闷要好。"

方岳很识趣，顺着方雅婷的要求说："好，没问题！不过说笑话嘛，苏梓还真有几个的，平时在宿舍说笑就数他最起劲，随手拈来就能笑翻你。来，苏梓，来一个。"

方雅婷的眼睛朝我这边瞅了一下，她当然知道讲个故事说个笑话对我来说不是什么难事，平时与自己在一起的时候，常常能听笑话。现在既然要求是自己提出来的，自然不好当场否定，否则倒真让人觉得有点不妥了。

旁边的人早已在催促了，我觉得刚才方岳把大家的期待一下子提得很高，说什么我说笑话很厉害之类的，这时我的笑话无论多好笑，肯定会与大家所期待的有所落差，这样效果反而不好。于是我说："我比较擅长即兴笑话的，就是大家说着说着，就当场发挥，幽你一默。不过方岳刚刚讲到的有关名字的趣事，我倒知道一两件的，不妨说说。"

"话说在清朝嘉庆年间有一间票号，专营兑汇业务，可以说是中国现代银行的开山鼻祖了，这票号的生意非常兴隆，每天客来客往的，几年之间就成为当地甚至当省的一家著名的金融机构。同行无不羡慕妒忌。这票号的名字叫'日昇昌'，据说这里面有风水的问题，所以'日昇昌'能越做越旺。为什么这么说呢？大家请看这个'日昇昌'三字——看出什么巧妙了吗？"我随手拿起写菜单的纸笔，写给在座的各位看。

蓝蔚、伊韵儿等人看了好一阵子，都没看出什么头绪，方岳挠着后脑说："不就几个字嘛。我看不出有什么风水的成分。难道这写字的牌匾是千年灵木，又或是去了寺庙开光，具有灵性啦？"

方雅婷也皱着眉头在想，不过好像也没有想出答案。我笑说："哈哈，其实这是个文字游戏。我们不妨把这个名字拆开来看看，从左往右看，就是'日日升日日'，如果从右往左看，也就是把'昌'字拆开，同样是'日日升日日'。想想吧，做生意的店，如果每天都'日日升'，哪能不兴旺呢？'日昇昌'就是凭着这叫得响、意头好的名字，深入民心，在业界称霸了近百年，难怪人们说这名字有点风水学问。"

"呵呵，这真的是文字游戏，文字游戏！挺绝的。"伊韵儿拍手叫好，"我就说嘛，跟文学院的人在一起，不会闷！"

听到有人大声赞扬，我不免有点欢喜，微笑着去看方雅婷，显然她也为有人赞我感到有点得意——毕竟我是她的朋友，我被认同了，她自然面上有光。

从方雅婷的神色当中我感到她的不快已在消退了，这可是好的迹象。我想，等一下再哄哄她，一定会让她相信我的。不过现在先不着急，先把故事说完吧。

"接下来讲的,也是与生意有关的文字笑话。不过这次是相反的效果,话说有个生意人在某地某小学的附近,租了一个店面做生意。他看到这附近人来人往,客流量也算大吧,而且是小学生居多,于是他的店就卖各式小吃,满怀信心地想大赚小孩子的钱。可结果令他大失所望,一个小孩子都不来光顾他的小吃店,不但不来,还远远地避开了。最后实在没办法改变局面,投资失败,他只得远走他乡。他回去后,把经过告诉朋友听,他朋友想了一想说,我知道问题出在什么地方了,是你的店名惹的祸!你的店名不是叫'友朋小吃'吗?他朋友长叹一声说,小学生把你的店名倒过来看了,'友朋小吃'变成了'吃小朋友'。哪个小学生敢来呢?还不怕被你吃了!"

众人再次笑得前俯后仰,方雅婷也不禁掩嘴而笑,但随即发现我也正笑着望着她,她倒有点不好意思了,因为她看到我眼光里透露出来的真诚,一种独特的感觉让她认为这其中可能另有隐情,或许自己是错怪我了。

"暂且听听他是怎么说的吧,到时我再根据情况判断。"方雅婷心中打定主意,心底仿佛踏实了很多,心情也变得有些轻松了,于是她拿起酒杯,狠狠地呷了一大口啤酒,爽快地咽了下去……

夜已近深夜两点了,我们一行人走在空荡荡的校道上,吹着冷冷的寒风,只觉得大学生活要这样才过得惬意。今晚学校的庆祝节目特别多,照例第二天是放假一天的。因此我们晚回宿舍也不要紧。

我们先送了关芯回去,临别时,关芯还不忘抄下了方岳的宿舍电话,同时还留了自己的宿舍电话给方岳,叮嘱方岳有空打电话过来。方岳含糊着答应了。

接着我们把方雅婷等三人送回她们的宿舍,伊韵儿说不用了,说她的男朋友今晚坐火车过来,估计快到学校了,她今晚就不回去睡了。

蓝蔚点点头,说:"自己小心啊,一切都要小心。"

直到回到方雅婷的宿舍楼下,我也没有与方雅婷独处的机会。蓝蔚和方雅婷两个女生一直挽着手靠在一起取暖,像个连体婴儿一样,很让我和方岳羡慕——这么冷的天,有个人靠着多好啊。

她们今晚喝了不少酒,感觉已经很累了,我们也没有太多的交流,简单道别后就离开了。

在回宿舍的路上,我和方岳都比较沉默,因为我们认为在这个寒夜里,留着一口气暖肚子会比较实际。现在的我只想回去倒头睡上一觉,因为明天我还要去见苏小睿。

23

　　我是早上八点四十三分见到苏小睿的。可能苏小睿昨天写纸条的时候写得匆忙，在纸条上只写了第二天学校东门榕树下见，但具体的时间没有写清楚。我临睡前，拿着手电筒，把苏小睿留的纸条又看了一遍，心想：明天真的要早起才行，可不能让人家先来了，在寒风中等自己。高中读书的时候，我曾听韩京谈到过苏小睿有早起的习惯，一般六点多就起床读书学习了，现在她还保留这个习惯吗？我一看手表，已经深夜两点四十分，就赶紧把闹钟调好，缩进被窝里，想着明天见了苏小睿，我的第一句话该说些什么好呢？就这样，疲倦的我很快就进入了梦乡。

　　由于心中装着心事，这一夜我睡得不是很安稳，眼前好像总是见着苏小睿的身影在晃来晃去，我过去跟她打了很多次招呼，说了很多的话，但她总是微笑不语。随后，我又看见我把苏小睿介绍给方雅婷，还一个劲儿地向方雅婷解释苏小睿与我的关系，总之各种幻象交替出现，直到外面渐渐传来稀疏的校园清洁工扫地的声音，我才意识到天快亮了。昨晚喝了点酒，而且又睡得不好，我生怕自己再赖在床上，一下子再睡过去了，恐怕不到中午醒不来。我连忙振奋精神，把睡意赶走，然后便穿衣下床。

　　梳洗完毕后，我正准备出门，忽听到方岳在床上翻了个身，鼾声中断了一下，接着又变本加厉地响了起来，大有"长江后浪推前浪"的架势。

　　此刻的我睡意正源源不断地涌起，我对方岳能淋漓尽致地打鼾熟睡羡慕不已，忽然我玩心大发，把我的闹钟放在方岳的枕边，和方岳并排"睡"在一起，我想着到时闹钟一响，方岳猛地从床上跃起的场面，不禁暗暗发笑。

　　清晨的校园比午夜更为安静，空气也显得特别清新，猛吸一口进肺里，感觉像是大热天灌进了清凉的泉水一样，整个人精神为之一振。此时我困意全无，想到不久后便能见到苏小睿，心中竟充满了莫名的兴奋。

　　我匆匆赶到东门的榕树下四处张望，还好，苏小睿还没有来，我找了一张长椅坐下来，看看时间，这才七点过一刻，时间还算早。只是不知苏小睿何时才会出现。

　　天色已经明亮，校园里也不乏早起的学生，只是大家都是埋头行走，而且多是一个人在走，所以每个人都显得特别孤单，这种感觉与寒色逼人的宁静早晨尤为相称。

　　趁着这难得的平静，我心中想的是苏小睿，回忆了与她有关的点点滴滴，当然她的大部分情况都是韩京跟我说的，我与苏小睿的接触，无非就是那一晚晚修后十多分钟的夜路。她给我留下的有关"命运"的问题一直都是我的不解之谜，或许韩京知道其中的奥妙，但他却对此守口如瓶。韩京还说过，这两年要我在这里照顾好苏小睿，两年后，再让他来接手，究竟他要应付的是怎样的局面？而且韩京所说的这种"照顾"，仅仅只是日常的关心吗？这其中是否还有更深的含义？这些问题，直到现在再想起来，我仍觉得不是三言两语可以说清楚的，这次与苏小睿再见，如果可以的话，我倒要问问她其中的缘故，如果真有棘手问题，我是会帮她尽力解决的。

其实大学开学后，我曾去找过苏小睿。我辗转找到她的宿舍，又磨破了嘴皮，连哄带骗地说服了楼下的宿管大妈，跑上了楼去找苏小睿，却被她的室友告知她不在，我只看了一下她所在的床位，收拾得干干净净，桌面也是井然有序。没法子，我也只好留了一张纸条给她，上面有我宿舍的电话，也有我的宿舍地址，我告诉她如有需要，就来找我。之后苏小睿也没有来找过我，电话也没来过，因此我也渐渐地把这事忘了，没想到苏小睿第一次来找我，竟是那么的突然，不知为何？

冬日的阳光虽然来得迟，但一旦挂在了天空，给人的感觉仍然是温暖的。我在榕树下仰头，看着透过斑驳树叶投射下来的阳光，心中一阵舒服的同时，也开始涌起睡意，我不断告诫自己，千万不能睡！因为我不知道自己睡着了是副怎样的模样，万一相当不雅，比方说是张着嘴巴、淌着口水的样子被苏小睿见到了，那我"一世英名"可完了。于是我的心不停地说：不要睡、不要睡、不要睡……结果这恰好是失眠者半夜数绵羊入眠的方法，我只觉自己的意识渐渐模糊，身边的人声开始渐行渐远了。

坐着的人一般都睡不长久，也不知道过了多久，打瞌睡的我把头往旁边一歪，猛地就惊醒了，我下意识地往四处看了一下，觉得依然没有人靠近我。我心想，时间可能还早，正想趁着睡意还没有弥散，还是再休息一下吧。我刚把眼皮耷拉下来，却又随即马上睁开，因为刚才的一瞬间我只留意了附近的人，竟没有发觉身边坐了个人。我的神经一下子就绷紧了，睡意全无的我马上把脸转了过来，愣了几秒钟，才吐出一句话："小睿，你怎么来了也不告诉我？"

"看你睡得那么香，我怎么忍心叫醒你呢？昨晚睡得很晚吗？"苏小睿笑笑说，"看来我不该约你早上见面，都怪我，忘了写具体时间，让你早早地过来。"

苏小睿一条粉红色的绣着白花的围巾在阳光下很是醒目，与她的笑容放在一起，真是绝配。她外面穿一件纯白色的风衣，仿佛就像从天山上采下的雪莲一样，让人的心变得清澈明净。

"你看我，多失礼啊。等人等着等着就睡着了，怎么，没有被我的睡容睡姿吓坏了吧？本想以最好的形象来见你的，可天意弄人，反而把丑态给展露了出来。"

"看你说得那么夸张，你的睡姿不但不难看，而且我感觉还挺可爱的。"

我瞧见苏小睿的脸泛着苍白，只有鼻子尖红红的，知道是天气太冷的缘故。苏小睿的身子单薄，我深恐她被冻坏，想把我的衣服解下来让她披上，但总觉得在这里初见苏小睿就脱衣服有点不妥，于是我说道："为了见你，我连早点还没吃呢。这样吧，你跟我一起去吃吧。吃了热热身子。"

苏小睿再次露出抱歉的神色，说："都是我不好，让你吃不安、睡不稳。其实，我只是……我……"

我站起来，笑说："别'我我我'了！有朋自远方来，不亦乐乎？你能来，我全天不吃不睡也没问题。好啦，闲话少说，来，跟我走，吃东西去。"

苏小睿像个听话的孩子，也站起来把双手插进衣兜里，快走两步，跟在了我的后面。

校园周边有很多提供餐饮的小店，我和苏小睿穿过几条校道，来到了一家我熟悉的店里，招呼老板娘，赶紧上一些热的早点。我在避风的角落里挑了个位置，拉开椅子让苏小睿坐下。

这时是上午的九点十七分，我和苏小睿终于能面对面地坐下了。在我们的不远处，有一扇窗户，此刻阳光正斜射进来，光线十分明亮，而店里的客人并不多，正是谈话的好时机。

苏小睿那张清纯秀气但又略显消瘦的脸在我的眼中无比清晰，她的皮肤是那样的细腻柔滑，用我们文学院的话来形容，就是"吹弹欲破"了。数月未见，苏小睿的美丝毫未减，反而因她的一点点倦容和微微的消瘦，更显得楚楚动人，她的五官是何其的精致啊，简直就是从苏杭二州古典油画中跳出来的人物一般！

我实在惊异于她的美丽，一时之间微张着嘴，不知该从何说起。脑子里不断地把她跟身边所见过的美女作比较，如爽朗阳光的凌丹、可爱优雅的方雅婷等等，但苏小睿就是那么独特，她不归属于任何一种类型，她是唯一的！

苏小睿整理着自己的围巾，只见她把围巾一圈一圈地从脖子上绕下来，然后把它对折，再对折，轻轻地放在旁边的椅子上。最后她把手轻插进领子里，把一些散乱的头发从后面挑了出来。可她忽地发现我正在望着她，她顿时有点不好意思，但也没说什么，只是把头迅速低了下来，不敢再有什么动作了。

我望着苏小睿也只是数秒钟的时间，因为勤快的老板娘已经把两碗热气腾腾的牛肉拌葱汤面端了上来，冒起的丝丝白气让人在冬日里倍感温暖。我把汤面推到苏小睿的面前，说："趁热吃吧，这面可是这里的招牌小吃，全学校附近的面店面馆我都吃遍了，就数这里的最好！你尝过就知道了。"

"嗯，你说是好的，那就是好的。"苏小睿轻声说了一句，拿起筷子，夹了一小片肉，噘着小嘴吹了一下才放进嘴里，只觉得一股香味扑鼻而来，牛肉鲜嫩无比，味道确实一流。

我满意地看着苏小睿吃下几口面条，觉得只要她吃得开心吃得舒服，什么都无所谓。我真的想她能再吃多点，肉也好，面也好，只要想吃就放心地吃吧，我不想看到她消瘦的样子。对着她，我心中充满着怜爱之情，我想韩京也会有这样的感受的。

我自己也有饥肠辘辘的感觉，也为了不让苏小睿有不好意思的感受，于是我也迅速投入战斗，几个筷子起落，就把面条干掉了一半。当然边吃边聊自是免不了，我嚼着一块牛肉，对苏小睿说："算起来，这也只是我们的第二次见面。读高中那阵子，咱俩就那一次算是真正交流过，有时远远地见了，也打不上招呼。不过那时韩京可想见你了——嗯，这个你知道吧？我可把这秘密泄露了。"

苏小睿的筷子停了下来，像是自言自语地说："哦，韩京……"

然后她又问我："韩京他还好吧？我听同学说，他考到北京了。"在获得我的肯定后，她有点笑意了，"他是挺优秀的，他要考肯定能考上。"

"其实我比较喜欢待在南方，离家近一下，气候也适应一点。我有个哥哥，在北方读了几年书，湿湿冷冷的，落下了关节炎。当然我不是嫉妒韩京，人各有志嘛。不过话说回来，虽说这里也是南方，但真要找个老乡，可真是要掘地三尺了。人生四大喜之一不是有'他乡遇故知'吗？所以今天见到你，我实在太高兴了。"

"是吗？其实见到熟悉的人，我也是很欢喜的。在这边也没有什么朋友，来去就是几个宿舍女生。只是……只是我也不算你的老乡，虽然我是在Z市读书的，但我是来自云南的，我是云南人。"苏小睿很平静地说着。

"啊？原来你是云南人啊？"我把头往后靠了靠，作仔细打量状，然后点点头，"你是少数民族的吧？我说嘛，怪不得你的气质那么独特，有一种说不出的美。"

苏小睿笑了："我哪里美？我妈妈是汉族的，我爸是当地的少数民族，因工作的原因，他们在云南那边相识了，然后就在一起了，再然后……就有了我。"

"哦！"我第一次听苏小睿谈论有关她的身世问题。由于我对她的这些一点都不了解，所以我只好点点头，继续听。不过说起云南，我倒想起了一些东西，我好像在什么地方看到过与之有关的东西，跟韩京好像也有点关系。

"昨晚应该玩得很开心吧？你们的校园很美呢！我晚上过来的时候，就像走进了一个欢乐的海洋，我恨不得马上成为你们学校的一名学生呢！"

"嗬！那你可以回去重读一年高三嘛，然后考我这学校，那时候我做你师兄，让谁也不能欺负你。又或者你过几年考我这边的研究生，到时同样能和大家快乐过节，实在舍不得走，再考博士生，争取留校，那不就年年都不会错过了吗？"

"我看这些都是不可能的了。我的时间是不能如此挥霍的。我舍不得……我想这几年里能快乐地生活就足够了。"

我以为这是苏小睿因腼腆而说的话，也没怎么揣摩其中的含义，见苏小睿只顾说话都不吃面了，连忙让她多吃点。这时我的鼻子嗅到了一股鸡汤的香味，我朝厨房处张望，只见一锅鸡汤煮得正浓，我马上放下碗筷，跑到老板娘处细谈一番。不多时，我就从厨房里端了一碗热热的鸡汤来到苏小睿面前。

"来！你今天来得正是时候！老板娘熬了锅鸡汤，不是我这样的老顾客，可别想沾到一丁点。我跟她磨破嘴皮了，好歹也要给我一碗，小睿，别跟我客气，今天你不吃饱喝足了，我说什么也不放你回去了。"说罢，我把一块鸡肉夹到她碗里。

苏小睿把头低下来，用筷子拨弄着碗里的鸡肉，慢慢地抬起头，说："你们对我太好了！我很开心……"在热气升腾中，她的语调竟有些颤抖，眼圈处也泛起了红晕。

我没料到苏小睿会如此激动，我倒有点不知所措了，连忙把她的话打住，生怕她说到动情了，泪流不止。我说："俗话说，在家靠父母，出外靠朋友。我们怎么也都是老同学了，你来我的地盘就听我的，尽地主之谊也是我的分内事！反正时间有的是，我们慢慢吃，慢慢聊。嗯，对了，昨晚你去哪儿了？可担心死我了。昨晚过得还好吧？"

苏小睿吸了一口气，很快恢复了常态，说："昨晚只想出来走走。可能最近学习有点心烦，学校也不想待了。一个人出来的时候，才想到你们学校有几个朋友，就决定过来走走，谁也没有通知，我有点任性吧？我第一个来找的就是你，可惜你不在，后来在理工学院那边找到了一个女同学，昨晚就在那边挤着睡了。"

听罢，我松了口气，说："就这么回事？昨晚我可真担心你出什么意外！拿到你的纸条后，我在附近走了几圈呢。不过你现在没事了就好，以后啊，想找我就给我打个电话，有事了也可以随时来找我。开学初我去找过你，我留的纸条没收到吗？"

"收到了！只是昨晚我出门了才临时决定过来，纸条没在身上，所以只好来碰一下运气了。是我不好，要你担心了！我总是给别人添麻烦……我……"

"小睿，你这什么话啊？当我是朋友，以后就别提这客气话了。知道吗？等吃完了，我们到外面走走，晚上吃了饭我送你回去。"

"我不想回去。"苏小睿语气很平静，眼神却不知何时变得有点空洞，直直地望着窗外的一片阳光，像是在想着什么。

苏小睿的一声"不想回去"让我暗吃一惊，以为她一夜之间就爱上了我的学校和这里的氛围，愿在这里长做"自由学者"。但听她的语气非常平静，显然是深思熟虑后才说出来的话，这一下问题可变得严重了，是什么让这么一个品学兼优的女大学生执意不回自己的学校呢？这跟她昨晚深夜来访之间有关系吗？她在这里遇到了什么棘手的事情吗？

我不禁停下了手中的筷子，有点发凉的左手搓了几下，正打算抛开客套话直言相问，把苏小睿的事情问个清楚，岂料后面冷然被人轻拍了一下肩膀，只听得一个女声在说："嘿！还真让我见着了？苏梓哥，今天起了个大早来见朋友吗？"

冷不防被人从后面来了这么一下，我惊得险些把筷子都扔了出来。我抬眼一看，发现原来是昨晚一起玩耍喝酒的关芯。

在那么一刹那，我真的只认出了面前的这个女的是认识的，但她的名字我一时没想出来，只好先"哦哦"了两声，随后才记起她叫关芯，我连忙又挤出一点笑容，略带尴尬地说："嗯，是的……她是我的一个朋友。就是……昨晚我跟你讲的那个——我的同学。"

"哦——"关芯应了我一声，但把声音拉得很长，这就给人一种意味深长的感觉，她的眼神明显还有别的意思，眼光不住地在苏小睿身上掠过。

这时，苏小睿也放下了手中的筷子，礼貌性地对着关芯点了点头，微笑不语。

此时的关芯对苏小睿的兴趣绝对大于我，她带着一副像哥伦布发现了新大陆的兴奋表情，对着苏小睿拼命挥手，说："你好你好！欢迎你来我们学校。昨晚怎么不早一点过来呢，我们一起玩得可开心了。苏梓哥他很体贴，很会照顾人的，你的眼光可好了……羡慕死人了！"

我在一旁听关芯前一个"苏梓哥"后一个"苏梓哥"的，正听得鸡皮疙瘩都快起来了，后又听出关芯的话说着说着像有什么特殊的含义，简直就是把我当作苏小睿的男朋友了。但我又觉得，在这个时候要澄清我和苏小睿的关系好像有"此地无银三百两"的意味——毕竟人家也没明确地说些什么，自己就这样跳出来澄清，肯定会被人误会得更深。所以我只得把目光投向苏小睿，脸上显出抱歉的神色，同时也想让苏小睿在这个时候说点什么，把这误会化解了。

可苏小睿仿佛没看见我的眼光，仍然微笑，只是脸上渐渐有了红晕，只听她轻轻地答道："嗯，昨晚有点事，不能来了。你们玩得开心就好。"除此之外，她没有再解释什么。这言下之意，就好像默认了关芯口中所说的我是她的男朋友的关系。

我一听苏小睿的回答，心中暗暗叫苦，这下可把误会弄得复杂了。对此，我当然无法去责怪苏小睿，只能无奈地笑笑。想到关芯跟蓝蔚、方雅婷等人混得很熟，关芯这一回去只要把今天的事情稍微讲讲，顺便再讲一讲她自己的一些"个人想法"，我看我肯定会落得一个"情场浪子"的名号，我跟方雅婷也铁定要陷入一段时间的交往低谷。现在我只盼关芯能再细心地观察到我们其实不像情侣而更像一对朋友，当然，我更希望这时我亲爱的方岳同学能威风凛凛地及时出现在这店里，把这位热情的关芯同学吸引过去，解决我目前的窘况。

当我想到方雅婷脸上流露出对我失望、怨恨、不信任的那种表情时，我的心像被人揪住了一样。但我转念想到，自己又何必如此拘于小节呢？我是怎样的为人难道方雅婷不知道？正所谓，路遥知马力，日久见人心。到时我就把苏小睿带去给方雅婷认识，把我和苏小睿的关系明明白白地说清楚，一切的流言蜚语自然不攻自破。现在我可不要乱了方寸，坏了心情。

我这么一晃神，苏小睿与关芯之间的交谈我就没听清楚了，不过看样子是一些客套话。她们几句话结束后，我们三人陷入了短暂的平静，这时关芯很知趣地说："好吧，我回宿舍了，大家还等我买的早餐呢！你们好好聊，待会儿再在这里走走玩玩！"说罢，关芯向我们挥手再见。

看到关芯就要离去，我正想嘘一口气，谁知关芯在即将离去的刹那，又回头故作神秘地对我笑说："苏梓哥，你的女朋友好漂亮喔！"说着还挑了下眉头，对我扮了个鬼脸。

没等我反应过来，一旁的苏小睿就已经急着要澄清了："我……我不是他的——女朋友。"最后的三个字停顿了一下，最终还是轻轻地说了出来。可是关芯已经一路笑着跑开了，不知道她听到了没有。

现在又只剩下我和苏小睿了，我说："别管她说的话，我和她也才第二次见面，很多情况她不大了解，这个大大咧咧的女生的话，你可千万不要当真。"

"这没什么。看来我的到来，给你添了麻烦。事后要让你费周折去解释了。嗯，你……你，你在这里有女朋友的吧？看刚才那位同学的表情，好像她知道你一些隐秘的情史那样，是不是这样子呢？快点跟我老实交代！"苏小睿刚开始说时还有点羞涩，但后来把问题问了出来，同时感觉自己的推测没有错，便有一种轻快的感觉，于是便开起了我的玩笑，尽管话中有命令的含义，但语气还是很温柔的。

"这可是无中生有的事！我没有女朋友，真的没有嘛。看来女人天生对这些很感兴趣，刚才你们俩就聊了那么几句，便马上成为志同道合者了，要来关心我的私人生活了。"我装得很正经地答道。

我说的可是事实，虽然我跟方雅婷的关系感觉好像将要越过友谊的界限，但毕竟这层友谊关系还存在着，那层纸未捅破之前，我的的确确是没有女朋友的。对于这次的感情发展，我十分谨慎，我感觉到我是非常认真的，这是一种从来没有过的感觉。

本想好好地跟苏小睿聊聊她的情况，可关芯的突然出现打断了我的问话，等她走后，我却发现自己再也鼓不起问苏小睿问题的勇气，我想每个人都有自己的秘密，既然人家不说，自己又何必多问呢？但作为朋友，韩京又曾经嘱咐我要照顾好她，我想我总得尽量为苏小睿提供一些她需要的帮助。

走出小店后，我和苏小睿在校园的林荫道上漫步，校园里的学生渐渐地多了起来，经过昨晚的一夜狂欢，这里的每个人脸上都洋溢着欢乐的、轻松的神色，看来大家都在昨晚有了自己满意的收获：或许跟女（男）生表白成功了，或许是跟兄弟们敞开了喝，大醉一场了，或许去跟自己的情侣度过难忘的一宿了……总之在冬日的阳光里，所有人的笑容都是那么的耀眼。

"今晚你还在同学那里过夜吗？需要什么？我现在给你去准备。"我决定旁敲侧击地去问苏小睿的下一步打算。

"看情况吧。不过应该不在同学那里住了，老是烦扰人家，不大好。"苏小睿看出了我的担心，笑笑说，"放心吧。我总得回学校的。只是现在不想，或者今晚就会想了。"

苏小睿停了一下，轻轻地说："你觉得我这样做是不是有点任性？与你之前对我的印象是否有点不同？"

我答道："这要看怎么说呢。这跟你在我心目中的形象没有关系。我目前还不知道你出走的理由，对吧？枉然下定义可不行。照我的性子，如果你出走的理由是正确的，而且是必须走的，那我就马上回宿舍打好包袱跟你一起走，护送你一程。"

苏小睿笑了："没那么严重吧，看你认真的样子，我真的只是心情不大好。近来的学习很重，而我的身子又差，一来二去的，搞得心很烦。于是请了两天假，就逃来这边散散心。你看，这两天就过去了，我能不回去吗？如果真有一个学生失踪了，学院里还不找得翻天覆地？今天麻烦你了，可我好喜欢你们的校园哦，一草一木让我真的有了自由的感觉，下次我还会再来的。不过下次我一定会通知你，不会再凭着自己一时的冲动，让我的朋友为我担心……"说着说着，苏小睿的脚步慢了下来，站在了路旁的一盏街灯下，面带真诚地向我微弯了一下腰，以示她的歉意。

我想不到苏小睿会来这么一下，顿时变得手足无措，但又不敢轻易地去扶她或拉她，毕竟学校里人来人往的，而我又特别害怕这时方雅婷恰好无意地从这里经过，那时候再解释恐怕就有点费神了。

"好吧，你也不用送我了。这里转出去就是校门，那里有公交车站，我自己知道怎么回去。谢谢你丰盛的一顿早餐加午餐！"

但无论苏小睿怎么说，我还是执意要送她到校门口，往那边还有一小段路，我们也就继续聊了一下。由于将近期末，话题很自然就谈到回家的问题。

"我看过了学院的考试安排,我一月初就考完了,到时坐火车回去。你呢,要一起走吗?需要的话,我帮你一块订票。"我说。

"今年我不回Z市了。我爸爸说,让我回云南。我一考完试就得走,如果不这样的话……"

"你回云南啊?这可太可惜了,我还想在火车上充当一回护花使者呢?也好让火车上的那帮愣小子羡慕一下我,哈哈。"在与苏小睿临告别前,我多少恢复了一些平时的本性,想说上一两句玩笑话来结束这次会友,也好让苏小睿能开开心心地回学校。

谁知道苏小睿竟好像什么也没听到一样,只是默默地往前走,不过她还是很快回过神来,迅速答道:"哦,是吗?到时我自己走就可以了,我也不是头一回坐火车了。"

苏小睿的回答明显答非所问,我当然不敢再复述自己刚才的话,怕自己玩笑开过了头,惹她不高兴。我忙把话题转移:"云南可是好地方啊,我一直想去见识见识,以前小学的课文不是有篇《美丽的西双版纳》的文章吗?小时候的我可以把整篇背下来,我自小对那里就充满了美好的期待,那红红的花、绿绿的水、蓝蓝的天——一直就是我魂牵梦绕的地方。嗯,那你是哪里的人?西双版纳、丽江,还是香格里拉的?"我把自己知道的一些云南地方的名字都报了出来。

"都不是。我家所在的地方是个小山村,说名字可能你没听过。云南有个很大的自治州,叫作迪庆,你说的香格里拉就是在它的辖区里面。不过我家的地方与香格里拉隔了数重的大山,高山深壑的,路程不下数千里。我的家乡就在迪庆州的临近处,是一个叫作迪巴的地方……"

"哦,云南迪巴……这个名字,好像在什么地方听过。在什么地方呢?"我喃喃自语地说道,一遍一遍地问着自己。我看着苏小睿要继续说下去,生怕遗漏了什么,赶紧集中精神去听。

苏小睿没有留意到我一刹那的神情变化,还是讲着自己的家乡情况:"我的家乡与那些大地方隔得很远,因此我家那里并不算繁荣,不过一切都是天然的,蓝天、白云、绿水、红花、黑土地,就是我从小能见的东西。只是我很早就从那里出来了,我在Z市有个姑姑,我就寄宿在那里,从小学一直念到高中。我回去的次数也屈指可数。"

"好啊,天然的地方我倒是喜欢呢。与大自然接触,感觉多美好!有机会倒要跟你去一趟云南见识见识。"我微闭双眼,把手张开,想要去拥抱我想象中的云南美丽的自然风光,尽管我的对面恰好是一排垃圾箱。

"如果有机会,真的,真的是有机会,我一定带你,还有韩京,去我们那边走走……"

我觉得苏小睿说话的时候总是过于伤感,好像这一次的分别是生离死别那样,还要把"有机会"加以强调两次"真的"。对苏小睿的话,我没有太在意,毕竟她在我的心目中是柔柔弱弱的,说话有点伤感也很符合她的形象嘛,加上我以往跟她接触不多,或许人家一向说话都是这样的呢。我想,以后跟她熟悉了,倒要跟她好好谈谈这个缺点才行。

已经到校门口的车站了,我把早已暗中准备好的零钱攥在手里,抢先一步上了车,把零钱投入箱中,跟司机说:"大哥,只上一个人的,我聊几句,马上就走。"然后招呼苏小睿坐在车的前面,"来,来,这里坐,靠前面的座位不颠簸,不容易晕车。"

随着人群上来的苏小睿显得有点不好意思,顺从地坐在了我帮她占的位置。我见车马上要开,连忙又叮嘱苏小睿要注意安全,千万不可再随意请假到处乱跑了,有事记得要找我等等。我叮嘱完后,赶快跑下车来到苏小睿坐的位置的窗边站着,看她还有什么要帮忙的。

苏小睿向我挥手说再见,忽然,她把头伸了出来,好像有话要说,我连忙踮起脚尖去听她的话。

只听苏小睿带点羡慕的口吻说:"那女生说得对,你真的很体贴,很会照顾人,做你的女朋友一定很幸福!"

听了她的话,我的脸上浮现出一丝笑容,可我来不及再跟她说些什么了,公车已经缓缓开动,我向苏小睿点点头,挥挥手,目送她远去了。

24

"话说天下大势,分久必合,合久必分。周末七国纷争,而后一统于秦。及秦灭之后,楚、汉纷争,又并入于汉。汉朝自高祖斩白蛇而起义,一统天下,后经光武中兴,及至传至桓、灵二帝,因二帝禁锢善类,崇信宦官,国势自始衰落,乃至东汉末年,群雄并起,占地为王,名曰奉主,实则拥兵自重。"

文学院主讲中国文学史的刘教授端起杯子,喝了一口水,继续说道:"董卓原为西凉刺史,乃枭雄之一,为人骄横暴躁,在把持国政之后,更是骄横跋扈,日日酒池肉林,时常滥杀无辜,民间怨气很深。所谓'得道者多助,失道者寡助',不得人心者必然活不长久,董卓在当权后期早已众叛亲离,在被义子吕布刺杀的前一夜,十数小儿于郊外作歌,歌曰:'千里草,何青青!十日卜,不得生!'同学们,你知道这是什么意思吗?"

这就是我们中国文学史的课堂"盛况",下面的一众人正听得昏昏欲睡,正巧这天讲到三国的历史,刘教授在这方面造诣很深,说完正课后,忍不住大谈这个时期的一些历史典故，一来是彰显自己学识丰富，二来是借此活跃气氛，好唤醒下面睡倒的一大片同学。于是，他拉起了三国中的一段文字游戏来说事。

好歹我们这一帮人都是读文学专业的，在读大学前哪个不是学校里面的文学高手？大家看《三国演义》的时候可能小学还没毕业呢，因此对该书熟悉的人实在不少，现在刘教授一问之下，大家"哄"的一声说了起来。那些昏睡的人果然都醒了过来，不过不是被内容吸引而醒的，而是被大家吵醒的。

只听有人嚷起来了："这不就是拆字谜吗？还不简单！"

我身边的方岳也把一本小说合了起来，低声跟我说："这老刘想跟我们玩文字游戏吗？唬谁啊？太低估自己的智商了吧。千里草，草花头，加上一个'千'，再一个'里'，就是一个'董'字嘛。千里草青不起来，那就是姓董的要完了。"

我也接着说："十日卜，就是一个'卓'字，不得生，就是说董卓不能再活着了。这童谣一起，董卓第二天就被杀害，这多少带点奇幻的色彩啊。不过倒可以看出这董老贼实在不得人心，大家盼他死已经不是一两天的事情了。"

同学们已纷纷说出了答案，刘教授见活跃气氛的目的已经达到，尽管自己出的问题一点技术含量都没有，但他还是感到异常兴奋，毕竟自己的一段文字打破了原本一片死寂的局面，继而同学们热烈讨论，参与程度极高，就好比自己把一粒小石子投入湖中，激起千层浪，这种惊喜是难以形容的。于是刘教授挽起袖子，继续热火朝天地讲起他的文学史来了。

方岳也继续翻开小说，专心阅读起来，而我却被刘教授所说的一点内容勾起了一些回忆。刘教授刚才提到的"拆字谜"就像是一个燃着的导火索，一直燃烧起来，引爆了尘封的记忆。我想起来了，我是在一张照片的背后曾看过类似的一句话，那是一张风景照，对，是在韩京床铺的墙壁海报背后发现的。我的记性很好，尤其是一些诗词歌赋之类的，我一般读一两遍就能记住，所以这时我很清晰地回忆起写在照片背后的一句话：

"小草头，顶风抖。月无力，藏梢头。寂夜静，滂沱泪。敢问心，为了谁？"

这句话的上面还写有一个地址，我也想起来了，就是"云南，迪巴，槎洱。"

当我把这个地址用心读了三遍的时候，我不由得小声惊呼起来："这是苏小睿的地址！云南的迪巴槎洱！"

我连忙翻开本子，把我记得那句话写了下来，直觉告诉我，这其中肯定包含一些信息。刚才的刘教授提到的"拆字谜"可能与此有关。

我仔细一看，"小草头"，应该就是暗指一个部首，也就是草字头了，这草花头在风中颤抖，看来并不是一件好事。

再看下面的"月无力，藏梢头"，月亮已经没有力气，藏在了树梢的背后，也就是说月不见了，单剩一个"力"字，和前面的草字头连在一起，就是一个"苏"字。这肯定是代表了苏小睿，但月亮要藏在树梢的背后，同样也是不好的兆头啊，好像是要躲避什么似的。

想到这里，我的眉头开始皱了起来，看来苏小睿的问题早已存在了，并不是一两天的事情，而且这其中的内情，韩京是有所知晓的。这字是韩京自己所写，应该是他自己的内心感受，他是惦记着这件事情，才会把这小诗句顺手写在了照片的背后。

我再去看后面的两行字，"寂夜静，滂沱泪。敢问心，为了谁？"这应该是属于感慨的部分了：在夜深人静的时候，默默地泪流满脸，这颗心啊，究竟是为了谁呢？

这个解释基本上是说得通的，只是这落泪的人，是指韩京还是苏小睿？而"敢问心，为了谁"，到底是韩京的心不是放在谁身上，又或是苏小睿的心不知所属呢？

这可得费一点心思去推敲，我把手中的笔在纸上顿了又顿，猜了又猜，最后还是偏向于苏小睿陷入了难以言说的困境这种解释，因为韩京的为人我是了解的，他对苏小睿的感情我也是清楚的。他不至于会不知"心是为了谁"，"夜间默默垂泪"。我也相信，只有像苏小睿那样的女孩子才会有这种行为的。所以，我基本断定这是韩京有感于苏小睿的事情难以处理，比较棘手，才一时有感写下的文字，韩京是在为苏小睿感慨啊！

这个结论推断出来后，我倒吸一口冷气。依我看来，苏小睿的问题应该还没有解决，前段时间她的突然到访或许与此有关，可是她为什么对此绝口不提呢？难道对我还不是十分信任？那她为什么还要来找我呢，找到我以后怎么又什么都不说？

一连串的问题让我的眉头越皱越紧，看来我也只是刚刚才窥探到了事情的冰山一角。正当我还在努力地想着这其中的蹊跷时，下课铃响起了。我看了看手表的日历，今天离我与苏小睿的见面已经过去五天了，她回去后我就再没有过她的消息。再过两天就是元旦，苏小睿还会再来吗？看来，我得亲自去那边看看了。

回到宿舍，我实在有点不放心，连忙找出她上次见面留给我的写着她宿舍电话的小纸条，打了个电话过去。电话是一个声音比较沙哑的女生接的，我让她找一下苏小睿来听电话。岂料，沙哑女声冷冷地应道：

"苏小睿？她已经不在这里了！"

"苏小睿她已经不在这里了！"闻到此言，我的心猛地一抖，手中的电话筒险些掉了下来。学中文的我第一时间就把这句话分析出两种可能：一是苏小睿不在宿舍或是已经搬离这里了；二就是苏小睿已经遭遇某种不测，人已经离开这个世界了。

　　这个回答多少令我感到震惊，我恨不得从电话筒里把对方揪出来问个究竟。刚才我心中还在惴惴不安地担心苏小睿的安危，想不到这么快就应验了，现在我只盼对方不要挂线，好把事情问个清楚。

　　我的语气明显有点急了，手紧捏着话筒，音调不知不觉也高了起来："哎——同学！你可要把话说清楚！苏小睿究竟怎么了？人不在了还是怎么着了？！"说到最后，我都分不清我是在说还是在吼了。

　　对方没想到我的反应如此过激，很明显被我吓了一跳，声音也仿佛知道了事情的轻重，顿时柔了一些，不过也变得结巴起来："她……她……小睿她……到外面了，好像……好像到……图书馆了！"当她把话说完，赶紧舒了口气，像为自己能最终把话说完的表现喝彩一样。

　　我把她说的每一个字都听得清楚，脑里反复确认了几遍，知道没听错后，心才稍微定了一点，还能去图书馆的苏小睿生活还算正常，生活正常也就是说没有遭受什么大的难题嘛。看来刚才的一番话只是个误会，是我对文字太敏感了。

　　于是，我赶紧向那位沙哑声的女生说明我的用意，也表明了我的身份只是苏小睿的一个好朋友，今个儿打个电话来只是问问近况，聊聊天而已。几句对答下，沙哑声女生见我对苏小睿的很多情况都很熟悉，而且也听得出我是真正关心苏小睿，因此也对我没了戒心，于是就跟我聊了起来。这女生说着说着，就无意多说了几句，大意是说，这几天有电话不停地打来这里找小睿，听口音是外省的，而且都是男的，好几次小睿听完电话后，默不作声地回到自己床上，只是睡觉也不说话，有一次小睿听完电话，她还瞥见了她眼角挂着泪，在床上也是默默地哭着，真不知是谁把小睿惹哭了。后来，小睿就不再愿意接电话了，交代了她们几个室友，但凡有找她的电话，一概说她不在这里了。她们几个也没有问为什么，想着会惹哭小睿这样的女孩子也不会是什么好人，就都答应了。

　　我听着这番话，想着这可能与苏小睿的难题有关。莫非苏小睿遭受坏人的要挟或勒索？但看情况苏小睿与频频来电的人是相识的，否则也不会只选择逃避的方式来对抗。至于真相是怎么一回事，目前我实在无法推断。

　　我谢过那位沙哑声女生，并让她向苏小睿转达我的问候，便把电话挂了。心里想着，过两天找个机会还是亲自过去一趟吧，问她本人总比自己在这里瞎猜要好。

　　苏小睿的电话是在傍晚时候打回来的。其时我和方岳刚从饭堂回来，才坐下没多久，宿舍的电话就响起了，在电话一旁坐着的江锡一把抄起电话，还没说上两句，就马上捂着话筒，两眼放光，难掩兴奋地招呼我："苏梓！苏梓！有电话！是……是女的！"

我心想：这应该是苏小睿的回电了，便走过去把话筒拿在手里，换了个角度一边用脸颊和肩膀把电话夹着，一边挥手让江锡先走远一点。谁知道，江锡和方岳笑嘻嘻地慢慢靠过来，探头探脑地凑过来偷听。连一贯老实的李书南也悄悄地拿着本英语书，坐在不远处，装作看书的样子，其实耳朵竖得老高，也想听听新情况。

我心中暗骂这三个人真是好事之徒，只要跟女的有关系的事，必定想来凑一脚。

但这边我跟苏小睿已经把话对上了：

"喂，哪位？"

"嗯，苏梓吗？我是小睿。"

"哦，我猜到就是你。呵呵，上午突然给你打了个电话，可能给你添麻烦了。"

"不，不，没有的事，你可别乱想。只是期末考试将近，时间安排得紧，我自己觉得学得还不够好。所以泡图书馆的时间长了。嗯，找我有什么事吗？"

其实我找苏小睿的原因是源于对她的关心——或者说是担心吧，总觉得她一直以来像是在隐藏着什么令人忧郁的事情。但现在我又不敢直言相问，因为无缘无故的关心与担心，总会让人觉得暧昧。所以面对苏小睿的发问，我略一沉吟，才回答道："哦——是这样的，我想着这两天有个元旦假期，我……打算也到你那边找个朋友，想顺道看一下你嘛，只是问问你方便不方便，呵呵，就这样而已。"

"哦，这个可以啊。你过来的时候提前跟我说吧，不过……元旦假期后，我就有一科要考试了，恐怕陪你时间不会太长……"

"这没关系！我只是作了这样的打算，并不一定去的。既然你忙，那就算了，算了。以后再说。"刚才我的一番说辞也只是随便找个借口，现在既然知道苏小睿安好，那我过去找她的意义也就不大，更没必要因此耽误彼此的复习了。

就这样，我跟苏小睿又闲聊了几句，就把电话挂了。刚才在旁边听得起劲的几个人连忙一哄而散，方岳还不怀好意地说笑："好啊，还留有一手呢！这女的又是怎么回事？这边与方雅婷的发展有点障碍吧，山头久攻不下？是时候该考虑退路了。兄弟，你不行可要说啊，为兄的就帮你挡了。哈哈！"

我说："去你的，找你的关芯去！"

这一招很管用，方岳连忙收起刚才那副坏嘴脸，一脸惶恐地摇手说："别别别，我们别提她了。"

现在的方岳对关芯充满抗拒感，据这几天我和他的聊天得知，关芯对方岳可是频频出击。我说："这不好吗？那晚舞会上，你们两个不是跳得挺欢的吗？搂得那个紧啊，可不是一般的词可以形容。怎么这样都还擦不出火花啊？"

方岳的回答是："你以为我想搂那么紧啊？那妞儿一上来就扣住我的腰际，另一手就捏着我的手死命不放，接着把粗腰一挺，压得我气都喘不顺畅。更要命的是，她不知喷了哪种呛人的香水，熏得我连东南西北在哪儿都不知道了。"说罢，方岳的脸上仍有一丝心有余悸的表情。

在接下去的几天里，关芯来找过方岳几次，但方岳总是三言两语就打发她了，又或是说要忙着什么事，一溜烟就跑了。为此，我不止一次地开他玩笑："俗话讲得好，男追女，隔重山，女追男，隔层纱。怎么现在人家都放下身段找你了，你还抗拒什么？在惦记着蓝蔚啊？"

方岳正色道："对于蓝蔚，我暂时持保留意见，但我对关芯是没有感觉的，我们就好像是两个频道，我是 FM，她是 AM，这是无法联系在一起的。"

我点点头，拍拍他的肩膀，说："嗯，不错，看来方岳你不是一个随便的人。"

方岳白了我一眼，说："行了，你的意思我明白，你是想说，我不是一个随便的人，但我随便起来就不是人。对吧？"

我哈哈大笑，说："还是方岳你懂我。"

25

我跟方雅婷最近的关系有点微妙。一方面，临近期末考试。她正为备考忙得焦头烂额，因此两人见面的时间也减少了很多，而当两个人每日的联系少了，其中的感觉难免会有点怪怪的滋味，似乎感觉不到对方的重要性了。另一方面，是由于苏小睿。不久前的平安夜苏小睿的突然来访曾惹出了一段小风波，让方雅婷、蓝蔚等人以为我在隐瞒着什么，蓝蔚的情绪尤其大，回到宿舍后在方雅婷面前还数落了我一顿，说我这人不厚道，藏了个女的在外校，还想与你雅婷在一起呢。方雅婷抿着小嘴，想了想才说，这其中应该有点误会吧，我跟他也没什么，如果真的有那回事，谁也不可能瞒太久，暂且把情况看清楚再说吧。方雅婷本来也坚信我的清白，谁知道第二天醒来，正在梳洗之际，就看到关芯"噔噔噔"地跑来，蛮有深意地看了方雅婷一眼，浮现出一丝诡秘的笑容——不过她不是来找方雅婷的，而是去找蓝蔚谈一下工作的事情，说到最后了，才似不经意地说："哎，我刚才还看见了苏梓呢，和一个女的在吃早餐，看关系两个人浅不了，那女的跟我们的雅婷师姐一样，美得不得了，蓝师姐你猜是谁啊？就是昨晚来找苏梓的那个女生。原来她没走呢，在这边过了一夜，早上就来和……"

关芯的声音说得不是很大，但句句都能送进方雅婷的耳朵里。听到后面，方雅婷自己都觉得再也不能听下去了，假装咳嗽了几声，一声不响地到走廊外面去了……

就这样，在之后的一段日子里，方雅婷与我的距离好像有点拉远了，有种若即若离的感觉。这其中的变化我自然能察觉，是什么原因导致这样的变化我大概也能猜到，但我的性格有时候也是有点倔，当时我就觉得自己并没有做错什么事情，熟悉我的人、真正了解我的人就不应该因为一些不客观的因素而改变对我的看法，如果方雅婷真的因这么一件事而心存芥蒂的话，那看来我与她的交情也仅仅是一般的朋友了。

我就是抱着这种观点与方雅婷少了联系，反正期末大家都忙，也没什么心思去理清其中千丝万缕的关系，不如先放一放吧，给大家一点时间与空间。

转眼间，考试周就过去了，由于学院之间安排考试的时间有所不同，有些已经考完的院系学生，已经欢呼雀跃地去准备行装，谈论归期了。在每天的饭堂中，总有那么一帮人在弹冠相庆、兴高采烈地说笑着，一看就知道是已经考完试的人，那种毫无顾忌、痛快的笑声很让我们这一大群还没考完的人感到崩溃，用我的说法来说，就是在羡慕到死的同时又想亲手掐死那带头笑得最欢的那个人。

我班的那群同学，平时懒散惯了，直到考试临近才慌了起来，同时风闻这次考试抓得很严，并且会把考试成绩直接寄回家中。看着学院里面的一众教授磨"笔"霍霍地准备"大肆杀戮"，又估摸着当今社会邮政事业的邮递效率有所提高，大家心想：估计行李还没收拾完，家里人可能已经把成绩单看了三五遍了。万一家人看到科科都红灯高挂，这次的寒假估计也过得不愉快，下个学期一旦在经济上被制裁，到时的日子过得真是不能用一个"苦"字来形容。鉴于这些原因，这伙人终于意识到问题的严重性，于是无可选择地迅速投入到备考的战斗中，一个个开始了苦行僧式的地狱式复习，每天抄笔记，记讲义，背理论，列流派。那种全民复习的热烈干劲，甚至让人有了种悲壮的感觉！

由于我早段时间与方雅婷经常在图书馆里学习，功课未曾落下多少，因此我的复习还算正常，尚能正常作息。同宿舍中的李书南属于勤奋派，备考工作做得充足自不必说，但方岳和江锡就比较惨一些，相当不幸地成为疯狂复习大军中的一员。

那段时间里，方岳的作息有点混乱。有一天我按时早起，准备梳洗后就去复习，一下床就见方岳正在埋头苦读，我说："小方，今天起得挺早的，不错！有这干劲挺好的。"

只见方岳缓缓回过头，说："我哪有起床，我……我还没睡呢！说完，他又缓缓地转过头，拿起一本文学史继续苦读。

看着方岳那清瘦的面庞，微显佝偻的身形，我心中一阵感动。当然我不是为方岳而感动，而是为我自己——我庆幸因为有了方雅婷之前的严格督促，才不至于落到像方岳现在的痛苦局面。

想到方雅婷，我的心中有了一点颤动。是啊，这段时间好像真的没有跟她在一起了，偶尔打个电话，都是淡淡地谈几分钟。有时两人说的话还聚拢不到一块，这让人感到更多的不是在问候，而是在彼此斗气，在斗互相忍耐的耐心！想到这一点，我的心忽然就软了，很想马上找方雅婷把事情说清楚，反正事实就是这样，我相信方雅婷那么明白事理，孰是孰非应该能辨别清楚。

是啊，不知她现在怎样了呢？听一位也在教科院读大一的同学说，方雅婷她们已经结束考试了，她们正在商量着包车回家呢。听闻这个消息后，我心里盘算了很久，最终还是决定在方雅婷回家的那天去送送她。这时候我已经顾不上什么原则了，我只知道，此刻我是多么想见她，哪怕只是一面也好。

几经周折，我打听到了方雅婷坐车回家的时间，犹豫再三，还是打了个电话过去，想约见方雅婷的时间，好让我过去帮她搬下行李，送她上车。在拨打电话之际，我的心情十分紧张，在按号码的过程中，好几次把电话提起来了，又放下，放下了，又提起，拨那几个号码仿佛要经历很大的一场思想斗争。在电话接通的一刹那，我的心猛地定了下来，心想：横竖也是死，不如爽快些，但又忽然想到约方雅婷的这一番话该如何说出口——至少开头的第一句说些什么好呢？我自己还没想好对白呢！正在犹豫是否要把电话挂了，等想清楚了再回拨之时，那边电话却接通了，听声音不是方雅婷。我算是心理素质较强的一个人，虽然心中七上八下的，但语气还是恢复了平静，问道："你好！请问方雅婷在吗？麻烦请她接个电话。"

一句得体的话说出来以后，我的思绪镇定了不少，觉得自己仿佛终于跨过障碍，迎来了新生一样，心想：自己已为方雅婷做出了巨大的"牺牲"，我与她之间的一切不愉快都应该随之烟消云散了吧？我满怀信心地期待能与方雅婷对上话，然后能尽快地去与她相见。

只可惜希望越大，失望就越大，我被电话那头的人告知，方雅婷出去了。我的热情一下子掉了下去，顿时觉得自己选这个时候打这个电话过去也是一种错，否则怎么就找不到我想找的人呢？我心底一乱，支吾着不知再说什么，对方"喂"了两句见没有回答，又问找方雅婷什么事。我细听之下，发觉好像是蓝蔚的声音，于是我更加无心恋战，匆匆说了一句："那我稍后再找她吧。谢谢。"说完，我就把电话挂了。

我坐在电话机旁，沉默了好几分钟，脑子里空空的，仿佛天生就没有装东西。有时候，人的勇气爆发出来是令人吃惊的，但勇气消退得异常迅猛也是令人相当无奈的。我兴冲冲地打了电话过去，却扑了一个空，这让我的积极性大打折扣，正如我当时觉得这好像也是一种错，既然是错的事情，我就没有勇气再回头重做一遍。

就这样挣扎了几天，最终我还是没有再给方雅婷打过一次电话。我心中已千万遍地在责骂自己怎么如此懦弱，竟然经不起这么一次挫折，不就一个电话找不着人家？但我还是害怕，如果再找一次还是找不着的话，我会认为我们真的就这么结束了。那时我想，我的勇气会彻底崩溃，像玻璃砸在地上，怎么也拼凑不起来了。我保留着最后一丝勇气，决定那天直接去见她，去送她。

方雅婷和她的一些同乡包了一辆长途车回家，出发时间定在傍晚时分。正巧那天我上下午都安排了考试，为此我对下午的那科考试作了充足的复习准备，为的就是能够提前交卷。那天特别冷，是入冬以来的又一股寒潮，从白天开始，天就阴沉沉的，外面的风刮得厉害，风吹在脸上，像被人狠狠地打了一巴掌一样，有点辣辣的痛。我提前半个小时交卷后就往方雅婷出发的地方——学校正大门那边赶，恰好正门附近正在搞基建工程，大风一起，沙尘骤起，我逆着风在路上跑，沙子不断地往我身上、脸上扑，还企图进入我的眼睛。我虽然捂着嘴巴、眯着眼睛，但脚下却丝毫不减行走速度，天知道那些该死的客运车会不会提前到达，然后把方雅婷等一帮人就这样接走了呢？

尽管我把眼睛眯得很紧，但沙子还是见缝插针、毫不留情地把我弄出了眼泪，我就这样狼狈地、泪眼朦胧地一路狂奔。旁人见着我这副流着泪跑路的样子，还以为我惨遭家变呢，纷纷对我投以同情的眼光。

好不容易赶到了方雅婷出发的地点，那时正是人流出入的高峰期，也正巧是不少学院学生离校候车的时候，因此人特别多。我驻足在大门外，四处寻找一些相熟的身影——当然，能一眼看到方雅婷最好，可惜我的眼睛实在不够使，面对众多背着大包拖着行李的学生，我真的很难发现我的目标，我一边擦着泪眼，一边待在原地不停张望，像是一只彷徨的小羔羊。

正在心焦之际，忽听到身后一阵"嗤嗤"的笑声，仿佛有人在后边指指点点。我潜意识觉得肯定有熟人在附近，回头一看，真的发现了有几个似曾相识的面孔。细看之下，竟发现是教科院里的几个师姐，也就是方雅婷的同乡同学了，换言之，方雅婷就在附近。我一时惊讶得合不拢嘴，忙打量她们身边的人，果然见方雅婷正倚在大门边的一棵树旁，虽然离她的同学不远，但在树的掩盖下，我倒真的很难发现她。在人群中我也看到了来送方雅婷的蓝蔚，她正在方雅婷身边说着什么，边说还边努努嘴，示意方雅婷看我这边。而方雅婷看了我一眼，连忙低下了头，急切地跟蓝蔚说着什么。

看样子，方雅婷知道我看见她了。后来，只见方雅婷把行李交给了蓝蔚拿着，在同学的低笑声中，缓缓地从那里向我走来，脚步还是那样的轻盈，气质还是那样的动人——

在我眼里，她何时不美呢？看她的神色，她应该是对我的出现颇显惊讶，但惊讶的背后却有着一丝欢喜。看她那有点期待的眼光，我觉得自己这次的不请自来是绝对正确的，我在心底里不禁为自己当时的决定暗自喝彩。

我有点犹豫，不知是否该迎上去，心想：我刚才的狼狈样肯定被她们看得真切，顿时觉得有点难为情，只好赶快用手抹了把脸，掸了掸身上的灰尘，好让方雅婷看得顺眼一些。转眼间，方雅婷已来到面前，我的话还没有说，就只见一张洁白的面巾纸递到了我的面前，是方雅婷递过来的。

"看你脏的……快擦擦吧。"方雅婷的语气略带一点责备的意思。

"好，好……谢谢。你也知道，今天的风够大的，沙子把我的眼泪给弄出来了！那可恶的风沙没把你也给弄得心情不好吧？"

"我还好，来的时候，风还没怎么刮起来。你这傻瓜，试考完了吗？今天下午不是有一科吗？怎么现在能跑出来见我，肯定是提前交卷了，你可别给我弄出个不及格来！"

"这是没有的事！我认真复习了，这题也算简单，我保证及格就是了！这你放心。我只是……只是知道你今天要走，而我，就想来送送你……"

"刚才你在风中跑过来，我都看到了。你这傻傻的人……来送我，怎么不跟我说一声呢？"方雅婷的声音轻轻的，似乎有点动情。

我只是笑笑，因为这个时候怎么解释也是多余的，聪明的她一定知道我为什么会来找她，而且是跑着来找她，这种情感已经不需要用语言来表达了。

我打开书包，从里面掏出一包装好的零食，递给方雅婷，说："这些都是你爱吃的。女孩子总喜欢吃点东西，今儿天气冷，多吃点身子也暖和些。快，拿着！"

方雅婷愣了一下，见我的态度认真而又坚决，还是用手接住了。

我看着她伸出的小手冻得红红的，心中又是一阵颤抖："天那么冷，你的手套呢？"

"忘在宿舍了。你可别……"方雅婷猜到我将要做什么，连忙制止。

可我不等她把话说完，就把我的手套摘了下来，不由分说地塞在方雅婷的手中，说："我宿舍还有一双呢，况且我血气旺，冷不着的。你先戴着，来，戴上！"

风仍然是呼呼地吹着，可丝毫没有影响在风中交谈着的我们。我们像是要把最近所有没有说的话一次说完一般，热烈地、急促地在说着，我们要在短时间内尽可能地多说话！现在也只有不停地说话，才能释放我们此刻的激动。

客车开动了，我帮方雅婷把最后一件行李摆放好，目送她登上汽车。我叮嘱她到家后一定得给我打个电话，我要她亲口告诉我，她安全到家了。方雅婷点点头，任由自己的一缕秀发随风飘扬在离别的车窗边……

方雅婷的电话打过来时，已是晚上十二点左右，我裹着厚厚的棉被冲过去接电话，只听方雅婷的声音在我的耳边响起：

"梓，是你吗？我安全到家了……天好冷，我开始想念你了……"

26

初春的北京让韩京有点不大习惯，天气冷自然不用说，而且一切都感觉是干燥的，这对于常年生活在南方的韩京是一种痛苦不堪的经历。南方的冬天虽然冷，但好歹也是零度左右，韩京仗着自己身子壮实，一件毛衣、一件风衣勉勉强强总能应付过去。但北京一进入冬天，尤其是一场冬雪过后，天气一天比一天冷，韩京感觉自己无论穿得多严实，风总能无孔不入，肆意地攻击他身上的每一寸皮肤。更可恶的是风是干的，吹得人发痛的同时，也把水分毫不保留地带走。在北京的这段时间，韩京冬天最怕出门，到了外面被风一吹，皮肤就绷得像块干皮似的，稍微咧嘴笑一下，都像被人扇了一巴掌一样痛。

韩京还记得自己刚到北京的时候很盼望下雪，毕竟在南方还真没见过了，印象中雪是那样的洁白、那样的纯洁，轻轻盈盈地从天上慢悠悠地飘落下来，真不知那雪花儿飘落在自己的手心中有什么感觉？如果滑进了衣领里面又该是什么样的滋味呢？想着想着，韩京仿佛觉得真的有一片雪花掉进了脖子处，浑身是凉意，忍不住身体打了个哆嗦，然后抬头看看是不是真的有雪飘落下来，可只见天空中太阳还明晃晃地挂在那里。尽管太阳蒙着一层灰灰的薄雾，但看起来还很刺眼，哪来的雪啊，天气还热着呢。

韩京愈发盼望见到北京的雪，他和几个同样来自南方的同学日日留意天气预报，看看什么时候能迎来人生的第一场雪，大家已经约好，一旦有消息了就相互转告。在几个南方人闲聊看雪的时候，其中有个家伙估计是兴奋过了头，大有盟主召集群雄起义之势，摩拳擦掌地大声说道："好，我们就这样歃血为盟，到有大雪来临的消息，一定要奔走相告！这样吧，我们就仿效古代烽火传信的方式，谁先发现有了下雪的情况，就马上到长城点燃烽火台吧，大家见火光后齐聚学院广场，我们一同赏雪吧！哈哈哈！"

韩京望了一下那位同学，心想：这家伙是不是吃多了脑子不够使了？还想仿效古代君主呢，在现在这个年代谁要是在长城的烽火台上燃起一堆大火，估计这个破坏国家历史文物的罪名够司法机关判刑好几年了。退一步来说，就算是能允许点烽火，估计在高楼林立的北京城区里面，也看不到一丝火光吧。韩京在人群中默不作声，想着这天真的家伙这番话必定被众人嘲笑，自己也不必出言指责了。却只见其他几个人也面面相觑，不发一言，估计没有人敢第一个说什么，韩京就只好干咳一声，刚想说这个建议有点不妥吧，不料其他的几个人就忽地欢呼起来，大声说："好啊，好啊，就这样定吧，我们玩烽火传信！烽火召群雄！来，来，我们一起来制定燃点烽火的计划……"

韩京望着面前的这一群人，第一个感觉就是，北京这不是一个简单的地方，到处都有藏龙卧虎之辈啊。看，现在的年轻人，想象力够丰富的，胆子也不小嘛，连在长城燃烽火的事情都在策划了。

这年北京的雪来得有些晚，到了十二月的中旬才出现。早在几天前，有些北京的本地同学就已经开始讨论了，说今年的雪应该快到了吧。韩京也满心期待这场雪的到来，以至于每天起来的第一件事就是跑到窗边看雪来了没有。不过韩京也有点怀疑，这两天的天气不算冷，甚至说还有点热呢，这雪能说来就来吗？

但怀疑归怀疑，现实就是现实，这雪还真是在热天过去的头一天就突然来临。温度像是快速奔驰的车一下子从平地开到了悬崖上，稍微停顿一下后，就急速地往下掉，让人连周旋的余地都没有。韩京的一位同学感慨地说："一场雪，分出了两个季节。"

这雪来的时候正是周末上午十点左右。由于怕冷，韩京留在了宿舍复习，看着看着忽听到外面一阵嘈杂之声，有人大声嚷着："下雪啦！下雪啦！"这声音充满着欢快与兴奋，而且极具穿透力，仿佛整个学校都能听见。韩京愣了一下，但马上明白了这声音中包含的是一种怎样的讯息，他立刻丢掉手中的课本，箭一般地冲到窗口旁，手忙脚乱地推开窗户，去看他人生的第一次雪！

雪真的在下，只是还没形成规模。这雪片没有想象中的像鹅毛那么大片，它是小小的片儿，像细小的棉絮一样，毫无顾忌地从灰蒙蒙的高空，从白茫茫的远方，飘飘洒洒，轻轻悠悠地落了下来。尽管打开窗后，冷风一阵阵地刮过来，但韩京舍不得从窗边离开，他兴奋惊讶地看着这雪从高到低飘到地上，看着雪怎样把楼下的小路铺成白色。他还把手伸出去，想去接一片雪花在手中，好看看雪究竟是怎样的……

不一会儿，雪片渐渐变成了漫天大雪，漫天飞舞，像洁白的鹤羽，像轻柔的云烟，像舞台上旋转着的白天鹅。很快地，草地变成了雪地，小路变成了雪道，树木变成了雪树，松树变成了圣诞树，站立在窗外的人变成了"雪人"。世界变得明亮起来，一切都好像是新的，是纯的！渐渐地，鹅毛大雪变成了雪粒，一颗一颗，在几缕阳光的照射下，像璀璨的钻石。雪粒就像是个热情奔放的小女孩，顽皮地奔向大地母亲，落在树枝旁，落在草丛里，落在群山脚，落在发梢边，落在大地上，东躲西藏的，为苍茫大地点缀了一份纯洁的白。但它却喜欢和喜爱它的人们开玩笑，当人们想去寻觅它的时候，眨眼间它就在你的身边没了踪影。

韩京按捺不住心中的兴奋，他见下面的许多学生都在欢呼起舞，在雪中打闹着，也想出去走走，感受一下在雪中漫步的感觉。他迅速披上风衣，走出了房门，在经过其他的宿舍时，韩京忽然想到之前和几个南方同学的看雪的约定，说什么有雪来了就互相转告之类的。于是，他就来到那位号召到长城点烽火的同学宿舍里，想叫他一起出去看。来到那人的宿舍时，发现他竟还窝在被窝里熟睡，只留着一撮头发在外面。韩京掀开被子一角，叫他起床看雪！他还开玩笑地说："到长城点烽火啦！通知大家集合看雪吧。"

那同学睡眼朦胧地说："你没事吧？烽火？这长城能让你点烽火吗？天冷啊！韩京同学你要看自己看吧，这雪啥时候看不是一样？现在我已经进入冬眠状态了。"

韩京看此情形，觉得再与此人纠缠实在是没必要，邀他去看雪没准还会把兴致都搞没，想想这个人看到雪的时候，说出一句类似"这是什么鸟雪，丫的怎么不像雪糕一样甜呢？"的话，该是一件多么大煞风景的事啊。听对方说要"冬眠"，韩京放下掀起的被角，本想轻声说一句："同学，你继续冬眠吧。"没想到一时说得快了，竟成了："同学，你长眠吧。"幸好那人真的像长眠了一样，在被窝里没有一点声息，也不知他是否听见了。

韩京自己一人下了宿舍楼，正在门口处踌躇着不知该到哪里走走的时候，只听旁边有人已经在笑着发问了："怎么啦，终于盼到雪来了吧？这么好的机会，怎能错过呢？今天能陪我去看看雪吗？"

韩京不用回头就已经知道是谁了，这声音太熟悉了，除了是常跟自己在一起的凌丹之外，还能是谁呢？

韩京回过头来，略带点惊讶地问凌丹："嘀！你怎么来了？总不会在这里一直候着雪来，然后又一直候着我出现吧？"

"我才不会那么傻待着呢！这世界可是有天气预报这行业的。我昨晚听新闻时听到了今日将要来雪。你没见我正抱着一摞书吗？我不正是从图书馆借书吗？走着走着，这雪就下起来了。我想，你一定会跑下来看的，就绕过来看看，谁知道还真让我猜到了，而且还让我看到你了。"

"你知道，我是想看雪很久了。刚才不是说要去看雪吗？走，我们去走走！"

"好啊。不过……我这里的书……"

"这好办！"韩京把凌丹的书都拿了过来，跑进一楼值班室那里，跟门卫打了个招呼，把书都放下，然后小跑着出来，冲凌丹招招手，说："行了。走吧。"

韩京与凌丹离开了宿舍区，很自然地往校园的北面走去。因为那里有个很大的人工湖，一年四季的景致都非常不错，每天都有不少学生到那里闲荡、谈心。现在雪下起来了，韩京想那里的景致定然有一番别的滋味，因此更想到那里走走。凌丹当然懂他的心，便跟在他的身边一直走。

入学以来，韩京跟凌丹有了不少接触。初来此地时，韩京水土不服，身体很差，凌丹对他照顾有加，而且在这北方的大学，本来南方人就较少了，同乡的就更为罕见，有凌丹这么一个熟悉的朋友在此，当然很多事情就可以交流了。一来二去的，两人倒也相处得和谐。凌丹对韩京的确很好，在自己的同学面前自不必说，甚至在韩京的同学面前也不改爽朗的性格，大大方方地为韩京做事，把她对韩京的好感展露无遗。凌丹似乎也不想掩饰这一点，当有人在韩京面前赞她时，她也不否认什么，当然也不承认什么，只是不停地微笑着，像是很享受别人的肯定。

既然凌丹自己没明确表明是何身份，韩京自然也不好去澄清什么，当别人在赞凌丹时，他也只能微笑。韩京笑，凌丹笑，旁人见他两人都在笑，以为他们在晒幸福，于是也跟着笑。

就这样，两人就以这种好友的状态相处着，互相并不点破什么。这对于韩京来说，正是求之不得的事情，因此也不时装装傻，心想：与其把事扯开来谈伤了友谊，不如一切维持现状。其实，韩京的心里是清楚的，他清楚自己需要的是什么，自己最关心的是什么，因此在面对凌丹的好时，心中总会有一点点要逃避的感觉，这种感觉像坚韧的藤蔓那样，紧紧地缠绕着他的内心，让他无法去全身心面对凌丹。"事情总会过去的，希望时间能解决这个问题吧。"韩京常常这样对自己说。

薄薄的雪把小路都遮盖住了，路旁长着的一些小植物披上了雪衣，显得更加娇弱，低着头，不知是在掩饰自己的窘况还是羞于见人呢？韩京走在雪上，总显得小心翼翼，生怕自己的脚底把这洁白的雪给踩脏了。在韩京旁边走着的凌丹同样也走得很谨慎，紧跟在韩京的后面不发一声，韩京心中一阵感动，心想：这凌丹也有柔情的一面啊，想着想着，不禁就说了："你看啊，这雪多纯啊，你也不舍得踩下去吧？"韩京讲了这样一句文绉绉的话，也觉得自己有点可笑。

谁知凌丹答道："不，这雪太滑了。我穿的高跟鞋，走路不方便，你别走太快了……"

韩京只好把脚步放慢了一些，见她走得不大稳当，生怕她跌倒，便走在了凌丹的旁边，做好了随时扶凌丹的准备。

"第一次看到雪，感觉如何？"凌丹问。

"感觉还可以吧。我以为一下雪，天气会变得很冷，但现在走在雪中，倒也不觉得怎样。"

"你可别以为，这雪一下，晚上气温骤降，你可得当心，别再次病倒了。"

"哦，我会注意的。你也是，怎么总觉得你穿得那么少？你们女的就是这样，要风度不要温度，昨天呢，我还见一女的穿超短裙呢！我单是见了，身上就起了一身鸡皮疙瘩。嗯……你应该以前看过雪吧？"

"是啊,我这几年放假都跟我爸妈待在上海,在那里雪倒是常见。不过,那里的雪啊,比不上这里。这里的雪白一些,纯一些。"

"何以见得?"

"有这么一个冷笑话,大意是说,如果一个女孩子的肤色像上海的雪一样的颜色,那女的容貌算是完了。"

"哈哈,看来上海的雪的质量不高啊。"

两人说着说着,不知不觉间已来到校园的人工湖旁。韩京与凌丹就立于一棵小榕树旁,远远望着这宽广的湖面。雪这时下得不紧不慢,一片一片地从天空悠荡下来,跌落草丛里,不见了,落在湖面上,也不见了。这雪不像雨,它滑落在湖面上,几乎不留一点痕迹,一眨眼间就与静静的湖水融为一体了。

韩京看着这番情景,脑中闪过了一些诗句,并轻轻地吟诵了出来:"一片一片又一片,两片三片四五片,六片七片八九片,飞入草丛都不见。"

"何止是'飞入草丛都不见'呢,还是'落入清湖都不见'呀。"

"呵呵,这'清'字用得好啊。把这湖的特点和神韵都写出来了。好啊,我们以后就叫这湖叫'清湖'吧。这是我们起的名字!"韩京面露兴奋的神色,像个小孩儿似的提议道。

凌丹这时却不答话了,说实在的,她听到韩京说"这是我们……"时,心中怦然动了一下,这带有点专属于两人的意思,心中暗涌出无限欢喜,但又不想在韩京面前展露,只好把头微微低了下来,轻轻地应了一句"嗯"。

过了一阵子,她才敢抬头去望望韩京,转了个话题问:"看来你对文学还是有点底子的,今天初见新雪,要回去写写日记,或来首诗歌?"

"我可玩不好这个。我写的那些文章、句子,嗐,老是词不达意,我就不为难自己啦。"

"要是你那好朋友……那个叫苏梓的,他在这里的话,我想他定会诗兴大发,或是搞篇什么类似《壬午年末雪后初晴与友人湖边游有感》的文章来了……"凌丹掩嘴而笑。

韩京听到凌丹提到我的名字,脸上也浮现出了笑容,说:"是啊,如果苏梓在这里的话,一定会有更有趣的事情发生。讲起他,我都真的有点想念他了,不知苏梓在那边可好?"韩京轻点一下头,仿佛在回忆与我的一些事情,当然他心中也想起了苏小睿,那个清新脱俗、纯洁恬静的影子一直盘旋在他的脑海深处,眼前的白雪更能勾起有关她的每一个细节。在韩京的眼中,此刻苏小睿的身影是如此的清晰可见,仿佛就站在这湖的对岸,在雪地上盈盈起舞……

凌丹自然没想到韩京脑海中涌起这么多想象,她只望着韩京在遥望湖的远方,不忍打断他的思绪,也静静地站在了旁边,与他一起看雪。

这时雪下得紧了一些，几片雪花落在了凌丹的秀发上，凌丹身子冷得抖了抖，下意识地往韩京的身边靠了一下，然后轻声地说："我，有点冷啊！"她真的想让韩京就此把她拥在怀里，这样的话，什么都不用再解释了，那多好啊！

韩京眼睛眨了一下，回过神来，但却触电似的往旁边挪了一点儿，与凌丹还是保持了一点距离，只听他有点内疚地说："啊，是有点冷，看把你冷得……是我不好，我把衣服给你披上！"

韩京快动作地把风衣脱下，就势把衣服扣在了凌丹的肩上，手忙脚乱地要把衣服的两个袖子扎起来。

凌丹把每一个小细节都看得仔细，看着韩京与自己的"距离"又拉开了，这是刻意保持的一点距离！这不是一两寸的空间距离问题，而是心灵上面的一道鸿沟！她有点按捺不住自己的情绪，在韩京为自己披衣服的瞬间，再也控制不住，轻哼了一句，把韩京紧紧地抱住，两行泪水不知何时已悄悄地滑落下来。

27

在数月之后一个阳光明媚的下午,韩京向我提及那次看雪时被凌丹抱住的事情。当然，韩京讲得非常平静，一字一句都让人感受到他作为理科生的那种理性。而我获知此事后，则不止一次地想象着如果我是事件中的男主角，在那么一个雪花纷飞略带一点阳光的上午，在行人稀少的、景色如画的湖边小榕树下，被一个对自己倾慕已久的美丽女生流着清泪紧紧拥抱着，是一件多么令人陶醉的事情。至少由我复述出来的话，必将是风花雪月、用情至深的一段情事，那绝对是一件能震住全班男生、甚至是整个文学院的轰动新闻。

但想象归想象，当时我听到韩京在雪中被人抱住时，第一感觉是有点吃惊，但心里再想想，也觉得不足为奇，毕竟那女的是凌丹。她给我的感觉一向是敢爱敢恨的类型，撞上了这一类型的女生，估计古今中外没有多少人能够逃脱。我很早之前就预料韩京固守的这座城池迟早会被攻陷，这不，在下雪的湖边就上演了拥抱戏码，而且还是流着泪的拥抱，声情并茂的，杀伤力很大。

想到这一层，我不由自主地把身子往后靠了靠，好让自己能全角度、全方位地去观察韩京的神情变化，看他对待这件事是否存在一丝的迟疑或是窃喜的神色。当然我更关切的是，当时被抱住的韩京是如何应对的，是一脸茫然地呆站着，还是迅速地双手环抱凌丹的腰，与她拥在一起？

如果是后面一种情况，那么韩京的这段经历就更具可听性了，精彩程度会即刻上一个档次，于是我情不自禁地摩拳擦掌起来，仿佛那两人在雪中相拥是一场重头戏，而我则是那场戏的导演，一切我都要关注。这种想法使得我的问题几乎是脱口而出了："哦，你被她抱住了？那你呢？你怎么啦？反抱她？"

　　"没有。"韩京的语气跟刚才一样平静，"我当时完全没有想到她会这样做，你也知道的，在这一方面，我没有什么经验，被她这样抱着一哭，我连动也不敢动，生怕她哭得更厉害。我只好、只好把衣服帮她扣上，然后双手就从外面轻轻地搂着。"

　　"嗯，这样的处理可说是不过不失。"我微微点头，虽然我也算不上什么情场大师，但好歹各类中外文学名著、爱情小说看了几箩筐，再加上大学一年来跟方岳等一众文学院男生日夜详谈切磋关于爱情的那些事，对各类型的爱情故事多少有点了解。韩京的这一招算是"以不变应万变"、可攻可守的招式：一来作为男生，面对一个感情激荡的女生，应以安抚为主，切勿用语言相激，否则事态更难控制；二来既然被对方抱了，更要显得镇定，要有男士风度，不能即刻用蛮力推开，因为一旦推开了，就等于是拒绝，严重一点可以理解为绝交。女孩子在这方面是很要面子的，到了这种境地，就是再痴情的女生对你都要打几个折扣，以后还能不能保留发展的机会就难说了。

　　韩京没有听出我言语中包含的意思，更没有去探讨为何自己这样的做法算是不过不失。他像是沉浸在当时的情景里，眼神有点恍惚，继续说道："抱着她时，她的头就伏在我的肩膀上，我感觉到她的头在微微颤动，我想她的泪水一定渗透了我的衣衫了，因为我那时无端端地感到一点凉，是不是凌丹的泪化成了雪水……"

　　我有点听不惯韩京说一些矫情的话，连忙打断他："噢，我知道为什么了。很明显你刚把衣服脱下了给凌丹穿嘛，在雪天里谁不感觉冷呢！"

　　韩京笑笑，对我的话不置可否。他早已习惯了与我互相嘲弄对方，知道我不是故意的，因此他才又说了下去，不过他把头往我这边凑近了一点，说："其实说真的，那次凌丹抱我的许多具体细节，我实在是记不起多少，唯一深刻的是……"

　　听到这里，我的心莫名地紧张起来，知道重点来了，忙把头凑上去，希望听到一些让人血脉贲张的事。

　　只听得韩京说道："唯一深刻的是，她的香味！"

　　韩京看到我略带失望的神色，忙做解释，说："这香味幽幽的，并不霸道，只有真的靠近了她，那香气才会慢慢地蔓延开来，最后仿佛是从你的四面八方包围过来，让你无从逃避。那天她在我的肩膀上哭泣着，那香味儿就从她脖子里升腾出来，萦绕在我的面庞。我是真的被那香气吸引住了。我清楚地记得高中跟凌丹坐在一起时，就曾闻过这迷人的香，很多有关高中的回忆霎时被释放出来。那时，我只想多闻一阵，因此我不敢动，怕这一动，把香气都弄散了。"

想不到韩京这个猛男居然被一股香气打败了，我多少有点无奈，只得没好气地说："你是不是有特殊癖好啊？既然喜欢香水，自己买一瓶回来日夜喷一回就是了。好吧，喜欢香水的你，去了解凌丹身上的香水是什么牌子的吗？"

韩京继续回到自己的叙述上："凌丹在我的肩上哭了一阵，见我没有说话，她很快就停止了哭泣，并且轻轻地从我的……怀里挣脱了出来。说来好笑，当时我还在想有关她香水的问题，我的手还扣在她的身后，她摆了几下才离开我，让我感到有点尴尬。在别人看来，还以为是我强行抱着她呢。"

"后来我们讲了什么呢，我……不太记得了。最后还是凌丹说'我们回去吧'，于是我们几乎一路无语地往回走。凌丹的神情显得有点低落，可能是为刚才的失态感到抱歉，路上讲了好几次对不起。取回了她的书，我送她回宿舍时，忍不住问了她用的是什么香水。"

凌丹对韩京在道别时居然问她有关香水的问题有点意外，她想了想，说道："是'毒药'！POISON。你喜欢闻吗？"

韩京望着凌丹的眼睛，好一阵子，最终还是缓缓地点了点头。

韩京对于这件事的叙述到此为止，转而去细心地品味他面前的一杯奶茶。

我正根据韩京的语言去编织当时的情景，想不到在最有可能产生下文的地方，韩京居然说结束了，这让我感到非常不满。但长久浸泡在文学经典中的我，知道故事的残缺有时也是一种美，往往很多文学著作就是千方百计地要故事变得不完美、不完整，以求一种精神上的美。对此我是挠心不已却又无可奈何，久而久之我也就习惯了故事的残缺。因此现在我尽管对韩京的回忆抱有不满，但很快又平静了下来。最后，我只得提醒韩京一句："呵呵，好一个毒药。韩京啊，香水有毒，你小心被毒死啊！"

我与韩京的这次见面，发生在大一结束后的暑假。这一年年初的寒假，韩京由于全家回家乡陪伴刚失去老伴、年迈的奶奶过年，没有回来与我相聚。直到暑假，韩京才回来了一趟，我与他一年未见，要谈的话实在太多，但却又不知从何谈起。只得一点一点地回忆，一点一点地述说。

那天下午，我不慎误点了杯浓浓的咖啡，喝下后神经久久地处于兴奋的状态，直到午夜时仍没有睡意。我眼睁睁地望着天花板，刚刚过去的大一生活，仍然历历在目，那些事一件一件地浮在眼前。

首先我想到的是学习。大一的一年就这样过去了，我感到自己好像什么也没学到一样。书是读了不少，但那些书如那酒肉穿过肠胃一样，没有起到"佛祖心中留"的效果，仅仅是产生了正常的生理变化，每天随着我上厕所后一并冲去。对此我只能解释为要进入大学的学习状态，是需要一个过程的，现在我感觉自己没有学到什么东西，这其实已经是一种进步的表现了嘛，毕竟我不会盲目自大，起码懂得了谦虚，认识到自己的无知也是一种有知。我这样一安慰自己，心情马上舒坦了很多。

对于大学每个学期里要学的科目，我虽没有把全部精力都投放进去，但也不敢过于虚度时光。每每想到自己能进入这个算是较有名气的大学，是经过了自己的辛勤苦学和家人的省吃俭用才换来的，自然就不会用敷衍的态度面对学习，因此虽有时还是会逃上一两节课，但总的来讲还是中规中矩的一个大学生。两个学期下来，成绩都能保持在七八十分，算是勤奋学生的一分子。

而方岳则没有那么幸运，大一第一学期对学习过于放松，经常怀揣一本小说或不知名读物出入各科课堂，知识缺漏得犹如战后的战壕一样，呈现出千疮百孔的状态。后来听闻学院里要严抓考试，到了期末才通宵恶补，那家伙也命不该绝，自学的能力还比较好，居然能科科考到六十分以上，顺利捡到学分。方岳侥幸过关后，自以为掌握了学习的窍门，第二学期又继续恢复颓废本性，且有变本加厉之势，临近期末考试才来动脑，孰知幸运女神不再眷顾，结果一下子挂了两科。为此他郁闷不已。

李书南这小子经过我一年的观察，得出的结论就是一部学习机器，两个学期都是年级第一的成绩，且科科都是八十五分以上。考四级也是一次通过，分高得让人瞠目结舌。用我的话来说，就是"纯技术性"击倒，这令我们同宿舍的三人佩服不已。后来我们才得知，李书南竟是某省的文科状元，只因数学考得有点失常，以致沦落于此。想不到我竟然跟一位状元同住了一年宿舍，看来人真是不可貌相啊！李书南读书是不错的，就是人有点过于迂，一副憨直的模样与老实的性格，除了读书学习，其他的几乎是不闻不问。尤其到了期末考试，在宿舍里几乎见不到他的人影，每天去图书馆里自习，有时候他偶尔早归，又偶尔与我们调侃一下，已属他难得的表现。每每到了这个时候，我们三个总会耐心倾听，否则又不知何时才能听到他的声音。

江锡则与李书南是两个不同的类型，出身于暴发户的他身上难免会沾染些太子爷的习气，是那种比较注重物质享受的人。总之在大学里面，只要是有关吃喝玩乐的，他都比较感兴趣。好在他老爸总算是肚子里有点墨水的人，虽然早年创业搞小煤矿发了家，但还是牢记一句老话：教育要从娃娃抓起。所以对江锡的教育还是挺严的，初中高中六年每一个科目都请家庭教师来辅导，好歹要弄出了个大学生。江锡高考那年又难得有状态，一下子考了个重点本科出来，老爸得知消息后立刻老泪纵横。到了大学后，没有了老爸的严格督促，江锡如释重负，平时养尊处优时养成的惰性马上如过冬后的田鼠一样窜了出来。好在他的品性并不坏，虽然在大学里庸庸碌碌无所作为，但总不会成为一方祸患，还经常在经济上扶持我们——比方说饭卡没钱了、外出打个出租车之类的，只要我们求助一下，江锡总是笑呵呵地掏出钱，把一切都摆平。所以，江锡在我们这几房宿舍的地位很高，备受大伙尊重。

躺在床上的我想起了同宿舍的几个同学，那些影子好像既熟悉又陌生，我与他们这么快就相处了一年了，感觉却好像昨天才与他们相遇相识，我不知到了毕业那时是否还有这样的感觉。这些在大学里几乎是日见夜见的人尚且如此，那些匆匆见面或是相处不长的同学、朋友又如何呢？我的脑中闪过一连串的人影、人名，如蓝蔚、关芯、刘帅、伊韵儿……当然还有苏小睿，最后是方雅婷。我特意把有关方雅婷的回忆放到最后，因为到现在为止，我与她的关系还是模糊的。

我的思绪跳跃得很快，想到了方雅婷，记忆更是如开闸的洪水，一泻千里，欲罢不能。是啊，我到底与她是什么关系呢？我记得那天晚上在宿舍里等来了她从家里打来的电话，她说她开始想念我了。我的心当时一阵激动，也攥着话筒，大声地回应道："我也很想你，很想很想你！"之后，那边的方雅婷沉默了，过了会儿传来了一点点的抽泣声，很明显她哭了，后来我听到她的呼吸有点急促，我不敢作声，不知发生了什么事情，只想她快点回来，于是鼓起勇气说："那你快点回来吧，我等着你，一直等你。"但方雅婷那边没有回应什么，只是"嗯嗯"了两句，后来才听到她说："那你要好好保重，我挂了。"我还没有答话，那边的电话就断了，只有"嘟嘟"的忙音响着。

之后整个寒假我再没有过方雅婷的消息。新年的时候我曾打到她家里，但接电话的是她爸爸，说雅婷不在，有事请留言。我得知他是方雅婷的爸爸，顿时肃然起敬，礼貌地向他拜年，语气恭敬得不能再恭敬，简直有了谄媚的感觉，最后才说了我的名字，并让方雅婷回来后请回我电话。她爸爸也很客气，没有盘问我什么，不过还是让我在电话的这边紧张得出了一身热汗。

不知她爸爸有没有把我的来电告诉方雅婷，总之，方雅婷还是没有给我来过电话，我也不敢再擅自打过去。就这样，我与她没了联系了。

而韩京也因回老家过年，整个寒假也不曾回来。我一方面觉得感情好像没了寄托，另一方面也没有了可以畅所欲言的知心朋友，那个寒假，我过得有点百无聊赖，终日看书消遣，自顾自怜。

我原以为与方雅婷的关系，会随着那一夜我们在电话两端互吐心声之后，在下学期再见之时，会有进一步的发展，岂料这一次寒假的离别竟让我们的关系非但没有进展，反而陷入了一段非常漫长的停滞阶段。

开学以后，我与往常一样约方雅婷出来，可方雅婷推了好几次，迟迟不肯见面。这时我开始有点纳闷了，高涨的热情一下子冷了下来，心里有了不祥的预感。后来我们还是见了几次，但我总感觉她与以前有所不同了，尽管她还是很关心我的一切，语气也装得跟平常一样，但她像是在掩饰什么。我与她在一起的时候，好像在看一个女演员演戏一样，有时候跟我的问答显得有点心不在焉。我有点诚惶诚恐，不知为何她会有这样的变化，以为自己在某个环节做错了什么，又以为自己在假期的时候贸然打了电话过去惹了她不高兴，这种惶恐的感觉一直困扰着我。有段时间我甚至有点害怕与方雅婷见面，因为我不知该如何去面对她。那是刚开学的时候，我的时间多得不知如何消遣，很多时候就一头栽进图书馆去继续看书，胡乱地写一些诗歌、散文，或是去找个网吧，上网发帖子，有时与方岳等人在网吧开个游戏局，玩个痛快。

在一次游戏尽兴而归时，方岳故意落在后面，然后一把扯住我，搂着我的肩膀，在我耳边说："怎么啦，兄弟？最近精神有点恍惚啊，把时间耗在网吧里、游戏上，这不像你性格嘛！放个假回来怎么人不对劲啦？一副落魄书生样！别瞒兄弟啦，照我丰富的临床经验看啊，肯定是与那个雅婷，你的那个小师……姐，有矛盾了，是不？"

方岳见我低头不作声，更加肯定自己的判断，于是继续说道："对吧，说到你的心坎了吧？别紧张啊，让大哥我过两招绝招给你，包你药到病除，再次抱得美人归！"

我用手肘轻轻顶了方岳一下，说："你省省吧。越说越离谱了，我跟她还没确定关系呢，何来谈得上'再次'呢。况且你的那些招数还是我教你的呢。"

话虽然如此，方岳作为我大学里面最聊得来，也是最明白我心境的朋友，既然被他说中心事，我的心情马上就触动起来，顿时有了倾诉的欲望，简直到了不吐不快的地步了。于是我反搂他的腰，说："先不回宿舍了。找个地方喝几罐啤酒去！"

方岳入大学以后，专业书读得不多，啤酒倒是喝了不少，因此进步得最快的是酒量。现在一听我说要去喝几杯，马上精神了，连声说："走走走！"

啤酒一开，话题也就扯开了。我们放倒几瓶廉价啤酒后，我目前跟方雅婷的情况也大概说得差不多了。目前困扰我的问题就是，为什么明明事情看起来好好的，一个假期回来之后，感觉就变了呢？是我们成熟了，是方雅婷终于考虑清楚了我跟她不合适，还是怎么着？我有点醉意了，大着舌头说："我什么结果都能接受！但至少要让我明白这是怎么了！"

方岳的酒量经过锻炼，这时候显示出功效来了。他明显比我的思路清晰一点。他一边为我倒酒，一边略带责怪的语气说："哎，平时看你挺明白的，怎么在这个问题上也犯糊涂啊！我们得把视野看得开阔一些，别老以为问题出在自己的身上，或是她的身上。"

我一听就来劲了，一把拉住方岳就问："你……你这话是什么意思？"

方岳没有答话，拿起杯子又要跟我喝，我只好把头一仰，又喝了一杯。这时只听方岳说道："亏你也是个文人，光看了那么多小说也不懂得人情世故。那个雅婷啊，不是对你有什么意见，但是为什么有这样的表现呢，我看绝对是受到了外力的阻挠。至于是什么外力，我看没准儿就是你有情敌了，比如说方雅婷从小就有个什么青梅竹马的发小，甚至是自小就受双方父母之命，有什么媒妁之约之类的人吧。你突然向她示爱了，让她十分为难，放不下你，也放不下他。"

我心里一虚，心想：如果真是这种情况也真棘手。不过现在的年代，还有这种事情发生好像不大有可能，平常也没有听方雅婷提过这一类的事情，从她对她父母的描述中，也不见得她父母是那类喜欢安排子女婚姻的封建人物。想到这里，我的心稍微踏实了一点，如果真如方岳所说，有个情敌出现了，这个也算是正常的事情嘛，上学期的舞会里不是有个廖师兄也对方雅婷大献殷勤吗？我的豪情霎时被激发出来，顿时觉得这个问题并不算什么大的事情，我有信心去接受各种挑战。

"这个问题其实好办，不就是公平竞争嘛。我觉得你有这个实力，看你上学期跟方雅婷的关系挺密的，走势良好。跟哪个争，我都挺你！只是……第二种情况……就有点难搞了。"方岳略带沉吟地说道。

这时体内的酒精正发挥着巨大作用，我脑子好像转不动似的，只觉得天旋地转，什么都想不出来，只得去问方岳："什么情况？你到底要不要说下去嘛？说……说……下去……"

方岳没有理会我的醉态，在昏暗的小吃档灯光下，他一字一句地对我说："第二种情况，就是她的家人反对啊。父母之恩比什么都重，感情这码子的事，家长不同意的话，啥都不用说了。雅婷那小妮子，怎么看都是孝顺的人，为了让家长放心，方雅婷对你再有感觉，也只能忍痛放手了。至于以后你们怎么发展，就要看你跟她的造化和缘分啦……"

第二天醒来的时候，我酒劲还在，宿醉未醒的后果就是头痛欲裂。我摸摸沉重的脑袋，只觉得呼出来的气都带着酒味，看来我的酒量的确还有待提高。我只依稀记得昨晚和方岳去喝酒了，其他的细节我记不清楚了，但唯独方岳的话我记得很深刻。现在这些话就在我脑海中回荡着，一遍又一遍地在冲击着我那疲惫的神经。

我极力回忆这段时间与方雅婷相处的一切细节，越发印证了方岳的假设不是胡吹的，我越去推断其中的真伪，就越是觉得方雅婷必定是有一些外力的阻碍。有了思想上的顾虑，才会在这学期有了犹豫的表现。这些想法如噬骨的蚂蚁在蚕食我的躯体，让我有了坐立不安的感觉，我知道我必须要问个清楚才能使心思安静下来。

于是我马上起床，喝了一大杯子的冷开水，好让自己清醒一些。我洗漱完毕后打电话给方雅婷，告诉她我十分钟后到她宿舍楼下，找她有事。挂掉电话后，我就一溜烟似的跑去赴约。在去见面的途中，我又后悔了，因为我不知道该如何就这个问题向对方发问，我总不能一张口就说"你家里人怎么反对了？"这样的话吧，自己又不是她的什么人，如果我这话一出口的话，估计方雅婷下不了台，一恼之下后果不堪设想，没准儿连朋友都做不成了。这种坏局面我必须避免，最后我还是打定主意，见机而行吧，见了面先随便聊聊别的话题，时间差不多了就赶紧撤退。

就在我还在懊悔的时候，一抬头就看见方雅婷已在等我了。我只好挤出微笑迎上去，岂料我酒醉后的憔悴样实在过于明显，被方雅婷一下看见，一边责怪一边询问原因。我哪敢把真正原因讲出来，支吾着说是方岳最近心情不好，昨晚拉我去喝酒啦，我不胜酒量，喝多了几杯，就搞成这样子了。

方雅婷闻言，也没有再追问什么，提议去附近走走。

"你找我那么急，定是有要事要谈了。"方雅婷说。

"我哪有什么要事要谈？"事到如今也只能见机行事，我补充道，"先走走聊聊吧。"于是跟方雅婷往附近的小公园那边走去。一路上，我不停地找话题，方雅婷仿佛在想着什么，对于我的一些闲聊话题，有时只以"嗯嗯"来回答。她这样的表现使我的谈话欲望更加不高，很快我们就陷入了沉默之中，大家只是默默地向前走。

来到一座小亭子的前面，方雅婷说有点累了，提议进去坐坐，我自然没有意见，两人坐下后还是继续沉默。我急切地想找个话题来聊聊，免得气氛尴尬，但偏偏这时候脑子里一片空白，我极力去找一些与方雅婷无关的话来说，但无奈如水中捞月一般徒劳无功。我的脑袋仿佛诞生之初就不曾记载其他事物，现在我所想到的都是过往方雅婷的一举一动、一颦一笑，她的举动如同透过放大镜一般投射在我的眼前。

我心中暗道一声"不妙"，知道自己今天的状态实在不适合与方雅婷对话，恐怕会说多错多，但我又无法控制自己的思绪，我清楚如果今天不把事情问个明白，那未来一段日子我将心神不定地生活。就这样，我内心斗争得越激烈，时间就越显得漫长，短短的几秒沉默几乎把我憋死。在这个乍暖还寒的时节，我的额头上竟渗出了几粒汗珠。最后我还是决定把话题扯回到那个深夜的电话，希望能从中得到一些启示。于是，我深吸了一口气，壮壮胆量，问道："嗯，那次——就是那个你放假回家的晚上，那天气——可真冷啊，我听你的声音都颤抖了……"说到最后，我的心有点虚的感觉，不知接下来方雅婷会有怎样的表情，在那一瞬间我不安地望着她。

方雅婷正想说什么，抬眼望见我一脸紧张的模样，额头上还挂着汗珠，微微有点吃惊，她很快就把头低了下去。从我的角度看，只见她长长的睫毛在薄薄的眼睑处颤动着，有种说不出的美丽。只听方雅婷轻叹了一声，说道："其实，你要说的话，我都知道。今天你约我出来见面，我已猜到你想要说什么了。你是个有主见的人，做事情总会有个度，看你今日的憔悴样子，我想并不是方岳的问题，而是你的问题。"

面对如此聪敏的女孩子，我只好选择沉默，微微点点头表示承认。

"最近一段时间，我也过得不好。心情也很糟糕，这个我想你也觉察到了吧？"方雅婷望着我说，也没等我答话，继续说道，"我的心情很矛盾，因为我知道你是一个难得的好人，也是我的好朋友，或者说是……一个特殊的异性朋友吧，跟你在一起我很快乐，这是谁也无法给我的感觉。可以这样说吧，你的地位，无人可以替代！"

这是方雅婷首次在我面前袒露她的心声，对我直接评价，而且这评价又那么高。我有点接受不来，一副受宠若惊的表情，心不自觉地"怦怦"加速，血液一下子涌了上来，顿时身上觉得燥热得不得了，说不出一句话来。

"但……或许我们，我们暂时还不应该这样吧。我的意思是说，我们还是把心思都先不要放在这方面上，大家一起好好读书，毕业后好好找工作，只有这样，将来的事我们才能把握得好，才能让大家更快乐地……生活在一起吧。你懂我的意思吗？"方雅婷的话越说越轻，说到最后，竟有了一丝红晕挂在脸上，但她的语气有点急，仿佛担心我不懂她在说什么，现在的她正用一种询问的眼神望着我。

我当然不可能不懂她的意思，只是我有点接受不了她话语中的含义。刚刚燥热的感觉在这个时候消退得很快，仿如冰水"哗"的一声兜头淋下，让我有了冰冷的感觉，就连耳边也像是出现了耳鸣的症状，十分难受。

面对她的眼神，我不得不做出反应，但基于最起码的尊严，我觉得我还是得找个台阶下。我需要点时间来缓冲一下，于是我强作笑容说："你说的是什么嘛，我不太懂……我的心思……放在了什么方面呢？我们，我们平时不是在谈学习啊之类的吗？我……我知道我们该好好学习，好好工作，好好……但我……"我已经语无伦次了。

方雅婷抿了一下嘴唇，说："你真的不懂吗？望着我，跟我说你的真心话。"

我承认我无法在方雅婷面前隐藏我的情感，那一刻，我知道我无可救药地爱上了方雅婷。可能以前我一直在强制地埋藏我对她的情感，才使自己能够一遍又一遍地在她的面前装作若无其事，没有向她透露过自己的想法，只想着一切顺其自然。其实这些都只是自己给自己的借口，当时极力不去辨析其中的真相。直到这一刻，我才如此清晰地看到了自己的内心，我是多么需要方雅婷啊！但现在方雅婷所揭晓的答案，原来并不是我想象的，这样的结果我该怎么接受呢？

"你真的不懂吗？望着我，跟我说你的真心话。"面对她的这个问题，我已经避无可避。

我竭力让自己先冷静下来，既然对方已经把话都说得这么直白了，自己再装什么都不懂就没有必要了。既然如此，那只能接受了。

这时我心中已有了最坏的打算，心底反而踏实了一点，反正事情该怎样就怎样。于是，我把头抬起来，与方雅婷的眼光相对，点了点头，说："我想，我应该懂你的话的意思。既然……既然你觉得我们现在还应该维持以前的关系，我没有意见，我又能有什么意见呢。呵呵。"我强作镇定，说到最后还笑了一下，但连我自己都觉得自己笑得相当勉强，我的笑容一定很难看。

方雅婷见我明白了她的话，有了点如释重负的感觉，她连声说："明白就好，明白就好，我也觉得你能理解我今天的决定，其实我们在这里的时间还长，我还打算考研，考这里的研究生！我会努力的，我想到了那个时候，我们应该可以……"

我的神情有点木然，觉得现在的情况都把握不了，何谈未来呢？我忍着没把这话说出来，只好应着："考研是件苦事情，离现在还远呢，到时再看吧，不过我相信你能考上的……"

我停顿了一下，觉得还是要把该问的事情问个清楚才好，于是重拾话题："雅婷，有件事我还是想问问你，那就是，那天夜里，就是你给我打电话的那晚，你为什么哭了呢？我真的很想知道。"这个问题的确困扰了我很久，难道是为我而哭？如果不是的话，那又是为什么呢？

方雅婷听了我的问题，脸色有点凝重了，刚才还有的一丝笑容也渐渐隐退，有点欲言又止的感觉。我知道其中必有隐情，既然现在大家都有了讲真心话的欲望，我倒是真的想听听她的一些事情。我很真诚地请求着，方雅婷犹豫再三，最终还是把事情一五一十地讲了出来。

原来方雅婷那夜到家后，顾不得满身的疲累，跟家里人打了招呼后，就闪身进了房间，给我打电话。校门口分别的一幕让方雅婷也清楚了自己心中的感觉，这时的她很想听听我的声音，她想告诉我，这数百公里的距离，不能阻止两颗思念的心！当我的声音出现在话筒的另一端时，她忍不住真情流露，说开始想念我了，正准备再讲几句贴心话，却忽然感觉到身后有人，她连忙回头一看，原来是自己的妈妈，正一脸严肃地望着自己。方雅婷心中一惊，心想：刚才自己的一句"我开始想念你了"估计已被妈妈听到了。她知道妈妈在这方面对自己管得很严，自高中以来，她的妈妈就一直担心女儿学坏，到了大学后，更是苦口婆心地教育方雅婷要谨慎交友，生怕女儿吃了亏。方雅婷自幼乖巧，当然不会逆妈妈的意愿，所以一直都算是相安无事，但多年的反复"教育"，难免会激起方雅婷心中的一点情绪，更何况随着年月的增长，这情窦初开的力量谁能抑制得了呢？本想着到了大学了，应该会得到妈妈的理解，但这时乍看妈妈的脸色，方雅婷心中还是掠过一丝不祥的预感。

果然，妈妈摇手示意方雅婷把电话挂了。方雅婷紧紧地攥着话筒，抿着嘴唇不作一声，但电话始终没有挂。而这边我正兴奋地回应着："我也很想你，很想很想你！"我的声音在方雅婷这边寂寞的空间里尤显响亮，但此时我说的每一个字却如重锤般一下一下地击打方雅婷的心。妈妈看到方雅婷不挂电话，脸色明显不悦，马上走过来想强行按下电话，方雅婷死死护住电话，眼泪这时不争气地夺眶而出，一滴一滴地落在妈妈的手臂上。这时只听得我在电话那边继续喊道："那你快点回来吧，我等着你，一直等你。"方雅婷听着我的这句话，眼泪更是无法抑制，涌得更加快了，可自己却说不出一句话来，只能"嗯、嗯"地回应着。她的妈妈没想到方雅婷的反应这么大，也从没见过女儿哭得如此厉害，怔了一下，被泪水滴中的手臂停了下来。最后妈妈轻叹一声，退开了一边，轻声说："好吧，先别说了，刚回来就好好休息。"说罢便悄声离开了房间。

方雅婷还是紧紧握着话筒，身体因极度紧张而微微颤抖，她尽量让自己的情绪平复下来，但她深恐自己带着哭腔的声音让我担心，更怕自己抑制不了情感，最后只跟我说了一声："那你要好好保重，我挂了。"便把电话放下了，这一夜方雅婷没有出房间，只躲在房间里默默地流泪……

事后，方雅婷的爸爸妈妈还是找她推心置腹地谈了一次话，大致的意思是说：女儿，你也长大了，爸妈都是过来人，明白你此时的感受，我们也不再好反对些什么，但目前我们还是希望你……还有你的那个他能以学业为重。现在大家的未来都是未知数，一切都还没定下来。你读的书比爸妈都多，你们将来的路怎么走，我们想你会比我们更清楚……

慈母情深，慈父情重，父母的一片心思方雅婷都懂，父母的话其实也不是没有道理，方雅婷点点头，表示听明白了，最终还是应允了爸妈的要求。回校之后，方雅婷总想硬起心肠，尽量把我当普通朋友对待，但却始终下不了最后的决心，既怕伤害了我，又觉得委屈了自己。这就是为何最近我觉得方雅婷的言行有点别扭的原因所在。

听完方雅婷把事情的来龙去脉说清楚后，我总算明白了这其中的缘由，这也太难为她了。说实在的，听罢方雅婷的叙述，我丝毫没有怨恨她爸妈的念头，也没有为不能与方雅婷进一步交往而感到可惜，反而我有一种强烈的羞愧感，我觉得方雅婷的父母说得实在太正确了。是啊，我凭什么来保证方雅婷未来的幸福呢？我还只不过是一个刚进大学、涉世不深的毛头小子，不客气地说，就是一个社会中的愣头青。来到大学虽不能说是无所事事，但也绝不是奋斗型的学生。这样的情况，她家长自然不会看好自己。现在的一切都还是太早了，真的太早了！我如醍醐灌顶般猛地清醒了过来，心中暗自庆幸自己能够意识到这一点。这时在方雅婷面前，我只觉得过去的自己实在显得太嫩，有点不敢面对她了。

不料方雅婷的手却伸了过来，搭在了我的手背上，她的手掌温润如玉，纤细的手指绕过我的掌心，与我的手指扣在一起。这是我第一次与方雅婷牵手，我虽然不解，但我还是没有挣脱。我知道这是方雅婷对我的一种鼓励，也是对我的一种信任。我明白她的心！

"我相信，这不会是我们最后一次牵手。"方雅婷望着我说。

我使劲地点点头，眼神中透露出坚定。我也用力地握着方雅婷的手，说："我答应你，这一定不是最后一次。"

"你不是跟我说，你会等我，一直等我吗？那我也跟你说，我会等你，一直等你……"

28

这一夜我对方雅婷的回忆已经足够多。我在床上辗转反侧，越来越觉得当时自己的决定是正确的，在不合适的时间是不应该发展任何感情的，哪怕是遇到了合适的人。那个时候我尊重了方雅婷的选择，同时也给我了奋斗的动力。在之后很长的一段时间里，我对爱情的看法都保持着一个很清晰的态度。当我在大学校园里看到一些男女刚认识两三天就已经抱在一起卿卿我我时，总感觉他们走不长久，都是头脑一热就凑一起了，不计后果，不问以后，我甚至可以预见他们分手时的冷漠神色以及讨厌神情，十足的一对怨偶。方岳说我的爱情观有点灰、有点悲，这个我也没去怎么否认，只觉得现在的确是要赶紧做点有意义的事，不要虚度光阴，否则我将永远失去我的方雅婷，这是我目前最纯真的一段感情。

咖啡所带来的亢奋终于在午夜两点左右消退，我带着方雅婷的模糊影子昏昏睡去，一夜无梦，直至天亮。

这个暑假我每天都在看书，如果有感觉了就写几行诗或文字，吟诵一番。当我看够了、写够了、吟够了，就去约韩京等几个同样很无聊的同学到处走，走累了就到城中的大广场找个阴凉的地方坐下，看着那些来往的美女们，偶尔吹个口哨，点评一下各种类型美女的优劣。

这种情况直到八月的上旬才有了一点变化,这点变化就是韩京要去远足了。这意味着，我们将少了一人陪着吹口哨评美女。

据韩京他自己说，这次是打算到西部的一些省份走走。在大学里他参加了一个社会调研，是有关西部资源开发的，如果能去那里看看，收集第一手的资料，那对这个调研的开展很有好处。而且韩京所在的学院里有个类似的国家级课题，韩京很想通过这次调研活动做出一点成绩，看有没有机会以学生的身份参与研究，这对将来的读研很有帮助。恰好韩京有个叔叔在四川那边，还有一些大学同学散布在附近的省份，所以韩京不太担心到外省后无人接应。

韩京是那种说干就干的人，这一点我很清楚，同时我也诧异韩京的计划已经做得那么详细，连将来的读研都考虑到了。看来韩京是个人才，怪不得凌丹这么欣赏他，原来韩京是潜力股呢！

当然我比较关心的是他跟谁去，我问他是不是打算跟凌丹去。其实我这个问题是多余的，因为凌丹这个假期也不在我们这个城市，她的双亲在上海那边做生意，她放假了就从北京飞到上海见爸妈。据韩京透露，说她在那边参加了一些社会实践，同时做了暑期工。

我不禁感叹："多好的一个女孩子。韩京，你可不能暴殄天物啊。"

韩京说："这次我打算一个人去。至于跟凌丹……暂时没那个心思，等过两年再说吧。我要干的事还多着呢。反正我跟她相处得也挺好的，她也乐意在我身边。"

我说："嘻！你这是典型的'占着茅坑不拉屎'啊！你知不知道你扼杀了你学校里面多少个少男的美梦啊？估计在学校里想亲手掐死你的男生不会少。"

韩京说："哎，别只是说我，你不也一样？那个什么方雅婷的，不是被你占着？大家半斤八两，别互相取笑了。"

我这段时间跟韩京谈过方雅婷的事，韩京觉得我目前这样做还是挺正确的。但他还是反复提醒我，道理是死的，人是活的，必要的时候，机会还是要把握住，好的女孩子不容易碰到，错过了会后悔一辈子。

我哈哈大笑，说这套理论你自己也得留着，多对着镜子说说啊。

当然，苏小睿也是我们绕不开的一个话题。在这一年里，我每隔一段时间都会去见见苏小睿，陪她聊聊。一年下来，我像成为她的一个好朋友似的，其实她也没什么太大的变化，只是每次见她，都感觉她比上次又瘦了，脸色仍是那样的苍白，心里好像总是藏着忧郁。我作为她的一个好朋友，跟她提过不少次这个问题，但收效甚微。她总是笑笑，然后就谢谢我的关心，也不谈别的事情。后来我也习惯了，觉得苏小睿有可能本来就是这么一个人，如果我刻意地要去改变她，那她就不再是苏小睿了。

我只是有点奇怪，这一次谈起苏小睿的有关情况，韩京的反应不是很大，只冷静地点点头，仿佛很多事情他都已经知晓似的，最后才对我说："那要继续拜托你了，平时多照顾她，她……她性格有点内向，有事总藏在心底，你有空多跟她聊聊，让她别想多了，想歪了。"

我无法再去判断究竟韩京对苏小睿是否还存有什么感觉，毕竟他们已经分开一年了，人在经历过一些事情后，思想、情感、态度会发生很大的转变。韩京在大学一年里，与凌丹朝夕相处，可能他的心里对苏小睿当初的那种朦胧感觉早已不复存在了。苏小睿只是生命中的一个过客，尽管她的背影在时光中能够拉扯得很远，但终会在记忆中消失。

我没有把我的这番想法向韩京透露，因为我不想知道结果。我不想亲自看到曾经的一份真挚纯真的感情就这样随风而散，被时光冲刷得体无完肤。于是我不作声地点点头，答应一定会好好照顾苏小睿。

韩京感激地拍拍我的肩膀，也没再多说一句话了。

韩京出发到西部后，我的暑假时光依旧无聊，但这次感觉时间走得特别快，一眨眼已近八月末。我在家也待腻了，就以提前回校学习为由，即日买了第二天回校的车票。

随着那一声长长的火车汽笛声，火车缓缓开动，带着我奔向新一年的大学生活。

大二的生活过得也算波澜不惊，除了在刚开学的几天见到了小别一个暑假的同学时略带一点兴奋之外，基本上大家回到学校后，都迅速地回到了自己的位置角色当中。努力的依旧努力，颓废的继续颓废，学校里该抱怨的仍然被我们抱怨，甚至连人的样子都没有多少改变！有时候我倚在门口看着身边来往的同学，就觉得大家仿佛都不曾离开过这里一样。

如果硬要说我的生活有什么变化的话，那就是这个学期我配了一部手机。其时手机刚普及，并开始进入校园。我们宿舍里最早用手机的是煤矿主二代江锡，他在大一下学期就带来了当时还比较少见的手机，黑白屏的，样子在今天看来是相当的笨重。作为在班上第一个用上手机的人，江锡的优越感很足，常在人口密集的地方掏出手机狂按一通，也常能引来旁人的羡慕眼光。可问题很快就出现了，就是因为只有江锡自己有手机，所以他很少能和其他人用手机联系，而手机大多数扮演的角色就是大家的移动电话亭。与他在外面时，如需要找某人时，我们就借他的手机打，感觉非常爽。此外，有时在课堂上无聊之时，江锡的手机更是很好的消遣之物，他手机里面自带的一些小游戏被我们反复爆机，并且屡屡刷出高分。后来随着用手机的人渐多，款式也越出越新，江锡的手机才不被我们"折磨"。江锡也终于找到了对话的感觉，经常挺着一身肥肉，拎起手机在走廊里"喂喂喂"地粗野地喊着。

我在临回校的前几天，家里人商量，觉得我在学校里与其长期用电话卡打昂贵的长途电话，倒不如用个手机，既方便又比较实惠。于是我就这样拥有了人生第一部手机。

拿到手机玩了几个小时后，我发了一条短信给韩京——韩京在去西部远行时也买了手机。我的信息很简单："我有手机了，记住这个号码，期待我们的下次见面。苏梓。"

我刚放下手机，不到一分钟，韩京回短信了，我按开一看，首先看到的是"如果让我再见到你……"几字，我以为韩京又有什么情感要抒发，岂知看到下文首先吓了一跳，最后才哑然失笑，原来信息全文是这样的："如果让我再见到你，我一定会把你拉到卧室，回手锁上门，疯狂的把你推倒在床上，用被子蒙住头，张开我的手臂，挽起袖子，说：'你看我的手表是夜光表！'"

这就是我人生中第一部手机收到的第一条短信。

方岳见我新学年回来后带了部手机，很是兴奋，把玩了好一阵子，并详细地询问了具体的牌子和价钱，最后他觉得自己很有必要买上一部。我问他原因，方岳很认真地掰着手说："理由一是方便朋友间的联络；理由二是这代表着身份的象征，作为一个师兄如果还没有配部手机，会让师弟师妹们看不起的；理由三跟理由二有点关系……其实师弟看不看得起并不重要，关键是不能让师妹们看不起嘛。男人之间讲的是才华，很明显我具备了这一点，但如果让师妹看不起的话，那我怎么成为她们眼中的偶像呢？我又怎么能抓紧机会找个漂亮师妹呢？"

我一听明白了，笑说："其实理由一二都是假的，关键是第三点，你就别绕圈了。好，你买吧，我支持你。"

于是方岳连忙给家里打了长途电话，诈说这学期还要数百块的书本费，然后再东凑西凑地凑齐了钱，拉着我去买了部手机，从此也步入了大伙的群发行列。

大二的生活拉开了序幕后过得飞快。九十月炎热的天气里，大家都不想活动，每天上课后或者正在逃课中的我们就如一只懒狗般聚在宿舍门口，拉一凳子坐下来边歇凉边海吹，唯一的乐趣就是谈论刚来的新一届学生，再具体一点地说，我们谈的主要是师妹。其实在学期开始之初就已经有不少男生在摩拳擦掌，一副跃跃欲试的模样，个个信誓旦旦地要结束单身现状。待在他们身边，你会感受到一股原始的野性在空气中蔓延，让人感觉出有一股力量要从身体的某处暴发。当进入十月新生报到的那个星期，那些单身男更是如饿狼嗅到了血腥一样，长期处于一种亢奋的状态。

我们年级的这批单身男长期游荡在校园的每个角落，或者变得比任何一个时候都积极地回到学院里去留意有没有新的女生面孔出现。他们彼此间还建立了长效的通讯机制，实现了消息的互通有无，尽量做到一人知道、众人皆知的地步。

这也难怪他们的行为举动如此怪异。想起一年多以前，当他们自己还像个懵懂少男似的来到这个大学报到时,身边还有着数不清的美女同学在说笑着,那时真的是眼睛望到哪里都是美的风景,这些单纯的小男生纷纷怀着美好的憧憬,期待在大学这片沃土里收获爱情的果实。但那时的师兄们也呈现出惊人的热情,常常聚集在学院门口处旗帜招展地接待新生,令一众新来的师弟异常感动。见到新生后,师兄们一拥而上,拿行李的、搬书本的、取证件的……结果一阵忙碌过后,众师弟发觉自己仍然站在原地,没有被热情的师兄热情接待,反而是那些美女同学全部被热情接走了。再过了一段时间,美女同学都成了师兄的女朋友,变成"师嫂"了。一个个美好的爱情梦破灭后,众人痛心疾首之余纷纷醒悟,无奈大局无可挽回,只得把目光投向下届新生,向上届师兄学习,打算故技重施。

本届单身男还有一个显著的特点,就是对所有的竞争对手无所畏惧。在他们的眼里,大四的师兄们要么忙着实习、找工作,要么就忙着分手。大学数年时间,所有的激情早已消退,大四师兄们最担心的是自己的前途与出路,哪还有心思与师弟们追逐风月?大三的那批师兄更不足为虑,试想一下,到了大三还是单身一人的,要么就是长得不堪入目、鬼斧神工,要么就是不解风情的呆头,这些人何来竞争力?就算有个别刚分手而恢复单身的师兄,按照文学院的一向传统,无论是失恋还是庆祝分手成功,这段时间必定伴随着酒精度过,每天醉生梦死的,自然也不是大伙的竞争对手。

所以在他们眼中,最大的竞争对手还是来自身边的同学,可惜众单身男的自信已不是一般的大,个个都以为自己相貌胜似潘安,才华冠绝唐寅,口气狂妄得不得了。仿佛觉得只要自己一出现在众师妹面前,立马便能成为她们眼中的偶像。这样一来,既然大家都认为自己是属于那种一出手便能成功的人,因此暂时都能相安无事地聊着新生,于是大家都翘首以盼师妹们的到来。

相对那些有着毛毛躁躁、嚷着要找师妹的男生的宿舍来说,我们宿舍是比较平静的,按方岳的说法是,我们都是比较耐得住寂寞的那类人。我是认同这个观点的。李书南终日以书为伴,对感情之事毫无研究,对男女之事更是一窍不通,通常他听到别人的调侃也都是一笑而过,显得特别潇洒,也显得特别迂腐。江锡的玩心太重,太子爷脾气开始彰显,但他似乎从不着急感情之事。方岳一向自视清高,不屑与那些凡夫俗子去争什么庸脂俗粉,要方岳去参与到那些毛躁的单身男里面谈对师妹如何如何下手如何如何约会,那是不可能的事情。我自己呢,自然也不会再去动什么念头,我的心中已有了方雅婷,想到她对我的殷切期望,想到我与她对于未来的约定,我此刻对于感情显得异常淡定。想着一切美好的将来,是要靠现在的点滴努力争取的,目前那些盲目的追求,只得一时激情,没有扎实的基础,终以失败收场。既然如此,我又何必浪费时间精力呢?

十月的气息总是闷热的。我每天醒来都要抹一把脸上的细汗，感觉脖子黏糊糊的，很不是滋味，这时候我觉得最幸福的是能够下床去洗个凉水澡，我实在太怀念那种全身被凉水冲刷后的爽爽的感觉了。不过，通常正当我兴致勃勃地要进去洗澡时，都会发觉方岳总会先我一步，已经占着洗手间在里面痛快地洗着，还一边"呼啦啦"地唱着跑调的歌，听着那凉水"哗哗"的落地声，让浑身汗腻的我每时每刻都有踹门而入与方岳共浴的念头。

因此在这个十月里，我不期盼师妹们的到来，我期盼的是我们文学院的宿舍何时搬进新的那栋宿舍楼。一年前我们刚入学的时候就已经翘首以盼搬宿舍那一天的到来。单是想想那明窗净几的环境，以及头顶上那两三把马力十足的新风扇迎面吹来的那阵风，就足以令我们神往，那时再也不用像现在这样受罪了。

最为关心宿舍何时搬的是江锡，原因是他带来的电脑在旧宿舍里用不了。记得大二开学初他就兴冲冲地搬回一个大箱子，拆开一看原来是个电脑。当时我和方岳很兴奋，毕竟就当时来说，在宿舍电脑并不多见。我们纷纷觉得，有了电脑以后生活必定会过得比现在充实。于是我们三人赶快把电脑组装好，最后由江锡郑重地亲自启动电源，当看到电脑桌面画面清晰呈现在我们面前时，我们都按捺不住兴奋欢呼起来，方岳大喊着："上网！上网！"

江锡微笑着点头，觉得这个提议非常好，只见他立马打开浏览器，娴熟地输入一个网址，干脆利落地敲了一下"回车"。我们屏住了呼吸，期待着令人震撼的画面出现。

进度条还在缓慢地前进着，但这时我发觉江锡的面色有点不对劲，他的笑容变得僵硬了。

只听得江锡缓缓地说："我发现了一个十分重要的问题……"

方岳连忙打断他的话，说："别胡扯别的东西，先看了再说。你这小子的网址不是输错了吧？别急，我这里有好几个呢，来来，让我来……"

我对电脑还是有一点研究的，看着这么久没打开，估计也不是网站的问题。这时江锡发话了："这回看个啥呀！这里没有网线的！"

方岳和我这时才一下子醒悟过来，刚才大家只顾着兴奋，连最起码的常识都忘记了。我们几个立即如泄气皮球一般，原来白忙活了一场。

最后还是我比较乐观，我安慰大家说："情况也不至于那么坏嘛，过段时间搬新宿舍了，那里肯定能上网，我们就等等吧。现在这电脑虽然上不了网，但起码有个光驱能用用，平时读个光盘、看个影碟、听个专辑，凑合着也能提高我们的生活质量，只是希望这老宿舍的电压能稳定一些，不至于插了个电脑上去就吃不消了……"

我话都没说完，只见电脑屏幕一黑，宿舍灯一灭，听到"啪"的一声电路跳闸了，原来保险丝烧掉了。

为此，宿管的大妈还训了我们一顿，并告诫我们以后在此不能使用高功率的电器。江锡只能每天对着他的电脑叹息不已，痛苦不堪，只祈求早点搬去新宿舍。

我跟方雅婷的关系进入一个稳定期，自从上学期那次交心的一次谈话后，我们也放下了心中芥蒂，仿佛面对对方也轻松了很多，因为彼此都有了一个明确的目标，而且目标是那样的美好，那么我们朝着它前进就是了。我们仍如以前一样正常约会，去图书馆自习、散步、吃饭，晚上有时聊聊信息，日子也算过得平静。

29

终于要搬宿舍了！

这个消息是刘帅班长透露的。那天他从学院办公室回来，每经过一个宿舍，都探头进来说一声："大家要在这几天收拾好自己的东西啦，我们准备搬家啦！搬到新宿舍楼去！"

当时，刘帅是倚在门边向我们这一房人说这番话的，我看他说这话时轻轻地托了托眼镜，语气听起来很平静，但他的神色还是难掩兴奋。在我看来，刘班长兴奋的一个原因源于即将能搬入新宿舍，另一个更大的原因则是他向大家显示了自己个人消息的灵通，毕竟这个年级里他是第一个能够代表官方说话的人。他非常满足、享受这种感觉，觉得自己就是个官儿，是个关键的人物。其实经过我们一年的观察，刘帅的个人能力实在不敢恭维，只能算个平庸之辈，他要办一件事情，暂且先不要说能把任务出色完成，只要他不把事办坏了就很不错了。但他这个人却很好是非，常去打听四周的小道消息，大至整个学校整个学院，小至某个同学的私下爱好，他都想一一知道。一旦获得某些消息的时候，哪怕并不确定，他都会想办法说给别人听。刘帅没课的时候常往学院办公室里跑，喜欢跟学院里的辅导员汇报小消息，恰好学院里的辅导员刚上岗不久，正苦于无法了解学院里学生的大部分情况，遇到了刘帅这样的角色，两人自然一拍即合，常常见这两人在花前月下促膝谈心，有时刘班长甚至去辅导员宿舍里秉烛夜谈。

正因为有了辅导员在背后支持工作，因此刘班长的班干部地位变得无比坚固。刘班长觉得原来探听别人秘密也是上位的一条捷径，于是更加密切地留意身边的一切风声。我们常常会发现刘帅像个敌特似的一声不响地潜伏在阴暗处听我们海聊，并偷偷在本子上记录，由于他实在潜伏得太好，以致经常会把随意经过的人吓一跳。更玄的版本是，与刘帅同宿舍的老魏曾私底下跟大家说，说刘帅会半夜起来蹑手蹑脚地跑到别人的床前，听人家说梦话，看看有没有平时没掌握的秘密。对于刘帅的这些鬼祟行径，我们一致反感，一致反对。有段时间，我们在刘帅面前都会噤若寒蝉，一个个如苦行僧地面无表情，那情景颇为搞笑。

无论我们平时对刘帅如何不屑，但这次他带来的这个消息倒是挺振奋人心，毕竟之前有关搬宿舍的虚假消息曾传得满天飞，而且传得还有鼻子有眼的，一度让我们产生了很多美好的憧憬。但随着时间的流逝，我们的幻想纷纷破灭。眼看着新学年又开始了，师妹们都满校园里逛了，我们搬宿舍的计划还是毫无消息，大家都已经做好最坏的打算了。现在忽而喜从天降，不少男生都顾不上仪态，赤裸着上身冲出走廊振臂高呼，纷纷奔走相告。

当确定消息属实，大家的确是兴奋了一段时间，但等心情平复下来后，又纷纷怀念起旧宿舍的好处来——人就是一种奇怪的动物，往往要到失去时，就会立马忘记之前所有的不好，转而怀念之前所有的好，这就是为什么很多男女在情感上纠葛不清、分分合合的原因。

众男生对旧宿舍的情怀就如对着自己的老情人一样，情感上来了便一发不可收拾。要知道，这里可是文学院的文化基地，在几届学生中，狂人、怪人、猛人不在少数，于是怀旧的招数纷纷出现，比如说大三大四的师兄喜欢大搞诗歌派对，说是以文会友，缅怀旧楼岁月，实则是一群文人、伪文人搞个借口来喝酒聚会，几杯白酒下肚，众才子连南北都找不着了。

作风稍微温和一点的人则喜欢在宿舍房前挂副对联。一人带起了头，其他人纷纷模仿，什么"一楼一世界，一房一人生""离开了你，赢了世界又如何"，"远山花做伴，近岸柳为城""秀水绕门蓝作带，远山当户翠为屏"，净拣些伤感又略带些赞美的对联来写。方岳是好事之徒，也卖弄了一下文采，立马写了一副对联挂门前：一间东歪西倒屋，四个南腔北调人。这副联在众多对联中较为另类，内容也很适合我们的现状，格式上对得也极为工整，此联一出，立马博得其他人的一致好评。

有些懒得动脑，又想凑热闹的人，也顾不得别人看不看得懂，狂草了诸如《陋室铭》《再别康桥》之类的诗词挂在门外，以显自己艺术造诣深，结果贴出去后，一夜之间被宿管大妈全部清除了。

搬宿舍的日期出来了，大家在缅怀了旧楼岁月后，都纷纷开始了自己的行李整理工作。本来男生宿舍就以"脏乱差"闻名于学校，现在真的要动起手来收拾东西也挺麻烦的，平时一些怎么找也找不着的东西一下子都冒了出来，大有把房中的人掩埋的气势。在收拾东西的过程中，常听有人惊呼："我找你好久了！"不用问，肯定又是有人找到"宝藏"了。方岳也在一本失落在角落里的书中找到了夹在里面的二十元钱，其时正逢月底，正是方岳经济最拮据之时，看着这二十块，他不禁喜极而泣，连连感谢上帝。之后收拾东西时，方岳翻书翻得特别勤快，连我们的书也不放过，期望再次出现奇迹，岂料奇迹没有再次出现。倒是他在翻江锡的书桌时被几只硕大的蟑螂冲出来吓了一跳，这才打消了他要继续翻书的念头。

在我们最忙的时候，方雅婷过来帮忙了。男生宿舍这边的情况不堪入目，一开始我死活不同意方雅婷来帮忙，一来我不愿她辛苦，二来让方雅婷看着这么脏乱的环境，我"高大伟岸"的形象绝对会在她的心中大打折扣。

方雅婷可不管我这一套，找了个没课的时间，直奔我这儿来，只在出门前挂了个电话来通知我："我这次来也不是一个人，蓝蔚也会过来的，你叫方岳准备一下吧，别吓着人家了。"

我放下电话，估摸着方雅婷、蓝蔚两人十分钟就能出现我的宿舍门口，人家女生难得来一次男生宿舍这边，到时不可能把人家晾在外面干等的，况且其他宿舍的人来来往往，其中还不乏许多单身狂躁男，让方雅婷看到我生活在这样的一个环境中，是一件十分尴尬的事情。

于是，我迅速整理面前的一堆杂物，随便抽个袋子就往里面塞书，手动的同时，还不忘一脚一个准儿地把方岳等人的球鞋、凉鞋什么的往床底里踢。与此同时，我扯着喉咙对方岳说："方岳，赶快……赶快收拾东西！有人来了！"我一边收东西，一边瞟了方岳一眼，没想到，方岳只穿了一条短裤衩，连忙喊道，"方岳，你看你，你要我怎么说你好呢？你赶紧拾掇一下自己，你起码把长裤穿上啊！"

此时的方岳正在用力地捆绑一箱衣服，嘴里正"嘿咻嘿咻"地哼着。他正奇怪我刚接了一个电话就顿时惊慌失措地收东西踢鞋子，正待发问，又听我招呼他也一起忙碌，尤其还要他穿上长裤，顿感不满，说："这天热得人都要脱下一层皮了，我干这活你以为是在吃西瓜吗？我整这个箱子弄得我挥汗如雨，你什么也不用说了，这长裤我是无论如何都不会穿上的！"

我正慌乱得不知该如何是好，情急之下嘴里的舌头像打了结一般，一时吐不出具体的人名，最后只能结结巴巴地说"有……有……有人来……来了！"

方岳站起来倚在床边的铁管上，一边用手去挠他的屁股，一边顺手在旁边的书桌上拿起烟盒，抽出一根香烟，潇洒地用打火机点着，一副满不在乎的样子，用略带不满又带点教育学生的口吻对我说:"阿梓,你这样的表现就很不好了嘛!什么叫有人来了呢?我一直以为你的心理素质在文学院里面,除了我以外就是最好的了,怎么到了现在你就这么经不起考验?这跟隔壁的刘帅有什么本质的区别?啊,你懂得什么叫镇定吗?看,哥我现在就叫镇定、淡定。不就是有个人来了嘛!我不管他什么人要来了,就算是文学院院长亲自来指导我怎么搬宿舍,我都是这副妆容去迎接他。"

我刚把江锡的一只拖鞋踢进了床底,把气喘顺了一点,舌头终于不打结了。我转过头,对着方岳说:"院长算什么?是蓝蔚要来了!她马上就到……"

当"蓝蔚"两字一出口,方岳的表情一瞬间凝固起来,猛地倒吸了一口冷气,整支烟顿时被啜掉了半截,差点连叼着的香烟都整根吞到肚里,好在方岳硬生生地用牙咬住,他大吼一声:"妈呀!情况不妙!"

方岳赶紧把烟一扔,飞身过去一脚踢开刚才捆好的衣服箱盖子,胡乱地翻找裤子,无奈人急起来,什么事都特别棘手。方岳翻箱倒柜地寻找,但偏偏没有找到一条像样的长裤。方岳一边翻一边狂喊:"裤子啊!我的裤子啊!救命啊!"叫声的后半截明显带有哭腔。

这时,隔壁的老魏探头进来,笑眯眯地说:"哈,你俩在呢!下面有人来找你们了,两个女生,你们找了帮手啊!正过来呢……"

方岳一听,脸都绿了。情急之中一眼看见李书南的床尾处蜷着一团东西,细看之下竟是一条长裤,这时他仿如见到了救命稻草一般,不由得大喝一声"中!"然后一把扯过李书南的裤子,就往自己的脚上套,嘴里向我招呼道:"苏梓苏梓!帮我顶着,帮我争取一点时间!否则要出人命了!"

李书南的身材偏矮瘦,而方岳个子高,而且最近一个学期灌啤酒灌多了,肚子明显突了一截出来。方岳慌乱中把李书南的裤子拿来穿,穿到大腿要往上提的时候,才发觉尺码不对头,顿时脸色剧变,但此时已经是骑"裤"难下了。方岳只能使尽吃奶的力气去把裤子提起来,谁知道用力过猛,整个人失去了平衡,一个踉跄扑倒在地上,挣扎着起不来,表情十分痛苦。但方岳没有放弃最后的挣扎,只见倒在地上的他继续提臀拉裤,拼命地在地上翻动着躯体,十足一条雨后被晾晒在阳光下的蚯蚓。

这时,走廊外面已经隐约听到方雅婷、蓝蔚的说话声音了,她们正嘻嘻哈哈地走过来。我实在想象不了,如果此时让蓝蔚看到方岳半脱着裤子、半露着屁股在地上蠕动,会有怎样的神情。天啊!这对于一个男人来说,可是致命性的打击啊!我硬着头皮出去迎接两位女生,为方岳争取一点时间,同时心中暗自期盼方岳能逃过一劫。

方岳到最后紧急关头发了狠,双手使上了无穷力量,吸气收臀猛地将裤一拉,一下子就上来了，同时伴随着"扑哧"和"噗噗"两声，只见李书南裤子的两边大腿位置齐齐裂开了几道口子，纽扣也崩掉了一颗。方岳挣扎着从地上爬起来，就在那一瞬间，方雅婷与蓝蔚已经进来了。

刚进房门时，我都不敢睁开眼睛看方岳，生怕看到尴尬的一幕。后来没听到蓝蔚等人的尖叫，才定眼去看方岳，只见他正坐在床边，故作镇定地跟方雅婷和蓝蔚打招呼。我低头一看李书南的裤子，正非常紧地贴在了方岳的大腿上，方岳的腿勒得像根火腿。

我强忍住着笑，一边搬开一摞书，一边招呼方雅婷两人坐下，蓝蔚抬头左瞧瞧右望望，对我说："你们男生啊，宿舍都是一样的，永远都收拾不好。几个男的凑在一起，再漂亮的宿舍都会被你们整成垃圾场，我看你们的新宿舍换给我们去住好了。"

我笑说："蓝蔚师姐别嫉妒嘛。你看这地方是让人生活的吗？我们男生好不容易才撞上这一件好事，下次再有也不知要等到猴年马月了。我们这是无数辈的中文人努力争取的结果，师姐你得让让我们嘛。"

方雅婷碰碰我，让我别笑话蓝蔚。这时蓝蔚把头转向了方岳说："你啊，人家来这儿打算为你干活的，怎么你连杯水都不倒来喝喝？这天可热死人了。"

方岳闻言，只得缓缓地站起来，穿着他的"紧身裤"去找杯子倒水，那走路的姿势别提多别扭了。

方雅婷看着方岳的背影，说了一句："哎，想不到方岳你这人挺潮流的，这七分长的裤子你也穿得合适嘛，还紧身的呢，看不出你的腰型还挺细的。嗯，你这前面怎么有几道裂缝啊？"

方岳不知该如何解释，只好硬着头皮说："这个缝嘛……嗯，我自己剪的，老实跟你们说，我这人……其实挺潮的，我这个裤子的款式不是每个人都敢于尝试的，估计文学院里也只有我有这个条件去穿。其实我经常穿这裤子的，你们没见过而已，哈哈……"

我实在是忍不住了，借口到隔壁宿舍借凳子，在走廊外面笑了个痛快，这回真是把眼泪都笑了出来。

我正在擦眼泪的时候，口袋里的手机响了，来了一条信息。我打开一看，竟是苏小睿的短信："你在宿舍吗？我可以上来吗？"

我有点惊讶，怎么大家像约好了似的来我这儿呢？可能是我早些天跟苏小睿聊过短信，略略提了一下这几天会忙着搬宿舍，当时苏小睿就表示要过来帮帮忙，我当然是谢绝了，这么辛苦的工作我哪能让苏小睿来做呢。只是估计苏小睿也是算好了时间，不动声色地跑过来帮忙的，否则她也不会直接问能否上来了。我心中不禁涌起一种感动，真正的朋友总是默默地在关心你、帮助你，在你需要的时候，他们总是会及时地出现。

我飞快地按着手机，写道："我在宿舍。上来吧，雅婷也在这里呢。"

虽然此时方雅婷也在我的宿舍里，但我不担心她们之间会有什么误会或不愉快的事情发生，因为在之前的一段时间里，我经常邀请苏小睿过来这边走走，当然我也很大方地把苏小睿介绍给方雅婷认识。这两位女生年龄相仿，加之性格方面都属于温文尔雅的类型，因此十分投缘，刚见面时略显拘谨，但聊了一会儿后友谊即刻呈几何级数发展，不一会儿就好得像亲姐妹一样啦，亲密地挽着手说个不停，倒把我晾在一边了。我又无奈又想笑，心想：前段时间方雅婷还因为苏小睿的到来而无端恼了我好几个星期，如今搞清楚真相后，又立刻抛弃前嫌，形同姊妹了。女人啊，真难搞懂啊。

既然大家都相处得很好，所以最近几次苏小睿过来，我都叫上方雅婷出来作陪，有时和方岳、蓝蔚等人也一起出来吃个饭，总之一帮人搞得挺熟络的。

我回到宿舍的时候，方雅婷、蓝蔚已经开始动手了。蓝蔚往宿舍里面走，忽然停下来，皱皱鼻子嗅了嗅，说："方岳，你又抽烟来着？"

方岳连声否认，指着刚回来的我说："是苏梓嘛！我多次劝告他别抽了，要做文明的学生、健康的学生。可他瘾犯起来的时候，可真是停不了口，把我们文学院斯文人的形象都破坏掉了，可真让人痛心疾首啊！"说罢，他偏着头拼命地向我眨眼，要我配合他圆谎。

话已说到这份上了，我只好无奈地点点头，同时望了望方雅婷，耸耸肩，示意她可别相信方岳的话。方雅婷笑了笑，也没有拆穿方岳，只是假装生气地白了方岳一眼，作了一个要打他的手势。好在蓝蔚没有留意我们的举动，也没有去追究谁吸烟的问题，她的注意力被方岳的一地杂物所吸引，嘟囔了一句："怎么能乱成这样？"便低头去收拾东西了。

像大多数的女的一样，蓝蔚对烟味较抗拒，所以极力反对方岳抽烟，经常凶凶地去教育方岳，有时看着两个人拌拌嘴，也挺有意思的。其实说真的，方岳与蓝蔚走到现在这个阶段，关系还是十分朦胧，不像我和方雅婷那样，我们的关系貌似没有走在一起，但实质上已经相互默许了。但他们两个却像是一对小冤家似的，若即若离，凑在一起总会互相抢白，打打闹闹，但有什么事情了，又总会第一时间去关心对方。所以现在我跟方雅婷都没有再想去怎么撮合他们两个了，反正大家都已经混熟，让他们在时间中接受考验吧，该在一起的总会在一起的。

曾经有一回，我们一度以为方岳与蓝蔚即将走在一起了。原因很简单，就是方岳与关芯的关系彻底决裂。自从圣诞大一的圣诞舞会后，关芯也主动来找了方岳好几次，约去吃饭、看电影之类的。尽管方岳对于这些约会——应该是说对于这个人所提出来的约会不是十分感兴趣，但出于礼貌最后还是去了。但两个人几番接触下来，方岳总是觉得跟对方搭不上调，自己的一些想法对方根本意会不了，加上关芯所说的都是些庸俗的话题，生活中的琐碎事一说起来就停不了。每当与关芯谈话的时候，方岳说就像身边萦绕着一只苍蝇，而且是赶不走的苍蝇。最为痛苦的是，方岳还要装着十分有兴趣地去听关芯的言论。这种不协调的感觉，让方岳在与关芯约会时倍感煎熬。

几次约会后，方岳终于忍无可忍，怎么都不肯再跟关芯见面，找了无数个理由来推脱。一次我听方岳在接电话，估计对方就是关芯，可能是她逼问得紧了，只见方岳握着电话，目光忽地涌起了一股莫名的哀伤，然后缓缓地说道："我们还是就这样到此结束吧，我这个人已经没什么可挂念的了，不瞒你说，我自小体弱多病，身体早已不堪重负……咳咳。"方岳还适时地咳了几声，声音压得很低。

我自忖听过了不少分手或是拒绝对方的对白，但这一句绝对堪称经典，听方岳那沉重的语气，好像再多活个把月就会一命呜呼似的，谎话说到这份了，估计关芯在那边听见了也绝对晕倒。果然，那边忽的尖叫一声，连我这个离电话机数米远的人都听见了，随后对方把电话挂了。方岳则兴奋地放下电话，长吁一口气，脸露愉悦神色。

其后，关芯与方岳的关系迅速降至冰点。在关芯看来，方岳是占了便宜后就撤，自己的一片"痴情"被无情地扑灭，尤其是接受不了被方岳以所谓的"体弱多病"为借口来拒绝，顿时恼羞成怒，逢人便说方岳是个薄情郎。这些话传到蓝蔚的耳里，蓝蔚当然不会只听关芯的一面之词，因为之前关芯也曾多次大谈与方岳约会的细节，现在一下子翻脸不认人，让大部分的人感觉到问题不是出在方岳身上，而是出在关芯身上。蓝蔚不经意地试探几句，就知道其实关芯所说的与方岳之间的交往，本来就是关芯她自己的一厢情愿，并不存在什么欺骗感情、刻意占便宜之类，因而对此一笑了之。经此一事，蓝蔚反倒觉得方岳的人还是挺有原则的，还是比较可靠的，不是那种随便就上钩的人，心中便对方岳存了一点好感。但蓝蔚偏属生性好强之人，虽说觉得方岳人还是不错的，但表面上却极少流露，平时大家在一起的时候，仍时不时顶嘴、挖苦一下方岳，就是不肯放低一点姿态，为这事方雅婷不知说过她多少次了，但蓝蔚总觉得自己对方岳的态度没毛病，于是这两人就耗上了。

方岳在这个问题上也并不着急，他认为，无论哪一方低下姿态来发展感情都是不值得提倡的，要是真的想在一起，自然会情不自禁地走在一起，这不需要暗示什么。况且，他隐约中觉得蓝蔚并不是自己的最佳选择，可能是性格方面有点合不来吧，总觉得她的处事方式与自己有所出入，与其勉强在一起，不如静观其变，好让事态更清楚一点，而自己或许又会多一点选择。

30

  此刻我望着蓝蔚一边数落着方岳，一边又忙着收拾他的东西，只觉得女人真是奇妙。忽然我又突发奇想，想到如果方岳真的同蓝蔚在一起了，以后必定会被蓝蔚唠叨得无片刻安宁，而且这种情况会随着年岁的增长而愈演愈烈。想想年老的蓝蔚一天到晚在那儿絮絮叨叨地说着，我突然替方岳担心起来，又觉得他现在没有进一步去与蓝蔚确定关系真不失为一种明智的选择，总之在望着他们两人背影交错的那一刻，我的心涌起了一阵凉意。
  一旁的方雅婷见我呆住了，用手碰碰我，说："还在发什么愣呢？开始干活了。"
  我回过神来，忽然想起了苏小睿要上来，连忙跟方雅婷说："小睿也过来了，正上来呢。呵呵，你们是不是约好一块来的啊？"
  方雅婷听苏小睿也出来了，脸上露出兴奋的神色，笑容马上占据了面部的所有地盘，高兴地连声喊着："早说嘛，我这就下去接她！"
  方雅婷正转身，就听门被敲了两下，回头一看，原来苏小睿已经到门前了。苏小睿一进来就看到里面站着数人，微微愣了一下，当她看清楚里面的都是认识的人后，尤其是看到方雅婷也在时，脸上也露出了惊喜的神色。此时方雅婷已经跑过去，拉着她的手晃啊晃，问她"什么时候来的？为什么不早说？"等等，别提有多兴奋了。
  苏小睿本就是内向害羞的一个女孩子，这时候被方雅婷热情地欢迎着，更是什么话都说不出来，只是也用力地紧紧拉着方雅婷的手，以示亲热。在外面读了一年多大学，苏小睿显得比高中时更清秀高挑了，少了当年的一丝羞涩与稚嫩，却增添了几分稳重与成熟，配合她原本就不凡的气质，使她更加清丽脱俗，到哪里都能成为大家关注的对象。今天苏小睿在头发两边各别了一个小蝴蝶夹子，防止两侧的柔发下滑，身穿轻便的运动装，一看就是打算过来劳动的，我不由得又一阵感动。
  寒暄过后，大家就开始了收拾工作。其实，我们的宿舍地方不大，虽说东西是乱了一点，但帮忙的人多了，还是挺容易收拾的。李书南的行李不多，他自己早已打包好，江锡的行李最多，但他的箱子更多，他几乎都不用花什么心思去收拾，只要确定是他自己的东西，他就扔进箱子里，装完一个箱子，就又搞一个来重新装，因此他的东西也很快搞定。剩下的就是我和方岳的了，我们把该收的、该弃的、该送的分了类，依次打包好，然后就对宿舍进行大扫除，多亏了三个女生过来，很多卫生工作她们都包揽了。我和方岳面面相觑，相互耸耸肩，意思是说，看来男人是离不开女人的，有个女人在操持内务，果然是不同的。

经过近三个小时的"苦战"，我们的这个旧宿舍竟然变得素净整洁，实在意料之外。我与方岳为表谢意，要请她们三人去外面吃饭。开始苏小睿还说要赶回学校，方雅婷哪里肯，非得让她吃完再走，苏小睿执拗不过方雅婷，也就答应了。于是，我们一行五人就到附近吃了一顿。

晚饭过后，天色还不算太晚，毕竟夏天的余韵还在，只见西方的红霞映红了大半边天，几抹淡淡的云萦绕在半沉的夕阳附近，折射出奇特的色彩。我们几个从饭馆出来，沿着校道缓缓走着，尽情地享受着这平时少见的休闲时刻，走在前面的方岳与蓝蔚不时低声细语，不时传出笑声，不知内情的人，肯定会觉得他们就是一对热恋的情侣。而走在后面的我、方雅婷与苏小睿则显得有点沉默，可能是我走在中间的缘故，一左一右的两位女生不好怎么交流，也生怕只顾与我谈话而冷落了另外一位。正当我想找点话说的时候，左边沉默的方雅婷忽然轻呼了一声，说："哎，瞧我这记性，我还约了一个同学见面呢，时间也差不多了，我要先走了。"

我对方雅婷的突然要离开感到有点惊奇，怎么之前没有听她提到过呢？尽管如此，我还是没有多问什么。在前面的一个路口我们停住了，我稍稍多送了方雅婷几步，正想叫她再多留一会儿，却听方雅婷低声地对我说："你陪陪苏小睿吧，我看她像有话要跟你说……"

我有点惊讶，抬头去望方雅婷，因为我不知她为何有此结论。在夕阳的余晖中，我看到了方雅婷一副忧心忡忡的表情，眼里似乎藏有一丝担忧的神色。

我与方雅婷甚为熟悉，知道她不会平白无故地做出结论。此外，她也是一个细心敏感的女子，她会这样说，必定是有一定根据的。我忍不住回头看了看不远处的苏小睿，她此时正低着头，用脚尖拨弄着路边的几株小草，的确像是有心事的样子。于是我点点头，示意懂了，同时也明白了方雅婷这时突然提出要见朋友的用意，她是想让我跟苏小睿谈谈。

方雅婷叫住了前面走着的蓝蔚，说一起走，然后方雅婷转身快步又走回到苏小睿的身边，拉着她的手在细细叮嘱什么，我隐约听到"好好保重"之类的。不知为何，我的思绪渐变得纷乱起来，不知是被方雅婷忧伤的情绪所感染，还是为苏小睿而暗自担心？

方岳也知道我跟苏小睿关系要好，看此情形知道我们俩有话要说，于是也跟我告别。他们三人走后，只剩我和苏小睿在一起。

苏小睿见刚才还一起走的人一下子走掉了三个，脸上顿时露出了不安的神色。她对我说："是不是……我妨碍了大家的活动？其实……你也不用陪我的了，我很快就回去了。我……"

我说："我们能有什么活动？他们的确有事要忙，而我就真的是没事可做，现在你陪陪我总可以吧。"我知道越是解释，苏小睿越会不安，于是就干脆以我无聊为借口，要她作陪。

果然苏小睿听了我这话，也没再说什么了，点了点头，跟我在校园道上慢慢走着。

一路上，我的嘴没闲着，找了很多话题跟苏小睿闲聊：一方面我是借此消除苏小睿的不安；另一方面也想慢慢地了解一下苏小睿是否真的有心事。

苏小睿虽然话说得不多，但对我说的话都听得很认真。有时我对学校发的一些小牢骚她也仔细听，并且还反过来不断地宽慰我，倒像是我在向她倾诉，这让我觉得既无奈又好笑，而她总是把自己的内心世界藏得很深，不知她何时才肯流露呢？

就这样走着走着，不知不觉也逛了半个校园。一路上，苏小睿仍是没说什么，我不安的心渐渐放了下来。暗想可能方雅婷想得太多了，毕竟方雅婷与苏小睿接触不多，加上苏小睿人比较内向，不爱说话，应该是方雅婷误会了。

"今天本想我自己收拾宿舍的，前几天也是随口讲了讲，没想到你真的过来了。实在是太谢谢你了。"我停了一下，似乎想到啥，连忙说，"哦，对了。我记得你的大学只在这里的分校读两年，那么明年你就要搬回北方的总校了吧？嗯，那我先跟你约好了，到时我一定去帮你打点一切，让方岳那家伙也过去帮忙，保证一切帮你安排得妥妥帖帖，你尽管放心好了，甭跟我客气！让你的舍友羡慕去吧！"我想到了能帮苏小睿忙的具体事情，顿感兴奋，不禁摩拳擦掌，跃跃欲试，恨不得明天就去帮苏小睿搞好一切。

苏小睿淡淡一笑，把脸旁跌落下来的一缕秀发重新捋回耳后，她的脸上尽管有笑容，但没有我想象中出现的那种惊讶与高兴的神色，仿佛她觉得这事不可能发生一样。她看到我的眼神藏着一丝不解，连忙说："这个我还没想呢。到时候再说吧……我先谢谢你了。"

我隐约中感到苏小睿这过于"平静"的笑容背后必定隐藏着什么，这或许就是方雅婷说的让人担心的事。看来，苏小睿仍然想隐瞒下去，不想把事情告诉我。我看着苏小睿欲言又止的模样，忍不住问她了："小睿，你……你是否有些事情……藏在心里头了呢，我已经感觉到了……"我停了一下，继续说，"我觉得，如果你真当我是朋友，那么，你有心事的话不妨说出来。我不一定能帮你解决，但只要我能帮上的，我一定竭尽全力！你到底怎么啦？"

话既然说出口了，我真的想借此机会来跟苏小睿彻底谈一谈。一直以来，有关苏小睿的疑问实在太多了，还记得第一次与她正式见面，她当时对我说的一些含糊的、扑朔迷离的问题让我至今未能想明白。此外，她跟韩京的感情若有若无，在我看来，韩京毫无疑问地仍然惦记着苏小睿，以致连对他痴心一片的凌丹也视而不见。当初韩京还特意托我照顾苏小睿，一年多来，我不敢说把苏小睿照顾得无微不至，但至少对韩京问心无愧。我把苏小睿当成好朋友，也当成妹妹，经常嘘寒问暖，把能帮她做的事情我都做了。她与我一年多的相处也非常和谐开心，已渐渐和我成了可以信任的朋友。

所以现在作为她好朋友的我，见到她似乎隐藏着什么心事，我更替她着急，更想知道事情的所有真相，因为只有这样，我才能为她真正考虑全局，为她真正分忧！

面对我的急切发问，苏小睿的神情变得有点不自在了，脚步慢慢地停了下来，但她仍装着镇定地说："什么怎么啦？梓，我……我听不懂你想问……问什么……"但此时她故作镇定的话到了最后已失去了平衡，竟颤抖了起来。

我把苏小睿拉到校道旁的一株老树下，与她面对面地说："到这个时候，你觉得我会相信你说你没事吗？你把事情憋在心里能解决问题吗？只会把你的心压垮了！是不是学习负担太重了？还是家里出问题了？要不，在经济方面有困难？你说出来吧，我们会帮助你的，你不是孤单的，你还有我们！"

苏小睿一边听我的问题，一边轻轻摇头否定。在刚刚亮起的道路上，我看到了苏小睿眼中闪烁着异样的光芒，那橘黄的灯光在她眼中晃动着，散成无数的光点。苏小睿没有说话，只是深深地吸了一口气以稳定自己的情绪，听着我再次关切地询问，她突然说话了："谢谢你的好意，只是我不需要再让大家费心了。下学期我……我可能不回来了！"

"啊？为什么？这好端端的怎么会……"我整个人呆住了，说真的，我没想到苏小睿会说出这番话来，"这究竟……究竟为什么呢？"

"因为我要嫁人了！"苏小睿凄然一笑，脸色变得一片苍白。

在苏小睿回答之前，我心中已猜测了几种她不能来上学的可能性，但最终的结果居然是苏小睿因要嫁人而不能再来！我的震惊程度可想而知，我一连问了苏小睿好几个为什么，为的就是能让自己的脑袋能多几秒钟的思考时间，以便能尽量想清楚整件事情的前因后果，看看自己该怎样来解决苏小睿的问题。

看苏小睿的表情，我的第一感觉就是她并不是十分愿意去嫁人，换句话说，就是被逼的，能有这等"权力"的无非就是她的父母。但也不排除第二种可能，就是苏小睿自幼就有两小无猜、青梅竹马的"朋友"，彼此之间有着什么结婚约定之类的，现在其中可能出现了什么突发的情况，使得苏小睿不得不提前实现约定。但无论是哪一种情况，我觉得只要是苏小睿对此并不感到快乐，那就是不妥当的、不合适的。毕竟婚姻大事不是儿戏，人生可能就那么一次，如果连起码的快乐都没有的话，那这段感情有何意义呢？这婚姻存在的价值又在哪里呢？

旋即我又想到了另一个问题，那就是韩京是否知道了苏小睿要嫁人这件事。我实在想象不到，当他知道这个消息时，他的表情会有多么的失望与沮丧。他的精神世界会不会一下子就倒塌了，之前所有的希冀与美好的遐想会不会灰飞烟灭，瞬间眼神黯然一片？

我连忙止住自己进一步的想象，目前最重要的就是去问清楚苏小睿的一切——如果她肯说的话。对于这事我未必能帮得上什么，但起码能出出主意，能让苏小睿知道，作为她的朋友，我们一定会站在她背后支持她，我想韩京也一定会这样子做的。

苏小睿把最憋心的一句话说了出来，整个人轻松了一些。这时，苏小睿把头别向一边，呆呆地望着前边空旷的广场，对于这个结果，她好像早已反复思量了无数遍，现在好像已经无所谓的样子了，但她的神情告诉我，这只是一次无奈的决定，也是一次命运的无情捉弄。

当我的脑海中想到"命运"二字时，电光火石间便想起了两年前苏小睿曾与我说过的有关"命运"的话题，莫非那次的对话也与苏小睿今天所面临的问题有关？如果那是真的话，那就是说苏小睿的"大事"在她高中的时候就可能定下来了。真的没想到，苏小睿柔弱的身躯背后，竟还有着如此深的精神负担，我也完全可以想象得到苏小睿一直以来承受的压力有多大。

我从来没有像现在这样子一筹莫展，这种情况我实在不知该怎么开口。我与苏小睿之间的沉默使时间显得更为漫长，每一秒仿佛被无限延长，让人在其中有窒息的感觉。

最后还是苏小睿先开口了。她深吸了一口气，像想把一切烦心的事都咽进肺腑里，她笑着跟我说："没事啦！看你愁得连眉毛都缠在一起了。嗯……这也没什么啦，在我家乡那边，像我这样的情况多着呢。其实想想也不值得有什么悲伤的……我应该会过得幸福的……"

我也叹了一口气，觉得自己虽是苏小睿的好朋友，也是真心的关心她爱护她，更想帮韩京挽留一下苏小睿，但自己真的又没权力去干预人家的终身大事。我感觉到了前所未有的无能为力，只得寄希望于情况真的如苏小睿所说的那样，不会太糟，她会过得开心快乐。末了，我还是有点不放心，问了苏小睿一句："嗯，你一定会幸福的。他……他是什么人？"我口中的"他"，自然就是指苏小睿的未婚夫了。

苏小睿没有马上答话，看样子她是有点累了，她慢慢地斜倚在树旁，脸色依旧是苍白，我连忙拉着她的手，把她带到附近的一张石椅上坐下，又跑去最近的小卖部买来两罐可乐，递给了苏小睿。

苏小睿接过饮料，轻声说了声"谢谢"，便慢慢地抿了一小口，开始缓缓地说起了她自己的事情。

苏小睿出生在云南迪巴一个叫槎洱的小山村里。她的父亲是当地的少数民族，也是那村子里的一名药师，平时就负责为村里的人看病开药，在那里颇受大家敬重。由于当时的物质条件落后，交通又不便利，因此村里的药物是奇缺的，每当苏药师为病人诊断后，常要自己亲自进入山去采摘生草药，然后再用土办法熬制中药为人治病。在苏小睿六岁那年春天，连降数日大雨，苏药师进入深山采药时因地湿路滑，一步踏错，不慎跌落一个天然的石坑中，受了重伤，不省人事。幸得同村的一个老菜农经过，费尽千辛万苦把苏药师救了上来，并在深山中连拖带背地走了三日才回到村子里，苏药师最终捡回一条性命。在当地，最看重的就是报恩，平时受人小恩惠的，哪怕是倾家荡产也要回赠对方。所以，苏药师对救命恩人自然是感激不尽，承诺要办什么事情都可以。那老菜农也是忠厚老实之人，对物质要求也不高，唯一不满意的就是自家的十八岁的小儿子不长性，整天游手好闲，撩事斗非，想为他找户媳妇也没人肯介绍，为此老菜农烦恼不已。也该苏小睿命运坎坷，那天老菜农经过苏药师的家，无意中看见年幼的苏小睿在门前玩耍。聪明伶俐、眉清目秀的苏小睿给老菜农留下了深刻的印象，他便找了个时机上门拜访，说他一辈子什么也不奢求了，唯一放不下心的就是小儿子，如今他不求苏药师回报什么，只希望让苏小睿与他的小儿子订下亲来，长大后能成亲，那也算是了却他的一桩心事。老菜农说着说着动了情，老泪纵横的样子让苏药师没法拒绝，想着自己的性命由对方相救，再想想那老菜农为人忠厚，家境也尚算殷实，苏小睿日后嫁过去也未必会吃苦，便最终答应了下来。后来择了个日子，举行了仪式，承诺等苏小睿成年以后便把婚事办了。

就这样，苏小睿的人生从此改变。

在苏小睿的亲事定下来以后，那老菜农的儿子便经常上门纠缠，见人便嚷着说苏小睿是他的老婆，并且在苏药师的家中出入自如，不时顺手牵羊地拿走些东西。尽管苏药师曾数次严厉地训斥了这个所谓的女婿，但对方依然我行我素，顽劣本质丝毫未改，还经常要去搂苏小睿，行径怎么看怎么猥琐。最后，苏药师知道这门亲事算是许错了，但事已至此也无法挽回，只得终日长叹不已。苏小睿的母亲本来就不同意以女儿的一生幸福作为承诺，但又拗不过苏药师，当时是忍痛答应下来的，现在见情况根本就不是理想的那回事，作为母亲的她自然是心痛不已。无奈之下，苏药师夫妻两人经商量后，决定把苏小睿寄养在外省Z市的姑妈那里，希望她在离开这个地方后，能有个新的生活、新的开始，同时也打定主意把事情拖住，从今往后尽量少让苏小睿回来，好让那老菜农以及他顽劣的儿子知难而退。况且到苏小睿长大，已经是十几年后的事了，到时候这种所谓的媒妁是否还算数，这谁也说不清，到了那个时候再随便找个借口把婚事推了，至于老菜农的救命之恩，只能尽量在其他方面回报了。主意既定，苏小睿就连夜被苏药师悄悄送出了自己生长的地方，从刚刚懂事开始就寄人篱下，在Z市开始读小学、中学，直到在高中的时候遇到了我和韩京。

年幼的苏小睿不知为何要与疼爱自己的父母分离，原本自己是家里人的掌上明珠，应该被捧在手心中精心呵护的，现在却要在刚刚懂事之初，便要在外面生活。远离了至亲的父母，远离了美丽的故乡，这份离愁在她幼小的心灵里扎下了根，这也是造就苏小睿性格内向、为人低调伤感的根源。在她朦胧的记忆中，那些美好的日子是多么的令人怀念与向往。

幸好苏小睿在Z市的姑妈也是一位慈祥的长辈。她从苏药师的口中得知苏小睿的遭遇后，也心痛得不得了，一把搂过苏小睿大哭了一场。自此，苏小睿的姑妈将她视如己出，供她上学，照料食宿，苏小睿便这样在Z市安定了下来。出来的前十年，苏小睿没有回过家乡，也没有和父母见上一面，每年仅仅是通过几封书信来联系家人。直到苏小睿日渐长大，对整件事的了解也越来越清楚，对这种荒唐的做法她当然不肯接受。在对父母的极度思念下，高二的暑假她瞒着所有的人，独自一个回到了自己的家乡，去见她朝思暮想的父母。那时的苏小睿想，十年过去了，这件所谓的婚事怎么也该淡下来了吧，但愿这次回去之后，问题已经解决了，那样她就可以回到自己的父母身边尽孝。她发誓，如果真的有那一天，她宁愿放弃所有的一切去与家人团聚。

只是事情并没有苏小睿想得那么轻松。她去见自己的父母，一家人的欢喜自然不必细说，但她同时也清楚了自己父亲的难处——在当地，一个不守信用的人是最被人瞧不起的，苏药师因在苏小睿的婚事上选择了逃避，明眼人一看就知道有悔婚的意思。村里的族人知道此事后，都纷纷与苏药师划清了界限。有部分人知道苏药师为人忠厚老实，又是因疼爱那乖巧女儿才这样做的，虽然表示了同情，但也不敢与他有什么正面的接触，怕惹来他人的非议与鄙视。而他的救命恩人老菜农也不干了，他颤巍巍地来到苏药师的家中，拿着婚约纸，又是哭又是闹，任凭苏药师如何讲，他就是不听。老菜农的小儿子更是借题发挥，跟苏药师家耗上了，嚷着这辈子就非苏小睿不娶了：苏小睿一天不回来，他就一天打光棍；苏小睿什么时候回来，他马上迎娶她！这样一下子把事情闹大了，苏药师"忘恩负义"的名声传遍了好几个村子，他在族里更是没有地位，自家的医药生意大受影响，生活更为清贫。苏药师曾想过要离开这个地方，到别处去谋生，但又不忍离开这数代祖辈都生息的土地，也知道老菜农一家肯定不会就此罢休，到时在新的地方一闹，同样也是无法生活，因此苏药师最终还是打消了离开的念头。

父母的这些现实遭遇让苏小睿揪心不已，她默然垂泪。她知道解决这个问题其实很简单，只要自己点头答应，肯走进那个人的家门，那么所有的问题都可以迎刃而解，父母的生活也将大大改善。但在她的心里始终无法接受这桩陌生的婚姻，她甚至连她的所谓丈夫具体是什么样的人都不知道，只是从父母的描述中得知他的种种劣行。苏药师夫妻俩苦口婆心地跟苏小睿说："你无论如何都不能嫁给那个人，他不会让你有什么幸福的！做父母的再苦再累也没什么，我们都一把年纪了，已经没什么要求，唯一希望的就是你能快乐平安地生活，有着属于你自己的幸福……"说着说着，苏家三口一起抱头痛哭，那哭声不大，但却直达肺腑。

在朦胧的泪光中，她已经看不清自己的前路与未来，所有美好的事物仿佛就在眼前，而当自己想要伸手触及时却发觉永远也无法握紧，这就是她的命运，一个她不想接受但又不得不接受的命运！苏小睿在啜泣中无奈地哀叹着，她知道自己必须该做出选择了……

苏小睿回家的事情虽然隐蔽，但风声最终还是走漏了出去。这天苏小睿正在房间的窗前梳理自己的一头秀发，突然在窗边探出了一个脑袋，正咧着嘴露出一口黄牙对着她笑。来者不是别人，正是老菜农的小儿子萨穆尔！原来那天他正在外面无所事事地闲荡，撞见了一个损友，那损友神秘兮兮地拉他到一边说："得到了一个可靠的消息，你……你的……老婆回来了！村里的人都这样说！"

萨穆尔一下子没反应过来，眨着小眼睛，挠挠脑袋，喃喃地说："什么？我老婆？我老婆是谁？"

那损友暗示了一下，萨穆尔忽地眼里放出光来，低声吹了个口哨，连连点头，然后又半信半疑地反问那人消息是否真实。

在得到了对方的确切肯定后，萨穆尔马上风风火火地赶回家，打算借机好好闹一场。他打定主意，这回无论如何也不能让这姑娘跑了！

但他转念又一想，鬼点子又出来了，他打算亲眼去看看苏小睿再作决定。俗话说，女大十八变。这个苏小睿十几年未见，现在长得怎样，不得而知。如果人长得标致，那娶过来自然无妨；但万一长得丑得不得了，那他就不愿意娶了。到时干脆就来个顺水推舟——把婚事推了，借此大大地敲诈他们一笔钱当所谓的损失费。主意既定，他就找了个机会，趁着四下无人，从苏药师家的后院翻了进去，又顺着楼旁的一棵小树爬了上去，想在二楼的窗前窥探屋内情景，看能不能看见苏小睿。

谁知他探头的第一眼就看见了苏小睿在自己窗前梳头发，顿时惊为天人，把嘴巴撑得老大硬是收不回来。那苏小睿的靓丽容颜绝对是他萨穆尔这辈子没有见过的，那细腻的肌肤，那精致的五官，那乌黑的秀发，无论哪一样都足以震撼那家伙的灵魂！他一下子呆若木鸡，只会用双眼直直地望着苏小睿，连眼都舍不得眨一下，生怕一眨眼之间这美人儿就不见了。

苏小睿没有想到这个时候在这个地方会窜出个人来，也愣了一下，但她马上就觉得不对劲了。来者不善啊，她不禁惊呼了一声，把梳子一丢就往后面躲。

萨穆尔回过神来，看着对方脸部的轮廓依稀是当年苏小睿的样子，就断定了面前的人就是苏小睿了！身份确定后，萨穆尔又见着房里没有其他人，马上就动了坏心，趁机要从窗子里爬进来，嘴里还嚷着："哎，别躲嘛，来，来，让老公我亲一下……"说着，趁势就要爬进来。

苏小睿吓得已忘记出声求救，只觉得手脚发软，倚在门前却愣是打不开门。好在刚才苏小睿的一声惊呼，惊动了楼下的父母，苏药师急赶上来，把门撞开，一见那败家子萨穆尔在窗外的树上正探头伸手地要进来，马上就明白了怎么回事。苏药师一声断喝，随手抄起旁边的一根木棍，正气凛然地往窗子旁一站，只要那萨穆尔敢越雷池半步，他就毫不留情地打下去——苏药师这时爱女心切，已顾不上什么礼节了！苏药师这一举动，吓得萨穆尔不敢再乱来，慌乱之中差点从树上掉了下去。他死命地拽住一根树杈，十分狼狈地滑了下去，又十分狼狈地连爬带滚地逃出了苏家的小院。

苏药师见喝退了那无礼之徒，连忙丢下木棍，转身去安慰自己的女儿。此时苏小睿早已泪眼汪汪，伏在父亲的肩上哭了很久，抽泣着说："爸……他还会……会再来吗？我……有点担心……"其实苏小睿不只是担心自己，还担心萨穆尔会不会对此怀恨在心，以后会对父母不利。想到自己过几天后就要离开父母回到Z市，苏小睿更是忧心不已，她甚至想过不再回Z市了。她想留在这里与父母一起共患难，她不想让父母再为此受伤害受委屈了。苏小睿伏在父亲的肩上，看着父亲花白的双鬓，她愈发坚定了要为父母分担的决心。

话说萨穆尔自见了苏小睿后，简直像着了魔一样，回到家后无时无刻地想着苏小睿的一切，越想越心痒，于是便把今天看到苏小睿在家的消息跟家里人说了，当然他自己的那段爬窗耍无赖的卑劣行径自然略去不提。此时萨穆尔的父亲已年近七十，其实这几年他也对自己小儿子的所作所为甚为失望，最近这两年他对于当年的这桩婚事已不再执着，态度已软化了很多，想着也不要再去为难苏药师一家了，不要把人家女儿一生的幸福都赔在自己没出息的儿子身上。但他慈父情深，总盼望着儿子有一天能痛改前非，有所作为，所以老菜农就想帮儿子讨一个能管得住他的媳妇。儿子成家立业后，心安定了下来，或许一切都会好起来，只是萨穆尔很早之前就一口咬定非苏小睿不娶，以致一直打光棍。现在既然知道苏小睿回来了，难得萨穆尔又喜欢，老菜农思前想后，觉得如果真能让苏小睿"入门"管教好萨穆尔，这倒是一件好事。最终他还是决定去一趟苏药师家，见见他那婚约中的"媳妇"——这件事无论是成是败，总得有个交代。

第二天，老菜农就到苏药师家登门造访了。恩人来到，苏药师一家自觉也不必隐瞒什么，连忙让苏小睿出来与老菜农相见。一见之下，老菜农对斯文有礼、端庄文静的苏小睿更是喜欢，但他更觉得儿子根本配不上人家，如果非要固执于一纸婚约，换来的却是别人一家人无尽的眼泪，勉强在一起的两人也终成怨偶，这样的结局于谁有益呢？最终老菜农长叹一声，也觉得是自己的儿子不争气，没有福分修到好姻缘娶到苏小睿这样好的女子。他颤抖着双手，从内衣口袋抽出一张发黄的纸条——苏小睿与萨穆尔的婚约！老菜农当着苏药师一家的面，把那张珍藏了十多年的婚约纸当场撕掉，算是了却了这桩婚事。

苏药师一家人见此又惊又喜，感激的话已不知如何表达，个个泣不成声。这时老菜农拉着苏小睿的手，说："睿丫子，我当年一直看着你出生长大，我是真的真的十分喜欢你。如果你能当我的媳妇，我老汉死也瞑目了！只怨我那不肖子，唉，不提也罢。当年我对他还是抱有一点希望，但今天我算是看透了，希望你不要怨老汉我当年的一时冲动，让你们这些年来都受苦了……今后，我仍把你像闺女一样看待，有困难了，尽管向我说啊……"说罢，老菜农也流下了浑浊的眼泪，不知是由于惋惜还是后悔？

原以为这十多年的恩怨就在这一场哭声中终于告一段落了，苏小睿仿佛看到了命运已经掌握在自己的手里。这些年漂泊在外，远隔千里的思念早已把她的心灵折磨得疲倦不堪，现在看到事情有了这样一个结局，心中不胜自喜，默默垂着泪，偎依在母亲的身边。这一刻的宁静才是真正的幸福！

可是命运总是在你最乐观高兴的时候才露出它狡猾的面目，给予人们最冷酷无情的打击。老菜农那天离开了苏药师的家，在半路就见到了在附近徘徊的萨穆尔。萨穆尔见老父亲归来，以为老父亲这一趟登门，多少总能带回来一点好消息，于是马上露出一副猴急相，连声追问："怎样？怎样？我的老婆讨……讨回来了吗？"

老菜农刚在苏药师家了却了一件纠结十多年的"婚事"，心神正在恍惚之际，忽见萨穆尔一副急不可耐的模样，想着正是这不成材的人毁了一桩好婚姻，心中顿时无名火起，当街就痛骂了萨穆尔一顿。萨穆尔没料到老父的反应如此激烈，瞠目结舌地不发一言，最后把手一甩，头也不回，灰溜溜地走了。

尽管萨穆尔一直垂涎苏小睿的美色，恨不得马上就把苏小睿据为己有，但无奈老父的态度坚决，他也不敢太放肆，只好把气憋在心中。可萨穆尔仍不死心，随后那几天，软磨硬泡，想让老菜农为他出头，去把苏小睿的婚事说下来。可老菜农既已撕毁婚约，自然不肯再做出尔反尔的事情，当然是一口回绝萨穆尔的无理要求。父子俩一言不合，免不了大吵大闹起来。萨穆尔见事不成，心中恼怒起来，出口的话自然就粗俗不堪，很多不知廉耻的话都说出来了，把老菜农气得直打哆嗦。悲剧就是在这个时候埋下了伏笔！一连数天，老菜农的心情起伏变化大，忽惊忽忧，忽悲忽怒，加上自身年老体衰，最近思想负担又重，身体健康早已到了极限。当天夜里，老菜农在睡梦中突发脑溢血，幸亏家人发现得早，急忙送当地医院急救，最终命是保了下来，但身子已经麻了大半边，张口不能言，涎液直淌，并且神志不清，还处在危险期中。

老菜农一家自然忧心不已，甚至已经在为他准备身后事了。在事情发生后，萨穆尔却想起了坏主意，决意借题发挥，就对外人说老父是因为苏药师一家人不遵承诺，耍赖私下毁掉婚约，把老父十多年的期盼化作泡影，老人家承受不了打击，才诱发了疾病。一个老实人最终落得如此下场，实在是老天不做福啊！说罢，萨穆尔像孝子般假惺惺地淌下了眼泪。

村里的人绝大多数都不知具体内情如何，眼见萨穆尔对老父的遭遇如此悲痛，以为他所言不虚，一时间大家都忘记了萨穆尔平日里的种种劣行，纷纷对萨穆尔表示同情。有部分人甚至觉得苏小睿无论如何都该嫁给萨穆尔，只有这样，万一老菜农不幸逝去，也能含笑九泉。同时，萨穆尔又花言巧语地跟自己那当官的哥哥说了一番，大致也是说老父是因苏药师一家"不遵婚约"一事而气得病重，要大哥帮忙主持大局。萨穆尔的哥哥便信以为真，他爱父心切，认为这事无论如何要向苏药师讨回个公道！

萨穆尔得到了村里舆论和哥哥支持，觉得时机到了，连忙纠结一班狐朋狗友上苏药师家门，名为商讨老菜农入院治疗事宜，实则就是打算抢亲，非得逼苏小睿嫁入他家！苏药师家人单力薄，无论怎样解释，事情的真相始终没有人肯相信。就这样，萨穆尔每带一次人上门，双方就必然发生冲突，短短几天时间，家中就被萨穆尔一伙人恶意破坏数次，搞得家无宁日，遍地狼藉。

这时苏小睿也即将要启程返回Z市准备开学了，但见家中如此情景，她怎忍心离去？眼见父母亲日日眉头紧锁，对着她强颜欢笑，背地里愁眉苦脸，心中真是肝肠寸断，觉得自己实在是不孝儿女，生下来不能为父母带来什么荣耀，却惹来了无尽的苦恼与麻烦。看来天意如此，注定自己一世命途坎坷，不能自主掌握命运，既然这样，一切都顺从了吧，起码能让父母不再受苦受累……

那天，萨穆尔一伙人又来惹是生非，苏药师不堪欺侮，对着萨穆尔就是一拳，打得他鼻子冒血，痛得哗哗直叫！无奈对方人多势众，两三下就把苏药师打翻在地，拳脚无眼，打得苏药师连吭都不能吭不出声了。一直躲在后院的苏小睿把一切都看在眼里，泪水瞬时模糊了双眼，父亲那慈祥的笑容仿佛就在眼前，温和的声音仿佛就萦绕在耳边，但好像越来越远了……这一切让苏小睿惶恐不已，于是她不顾一切地大喊了一声："不！"苏小睿甩开了在旁边紧紧拉着她的母亲，快步从后院跑到大厅，发疯似的推开那些打苏药师的人，然后扑在苏药师身上抽泣着，身子由于过度的紧张激动而微微颤动着。那一伙人没料到苏小睿一个柔弱女子竟会有如此举动，同时他们也知道自己做的并不是什么光彩事，邪不能压正，都纷纷待在原地不敢再动，顿时整个大厅都静了下来，只听见苏小睿那细微的抽泣声。大家都望着苏小睿，想看看接下来事情会如何发展。

苏小睿搂起父亲，细细拭去他脸上的灰土与血迹，心中涌起了无尽的伤痛与绝望，这两种感觉充盈了她整个内心世界，使她有了天旋地转的幻觉，忽然这两种感觉又迅速交织在一起，凝成了一股坚定的信念。苏小睿缓缓地抬起头，对着围着她的一群人说道："萨穆尔，我会嫁给你。但依照婚约，那是我成年以后的事，在此之前，一切免谈！从今开始，你不能再为难我的家人！否则我宁死不从！现在请你马上带着你的人离开我的家！马上！"

苏小睿的声音并不高，但在场的所有人都听得清清楚楚，没有人想到苏小睿会义正言辞地喝退众人，更没有人想到苏小睿会自己亲口允下亲事。一时间，那伙人面面相觑，不知如何是好，最后大家的目光都望着萨穆尔，看他如何处理。

萨穆尔刚止住了鼻血，他捂着鼻子推开人群，来到了苏小睿面前。他也没料到苏小睿能亲口答应，但事情真的就是这样，他的最终目的达到了。此刻他喜怒交加，面色异常古怪，在众目睽睽之下，他不能不顾着自己的面子，于是他点点头，环顾了一下众人，说："好，好，好！你要嫁给我，这可是你说的！我们就按……按婚约上说的办……我们，走！"

萨穆尔一声令下，一伙人片刻便散得一干二净。离去时萨穆尔一步三回头，看着苏小睿的靓丽身影，嘴角挂起了一丝奸笑，满意地扬着眉头，仿佛一个胜利者……

31

听完了苏小睿对她往事的叙述，我实在是按捺不住心中的怒火，"唰"的一下站起来，低吼道："混蛋！这个姓穆的真不知廉耻，要是他敢在这里出现的话，我立马就把他捏死！"说着，我紧握着拳头，在苏小睿身边来回地转着，想找样东西来痛打一顿，以泄我内心的愤恨。

苏小睿忙伸手拉着我衣服的下摆，把我拉回她身边坐下。在昏黄的灯光下，我看不清此时苏小睿脸上的神色，但她表现得异常平静，可能在漫长的心理挣扎中，她早已习惯了如何去面对残酷命运的捉弄。这个时候，她反而比我显得放松。她反来安慰我："看你这个人，还是很冲动，跟韩京一样……就算萨穆尔真在这里，你也不能这样。为这样的人，不值得！"

"不要再提这个人的名字了！我听了真的很不舒服！"我说道。说真的，此时我的心情真的是非常糟。我这个人虽然平时大大咧咧的，看起来很开朗乐观，但实际上对于某些不平事，我是十分上心的。现在苏小睿竟然遭此厄运，背负着如此沉重的思想负担，却无力反抗，而我自己又根本帮不上什么忙，这怎能不让我感到心焦呢？

听到苏小睿提到韩京的名字，我脑海里闪过的第一个念头就是不知道韩京知不知道这件事，我稍一琢磨，便觉得韩京知道的可能性非常大。因为在早期阶段，韩京与苏小睿的接触较多，但他们每次谈话的具体内容韩京却只字未跟我提过。对于像我跟他这样的好友来说，这是极其少的。这其中肯定有着许多在当时不便透露的内容，当然我出于对好朋友的尊重，那时我也没有去追问什么。在今天看来，韩京未同我说这其中的内容，多半与此有关。

此外，韩京在我们出发上大学之前，曾对我讲过一番意味深长的话——那就是让我在这两年里，无论发生了什么事情，都要好好照顾苏小睿，两年之后，他再来接手。我现在回想起他的这番话，觉得这也应该与苏小睿的"婚事"有关，否则他不会如此郑重地交代我。他当时说的"两年之后"，应该就是现在苏小睿口中的"出嫁"之时了，韩京曾说继我之后再来接手，难道他已经想好了对策或方法来帮助苏小睿？如果真的是这样的话，苏小睿为何现在还如此的无奈与悲痛呢？韩京究竟在作什么打算呢？我恨不得现在就与韩京面对面地谈个明白，好让我烦躁的心安静下来。

但无论怎么说，我还是相信韩京的。他为人谨慎细致，做事沉稳，既然他说了会接手，我想他肯定有自己的想法。我们不是经常说"办法总比困难多"吗？现在还有时间去想办法，我们一定会想出办法来帮助苏小睿的！

想到这里，我的心才稍稍舒服了一点，同时我也在想着，是该找个时候，跟韩京好好谈一谈了。

这一晚我跟苏小睿谈了很久，话题涉及的方面也很多。我们都仿佛觉得如果这次不把话说够说尽了，以后都不知道是否还有机会像现在这样，在树影下，在灯光前，与知心的好友畅谈心事人生。尽管苏小睿刚刚讲完了她自己那充满悲剧色彩的过去，曾有过那么短暂的几分钟的低落情绪，但她很快就调整了过来，谈兴也显得比我要高，还反过来安慰我，还难得地跟我开了些玩笑——只是我的心思并不是很集中，听得不投入，只好听完后勉强笑笑。说着说着，苏小睿轻轻地把头靠过来，几乎把脸都贴在我的肩膀上了，她轻柔地跟我说："梓，别不开心了……我不想看到你这样……还记得吗？我说过，你是一个很好很好的人,与你在一起我很幸福,很快乐……"

苏小睿吐气如兰,在如此近的距离,我感觉到她的呼吸就在我的耳旁,一呼一吸之间带动了她额前的几丝柔发,软软地拂过我的脸庞。我感到有一丝微痒,正想说说别的话,却又听到与我近在咫尺的苏小睿说话了:"梓,答应我!无论以后我做什么,无论是对还是错,我希望你都能理解我、支持我……"

我连忙把头侧了过来,双手扶着苏小睿的双肩,急道:"傻瓜,你该不是想做些什么傻事吧?千万不能这样!"

苏小睿不知为何,目光竟不敢跟我相对,把头微微扭向一旁,她想了想,才又看着我说:"放心,我才不会干那些傻事呢……我只是想,该如何去感谢你,感谢所有帮助过我的人……"

我吁了一口气,说:"原来是这样!小傻瓜,这个问题不用想!我只要你好好地生活下去,别灰心失望,别自暴自弃,要敢于跟那该死的命运做斗争,终有一天会'守得云开见月明',这才是对我、对关心你的人的最好感谢!"

苏小睿久久地望着我,像是若有所思,最后才重重地"嗯"了一声,以示她的坚定。

我们的谈话延续到将近十点,校道上的行人逐渐稀少,我看时间不早了,公交车也差不多只剩下最后一班了,于是我连忙送苏小睿到校外车站搭车。送别苏小睿让我感到一点害怕,我不知道这次的送别是否意味着与苏小睿的永别,天知道她是否以后就不再来我学校了?下学期嫁人后是否还来上学?一切都不得而知,一切都让人感到无所适从!

望着载着苏小睿的末班公交车远远地离去时,我竟然有了种想哭的冲动,眼眶热热的,不知是因天气热而冒出来的汗珠还是我的泪珠。

回去时已很晚了,我没有再去找方雅婷,自己缓步回了宿舍,发了个信息跟方雅婷报了平安,其他的事情我没有跟她说太多。随后,我还想发个信息给韩京,问问他对于苏小睿的事情是怎么看的,又打算怎么做,但我掏出手机才打了几个字,又把字全删了,思前想后,觉得还是先不问吧。毕竟苏小睿的这件事情不同一般,万一韩京根本不知此事,那肯定会引起轩然大波,就算韩京知道,那他之前既然选择不跟我透露,我想其中必定有利害之处,至于具体怎样,暂时我无从知道。今晚苏小睿肯跟我吐露内情,这是她对我信任的缘故,又或是她心里实在憋得难受,可能她也不知道以后是否还有机会跟我详谈,于是便对我尽情地倾诉了。无论是哪种原因,我还是先把这事情压下来。寒假的时候,等我再见韩京时,当面跟他谈会更实际些。

我站在阳台,望着夜空,心想此时韩京在做什么呢?他的身边是否有凌丹相伴?他会惦记着那个即将做别人新娘的苏小睿吗?

我正想得出神时，方岳春风得意地回来了。原来今晚我们在校道分手后，他们三人相约去看电影了，看完后方岳又提议去吃夜宵。方雅婷见时间不早就提前回来了，也好留个机会让方岳、蓝蔚两人独处，发展发展一下感情。方岳这个人相处久了，便知道他为人其实挺有趣的。加上方岳在蓝蔚面前本来就很放得开，丝毫没有男女间暧昧时的那份羞涩，整晚话说个不停，所以两人相处的气氛一直很活跃。

方岳明显还处于亢奋状态，见我在发愣，便上前一把搂住我，亲切地问："怎么啦？今晚还过瘾吧？一整晚跟那娇滴滴的小睿在一起，感觉美妙吧？我说呢，如果你跟小雅没机会在一起就别再勉强了，勉强没幸福啊！马上转方向，跟苏小睿发展吧！听老哥的话，两个小美人，你得哪个，都保管你不亏！"

其时我正在想着心事，冷不防被方岳这么"热情"地搂了一下，着实被吓了一跳，再一听方岳嘴里说的话没点正经，心中有点窝火。本来我是挺能开玩笑的，只是今晚心情确实不佳，想到苏小睿的遭遇我就像心中有块小石子一样不舒服：她那副楚楚可怜的模样在我眼前久久不散，可偏偏方岳拿她来开玩笑，怎能让我不火？

我一下子打掉方岳搭在我肩上的手，怒道："我跟苏小睿的事我自会处理，你少给我提意见！"说罢，我转身走回房间，爬上自己的床不再说话，搞得同在房间中的江锡和李书南两人面面相觑，不知发生什么事情。

方岳平时就是这样跟我开玩笑的，这次没想到我的反应会如此的激动，一时愣在那里。不过他还是很识趣的，看着我的情绪不对劲，也不敢来招惹我。他摇手示意其他两人别去发问，让我好好冷静一下再说。同时方岳也在猜测我跟苏小睿之间可能发生了什么事，难道是感情纠纷？方岳顿时觉得如果真是这样，往后的故事可就多了，其中的新闻价值必定很大，应该找个时间细细发掘才行。

第二天气消了，我便主动跟方岳道歉。方岳也没计较什么，更没有去追问其中的缘由，照旧和我有说有笑。倒是方雅婷曾问过我，到底跟苏小睿怎么回事？怎么搞得心情也不好？估计是方岳把那晚我的表现透露给蓝蔚，蓝蔚又转而告诉方雅婷的吧。

对方雅婷，我本不想隐瞒苏小睿的事情，但话到嘴边最后还是忍住了，因为我知道方雅婷是个敏感、容易动情的人，一旦她知道苏小睿的事，下次再见苏小睿时，她必定会在言行上有所不同，必定会更加关心苏小睿。这样一来，反而会让苏小睿的心理负担加重，觉得自己像被人怜悯一般，她的心情又何以平复呢？我不想那样，我想让快乐的日子多伴随苏小睿一点，虽然我不知道能带给她多少快乐，但我会尽力去做的。

于是我对方雅婷解释说："苏小睿还是因为最近学习的压力大，再加上家里父母的身体不太好，身在远方的她自然倍感牵挂。那天晚上跟她聊着聊着家里的情况，她就忽然伤感起来，心情也灰得不得了，我花了一晚才把她的情绪安抚下来。雅婷你也知道，我待苏小睿一向很好，就如亲妹妹一样，看到她这个样子，我哪能有好心情呢！所以那晚方岳不知情况，开几句苏小睿的玩笑，我一恼之下，就闹了点小矛盾。"

方雅婷对于我的解释还算满意，也相信了我的说法。她叹了口气说："唉，我也知道小睿的为人，她真的是特别的易伤感，看她那静静的性格就知道了。我们可要对她好点啊，否则她的思想转不过弯来，真的能把人给憋出病来。我可舍不得我的这个好姊妹有什么三长两短。"方雅婷顿了顿，想到了什么似的，又说，"你也提醒一下方岳他们吧，别什么都乱说，注意点分寸，有时候'言者无心，听者有意'，别让小睿误会了，人家听着难受！"

我知道方雅婷的提醒是一片好心，自然连声答应，并提议今年的圣诞节学院的舞会上，也邀请苏小睿一起过来玩，大家都尽情开心一下。方雅婷也说好，并半开玩笑地说："那时要介绍些又帅又好的男生给苏小睿认识，我们是时候该把'照顾'她的责任交给别人了。"方雅婷忽又想到去年的圣诞舞会上，在末尾的烟花火光中，差点与我吻上的情景，不由得心头一甜，脸上一红，竟不敢再跟我对视了。

而我则另有所思，默默地点了点头，同时心中感到一丝酸楚，想到如果真的是那样就好了，可惜苏小睿的命运是那样的凄惨，竟由不得她自己做主。她要是能享受自由的爱情，该多好啊。

入秋以后的时间过得飞快，就像窗外的树叶掉落的速度，一眨眼就已没了。随着天气一天天变冷，我们百无聊赖的心情又开始慢慢活跃起来，因为又可以参加各学院举办的圣诞节晚会了。

今年我们首选的仍然是教科院的舞会。我在几个星期前就已向苏小睿发出邀请，希望她能和我们一起过节，苏小睿当时就答应了。而同宿舍的江锡今年也打算跟我们去参加舞会——他平时听方岳胡吹多了，说什么教科院的舞会简直是人间天堂，搞得心都痒了，于是今年也想去开开眼界。

我见宿舍四个人去了三人，便叫上李书南，让他也跟我们一起去，整个宿舍集体出动，所谓"有福同享"嘛。李书南开始还推脱说不去，说："期末考试快到了，我得赶紧认真复习……"在一旁的方岳这时发话了，说："小南，我得告诉你一个事实，那就是在教科院的舞会其实……其实就是一个动态的学术交流会！整个学校的尖子生每年都去参加，大家一边跳啊舞啊，一边背政治背公式，交流什么的全用英语！这个叫什么来着——寓学于乐嘛！你今年不是要去考六级，两年后打算考研吗？现在是机会了，到了现场你得好好跟师兄师姐们学学经验，为将来做好充足的准备！"

方岳的一番话说得李书南两眼放光，兴奋不已，连声说也要跟我们去见识见识，然后马上掏出英语词典，狂练交际语。

方岳背过脸，向我伸伸舌头做个鬼脸，意思是说要让李书南参加舞会，得巧妙地撒个谎，并暗示我不要跟李书南说实话。我听了方岳的说辞，顿感哭笑不得，但转念一想，想到每年的确有很多优秀的学生在那里活动，甚至一些学院的教授或某学科的泰斗也偶尔露面，说不定在舞会上真的有藏龙卧虎之辈让李书南碰着了，那倒可能让李书南如愿以偿，于是也就不计较方岳的谎言了。

我们四人就在渐冷的秋天中，期盼着平安夜的到来。

到了那天晚上，苏小睿应约前来，还带了两位室友。加上我们四人，再加上方雅婷与蓝蔚，一大群人显得热闹非凡，大家有说有笑，兴致甚高。

屈指算来，我已将近两个月的时间未见过苏小睿了。这次见她，不免会多留意一下。或许是心情不错的缘故吧，我发觉今晚的苏小睿谈吐比以前更大方了，不时跟同来的两个同学说说悄悄话，不时又来到方雅婷身边，开心地笑说一番，又不时去跟方岳、江锡开几个玩笑，连她最不熟悉的李书南，她也上前礼貌地问好。而且我还发现，苏小睿今晚的打扮也较平时有所不同，她一改往日清纯的少女打扮，今晚的着装比以前显得成熟一些：脚踏深紫色高跟鞋，身上服装的色系以深色为主，而脖子上的丝巾、腰间的皮带以及胸前的小挂饰选择了鲜色的配搭。苏小睿今晚给人的整体感觉是成熟中不失活泼，稳重中略带点调皮，越看越耐看，让人有耳目一新的感受！

苏小睿发现了我在望着她，便冲我甜甜地笑了一下，快走几步来到我身边跟我打招呼，我们简单互问了一下近况，同时我大赞苏小睿："今晚你实在太漂亮了，想不到你穿起高跟鞋，精心打扮后竟是这么有韵味的！今晚恐怕大家又多了一个争相邀舞的对象了！"

苏小睿脸微微一红，略带羞涩地说："哪有那回事，你看雅婷姐姐才漂亮呢！你该多赞美她！我只是随便穿穿的，自己很不习惯呢……"

我正欲插嘴再次强调苏小睿的美丽动人时，苏小睿却有另一番话了，只听她低声说道："不过，我是时候该适应一下新的穿衣习惯了，我想……我不该再是什么都不懂的小女生了，我将有我的新身份了……我要让自己变得成熟一点，在别人家，我可不能丢脸……"

苏小睿说这话的声音很小，只有我能听到，但在我耳中，却像响了一个闷雷似的，让我脑中嗡嗡作响。苏小睿话中的意思我懂，她在暗示她自己即将要嫁人为妻，看她的举动，像是已经认了命，接受了那个令她痛苦的事实！

我不由得心中一酸，连忙转过脸，不忍再去看苏小睿那张俏丽的脸，尽管她的脸上仍挂着迷人的微笑。

大家说着说着，便来到了舞会的现场，今年的舞会气氛一如既往地热烈，人来人往，很是热闹。幸好蓝蔚早已通过一个相熟的学院干部预留了一张桌子，我们这伙人才有了容身之地。苏小睿等三人第一次参与我们学校的大型活动，对这里的一切充满新鲜感，兴奋的神色溢于言表，但可能由于这里有些人是初次相识，所以刚落座后大家都显得有点拘谨，话反而少了。

这时，坐在苏小睿旁边的李书南突然转头，煞有介事对她说了一连串的话，态度非常认真，表情十分严谨。我以为发生了什么严重的事情，连忙凝神去听，竟发觉我听不懂他们在说什么。我略略定了定神，才辨别出刚才李书南用英语在跟苏小睿交谈！我差点就晕死过去，想不到李书南真的那么迂，竟信了当时方岳善意的谎言，以为在这个舞会上真的要用英语交流。

同时吃惊的还有在座各位，方岳、江锡两人最先反应过来，他俩对望了一下，突然不约而同地大笑了起来，方雅婷、蓝蔚也是熟知李书南的性格，见此大致也想到是怎么回事，也不禁抿嘴而笑。与苏小睿同来的两位女生则面面相觑，一脸惊异。

苏小睿开始也愣了一下，忙用目光向我询问，但见我们都笑嘻嘻的，知道李书南并无恶意。她见李书南一脸的认真，也不好拒绝，同时她还暗想是不是人家在考自己英语呢，自己也算是堂堂名牌大学的学生，在这种场合下可不能让外校人看低。于是她响亮地问了声"Pardon"后，便认真地重听了李书南的英语问题，然后略一思索，便用英语流利地回答了起来。那口语流畅得仿佛就是她的母语一般，那些单词一气儿溜出来都不打一个结，让一旁的我们不由得对苏小睿另眼相看。

以前我经常听韩京说苏小睿人天生聪明伶俐，学习天赋高，作为女生不但文科厉害，而且理科也丝毫不逊色于年级中那些一流的男生高手，语气之中颇有敬佩的意味。当时我还不怎么相信，以为是韩京对苏小睿的好感过了头，便觉得对方什么都是好的。但现在看来，苏小睿果然很厉害，别看她平时内向娇弱，学习这方面可一点都不含糊。

只见李书南开始的时候还能用英语插上一两句话，表达一下自己的观点，到后来渐渐觉得自己的英语单词不够用了，知识的储备明显低一个档次，便开始结结巴巴地不知怎么说了。由于一直全神贯注地听和思考怎么对答，在这个寒冷的冬天里，李书南的额上竟冒了一层细汗。

在他俩对话的时候，与苏小睿同来的一个高瘦女生对我们笑说："你们这个同学要讲英语讲学习的可就问对人了，我们的苏小睿可是班里的这个！"说着，她伸出了自己的大拇指。

另一个女生则连忙补充："是啊是啊，平时她读书可认真了，没事常待在图书馆，她啊，想要把未来的书都读完读透了才罢休呢……"

几番对答后,李书南已经对苏小睿佩服得五体投地了。他转过头,悄悄地对我说:"苏大哥啊,你的朋友真是了不得啊!佩服,佩服!今儿我算是开眼界了,真是'天外有天,人外有人'啊!哎,你这朋友什么时候再来啊?下次得叫上我,叫上我……我可要再请教,再请教……"李书南知道苏小睿与我的关系非同一般,还以为是我未来的女朋友,他觉得我能把这么优秀的人追到手,能力肯定不是一般的厉害,于是对我也开始敬重起来,便不由自主地也跟我说起了英语。我正听李书南说着普通话,哪知道他的心思转到哪儿去了,忽地见他对我操起了英语,差点晕死过去,连忙打了个停止的手势,一把拉他过来,郑重地跟他说:"这里不需要英语交流,你别听方岳乱扯,在这里你就好好玩吧,一切放松,也别老逮着别人说什么学习之类的。"

　　现在李书南对我正处于盲目的"崇拜期",我说的一切他都相信,连忙答应,然后便老老实实地坐在那里喝汽水。倒是苏小睿的一个同学像是对李书南产生了兴趣,不停地跟他聊着,也不知在聊什么话题。

　　经李书南的"英语"事件,大家一笑开了,气氛马上就变得融洽了。在谈笑中,舞会也如期开始,方岳与蓝蔚率先下场跳了一支舞,博得我们这一桌人的热烈喝彩。他俩也仿佛很享受我们的喝彩与尖叫,牵着手微笑地回来坐下。看着我们惊讶的目光,方岳大方地摆手说:"大家别误会,我们只是好朋友。"这番话顿时又引起我们的一阵起哄。

　　我和方雅婷对视了一下,笑着摇了摇头,表示对这两人感到无奈,有时真不知该如何评价他们两个,只觉得他们好像挺享受这种若即若离的暧昧关系。

　　比较让我意外的是苏小睿,她今晚玩得很投入。自舞会正式开始后,她的情绪始终是高涨的,只见她跟随着现场的音乐在摆动着身躯,晃动着脑袋,那头秀发随着她的摆动而来回飘逸着,在闪烁的灯光下颇显活力。我从来没有见过如此动感的苏小睿,她的变化实在让我吃惊,正当我看着苏小睿出神的时候,教科院舞会传统的邀舞环节开始了。正如我先前所预料的一样,苏小睿今晚果然是其他人争相邀请的对象,只见一个高大的男生先走了过来,礼貌地把手伸出来,要请苏小睿去跳舞,苏小睿抬头望了望对方,笑了笑,抬手把头发轻拨在了脸庞后,欣然把手伸了出去,跟那个男生下去跳舞了。整个过程苏小睿的神情很自然,没有一点羞涩的感觉,反而露出了一种妩媚,像是觉得被邀请是应该的、必须的。

　　我的心不知为何紧了一下,说真的,我有点接受不了苏小睿今晚的变化。看她今晚的表现,她哪里像平时那个娇滴滴的内敛矜持的女生啊,她的神情,她的表现,就是今晚舞会上的一朵娇艳的交际花!

　　在我一旁的方雅婷没有留意到苏小睿的变化,或许她对苏小睿以及苏小睿的身世了解得不如我深，她看到苏小睿玩得如此投入，作为朋友的她自然很高兴。见大家都下舞池跳舞了，她也凑到我身边，在我耳旁轻声说："我们也下场跳一支吧。"方雅婷的气息吹得我脖子痒痒的，我回过神来，不由想起了我与她一年前在舞会上共舞的那一刻，两颗心就这样慢慢地拉近，感觉微妙而且美好！转眼一年过去了，一年中的美妙光景像过电影似的掠过我眼前，我从心底里庆幸能认识到方雅婷，她让我的生活充满色彩，不再单一！

方雅婷的建议无疑再次打开了彼此的心门，我跟她眼神相对已心领神会，于是我站起来，弓身伸手去请方雅婷，方雅婷含笑着把手递了过来，我们便融入舞池的人群之中。在搂着方雅婷跳舞的时候，我也留意着苏小睿的动向，毕竟是我带她过来参加这样的活动，我自然要对她的安全负责，生怕有些猴急又不懂分寸的人欺负苏小睿。透过错杂的人群，昏暗的光线下费力地寻找苏小睿的身影，她的舞伴已经不是那个高大的男生了，换了另一个人。那个男生看起来很斯文，感觉挺懂礼貌的，跟苏小睿跳舞一副小心翼翼的样子，嘴里在不停地说着什么，估计是在问手机号码、所属院系之类的老问题。

看到那男的还不错，苏小睿对他好像也不太反感，我的心稍稍定了一点，这才把注意力放回来。我跟方雅婷已经是极为熟悉了，所以现在跳舞我们都不急于表达什么，反而彼此沉默着这样更能接近对方的心。她与我握着的手是温热的，另一只手搭在我肩膀上按得有点紧，像是把重心往我这边靠一样，但她的身子却十分轻盈。我稍稍把她的腰搂紧了一下，方雅婷的身子便伏了过来，她的头也轻轻地靠在了我的肩上。

此时此景，我心里真有种说不出的舒畅，只觉得身边的喧哗之声缓缓消退，人影渐渐淡去，天地间仿佛只剩我们两人在共舞，真是一种很奇妙的感觉，我想这可能就是爱的感觉吧。

恍惚间我听到方雅婷在说话了，她说："真想以后都能靠在你肩上，再也不分开了！"

我听到方雅婷的这番话，顿时心潮激荡，呼吸变得急促起来，方雅婷的话无疑是表白，是长久堆积起来的情感的直接流露，这说明这番话是她内心的真实想法！由于心情激动，我一时语塞，想说点什么却不知该如何接口，只是继续轻轻地搂着方雅婷在人群中慢慢地踱步，想把这一刻的美妙感受多延续片刻。

或许方雅婷也在为刚才自己的真情流露有一点害羞，幸好舞池上的灯光不甚光亮，闪烁之中就连我这么近也觉察不到她脸上神色的变化。方雅婷生怕自己伏于我肩的一幕被蓝蔚等熟人看见，忙抬头恢复原状，没过多会儿，便拉着我的衣袖要回座上休息。

我落座后，发现苏小睿还没有回来，抬眼去看，只见她又换了一个舞伴，看来苏小睿真的很受欢迎。这次连方雅婷都察觉到了："小睿今晚很活跃啊，比我们本校的人还玩得尽兴呢！"接着，方雅婷像是想到什么，恍然大悟地对我说："哦，我明白了！哎，你不是说过，苏小睿大学的前两年是在这边的分校区读吗？那就是说，明年大三她就要到北方的主校区读了。我想，苏小睿必定是舍不得离开生活了两年的地方，她也知道以后可能参加不了我们的舞会了，所以在今天晚上玩得特别尽兴，想留下美好的回忆！嗯，一定是这样的！梓，你说是不是呢？"方雅婷碰了碰我，问道。

听罢方雅婷的话，我似乎明白了什么。我默默地点了点头，算是作了回答。其实只有我才真正懂得苏小睿的想法吧。方雅婷的话固然说得不错，苏小睿今晚的表现突出，神情亢奋，的确要把美好感觉留下的用意，但她并不是因明年要到北方读书，而是因为她明年将不再是一名纯真、无忧无虑的大学生，而是要远嫁云南边区，要成为她根本不爱的一个人的妻子！在这条婚姻之路上她没有选择，没有退路，这是一个柔弱女子无从抗拒的悲惨命运！在来舞会的路上，苏小睿已经跟我表明心迹，她已放弃了挣扎的念头，打算就这样按命运的安排走下去。

我想在苏小睿眼里，这个夜晚，是属于她自己的！她要尽情释放自己，以自由之身享受自由的快乐！这里的每一声笑声，每一句祝福，每一种问候，都将是她永远的回忆！我怔怔地望着正在舞池中跳舞的苏小睿，看着她脸上如花般灿烂的笑容，看着她那飘逸的裙角伴随着纤柔的娇躯在灯影中幻作一团花影，我的心开始隐隐作痛，视线也逐渐模糊，最后我实在不忍再去望苏小睿，默默地低头不语，让发热的眼眶冷却下来。

当我再抬头时，苏小睿已经回来了，她连跳了三支舞后便不再接受其他人的邀请，径直回到我们的座位，一边嚷着"累死啦"，一边拿着自备的小手绢轻轻拭汗。方雅婷见苏小睿回来后，连忙帮她倒上饮料，同时大声赞叹苏小睿不但人长得漂亮，舞也跳得好，接着两个女生就嘻嘻哈哈地说在一起了。

我没有插嘴，生怕自己的忧伤情绪被人看穿，会惹起一些误会，或是让苏小睿感到不安，我不想再让她的快乐因我而中断。于是我打算到外面走走，透透气，好让自己的心情别再低落。我跟方雅婷打了招呼，便起身往外走。

岂料经过苏小睿身边时，她突然站了起来，几乎与我面对面站着了，只见她认真地望着我，说："你先别走，好吗？"

我有点吃惊地望着她，脑子里盘旋着许多念头，却不知该如何作答。

"我想跟你跳一支舞，我的最后一支舞！"苏小睿声音不大，但字字如有千钧，直入我的内心深处。

我愣在当场，嘴里喃喃地重复着"最后"二字，想辨析其中的含义，但此时却听到方雅婷的笑声从后面传来："苏梓，你就跟小睿跳一支吧！刚才我在小睿面前还盛赞你的舞跳得好呢，谁知小睿就高兴起来了，非要跟你跳一跳，说要学习一下。快去吧，别让人家失望！"

我连忙"哦哦"地回应了方雅婷，回头去看苏小睿，她正笑容可掬地等着我邀请。我笑着对方、苏二人说："方小姐你可别吹捧我了！我的舞哪里好了，充其量比笨拙的丑小鸭好一点罢了。小睿，你待会儿可别怨我老踩你的脚！"说罢便小心翼翼地拉着苏小睿来到舞池中，随着节拍开始舞动起来。我面对着苏小睿，略带抱怨的口吻说："小睿，你说话得注意措辞嘛，刚才说什么最后不最后的，吓我一跳，你不是好好的吗？难道我们以后就不能再见面？我可不信这个邪，我要看着你好好的、快快乐乐的样子……"

苏小睿不好意思地笑了笑，低了低头，旋即抬起头说道："我可没想到这一点，不过我承认这'最后'二字用得不恰当，我原本意思是说今晚我不能太晚归校，刚才连跳三支舞也累了，我想再跳一支后坐一会儿，然后时间差不多就回学校了。多亏你这段时间对我的照顾，有了你和方雅婷等人的陪伴，我才不那么寂寞孤单，说来也怪我，也没机会好好跟你们道一声谢！所以，我只能抓住这个机会，来跟你跳跳舞，也借此机会跟你说声谢谢！"苏小睿睫毛微颤，眼神与语气真挚得让人感动。

我没有再去跟苏小睿客套地说些什么，我知道真正的情谊是不需要用多余的话来补充支撑的，在那一刻，我知道这番话是发自苏小睿的真心，让她痛快地说出来才是对她的尊重与爱护。我点点头，同样用诚恳的表情来表示我接受了苏小睿的感谢。

苏小睿再次对我报以微笑，这一次她笑得很甜，我感受到了她内心的快乐。我与苏小睿在人群中悠悠地晃着，也没管什么拍子不拍子的，反正能让苏小睿在跳着的时候感到开心就行。也不知苏小睿在想些什么，有好几下她都踩在了我的脚上，她感到有点不好意思，连声说了几句对不起。我当然不会因这点小事而责怪苏小睿，只是看到她思索的样子，怕她又想起了些忧心的事，同时我也觉得我有些问题想问苏小睿，说实在的我的确有点担心她的将来。

可能我欲言又止的模样早已被苏小睿觉察到，正当我要张口询问时，苏小睿竟先开口道："梓，我知道你心中可能有很多问题想问我。但你能答应我吗？今晚别问我，我想在这个时候安静地想想别的东西，你能陪我多跳一会儿吗？"

我自然无法拒绝苏小睿的请求，只好把问题都咽回肚里，我想其实有些问题真的不需要再多问了，很多事实已经透过苏小睿今晚的言行展现了出来，我只是还抱有那么一丝的希望，想看看事情是否还有转机，让自己心安一些罢了。既然苏小睿不愿多谈，我也不必再刨根问底地戳到苏小睿记忆深处的痛。

我以为苏小睿此时肯定想到了心酸的往事或者对未来充满忧虑，脸上必定堆满愁绪，岂料我低头去看她时，竟发现她的脸上却梨涡绽开，颔首轻颦，一副陶醉其中的样子。

苏小睿两眼微闭，双颊竟渐渐浮起一丝红晕，扶在我肩上的手慢慢滑落在我的臂上，像挽着亲密的人一般。我看着苏小睿的这幅陶醉样，不自觉地敛声屏气，生怕惊扰了苏小睿美好的感觉。此时此刻，我虽不知道苏小睿想到了什么人或什么事，但我想一定是美好的、纯真的、单纯的。或许是一个曾令苏小睿心仪的男生——也许是韩京吧，又或许是一段令人回味的快乐日子。总之，我愿意把我的一切都借给苏小睿，为她营造一个她愿意停留的空间，尽管这是一个虚拟的世界。

可惜时间不能永久停留，不知陪苏小睿跳了多久，终至一曲终了，音乐没有再次响起。苏小睿慢慢睁开眼睛，久久凝视着我，仿佛有许多话要跟我说，隐约中我看到她睫毛上挂着小小的泪珠。但苏小睿始终不发一言。末了，她才轻轻地吁了一口气，跟我说了声"谢谢你"，然后便跟我退回座位上。

此时，众人都早已归来，见我们俩最后才回来，方岳便又带头起哄了几句，但相熟的人都知道我跟方雅婷才是关系"密切"的一对，苏小睿只是我的好朋友，便不以为然，反而调过来取笑方岳与蓝蔚二人。方雅婷也笑容满面地拉着苏小睿谈笑着，一切都十分正常。看来大家都没有留意到苏小睿的微小变化。

舞会终于散了，苏小睿一行三人也要回去了。我们几个人一同陪她们到校园东门打车。夜晚的校园特别冷清，刚才我们在舞会上都跳得身子热热的，现在寒风一吹，冷感尤为明显。方雅婷见苏小睿有点瑟瑟发抖，便执意要把自己的一条厚围巾套在苏小睿的脖上，让她暖和着回校。

由于时间有限，我没有再跟苏小睿有直接的交谈，在校门处看着她们上了车，然后目送着那黄色的出租车把苏小睿远远地载走了。苏小睿走后，我的心不知为何有点空落落的，仿佛这深夜凄清的校园一般，空旷而寂寞。

热闹的圣诞之夜过后，各个学校都纷纷进入紧张的考试复习周，在期末的最后几个星期里，我都未能再见到苏小睿，只是通过几条短信，知道她正忙碌地进行期末的备考，她说她要珍惜在校的读书时光，争取每次都考一个满意的成绩。

直到考试结束后，我才约苏小睿短暂见了一次面，她当天就要坐车回云南了。我知道她这一次回去，不知还会遇到什么困难与挫折，于是我在见苏小睿之前便去选购了一只白玉手镯送给她，虽然这不是什么名贵的东西，但我真的希望这个手镯能为她带来一点好运。

当我把白玉手镯套在苏小睿的手腕上时，苏小睿眼泪就跟着就落了下来。她轻轻地摸着那手镯，久久不能作声，最后才含着泪水一遍遍地跟我说"谢谢，谢谢……"

32

我在寒假快要结束的时候，终于见到了韩京。本来寒假就不长，韩京一家又回老家去陪伴孤身一人的奶奶过年了，韩京再回到Z市，已是我筹备回校的阶段了。但无论怎样，韩京的归来对我来说是一件无比大的事。接到他的电话后，我们当即就约定晚上见，地点就在江边的一间休闲小酒吧。

我们一见面，啥也没说，就热情地捶了对方肩膀一拳，搂着肩就往里走。这种默契，是我们一直珍视的兄弟情谊。

今晚难得兄弟再聚首，月色又正浓，我们就着几个小菜，都放开了怀地喝起来。

刚开始的时我们的话都挺多，因为我们所在的两所高校地处南北，不同的环境、风俗与人文自然会引出海量的话题，加上我与韩京本来就是精于渲染气氛、善于表达情感的人，因此两人聊起来特带劲，仿佛身临现场一般。

两个男的待在一起久了，无论怎样聊，都始终绕不开一个话题——女生！聊起了女生，我们的兴趣一下子高涨了起来，喝酒的频率都快了，然后纷纷大谈南北美女的种种异同。只是在聊着聊着的过程中，我不知为何想起了苏小睿，我想是酒精的作用，我定了定神，想暂且把她的事情放在一边，今晚我不想和韩京谈感情的事，无论是我的还是他的。但苏小睿的影子如初冬清晨时抹掉窗户上的水汽一般，在脑海里愈发清晰，尤其是她回眸的那一瞬间，那随风飘扬的秀发，那明亮的眼中波光流动，似有无数话要与你倾诉。这一幕情景此时正定格在我脑海中，有关苏小睿身世的一切以及她无奈的选择等等的事情突如火山爆发般涌到了我的面前，我的思想防线猝不及防，一下子就被冲崩溃了，我愣是看着如水的月色，渐渐不再发一言。

韩京与我聊得正过瘾，后来发现我的话渐渐少了，神情变得有点茫然，他狐疑地看了一下我，像是觉察到了什么——毕竟韩京太了解我了。他慢慢地呷了一口酒，然后敛起笑容很认真地问我："苏梓，你是不是有话想跟我说？莫非有什么解决不了的事情，能坦诚地跟兄弟说说吗？"

韩京的话一出，我感觉周围的所有声音都从我的世界中消失了：来往的人影退了，轻柔的小夜曲停了，觥筹交错的碰杯声静了，连风声都没有了……仿佛在悄无声息的环境里只剩下我俩在默默相对。我一直在犹豫着该不该把我知道的有关苏小睿的一切向韩京坦诚以告，因为我实在不知，现在这个时候，韩京对苏小睿的情感态度。一方面我担心他接受不了这个现实，万一因此韩京做出了一些冲动的事情，导致一些大家都不曾设想到的坏结局，那我便是一个间接的帮凶；另一方面，我更不想看到的是韩京对苏小睿的感情已经变淡，苏小睿于他来说已经是一个过去式，她的不幸遭遇已不再让他揪心、让他牵挂，这无疑是为苏小睿那残酷的命运添上了更为灰色的一笔，而我也将对世间所谓的一些真挚纯真的感情彻底失望。我有预感，如果一旦事情变得这样，我与韩京间的距离也会变得疏远起来——因为他已经不是我所熟识的韩京了。

然而经过几番挣扎，我最终还是选择了向韩京坦白，毕竟苏小睿跟韩京才是直接相关的，我仅是因受韩京的嘱托才会接近苏小睿、照顾苏小睿。尽管现在我跟苏小睿已成为挚友，但说到底，苏小睿才是韩京生活的"主角"！无论最终的结果如何，韩京有理由也有权利知道这些事情的真相。

于是我清了清嗓子，招手示意韩京靠近一点，好让彼此的谈话能清楚地被对方听到。

我一字一句地跟韩京说道："苏小睿，她，她下学期可能……可能不回来读书了……"我说这话的时候，眼睛一直盯着韩京的脸，我要观察他的神情变化。

灯光下，我看到韩京的脸色没有丝毫的变化，不知他是呆住了还是冷漠得不动声色。我正揣测着韩京的心思时，他发话了，声音有点小，不像跟我说话，倒像在自言自语："怎么？不是说好两年的吗？怎么会提早了？"

我听了他的话，心情稍稍轻松了一点，因为韩京这样说，表明了他一直在意苏小睿的事情，他没有放下过她！

我继续说道："这一年多来，我跟苏小睿常见面，并按你的嘱咐经常照看一下她，现在看来，我的任务快完成了。小睿是个好女生，不能再见她实在可惜了……"我看韩京没有答话的意思，便接着说下去，"只是……小睿她跟我提到，提到她自己的一些往事……其实我也是慢慢才知晓的，那是小睿要离开的原因……嗯，嗯，这话该怎么说起呢？这些关于苏小睿的……过去与将来的事情，韩京你清楚吗？"

"我清楚！我清楚这其中的一切一切，凡是与她有关的事情，我都忘不了！"韩京把头一昂，一杯酒瞬间灌进了他的嘴中。

说实在的，韩京的回答多少让我有点吃惊，听他的语气，看来他所知道的并不比我少，甚至可以这样说，韩京所知道的、所掌握的事情真相肯定比我多。我默默点了点头，一时不知该如何把话题接下去，更不知该在这个时候向韩京问些什么。此时不知是酒精麻痹了神经，还是刚才一番畅谈后用尽了激情，竟有点空虚疲累的感觉。

韩京没有注意到我的情绪变化，他已经沉浸在自己的回忆之中，只见他慢慢地把自己面前的酒杯倒满，那啤酒的泡沫迅速升起，渐渐覆盖了整个杯口，巍巍颤颤地将要跌落出来，但泡沫最终还是在最高峰处停了下来，仿佛飞奔的骏马终于在悬崖勒住了，躲过了一劫。

韩京望着那杯中的泡沫聚散起伏，内心像是挣扎了一番，然后他像是自言自语，把事情的起由经过讲了出来……

事情的发生要追溯到高三那年，就是韩京因肚痛腹泻被迫撞入女厕的那次。韩京为人直爽，加之当时的学习生活的确苦闷，而人又正值青春年少，心中对苏小睿涌起的好感一旦出现，便再也压制不下去了。韩京眼看着这个只有两人独处的时机不可多得，便有了表白的念头，想着与其在高中的最后几个月的阶段怀着一腔酸苦的情愫终日幻想，不如就趁着当时，当面跟苏小睿讲个清楚，成事则皆大欢喜，大家相互勉励着，到高考结束后就相约见面谈个恋爱，如果机会合适的话，两人去个短途旅行就更好了；万一不成，也不要紧，就当是自己在高压的复习阶段昏了头脑，干了傻事。反正高考结束后，大家也不会再见面了，况且这种表白遭拒的事传出去也不算是丢脸的事，谁不曾为爱受过伤？

主意打定后，韩京就边聊边把走路的方向引向偏僻的操场一角，瞅准一个时机，便把步子放慢下来，轻咳了一声清清嗓子，便开口了："嗯……小睿同学，我嘛，有点重要的事想跟你……跟你谈谈……"韩京没想到真正开口的时候，原本平静的心倒紧张了起来，面部表情更是把紧张表现得淋漓尽致。韩京一开口就觉得脸上发烧，原本镇定的声调一瞬间波动起来，仿佛不是出自他的喉咙，目光所触及的地方全是白花花的一片，刺眼得让人有天旋地转之感……

苏小睿听到韩京的话，脚步停了下来，侧身微微抬头望着韩京，眼光带有询问的意味，等着韩京继续讲下去。

到了这个份上，韩京已是骑虎难下，不得不讲，当时的他不求自己能把话说得完美、感人、动听，只盼望能硬着头皮把话说完，把意思讲清楚就可以了！这是韩京当时心中最真实的想法！

那段表白的话，韩京在事后极力回忆，却怎么也想不起来了，开始怎么说的，中间怎么衔接的，最后是怎么结束的，都是一片空白。唯一记得清楚的，是苏小睿听着听着，脸上有了一丝笑容，甜甜的，像一朵娇嫩的太阳花在缓缓绽开，光亮的颜色直射韩京的心灵深处。

韩京说，自己记不起那段"重要"的对话，可能是因为看着苏小睿那动人的笑容而忘乎所以了。韩京看到苏小睿的笑，第一感觉就是自己的表白有戏了，毕竟韩京对于自己的相貌身型挺自信的，心想自己的一番表白，多半能够奏效，他一激动，自己说了什么更加记不住了。

韩京当时的自我感觉相当好，腰板不自觉地挺了挺，想让自己看起来更高大可靠，让表白成功的几率更大一些。岂料接下来的情况让韩京始料不及，可以说，用从云端坠落深谷来形容一点也不为过。

　　因为微笑着的苏小睿，说了一句："韩京，别恋上我。我们不可能在一起的。"

　　"啊？为……为什么？"韩京的语气明显绝望了，这是不甘被人就地宣判死刑的表现。他想自己"死"得明白一些，至少知道被拒绝的理由。

　　"不为什么，因为我要结婚了，我是别人的人了。"苏小睿这时才收敛了笑容，把冰冷通过语言，直灌入韩京的五脏六腑，瞬间浇灭了他的一腔热情。

　　和我最初听到苏小睿要嫁人时的感受一样，任韩京在事前猜想一万次，都不会想到面前的这样一位品学兼优的清纯女高中生，竟会以自己将要结婚这个理由来拒绝男生的表白。韩京真有种自己在做梦的感觉，在当时那个年龄阶段和心智成熟程度，韩京真的无法想象在高中谈婚论嫁是什么概念，难道苏小睿与人暗定终身？苏小睿不再读书了吗？难道苏小睿已有孕在身，不得不终止学业，与他人完婚生子……无数稀奇古怪的念头在韩京的脑中一涌而出，他拼命地想，就是想推理出一个合适的理由来说服自己，让苏小睿无情地拒绝自己的事实变得真实可信。

　　但最终，韩京还是失望了，他真的想不出一个合理的理由来解释苏小睿这个荒唐的回答。最后，韩京甚至有了一点被羞辱的感觉：是啊，不喜欢就算了，你拒绝我也无所谓，随便找个理由就是了，为何要把话说得那么离谱？要嫁人这样的话也说得出来？这会是真的吗？这难道不是故意让我难堪，让我尴尬吗？

　　有了这种感觉，韩京反而冷静了下来，脸色不再泛红而渐渐变得铁青，眼睛盯着苏小睿的双眼，似乎在发问，要求苏小睿给出一个合理的解释。

　　"别这样看着我，我像在与你开玩笑吗？这是我真实的理由，韩京……如果有机会的话，或许我能跟你有个美好的开始，说实在的，你这么优秀的男生，我对你是有好感的。只是对于我的命运，你是无能为力的！"苏小睿微微仰着头，迎着韩京的目光清晰地答道。

　　韩京一下子愣住了，他实在没有想到苏小睿的答案会是这样。当时韩京头脑的思维逻辑瞬时崩溃了，因为他看得出苏小睿说话的语气是认真的，他的直觉告诉自己，面前的这个女孩没有撒谎——也没有必要对自己撒谎，那即是说，苏小睿真的要结婚了！

　　韩京没有料到自己很认真的一次表白会以流星飞逝般的速度结束，更没有想到会以这样的一种形式结束，心里觉得很不是滋味，尤其是刚才苏小睿的一句"只是对于我的命运，你是无能为力的！"对韩京的打击很大，因为这样绝对否定的话语在一个自己喜欢的女孩口中说出，摧毁人信心的力量是加倍的，能让人瞬间心灰意冷。

正值十八九岁的韩京哪受得了这般轻视，在他的心中，此时的自己是无所畏惧的，是无所不能的！为了他认为值得的东西，哪怕豁出性命也在所不辞。苏小睿冷冷的看似轻蔑的话，反而激起了韩京的斗志，他骨子里的那种不服输的劲儿开始涌现出来。在那一瞬间，韩京就决定要为了苏小睿出头，为她尽自己的所能解决困难。

"你苏小睿不是说要结婚吗？你如果愿意嫁给对方，那我祝福你们。但如果你是被迫的，那我就跟他斗，非把你给争回来不可，因为我要娶你！我要让你知道，我有能力改变你的命运！"韩京的心里反复念叨着这几句话，他为自己的这个疯狂的念头而兴奋着，以致整个人因激动而微微颤动起来。此刻他的心中，没有什么比换取苏小睿的幸福更重要了。

或许是韩京此时的神情太激动了，一旁的苏小睿猜不透韩京在想什么，更不会想到韩京已定下了"宏伟"目标，自己细细想想，也觉得刚才说的话可能有点过分，太伤人自尊了。以为韩京被自己的言语说得下不了台，苏小睿心中不免有些愧疚，连忙上前拉了拉韩京的手臂，说："真对不起，我……我不是有意……"

没料到她的手刚碰到韩京的手臂，韩京就反手过来一把拉住了苏小睿的手，一下子把她拉到面前，两人的眼睛的距离不及半米。苏小睿惊讶得不敢作声，身子软软地不知如何挣扎，但她直觉感到韩京不会有什么伤害自己的举动，便没有怎么反抗，尽量不制造声响，以免引起附近的老师、学生的关注。此刻韩京的眼直直地望着苏小睿，声音略显低沉，但语气却异常坚决，他说："小睿，你听我说！刚才听你的话，我想这是真的，但我也猜得到，你是不情愿的，对吧？嗯？"

韩京看苏小睿没有挣扎，也没有辩解，便知道自己猜中了。他的神情也凝重了几分，继续说道："但我也想让你知道，我对你也是认真的，我选择了要跟你在一起，也就同时选择了你现在和将来要面对的各种问题。我是不会退缩的！苏小睿，我不是跟你随便耍耍嘴皮。你的命运，不会操纵在别人的手里，我们要一起握着它、改变它、控制它。让我们一起面对吧，我与你的未来一定会很美好的！"韩京的语速有点急，仿佛每一个字都包含着他无尽的激情与无比真挚的感情，他要通过这样的言语来表示他对苏小睿的承诺。

此时此刻，苏小睿感到自己被一股热炽的情感包围了，更重要的是，她的内心同时也被震撼了！韩京的话句句都讲到了她的心坎中，苏小睿本来就不甘自己命运就此被定了格，只是一直为家中的父母着想，强压下自己心中的委屈与挣扎，现在韩京的话如漆黑中的一丝火光，让她有了抗争的勇气！因为她知道，如果韩京所说是真的，那她将不再孤单，将不会再是一个人在黑夜中暗自垂泪。苏小睿也渴望着能去爱或者被爱，现在这种感觉她能感受到了，就在自己的身边，就在韩京热切真挚的眼神里，就在韩京激动而略带颤抖的声音里！

苏小睿回想起与韩京初相识的情景。她清楚地记得当时第一眼看到他时，便被这个优秀的男生所吸引，已对他颇有好感，只是她天性内向矜持，从不把个人的情感流露出来，也从没有跟任何人谈过，因此根本无人知晓。今天韩京主动表白，苏小睿心中自是无比的欢喜，只是自己认定了根本不能与韩京开始恋情，便也坦承了自己的苦衷。没想到韩京话说出来以后，心中的情感也跟着被带动了起来，并且犹如江河泛滥那样无法压制。是啊，既然双方都互有好感，不妨就尝试开始吧。哪怕只是短暂的数月数日，最后以失败告终，也不枉自己爱过一回。

韩京的手是那样的宽厚，又是那么的温暖，被他握着的这一刻，苏小睿真的很感动，心里想着：如果世界上有真爱的话，我想它必定是不需漫长的等待，便能够让一个人彻底地感知对方的心，并且会为对方无怨无悔地去付出。直至最后的一刻，你仍会微笑着牵着我的手，为我祝福，为我分忧！韩京你会是这样的人吗？苏小睿眼圈微微泛红，鼻子一酸，泪就争先恐后地涌了出来。

一颗颗冰凉的泪珠滑过面颊，苏小睿只觉脸上一凉，内心颤了一下，人便清醒了，她意识到理想——或者说是梦想，总是美好的，但现实却是残酷的。韩京有可能知道自己的处境有多无奈吗？单凭韩京几句真诚的话，几句动情的承诺能改变现实的一切吗？苏小睿暗笑自己刚才实在太无知了，太不理智了，是啊，自己的命运已是绝难更改的了，又何必招惹别人担心呢？又何必把韩京也牵扯进去呢？

在泪眼中，苏小睿看着面前的韩京，阳光下的他是多么的俊朗：国字脸轮廓分明，浓眉大眼，眼神里时刻充满着自信与执着，颇具英气。像他这样优秀的人，应该有着更好的前程与更纯洁的爱情，我绝不能拖累了他，无论是为了他，还是为了我，这都是最好的选择！苏小睿暗自哀叹道，心中隐隐作痛，泪流得更凶了。

哽咽中的苏小睿很想再次开口拒绝韩京，好让韩京彻底死心，不再为自己的事而牵挂，甚至去做些"傻事"。只是话到嘴边，苏小睿怎么也说不出口，她舍不得让刚刚获得的这份炽热的感情瞬间失去，她想多保留一阵子那种暖暖的感觉，这种温暖感、幸福感像蚀骨一样刻入她的内心深处，她实在不忍把它从内心中抽离。每当想到自己又要孤单面对前程，苏小睿便有一种绝望的感觉，有一种心如天崩地裂般的痛。苏小睿犹豫再三，可最终自私的情感取代了柔弱的理性，她决定暂时不把话说绝，以后的事以后再打算吧，或许命运会因遇见韩京而改变呢。

韩京看到苏小睿泪眼婆娑，脸上的神色闪烁不定，心想她必定在考虑着自己刚才的话，只见她一直没有再开口表示些什么，但也没有再拒绝自己，便觉得苏小睿应该被自己感动了，心里不由得暗自欢喜，拉着苏小睿的手便没有放开，仍是紧紧地握着。但他见苏小睿仍是眉头紧蹙的样子，心里揣测着她肯定在顾虑着将来的婚事，一定要用一番情理兼有的话语来抚慰她，她才会有信心与决心去摆脱思想枷锁，去为自己的美好生活而奋斗。

于是，韩京呻吟了片刻，便说道："我说小睿，你可别担心，这类蛮横的婚事旧社会才容忍出现。我想，既然你不愿意去结婚，那么这桩婚事就是不合理的，任何企图把自己的快乐建筑在别人的痛苦上的事都是不道德、不容别人认同的。这天下再大的事情也敌不过一个'理'字，无论怎样也好，我们要尝试着用多种手段来解决问题，别在一条道上堵死了自己。懂么？有什么事情，还有我在你旁边撑着呢，我们共患难，也好考验一下我的真心。"

苏小睿被韩京的打动了，她的眼前仿佛真的出现了一线光芒，照射在自己前行的道路上，自己未来清晰可见，是那么的美好与幸福。苏小睿抬起头，感激地望了韩京一眼，默默点了点头。

韩京停顿了一下，轻咬着嘴唇像是在考虑着什么问题，后来才轻声地说："相信我吧，我会解决你的问题的。嗯，嗯……其实，我爸爸是省里的一位重要干部。嗯，实在不行，我会恳求我爸出面帮忙，为我们主持公道。总之，你的事就是我的事，我想我爸爸不会袖手旁观的！"

韩京的话是那么坚强有力，又是那样自信镇定，苏小睿心里的不安与焦虑渐渐地平复下来。她拭了一下眼角的泪，抿起嘴唇笑了笑，同时那只被韩京握着的手稍稍用力地回握了一下韩京，示意自己会遵从韩京的意思去做。然后她又迅速地把手抽离回来，低下头，神色显得十分羞涩。

韩京自然明白苏小睿此刻的心情与态度，等于是默认了自己的地位，心中自然无比兴奋激动，忍不住连喊了几声："太好了！太好了！太好了！"

就这样，韩京与苏小睿在相互倾慕、相互信任的基础上，两人的前途与命运便紧紧地联系在了一起。在高中最后的一段时间里，韩京与苏小睿有很多次私下的短暂接触，两人的约会非常隐蔽低调，连作为韩京最好的朋友的我也毫不知情。

在他们两个人的私下约会中，苏小睿把自己的情况简要地跟韩京透露了，说自己的婚约将在自己成年以后兑现，时间估计在大一结束的时候，到时自己可能要休学回去，至于以后是否仍能读书，将是未知之数。

韩京则安慰她说，这个先不用考虑，先把高考考好了再说，这是目前的首要任务，也是关键的一点。韩京的计划是，考上大学以后，起码有一年的时间，到时万一那边催促了,以身体不适之类的借口再拖上一两年,然后再让家长出面,以筹备婚礼,准备嫁妆为由,再耗上一段时间。到那时大学也该毕业工作了,有了经济来源便有了独立的能力,再通过各种手段安顿好一切事情,最后就跟萨穆尔摊牌,彻底取消那桩"婚事"。

韩京对解决这件事很有信心,因为于情于理都对苏小睿有利,唯一需要的是多一点时间。

但苏小睿心底残存的一丝理性,在时刻警惕着她凡事要做最坏的打算。

33

听完韩京的叙述,我回忆着所有有关苏小睿的事情,之前许多未解的问题现在都有答案了。

如今在我看来,韩京与苏小睿就是天生的一对儿,真正的爱情在他们身上得到了完美的印证——他们彼此知道对方心里的所想所感,能为对方不顾一切地去尝试,去冒险;无论什么时候发生了什么事情,周遭的环境如何变化,两人仍深切地关心对方,牵挂对方,真心地为对方着想。这份真挚的感情应该值得我们去祝福与支持!

只是事情似乎发生了变化,不知为何苏小睿还是逃脱不了那该死的命运。她跟我提及,下学期可能不回来了,要去嫁人了,这说明事情到了她自己无法掌握控制的地步,究竟这其中发生了什么呢?为何苏小睿要放弃与韩京的约定和自己坚持了很久的计划呢?是韩京的问题吗?还是苏小睿失去了耐心与勇气?还有一点就是,这个结果韩京知道吗?接下来韩京将如何应对这个问题?

我意味深长地望着韩京,希望他能够讲一讲他下一步的打算,但遗憾的是,韩京在叙述完他与苏小睿的那段往事后,便已醉卧在桌面上。我凑过去推推他,想再问问苏睿的事情,却隐约听到他在喃喃地说着:"今年夏天……夏天,我们再相见……小睿……"

随着酒精在血液里流动,酒劲开始蔓延到身体的每一寸神经,我开始觉得身体变轻,而脑袋开始变重,意识渐渐变得模糊。这一夜,我和韩京都不知道是谁搀扶着谁回家了。第二天我清醒后,心仍觉得烦躁不安,便打了个电话给韩京,想问问韩京的进一步打算。但接通电话之后心中又打起了退堂鼓,觉得自己这么做好像有点多管闲事,或许这些事情是韩京都不愿提及的——毕竟很多事情都存在变数,可能现在的新情况是连韩京都始料不及的,仓促之间他能有什么好主意呢。

我清楚,我内心的不安是源于对苏小睿的关心与担心,不管怎样,我会尽我所能去帮助苏小睿，哪怕只是待在她身旁，为她抹抹泪、倒倒水。我只是想让这个可怜、善良的女孩有着片刻的安静与快乐。虽然，我可能不是苏小睿生命中的主角，但我已将她当成生命中一个重要的人看待，在某种程度上，她跟方雅婷是一样重要的！况且韩京是我的好朋友、好兄弟，能帮助苏小睿渡过难关，无疑就是帮助了韩京，这是作为好朋友的我的一个义不容辞的责任。

电话打通了，但接电话的不是韩京而是他的妈妈，她说韩京昨晚回来就一直喃喃自语，好像是喊着谁的名字，自己在房间里折腾到大半夜才睡着，现在他还在熟睡中呢。韩京妈妈知道我和韩京关系好，便借机想问问我发生了什么事情——做母亲的总是牵挂着儿子的一举一动。

我当然不会把个中缘由全盘托出，只是说老朋友见面了，酒逢知己千杯少嘛，大家聊着聊着喝高了，请伯母别担心。之后便又跟伯母寒暄了几句，请求伯母等韩京醒后让他给我回个电话。

韩京终究没有回我电话，我也不敢再次去打扰他，或许他需要点时间去了解事情真相，想想接下来该怎么做吧。我想到时有需要的话，他一定会找我的，在此之前我还是等待吧。

时间一晃就到了我要返校的日子，来车站接我的是方雅婷，她比我提早了几天回校，因为她已定了心思要考研，说是要早点回来趁着学校还没开学，环境清静一点，好好学习几天，使自己迅速进入状态。

我跟方雅婷在假期里一直保持联系，因此彼此的近况都不必细谈，我回到宿舍放下行李，便跟方雅婷到外面吃饭。方雅婷最近苦读课本，估计精神消耗得挺大，整个人比放假前略显清瘦，但她见我回来了，心情自是欢喜得很，谈的话也多了起来。

看着方雅婷微扬的尖尖的下巴，我的眼前又浮起了苏小睿的面庞，不知苏小睿是否也忧郁得瘦了一圈呢？我的心头不由得一紧，便问方雅婷有没有联系过苏小睿？

方雅婷侧着脸想了想，说："前两天我复习得挺累的，想找个人聊聊，便打了电话给苏小睿，看她是否也回来了，打算跟她一起到外面走走。岂料她的手机却是关机，打去宿舍也没有人听，估计小睿还没有回来吧。说来也怪，我在假期的时候也找过她，但电话还是关着的……我想，是不是她换了号码而我们不知道呢？"

我假期的时候也曾打过电话给她，她的手机是关着的，发信息更是没有回过。所以现在听到方雅婷这样说，我也不觉得奇怪，可能真的要到开学那天，我亲自去学校找她，事情的真相才能进一步知晓。

我考虑着要不要把苏小睿的情况透露给方雅婷，毕竟方雅婷为人聪明，而且天性心细谨慎，如果有她出出主意，可能情况会好很多。但我最终还是忍住了，在事情没有完全清晰之前，我不想让苏小睿背负太多的压力，更何况方雅婷为人虽热心，但做事情却极易分心，此时方雅婷知道这样的情况必定要帮苏小睿帮到底的，但这势必会影响她自己的考研复习。我可不想把事情推向坏的方面。

好不容易挨到了开学那天早上，我再次尝试着拨打苏小睿的手机，原以为还是听熟了的那几句"对不起，你所拨打的电话已关机……"岂料，手机那头竟传来悦耳的手机彩铃声！这一段普通的音乐此时在我耳中无异于天籁之音，电话打通了，就意味着苏小睿回来了！她没有如她自己猜测的那般这学期不再回来，无论怎样说也好，这绝对是一个振奋人心的好消息！

我忍不住兴奋，在宿舍中"嗨"的一声吼了出来，其时方岳正坐在我旁边就着馒头吃白粥，被我突如其来的一嗓子，吓得手一抖，馒头一下落入粥里，溅起几滴热粥，把方岳烫得龇牙咧嘴。

我来不及跟方岳说对不起，抄起手机就往外跑，我期待着苏小睿的声音在电话那头响起，可那段铃声响了又响，却始终没有人接听，我重拨了两遍，依旧如此。这究竟是怎么回事呢？难道这个号码已不再属于苏小睿了？又或是苏小睿根本就没有回到学校？我刚放下的心，又再一次紧张了起来。

我仍不放弃，马上又拨打了苏小睿宿舍的电话，又是一直忙音。实在没有办法，看来我得自己过去一趟了。

于是我赶回宿舍，本想简单拾掇一下就马上出发，却被刚从外面匆匆回来的李书南告知，文学院要临时开会，是由文学院院长主持的开学典礼，任何学生不得缺席！李书南说开会通知时一脸的凝重，仿佛谁不去开会就会被开除学籍一般。

我一听要开会就懵了，因为我知道像这样的会议不开上几个小时绝对散不了，这个早上铁定不能去找苏小睿了。按照我之前的行事作风，这样的会我肯定是先逃了再算，实在不行就跟学院里报个病假，相信怎么也混得过去。无奈之前我跟方雅婷已经约好，要在大学里好好表现，拿到好成绩的同时，还要争取多拿荣誉，这样将来找工作才有优势。现在如果不去开会，万一缺席名单真的被送到院长那里，那自己在院领导心中的印象必定不好，所以以后是否有机会获得荣誉就难说了，到时候方雅婷也肯定会抱怨我的冲动。权衡再三，我只得耐下性子，先去参加会议好了。

在座无虚席的大阶梯教室里，我和方岳等几人缩在靠后的几排座位上，文学院院长激情洋溢地作了开学发言，大意都是勉励大家新学期要有新表现，别浪费时间、别蹉跎光阴之类。我无心听院长的发言，低头在摆弄着手机，琢磨着苏小睿情况到底怎样了。

坐我一旁的方岳闲得无聊，见我一脸茫然，便用肘碰了碰我，笑问："你在发什么呆啊，难道与方雅婷闹别扭啦？如果真是这样，你可给我放一万个心，碰上我是你的运气！因为我这人天生就是处理这方面问题的能手，你千万别跟我客气，任何女生的心理我都揣摩得相当透彻，让哥给你排忧解难吧……"

方岳的话听得我哭笑不得，不过现在我暂时没心思跟他胡吹，正想反驳一下他的谬论时，手中的电话突然震动起来。我低头一看，是苏小睿打回来的电话！我的心瞬时剧烈跳动起来，忙打了个手势让方岳住嘴，猫腰低头缩在位置的下方，郑重地按了接听键。

"嗯，是苏梓吗？"

"是的，小睿……真的是你吗？"我压低了声音，但仍按捺不住激动的心情，因而声音有点颤。

"是我。我回来了……你在忙着吗？说话方便吗？"估计苏小睿也听得出我压低了声音在说话，因而猜测我不方便说话。

"我在开新学期的会议呢！嗯——你回来了就好！真的，小睿，没有什么能比再见你更重要了！这些天，我们一直在担心你！你没事就好了……这样吧，我抽个时间过去找你，好吗？"我这句话当中的"我们"，指的是我和韩京，不知道苏小睿能听得懂吗？

"嗯……都是我不好，让你们费心了……"苏小睿的语气有点内疚，"其实我还好，你先忙吧，也不用专门来看我了，让你们如此操心，我实在过意不去。好啦，你好好开会，别让你为难，如果真想聊的话，我跟你发信息吧！"

我们挂掉电话后，手指飞快地按着键盘，与苏小睿"聊"了起来。

几句简单的问候之后，我还是把问题切到了正题上，我在信息里写道："上学期一别，我真担心回来再也见不到你，现在你回来了，是否事情有了新转机呢？希望你带来的是好消息，我会替你高兴的！"

苏小睿回复我："其实……一切已有定数，事到如今我也不再计较什么，真的感谢你和大家一直以来对我的照顾与支持，尤其是你，我在这里致以万分感激。我一定会报答你的！"

我皱着眉头，没能推测出苏小睿信息中的话究竟传递的是好消息还是坏消息，但我转念想到，既然现在苏小睿能够正常回来上课，事情再坏也有个限度，或许一切仍有转机，我应该继续鼓励她才对。

于是我又回复："如果你当我是交心的朋友，请别再说客气的感谢话。韩京已跟我说了他的打算，我是无限支持你们两个的，所以万分希望你能坚持下来，只要有一线希望，我们都不应该放弃。小睿，遇到困难时请别忘记了还有我们在你身边！"

这条信息发出去后，苏小睿久久没有回复，隔了好长一段时间，直到开学典礼结束后，手机才提示有信息。我打开一看，只见苏小睿写道："我的事情还是由我自己决定吧……韩京这边我会跟他交代的。你们都是好人，我会永远祝福你们……给我一点时间吧，迟些时间我会跟你见面的。我会联系你的！"

看来苏小睿心中已经有了自己的主意，我清楚苏小睿的为人性格，她虽看起来柔弱矜持，但长期在外的独立生活，已经练就了她骨子里的一种坚韧的性格。有些时候苏小睿做出了决定，是任谁也无法改变的。我看罢苏小睿的短信，迟疑着不知该如何回复，最后还是放弃了，或许现在给她点足够的时间和空间，会让她能够更从容地去面对未来。

我抬头望着广袤的蓝天，想要把思绪透过长空送去远方，送到苏小睿身边，送到韩京的身边。但愿韩京能想到办法，使故事有个完美的结局吧。

34

之后的几天我没有再收到任何有关苏小睿的消息，既然她最后的那条信息说会联系我，那她肯定会来找我。在此之前，我只能等待。

大二下学期的学业繁重些，专业课开始增多了。而那些临近毕业的师兄师姐更是如急切觅食的雀鸟，每日早出晚归，或是焦头烂额地忙于写毕业论文，或是一身制服地忙于实习，又或是西装笔挺地忙于求职。总之，他们一副疲倦不堪的模样让我们这一众的师弟师妹看着看着也无缘无故地心焦，想到两年后的今日，自己可能也得为前程奔波，为工作忧愁，心中不禁涌起一丝丝的寒意。于是，我们茶余饭后的话题多与毕业找工作有关，而且越谈越有不安的情绪，仿佛那句"毕业即是失业"已成为我们未来的写照。

尽管在学习上有点忙碌，但我的生活照样过得波澜不惊，方岳就更不用说了，用他自己的话来说就是"一潭死水"，每天最大的兴趣就是用江锡的电脑看电影。方岳这人做事有个特点，就是他不干则可，一干倒也挺专注认真的。这个学期他迷上了电影，便像模像样地研究起来，谈起电影来也不马虎，开口一个"黑泽明"，闭嘴一个"马丁·史高西斯"，很能唬人。而因为电影，方岳也因此收获到了意外的惊喜。

事情是这样的，方岳经常和别人谈论有关电影的话题，因此也时不时地跟女生去看电影，而与其他女生看电影这个事被几个同学看见了，于是大家把事情传着传着，把过程通过想象全部具体化了：什么方岳拉着人家的手一路漫步，然后方岳又如何在电影院的黑暗角落里大肆拥吻……总之，各种传言都有鼻子有眼，让人不得不信。最为搞笑的是，这些传闻在学院里几乎人人都有所耳闻，唯独方岳自己一人不知。后来这些话传到了蓝蔚的耳朵里，蓝蔚五味杂陈，毕竟这一年多来，方岳与蓝蔚的关系一直暧昧着，谁也不轻易捅破那层纸，现在可好了，在蓝蔚看来，方岳现在首先耐不住寂寞找女生约会了，而自己在方岳那里又算什么呢？明明是属于自己的"东西"，现在却被别人抢了，这以后别人会怎么笑话自己呢？

蓝蔚越想越气，这股气又堵在自己的心里出不来，搞得心情非常糟糕，她总觉得自己像被人"抛弃"了，这种挫败感在她的生活里从来没有出现过。蓝蔚认为自己应该有所行动了，无论如何都得争一争，否则会让人把自己看扁了。蓝蔚是直爽的人，她采取的方法就是直截了当地去跟方岳挑明关系，该是什么就是什么，把话都说清楚了，以后相见也不会难堪。

蓝蔚毕竟是个女孩子，虽说性格外向，但要真正处理这些感情上的事还是有点拘束，于是她私下还问了方雅婷的意见，方雅婷听罢之后暗自偷笑。因为她早从我这里知道方岳与所谓的女友之事纯属子虚乌有，但她见到蓝蔚那副着急样子，觉得也不妨借此机会，让蓝蔚跟方岳来个真正的开始，成功与否是次要，关键是不再让这两人相互纠结，或许这样对两人都好。

事情就是这样发生了，蓝蔚找到了方岳，开门见山地问他到底要怎样？找到女朋友了怎么还暗地里发展？见不得人吗？

方岳当时完全没有料到蓝蔚约他见面一开口谈的是这个，一脸惊异，吓得连嘴都合不上，他结结巴巴地辩解道："你你你……这话哪儿听来的？我啥时冒出了个女朋友，我……我我怎么不知道呢？"

蓝蔚以为他在耍赖不肯承认，分明是想一脚踏两船，心中顿感委屈，想不到自己之前对方岳暗生的一丝情愫竟被人如此奚落，忍不住眼泪就掉下来，哽咽道："好啊……方岳！你倒是说说……你把我看成了什么？你有没有想过我的感受？现在人人都知道你有女朋友了，那我呢……那我呢？"

方岳见蓝蔚突然泪流满脸，吓得面无血色，连声道歉——尽管他都不知道自己做错了什么，后来好不容易才明白了蓝蔚究竟在为什么着急，心里不禁又甜蜜又想笑。最后他挠挠后脑勺，轻声地对蓝蔚说："你问在我心目中你是什么，那你想是什么就是什么吧。我对天发誓，我方岳没有什么女朋友，要有的话也只有一个，那就是你！"

这就是方岳与蓝蔚相恋的传奇经历。事后方岳跟我透露，说在当时的那一霎，他真的被对方感动了，觉得蓝蔚对自己是如此上心，那副生怕失去他的表情让方岳久久不能忘怀。能找到一个对自己好，让自己从心底里真正感动的人并不容易，既然这样，就当是上天的安排，让他们走在一起的吧。

方岳与蓝蔚的火速结合让我们都惊喜不已，但其实也是意料之中。方雅婷早就想让他们在一起，这次为他们创造的机会居然能一拍即合，顿时觉得自己有了做媒人的潜质，同时也相信这次能帮助别人，以后自己肯定也能获得上天的眷顾，在感情方面顺顺利利。

　　方雅婷在向我谈及这段自己的内心感受时，脸上一直洋溢着兴奋的神色，望着我的眼神里也掺着一丝说不清道不明的意味——这是我能感觉到的，我知道她指的是希望将来能顺利地跟我在一起。我的心中一阵感动，内心涌起了阵阵暖意，不禁轻轻地拉起了方雅婷的手，轻拍着，望着她那双明眸，用力地点点头，说："相信上天一定会如你所愿，因为我们的努力，它会看见的！"

　　方岳初堕情网，便多了在外面活动的时间，经常撇下大家跟蓝蔚到处活动。同宿舍的李书南和江锡则各有各的生活：李书南一如既往地勤奋，自从上次在圣诞舞会上跟苏小睿一番英语对答后明显受到了刺激，他觉得自己实在还有很多东西要学，因此把自己弄得很像一只忠实的老黄牛，每天在图书馆自习室里"耕耘"课本，就差把被铺搬到图书馆寄宿了；江锡则过得休闲得多了，经常待在宿舍里玩电脑游戏，这胖子一不愁花销，二不愁工作，只要能在毕业的时候顺利拿到毕业证，那就什么都好办。看着他这副悠闲样，我们都羡慕不已，并且私下都跟他约好了，万一将来我们在社会上混不下去了，我们可要去投奔他，他得把我们安排得妥妥当当，"苟富贵勿相忘"！当时江锡听罢，"嘿嘿"笑了几声，站起来拍拍胸脯，豪言道："行啊，兄弟我以后罩着你们！"

　　我觉得我们宿舍就是大学生生活现状的真实缩影，有人勤奋到不知时日，这个类型代表就是李书南；有人则只求毕业，日日玩乐无忧无虑，就如胖子江锡；有人堕入情网，开始了谈情说爱的人生，方岳便是其中之一；至于我呢，不算太勤奋也不至于太懒惰，一边为将来的工作而努力改变着，一边又等着恋爱的开始。我介乎于宿舍各类人的中间，我的身上有着他们每个人的影子，我到底是属于成功呢还是失败呢？我自己都说不清楚。看着他们各自忙碌的身影，我觉得就只有自己停留在原地了，心中有时充满了迷茫。

　　入春之后的天气乍暖还寒，而且南方的气候极为潮湿，春风虽然吹起了，但早晚的温差还是挺大的。一天，我忘记了按时添衣，在外面行走时被冷风吹了个满怀，不慎感冒了，当夜病情开始加剧，还发起烧来。那一夜，我烧得混混沌沌，别提多难受了，迷糊间醒来却见方岳的脸在我面前晃动。原来天亮后，方岳等人见我还没起床，而且嘴里还低吟着什么，觉得有点不对劲，便凑过来看我，方岳见我满脸通红气息急促，估计我可能发烧了，用手一摸果真如此，我的额头烫得惊人。

　　方岳他们不敢怠慢，连忙为我倒水找药，又找了两张被子堆叠在我身上为我御寒。方岳还不放心，连忙给方雅婷打了个电话，说我感冒发烧了，最好能带我去看看医生。

方雅婷闻讯后，连课都不上了，让蓝蔚帮忙向老师请假，马上赶过来，看到我已经烧得嘴唇都起泡了，担心不已，即刻就要扶我去医院打点滴。

　　我连忙表示自己能坚持，吃点药休息一天就好，执意不去打点滴。其实我不想去医院的主要原因是我害怕打针——我自小最怕这个，每当想到那个冷冰冰的细细尖尖的针头，像钻地机似的慢慢探进我的皮肤，还要钻进皮肤下那根比针尖粗不了多少的血管里，我浑身就会起鸡皮疙瘩，大热天也会哆嗦不已。

　　方雅婷哪里肯让我坐等退烧，连哄带骗地要我跟她去医院，我死活不肯，最后方雅婷脸色一沉，严肃地跟我说："这回你不去也得去！你要不去的话，我再也不管你了！难道你连我的话也不听吗？走，马上跟我去医院！"

　　我跟方雅婷相识那么久，还真没有看到过她这副严肃样，生怕她真的恼我了，连忙说："听听听……我马上就走，马上就走！"

　　方岳等人初见方雅婷生气时心里也有点怵，但又见我也是一副担惊受怕、唯唯诺诺答应的样子，不禁哑然失笑，掩着嘴躲在一边偷笑。

　　我穿好衣服，简单地吃了点东西，便去校内诊所了。在看病的整个过程中，方雅婷都尽量不让我多动，什么挂号、排队、交款、取药，她都一手包办了，看着她在小诊所里东奔西跑的身影，我心中一阵不舍，又感到一丝甜蜜。我几次要她坐下来，我自己去就行了，她都坚决否定："你要真的想我休息，那就快点好起来，现在你就是一个病人，要听话，好好坐着！"

　　很快，护士便把药水瓶端上来了。我一看护士手中拿着几个巨大的玻璃瓶，里面的液体"咕咚咕咚"地晃动着，心中一阵紧张，情急之下把方雅婷的手握紧了。方雅婷此时才知道我害怕打针，心里不禁发笑，便由着我把她的手握在手中，同时不断地安慰我，分散我的注意力，好消除我的紧张情绪。

　　也许是我真的太紧张了吧，总之护士下针的时候，我的手总是抖动，结果针扎得不够稳准。我手背上顿时感到一阵疼痛，额头上竟冒出了一层细细的汗珠子。这时，护士说这针扎得不好，得再扎一次，我一听差点晕死过去，幸好方雅婷在我耳边不停地鼓励着我，说："别怕，有我呢，我也害怕打针，你总比我强吧。你想想，你不比我厉害，以后怎么照顾我？"

　　我再怎么紧张，也能大致听懂方雅婷的意思。我回头看看方雅婷的脸，觉得自己得有点男子汉的气概才行，否则连打针这点小事都怕的话，以后怎能受苦受累担起责任呢？于是我咬咬牙，勇敢地把手再次伸了出去。

　　这针终于扎下去了！我看着用胶布盖住针头的手，纹丝不动，过了好一阵子，我才发觉自己的另一手紧紧地攥着方雅婷。我连忙松开，为自己刚才的糟糕表现而感到不好意思。方雅婷丝毫没有介意，笑了笑，重新把我的手拉起来，说："你现在不害怕打针了，难道还害怕拉我的手吗？为了表扬你的勇敢，这手就让你牵着吧……"

方雅婷怕我在打点滴期间不适应，也为了让药水的功效发挥得更大，便特意把点滴调得慢一些，这样一来，打点滴的时间便延长了。方雅婷还担心我在这里会感觉闷，便拉着我的手跟我聊天，谈起了自己很多童年的趣事，从小学到中学，从课内到课外。我听着听着，眼前仿佛呈现出一个可爱文静的小姑娘形象，她唱着跳着，在花丛中，在草地上，在操场里，到处都留下了甜美的笑声……

可能药水发挥作用了吧，又或许我发烧后精神不足，渐渐觉得眼皮沉重，点滴没打完便睡着了。当我醒来时，发觉方雅婷也睡着了，可能刚才连轴转比较辛苦，再加上担心和连日的复习，她早已累坏了。现在她的头正轻靠在我的肩上，长长的睫毛微微颤动，不知是否正在做一个甜美的梦，她的手依然在我手中，是那样的温暖，是那样的柔软。

我不敢挪动身体，生怕自己会打扰了方雅婷的休息，哪怕我的姿势保持了很久，半边身子已经开始发麻。看着伏在我肩上熟睡的方雅婷，我的心中无比的满足与幸福，因为这时在我肩上的，是我的整个世界！

由于扎针扎了两回的缘故，我的手背针口处乌青了一大块，方雅婷心痛不已，端起我的手在针口附近揉啊揉，一边揉一边埋怨道："这学校诊所的护士扎针水平也太差了吧？哪能把针扎成这个样子，还让人怎么用这手写字干活呢？"

方雅婷叮嘱道，回去要用热水敷一下针口，这样才能散瘀消肿。突然，她十分好奇地问道："你小时候生病要打针的时候，不得哭得地动山摇？你妈妈是怎么安慰你的？"

我轻皱眉头，努力回忆往事，说："当时嘛，我记得妈妈总是会在打针后亲吻一下我的脸，说：'孩子，不会痛了，我的孩子最懂事最坚强。'妈妈亲吻过后，说真的，那针口好像真没有那么痛了。其实这是有科学道理的，我在中学时看过一本科普杂志，上面说到亲人的亲吻能起到镇静的作用，能有效消除人的紧张感与恐惧感，比如说母亲亲吻孩子，丈夫亲吻妻子……"

我正说得兴起，刚要回头去看方雅婷的时候，不料方雅婷的脸已经挨了过来，在我脸上深深地吻了一下，然后说道："像这样子吗？你的针口现在感觉好些了吗？"

面对突如其来的吻，我明显有点不知所措，张着嘴不知该说什么，感觉方雅婷吻过的地方凉凉的、痒痒的，有一种很奇怪的感觉！我不由得抬手去轻抚那个地方，当我再去看方雅婷的时候，她却娇羞地转过了头，飘扬起的一缕秀发遮盖了她的半边脸，不敢再与我相对。

我终于回过神来，心中自是欣喜如狂，深知这一吻的意义非同寻常，我实在不知用什么语言来表示心中的情感，只得傻傻地说着："这个……我……我……现在感觉好多了，针口一点儿都不痛了，完全不痛了……"

方雅婷回过脸看我，两颊的红晕仍未消退，她装作很正经的样子道："那好，既然不痛了，那我们就回去吧。"说罢，起身就要走。

我赶紧把她拉住，说："别别别……我们再坐会儿，再坐会儿……"谁知为了拉方雅婷，手的力度用大了一点，针口处也跟着痛了起来，我不禁"啊"的一声叫了出来。

方雅婷知道我把手拉痛了，连忙回身坐下，生怕我又弄出些什么动静来，神情中流露出关切的意味，嘴里却稍带责怪的语气道："好了，好了，看把你急的……人家又不是真的要走，小傻瓜！"

说到最后，她自己忍不住先笑了起来，我也傻傻地咧嘴笑了。这一刻，我才感受到原来病着也会如此幸福，皆因有了心爱的人在身边陪伴自己。

有了方雅婷的悉心照料，我的病竟有如神助一般三天内完全康复，我又生龙活虎地活跃在宿舍里。方岳目睹了我神奇的变化后不禁感叹："爱情的力量真伟大啊！"这句话我爱听，正想表扬一下方岳，岂料方岳接着说了一句："看哪，一个已经病得奄奄一息的人都能救活，奇迹啊！"说罢，他自个儿哈哈大笑起来，我顿时哭笑不得，只好在宿舍里追打方岳。

其实现在想想，方雅婷亲吻我也不是说太突然，与其说是方雅婷主动出击捅破我与她之间的那层朦胧的关系，还不如说是我们之间的感情已经累积到了变化的界点，是一种水到渠成的自然结果。毕竟我跟方雅婷的相识相知已经过了一段较长的时间，我们对对方的人品、性格、兴趣都有较充分的了解，而且彼此的感觉是一样的，彼此的心思也能体会，这个世界上没有比这种彼此心灵相通更美妙的感受了。在我与方雅婷的一次次相处中，我们的情感就如酿蜜一般慢慢地积淀下来，时间愈久，香味便愈浓郁，感觉也便更甜蜜了。

这次我生病，让方雅婷的真情在不知不觉间得到了宣泄的出口。她对我的关心，对我的紧张，在当时我病得昏昏沉沉之际展露无遗。面对我的痛楚与难受，她的内心比我更痛，所以在我说到了亲人的吻能缓解痛楚时，她情不自禁地便吻了我，希望我能够减少痛楚。换句话来说，她已经把我当成"亲人"了。想到这一点，我的心无比温暖，激动得心跳加速。同时，我也深切地感受到自己也必定会如此对待方雅婷，绝对会毫无保留、奋不顾身地对待她。让方雅婷得到幸福与快乐，将是我毕生的责任！

就这样，我和方雅婷自这次的生病事件后，便自然而然地走在了一起。当然，我们在一起的结果对于方岳、蓝蔚等人来说毫不意外，因为他们早就觉得我们应该在一起了，这是显然的。

面对他们的祝福，我和方雅婷也欣然接受。不过，方雅婷私下还是叮嘱我，我们两个还是要不断努力，不能因为感情的事情而浪费时光荒废学业。方雅婷的计划是考上研究生，一方面能继续留校跟我在一起，另一方面也为了以后能增强自己的竞争力，将来也好跟我到其他地方发展——一个有我在的地方。

方雅婷的计划让我深受感动，心思细腻的她已经想到了未来与我的生活，说明了她对我的重视，对我与她的将来充满美好的憧憬。因此我也表示自己会拼搏奋斗的，无论如何，也要在未来闯出一条成功的路，让自己身后的女人安享幸福。

快乐的日子总是过得飞快。周末这天，我八点多便起床洗漱，吃罢早餐后便去找方雅婷。因为按照我们之前的活动安排，周末的上午我们会去图书馆学习三个小时，然后一起去吃中饭，下午再到市区逛逛。这样有规律的生活计划是方雅婷订的，她说这样做是劳逸结合，既不耽误学习又能安排个人活动，是一个两全的办法。我对此当然毫不反对。

我到方雅婷宿舍的楼下等她，没想到她早已在楼下的树旁等我，一见我出现，便笑盈盈地向我走来。我正奇怪方雅婷为何今天看起来如此开心，刚想开口发问，她便抢着先说了："今天的计划临时有变化，我们不去图书馆了，你快想想我们要去个什么地方好好玩玩呢？"

我更加奇怪了，因为我知道方雅婷是个很有原则、计划性很强的女生，而且学习一向是她非常重视的一个环节，没有特殊的事情，她是不会改变自己的学习计划的。看来今日是有特别的事情出现了。

方雅婷看我一脸疑惑的神情，也不忍让我再猜测什么，她把身子侧了侧，用手指了指后面不远处站着的一个人，兴奋地跟我说道："梓，你看！是谁来了？"

我定眼一看那人，不由得惊喜，那个人不是别人，正是我一直等待着的苏小睿！她站在那里，正笑盈盈地看着我，像春天里的一朵娇艳的花！

我三步并作两步跃到苏小睿的面前，上上下下把她打量了几遍，看到苏小睿气息红润，一切都安然无恙，我之前的担心总算是一扫而光。霎时间涌起的欢喜让我无法说出话来，只是急促地搓着手，最后好不容易才挤出一句话来："怎么……怎么来了也不提前跟我说一声，我到外面接你嘛！"

35

"提早告诉你了，就没有惊喜了嘛！"方雅婷在旁边笑着说，"昨晚小睿告诉我了，她还千叮咛万嘱咐，不要把这个消息告诉你，要让你彻底地惊喜一下。你看，我们的苏小睿啊，还真能猜得透苏梓的心思，刚才苏梓那个兴奋样啊，我都没见过，呵呵呵……"方雅婷话没说完，便笑得合不拢嘴。

苏小睿在一旁连忙辩解："哪里哪里，都是雅婷姐想的主意，我只是被迫答应的……"苏小睿一边说着，脸上一边展露笑意，看她那俏皮的表情，这个主意非是她出的不可。

我装作无奈的表情，苦笑道："好啊，你们两个的关系竟好得跨越我之上了，可怜我还是形单影只，只好任由你们两个欺凌了！"

既然苏小睿今天到访，那学习的计划只好更改。今天天公也作美，风和日丽，气候宜人，到户外走走最合适不过。最终我们选择了到市郊的碧湖公园划船，听说公园山坡上的油菜花开得正旺，划船后到那里走走更是一个绝妙的主意。

主意既定，我们略作准备，便步行出校门准备坐公交车前往。一路上，我那股突见苏小睿的兴奋心情渐渐变淡，不禁多去望了她几眼，尽管此时苏小睿满脸春光，与我们有说有笑，但我的脑海里却始终闪现苏小睿单独跟我相处时，曾在我面前展现出来的忧郁。她开学初发给我的信息，每一个字我都记得清清楚楚。我实在是太想知道其中的事情了，但我又不能直接开口询问，以免让方雅婷生疑。于是我装作不经意地试探地问道："小睿，今天的风可好了，既暖和又怡人，关键是把你给吹来了。这段时间，雅婷就老说，怎么不见小睿了呢？她还怪我，问是不是我把你给气着了，所以就不过来了。今个儿可好了，你自己过来为我澄清啊！这回我算吸取教训了，小睿，你可得答应我们，以后要常来看看我们，而我们也不时过去瞅瞅你，这样我就不必被雅婷责怪了。"

我以为我的一番话能起到抛砖引玉的效果，让苏小睿说说自己的近况以及接下来的打算，我好从中获得一些信息，最起码也有点线索知道苏小睿现在到底处于一个怎样的境地。

没想到苏小睿还没有答话，一旁的方雅婷却先开口了："你这番话我早就跟小睿讲了，我何曾不想让她多过来走走呢，不过……不过，只怕你的这个想法要落空了……唉，因为，因为小睿她就要走了，她不在这里读书了……这消息听起来真让人伤心！"方雅婷说着说着，情绪顿时低了下来，脸上挂满了不舍与惋惜。

这话换着是苏小睿说出来，我或许还能在方雅婷面前装作镇定，不动声色地把话接过来说，但突然之间方雅婷把苏小睿即将不读书的消息向我宣布，的确让我有种措手不及的感觉。这毕竟来得太突然了，因为这么确切的消息连我这个事前情况掌握得比较多的人都没能知晓，方雅婷又是如何得知的呢？看样子应该是苏小睿告诉她的，但如果方雅婷知道苏小睿的坎坷命运，之前怎么会没有跟我透露半分呢？按照方雅婷的性格，苏小睿的这种遭遇定会激起她的愤慨，这种事她必定藏不住，但为何方雅婷此时此刻只是以略微惋惜的口吻说这件事呢？

一刹那我的脑里闪过无数种可能，我只好把眼光投向苏小睿，迟疑着去问她，因为这个时候，只有当事人才最有发言权了。我低声问道："这个……是……是……你，你……说的吧？嗯？"

苏小睿望着我，眨了眨眼睛，点了点头："嗯！是啊，昨晚我就跟雅婷姐提过这件事，她都知道了……"

这下我脑子真的不够使了，我又狐疑地去望方雅婷，这到底是怎么啦？

方雅婷见我的神色有点怪异，便哈哈笑着："你啊，想不到你也有脑筋短路的时候，看你这一惊一乍的模样，真让人想笑。苏小睿要离开这里，是正常的。你自己不是知道的嘛，原本她在这边的校区只读两年，大三就回校本部那边了。只是上周小睿的学校下发通知，要提前把部分专业、部分年级的学生转移到那边去，学校那边已经安排好了，小睿就是那一批要提前过去的人。现在你明白了吧？这段时间，小睿就是在忙着收拾自己的东西，这两天趁着有空，便过来跟我们道个别。唉，小睿，我可真舍不得你！"说着说着，方雅婷便拉着苏小睿的手摇啊摇。

"噢！原来是这样，我都差点……差点忘了有这么回事，这个消息来得还是太突然了，怨不得我脑筋一时转不过弯。我一直想着小睿是下个期才离开，所以……"此刻我的心总算放了下来，如果真是那样，苏小睿回到校本部读书也不是坏事，毕竟那里的学习氛围、学习资源比这边好，更重要的是，这表明苏小睿与韩京之前制定的计划未受影响，事情仍有转机！但是，事情真的就是这样吗？不知为何，我的心仍有种惴惴不安的感觉。

几经转折，终于来到了碧湖公园。适逢周末，又遇上好天气，来公园的人可不少。我正争着去买票和交划船的押金，却猛然想起今天出门没料到要到这边来，因而身上的钱带得并不多，买门票问题不大，这划船的押金却是个问题。幸好方雅婷有所准备，便对我说："这样吧，你就留在这里陪小睿说说话，我去买门票和船票，顺便去带些饮料回来。你们等等我吧。"说罢，她转身就去排队了。

苏小睿看着方雅婷的身影远去，对我赞叹道："雅婷姐可真是体贴，她是个好女孩，你要珍惜啊！"她停了一下，又继续说道，"我也没想到这么快就要走，以后见你们的机会少了，我会想念你们的。苏梓，你可要保重。我的事情已解决了，请不要再担心，我在校本部那边会好好照顾自己的。"

"小睿，你真的是搬到校本部那边吗？"

苏小睿怔了一下，然后又笑着说："是啊。怎么不是呢？呵呵，你现在就开始舍不得我了吗？"

"小睿，别骗我了！在我面前，你就不要说表面的话了。你不是提前搬到那边学校，你是要办理退学，你要回去实现你的婚约，对吗？"

苏小睿的笑容渐渐凝固了，随后如一滴墨汁滴入浩瀚的江河里，瞬间消逝不见，取而代之的是深不见底的无尽忧愁。看来她在我们面前一直掩饰得实在太费心神，一旦被人看穿了真相，便无可抑制地将不安与担忧展露了出来，她的语气逐渐急促，声音也不禁有点颤抖："梓，你是最了解我的，看来，看来事情还是瞒不过你……但我能有什么办法呢？事到如今，由我自己来承受吧！"

说到最后，她的双眸涌起几点星光，在阳光下闪烁不停，但很快又把自己的情感抑制住了，可能平时她也常有要落泪的感觉，只是自己不断地强行压制泪水，所以这已成为习惯。她深呼吸了一下，轻轻地吸了下鼻子，语气恢复了平静，不是细心的人或极为熟悉她的人，会丝毫觉察不出苏小睿的情感前后变化的。

苏小睿说道："苏梓，你是明白我、了解我的，我说个谎言来骗你，不是不信任你，不是把你当外人看。恰恰相反，我是真心想让你们不再担心，想让关心我的你，还有雅婷姐，能安下心来。为我的事，我已经连累了很多人，我的父母、韩京，现在还有你、雅婷姐等等，我不应该这么自私……"

我打断道："小睿，如果你是真心想让我们安下心来，最好的办法就是把事情原原本本地告诉我们，让大家一起帮你想办法解决问题，这才是根本的。说实在话，到现在我倒是糊涂了，之前不是一直都好好的吗？你跟韩京都已做好了各种准备，也很乐观地看待这件棘手的事情，怎么到了这会儿，你倒是先泄气了。这不是功亏一篑吗？"说到后面，我的语气有点急了，似为苏小睿的不作为感到心焦。同时我不时地往远处张望，随时留意方雅婷回来没有。我要抓紧这短暂的、宝贵的跟苏小睿独处的时间，来了解事情的真相。

苏小睿静默了十多秒，神色告诉我她在沉思着，估计她也在重新审视整个事件，盘算着各种可能性。可最终，呈现在她脸上的仍然是沮丧的神情，她轻轻地摇摇头，叹了一声："算了，我放弃了。"她顿了一下，继续解释道，"我原本真的打算坚持下去的。只是……只是事情超出了我的预料，等不及了。你还记得吗？那个救过我爸爸的恩人——

老菜农，他已经病入膏肓，奄奄一息了，在医院里已抢救了几次，医生说估计是熬不过这几个月了……"

"啊？"对于这个消息我倒是十分意外，对于这位忠厚的老菜农我一直都很敬重，毕竟最后他醒悟了，不再偏袒自己那劣迹斑斑的小儿子，从大局出发，能果断撕毁那一纸婚姻，这种勇气与善良值得我尊敬。得知这善良的老人危在旦夕，我深感惋惜，我原本想着他有朝一日能康复起来，那便能说出真相，道破那无耻的萨穆尔的丑恶嘴脸，还苏小睿一家一个清白。没想到事情竟如此发展，这无疑是给韩京、苏小睿这对真心相爱的人一个致命的打击。

苏小睿接着说："几个月前老菜农第一次病危，我便有种不祥的预感。果然，萨穆尔过了两天后便又来生事，说是老父即将油尽灯枯，算命的说要想给他延寿，就必须办件喜事来冲喜，最好就是儿女婚嫁之类的。就这样，萨穆尔便说等不了那么久，要我家把我和他的婚约提前进行。即便我们都知道这也许是萨穆尔编出的谎言，而且我们都不迷信，但萨穆尔坚持要这样做，所以村里人也不好说什么，也觉得婚约提前无可厚非。虽说我不是在家乡长大的，但我还是清楚的，如果我这次不按萨穆尔的要求提前完婚，我想村里人肯定会对我家表示不满，那个萨穆尔也一定不会善罢甘休，到时要出什么手段，伤害了我的家人，败了我家的尊严，我便成了家族的罪人！这可是比我生命更重要的事情！"

"这无耻的家伙！"我听罢后一声怒骂，"竟然不顾老父的安危，尽要些坏心肠！"我心乱如麻，觉得这局面的确是棘手之极，但我心底还残存着一丝希望："那韩京呢？他不是曾经也设想过这种不利的局面，他不是还说过，他的父亲是省里的一位干部，难道不能让他出面去干预这件事情吗？这个方法你们没有尝试过吗？"

苏小睿苦笑了一下："呵，这个想法现实吗？这个办法看似行得通，但问题是我是韩京的什么人呢？高中同学？女朋友？在他们大人眼中，我和韩京的关系可能只是一段朦胧的感情，只是男女生之间的一种轻言寡诺，他们不会当真的。而且我和萨穆尔毕竟是有婚约的，这又算是民事纠纷，韩京爸爸即使是干部也帮不上什么忙。"

"不管怎样，我觉得还是得试一下……不试怎么行呢？"

"你能这样想，韩京怎会不去试呢？结果还是和我预料的一样，韩京被他爸爸痛骂了一顿，说是不好好用功读书，反而把精力用在些情情爱爱之上，还要废除什么婚约？为此，韩京与他父亲大吵一场。我于心不忍，都是我的错，让韩京无端受连累。"

在这一刻，我才感到我们几个年轻人的力量是多么的不堪一击。我、韩京、苏小睿等人的努力在这一刻成了苍白无力的回忆，之前我们几个人都曾编织过一幅幅美好的画面，但此刻我们的美好愿望竟成了绚丽的肥皂泡沫，在现实刺眼的阳光下，一下子就幻灭了。我真的有种天昏地暗的感觉。

最后，我问道："那韩京知道这件事吗？我指的是你即将离开这里，回去履行你的婚约？"

苏小睿说："他是最近才知道这件事情的。萨穆尔不下数次打电话给我，甚至电话打到我宿舍来，谈的就是逼婚的事情！我已预感我们的计划将以失败告终，所以最初我没有把事情告诉韩京，我担心他因冲动而盲目行动，即使他知道也起不了什么作用。我不愿看到他为此受到伤害！我为此渐渐减少了与韩京的联系，并打算瞒着他到我结婚之后，再编个借口，让他永远离开我。但应该是你在过年见面的时候，把我的一些近况告诉了韩京，韩京也似乎感觉到了什么，于是向我追问真相。我想着与其让他痛苦一辈子，还不如直接告诉他，让他也有个心理准备，然后……然后彻底忘了我这个不幸的人吧！"

我正想说上几句话鼓舞一下苏小睿，远远地看见方雅婷一手拿着票，一手提着几瓶饮料在向我们招手，示意我们要过去了。

苏小睿也看到了方雅婷的招呼，便冲着她那边摇手回应，在走过去之前，苏小睿低声对我说："我的事情你不必太在意了，我已接受了现实。看，今天雅婷姐兴致很高，我们不要让她扫兴，也不要让她担心。今天我们就好好玩玩吧。梓，你会答应我的吧？"

我望了望苏小睿，她也望了望我，脸上浮起了她那一贯甜美的微笑，似乎在暗示我要乐观面对一切，我没有再说些什么，只好重重地点了点头。

就在说话间，我们便已来到了方雅婷的身边。苏小睿热情挽起方雅婷的手，笑着说："今天要去撑船喽！好久没有试过泛舟湖上、赏绿踏青了！今晚回去后，苏大作家可要写一篇碧湖游记，然后可要奇文共赏啊！好吗？雅婷姐姐可要帮我监督他写啊！"说罢扭头去看我，还朝我吐了吐舌头。

我接过方雅婷手中提着的几瓶饮料，听苏小睿要求我写文章，便笑答："好啊，我就写一篇碧湖游记之苏小姐扑蝶弄舟，待会儿我可要仔细观察你，把你的滑稽言行一一记录下来，到时可别怪我把你的丑态写得过于真实啊。"

苏小睿笑道："你最疼我了，你可别把我写丑！"说着，又挽着方雅婷谈天说笑去了。

我跟在这两个女孩的身后，看着她们的笑靥如花，真切感受到了她们身上所洋溢出的青春活力，顿感自己肩上的责任沉了很多，眼前的两个女孩都是自己珍惜、重视的人，为了她们我愿意放弃很多东西。我把自己的腰杆挺了一下，让自己在地上的背影更修长一些，紧紧地追随着苏小睿与方雅婷的身影，我要把自己化作一道屏障，去保卫这两个我生命中重要的人。

我们三人划过船，登过碧湖公园的贞山，还在园内找了一个小餐馆吃了一顿很有地方特色的饭菜，大家都相当满意今天的行程。苏小睿的兴致也很高，一路上说笑声不断，从碧湖桥上下来的时候，她发现桥边有一个照相的门店。苏小睿一见，快步奔向那里，并且招呼我们要过去合一张影，以作留念。苏小睿的脸上满溢着期盼的神色，我和方雅婷怎好拒绝呢？于是我们请了服务人员，在最佳留影点为我们照了一张合影，苏小睿还不满足，还要分别跟我和方雅婷单独照一张，说是以后要好好珍藏着，想念我们的时候拿出来看看。

我心中清楚苏小睿说这话的意味，知道她是在为自己的回忆做着准备，我的鼻子不由得酸了一下，便借口让方雅婷先照相，自己忙扭过头去调整情绪。这一刻，我不想让苏小睿难堪，也不想让方雅婷看出什么端倪，徒增她的担心与忧虑。

到了我跟苏小睿拍照的时候，她紧紧地挨着我，头轻轻地往我这边靠，像是我一个疼爱的小妹妹那样，想要得到哥哥的呵护与爱怜一般。在那一刹那，我又闻到了苏小睿发梢那淡淡的香味，恍惚间真有点梦幻的感觉。我实在不敢去想这美好的画面以后不会再重现，一切的美丽都只能存在于薄薄的照片之中，徒留无限的思忆与惋惜在人间！尽管我们都是那么的年轻，那么的真纯。

欢乐的时光真是过得特别快，愉快的一天在夕阳的一片霞光中即将结束，我们在车站前与苏小睿告别。苏小睿说，这些天她可要忙透了，要在学校办理各种手续，收拾行装，到时要离开了来不及通知我们，让我们不要见怪！

方雅婷听罢，便第一时间表示要过去帮忙。她说道："小睿啊，你可别见外，别跟我们客气什么，能帮上你的，我们绝对不会惜力。苏梓，你倒是安排一下啊，找个时间，叫上方岳那家伙，大伙一并过去，把小睿的东西都整理好，否则你让小睿一个小女生怎么忙乎这些事！"

苏小睿连忙摆手表示不必帮忙，不知是霞光的映照还是她急得不知如何表达，总之她脸上一片通红，她说道："别别别……别为我的事而打扰了大家。其实，其实我早有所准备，东西都收拾得差不多了。而且你也知道，我学校那边管理很严，校风校纪都挺严肃的，一般都不会让外校人去学生宿舍，我的事我自己能搞好，况且我们同学大多是自己在忙，我不便搞特殊化的。"

苏小睿说的也是实情。她就读的大学的确在学生管理方面做得挺正规，甚至是有些死板，这些规矩当地的大学生几乎都知晓。方雅婷想了想，也觉得刚才的提议在苏小睿的大学中有点不现实，一时也想不出对策来，只好望了望我，祈求我能拿个主意。

我当然知道苏小睿的一番说辞是为了不让我们去，不让我们——除了我，知晓她离开事情的真相。苏小睿很聪明，她是借着学校要提早撤离部分学生回本校这个理由来向我们告别，并打算借此来掩盖她离开的真相，这样一来，她的离开便不会让朋友们起疑心。但无论怎样，苏小睿一个女子要办好这些离校工作也并不容易，唯一能帮忙的看来只有我了，毕竟只有我知道苏小睿离开的真相，我对她来说没有隐瞒的压力，说话做事也方便很多，况且我是真心想为苏小睿做点什么的。于是，我对方雅婷点了点头，说："所谓'上有政策，下有对策'，再严的校规，也有空子可钻。雅婷你放心好了，我这两天安排一下，到时候我一定帮苏小睿安排得妥妥帖帖才让她离开。"我扭过头，又对苏小睿说："小睿啊，你可不能拒绝我，你要真把我当朋友看待，把我当作信任的人来交往，你就让我过去帮帮你吧，在这个……最后的时刻，我应该在你的身边的……"最后一句话，我说得轻轻的，不知苏小睿是否听得明白？

苏小睿抬起头望着我，不发一言，霞光在她的眼睛里颤着点点光斑。我想，如果眼睛会说话，此刻苏小睿会对我说些什么！

36

在回校的公交车上，我和方雅婷都显得有点沉默。可能是大家玩得有点累，顾着应酬苏小睿，等到两个人相处的时候，反而话少了下来。当然我除了体力透支外，心里的负担也不少，总是想着苏小睿的境况遭遇，但自己却又无法帮忙解决，便莫名地烦躁起来，只好自己倚着车窗，望着那飞驰倒去的景色发呆。

方雅婷则静静地坐在我的身边，开始还和我交谈一两句，但随着公车有节奏地颠簸着，她慢慢地闭上了眼睛，不知是在养神还是睡着了。我侧过头望了她几次，见她仍闭着眼睛，便不去打扰，自己仍望着窗外，想的还是那些烦人的问题。

公车转过街头，前方就到站了，我回头打算叫醒方雅婷准备下车，却发现方雅婷早已醒来。我担心刚才眉头紧锁的模样被方雅婷觉察，便连忙找了些话题跟方雅婷聊起来，几分钟后我们便在站台下车了。

在步入校区的校道上，我正准备要问问方雅婷今晚是否一起吃饭的时候，没想到方雅婷先说话了："苏梓，我有些话想跟你谈谈。嗯，是这样子的——你跟苏小睿的事情能解决吧？"

"嗯？苏小睿的事情？哦，应该没有问题。我这两天就过去，我那边还有几个同学，到时想想办法，总能搞定的。"我猜方雅婷问的是帮苏小睿收拾东西，打点行装的事，便随口回应道。

"你应该清楚我说的是什么吧？我指的并不是你去帮忙打点搬宿舍的事。我是指你跟苏小睿之间的事，或者说，是我还不知道的事。"

这次我终于听清楚方雅婷想要问的问题了，我的心一紧，不知方雅婷如何看出了端倪，我自己又在何处被看出了破绽，难道是苏小睿私下告诉方雅婷的？这不可能吧。我心中极快地盘算着，并暗暗告诉自己要冷静沉着地应对这种突发情况，姑且听听方雅婷是怎样讲的。于是我不动声色，装作不解地反问道："哦？此话怎讲？什么我跟苏小睿的什么事？我跟她会有什么事呢？你指的不是搬宿舍的事吗？"

"其实很早之前，我便觉察到苏小睿跟你的关系不一般，尽管不明显，但你们总有些微妙的神色变化让我捕捉到。起初我想这应该是你跟她在高中时便相识，成为好朋友的缘故吧。后来我跟苏小睿也成了好朋友，相处得久了，她的为人怎样、心地如何，我跟你所知道的都一样，她是属于那种善良的，没有机心的人。我说的苏小睿是这样的人吧？"

我听着方雅婷对苏小睿的评价，尽管不知道接下来方雅婷将要说些什么，但至少她对苏小睿的总体评价还是中肯的。因此我默默地点了点头，表示赞同。

在得到了我的肯定回答后，方雅婷也点点头表示满意，便继续说下去："当然，我也知道你是一个怎样的人，跟你在一起也有好长一段时间了，你的为人我也是相信的。人们常说'路遥知马力，日久见人心'，如果你们两个真有见不得人的行径，终究要露出马脚的。因此，你们不时有一些微妙的神色、举动出现，有时我也不想去追问什么，毕竟每个人都会有一些不想别人知道的私事。如果你们之间也有那么一些你们两个才知道的私事，我也相信你们总能商量着解决的。问题是……"

我听着方雅婷的分析，不由得佩服方雅婷细致的观察能力和宽容大度的胸怀，只听方雅婷说道："今天我看到你们的神色情绪都有点怪，我买门票回来就看到你一脸的懊丧，尽管你还是装作很热情，笑容仍是勉强的。小睿呢，眼眶还带着红圈，虽然不明显，但我会不知道她刚才哭过吗？只是你们都能马上装作若无其事，我便不好再说什么了。一路上，你们的举动都有些怪怪的，不是吗？小睿忙着跟我们照相，言语中总有离别后不再相见的意味，如果只是搬个校区，用得着这么伤感吗？你也是的，一副欲言又止的模样，照相的时候，老是别过身子望向远方，我猜你一定是不忍看到这样的画面，在努力控制着自己的情绪吧？好了好了，所有的一切，我都看得出来，你们正在为某些事情而困扰。我的话说完了，你觉得我所分析的有不正确的地方吗？"

方雅婷的分析绝对合情合理，我连怎样圆谎掩盖事情的打算都放弃了，我继续点点头，说："你是真正懂我和苏小睿的人，看来也只有你能把事情看得这样通透，事情的确是这样子的。"

"那好，那刚才我问你的问题可以解答了吗？你跟苏小睿的事情怎样了？能跟我透露一下吗？我或许不能帮上什么，但至少能多一个人出出主意，帮忙想想办法。"

"不瞒你说，雅婷，这个事情目前还没有解决。我、小睿还有我的一个好朋友正为这事努力着。对于这件事……雅婷，请原谅我暂时还无法把事情的真相告诉你，不过你千万不要认为是我跟小睿信不过你。只是这事情不是我一个人的事情，我无法透露其中的细节。"既然方雅婷都把问题指向了关键之处，我真的很想把憋在心里的郁闷心情如实尽诉，真的很希望聪敏的方雅婷能给事情带来一丝转机，好让我去把苏小睿从厄运中拯救出来。但我得尊重苏小睿的选择，她既然没有亲口告诉方雅婷，也没有表示我可以把整件事的真相告诉方雅婷，那我就不能贪图一时之快，把别人的不幸转述给另一个人。我想，苏小睿也是不想把自己的悲惨命运让过多的人知道，因为那非但于事无补，只是徒增无奈、惋惜罢了。

正因为我一直都有着这番挣扎，因此尽管现在方雅婷追问真相了，我最终还是选择了为苏小睿保守秘密。

"事情真的那么重要吗？嗯，刚才你说到事情不是你一个人的事情，那我想一定是关于苏小睿的了。只有她的事情，才会让你难以启齿，也才会让你那么忧心与心焦……嗯，让我再猜猜，苏小睿的事情……那与她的这次离开，我想也有一定的关系吧。现在看来，她要搬回主校区这个表面事实，也可能只是个借口了。嗯……她的依依不舍像是诀别，小睿不是要去做什么轻生的傻事吧？"说到后面，方雅婷猛然有点害怕的样子，声音也有点颤了。

我摇摇头表示否定："小睿她不是要……轻生，只是她……"我最后还是把"她的遭遇或许比死亡更残酷一些"这句话给咽回去了。

"好吧！梓，我尊重你们的选择与决定。你们都是我信任的人，我能理解也能明白，有些事情或许不能跟太多的人解释或说清楚。当然，我是真心希望你能够解决所面对的困难。这两天你不是打算去帮苏小睿的吗？那你尽管放心去吧，做你能做的事情。我盼望着苏小睿能再快乐地回来跟我们相聚。如果有需要我的地方，请不必顾虑太多，尽管告诉我，我不就是你身后那个默默支持你的人吗？"

方雅婷的话句句暖在我的心头，我内心一阵感动，古人对于婚偶不是有一句名言"娶妻求淑女"吗？这个"淑"字既包含了仪态举止大方有礼，更包含了性情贤淑、品行端庄的意思。一个能真心体贴你、能站在你的立场上去想问题、体会你感受的女子，一定是一位好妻子。现在眼前的方雅婷就是这么一位女子，我深受感动的同时更为自己感到庆幸。

我用力地点点头，承诺会尽力帮助苏小睿——只要她有所需要，我都尽量满足。

说话间，我们已不知不觉走到方雅婷的宿舍楼下了。我知道今天的活动让方雅婷疲惫至极，便不再多讲，让方雅婷早点回去好好休息。

岂料我刚转身走了几步，又被方雅婷叫住了。在宿舍楼前昏黄的灯光下，只见方雅婷一副欲言又止的样子，我以为方雅婷还有什么事情没有向我说清楚，心中充满疑虑地看着她，关切地说："雅婷，怎么啦？是不是还有别的事情要说？尽管说出来吧。"

忽然间方雅婷的脸上露出了羞涩的神色，动作也有点忸怩起来，随后在我连声追问下，才显得有点不好意思地说："苏梓，我可以再问你一两个问题吗？"

"嗯，当然可以啦。怎么啦？"

"嗯……其实那问题就是……就是，以前你跟苏小睿还有其他别的关系吗？我指的是那种关系。"方雅婷像是鼓足了勇气，一下子把问题问了出来，说罢此话时脸像涂了胭脂一般红润，头低了下去不敢正面看我。

我把方雅婷的问题喃喃地琢磨了几秒钟，明白了她问这个问题的用意。原来她还是担心我跟苏小睿的关系非比寻常，尽管她相信我，尊重我保守着别人秘密的做法，也清楚苏小睿的为人，明白我跟苏小睿仅仅只是好朋友的关系。但女孩子的心理在这方面始终是敏感的，看到自己喜欢的人跟别的女孩有着一段小秘密，无论多理性、多聪明的女人，心中总会有点酸酸的不舒服的感觉。要说服自己，要消除这种不适感单靠自己的理性是不够的，还要有当事人的保证与承诺才能奏效。女人有时不会相信自己的理智与理性，但却会相信自己的耳朵与眼睛。

想到这里，我不禁有点想笑又有点感动，心中明白，是因方雅婷对我重视才会问出这般无聊而且幼稚可笑的问题。我一手轻轻拉过方雅婷的手，一手帮她理了理额前的刘海，温柔地说："小傻瓜，我和小睿能有什么关系呢？在高中只是同学关系，在大学也只是好朋友关系，我当她是我的亲妹妹一般看待。放心，我与她之间的事情绝不掺杂男女情感。此话苍天可以为鉴，日月可以作证！"

"那就是说，那种特殊的感觉只是对我才有喽？你见到我便心跳加速，脸红耳赤，手足无措，是不是这样子呢？"方雅婷继续不依不饶地追问着，但语气中恢复了往日的调皮。

"是啦是啦，就算你再问我一千遍、一万遍，我也是这个答案。只有你才能令我如此失魂落魄。"我故作深情的样子对着方雅婷说。

我们两个说罢，相视一笑。方雅婷的笑容十分甜美可爱。

37

"小睿，这些东西还要不要？"我指着墙角的一摞书问苏小睿。

"哦，这个我还要再挑一下。哎，没想到自己平时藏起来的东西真挺多的，要收拾起来相当的麻烦。苏梓，那边的箱子帮忙递过来一下！"

我把身后的一个纸箱递给苏小睿，又忙着把墙角的书搬出来，好让苏小睿继续挑选。

今天是我过来帮苏小睿收拾东西的第二天，但我的"作战"地点并不是她大学的宿舍里，而是苏小睿在外面租的一所小房子里。因为苏小睿所在年级已经完成了搬迁工作，其他学生和行李都一并通过火车转移过去了，短短两天之内便人去楼空。此时苏小睿已申请了退学，自然不能随她们前往本部那边落脚，但苏小睿办理的退学手续却要等校本部那边审核批准，因此苏小睿不能离开，只能先在学校附近的民居租个小房子以作暂时的居所，她自己所有的行李都先搬到那边再作整理。

昨天我忙了一天，帮她打扫卫生，清理这小房子的杂物，今天才开始帮苏小睿给行李装箱打包。我作为一个男生，几乎把所有的粗重活儿都揽过来做了，只是让苏小睿做一些轻便的活儿。此时正值春夏交接之际，虽说气温还不是十分酷热，但由于这小房子的通风一般，所以我搬了几个来回，便已汗流浃背。

苏小睿见此十分过意不去，忙倒了水招呼我喝水休息，我执拗不过苏小睿，也见没有其他太辛苦的活儿，便没有执意再去做什么，以免过分的客气反倒让对方感到不适。于是我便坐在床边，喝着水休息。

苏小睿见我"听话"地不再辛苦工作，神情十分高兴，干活的速度也快了不少。只见她干脆利落地挑选着她认为有用的书，然后整齐地把它们堆在箱子里，余下不用的书、纸张也分类放在另一个箱子里，说是到时可以废物利用。苏小睿一边收拾东西，一边说着她的废物利用计划，一脸的认真专注，她的认真表情真让人觉得既可爱又天真。

我深深地被眼前的这个女孩所折服，一直以来我都很敬佩苏小睿，高中刚认识她时，便知道她品学兼优，在学识上敬佩她；在大学里，我与她成了好朋友，也知道了她那不为人知的悲惨命运。但苏小睿始终勇敢面对，为了家人的幸福而甘愿牺牲个人，面对不幸，她始终微笑面对，在这方面她的精神、品格让我敬佩；与她交往以来，苏小睿心地善良，心灵单纯，只是想着为他人服务，从不求索取，这一方面也让我十分敬佩。

我在一旁看着苏小睿那忙碌的倩影，心情也开始起伏不定，想着这么一个善良完美的女孩，竟要去面对那不堪想象的前途，实在于心不忍。忽然之间我仿佛能体会到当时韩京誓要保护苏小睿的心情，因为如果换成我，我也一定会毫不犹豫地这样做！

这收拾东西的工作非常琐碎，之后的两天我都抽出时间去帮苏小睿整理收拾。随着时间的推移，屋子的杂物渐渐少了，箱子也一个个摆放得整整齐齐，堆在墙角一处，仿佛一群乖孩子在等候母亲发放糖果一般。但我面对着这些劳动成果，却丝毫高兴不起来，因为这便意味着，苏小睿离开的日子不远了。只要苏小睿的退学通知书一下发，那苏小睿便要带着这些行李回云南，至于以后能否再相见，我根本没有答案，当然没有答案的不止我一个，还包括苏小睿，还有韩京。

这两天在这里帮忙，在跟苏小睿聊的过程中，我又了解了韩京与苏小睿之间的一些情况。那天下午，苏小睿是这样跟我复述她跟韩京的故事的：

韩京刚开始对于苏小睿已经决定要回云南嫁给萨穆尔的事感到非常震惊，并坚决反对，他说大家好不容易坚持到现在，怎能因为突发的一点事情而乱了阵脚呢？韩京一再追问苏小睿放弃约定的原因，苏小睿也不想瞒他，按她的说法就是，与其让韩京痛苦一辈子，还不如直接告之真相，让他也有个心理准备。

韩京知道具体的原因后心里也急了，因为这事情不能再用拖时间来应对了！那个老菜农危在旦夕，萨穆尔就是趁着这一机会来逼婚，对于那厚颜无耻的人来说，这婚事自然是越快办越好，万一苏小睿不就范，恐怕苏药师一家会遭到那混蛋的打击报复。

后来，韩京还是让苏小睿再坚持一段时间，容他再想想办法。不过苏小睿也清楚，这时的韩京能有什么办法呢？总不能放弃学业两人不顾家庭而远走高飞吧？韩京也总不能只身前往云南去找萨穆尔理论或是阻挠婚事吧？现实的残酷一次次无情地打击着苏小睿掌握自己命运的信心。

韩京的最终办法也只能是求助于他的父亲，希望父亲能在这个时候动用他的人际关系去帮苏小睿一把，但结果不出苏小睿早前的预料，韩京的父亲在此事上持反对意见，并训斥韩京的"胡闹"举动！韩京声泪俱下，向父亲请求，但他的父亲经过慎重考虑还是没有同意韩京的做法，最终他们父子吵了一场，不欢而散。

当夜，韩京与苏小睿通了电话，两人在电话两端泣不成声，韩京一个劲地跟苏小睿说"对不起"，而苏小睿又反过来安慰韩京……那时的苏小睿心如刀绞，觉得自己像个罪人，不但不能为家庭分忧，还连累韩京为自己的事而忧心忡忡，闹得父子感情不和。苏小睿觉得这事应该到此结束了，既然自己已决定走上命运安排的路，就不能再妨碍韩京获得自己的幸福。于是苏小睿抽泣着说让韩京好好保重，以后彻底忘了她这个人……苏小睿挂了电话后，决心不再与韩京联系。

此后的好多天，韩京不断地来电，但苏小睿都没有接听。韩京同时也发了很多短信过来，内容有鼓励性质的，有要求苏小睿回电的，更多的是要苏小睿保持信心、保重身体等等。苏小睿看着韩京那一句句贴心的话，心中感慨万千，好几次都忍不住要回电去听一听韩京的声音，但她也知道自己一旦那么做了，便等于是把韩京从幸福的路上往回拉，徒增两人之间的伤感与悔恨罢了。既然如此，何必再与韩京扯上联系呢？于是苏小睿一次次按捺住了心中的情感，并默默想着让时间来冲淡彼此的情感吧……

此时此刻，我听着苏小睿对与韩京之间的故事，心情变得十分沉重，连屋内的气氛也仿佛变得压抑起来，我的呼吸不由得加重了几分。当苏小睿说自己狠下心来不再与韩京联系的时候，她也静了下来不再说话了，脸色显得有点苍白。我和苏小睿静默相对，一时间气氛变得让人烦躁不已。

我正想着有什么话可以说说，好打破目前这令人厌烦的局面，却不料低着头的苏小睿微微抽搐了一下，接着传来轻微的"嗒"的一声，一滴泪从她的眼角滑落，滴落在她的手臂上。

我坐在她的旁边，很想说一些话去安慰苏小睿，但我发觉我的言语在这个时候是多么的苍白无力，因为与其对她说一些于事无补的话，还不如让她痛痛快快地哭出来，这样子苏小睿的心里可能还会好受一些。于是我轻拍着苏小睿的肩，轻声说道："我知道你承受的压力很大，但你已经表现得足够坚强，真的，小睿。你尽情地哭吧，不要把情绪堆在心里，让自己憋得难受。

"我……我真的很内疚不能给你一点什么实质的帮助，如果能有方法让你开心起来，我豁出任何东西都会去做，真的！我只是希望你不再伤心难过……虽然我不是韩京，我也不知道在这个时候该对你说些什么，但……但如果你想要一个肩膀来依靠一下，那我这里有一个！小睿，不要再难过了，好吗？你要坚强一点。"说到最后，我自己也有点激动，本想要去鼓励苏小睿的，却不料自己也动了情绪，说话竟带着哭腔。

我暗自责怪自己怎么那么不争气，明明苏小睿已经情绪低落泣不成声，我怎么能也一块哭了呢？这样一来，又怎能使苏小睿乐观坚强起来呢？

我正想着自己的失礼与不该，却感到肩上一沉，只见苏小睿把头伏在了我的肩膀，"呜呜"地放声大哭。我不敢再动，生怕自己的举动会让苏小睿陷入更难受的境地，我现在能做的，便是由她放任自己的情绪，宣泄心中的抑郁。这时候莫说是眼泪浸湿了我的肩头，就是苏小睿狠劲地打我、咬我，我也绝不吭声。这是我唯一能够为苏小睿做的事。我轻轻地抚着苏小睿的头发，示意她不必拘束，在这里尽情地哭个痛快吧。

苏小睿的泪水凉凉的，在我肩膀上渐渐形成一片凉意，直达我的内心，这是一串怎样的泪水呢？无奈？眷恋？憎恨？还是……答案或许只有苏小睿才知道。

苏小睿的抽泣声渐渐低了下来，但头仍是紧紧地靠在我的肩上，她的双手不知何时也已紧紧地搂在我的腰上了。

38

那天下午苏小睿哭得精疲力竭，把自己的情感宣泄得如决堤的洪水。当时那情景真让我不知所措，同时我也从内心中理解了苏小睿的感受，便也由她伏在我的肩膀上尽情地哭泣，她那柔弱的双手紧紧地搂着我的腰际，仿佛是一个小孩将要离开她的父母一样，是那么的不舍，此刻她的心中一定充满着挣扎与痛苦。渐渐地，苏小睿的抽泣声低了下来，我一边轻轻地拍打着她的后背，一边低声安慰她，直至她的呼吸渐渐平复下来……

这个情景在过后的几天仍清晰地出现在我的脑海里，我一再反复地在想着如果让我再碰到这种情况，我该说些什么话去抚慰苏小睿呢？有时我真后悔自己当时怎么像哑巴一样默不作声，只是任由苏小睿的泪水像掉线珠子般地往下落呢？虽然我知道当时让苏小睿用哭的形式把情感宣泄出来未必是坏事，但我也心痛啊！我不记得从哪本书上看过那么一句话："女人的眼泪应当如真金子那般珍贵，不能轻易地让它落下，不能轻易让它呈现在别人的眼前，否则金子多了，便不再珍贵了！"言下之意，便是让我们好好去对待自己身边的女人，不能让她们受到委屈与伤害，不能让她们的眼泪变得一文不值。是啊，当你真的在乎一个女人时，你是真的愿意豁出生命去保护她，爱惜她和敬重她。我是从心底里疼爱苏小睿的，所以我见她如此，又怎能不引起我事后的自责与内疚呢？

那天下午我究竟讲了些什么话去抚慰苏小睿，我已记不清楚了，我绞尽脑汁也搜刮不出只言片语来，只记得我那时气闷心烦，口干渴得要命，心里仿佛窝了一团火似的，怎么也无法安宁下来。我想那应该是气压的缘故吧，我记得方岳曾经跟我说过，说今年的第一个强风暴已经在近海形成，将会变成台风吹袭我省，这几天的气温有点反常，明明还没有到酷暑时节，但已让人时不时便一身大汗。

这天的气温也是很高，午后的阳光晃得人睁不开眼，我跟方雅婷吃过午饭，便各自回宿舍休息了。户外的闷热天气让人不想在外面多停留片刻。方雅婷最近在功课上面紧张了很多，一方面专业课上布置的作业、研究论题很多，因为要为下学期的实习做好准备；另一方面她自己的考研进度也进入了加大强度训练的程度，因此近来她明显瘦了很多，为此，我不知有多心痛。我不能在学习上给予她很大的帮助，只能在吃饭的时候额外为她多打一份肉菜，还不时多买一份汤水让她喝，好让营养跟上来。

回到宿舍，只见方岳正咧开上衣，倚在阳台上歇凉，一看到我回来，便夸张地伸出半截舌头斜在嘴角，然后就问我："阿梓，你说人为什么不能像狗一样伸出舌头散热呢？你瞧，你瞧，站在阳台上连一丝风也没有！怪事！"

我笑说："哈哈，别沮丧！你虽然不能像狗一样吐舌散热，但好歹学得神似，算得上人模狗样，也算成功了一半！"我跟方岳的关系非常铁，所以这样开玩笑丝毫不会引起方岳的反感。我和方岳都认为，平时的生活有时的确需要这样来调剂一下才活得有滋味。

方岳听罢，也大笑一声："去你的！你跟我还不是一丘之貉？我人模狗样，你便是狗模人样。"说着，他便热得脱了上衣，一边抹汗一边嘴里说着："这台风啊，要来便赶紧来，别在这里折磨群众了。你再不来，可要让人闷出病来了……"

这回真的让方岳说中了。台风下午说来就来，约莫三点半左右，阳光便一缕一缕地悄然撤退，天色渐渐沉了下去，紧接着便起了一阵风，把外面的树叶吹得"哗哗"的一阵响，人们都还来不及享受一下这阵风带来的凉爽，第二阵风便又刮了起来，地上的纸片、碎纸、塑料袋都一股脑地腾空而起，作势要扑向人们的脸。地面上早已扬起了一片尘土，让在外面行走的人不得不放慢了脚步，眯着眼、低着头、护着衣裙。大家都知道一场大风雨即将来临！于是大家又都急忙加快了脚步，好赶在大雨瓢泼之前回到家中避雨。

果然，十来分钟的大风过后，一阵急雨便如约而至。黄豆大的雨点劈在地面上，激扬起一朵朵的小水花，瞬时被热浪蒸烤得呈灰白色的水泥地就湿了个透。大雨乘着风势，肆意地打在任何遮挡它的东西上，窗户便是它主要的攻击对象，那一串串不间断的"啪嗒"声，便是它向玻璃施以的无情打击！

碰巧今天下午我们没课，因此我们宿舍几个人都尽情享受着这暴风雨带来的清爽。方岳和江锡还有点幸灾乐祸的心情，趴在窗边隔着玻璃去看下面狼狈不堪赶着避雨的学生。

我没有心思去挤在那小窗看别人的狼狈，我在担心方雅婷，因为她中午吃饭的时候才跟我说，下午她要到校门外的书店买一本复习资料，不知道现在她是不是在回来的路。这么大的雨，就算是带了雨伞，也必定要被狂风暴雨打湿全身，这样一来很容易感冒发烧的。我连忙掏出手机打给方雅婷，但对方一直没有接听电话。我只好又发了一条信息，问方雅婷在什么地方、是否找到地方避雨、是否需要我送伞。

等了好几分钟，在我都快有点坐不住的时候，手机才来了信息，是方雅婷发过来的。她说自己在买资料回来的路上便下起了雨，好在附近有避雨的地方，只淋湿了一点点，让我不用担心，也不用专门去送伞。

不料我刚放下手机，手机又响了一下，来了一条短信。我以为是方雅婷又有什话想跟我说，便按开了手机一看。手机显示的名字是：苏小睿。

苏小睿这个时候找我有什么事呢？我的心隐隐地有点不好的预感，心莫名其妙地颤了一下，于是连忙读取信息，只见短信内容是："梓，能来帮帮我吗？我在外面进不了屋子，我一个人，有点怕……"

我整个人都愣住了，脑子里闪过了千百种可能，苏小睿为什么进不了屋子？风雨交加，她一个人在外面干什么？最终，我还是定了定神，心想事情应该没有太严重，估计是锁坏了什么之类的，苏小睿才被堵在外面。但无论是什么情况，我必须马上过去一趟，这种天气苏小睿在外面待着，能不淋坏吗？

我赶紧换好了衣服，抓了两把雨伞便冲出了宿舍，背后方岳正大声呼喊着我，在雨声中隐约听到："大雨，你……还出去干吗呀……"

我来不及回应方岳的话，便一头扎进雨帘中，随着一阵冰凉的风夹杂着雨点扑面而来，我的衣裤也瞬时湿了一大片……

我冒着大雨顶着狂风一路往校门外的公交车站走，心里估算着过去那边需要多长时间，不知能否把时间再缩短一点。好不容易才来到公交车站，那里已经挤满了避雨的人以及等车的人，个个都湿衣水裤的，狼狈不堪。我站在人群里，心焦地等公交车的到来，本来我想直接坐个出租车过去的，但在大雨天截到一辆空载的出租车无异于大海捞针。

几分钟后，大雨的迷雾中便隐约见到一辆公交车从街尾那边缓慢地驶来，那速度就如一只年老的海龟在沙滩爬行，我真想招呼众人一跃而出，在后面狠狠地推一把。公交车终于慢条斯理地靠站了，我随着人群一拥而上，公交车瞬时变成了一罐巨大的移动"沙丁鱼"罐头。在暴雨中我随着这巨大的"罐头"颠簸了一段时间，终于来到了目的地。我心急如焚，从等车、上车到现在又过了至少半个小时，万一苏小睿出了什么状况，这可不是一件小事情。

眼前便是最后一个转角了，我迫不及待地冲了过去，举起雨伞凝神张望，只见那房子大门紧闭，唯独不见苏小睿的身影！我的心瞬时凉了一大截，三步并作两步地跑过去看个究竟，来到跟前才猛然察觉在屋旁仅能容一人躲雨的角落里正蹲着一个人，那人正是苏小睿！

苏小睿浑身湿透，额头上的几缕头发紧紧地贴在前额上，不住地淌着水滴，虽说现在不是深秋寒冬，但这瓢泼的雨水浇透了全身足以让人冷到入骨。苏小睿瑟缩着，脸色显得有点苍白，她见到同样是一身湿透的我冲到跟前，眼里显出了一丝光彩，嘴唇动了一下便要站起来，岂料刚才蹲了太久，站起来的时候气血一时未能回涌，苏小睿只觉眼前一黑,顺势便要倒在地上。

我连忙一个箭步冲过去扶住苏小睿,手里撑着的伞也尽量往苏小睿身上靠。苏小睿的头伏在我的肩膀上两三秒后才清醒过来,她低吟了一声,轻声地说道:"你……你怎么……不等雨停了再来呢?瞧你全身都湿透了,万一病了,我……我心里过意不去啊……我在这里躲着雨没……没事的!"

我说:"傻瓜,这样淋雨也能没事?这么大的雨,我怎么能放心得下你呢?等一下你可要好好保暖驱寒,全身淋湿了最容易感冒发烧!好了,现在啥也不说了,先进屋子再说!来,让我看看是怎么回事?"

苏小睿拿出一把断了半截的钥匙给我,说:"今天我回学校拿到了我的退学通知书!回来的路上我见天色不好,便赶着回来,这门平时也开得不顺,今天我开门时动作大了点,一下子就把它扭断在里面……我虽有备用钥匙,但现在用不了……梓,你说怎么办呢?"

我低头一看门的钥匙孔,果然露着小半截的钥匙条在外面。说来也巧,我对付这种情况倒有点经验,因为在小的时候我也曾在家里遇到过这种情况,那时我急得六神无主,幸好邻居的一个大哥哥帮忙用一根细铁丝把断钥匙从孔里一点一点地抠出来。经那次后,我便把一根小铁丝缠绕在我的钥匙串里,以备不时之需。今天果然派上用场了。

于是我对苏小睿说:"先别急,情况可能还不坏。实在不行,你跟我回校,我让方雅婷安排你住一宿。明天我怎么也能帮你弄好。"说着,我赶紧掏出随身携带的钥匙串,低头把弄那钥匙孔。事情还算顺利,不一会儿工夫,那半截断匙便被我抠了出来。我连忙拿出备用钥匙,"咔"的一声便把门打开了,迎面扑来的是房子里的一股温暖气息,尽管这气体因未通风而显得有点浑浊沉闷,但毕竟比在外面淋雨受冷要好受得多。

我扭头招呼苏小睿快进屋子,却见苏小睿正呆呆地望着我,既不说话也不动,只剩下雨点落在雨伞上碰撞出轻微的"嗒嗒"声。我以为她被雨淋坏了,已经冷得不能作声,便连声催促苏小睿进去。苏小睿听到我的叫唤,才又回过神来,嘴里"嗯嗯"了几声,收起雨伞紧跟着我进屋了。

进了屋子,我也没有停下来,赶紧把屋子的所有窗子都关上,以免风雨扑进来,然后把挂在墙上的一条毛巾取下,抛给苏小睿让她马上把湿漉漉的头发擦干。我一边忙碌着一边说着:"快!快把头发弄干!还有,你赶紧换一身干爽的衣服,湿衣服裹在身上最容易受凉了,感冒发烧就麻烦了……噢,对了,你这里有没有生姜、红糖之类的?我马上去煮些红糖水给你驱寒,我自己也得喝上一碗才行……"

苏小睿像个听话的小孩一样,拿着毛巾双手搓着自己的头发,然后又小跑着去屋里的小厨房里找来一块生姜给我,可惜没有红糖,我只能将就着用那块姜去煮一锅姜水。

当我把两碗热姜水端出来的时候，苏小睿已经换好了一身干衣服，正用电吹风吹着的头发还有点湿，散乱地贴在她的脸颊旁，看到我出来，便说："来，你也来吹吹头发吧！你的头发也湿了不少。"

我看那热姜水一时半刻还喝不了，便走了过去伸手要接那电吹风，不料苏小睿却丝毫没有给我的意思，她不由分说地按着我坐下，要来帮我吹头发。我执拗不过她，只好坐下让她来摆弄。

苏小睿的动作很轻柔，她的手指灵巧地穿过我的头发，一丝一缕地翻着，她的手很柔软，抚着我的头发有点痒，同时也有种说不出的舒服。这个时候，我显得有点拘谨，像个害羞的孩子不发一言。苏小睿倒好像很轻松的样子，只听她说："梓，幸好有你的帮忙，我真的无法想象自己一个人如何去解决刚才的问题。我更没有想到的是你……下这么大的雨，你竟然就过来了……说真的，我真的很感动……"

"其实也没有什么啦……好朋友嘛，应该互相帮忙……"

"好啦，头发快吹干了……来，把你衣服也给我吧，我帮你把它吹干。"苏小睿关切地说道。

"噢，不啦不啦，我一直撑伞过来的，衣服也没有湿了多少，况且刚才的一阵忙碌，衣服也干了不少，还是不用麻烦了。来，我们喝姜水……"面对苏小睿的关心，我有点不好意思，于是赶紧拨了拨自己刚吹干的头发，抖了抖身上的衣服，慌忙地站了起来。

可是我还没有来得及回头看苏小睿，却感觉自己已被人从背后抱住了，一双手绕到了我的前面，接着苏小睿的头伏在了我的肩膀上，只听她轻轻地说道："梓，我有点冷，你能给我点温暖吗？"

我实在没有料到在这个时候会被苏小睿抱着，我整个身子像瞬时触电了般剧烈地抖动了一下。自进屋以来，我便总觉得苏小睿的神色有点不同寻常，起先我以为苏小睿是被雨水冻坏而显得有点不适，直到后来她坚持要为我吹干头发，我才稍微察觉到一点什么特殊的意味在里面，所以我刚才坐在那里吹头发都很战战兢兢，生怕真的会发生一些我不想发生的事情。只是现在的情况似乎正朝着糟糕的方向发展，苏小睿突然抱住我，她究竟想怎么样呢？我又该怎么做呢？

被电吹风吹过的头发还带有一点温热，它们正舒服地趴在我的脑门上，有点酥酥麻麻的感觉，这让我的思考变得迟缓了很多。我不敢作声——实际上我也不知道这个时候该跟苏小睿说些什么，只好任苏小睿挨着，身子绷得紧紧的，不敢动弹半分，心里只希望这是苏小睿的一时冲动之举，片刻之后她便会离开，好让这让人尴尬的时刻消失。

苏小睿呼出的气息喷到我的脖子里，有点痒痒的感觉，原来是苏小睿的头凑了过来，我心头一颤，有种不好的预感，心想莫非苏小睿要……我还来不及细想，只觉得脖子上轻轻地、软软地被碰了一下，有种湿湿的感觉——是苏小睿在吻我的脖子！

苏小睿的这一举动让我匪夷所思，我连忙转身，急欲要挣脱苏小睿的怀抱。我来不及再去分析苏小睿为何有此行为，我只知道我不能任由这些不合理的事情发生！苏小睿是我的好朋友，我一直把她当作亲妹妹一般看待，我又怎能容忍有破坏我与她之间纯洁关系的事情出现呢——哪怕这破坏者是苏小睿自己！

"别……别……小睿，别这样……你冷静点！"我用力地要推开苏小睿，想不到的是苏小睿这边也用上了全力，我一推之下竟挣脱不了苏小睿的双手，反而被她抱得更紧了。

苏小睿似乎没有听到我的话，依旧凑向我的脸，雨点一般的吻竟落在我的脸颊上，那轻轻的吻声与窗外的雨点声相互交错着，然后她的双唇渐渐移到了我的嘴唇上！

"这……小……"这时我连一个完整的词都说不出来了，嘴巴被苏小睿的双唇堵住。苏小睿不知从哪里生出来的一股力量，把我抱得紧紧的，同时嘴也用上了力，简直进入了一个疯狂的忘情状态！

我的脑袋"嗡"的一声炸开了，这突如其来的动作，让当时的我顿时手足无措，六神无主，怀中的苏小睿的身躯与我贴得紧紧的，她那身上独有的少女体香这一刻肆无忌惮地向我扑来，而她那原本温热的柔软躯体此刻忽然变得炽热起来，仿佛要把接近她的人都融化在她的热情之中。

我承认，在被苏小睿疯狂地吻住的那一刻，我暂时失去了理智！我放弃了挣扎，也没有再去纠结苏小睿为何要这样做。我也把苏小睿紧紧地抱着，渐渐闭起了双眼，让她那疯狂的吻继续肆虐我的脸庞、我的嘴唇。作为对她的回应，我也开始主动地"反击"她——回吻她。

就这样我和苏小睿的"唇舌"大战进行了将近五分钟，我们的激吻使我们彼此的舌头都有点麻木了，我的舌尖甚至有点辣辣的微痛，我不禁轻轻地呻吟了一下。苏小睿身子一震，我们的动作便停了下来。我慢慢地睁开眼睛去看眼前的苏小睿，发现她也睁着眼睛在望着我。只是她的眼眶里很快便涌起了一层亮亮的东西，我嘴巴动了一下，想要说些什么，但我竟发现我的喉咙像是被抽空了一般，愣是说不出一个字来。

苏小睿觉察到我要说话了，她轻轻摇摇头，示意我什么也不要说。此刻的苏小睿像是精力透尽了一样，把头伏在我的肩膀之上，身子随着呼吸一起一伏的。

我自己也仿佛经历了一场大战，身体十分疲惫，但更糟糕的是我现在的脑海一片混乱，刚才的那一幕像是在梦幻中一样，既让人迷醉，又让人迷惑。这如真如梦的感受让我神情恍惚，现在回到了现实中，我竟一时未能适应，只好让苏小睿继续伏在我的肩膀上。

"对不起！真的对不起。梓……我这样做……"隔了好一阵子，苏小睿在我肩膀上轻轻地对我说。

"嗯……你知道我要问的是什么。你，你究竟是怎么了？为什么这样做？我真的想知道原因。"

苏小睿没有直接回答我的问题，说："我有点累了，也有点冷，我们等会儿再说吧。"

我点了点头，扶着苏小睿在床边坐下，然后把那熬好的姜水拿了过来给苏小睿喝，好让她驱驱寒气，我自己也赶紧喝了一碗。一碗暖暖的姜水下了肚，顿感身体从里到外一片温暖，精神为之一振，身子也仿佛轻快了不少。

"梓，我还是有点累累的感觉，你能让我再挨一挨吗？"苏小睿放下碗，抬头跟我说道。

我迟疑了一下，心中在想着自己还该不该再答应苏小睿的请求，毕竟刚才的事让我有种说不出的负罪感与羞愧感，我生怕自己的某个决定又会带来一些意想不到的情况。但如果不坐过去，气氛似乎更尴尬。正犹豫着，苏小睿的目光再次向我投来，她温柔地说道："过来坐吧，其实……我还有话想跟你说……很重要的话。"

于是，我定了定神，便在苏小睿身边坐了下来。在落座的那一刻，我感觉到自己的心开始莫名加速，"怦怦"的心跳声仿佛就在耳际，不知为何整个人紧张了起来。

与此同时，我觉得左肩上有了一点重量，原来是苏小睿把头靠了过来，她说道："好久没有这样静静地挨在一个人的肩膀上了……好温暖！"语气中带着甜蜜感。

我默不作声，让时间在这静谧中轻轻地流逝，我要让自己有个冷静的机会，也让苏小睿好好享受这温暖的时刻吧。

就这样，我和苏小睿彼此安静了好几分钟，窗外的天色渐渐暗了下来，我们脸上的轮廓变得不再清晰，而外面雨势也终于有减弱的迹象，但击打在玻璃窗上的雨点不知为何仍十分有节奏，"嘀嘀嗒——嘀嘀嗒——"地响着。我闭上眼睛，想象着如果有人能以窗外细雨为背景，从我和苏小睿的后面拍上一张照片，此情此景必定是一幅凄美的景象。

正当我沉醉于想象之中时，苏小睿说话了："上次我挨的是韩京的肩膀，他的肩膀很宽——嗯，像你的一样……"

"哦，是吗？嗯……是什么时候的事呢？"我点点头，轻声答道。对于这个答案，我并不意外，毕竟韩京和苏小睿是情侣关系，苏小睿会靠着他的肩膀很正常。我奇怪的是时间，因为毕竟没有听韩京具体提过这么一个内容。韩京高中时经常跟我黏在一起，几乎是没有充足的时间在校内与苏小睿卿卿我我的，而且韩京上大学又远在北京，按理说也没有和苏小睿见面的可能了。他们的见面是一个怎样的过程呢？我脑子里幻出韩京的模样，在拼凑着他们见面的各种可能与细节。

"嗯……在去年的暑假吧。韩京来找过我，他在云南留了好几天，我们也就能见上几面了。"

"去年的暑假……暑假的时候……"我咀嚼着"暑假"这个词语，琢磨着那个时间我究竟在哪里，在做着什么事情。因为只有确定了我的行踪，我才能想到当时韩京在哪里。

思绪的碎片在整理着，在我绞尽脑汁之下，它们终于如同漫天飞舞的雪花悄悄降临了。我想起了去年夏天的暑假，韩京说是要去西部做一个社会调研，为以后在学校里参加课题做准备，之后他便有计划、有步骤地出发了。西部调研——苏小睿的家乡就在西部地区的云南省，韩京那家伙，跟我这样的好兄弟还绕了个圈子！当然我能了解韩京低调处理与苏小睿之间事情的想法，也真相信韩京的确是为了调研做课题准备，但他也利用了这个机会去了一趟云南去见苏小睿。怪不得当天韩京出发得那么坚决，路线、行程、行李等准备得那么充足。我暗笑当时的自己真的有点天真可笑，还大言不惭地说对韩京十分了解，但却连这些明显的细节都没有觉察。但不管怎样，现在想想韩京的决定，我也佩服他真的很有勇气，能坚定地去做一些事情，换作我，我就不一定能有这份胆识，这是我不如韩京的地方。

苏小睿像是没有觉察到我沉浸在回忆之中，她似乎也在回想当时的情景，她继续轻轻地说道："那天，他突然给我家打了电话，说他上午下了火车，然后辗转做了几趟车，现在已经到了自治县的车站——那儿离我家的村子有几十分钟的距离，他让我过去接他，因为那里已经没有车到我这边了，韩京说这是他能到的离我最近的地方！

"我马上跟家里人说我要出去一趟，理由是学校那边有了临时任务，要补交论文，得去一下县城查点资料和上网发邮件。这是我第一次对家里人撒谎，我也不知道为什么会如此大胆，也没有时间去理会这样做的好坏，我只知道……想快一点见到韩京！他的出现令我太意外了——也太令人感动了……我清楚地记得，当我出现在火车站时，见到韩京那熟悉的背影，我的眼泪一下子就上来了，我暗骂自己不争气，一见面就要惹韩京担心。而韩京呢，见了我也是眼眶红红的，他什么也没有说，便上来紧紧地抱住了我……我们完全没有理会身边来往的人那诧异的眼光，任凭眼泪默默地流。梓，你一定会觉得我们两个都好傻，是吧？"

"不！不！我绝没有这样的想法，相反，你们的感情，你们的爱的力量，让所有人都会为之动容！这是我的心里话！"听着苏小睿那细致的描述，我的脑海里清晰地呈现出当时韩京与苏小睿相见的情景。那是一对感情热烈而真挚的恋人啊！他们彼此有情有义，却因命运的不公安排而备受折磨。他们之间的每一份甜蜜都来之不易，我们又怎能因为他们的小小失态而否定他们呢？绝不会的！

"谢谢你的理解！"苏小睿抬起头，感激地望了望我，接着她又把头轻靠在我的肩上。

"那一刻真的很美好！我和韩京见面的那天，我才感觉时间不够用了。以前是度日如年，那时却只觉得时间流逝如江水，怎么也挽留不住。我和韩京在街边吃了一顿很简单的饭，真的很简单，但这也是我至今觉得最美味的一顿饭，可能也是韩京在我身边的缘故吧。韩京那傻瓜……把不多的肉菜拼命地夹给我吃，说自己吃不惯，我当然知道这是他故意这样说的，于是我也不断地把菜往他那边夹，一来一往，结果两双筷子在空中碰在一起了，肉菜掉在地上了。呵呵，那时我们两个都不约而同地大笑了起来，大家都舍不得吃，结果大家都吃不了。或许这就是天意吧。我默默吃着饭菜，想着韩京对我的点点滴滴的好，眼泪便又在眼眶里打转……我真的很不想离开他，只想着能多见他一刻，多听他讲一句话。于是，我便大着胆子，说要陪他过夜……"

听到这里，不知为何我的呼吸急促了起来，我尽量压抑着自己的动作，以免身体的起伏惊动了苏小睿。或许苏小睿将要讲到的话题比较敏感，而我又实在想象不出，像苏小睿如此矜持的女子，在那时讲出那一句话需要多大的勇气，尽管苏小睿当时要表达的可能并没有什么特殊的含义，但毕竟会让人产生无限的遐想。但更为关键的是，接下来，苏小睿是否会在我的面前，诉说她跟韩京的那一夜怎样度过的呢？

"梓，我想你也猜想得到，当时的我怎么会有这样的勇气？不怕你笑话，当时我说出这句话时，马上便觉察到这其中包含着可能令人产生误会的意思……我的脸即刻像被火燎一般的炽热，脸红到脖子根了……我根本就不敢再去正视韩京。我既担心又害怕，担心的是韩京会误以为我是一个随便的人，害怕的是韩京不肯答应。你想想，我一个女孩子都这样说了，如果韩京不答应，那让我情何以堪呢，但万一他答应了，接下去我又不知该怎么办了，我……当时的心乱乱的。梓，你是韩京的好朋友，你猜当时韩京怎么做的？"

"我……我不知道。嗯，小睿你是一个好女孩，韩京又爱你那么深，能跟你多相处一刻，我想韩京宁愿用生命来交换。现在能……能跟你过一晚，我猜想，他会愿意的。"

"不，你猜错了。韩京当时听到我这样说，把头摇得像拨浪鼓，他坚持要送我回家。韩京说，'你一个女孩子在外面跟男的过夜，人家会怎么看你，背后又会怎么议论你？万一这些不好的言论传到你的家里，你以后又怎么面对邻里呢？我要你能清清白白、堂堂正正地跟我交往。为此，我一定会尽我最大的努力，去实现你我的这个目标。在此之前，我们一定要保持着足够的信心和耐心……'

"韩京的一番话令我深受感动，我没能再抑制我的泪水，在他的面前我尽情地流泪，这是幸福的眼泪，是甜蜜的眼泪。能得到韩京这份发自真心的情感，我觉得也不枉此生了。他那晚说的每一句话，每一个表情，我都清晰地刻在脑海里。晚饭后，趁着时间还早，韩京带我去找车子，要送我回家。没料到的是，那天下午的时候，通往我村子的公路上发生了严重车祸，警察临时封了路，通告说至少要明天才能通行。而通往我家那边地方的其他小路都比较偏远，极少有人会载客去那边，这就意味着，我必须得在县城这边留宿一夜了。知道这个情况后，我的心中竟涌出了一丝欢喜，毕竟能和韩京再多待一会儿，不，应该说是能多待一个晚上！或许这是天意，上天被我的眼泪感动了，它怜悯我们这对苦难的人儿，给了我们多相处一夜的时间！

"韩京看到情况如此，便也只能接受这个现实。于是，我便马上打了电话回家，把情况说清楚了，编了个谎话说我今晚在县城的一个大学同学的家里睡。之后，我们便去找今晚落脚的地方，韩京坚持要去当地最好的旅馆入住，理由是要让我睡好一点，住得舒适一点。我执拗不过他，便遵从他的决定了。那一天晚上，我们聊了很多很多，聊累了，我便挨着韩京的肩膀，他的头也轻轻地摩挲着我的头发，两个人默默无言，也觉得是如此的美好！美好的夜晚，就应该让美好的事情发生，我挨着韩京，渐渐进入了一个奇妙的境界，心中像被什么小动物抓挠似的，后来韩京轻轻地把我抱住，我也抱住了韩京，然后，我们便吻了起来……嗯，然后……我都不知该怎么形容了……"

我屏息呼吸听着苏小睿静静地描述那段时光里的点点滴滴，一时间思潮起伏。苏小睿与韩京之间的感情绝对令人动容，看来上天也不算绝情，让他们在走上人生岔路之前有了一段专属于他们两人的记忆，以后任凭岁月如何流逝冲刷，我想那段光阴、那刻时光将永不褪色地镌刻在他们的脑海之中。哪怕将来韩京与苏小睿两人韶华逝去，回首那相聚的时刻，那会心的微笑也一定会浮现于嘴角！

思潮起伏之际，只听苏小睿继续说道："那晚的情景，就像现在我挨着你一样……梓，你的肩膀让我想起了韩京的肩膀，同样让我感觉到安全与温暖！但……梓，你给我的感觉又跟韩京给我的感觉不一样，嗯……你的感觉更真实一点，你知道吗？这一年多来，你给予我的帮助、支持与鼓励真是数不胜数，我心中充满感激。屈指算算，我与你相处的时间比跟韩京还多呢。在韩京眼中，你是好同学、好朋友，也是一个可以托付事情的好兄弟，而在我的心中，你就是我最可依靠的大哥，你的无微不至的关怀始终环绕着我。有你在，我可以暂时放下心中的忧虑……尤其是今天的事情，你冒着狂风暴雨前来帮助我，我……我不知为何有点心疼，不知是雨水还是泪水模糊了我的双眼，恍惚之间你的身影变成了韩京。但我不知怎的，忽然有个念头，就是那天晚上如果不是韩京抱我，而是你抱着我的话，又会是怎样的感觉呢？那种感觉一直持续到为你吹头发的那一刻，你的背影你的气息，让我有了一点点自私的冲动，你跟韩京混为一体了，或者说，你就是韩京，韩京就是你！于是，我吻了你……但，其实我更愿意的是吻你的本人，那一刻，我知道我的情绪有点……"说着说着，苏小睿的语调激动了起来，声音开始有点颤了。

"对！小睿，你的情绪现在就有点激动……所以，请不要再说了！"我感觉到苏小睿的变化，因此出言打断了她。感到口干舌燥的我咽了一口唾沫，内心再次"怦怦"地剧烈跳动起来。

苏小睿把伏在我肩膀上的头抬了起来，只是仍然挨得我很近——甚至她的气息也能被我所感应。苏小睿睁大的眼睛仿如一汪清澈的潭水，昏暗的灯光便似那点点的星光投射于潭面一般，闪闪颤颤，此刻连一贯大胆直爽的我也不敢直视苏小睿的眼神，生怕自己的目光落入那深深的潭水中而无法自拔。

"是的，我承认自己是有些激动，但我只是希望你能理解我心中真实的感受。梓，有时我真的很羡慕雅婷姐，跟着你在一起学习、一起生活，那种甜蜜的滋味我想想都觉得满足。或许你们曾经或将来会遇到挫折，但起码现在的你们是快乐的，只要两个人真心相爱，彼此不离不弃，我相信你们的未来也必定是幸福的！"

"所以，小睿，你也应该坚强起来，你跟韩京也是真心相爱，彼此不离不弃，你们也会得到快乐的……"

"不会的，"苏小睿摇摇头，脸上的笑容有点苦涩，"你、雅婷姐，包括韩京，都比我幸运。我的命运已经决定了，难道不是吗？今天我把退学通知书也拿到了，过几天我就会返回云南去筹办我的婚礼。这是无法改变的事实，也是我自己的选择！不过这样也好，我可以让韩京从此过上自由的生活，他以后会过得越来越好的……"

冰冷无情的现实总能让气氛变得异常压抑。我欲言又止，只觉得此刻任何言语都无法抚平苏小睿心中的无奈、惆怅与酸楚。一时间，我们两个相对无言。

隔了好一阵子，苏小睿才说道："梓，这个时候，你能听我说一句真心话吗？"

"好……你说吧。"电光石火间，我的心中有过无数的念头，猜测着苏小睿的真心话究竟是哪方面的事情，那真心话的尺度又将有多大？

"如果说，如果现在的你——我的意思是，没有雅婷姐在你身边，你只是一个人；而我，也从没有认识韩京，我就是现在的自己。那么，梓，你会爱上我吗？"

听了这话，我的身子不由自主地抖了一下，苏小睿啊，为何你竟向我提出这样的问题？况且还是面对面地提出，让我没有丝毫缓冲的余地。苏小睿的目光正移到我的脸上，试图捕捉我躲闪的目光，她要在我的眼神中找到她需要的答案！

这个时候，我觉得无论是说会还是不会，都是不妥当的。因为说会，那就是等于背叛了方雅婷的爱情、韩京的友情以及他们对我的信任，而且这个"会"字是缺乏基础的——毕竟我们没有经历过真正感情的洗礼，有的仅是兄妹般的友情，这样盲目地说"会"可以说是一个不负责任的表态。

但要我现在在苏小睿面前说"不会",那我也绝难开口,因为苏小睿现在的情绪是低落沮丧的,她的神经已处于极度敏感的状态。她在现实中找不到幸福的方向,只是想在精神上获得一丝安慰、一点满足,这怎么让我忍心残酷地摧毁这简单的梦呢?而且苏小睿已经说了,这只是"如果",或许在这个时刻,她实在太需要"被爱"了,这也许是她在幸福日子里的最后一个愿望,我能不帮她实现吗?

此外,在我的内心深处,我还诧异为何自己会如此的犹豫不决,本来我的立场应该是清晰的。我一向在面对苏小睿时,都是从友情角度出发,界限划得很清,也正因为如此,我才能一心一意地去照顾苏小睿,心中没有任何的不安与焦虑。但不知为何,自从刚才的那场激吻后,过往的那份坦然竟开始变得不自在,我有点不敢面对苏小睿,甚至不敢去直视她的目光。我一遍一遍地咀嚼着苏小睿的问题:如果真的是那样,我只是我,苏小睿只是苏小睿,我爱她吗?

说实在的,我是明白自己内心意思的,犹豫不决其实就是意味着"会",因为如果真的不爱,站在我的立场,我是肯定会马上委婉地回绝苏小睿,哪怕她真的需要精神安慰。我不停地思考能不能爱她、爱不爱她的问题,就等于是承认了我对苏小睿是有感觉的,只是目前我还没有勇气去面对这个答案而已。

我舔了舔有点发干的嘴唇,再次确定了自己无论从抚慰苏小睿的角度出发,还是从自己内心感觉来讲,我都应该给苏小睿肯定的答案。于是我点点头,抬起眼望着苏小睿,说:"会,我会的!"

苏小睿的眼里迅速泛起泪花,很快便溢满眼眶,然后顺着眼角悄然落下,我抬起手帮她拭去那一行泪痕,我的动作尽量放得很轻,不像在拭泪,而像是去拾一串散落的珍珠。

苏小睿重新把头伏在我的肩上,嘴里喃喃地说着:"谢谢……谢谢你,苏梓……"过了一会儿,她一边轻微啜泣着,一边缓缓地说道:"能听到你亲口说出来,我已经满足了。梓,请你原谅我的任性与过分吧……我知道自己这样问太傻了,也知道你一定会说'会的',你最了解我的感受,也最疼惜我,一定会让我开心的。你总是舍不得我难过……你那么好,可惜很快我就不能再见你了……或许还是永别呢……呜呜……梓,谢谢你的关怀……我这辈子该怎么报答你呢?……呜……"

"别这样说……小睿,不要这样说了。怎会是永别呢?只要你愿意,我这个暑假便跟韩京一起到云南探望你,以后每一年都过去!"我正要伸手去抚苏小睿的背,打算让她缓一缓气,把情绪平息下来。

不料伸出的手却被苏小睿拉住了,我稍微愣了一下,同时只听她说道:"梓,今晚可不可以……你只是你，我只是我呢？只一个晚上……好吗？你说你会爱我的！"说罢，苏小睿牵引着我的手，把它按在了自己柔软的胸脯上！

我顿时惊讶得一阵头晕目眩，心急剧跳动得快要从胸腔里蹦出来一样。我还来不及做出任何反应的同时，苏小睿已经低吟了一声，整个人就扑在我的身上。当时我正坐在床边，刚才还侧了半边身去让苏小睿舒服地靠着，没想到苏小睿会突然往我身上扑，我的腰根本无法发力稳住重心，居然一下子被苏小睿压在了床上。

这一下来得太突然了，在那一刻我完全不知所措，一瞬间无数个念头充塞了我的头脑：这难道就是我对苏小睿的感觉吗？这就是所谓的爱的表现吗？"你只是你，我只是我"，现实中能这样假设吗？我究竟算是同情苏小睿，怜悯苏小睿，还是真的喜欢苏小睿呢？短短的几秒钟，我的思考极限已接近崩溃的状态。

当所有的问题都没有一个确切的方向与明确的答案时，迷糊中我听到了几声"窸窸窣窣"的响声，我定眼一看，不由得血脉贲张，脖子以上瞬时通红——原来伏在我身上的苏小睿已抽出手解开了上衣的纽扣，露出了一片白皙的肌肤。接着，苏小睿又哆哆嗦嗦地伸手去拉扯我的衣服，嘴里还低吟着："你爱我吧……你爱我吧！"

苏小睿的手指很冰冷，触摸在我滚烫的皮肤上有轻微的刺痛感，但就是这些刺痛感，让我恢复了一点神智。我很清晰地听到了一个声音在说：这不是你要的感觉！是啊，这是爱吗？两情相悦的接触会有甜蜜的感觉，是一种身心愉悦的享受！现在这种夹杂着羞愧、同情、冲动的复杂情感是爱的感觉吗？这跟与方雅婷相处的感觉是完全不一样的！所以，我对苏小睿的所谓有感觉，可能单纯的就是一种男女异性之间的冲动。一直以来我都以兄妹的情谊来对待苏小睿，从没有过非分之想便是最好的证明。我照顾她体贴她，一方面是受韩京的委托，另一方面也是我对苏小睿的感情止于好朋友的门槛。这份心情跟方雅婷相处时的温馨甜蜜、暖心体贴有着本质的区别！

就在这一刻，我终于明白了我的心究竟在谁身上，爱的真正含义也渐渐在我心中有了明确的尺度。那现在既然不是爱，就不能让它任意萌生，是时候该让它失效了，而且是刻不容缓的事情！

我立刻伸手抓住了苏小睿的手，用上全身的力气把腰一挺，从苏小睿的身下挣脱了出来，同时顺着那股力气翻动了身体，一下子把苏小睿压了下去。

我按着苏小睿的肩膀，发自肺腑地大喝一声："够了！苏小睿！闹够了！该醒醒了！这是你想要的结果吗？你这样子做，你真的开心吗？你自己好好想想！"说罢，我又赶紧把苏小睿敞开的衣服拉上，又扯上一旁的被子把苏小睿的身子遮得严严实实的。

我的这一声断喝在这小小的屋子里产生了回响，连我自己的耳朵都觉得隐隐作痛，苏小睿也明显被我震住了。此时她像个小孩儿似的在被子下一动不动,现在整个屋子里只剩下我们两个粗粗的喘气声。

过了好一阵子,才听到在被子下的苏小睿说道:"我知道我不应该,也不可能得到你的爱,你真正爱的是雅婷姐……"

我还没有从刚才激动的情绪中平复过来,为了表示我的不满与态度,我近乎咆哮地又吼道:"对!你说得太对了!我爱的是方雅婷!其他的人都不要!"

喊完以后,我长吁一口气,觉得心中舒服多了,以前的那份坦然与轻松又回来了。可同时我又觉得自己此时还压在苏小睿的身上十分不妥,脸不由得又一红,连忙跳下床坐在床边。

苏小睿仍躲在被子里,把脸埋得深深的,只听她继续说道:"现在我知道我说什么都无济于事了,做出这样的事情,你肯定觉得我很傻,很幼稚——连我自己也觉得自己太幼稚了,如今我还有什么脸去见你和雅婷姐呢?我……我对不起你们……"

听苏小睿的这番话,此时此刻我真的不知再说些什么好了。我默默地站起来把自己的衣服整理好,心想着也差不多是时候要回去了,只希望苏小睿的情绪就此平复下来,今晚好好地休息一晚。同时我也庆幸刚才自己没有因一时冲动而酿成大错。

我暂时也无法想象,今晚以后我该怎么去面对苏小睿,仍是像以往那样吗,还是有意识地保持适当的距离?不过,也没太多见苏小睿的机会了,她将要走了,不再回来了。想到这儿,我心里一酸,不由得长叹了一口气,转脸去瞅苏小睿。

苏小睿仍把头埋在被子里,没有探出头来看我,只见被子随着她的呼吸声轻轻地起伏。我生怕苏小睿一时想不开,跟自己较上了劲,躲在被子里憋坏了自己,便赶紧拉开她头上的被子,心里也琢磨着要说些什么安慰的话。

呈现在我面前的是苏小睿的一张泪脸,她啜泣道:"梓……你跟韩京……都是……真正的好人!我知道你们……你们都爱惜我,都不愿意伤害我……我一无所有,只是想……想把自己最宝贵的东西留给你们……可你们都……"

"啊?!怎么……你和韩京不是……不是已经……"

"不,没有。"苏小睿止住了啜泣,轻轻地摇摇头,"那晚,我跟韩京说要把美好的事情发生在美好的夜晚,我已经决定了要把自己给他,韩京很是激动,他的热情简直要把我融化!可最后时刻韩京还是冷静了下来,他按住了我,说他不愿意这样子开始我们的'未来'。因为这样就好像意味着将来不属于他们似的,他希望我对未来、对他充满信心!

"他说,最美好的夜晚不是今晚,而是我们真正在一起的那天夜里,你没有了忧愁,没有了命运的束缚!那时,再让美好的事情自然发生吧!"

这确实是我没想到的，一时竟愣在了那里。

"那一晚，我们抱了很久，也吻了很久。直到我们都累了，便一起窝在被子里相拥着，直到天亮……那时我们对将来还是抱有很大信心与希望的，只是后来的事情你也知道了，事情已经超出了我们的想象与控制，我们无法改变现实，我也只能接受了。我跟韩京的缘分已经到此结束了……

"如今我快要离开这里了，面对着你，想起你平常对我的点点滴滴的好，我实在无以为报，便打算把自己……为了让你的心里更好受些，刚才我故意向你流露爱意，大着胆子主动去亲吻你，同时让自己把你幻想成了韩京看待。在跟你亲近的每一刻里我都想象着是韩京在我面前——梓，但我又不是完全假装的，你那么好那么优秀，我对你的好感也是存在的，只是这真的有别于韩京给我的那种爱的感觉——我想，那天我错过了与韩京在一起的机会，今晚我想借着你的躯体来实现，同时也算是我对你长期以来照顾我帮助我的报答吧……现在我才醒悟自己原来是多么的自私！我没有想到你的感受，也没有顾及雅婷姐的感受……我简直就是一个罪人！对不起，对不起，我这无用的可怜人，让疼惜我的你们失望了……"说罢，苏小睿又开始抽泣起来。

"好了，小睿，什么都别说了，你这傻丫头，我的心好痛……我知道你受……委屈了……"我鼻子一酸，也不禁落下泪来。我拉起苏小睿，轻轻地拥抱着她，用我那宽厚的肩膀去承托她那无尽的泪水……

39

我从苏小睿的房子里出来，已经将近晚上十点了。当时苏小睿伏在我的肩上哭了好久，或许今天经历的事情太多以致她精神极度疲惫，没过多久苏小睿的哭声便渐渐地低了下来，最后竟在我的肩上睡着了。我不敢乱动，就这样让苏小睿挨着睡了半个多小时，直到她完全睡熟了，我才轻轻地把她安顿好。

下午的那一场大雨把空气中的尘埃杂质都冲刷掉了，此刻的空气呼吸起来特别的清新，淡淡的泥土味刺激着每个人的嗅觉，让人忍不住要深深地吸一口气。周围的一切被大雨冲洗后，显得特别的清新、干净。我恍恍惚惚地走在回校的路上，一路上也无心去留意身边的景物，掏出手机看看，却发现原来方雅婷曾给我打过两次电话，还有一条信息，内容是说打电话找不到我，问我究竟怎么了，是否有其他事情要办？

这个时候，我实在不知道该怎么回复方雅婷，今晚的事情有点复杂与匪夷所思，其中的某些环节总怕会越解释越让人觉得荒诞——我总不能对着方雅婷说，今晚苏小睿因一时的冲动与我接吻了，还差点发生了什么什么之类的吧？但现在回电话也不是时候，毕竟自己还在外面，声音比较嘈杂，让方雅婷知道了，难免还得做一番解释，俗话说"言多必失"，讲多了万一把话说不圆了就麻烦了。于是，我还是决定回到宿舍再跟方雅婷通电话。

在路上兜兜转转了近半个小时，总算回到宿舍，跟众人打了招呼后，我连忙找了个安静的地方给方雅婷打电话。

"喂，雅婷吗？"

"你怎么啦？电话也不接，信息也不回。跑外面忙活什么了？"

"嗐！还不是隔离房的老魏嘛，下午那场大雨让谁也出不了门，他闲得无聊，便过来招呼我们过去打扑克牌，你也知道的，这玩意挺上瘾的。今天我的手气也不错，一直赢，老魏不服气便一直缠着要我打下去，玩着玩着就晚了。我手机也一直放在我宿舍里，没听到你的电话……"为了不让方雅婷起疑心，也为了避免解释其中那说不清的联系与情节，我一路上便想了这个理由来跟方雅婷解释。

"哦，那么说……你今天下午到现在都一直待在宿舍里啦？"

"那么大的雨，我能去哪里呢？哟，我不是让方岳通过蓝蔚告诉你我在干吗了吗？那时方岳正出去，估计是跟蓝蔚见面了，我便让他转告一下。方岳那家伙，肯定是顾着约会，忘了帮我传口讯了。"为了使我的"谎话"更真实可信，我决定把方岳也拉下水，最多等一下就跟方岳对一对口供和具体细节。对于这种"缺德"事，方岳一直很擅长也很乐于做，事实上以前我也帮方岳圆了不少谎，这次就当是他还我人情了。

"对了，雅婷，今晚你去图书馆自修吗？下午买回来的资料有用吧？"我不想再让方雅婷与我"纠结"在我这几小时去了哪里的问题上，赶紧岔开话题。

"我没有去图书馆复习。资料啊，我也没看呢。今晚我出去了一趟，就想自己走走。雨后的空气真好啊，你待在室内，没呼吸到那么清新的空气真可惜啊……"

"噢……是吗？是怪可惜的……没想到你今晚会想出去走走，散散心，本以为你会照例到图书馆复习的……都怪我不好，只顾着玩了，我应该陪你到处走走的。嗯，不如这样吧，现在我过去找你，我们去吃个夜宵吧……我们也见见面吧。"

对于方雅婷没有去自修这个事情我有点惊讶，毕竟方雅婷一向都很自律，尤其是学习上的事情从不马虎，她一反常态没去学习肯定是有原因的，难道方雅婷心情不好或是有什么困难解决不了？想到自己没有陪她，现在还撒谎去应付她，我的心忽然内疚极了，因为今晚——尤其是在苏小睿的房子里发生了那些事后，我才发现方雅婷在我心中的重要性,她才是我一生中最值得珍惜、最值得爱护的人!我觉得自己不该再在苏小睿的这件事上隐瞒着方雅婷,我想,如果方雅婷愿意听,我今晚就可以把有关苏小睿的一切告诉方雅婷,而我以后也不用再背负着什么心理压力,让我们一起想想办法,看看可以怎样帮助苏小睿岂不更好?于是,我更加迫切地想现在见到方雅婷。

"不了,今天我有点累,不想再出去了。明天我们再说吧。你也早点休息……"

或许方雅婷真的是累了,听她的语气好像十分没有精神,方雅婷如此说,我便没有再强求见面,我让她好好休息便挂了电话。这究竟怎么了?我开始有点担心她了,明天吧,我跟她好好聊一下吧,我会想尽办法让她开心起来的。

今天一天也让我精疲力竭,匆匆洗了澡后便倒头就睡。这一夜梦境不断,忽而是苏小睿,忽而是方雅婷,"日有所思,夜有所梦",看来这两个女孩子是我始终最牵挂的人啊。

第二天是周末,阳光明媚,鸟语花香,昨天一场大雨后,好天气终于出现了。我约了方雅婷在校园湖边柳树林见面——这是我们平时来散步的地方。记得方雅婷曾经说这里够清静,可以让心情舒畅许多,还说柳树的"柳"字跟"留"谐音,在这里可以留住美好的一刻,是多么浪漫的地方啊!我还笑她的情怀可真够文艺的!于是,这里便成了我和方雅婷经常约会的地方了。

到了约定的时间,我早已在那里等候了,过了几分钟,方雅婷也出现了。我急忙迎上去,来到她的面前却猛然发现她的神色有点憔悴,我以为她生病了,忙伸手去摸方雅婷的额头,同时急切地问道:"怎么啦?今天看你气色不好,哪里不舒服了,我们马上去看医生吧。"

"不,我没事,只是晚上没有睡好罢了。"尽管方雅婷回答的声音很小,但她还是挤出了一丝笑容,"我们找个地方坐一坐吧。"

我拉着方雅婷的手来到湖边的一块大石头上坐下,说实在的,此刻我的心情有点忐忑不安,看着方雅婷心事重重的样子,不知为何,我有种不祥的预感。

方雅婷的手仍被我拉着,但我却能感受得到她的手在微微地颤抖,我正诧异究竟是什么令方雅婷如此的不同寻常,只听方雅婷说话了:"昨天的大雨没有把你淋着吧?"

这句语气平淡的话犹如惊雷一般打在了我的心头,我马上意识到我昨天讲的谎言已经被方雅婷识破了。我清楚,对于一对情侣来说,这种不诚实的表现会让对方产生强烈的反感。我顿时方寸大乱,一股冷汗从我的背脊冒出,脸上一阵白一阵红,但我还是竭力保持镇定,不断地猜想究竟哪里露出了破绽。现在这个时候是和盘托出真相,还是继续有所保留?万一说出了事实,方雅婷能承受吗?这些都是我必须要考虑的!

仓促之间我唯有以"拖"来应付着,为自己好争取一点时间:"这个……大雨……没有啊!我怎么可能被会雨淋到呢……噢,对了,后来,后来有个同学……说有点事找我,我便出去了一下，雅婷，你不说我还真没想到那个细节……"

"好了！苏梓，你们到底还要把谎话编到什么时候？！"方雅婷被我拉着的手猛地抽了回去，脸色变得苍白，声音也因激动颤动了起来。

"你们？雅婷，这……"我有点茫然地问道。

"我说得有错吗？你说的那个同学，我看就是苏小睿吧？"方雅婷冷冷地说。

"不不……怎会是她呢？雅婷，你说哪儿去了，我跟苏小睿怎么啦？我跟她之间会有什么，我跟她是什么为人，雅婷你是清楚的，或许有些事你因不了解而产生了误会，但我保证我会跟你彻底解释清楚的……"

"我想，我是今天才真正了解你们两个人！好啊，你不是要解释的吗？那你现在解释一下，你脖子上的痕迹是怎么回事，是苏小睿留下的吻痕吧？"方雅婷的双眼紧紧地盯着我，仿佛要彻底看穿我的内心。

"我的脖子……我脖子怎么……"我下意识地抬手去触摸颈部的位置，果然在颈的侧面处摸到了一块暗痛的皮肤，我心中大喊一声"糟糕"，难道真的在脖子处留下了苏小睿的吻痕？自己一直都没有留意，回到宿舍时累得洗澡后便睡了，也没有察觉，想不到竟发生了这种说不清的意外，这让我怎样解释啊？

我只觉得头发一阵发麻，因为这种事情在方雅婷的眼中绝对是不可饶恕的。方雅婷发那么大的火，我也是第一次碰到，看她现在的情绪，我想任凭我如何解释，她都肯定听不进去，最终的结果甚至会导致我和方雅婷以分手悲剧收场！想到这一点，我顿时六神无主，但无论怎样，我都必须做必要的解释，现在只能祈求方雅婷能听得进我的解释，好让激动的情绪得以缓解，然后再容我细细剖析整个事件的前因后果，但照现在的情况来看，能让方雅婷平静下来简直是一个奢望！

我连忙伸手去拉方雅婷的手，希望能彼此拉进一点距离，好推心置腹地交谈："雅婷，你听我说，听我说……你一定得听我解释！事情不像你想的那样复杂与龌龊，这其中真的有很多难言之隐与苦衷，你得相信我，真的得相信我……我我……这事……"

"哈！是我想得复杂？我想得龌龊？苏梓，你也把我想得太天真了。"方雅婷冷笑道，"你还想编些什么理由来圆谎？事实上，我是亲眼看到你走进苏小睿的出租房的，这回我倒看你要解释什么？难道真的要现场抓到你们在亲热这事才算清楚明白吗？！苏梓，你太过分，也太令我失望了！"

原来方雅婷昨天避雨时，隔着朦胧的雨看到了一个在雨中狂奔的熟悉的身影——我。方雅婷以为我冒雨前来送伞接自己，心中顿时一阵温暖，她隔着大雨冲着我奔跑的方向喊了几声，但雨势甚大，我根本没听到方雅婷的呼唤。

方雅婷见我没有停下奔跑的步伐，怕我在雨中跑会遇到什么意外，便马上跟便利店的老板娘借了一把雨伞，也冒着雨一路小跑跟随着我，想跟上我让我别到处找了。但方雅婷跑得没我快，又因在雨中步履蹒跚，渐渐方雅婷与我的距离拉大了，好不容易才远远见我在公交车站停下，但当她赶到那里时，我却已经挤上了一辆公交车走了。

正想掏出电话打给我的方雅婷忽然觉得事有蹊跷，因为她觉得如果我是来找她的，就应该在学校里面找啊，现在很明显我是有目的地往校园外面走的，而且要乘车，这说明了要去校外，或者是去见某个人。方雅婷十分不解，明明刚才还和她通着短信，到底是怎么回事让我不顾一切地赶过去呢？这其中必定有玄机！

方雅婷很快对事情做出了分析，她觉得与其在这里猜，还不如直接跟过去看看究竟发生了什么事情。打定主意后，方雅婷急切地去找车跟上我，说来也巧，恰好有一辆出租车从校门里转了出来，被方雅婷拦个正着。于是，方雅婷一路乘着出租车尾随着公交车跟着我，她一路上十分担心与紧张，目不转睛地盯着公交车前进的方向。就这样一直跟了十多分钟，终于在一片民居的巷口车站看到我下了车，然后又急匆匆地往里面跑。

方雅婷下了车，放眼一望，见我和苏小睿正站在门前，而此时苏小睿的头正倚着我的肩膀，一股酸楚从方雅婷的心底腾起！过了一会儿，又见我蹲在门前鼓捣了一阵子，然后把门打开了，我和苏小睿便闪身进了屋子。

方雅婷看得整个人都呆住了，尤其是刚才苏小睿把头挨在我的肩膀上时，方雅婷觉得两眼发黑，心里凉了半截。她倚着街角的墙壁，咬着自己的嘴唇，想着迈前几步去敲门问个清楚，但却感觉自己的双脚如灌了千斤的铅块，怎么也迈不动。方雅婷呆呆地站在那里，雨水飘落打湿了她的头发也浑然不知……

其实当时方雅婷心中还是抱有一丝希望的，她安慰自己，刚才不是看见我在弄门锁吗？或许我急匆匆地赶来，就是为了帮苏小睿开锁，一旦问题解决了，我应该很快地便从那屋子里出来的。"其实一切都很正常，不要把它想复杂了，苏梓是怎样人，我难道不清楚吗？他曾经跟我保证过跟小睿之间没有任何情感上的纠结……是我想多了，一定是的……"方雅婷在安慰自己，她决定等下去，等我出来！

十五分钟过去了，三十分钟过去了，一小时过去了，三小时过去了，五个小时也过去了……方雅婷在外面一直站着，直到大雨停歇。来往的人都好奇地望着这个端庄美丽的女孩，不知她在那里长久地等候着谁，她的头发已被雨水湿透，脸色憔悴，神情落寞，让人顿生爱怜之心。等待的期间，方雅婷心中有着万分挣扎：究竟是找他还是不找呢？他为何要来找苏小睿？如果只是过来帮苏小睿解决困难，那为何又在屋子里待了这么长时间？他们之间究竟有着什么秘密？

方雅婷心中思潮起伏，一方面她坚信我对她是绝对的忠诚，另一方面却被眼前的事实深切困扰，这明明就是跟苏小睿有私情的表现啊！方雅婷最终还是按捺不住，鼓起勇气打了两次电话给我，但我都没有接听，然后又发了信息给我，询问我究竟有什么事情。

与其说方雅婷在等候我的回复，还不如说这是方雅婷在给自己最后一个相信我的理由——那就是希望我能坦诚相对，说出自己在干些什么，和谁在一起。如果我能如实相告，这起码表明我问心无愧，这事情便还有转弯的余地，起码她会平心静气地去听我的解释，了解苏小睿的故事。

最终，又累又饿的方雅婷失去了等我的耐心，她知道再等下去的意义也不大了。方雅婷黯然地离开了这个站了五个多小时的地方，她现在要的就是一个至关重要的回复，一个能让她继续有勇气爱下去的真挚诚信的回复！

听完方雅婷的叙述，我的心顿时凉了半截，世间的事情往往就是这么巧合，这么多偶然的因素居然凑在一起把事情推向了一个不可逆转的局面！不幸的是，我极力想用一个善意的谎话来掩饰，把事情简单化处理，却不慎陷入了另外一个更难堪的境地。此时此刻我百口莫辩，真有一种跳进黄河也洗不清的感觉。

我心中的不自信让我辩解的勇气瞬时间消失，张口想说些什么，却不知为何竟哑口无言，眼睛像丢了魂似的直勾勾地望着方雅婷。

我的这种表情在方雅婷眼中，就是那种被戳中了要害、识破了真相的神情，这让方雅婷更加相信自己的推断与分析。她的脸上闪过了一丝失望，猛地甩开了我的手，甩手之际身子往后退了两小步，刻意与我保持距离。

方雅婷后退的这个细微举动没有躲过我的眼睛，我低头看了看方雅婷与我拉开的这点距离，心想这次完蛋了。我忽然想起了人们常说的一句话："世间上最遥远的距离不是生与死，而是我站在你面前，你却不知道我爱你。"换上我现在的心情与处境，我觉得我与方雅婷之间的这点距离也是世间上最遥远的距离，因为我站在她面前，也深爱着她，但她却认为我不再爱她了，并因此要选择离开了。难道还有比这更让人揪心的吗？

虽然眼前这点距离看起来触手可及，但对于一对曾经亲密无间的恋人来说，无疑是一条不可逾越的鸿沟，我清楚方雅婷的脾性，她不是到了最后容忍的限度，是不会做出如此决绝的行为的。可以说，这两步的距离，是她向我发出了要分开的信号，现在就看看她是否要亲口说出口了。

我抬头去看方雅婷，我也不知道此刻我的眼神是怎样的状态，究竟是一股可怜巴巴、充满哀求的目光，还是充满不舍、绝望等呢？我与方雅婷默默对视，后来只见方雅婷的眼中渐渐涌起晶莹的液体，鼻子开始微微地抽噎着，接着一颗颗泪珠从她的脸庞滑落。

我很想过去帮她拭去眼泪，但我最终还是没有移步，毕竟方雅婷已经跟自己划开了界限，擦眼泪这种比较亲昵的举动不是想做就能做的。如果我真这样做的话，在方雅婷眼中我就是一个轻佻浮躁、不守规矩的人，更加会惹她反感。试问，如果我此刻给她留下了这样的印象，那以后就算有机会解释，她会相信吗？我决定还是先用语言来解释，我不求能把事情解释得十分清楚，只求能稳住她的情绪，不要让事情进一步激化甚至恶化。

真心地说，方雅婷对我实在太重要了，我心中真的就只有她，她要是离开了，我真的不知道会是怎样的感觉！想到这一点，我的心莫名的一阵痛，这时候我才感觉到身体阵阵疲软，好像随时会倒下来一般，手脚冰冷无力，冷汗涔涔而出。在那一刻，我想解释，但却不知从何说起。看着方雅婷毫无表情的脸，我愈加慌乱，但我还在拼命地说话，因为我不知道是否我一旦停了下来，我和方雅婷的关系就此宣告结束。我只能拼命地说，不让那一刻那么快的到来！我必须争取这最后的机会！

我说了很多很多：我从认识苏小睿开始谈起，韩京、凌丹、萨穆尔等人的事统统都说了，我的语速很快，生怕自己讲漏了什么让方雅婷产生疑问。但无论我怎么说，方雅婷始终都面无表情，我说着说着竟有了想哭的感觉，语调也开始变了，声音越来越小。

我的声调变化让方雅婷望了我一下，我看到她眼中似乎有了一点往日的温柔，但很不幸这点温柔稍纵即逝，最终她摇了摇头说："够了！苏梓。我……我无法接受你的不忠诚与背叛。感谢你曾经给我带来的欢笑与甜蜜……"

方雅婷深吸了一口气，好让眼泪不再掉落下来。她继续说道："我一直都觉得苏小睿是个好女孩，或许你……你和她会更加般配。我虽然怨恨你，但我仍然会祝福你们！你们以后大胆来往吧，她有什么困难，也尽可能帮她解决吧……"

"雅婷，不要不要……不要这样好吗？雅婷……"我心急如焚，情不自禁地便要伸手去挽留方雅婷，语气充满哀求。

方雅婷侧身避开了我伸来的手，悲凄地说道："苏梓，别闹了！我们不要大吵大闹地结束好吗？让一切都在平静中散去不好吗？今天我将失去一个最爱的人，还有一个最好的姊妹，你能让我静静吗？"说罢，方雅婷再也忍不住了，掩面而哭，悲痛欲绝。

我不顾一切地冲过去抱着方雅婷，嘴里喃喃地反复说着："对不起、对不起、对不起……别走啊雅婷，别走啊……"

"苏梓，我们好聚好散吧……"方雅婷伏在我的肩上，轻轻地说出了这句话，同时我感觉到数滴眼泪滴落在我的肩上，一阵冰凉。随后方雅婷用力推开了我，头也不回地一路跑出了柳树林，跑出了我的视线，也跑出了我爱的包围。

40

方雅婷的离开使我的心情蒙了一层灰，我情绪低落，整个人像一棵病秧子似的垂头丧气，再加上那天跟苏小睿见面时淋了一场雨，内外的因素使我迅速患了一场重感冒，每天都一副失魂落魄的模样，人一下子消瘦了很多。

最先发现不对劲儿的是方岳，见我病得恍恍惚惚的，身边却少了方雅婷。以往我病了，方雅婷总是第一时间嘘寒问暖，带我看医生，忙前忙后的，但这几天怎么连影都不见了呢？方岳以为是我们吵架了，好奇心顿起，连忙到我床边问我："喂喂，这几天病得可不轻啊？呵呵，怎么啦，小情侣吵架了？我看你病得只剩一口气了，呵呵，怎么不见雅婷过来看一下呢？方雅婷也太绝情了吧！要不我让蓝蔚带个口信，或是让本尊出马，帮你把小女友哄过来？"

我睁开沉重的眼皮，看见是方岳在说话，便没好气地说："不要去找方雅婷了，没用了……"

方岳听我语气，意识到问题好像有点严重，便说道："怎么啦？好像这次吵架有点严重喔，不妨说来听听，让我这个爱情专家帮你听诊问症。"

我翻了身背对着方岳，想想觉得没有必要瞒着方岳——也知道这事瞒不了多久，便轻轻地说道："是啊，真的很严重……我们——我和方雅婷，分手了！"

谁知道方岳听了之后差点从我的床上跌下来，失声大喊了起来："什么？！分了？你们分手了？！"

我跟方雅婷分手的消息震惊了所有人，毕竟我们这一对人儿之前一直被大家看好。大家一直都称赞方雅婷温柔体贴，知书识礼，样子也是出类拔萃；而我为人乐观豁达，很替人着想，各方面综合条件还不错，而且我们俩很对脾性，在一起简直是天作之合！现在听闻我们分手了，众人大跌眼镜之余，纷纷惊呼以后还怎么能相信爱情。

关于我和方雅婷分手的原因给大家创造了深层次探讨的机会，众人热情高涨，一扫文学院里颓靡的风气，但当然不是每个人对我的遭遇都带有关心的成分，有些人的神色明显在幸灾乐祸，有些曾受感情重创的人则对我投来同情的目光。可能大家在暗地里揣测我们分手的原因还不够过瘾，还希望亲自听我现身说法，细诉个中曲折过程——比方说，是不是一脚踏几船，捂不住被发现了？又或是亲热的时候达不到要求，是技术层面的问题，还是力量、时间等问题？

于是，我的宿舍里一下子成为众同学常来的地方，通常在吃饭的时候，就能看见一帮人拿着饭盒装着闲逛的样子，有意无意地走进我的宿舍，看见我在，便扯了几句"今天天气真好啊"之类的废话，然后明知故问地把话题转向我："呦，苏梓，今天不去约会了？"在得到我的"已经分手了"的回答后，发问的人总会马上涌起一脸的笑容，丝毫没有同情之意。同时开始摩拳擦掌追问我分手的原因，一旁的人则个个恰到好处、不约而同地停止交谈，开始埋头吃饭，并像一群兔子般竖起耳朵做倾听状。

我当然知道这帮人不安好心，纯粹是期望能听到一些猛料好作茶余饭后的谈资。我也懒得去解释，因为会越描越黑，每一个解释只会被对方无下限地曲解。

所以每到这个时候，我便会长叹一声，渲染一下哀伤的气氛，然后便说："我们分了，一言难尽啊！这可真是'问渠那得清如许，为有源头活水来'啊！"接着，用充满忧郁的眼光看着发问的人，反问道："这其中的意思，你懂吗？"

我班的那帮人平时常吹嘘自己"貌似潘安，才比宋玉"，现在被我用古诗反问了一句，哪里肯承认自己不懂，纷纷点头做出若有所思的样子，深恐被其他人看出自己不懂装懂。

之后还来了几拨人想探听消息，纷纷被我击退，什么"遥望洞庭山水翠，白银盘里一青螺""晴川历历汉阳树，芳草萋萋鹦鹉洲""昨夜星辰昨夜风，画楼西畔桂堂东"等，唬得前来探听的人一头雾水，不明所以。

方岳则私下问我："兄弟，这个我有些搞不懂了，你分手就分手了，跟'遥望洞庭山水翠，白银盘里一青螺'有什么关系呢？难道你在和苏小睿吃青螺的时候被方雅婷发现了，然后方雅婷醋意大生，就这样……这样分手了？"方岳一脸惊讶，以为自己第一个猜到了分手的原因。

我笑了笑，说："你真去想诗的内涵了？哈，我是随便吟出来的，没有任何含义。我是想到哪句就说哪句。"

方岳一脸不相信，说："这……这……不会吧？我看隔壁老魏他们分析你的诗句一套一套的，连你的床上那个……能力都算出来了。"

"哈哈哈，好，让他们瞎忙活去吧！他们还要诗句不？让我好好搜肠刮肚地赠他们几句更有内涵的。"

方岳知道我与方雅婷分手是跟苏小睿有关。因为他多多少少地从蓝蔚那里获知了一点我跟方雅婷分手的内幕。方岳认为，但凡分手而且又跟另一个女孩有关的，来去就是那么一回事，肯定是因为我对苏小睿动了感情，但这边又继续与方雅婷保持着关系，然后我玩着玩着两边玩不转了，在与苏小睿一起时被发现了。在这种情况下，方雅婷一怒之下选择了退出，整件事以我跟方雅婷分手告终，这同时也意味着，我与苏小睿的恋爱关系正式开始。

"是这么一回事吗？大家是兄弟，别藏着掖着的，身为男人我不怪你，谁的青春不荒唐？"方岳再次拉开一罐啤酒递给我，然后自己仰起头喝了一大口，望着我问道。

我接过啤酒瓶，用手指抹掉了涌出瓶口的泡沫，虽然此时我已经微带醉意，但对于心中的某样感情我是绝对认真的，容不得别人对此有任何的曲解，于是我很正色严肃地说道："不是这样的！无论是谁，无论什么时间地点，无论问我多少遍，我都只有一个回答，我没有做出对不起雅婷的事情。真相或许永远不会被人知道，但苍天可鉴，日月可昭。其他人我先不说，作为兄弟，首先我问你，你相信吗？"

方岳眯起眼睛看了我一阵子，眼神有点复杂，说道："在感情上，无论你做了什么事情，兄弟我绝对无条件支持你。只是……事实胜于雄辩，你跟苏小睿之间——就是那吻痕的事——我有所耳闻了，这让人如何信服啊？这可是铁铮铮的证据啊！你让方雅婷如何相信？"

"苏梓，作为兄弟，我真的可以相信你刚才说的每一句话，我真心想帮你，我想你和雅婷、小睿三个人能和好如初。但覆水难收，破镜难圆，事已至此，这个怎么解释也圆满不了。太难了，我帮不了，帮不了啊！唉！"

方岳今晚也喝了不少，听他的语气真的很为我的遭遇感到痛心疾首，他说话的语气真挚得让我从肺腑里感动，我的眼泪当时就"哗哗"地就掉了下来。

在这段我心灵最灰暗的日子里，有些人的关心只是表面、显浅的，甚至有的还是嘲笑、讽刺与幸灾乐祸的。但此时我感觉到身边还是有真正的友情存在，以前是韩京，如今这个人是方岳。我庆幸自己尽管还在爱情的低谷里挣扎，但我至少有友情的支撑，我一定会熬过去的，我会撑到希望重现的那天。

这些天我实在压抑了很多很多的情绪，之前我无法宣泄无法排解，内心快要被这种烦闷憋爆。今晚伴随着我的眼泪，我仿佛找到了一个宣泄的闸口——一个真正的朋友是可以倾听自己心中的一切的。

"方岳，来来，我们先干了这一瓶吧！然后你能听我说话吗？我想跟你讲一个有关'命运'的故事……"

酒在我的故事声中不知不觉地饮完了，但除了酒精带给我们的晕眩感外，留下来的却是一股忧伤的情绪。人们常说"借酒消愁愁更愁"，而听一个忧伤的故事也会让人无限感慨以至于心情无比沉重。

方岳长叹一声，说道："没想到小睿的身世如此坎坷，从年幼之时便要背负着沉重的思想负担，相比之下，现在我真觉得自己很幸福很幸运，我的爱情至少还有自己的感受，还有自己的选择，我该知足了……

"其实，现在想想，苏小睿的很多行为做法——包括那天晚上跟你发生的那些事情——都是可以理解的，与其说是她冲动或是幼稚，不如说……是她内心里不甘向命运妥协，与命运抗争的一种表现。她每抗争一次，便再次有了她存在在这个世界上的勇气与动力。唉，我觉得……"方岳摇摇头，好像不知如何总结下去了。

我讲完苏小睿的故事，整个人像卸下了一个长期背在身上异常沉重的包袱，我瘫坐在椅子上，默不作声，似乎还没有从故事中抽离一般。

或许作为一个"局外人"，思绪会比较清晰，看问题会相对较客观一点，方岳听罢苏小睿的故事，想到的更多的是如何解决它，如何化解由此引发出来的一系列矛盾，万一有些问题是解决不了的，就应该绕开它，甚至放开它！苦苦纠结于无法解决的问题，只能徒增无奈与痛苦，何必呢？

方岳掰着指头与我分析道："梓，我充分相信你所说的、所做的一切，包括之前我对你的一些行为的不解与误解，现在经你把小睿的故事一说，我也清楚明白了。但现在如何悔不当初都于事无补，把当前最迫切的事情解决了才是正道，对不？你听我说，苏小睿的事情到现在是没有解决方法的，她自己、她的家人无能为力，她的男朋友——就是你提到的好朋友韩京，也尽有能力挽转不了局面。我们这些外人——虽说是好朋友，但最终还是起不了什么作用，虽然我们对她的不合理、愚昧的婚姻安排表示遗憾与惋惜，但我们现在能做的只有祝福她，希望她以后能过上幸福的生活，或许她的婚后生活未必不愉快。世事有时候就是如此阴差阳错，在合适的时候遇不到合适的人，这或许就是人们所说的有缘无份吧。一直以来你对苏小睿怎么样，我们这帮人是有目共睹的，你已经尽了你一个好朋友的义务了，你体贴她，关心她，为她你甘愿淋雨、挨冻、受委屈，可以说于人于己你已经问心无愧了。苏小睿的事，你就不必再太上心了，她的离开是必然的，有她故事的历史的这一页终究要被生活翻过去的。在这个问题上，你搞清楚了吗？"

我咬着嘴唇想想，知道方岳说得都在理上，便点了点头表示认同。

方岳见我认同他的分析，又继续说道："我们把主次矛盾弄清楚就好办了。现在你自己的事才是要解决的大问题，这可有关你的终身幸福啊，你跟方雅婷的事你得想办法解决。你和方雅婷本来就是一对，整个学校里面我打着灯笼也找不到比你们更合适的了。本来你们好不容易才鼓起勇气跨出了第一步，并且大家互相鼓励着，并计划着你们美好的未来，这哪还像谈恋爱啊，简直就是在提前组织家庭！你说如果因为误会分开了，多可惜啊！"他顿了一下，"不过，这个误会也忒大了！其他的误会还可以多解释几遍，随着时间的推移，两人放下了怨气，见着见着又在一起了。唯独这男女之间忠诚的问题，不是一般人能承受得了的。方雅婷怎么大度怎么贤惠怎么善良，也接受不了最爱的人背着自己做不光彩的事情，将心比心，换作是你苏梓，也不会原谅对方吧？"

"那现在我该怎么办？有补救的方法吗？爱情专家，好歹给点专业的意见吧！"我一脸的颓丧，双手拼命揉着发痛的太阳穴。

"办法？有的话我早就倾囊相告了，现在这种情况谁也没辙了。除非时光倒流，带方雅婷到现场，亲眼看着你如何抵挡诱惑，坚守立场。现在除了等待，还是等待，等方雅婷把事情想通透了，觉得你的解释能达到她心理接受的界限，才有可能把她追回来。不过我看……机会很渺茫了。"

"你说，你能先把事情真相告诉蓝蔚，然后再通过蓝蔚慢慢转告给雅婷吗？一次不行就两次，两次不行就三次，总有让雅婷听明白的时候……"我觉得这是唯一可行的办法了。

"你别指望——或是奢想蓝蔚能做些什么，你跟方雅婷分手的事情已经让她对你不存什么好感了，她还勒令我别跟你这种'花心男'——我只是转述她的原话，待在一起。况且，你和苏小睿的故事又是那样的曲折，换谁听你的故事也只能将信将疑，你让我把它重新讲给蓝蔚听，我也只能说个大概，这种一面之词越听越勉强，越听越让人起疑，还是不说为妙。你的故事只我一个人相信没用，大家都不相信，众口铄金，大家都怀疑的东西方雅婷是不会接受的。"

"那你总能为我表达几句重要的话吧？总之你尽量让蓝蔚相信我的事情不是大家讲的那么龌龊、卑劣！事情是另有真相的！我没有做对不起雅婷的事！就这么几句重要的话，你好歹让蓝蔚转达一下！至于如何证明事情的真相，也只能等待机会了。"

"……好吧，我尽量吧。"方岳挠挠后脑勺，略带为难地答应道。

夜已深了，云淡风轻，我和方岳拖着疲惫的步伐往宿舍那边走，今晚我俩谈得太多，现在反而不想说话了。一路上方岳沉默地叼着根烟，在夜色中烟头的火光忽明忽暗，在一支烟将吸尽之际，他用中指与拇指一扣，猛地把烟蒂弹向远方，然后跟我说道："听蓝蔚说……其实，方雅婷这段时间也不好受，心情差到极点……茶饭不思，以泪洗面，折磨得自己不像样子。爱之深恨之切啊……解铃还须系铃人，苏梓，你得好好想个法子，为了你自己，也为了她……"

听着方岳的话，我的心一阵难受，我走出树下的阴影，停下来抬头仰望深邃的夜空，几颗明亮的星挂在天边，看着看着我好像看到了方雅婷那清秀的脸，而那几颗星星就是方雅婷落下的晶莹的泪。

陈劲 著

用去最后那半分温柔

下册

当代世界出版社
THE CONTEMPORARY WORLD PRESS

图书在版编目（CIP）数据

用去最后那半分温柔 / 陈劲著. —北京：当代世界出版社，2017.10

ISBN 978-7-5090-1275-8

Ⅰ. ①用… Ⅱ. ①陈… Ⅲ. ①长篇小说—中国—当代 Ⅳ. ①I247.5

中国版本图书馆CIP数据核字（2017）第230206号

书　　名：	用去最后那半分温柔
出版发行：	当代世界出版社
地　　址：	北京市复兴路4号（100860）
网　　址：	http://www.worldpress.org.cn
编务电话：	（010）83908456
发行电话：	（010）83908409
	（010）83908455
	（010）83908377
	（010）83908423（邮购）
	（010）83908410（传真）
经　　销：	全国新华书店
印　　刷：	北京天宇万达印刷有限公司
开　　本：	710毫米×1000毫米　1/16
印　　张：	30
字　　数：	557千字
版　　次：	2017年10月第1版
印　　次：	2017年10月第1次
书　　号：	ISBN 978-7-5090-1275-8
定　　价：	69.00元（全2册）

如发现印装质量问题，请与承印厂联系调换。
版权所有，翻印必究；未经许可，不得转载！

41

苏小睿终于还是走了。

自那晚后,我们没有再见过面。一方面是我因与方雅婷分手的事搞得焦头烂额,甚至为此病了一场,另一方面我是觉得此时更应该要给彼此留点时间与空间,毕竟那天晚上发生的事情肯定会让大家都有点尴尬。我想着苏小睿在离开之前应该会知会我一声的,到时我再去送一送她吧。但没想到的是,苏小睿离开后才告知我,这意味着我与苏小睿以后将不会再见了。

当时我正在上课,忽然兜里的手机震动了一下,我掏出一看竟是苏小睿的信息。我马上心中一颤,按开一看,信息是这样写的:"梓,我要走了……我已在火车上了。请原谅我没有提前告诉你我的离去,我不想让彼此留下一些伤感的回忆,让所有的美好尽藏心中吧。我这次离开将要重新开始新的生活,也祝福你跟雅婷姐能有个美好的未来。代我问候她,还有韩京。你们若安好,对我来说便是晴天。勿念。"

尽管我早知道苏小睿终有一天要离开,也有了一定的心理准备,但此时确切得到她远走的消息,心中还是有一种说不出的难受,我反复地看着手机上的这段文字,一股淡淡的忧伤渐渐漫上心头,盘踞不散……尤其看到苏小睿在离开之际的一刻仍不忘祝福我跟雅婷,我心里涌起一阵感动,但同时不禁又苦笑了一下,心想苏小睿的这个美好祝愿恐怕不能实现了。我想,我和方雅婷分手的消息不能让苏小睿知道,如果让她知道我们的分手因她而起,苏小睿会内疚、悔恨一辈子的!我宁愿自己来承受被误会被曲解所导致的分手之苦,也不愿再增加她的心理负担。

信息的结尾,苏小睿还嘱托我问候韩京,我心里的感动与酸楚顿时交织而生。看来苏小睿还是没有忘记韩京,这对恋人一起度过的美好时光已经深深镌刻在她的脑海之中了,但我想苏小睿应该没有联系韩京,为了让韩京能过上幸福生活,苏小睿可以牺牲自己的一切,最后而且是唯一的方式,便是让我转告韩京她的离开。这最后的问候,应该便是她与韩京的诀别吧!

下课后,我犹豫再三还是决定打一个电话给苏小睿,无论怎样也好,哪怕只是讲一句简单的"一路顺风",都希望能给形单影只、孤身上路的苏小睿带来一丝人情温暖,更希望能借着一番简单的交谈,带给苏小睿快乐生活的勇气与力量。我也始终抱着一丝希望,希望苏小睿的事情在最后时刻会出现微妙的转机,只要我们几个人坚持下去,那么一定会迎来曙光的。

电话打出去了,可惜已经打不通了,苏小睿的手机已关机。我遥望天际,极目远眺,仿佛要看穿一切似的。因为我知道此时,有一辆驶向云南的火车正在飞驰着,车上有一个人让我怀念!衷心祝福她——我最亲爱的朋友苏小睿,在遥远的未来,我们会再见的,保重!

苏小睿的离开犹如投石入海,使我最近的平静生活泛起涟漪。自从和方雅婷分手后,我与她的关系没有一丝进展。方岳已经通过各种方式向蓝蔚解释,力证我的清白,开始蓝蔚始终认为是我的一面之词且缺乏可信性,坚决不予理睬,但后来见方雅婷还是那样的沮丧低落,作为好友心中不忍。同时方岳又用人格、人品保证,抗拒之心开始有点动摇,便也试着向方雅婷解释一下,试图让我和她重新有个接触的机会,看看能不能把产生的误会或错误彻底有个了结的机会。

只是方雅婷伤心归伤心,但在感情方面很有原则,始终不肯再与我相见。某天上午,方雅婷独自外出,把之前留的长发剪了,以一头清爽的短发形象示人,在众女生的惊叹声中,方雅婷微微一笑,重新背起书包到图书馆复习,为自己的考研努力!

就这样我也过上了相对平静的一段生活,没有了方雅婷的生活真有点不习惯,但事已至此,再怎样努力也无济于事,唯有等待,可是生活还得继续。经过一段时间后,我已慢慢地习惯自己一个人的日子了,该复习复习,该上课上课,大二快结束了,要做的笔头作业也一下子涌现,短期内让人有一种很充实的感觉。

那晚和方岳促膝长谈后,我的心情开朗了很多——毕竟有一个人可以倾诉,更重要的是这个人相信我说的话,这比什么帮助都来得更让人踏实。

可能是心情放开的缘故,我看身边的人和事也没有了之前的偏激,发现身边的人其实还是挺关心我的,比方说江锡老是招呼我用他的电脑,玩游戏看光碟什么的都好说;就连隔壁的老魏,见到我总是笑容可掬的,老是约我串门打牌;最为可笑的是李书南,他这段时间去图书馆复习时总爱叫上我一起,在他的观念里,但凡失恋的人都能化哀怨为力量,能激发一股不容小觑的学习潜力。很多人都是在感情失意后干出伟大成绩的,所以他觉得此时的我正符合条件,希望我能抓住契机,把握机遇,沉着应战,迎难而上,创造历史新篇章!

李书南还想搬出一套套理论论证他的"失恋发奋学",我连忙制止他说:"书南书南,算了……我还是觉得我资质低劣,能力有限,新篇章是创造不了的,新文章倒是想写几段,走走走,去图书馆!"

在大学里,我们的生活圈子、活动范围相对来说不大,其实有一次我在学校广场里远远地见过方雅婷。我看到了她的一头短发,看到了她比以前略瘦的脸庞,看到了她嘴角习惯性地翘起微笑的神情……尽管距离遥远,但我还是感受到了她的气息,她的一切依旧是那样的美,那样的令我沉醉。

我没有追上前冒昧地打招呼,更没有想就前事作解释辩解,只要知道她目前一切安好,过着宁静快乐的日子便已足够。我看着她的身影转过拐弯处,但发现她扭头有意无意朝我这边看了一眼,像是在寻找些什么,随后她很快地消失在拐角了。

那一刻我的心像翻起了巨浪,她真的看见我了吗?她是在暗示我追上去吗?她有话要对我说吗?不,不,她的回望或许只是我的一种一厢情愿的错觉罢了!我呆站在广场上,胡思乱想着,心里、脑海里铺天盖地出现的都是方雅婷的身影……

42

作为北方地区乃至全国的重点实验室,韩京所在学校的实验楼的设备多得的确让人眼花缭乱。一排排标示着"ON/OFF"的开关按钮,一盏盏24小时不间断闪烁的红黄绿信号灯,一摞摞的仪器使用手册、注意事项、实验记录整齐地摆放在书柜中,这一切都告诉着人们这里是重要的科研场所。出入这里的人几乎都夹着文件袋或捧着书籍资料,步伐匆忙,给人一种争分夺秒做研究的感觉,每个人都神情庄重,不苟言笑,使得这里的气氛更为肃穆。

此刻已接近晚上七点,实验楼里的人已经不多了,但第五实验室却依旧亮着灯光,一台数据记录仪正"嚓——嚓——"地吐着纸条,上面密密麻麻地写满了数字与线条。韩京端着笔记本咬着笔头正在认真地思考着,待纸条有了一定的长度,他便用手撕下来,然后快速地把相关的数字记录在笔记本里。

从下午两点半实验室开放开始,韩京就没有离开过这里,前两天韩京从学院教授那里接到了某个课题的实验任务,便一头栽进了反复的实验与结果比对之中。作为学院里面的优等生，韩京很受各位专家教授的器重，很多课题都被项目主持人指名参与，如无意外的话，韩京毕业后将保研就读本校。韩京也很珍惜这些难得的机会，总是尽自己最大的能力把分配下来的任务出色完成。况且现在已是大三上学期期末阶段了，各科的复习进度很紧张，韩京想尽快把实验数据完成了，好保证有充足的时间来进行期末的复习准备。

就在韩京埋头记录数据的时候，实验室的门无声无息地打开了，一个人蹑手蹑脚地闪了进来，慢慢地向仪器旁的韩京靠近，这个人缓缓地抬起双手便要向韩京的脸上捂去。

专注于记录数据的韩京根本没觉察到有人悄无声息地进了实验室，但他正写着的时候，鼻子不自觉地动了一下，似乎有什么气味刺激着自己的神经，韩京愣了一下，随即明白了什么，他头也不回地笑着说："凌丹，来了吗？"

韩京背后那个人的脚步立即停下了，那双伸在半空的手马上收了回来，轻拍了韩京肩膀一下，笑说道："嗨，真没惊喜，又让你发现了！"

"你的'毒药'香水，已成为了你的标志了！走到哪儿，香到哪儿！"

"你喜欢闻，我才喷的！换成别人想闻，我还不一定愿意抹呢！"凌丹望着韩京一脸的自豪。自从那次湖边看雪归来，凌丹每次来见韩京，都会喷这种香水，这香味在学院里几乎成了凌丹的代名词了。这足以看得出凌丹对韩京的重视。

韩京知道凌丹性格外向豪爽对于这种直白的回答，韩京不知如何应答，只好笑笑继续低头想写一段数据。

凌丹一把夺过韩京手中的笔记本，装作生气的样子说："你看你，都什么时候了，还在写写写，人家要吃饭了！这些实验数字能当饭吃啊，教授也不是让你一天便完成这些任务……"

这时韩京才想起凌丹来找自己的原因：自己答应了她今晚到新开的韩式菜馆吃饭的，原本约了六点半在实验楼楼下等，可韩京一看手表便知道自己错过时间了，怪不得凌丹会直接跑上实验室来找人了。

韩京一拍自己脑袋，说："哎，我看错时间了，以为才六点呢！是我的错，我的错……你等等我，我马上来！"说罢站起来要收拾东西，但情急之下手忙脚乱，不知该先做些什么。

凌丹看韩京的慌乱状态忍不住笑了，她把韩京往实验室外面推，说："行了行了，知道错了就马上抓紧时间吧，你赶快去洗手洗脸吧，这里的书籍数据我来帮你收拾，去去，赶快去！放心吧，我又不是第一次帮你收拾实验材料了……"

当韩京再次推门进入实验室时，凌丹已把所有东西收拾妥当了。她把韩京的背包递给他，说："出发吧！为了补偿我的时间损失，晚饭后陪我逛逛街——这也是为了你好，你老待在实验室里，快变成科学怪人了！多走动走动，人也能变得精神点！"

"好好好，听你的，听你的！"韩京接过背包背上，连声答应。凌丹把实验室里的门和灯关好后，便和韩京谈笑着肩并肩一同走下了实验楼。

这段时间以来，韩京与凌丹的关系变得有点扑朔迷离，甚至可以说有点暧昧的感觉了。一方面，凌丹的爱情攻势一直未减，从大一到现在，都对韩京抱有足够的热情，更难能可贵的是，她还有足够的耐心。她知道韩京一直对苏小睿有着深厚的感情，并且始终念念不忘，但她对此不介意，也不着急。总之，她就做好自己的事情，无论在学习上还是生活上都处处为韩京着想，为他做该做的事情，对其他男生的殷勤表白看都不看，理都不理。

另一方面，从韩京的角度来讲，自苏小睿离开以后，韩京便失去了一切与苏小睿联系的方式，韩京曾通过不同途径去寻找、打听，但都音讯全无，感觉苏小睿像从这个世界消失了。时间是最有效的止痛药，对于失恋造成的伤痛也不例外，韩京尽管对自己的爱情死亡伤心欲绝，但生活仍要继续。随着时间的推移，尤其在凌丹无微不至的关怀渗透之下，韩京渐渐走出了那段心情灰霾的低谷，人也逐渐开朗了起来。这次陪伴自己度过阴霾日子的又是凌丹，韩京对她自是感激不尽，想到这两年多来，凌丹对自己不求回报地默默付出，韩京不禁暗自佩服凌丹的执着，韩京甚至觉得自己再如此"冷淡"地对待凌丹真是一件人神共愤的事情。于是韩京对凌丹的态度开始有所改变，虽不至于像热恋情人那般亲昵，但至少对凌丹的示好不再抗拒躲避。他也会时不时关心一下凌丹的生活学习，在平时空余的时候，也会相约逛逛北京城，游玩景点、吃吃特色小食。

真正让韩京与凌丹的关系有质的飞跃是源于一个大二下学期的一个电话。过程是这样的：那天晚上韩京待在图书馆里翻看一些外国文献资料，一边绞尽脑汁地翻译，一边摘抄着笔记，正感觉有一点头绪的时候，桌面上的手机不合时宜地振动了起来。韩京极不情愿地把目光看向手机，却发现是电信的10000客服电话打过来的。韩京皱了一下眉头，自己的学习好不容易才进入状态，现在却被打断了思路，真令人恼火！于是韩京抬起手指，刚想把这个来电摁掉，但转念一想人家也只是尽心尽力工作混口饭吃而已，这怪不了人家，对方怎么会知道自己正在忙活呢？出于礼貌和尊重，还是听听吧，自己也该适当休息一下了。韩京揉揉发酸的眼睛，抄起电话便快步往外面走，在确定不会因谈话而影响他人学习后，韩京才接听了电话。

韩京料想对方肯定会伶牙俐齿地推荐自己的东西，他也已经想好了如何婉言谢绝的言辞，正准备随机对答时，却发现自己一切都想错了。

电话那头没有温柔甜美的女声，没有迫切交谈的语气，没有机关枪扫射般的快速语音，却隐约听到一个在啜泣的声音。对方听到韩京接听电话后，更是泣不成声，哭声渐渐大了起来。

韩京顿时愣在当场，他从来没有接过这样一个客服电话，韩京搞不清这是什么状况，更加不敢挂掉电话，只好问对方："喂，喂，你……你怎么啦？喂——"

韩京一连问了几句，才听到那边的啜泣声渐渐低了下来，听那边的声息，应该是一个女生。正当韩京百思不得其解时，对方说话了："是我，韩京……是我，凌丹。"

"啊？凌丹，怎么是你？"在电话的这端，韩京惊讶得合不拢嘴。

凌丹、电信、客服……一连串的关键词在韩京的脑海中回旋出现，韩京稍稍回想了一下，记起凌丹前不久跟他讲过，学院安排了一批理工科学生到各个定点单位进行见习实践，是一门有学分的实践课程，凌丹被分到了当地电信部门。学习实践没有具体的岗位可言，一般来说就是哪里需要你，你就得到哪里去。所以，凌丹被安排在客服电话那边工作也不奇怪。

在确定了对方的身份确实是凌丹后，韩京马上想到凌丹该不是碰到什么困难了吧，又或是受了欺负之类的，于是韩京连声问道："怎么啦怎么啦？凌丹……发生了什么事情，尽管说，好好说慢慢说……"

"我……我心里很难受！我这也做不好，那也做不好……我觉得自己真的很没用……努力去争取的东西，却总也得不到……呜……"凌丹说着说着，哭声又大了起来，语气充满了委屈，像个淘气的小孩儿被大人狠狠地训了一顿似的。

在电话这头的韩京赶紧好言好语地把凌丹安抚下来。隔着话筒，韩京开始询问了凌丹痛哭的原因。原来凌丹最近总是诸事不顺，首先是之前参加的竞赛失了水准，一个名次都拿不到；接着自己的一份论文作业过不了关，修改了几次老师都不满意，自己正愁着该怎么写下去；然后那天去单位见习，因自己疏忽导致单位的一些工作无法开展，上级领导为此还点名批评了凌丹；最后在电话客服工作时，恰好碰上了一位脾气火爆的客户，不听理由地劈头盖脸投诉了一顿。一连串的打击让这个自幼优越感超好的女孩的自信心掉到了前所未有的低谷。一直以来，她都认为自己很优秀，但最近的遭遇告诉她自己，其实自己也只是平凡人一个，自己也会犯错，也会被人批评，也会被人作为泄愤对象！巨大的心理落差让凌丹无比沮丧，结束了那个投诉的客服电话后，凌丹再也抑制不了自己的情感，失声痛哭起来。

凌丹越哭心里越难受，觉得自己一无是处，简直想死的心都有了。这个时候，她多么需要有个人陪伴在身边，哪怕只是让她靠靠也是好的。但凌丹一向以外向坚强的形象示人，但"坚强"的凌丹毕竟也是女人，也有悲伤沮丧的时候。想来想去，凌丹想到自己也只有在韩京面前示过弱，找韩京倾诉是最合适的选择！想到韩京，凌丹的心一阵颤动，思念便像细菌找到巨大的温床似的迅速蔓延开来，再也控制不了。于是凌丹用工作电话拨通了韩京的手机，此时哪怕只是听听韩京的声音，对凌丹来说都是一种莫大的安慰！

听罢凌丹的倾诉，韩京轻叹了一口气表示理解，他知道女生的情绪难以触摸，一个月中难免会有几天心烦意乱，情绪说崩溃就崩溃的时候。不过韩京清楚凌丹的性格，她只是暂时性的低落，哭一场睡一觉后，应该就没什么大问题了，此时让凌丹尽情地倾诉、痛快地哭出来也是一种缓解压力的好方法。

韩京在理解之余，内心还有一种感动，毕竟被人信任是一件值得骄傲的事情。凌丹在最需要人支持安慰的时候，想到的是自己，这足以证明自己在凌丹心中的地位无可代替。电光石火间，韩京脑海里浮现出了凌丹平时对自己点点滴滴的关心与照顾，心中又是一番感动。无论是作为朋友还是同学，这次韩京都觉得应该去跟凌丹见见面，安慰一下这个哭得一塌糊涂的女孩。

韩京一边抬手看手表，说道："好啦，别哭了。待会儿眼睛肿肿的怎么见人？你几点钟下班？……嗯，九点半是吧？好，我过去接你！你在单位门口那边，别走远！"

"……接我？"凌丹有点不敢相信自己的耳朵。

"对啊！今晚我看书看得正累呢，你也需要减减压力，一起走走散散心吧！或是吃点宵夜之类的也好……那就这样说定了。等会儿见！"

韩京收拾好东西，坐车赶到凌丹工作的地方。九点半左右，便看见凌丹的身影出现在门口，她神情略带羞涩地四处张望。

其时还是春季，天气入夜后还有点冷，凌丹衣衫单薄不禁打了个寒战。正当她四处张望找寻自己熟悉的身影时，忽然觉得自己肩上一沉，一件长袖外套带着微暖的体温披了下来，凌丹轻呼一声，扭头去看，只见韩京正微笑着看着自己，那微笑很温暖，很温暖……

凌丹只觉得一股热烫的感觉在自己的两颊蔓延开来，她连忙低下头，借着夜色把自己的羞涩掩盖。只听韩京说道："走吧！想好吃什么了吧？是我们学校后门的孜然烤羊肉串，还是去吃碗酸辣的泡菜面？"

韩京一下子报出了平时凌丹爱吃的小吃，果然转变了凌丹低落的情绪。凌丹精神为之一振，情不自禁地浮现了一丝微笑。韩京见自己的话起了效果，又从身后变魔术般地拿出一杯热气腾腾的豆浆递给凌丹，说道："吃的我们慢慢来，来，先喝点热饮暖暖身子。我刚过来的时候，见这豆浆新鲜出炉，不喝就真的走宝了！"

韩京这人虽然是个理科男，但逗女孩的手段丝毫不逊色于浪漫的文科男。凌丹从没见过韩京这么关心过自己，不禁受宠若惊，接过那杯暖暖的豆浆，整个人像掉进了蜜罐似的，浑身舒服畅快。

俩人走着聊着，然后又转车回学校后门那里吃夜宵。一路上韩京话语不断，尽拣些轻松的话题来讲，一下子就把气氛搞活跃了，而凌丹为人本来就很外向开朗，今晚的那些伤心事很快便抛开了，不时应和着韩京的那些话题。

这边吃着辣辣的羊肉串，埋头又吃两口酸辣面，他们吃得额头直冒汗，韩京抹了一把汗，忽然动作停了下来，问凌丹："我们要不要来点冻啤酒？"眼神里带有"敢不敢试一试？"的意味。

"好！来啊！"凌丹爽快地应道。一来她最近情绪实在太压抑，需要找个途径来宣泄一下，二来今晚韩京的热情与关心让她心情大好，可算是因"祸"得福了，就凭这个就值得喝上一杯。

麻辣与冰块的交融刺激着两人的味蕾，就着酒菜两人不知不觉地便干了三瓶啤酒，看着凌丹红彤彤的脸颊，醉呼呼的表情，韩京第一次觉得凌丹也有可爱娇俏的一面。韩京也很久没有这样放纵过自己，在酒精的刺激下，也感到特别的痛快。

身边来吃夜宵的人换了一拨又一拨，韩京才惊觉时间已快十二点了。韩京担心凌丹迟回宿舍会遭到宿管记名批评，马上招呼伙计结账。

坐在旁边的凌丹摸了摸自己发烫的脸，似乎想说些什么，却一直没有说话，直到韩京结完账后准备起身离座时，凌丹才鼓足了勇气，但声音还是压低了许多，说："是啊，今晚有点迟了。你说……你说，我们还回去吗？"凌丹抬眼望了望韩京，眼神里有种说不出的意味。"我的意思是……要不，要不，我们先出去走走……"凌丹补充道。

韩京一直没有做出反应，但从神情上看韩京显得有点局促，不知是酒精的后劲还是别的原因，韩京的脸在灯光下也一片通红。韩京撩起衣袖擦了一把额头上的细汗珠，才说道："明天你还要上班呢！况且今天你也累了，应该早点休息，这样有利于情绪恢复。你这个时间回去会被记名挨批吗？要不我跟宿管解释一下，就说是我邀请你参加生日会什么的才晚回去的，多解释几句应该能混过去的……好，我们走吧！"

凌丹"哦"了一声点了点头，起身随着韩京往学校方向走去。凌丹一边走，一边说道："其实也不用说什么生日会之类的，我不正在见习期间吗？我就说单位要加班，加班后还临时开了会,这样解释宿管也不会多问,学院方面跟宿管中心早已打了招呼,所以你不用太担心我了。"

"噢!是吗?那就好了,那就好了……害我还担心你会遭批评呢!那我该想想自己如何跟宿管解释了!哈哈!"韩京说道。

子夜的校园显得十分冷清,入夜的气温有点凉,但凉风吹到滚烫的脸上却有说不出的舒服。韩京凌丹两人不紧不慢地走在校道上,相较于在小吃店的举杯畅饮、痛快畅聊,此时的两人显得有点沉默,偶尔的一两句交谈都是轻轻的,生怕引起别人的注意。尽管刚才吃宵夜的地方都是油烟味,但凌丹身上的香水味还是遮掩不住,当凉风吹来时,仍把丝丝缕缕的香味送入韩京的鼻中。韩京忍不住转头去看了凌丹几眼,在月色下凌丹姿态曼妙,步履轻盈,举手投足间充满美感。韩京不禁想起了刚才凌丹说过的"今晚我们还回去吗?",不由得心里一阵狂跳。韩京连忙别过头不再去看凌丹,自己的脚步逐渐加快了,似乎想早点逃离这个令人心猿意马的境地。

十几分钟的路程终于走完了,回到凌丹的宿舍楼下,韩京看着凌丹跟宿管大妈解释了几句,便顺利进入了宿舍楼。隔着大堂的玻璃窗户,韩京与凌丹挥手作别。而凌丹一直站在那窗户旁边目送着韩京远去,只觉得脸上灼热的感觉仍未消退,整个人也像进入了一个迷糊的状态。过了好一阵子,凌丹才从迷糊中清醒过来,正想转身回自己的寝室,低头一看,韩京刚才在校园里给自己披上的外套仍搭在肩上。凌丹摩挲着外套的袖子,仿佛在感受着韩京的体温,也仿佛在触摸着韩京的肌肤,想起了今晚的点点滴滴,各种滋味顿时涌上心头,甜蜜的、欢喜的、害羞的、兴奋的、失落的……统统交织在一起。

经过那晚之后,韩京与凌丹的距离——包括心理上的距离仿佛被拉近了。韩京体贴的关心,大有"破冰"的意味!有了那一次的开头,凌丹和韩京的接触便也渐渐多了起来,去图书馆,入饭堂,下馆子,都经常聚在一起,出双入对的两人俨然是一对郎才女貌的小情侣。

当凌丹把韩京的外套洗得干干净净,然后叠得整整齐齐地送还给韩京时,旁观者无不为此感到震惊。在外人看来,凌丹这次终于是"修成正果"了,整个学院瞬时掀起了一阵"羡慕嫉妒恨"的评论,一个女生为一个男生烫洗衣服,这其中该有多少可以想象的空间啊!

面对众人的猜测、羡慕与追问,韩京都只是淡淡一笑,两手一摊表示大家的评论太夸张了。无论是谁问,韩京总是说:"没有你想象的那么美,这其中真的没有什么可讲的故事!"

对于这个别人羡慕得要死的绯闻，韩京却始终没有流露出欣喜的态度，内心也没有那种狂喜的感觉。原因为何，韩京自己心里其实很清楚，那是因为他心底里始终牵挂着苏小睿，暂时还未能完完全全地放下苏小睿而接受凌丹——接受一段新的恋情，尽管这段新的恋情是如此的美好，而且是唾手可得的。

43

韩京与凌丹的关系在微妙、持续地变化着，尽管身在远方，但作为好友的我对于整个变化过程是清楚的，因为我和韩京一直保持电话联系。

在大二暑假里，我和韩京有过数次聚会，聊着聊着自然会谈起感情的事，对于苏小睿的遭遇，我和韩京都相顾无言——我们在为自己的无能、无奈而沉默。屈指算来，我们与苏小睿已近四个月没有联系了，韩京用了很多方法找苏小睿，但终石沉大海，每一次的失败都让他沮丧不已，情绪抑郁得不得了，但事实终归是事实，事已至此已无法挽回，韩京也唯有暂时接受这痛苦而残酷的结局。

而我与方雅婷分手的事韩京也有所知晓，当然分手的原因与苏小睿有关这一层我没有向韩京透露半分，只是说在某些事情上存在原则上的分歧最终导致误会——我说的也算是实话，我们的分手的确是因为一场无法解释的误会而引发的。忆及往事，我想起与方雅婷在一起的甜美日子，再想起分手前后那一幕幕的情景，不由得心头一酸，不能再言语。

韩京知道这情况后连说了几声"可惜啊"，他还责怪我："为什么不再耐心点？既然两人真心相爱，便应该彼此信任对方、理解对方、包容对方，有误会了更应该好好把话说清楚，不能随便说散就散的，要学会坚持，懂得乐观！"韩京经历了与苏小睿分离的痛苦，更感到珍惜眼前人的可贵，力劝我在方雅婷这边再争取解释一下。

我苦笑了一声没有作答，心想我这次的误会可不是一般的复杂，不是我不肯解释，而是解释了却根本没人相信，这是我最痛苦的地方！

不过韩京也没有在我和方雅婷分手的问题上纠结得太久，大概他自己也清楚情路无常，聚散离合本来就是一念之差的事情。原以为一切尽在掌握之中，到最后却发觉自己什么都掌握不了，这种感觉就好像用力捏一把沙子，以为自己抓得很紧，但沙子早已在你使劲之际纷纷溢出，你摊开手一看，除了满手尘灰与粗沙砾外，还有什么呢？每每想起这种感觉，韩京都会觉得一阵揪心。

两个失恋的男人碰在一起，必定是个忧伤的时刻。我和韩京喝着街边廉价的冰冻啤酒，流连于街头巷尾的游戏机厅，沿着湖边光着膀子疯狂跑步，夜晚在文化广场上对着高音喇叭放声歌唱……这个夏天注定不能平静，我们有太多的情绪需要发泄，有太多的束缚需要挣扎，我们都在用自己独特的方式向着远方最让自己牵挂的女孩诉说着情感！

　　青年人的激情是澎湃的、汹涌的，但是不能持续太久。我和韩京在湖边跑了几圈，每回都累得像狗一样瘫坐在路边，跑着跑着会有一种自己是个傻子一样的感觉。我把我的感受跟韩京说了，没想到韩京说："你早说嘛！跑完第一天我就想取消这个计划了，但我以为你很想跑，也不好打击你的积极性，就舍命陪你跑，我早就觉得自己像条傻狗了……啥都不说了，赶紧撤！"

　　随着时间的推移，我渐渐感觉到了大家的情绪有点变化——确切地说，应该是韩京看起来不那么忧伤了，但遗憾的是我的忧伤依旧。

　　有一次我在外面与韩京吃夜宵，我和他还没说上几句，就见他低头回复手机短信，跟我的对话总是有一句没一句的，或是简单的"嗯嗯""啊啊"地应付我。随后据我观察，我发现韩京按手机的频率特别高，更为诡秘的是，韩京看着短信，嘴角有时情不自禁地上扬，一副乐在其中的模样，完全忽略了我作为旁观者却一无所知的痛苦。直觉告诉我，这个与韩京互动的人必定是个女孩。

　　后来我看不过去了，猛地一拍韩京的肩，大喝一声："独乐乐不如众乐乐！有啥好玩意好乐事，别想着一个人独占了，快快从实招来！"

　　韩京被我一吓，手机差点掉入碗中，他回过神来才发现自己把好朋友给晾在一边了，顿感不好意思，连忙要帮我倒茶请罪。我哪肯放过他，连连追问是和谁联系。韩京支吾了片刻，最终还是说出了一个我知道但很久没听过的名字——凌丹。

　　"噢……噢……就是那个……"我指着韩京一时语塞，脑里极力搜索有关凌丹的人和事。有关她的事情我想起的不是太多，但我内心直接感受就是——凌丹的坚持终于为她赢得了情感的战争。我冥冥中感觉到在未来的日子里，凌丹和韩京会走在一起，这只是时间的问题。

　　既然聊起了凌丹，韩京也没有在这事上对我有多少隐瞒，尽管他一再强调他与凌丹当时只是朋友关系，但他的语气里无论如何掩饰，我还是多多少少听得出一丝轻快愉悦的感觉。这种情感的变化韩京自己或许感受不出来，但作为旁观者的我却是能把握住的。

　　在韩京的叙述中，我知道了凌丹一直都在关注、关心着韩京。正如韩京自己所说的，在他失去苏小睿那段最灰暗、最低落、最痛苦的时期，凌丹无微不至的关怀犹如灰霾天气中一道强烈的阳光直抵心田，让人重拾起生活的信心。出于感激，或者说作为对凌丹长期以来默默付出的回报，韩京也开始与凌丹有了互动与接触，两人便开始熟络起来。即使暑假凌丹在上海，她也要通过信息、电话隔三岔五地联系韩京，要么聊聊天，要么就讲讲身边的笑话趣事。

"那你还等什么呢，既然都走出第一步了，不如大踏步地前进。人家可是从高中开始便关注你了……"我笑着说。

"不，不……兄弟跟你说实在话，我还不能接受凌丹，真的不能接受。我仍然惦记着小睿，她是我见过的最好的女孩儿。"韩京摇着头否定了我的建议，然后再次重申了他对苏小睿的感情。

韩京坚定的神情与语气不禁让我肃然起敬，我点点头，不再在凌丹的问题上为韩京提出什么建议。但提起苏小睿的名字后，气氛渐渐变得严肃起来，这其中带有太多忧伤的回忆。我们都不再作声，韩京埋头发信息，而我则默默地喝着面前的冻啤酒。

不一会儿，韩京的手机又响了一下，他看了一眼便把手机递给了我，说："苏梓，嗯，凌丹向你问好呢！她说她认识你，还说有空请我们过去那边玩玩……"

我接过韩京的手机，翻看屏幕上来自远方的凌丹的短信，信息的意思如韩京所说的一样。我握着手机看着字数不多的文字，却仍然感受到了手机另一端的一颗少女炽热的爱心。是啊，韩京虽说失去了苏小睿，但从另一角度看可能不是坏事，甚至可能会因祸得福，凌丹不正是最佳的情感补位之人吗？目前韩京只是还未能从爱情的阴影中出来罢了，正所谓"水滴石穿，绳锯木断"，假以时日，凌丹必定能攻破韩京的心理界限。与凌丹在一起，韩京未必得不到幸福。

只是我自己呢？韩京有了另一个新的感情出口，有了一个同样值得爱的人前来补位，我的爱情空缺呢？谁来补方雅婷的位置？又有谁能代替她呢？没有，绝对没有！没有人能代替方雅婷在我心中的地位！只是方雅婷能回到我的身边吗？我的幸福该何去何从呢？

我心中一阵抽搐，把手机还给了韩京，嘴里含糊说着"好好好"，然后找了个借口上厕所，趁着转身之际悄悄抹去了已经涌上眼角的泪水……

44

"这道题……这道题应该选 B 吧，咦？怎么会是 C 呢？嗯，这里讲的是——近年来科学家的发现使我们开始改变了对动物的看法。原来动物与人类的相似之处比我们想象的要多得多……原来这里是这样翻译的，怪不得是选 C……"方雅婷一边用红笔划着波浪线，一边嘴里低声地嘀咕着。她眉头紧皱，脸上浮现出一丝疲倦的神色，似乎在为自己刚才又做错了一道题而感到懊恼。

这已经是方雅婷连续第十二天来图书馆学习了，自开学以来的一个月，方雅婷把自己的学习时间安排得很紧，毕竟离她准备已久的考研只有三个月左右的时间了，她必须要保持良好的状态才能增加获胜的机会。据学院的安排，听说要安排毕业班实习了，那就意味着，到时学习的时间会更紧迫，方雅婷想趁未实习之前好好把各科的知识基础巩固一下。

只是今晚实在不在状态，方雅婷翻看着前面做过的题目，居然有一半是错误的，这跟平时的准确率有很大的差距，这让方雅婷感到很低落，心情莫名其妙地烦躁起来。"或许是真的太累了……是要好好休息一下了……Relax，Relax……懂了么？别把自己逼得太紧……"方雅婷合上书本，闭上眼睛，心中默默地对自己说着，同时又用拇指和食指轻按着鼻梁的位置，好让自己一直绷紧的神经得以放松，这时她才感觉到自己的颈肩酸酸痛痛的。恍惚之际，方雅婷便情不自禁地把头往旁边挨过去，仿佛旁边有一个熟悉的肩膀在那里可以依靠，好让自己舒服一下。但当她的头要落在那熟悉的位置的时候，方雅婷才猛然惊觉图书馆里只有自己一个人来复习。她马上把头在空中稳住，以免挨在旁边的陌生人身上惹起尴尬。方雅婷不好意思地望了望身边的人，幸好旁边的那位梳着大背头的男生正专心致志地刨着一本厚厚的资料书，丝毫没有察觉身边的这位美女有这么一下"失礼"的举动。

方雅婷顺势捋了一下耳边的短发，算是掩蔽了自己刚才的失态之举，但她这时已经没有了复习的心思，抬手看看腕上的手表已九点，是时候回宿舍了。方雅婷开始收拾自己的书籍资料，眼睛却又不由自主地望向图书馆右侧那一边的自习区，仿佛在搜寻着什么。

"今天他怎么没来？好像昨天也没有看到他……哦，对了，听蓝蔚说，好像又得了感冒。这家伙真笨死了，隔三岔五地就病一场，还真有外强中干的范儿……他一个人谁来照顾他啊……咦,我怎么又关心起他来呢?人家不是有人会照顾嘛……我操什么心?!"方雅婷心里自问自答地在纠结,桌面上的资料都收拾完了,赌气似的把书包背起来,站起来就往外走。

"哈啾——哈啾——啊——哈啾——"我结结实实地打了三个喷嚏,震得我两耳发鸣,眼前也是一片金星在旋转。我有气无力地对躺在床边的方岳抱怨说:"你说我吃的是不是假药?你看我的感冒丝毫没有减退的迹象,还愈演愈烈了!但药的副作用却一点不少,现在我困得要死,方岳你有牙签吗?我得把我的眼皮用牙签撑起来!"

方岳正端着手机发短信,估计是同蓝蔚在隔空传情,甜蜜笑着的样子仿佛刚从蜜罐里捞出来一样。他听见我的抱怨,瞄了我一眼,说:"别吓唬人了,你下午不是嚷着去打球么?你这样过剩的精力像是重感冒的人么?打喷嚏的原因有很多,据说有人思念你,也会招致打喷嚏的,你小子相信么?最近是不是又在哪里惹了什么花花草草回来呢?嘿嘿……"方岳耸耸眉毛,向我诡秘一笑,似乎已经掌握了我的一些秘密似的。

"去你大爷的!惹花花还可以,那些草草就留给你吧。反正你已经在蓝蔚那里做牛做马了,时不时吃些草补充一点体力还是必要的。"

方岳与我素来相互开玩笑已经习惯了,他正想反驳我几句,但手中的手机"叮"的一声又响了,他顿时"无心恋战",抛下一句"我暂时不同你这只病猫胡扯,我先回下短信啊"之后,说罢打算再次"掉入蜜罐"回信息去了。

岂料这次他按开信息一看,觉得有点不可思议,他马上拿着手机走到我的床前,递给我看:"哎,奇怪了,蓝蔚说着说着,怎么问起你的感冒来了呢?你看,蓝蔚问你,感冒好些了没有?记得按时吃药,多喝点水,早点休息……这蓝蔚平时还没这么关心过我呢……噢,噢,噢……我知道了,我知道了……"方岳一时激动起来,舌头都打结了。

我静静地看着手机上蓝蔚发来的短信,逐字逐句地反复看了几遍,这说话的语气,这体贴的字眼,对我来说既陌生又熟悉,我竟一时不知该说些什么好。

这边方岳终于管理好自己的舌头,他兴奋地说道:"不是蓝蔚发的,一定不是!是雅婷,方雅婷知道你感冒了,她还在关心你呢!你们又有希望在一起了!"

相对于方岳的激动,我的反应却比较平静。我第一眼看到那问候的内容、那表述的方式便猜到是方雅婷发出的。我默默地在心里不断地对自己说道:"别激动,别乱想,这只是普通朋友的一句问候而已,仅仅是问候而已……"我跟方雅婷分手以来,一直都处于一种微妙的状态。刚开始的时候当然是相当的冷漠,毕竟在方雅婷的心中,当时的我是一个感情不专一、态度不诚实、玩弄感情的伪君子，为此方雅婷伤心欲绝，还剪去了原本的一头长发以示与我恩断义绝，并将全部心思放在复习考研上。那段时间，方雅婷身边的好友，包括蓝蔚等人，自然对我也没有好脸色。只是后来经过方岳不停地替我解释，还有就是蓝蔚看到方雅婷整天的郁郁寡欢，心中甚是不忍，久而久之，蓝蔚对我的敌视态度有所降低，并开始有点相信我与苏小睿之间的离奇故事了。出于对好友方雅婷的关心，蓝蔚也不经意地在方雅婷面前提道："或许这其中另有隐情，要不找个机会大家好好谈谈吧？"每当这个时候，方雅婷总会面无表情，不置可否，默默地收拾自己的书本开始外出复习。蓝蔚看着她的背影，只能无奈地叹气。

其时方雅婷在与我湖边分手后，她的确对我很失望，正如她自己当时说的："今天我将失去一个最爱的人，还有一个最好的姊妹。"因此，方雅婷选择了逃避回忆，只有不再想起与我、苏小睿有关的事情。

所以面对蓝蔚"不经意"提出的建议，她装作没听见，为的就是让自己的心能平静下来，或者说让自己心里最深处的伤疤不被揭开。方雅婷是个聪敏的女孩子，有些事情在愤怒、憎恨等极端情绪过后，还是能做出一个比较客观的评价的。在她看来，我的行为的确是涉嫌感情背叛，而且我颈上的吻痕表明我有出轨的嫌疑，但按理来说，在自己主动提出分手宣布退出之后，我和苏小睿应该可以毫无顾忌地公开关系，名正言顺地在一起了。就算苏小睿已不再这边的校区学习，就算我们在顾忌自己的感受选择低调爱恋，但我们两人的恋爱情况总不会严实得密不透风，而会多多少少传出来。但实际上，迄今为止也没有任何苏小睿与我甜蜜相恋的消息传到方雅婷的耳中。

此外，作为一个刚失恋的女孩，此时的爱情触觉可谓是最敏感的，可以说感情上任何一点风吹草动都能往最坏的方向去想，但从蓝蔚等人对我分手后的近况的一些描述，方雅婷却无法从中感受到我有那么一丝的愉快与轻松。开始时方雅婷总觉得蓝蔚她们是不是看错了，或是描述得不够真实，才会让自己产生不真实的爱情直觉。直到某一天，她从学校广场往宿舍走的路上，意外地看见了离她很远的我，方雅婷马上转身走向另一个方向，以免与我直接见面产生尴尬，但在转弯之后方雅婷便停了下来，借着路旁的一棵大树做掩护，偷偷地看我从不远处经过。通过观察方雅婷才发现原来之前的感受并没有出错，只是自己一直不肯相信罢了。在我的身上，没有散发出爱情的味道，没有绽放出爱情的花蕾，最近身心饱受煎熬的方雅婷，似乎也能感受到我的那颗悲痛欲绝的破碎之心所承受的痛苦。

在那一刻，方雅婷心中对我的怨恨已减消了大半，她开始拼命地回忆分手那天我所讲的每一句话："是啊，当时他已经在向我解释了，但自己当时怒气冲天，哪肯信他的只言片语啊……或许……正如蓝蔚所说的，其中还有隐情吧……苏小睿不是一直有着难言之隐吗？这跟苏梓可能有着重要的关系，他们应该不是那种……特殊的关系吧？他们难道真的没有在一起……"无数的念头一涌而出，让方雅婷的心湖再起波澜。方雅婷觉得自己应该坚信爱情的直觉，她甚至有即刻追上我问个清楚的冲动，好让这烦人的谜团迎来水落石出的真相！

但方雅婷随即又想到："不，不，不！如果没有在一起的话，那苏梓颈上的吻痕怎么解释？！当时苏梓没有否认，也就是说，这个吻痕一定是来自苏小睿！苏梓是个有分寸的人，苏小睿也是个矜持文静的女孩，若不是他们两人情到浓时，又怎么会如此过分地亲昵接触？就算苏小睿有再大的难言之隐，也不可能越过朋友的界限，去争抢好朋友的男朋友，这不合常理啊！他们之间一定有私情！"

这番推断似乎也很合逻辑，这一下子又击灭了方雅婷追问我的热情，方雅婷像个泄气的皮球一般顿感软弱无力。

爱得愈深，伤得愈深，痛得也愈深，爱情的苦涩让人迷茫，让人沉沦，让人沮丧，让人痴狂，让那些不幸尝到它的人愁肠千百段！

在之后的很长一段时间里，方雅婷就在那理智与情感的痛苦中挣扎。方雅婷清楚地知道，其实这痛苦的根源，就在于那解释不清的吻痕。它意味着背叛，意味着不忠，意味着欺骗……它仿佛是一个魔鬼，在方雅婷与我之间划出了一道不可逾越的鸿沟……

在几番痛苦挣扎之后，方雅婷最终还是鼓起了勇气，她要打电话给苏小睿问个究竟。现在想想，方雅婷才意识到，其实自分手以来她一直都没有苏小睿的消息，不要说电话了，连她的一条信息都没有。这似乎有点不太寻常，但方雅婷转念一想，或许是苏小睿也获知自己已知道了她与苏梓之间的私情，觉得没有脸面再面对自己，所以便不再联系了。无论怎样，谜底终究要揭开，方雅婷深吸了一口气，再次定一定神，鼓起了勇气，按下了苏小睿的手机号码。但没想到的是，那个号码已是空号。方雅婷怅然若失，想不到谜底再次与自己擦肩而过，莫不是苏小睿为了躲避自己，连号码也换了？这也不符合常理呀。在情场上没有所谓的失败者，如果苏小睿真的打算跟苏梓在一起，她会选择公开，就算在自己的面前很低调，但绝不会连手机号码也换掉来躲避一个已败下阵来并且主动退出的人。

方雅婷心有不甘，她通过一些外校的同学，辗转联系上了苏小睿的同学和某些较熟的朋友，并向她们要了苏小睿的联系方式，但所有人提供的号码，方雅婷都未能拨通。更令方雅婷惊讶的是，在苏小睿的某个同学的口中得知，苏小睿已不来上学了，不论是身体的原因还是家庭的原因，据闻是申请了休学，甚至是退学。至于具体的事情，那个同学也不清楚。

听到这个消息后，方雅婷心中的疑虑更添一层，原本以为联系上苏小睿，大家把话摊开来说，总能谈个通透，至少让自己的心能死得明明白白、彻彻底底。可现在的情况似乎不是那么简单。苏小睿不是因换校区而离开的，是因为特殊的原因才走的。苏梓应该清楚这是怎么一回事，那为什么苏小睿要休学这么大的事情，苏梓和苏小睿都瞒着自己不实话实说呢？方雅婷思前想后，甚至连苏小睿因怀孕不得不休学回家产子的可能性都想到了，但事实似乎又不是那样。这些问题塞满了方雅婷的脑袋，让她十分困惑。同时不知为何，获悉了苏小睿的突然离去，方雅婷总有一种惴惴不安的感觉。

方雅婷一边猜想，一边回忆苏梓那天在湖边向自己解释的话，她隐约记得苏梓讲过，什么高中同学什么婚约什么命运之类的，似乎是跟苏小睿的身世有关，但当时苏梓因着急已经把故事讲得十分零乱。那时自己又悲伤、愤怒至极，所以根本没去理顺这其中的因果关系。现在要重新理清这些，除非找来当事人苏小睿或是苏梓才行。

现在苏小睿是联系不上了，去找苏梓问吧，这更加不可能。因为如果苏梓肯说的话，早已经跟自己说了，现在去追问人家，倒显得像在逼迫对方一般，这是方雅婷所不愿意做的。况且苏梓也不是没有说，分手那天他不是全都说了吗？但事实上是苏小睿与苏梓证据确凿地存在着亲密的举动，这个连苏梓也没有否认，那这种不忠与背叛的行为绝对得不到自己的原谅与信任，既然这样，又何必再去追问苏梓具体的内情呢？苏小睿或许真的遭遇着一些常人难以想象的困难，但她越过了自己应该守住的底线，背叛了珍贵真挚的友情，那也就意味着她不再是自己的朋友，那自己又何必为此而伤心烦恼呢？他们之间再发生什么事情，也与自己无关了吧。

"好吧，好吧，都不问了，或许这也就是苏梓想要告诉我的'命运'吧？既然现在已到了这种局面，也就顺其自然，分手便分手好了。雅婷，请不要再被这些理不清、理还乱的感情所困扰！嗯，还是妈妈说得对，在大学里还是应该首先专注于学习，有些人有些事注定只是你人生中一个匆匆掠过的片段。我跟苏梓……我跟苏梓，也许真的不适合……走下去，就算现在勉强在一起，以后必定会被更大的风浪所冲散……雅婷啊雅婷，就当这次恋爱是成长中必修的一门课程吧，现在的你可以重新上路了！"方雅婷想到过去与美好的点点滴滴，心中一阵酸楚，但又无可奈何。把事情都想通了，又做出了最后决定了，方雅婷长长地叹了一口气，整个人仿佛被掏空了一样，顿时感到疲惫不堪……

既然在思想上已有了定论，方雅婷觉得自己可以用平常心来面对了，人也算是在情绪上有了点积极的起色，也开始不时与蓝蔚一同出现在平时常去的地方，开始逐渐恢复了以前的一些生活作息。

蓝蔚与方岳是情侣关系，他们的活动难免会或多或少地把我和方雅婷牵扯在一起。为了能撮合我们，方、蓝两人有次还特意安排我和方雅婷"巧遇"，面对面之际，我俩都愣了一下，但随即都迅速恢复了常态。当时我与方雅婷只是目光触碰了一下，微微点了一下头，算是打了个招呼，接着两人便又心事重重地各自待一边去了。开始方岳与蓝蔚还积极营造气氛，想重新让我们有谈话交流的欲望，但后来看气氛有点尴尬，我俩的神色不是很对，怕我们等一下触景生情，情绪控制不住，便赶紧找了个借口把我们又分开了，并吓得以后都尽量不安排我跟方雅婷见面了。

其实，我是不抗拒与方雅婷见面，从方雅婷望过来的眼光中我想她也会是这样的感觉——总之，我是坚信这一点的。毕竟我对方雅婷的情感是真的，是纯洁的，面对着她我问心无愧。只是天意弄人，一些不可改变的巧合导致了不可收拾的局面，我相信时间会证明我的清白，只是不知那时，我所深爱的方雅婷还会等我吗？

基于这点想法，我觉得既然不能挽回我的爱情，那么说再多的话又有何意义呢？我不想引起方雅婷的反感或是说出一些激起她感情波澜的话，如果真的爱她，就不要给对方增添麻烦与苦恼，这是我现在唯一能为她所做的事情。

自从我与方雅婷面对面地"接触"了一回——虽说是被安排的，甚至两人间没有任何的交谈，但在感觉上大家都没有特别强烈的抵触情绪。所以之后我与方雅婷也没有特别顾忌什么场合与时间，毕竟两个人之间做不成恋人，还可以以普通朋友、普通同学的身份接触。

随着时间的流逝，分手给我与方雅婷带来的伤害也"似乎"愈来愈淡了。方雅婷一如既往地把全部精力投入在考研的复习上，而我本来就不是懒惰的人，经历过大一、大二的一些迷惘、颓废的阶段后，渐渐觉得大学时间的宝贵，也渐渐地能沉下心来，好好地读读书，积累一些专业知识，为将来的学习与工作奠定基础。于是我也常会约上李书南一起去图书馆，或复习、或写作、或看书，这样带着收获喜悦的日子也过得自在充实。

一天晚上，我照例坐在座位上写文章，正巧那晚灵感爆发，我一气呵成地写了三四千字，两个小时一下子便晃过去了。看着密密麻麻写满文字的几页纸，我满心欢喜的同时顿觉得腰酸背痛，手指握笔都握得快抽筋了，连忙放下笔揉揉发酸发硬的手指，眼睛也顺势地四处张望。不料一抬头扫视，我便察觉不远处的另一张自习桌竟然有人望着我。我还以为是哪个同学或朋友，岂料定睛一看，那人却是方雅婷——原来她也在这边的自习室里复习！方雅婷看我看得入了神，没想到我抬头之际一下子便与她的眼光对上了。方雅婷有点尴尬地低了低头，把目光收了回去，又觉得自己这样被人发现了却又逃避，反倒显得有点"心虚"。于是她重新抬头，朝着我这边点了点头，像是见了普通朋友打了个招呼。

我见方雅婷也在这儿，心里自然又惊又喜，而且她还望着自己，惊讶得连嘴巴也没合上，后来看到她向我微微点头打招呼，我也赶紧点头回应。但彼此点头之后，我和方雅婷都找不到要继续交流的理由，当然也不可能离开座位去聊天——毕竟现在的我们仍处于尴尬的境地。于是又都默默地低下头去做自己的事情。

十点钟的时候，图书馆晚自习的时间结束了，我看着方雅婷开始收拾自己的东西，正犹豫着要不要找个借口去跟方雅婷聊上几句，然后大家顺理成章地一同走回宿舍。我总觉得这或许就是一个契机——一个能重新接触方雅婷、走近方雅婷的契机，关键是看自己能不能把握住了。可谁知道就在我犹豫之际，那边的方雅婷已经收拾完毕，把椅子收回桌下，看都没看我这边一眼便匆匆离去，桌面上只留下了同样用来占座位的一些专业书籍——看来那个位置是方雅婷固定的位置。

看着她头也不回地离去，我心里怅然若失，觉得自己刚才把问题想得那么复杂实在有些可笑：人家根本就没有打算跟你有任何的接触，自己又何必去自讨没趣呢？她跟你点个头，打个招呼已算是对你不错了，你还想奢求些什么呢？但不管怎样，能在这里跟方雅婷碰上已经算是一种"缘分"，能陪伴着她一同学习，能让她知道自己在旁边默默地支持着她，不也很好吗？况且刚才还跟她点头示意了，这或许就是一个好的开始，以后我们没准儿真的有一天能聊上几句。"冬天来了，春天还会远吗？"我暗自用雪莱的名言鼓励自己，展望未来一定要抱着乐观的态度！

和方雅婷"偶遇"后，去图书馆复习这件事，我变得无比积极，有时候甚至比早出晚归、以勤奋出名的李书南还早出门。我的这些变化让宿舍的几个人吃惊不已，李书南认定我是打算考研了，打算提前发力积累知识，他甚是兴奋，觉得自己身边多了一个研友，自己在学习的路上也不至于孤单了。不过李书南哪里知道，我的"勤奋"完全与考研无关，我只是为了能早一点到达图书馆，然后端坐在早已占好的位置上，等着方雅婷的到来，这样我便能多与她"相聚"片刻。

方雅婷是个守时的人，七点半的时候她会准时出现在图书馆的自习室里，不知道是不是因为我每次也会出现在那里，在方雅婷落座之际总会有意无意地把目光掠过我那边——这个动作尽管很细微、很不经意，但我还是能敏感地觉察得到。我心中自是一阵狂喜，看来方雅婷还是挺"在意"我的。但方雅婷除了这细微的"掠"之外，便再也没有直接地与我目光相对了，只见她快速地抽出书本与资料，专心致志地开始了自己的复习。既然她没有主动跟我有"接触"，我自然尊重她的决定与选择，不去打扰方雅婷的"平静"，其实对于目前的我来说，能静静地看着她已是一种莫大的欢喜了。我不求回报，不求在与方雅婷的关系上有何突破进展，只是愿方雅婷能感受到我对她的支持与鼓励，愿她能如愿以偿，实现自己的考研梦想。

就这样，连续好几周我都以这种默默无声的行动来表达我对方雅婷的支持，直到我感冒生病。

那天早上我一觉醒来，便觉得头重脚轻，我知道自己肯定生病了，连忙塞了一把药进肚子里，熬了一天觉得症状依旧，而且还咳嗽。我想这下子我是不能再去图书馆复习了，毕竟那里是个安静的地方，自己时不时弄出几声咳嗽声必定让人厌烦。何况那里是学生密集的地方，自己一个病人待在那里传播病菌肯定是害人不浅，更重要的是方雅婷也在那片区域学习，万一她被传染了怎么办？一想到有可能害方雅婷生病，我立马下了决心，感冒不痊愈绝不去图书馆。

没想到的是，第二天仍然没有去图书馆的我，竟然收到了一条来自于蓝蔚的短信，实际是方雅婷发的。我知道应该是方雅婷这两天没有见我去自习，才发过来的问候。这是件好事啊，这不正表明了方雅婷留意我的一举一动吗？但方雅婷并没有"直接"来关心我，而是借了蓝蔚这个"幌子"来表达，这也说明了方雅婷其实并不想与我有正面的接触，更不想我因此而胡思乱想，做出幼稚的下一步举动。

"这只是普通朋友的一句问候而已，仅仅是问候而已……"我反复对自己说。可能是想得太多的缘故，原本因病而极度疲劳的我更觉得昏昏欲睡，当务之急还是先把身子养好。"我病了不要紧，只希望方雅婷能保重身体，不要因忙碌的复习搞垮了身体才好……"我默默地念着这句话，念着念着便沉沉入睡了。

45

"你看我这样写行吧？你确定？我发过去喽？"蓝蔚拿着手机，把屏幕上的信息递给方雅婷看，她要等方雅婷的最终确定。

方雅婷有点不好意思地略略看了一下，脸上却摆出一副不太在乎的表情，说："行了行了，意思都那么清楚了，还要怎么说啊？只是问问而已，他可是你男朋友的好兄弟，你关心一下也挺正常的嘛！"

"噢——真的——是这样子——吗？"蓝蔚意味深长地把声音拉长了，笑了笑接着说，"说实在的，我连方岳都没这样关心过呢，更何况是他的什么兄弟——我看，是有人想去关心吧，嗯？"

蓝蔚看到方雅婷不置可否地笑了笑，便摇了摇头，轻叹了一声，按下了"发送"的按键。

夜晚的熄灯时间到了，寝室的灯按时熄灭，大家都陆续回到自己的床铺睡觉。方雅婷躺在被窝里，为自己刚才的"鲁莽"举动而后悔：我怎会那么冲动地要蓝蔚发信息给他呢？这样的内容这样的语气，方岳以及他肯定猜得到是我发的。这可怎么办呢？这不等于是我主动示好吗？对啊，我怎么没想到这一点呢！人家的身体人家自然会注意，用得着我来提醒吗？更何况他也没有告诉我是因为身体的原因没来自习，或许他佳人有约呢！自己太爱管闲事了……这回可让人笑死了！

想到这里，方雅婷的脸上一阵阵发烫。事到如今也无法挽回了，方雅婷只好自己安慰自己道："不过话也不能这样说，毕竟是以蓝蔚的名义发的，难道蓝蔚就不能关心除了自己男友外的其他朋友？对！只要蓝蔚没说穿，就没有人敢肯定是我方雅婷发给苏梓的。就让他们猜吧！雅婷啊，以后可别乱动心思了，教训只有一次！牢记妈妈的话，学习为重、学习为重、学习为重……明天开始继续专心复习！"方雅婷默念了几遍她自己需要强调的话，稍微安心便很快入睡了……

第二天晚上，方雅婷准时来到图书馆的自习室学习，在来之前，方雅婷一直反复提醒自己来图书馆千万不能去看那个方向、那个位置，心中还不断地强调"他来不来与我一点关系都没有"，但当她拉开椅子落座的时候，眼角还是忍不住地用极快的速度往我坐的位置上瞟了一眼，心不知为何也扑通扑通地加速起来。一瞟之下，发现那个位置依然是空的，方雅婷那急速跳动的心才放松下来，精神虽是轻松了，但总觉得心里空落落的，有种很不踏实的感觉，无数个想法一下子蹦了出来："第三天了，他的病还没有好吗？总不会是连续三晚都有约吧，以前他总是每晚都来学习的？昨晚我不是提醒过了他要注意的吗，难道他没看到信息？肯定是方岳没有做好传达工作，那我还要让蓝蔚再发一次吗？"

落座后的方雅婷思来想去，有将近十分钟的时候没有进入学习状态，面前摊开的是一本书与资料，但眼睛盯的总是同一行字。她轻轻地拍打着自己的脸颊，告诫自己不能再这样浪费时间了，然后她深吸一口气，定了定神，开始专心看书。方雅婷还是很有定力的，虽说一开始乱了心神，但一旦注意了以后便能很快进入学习状态。一个多小时后，手机忽然震了。方雅婷心中不由得紧张了一下，想着会不会是苏梓发来的信息——多谢自己对他的关心呢？

方雅婷连忙掏出手机打开一看，发信息来的竟是一个陌生的号码，想到不是来自苏梓的信息，方雅婷心中略感失望的同时略略看了一下信息的内容。奇怪了？这个陌生号码发来的不是广告、促销之类的内容，而是发来一张药方！方雅婷心中甚奇，急忙把信息按回开头的部分，从头到尾认真阅读起来，信息内容是这样写的：

"这是一味治疗急慢性咽炎的偏方，你到药房里按照这个单子去抓药吧：金银花15克，桔梗20克，甘草10克，陈皮10克，青果15克。以上药材用1000克水煮开后，再用温火熬45分钟，过滤后的药汤加入蜜糖，分三次服用，连服5天。这个方子无数人试验过，殊有疗效。你的外婆不是有严重的慢性咽炎吗？不妨试一试！祝你和你的家人都身体健康！"

这条信息来自陌生的号码，也没有落款，方雅婷一时想不到究竟是谁发过来的。难道是发错了信息？不会的，方雅婷很快否定了这样的假设，因为方雅婷的外婆的确患有严重的慢性咽炎，老人家经常气喘咳嗽，生活深受困扰。试想如果对方不熟悉自己的情况，怎么能准确地说出这味药是给她外婆用的呢？她外婆的身体情况几乎没有和任何同学、朋友谈起过，甚至连苏梓也不知道。那究竟是谁能知道这些情况，并且这么关心她？暂且不说这药方是否有效，单凭这份心意都值得她去感谢一下这个人！

方雅婷一边用笔尖轻敲着笔记本，一边皱着眉头不断地在想着会是谁？突然间一个名字从她脑海的深处猛然跃了出来，让方雅婷一下子激动得要喊出声来，手中的笔用力地点在笔记本上，按下了一个深深的痕印。

"对了……对了！一定是她！一定是她——苏小睿！"

方雅婷不由得连续深吸了两口气，好让激动的心情平静下来。她再次把信息看了一遍，愈发相信是苏小睿发过来的。因为方雅婷想起了自己曾有一次跟苏小睿单独相处时，聊起过她父母的职业，苏小睿当时说她的父亲是当地的药师，善用中草药制成偏方治疗各种疾病。听到偏方治病，方雅婷一下子便想到了外婆的疾病，于是问苏小睿有没有治疗咽炎的偏方。苏小睿当时便答应说，她回家后问问父亲，有的话一定会告诉自己。

这番对答只是方雅婷与苏小睿的一次闲聊，之后大家都没有再提起了。现在如果不是看到苏小睿发来的药单，方雅婷也不会想起有这么一回事，想不到在远方的苏小睿仍然记得，并且还郑重地放在心上。想到这里，方雅婷的心里暖暖地涌起一阵感动。

屈指算算，苏小睿离开这里已快七个多月了，按她的说法是搬回了校本部，实际上方雅婷打听回来的消息是苏小睿已经退学回家了，那究竟是不是这样子呢？为什么苏小睿要走上这条路呢？她跟苏梓的关系究竟是怎样的？跟她的退学离开有联系吗？

现在苏小睿就在电话的另一端，事情的真相也在电话的另一端！那么该不该打这个陌生的号码呢？亲自问一问苏小睿，能解开困扰自己已久的疑惑吗？

方雅婷的手指不由得颤动起来，对着屏幕，迟迟不能按下手中的那个按键……

思前想后，方雅婷最终还是决定以信息的形式来与对方沟通，毕竟对方的身份还有待进一步核实。况且方雅婷还没有做好与苏小睿详谈的准备——毕竟要谈的东西太多了，很多话题实在不知如何说起，很多方雅婷想知道的真相，苏小睿未必愿意一一尽诉，你我绕来绕去的谈话必然会让彼此都觉得难受，还不如不说。方雅婷觉得还是发个信息比较稳妥，起码双方都有一个回旋的余地。有时候多一些思考的时间，就能把话说得更妥帖、更恰当一点，这样或许能避免很多不愉快的情况发生。

主意想定后，方雅婷斟酌了一下，便回了信息："谢谢你提供的方子！同样感谢你把我的事情一直放在心上！我一定会让外婆试一试的。无论怎样，我都万分感激你的帮助……我们也好久没联系上了。小睿，你在远方还好吗？"方雅婷在最后把苏小睿的名字点了出来，做一个试探，看看对方怎么回应。

信息发出以后，方雅婷心情复杂地等待，不时按动手机看看是否有了新信息。等待的短短的十多分钟，像是过了很长时间似的，简直让人坐立不安。方雅婷心中有无数的想法萌生了出来：难道对方不是苏小睿，自己闹笑话了？难道是苏小睿之前做了亏心事，现在不敢与我回应？

在忐忑不安中等待了约半个小时，方雅婷觉得对方应该是不愿意回应了。想想也是，如果人家肯与自己联系的话，刚才的信息便会直接道出姓名，以免收信息的人胡猜乱想。况且人家离开了大半年之久也没有主动联系过自己，看情况应该是不想与自己有所"交集"，也不愿别人打搅。那现在该怎么办呢？继续等下去，还是就这样不了了之呢？

方雅婷思来想去觉得不能错过这次机会，几乎可以肯定对方就是苏小睿本人，正是可以把所有的问题、所有的隐情彻底解决的好时机，万一错过了，便可能再也联系不上苏小睿了，那所有的谜底可能这一辈子都无法解答了，自己也将带着一段沉重的情感与一颗破碎的心离开这里，永远都带着那隐隐的痛生活！这是让方雅婷最痛苦的事。

看来单纯的问候是无法让对方开口回应了，这样耗下去没有结果，也没有意义。方雅婷咬咬牙，决定把话说得更尖锐一些，只有这样才能刺激到对方的神经，让"她"的内心也感到不安，这样对方便自然开口说话了。

　　方雅婷整理了一下措辞，写道："小睿，相信你在远方是幸福的，是快乐的！爱情的滋润能让人如沐春风。在爱情的领域里，没有自私的概念，你跟苏梓或许才是最般配的。你跟苏梓在一起的事，我已经知道了，输在你手里，我没有怨言。我和他已经分手了，你们可以大胆地交往。或许你不愿意再见到我，这没有关系。无论怎样，我都会祝福你们的！愿你们的路越走越宽，生活越来越美好！"

　　信息写到最后，方雅婷似乎也触动了心中的情感，尤其在祝福对方与苏梓在一起的时候，心里顿感酸酸楚楚的。方雅婷反复看了几遍信息内容，觉得把意思点得够明的了，如果对方没有澄清，甚至是保持沉默没有回复，那么她跟苏梓已经在一起的可能性便极高了。因为凭着方雅婷对苏小睿的理解，如果情况不是这样，苏小睿必然会出来澄清，毕竟在她心中，苏梓和自己都有着相当重要的地位。而且她一直都很支持苏梓与自己在一起，现在突然听到自己与苏梓分手的消息，这怎能让她坐得住呢？

　　方雅婷反复地思考信息发出去的后果，觉得要想知道事情的真相必须如此，接下去该有什么事情发生真的无从预料，那就暂且不管吧。很多事情只有走出了第一步，才会知道下一步该怎么走。永远停在原地犹豫不决，反而会把事情拖向不利的局面。

　　方雅婷闭上眼睛，把信息发送了出去，看着屏幕闪动的符号消息——信息已发送，方雅婷这才长长地舒了一口气，如释重负。但紧张的心情仍然没有平复，天知道等会儿会发生什么样的事情？真相能否在稍后揭晓？

　　这时，方雅婷早已无心复习，于是便合上书径直走到图书馆后的小花园里。不知怎的，这时方雅婷忽然又有种害怕的感觉，她害怕知道了事情的真相——如果真的是他们在一起了，自己就连之前的最后一丝幻想都熄灭了，这个结果必定会给自己的心灵带来沉重打击！但事已至此，也只能耐心等候，反正横竖也是一死，倒不如痛痛快快地知道真相，然后让该忘的、该放的、该走的全部都散去吧！

　　果然不出方雅婷所料，这回信息发出不久后，便有回应了。方雅婷的心从来没有像现在这样七上八下，她那几乎不听使唤的手指颤巍巍地按开了信息，映入眼帘的是密密的数行字：

　　"雅婷姐，你好！我也万分感谢你一直惦记着我。你曾经对我的关心与照顾，我永世难忘。请原谅我当时的不辞而别，离开你们，我的世界仿佛也崩塌了一边……由于我自己的原因吧，我不得不离开这里——我的故事，苏梓他会告诉你的。为了不影响你们的生活,我没有再与你们联系。只是我的离开,并不是爱情的退出,我怎么会有爱情呢?我无才无能无德,怎能配得上苏梓呢?我跟苏梓之间没有任何的关系,我可以发誓,在苏梓的心中就只有你一个!雅婷姐,你跟苏梓之间一定是误会了,别犹豫了,赶紧去找他说清楚吧。真诚地希望收到你们和好的信息,我在远方也能安下心来……"

"小睿,你能这样安慰我,我感谢你的心意。但有些事情,不能单以'误会'来解释便能让人心安与信服。如果说真的有误会,那这个误会也是因你而起,现在你能给我个解释吗?那个下雨的夜晚我看着你们进入小屋,之后的事情我也能猜个大概!难道苏梓脖上的吻痕不是你的?难道那也是一场误会?你在说误会的时候难道没有一点羞愧与自责吗?"方雅婷的气一下冒了起来,回信息的语气不禁加重了。因为她觉得苏小睿只是一味在掩饰自己的过错而毫无内疚之意,这让方雅婷觉得不可接受,所以忍不住对苏小睿进行了质问。

"雅婷姐,你的训斥与责骂是对的,你如何骂我我都接受,因为我的确做了错事,我没有脸面对你和苏梓。但千错万错都在我一人身上,与苏梓无关。苏梓真的心中只有你一个,求你别错怪他。爱过方知情意重,他与你分开一定无比难受!让你们饱受痛苦的煎熬都是我的罪孽。我一定会还苏梓一个清白的……"

还苏梓一个清白?方雅婷看到这个字眼顿时愣住了。苏小睿怎么还苏梓一个清白呢?那是不是意味着,苏小睿即将回来呢?

46

"不知曾在哪本书上看过,说是患了感冒,吃药要一个星期康复,不吃药的话,要一个礼拜才好。换言而之,就是说感冒了吃不吃药都没所谓的!你看你,吃了药还不是熬到了现在才好?白折腾了一回!"方岳敲打着我的床架,语气略带不屑地对我说。

"行行行,你很有理是不是?以后日子长着呢,等你感冒的时候,我倒要看你到时吃不吃药。别到了那个时候,一把鼻涕一把泪地来翻箱倒柜地找我吃剩的感冒药。"我如是答道。

其实如果是平时患了感冒,我一般都是没有那么着急、那么坚决地与病菌决一"死战",这次我拼命吃药是想早点康复,然后再到图书馆里"陪"方雅婷学习。之前的几周我一直都是这样静静地陪着她，不知不觉便成了习惯，好像已成为我生活的一部分，一天不去浑身不舒服，总觉得少了些什么似的。熬到第三天的晚上，我感觉身体好像好了一些，便想到图书馆里走走，好见见方雅婷——毕竟昨晚通过方岳的手机，收到了一条疑似是方雅婷借助蓝蔚名义发过来的"问候"信息，这让我的内心更难以平静，最后我还是决定到图书馆一趟。我甚至打定主意，今晚有机会的话就主动上去打个招呼，并相机行事，问问昨晚的信息是否真的来自方雅婷。

由于思想挣扎了好长一段时间，导致出门晚了许多，以至于比平时晚一个小时到达图书馆。来到了熟悉的自习室区域，我远远便看到了方雅婷在埋头看书，心中不由得一阵激动。但十分不幸的是，当我来到自己的座位时，却发现我的位置已被别的同学占了。我没有办法，只好四处走走看还有没有空余的座位。

在我走动的期间，我的眼光不时地扫向方雅婷，想着她会不会已经看到我了呢？但愿她知道我来了！想着想着，我远远地发现方雅婷真的抬起了头往我这边看了看。我赶紧向她点点头，示意我来了，可我却发现方雅婷看我时的神情有点茫然，眉头不展地似笑非笑的样子让人觉得不自在。我的心里暗自"咯噔"了一下，心想莫非发生了什么事情？

我正自揣测方雅婷的状况时，又看见方雅婷把书合上了，然后攥着手机离开座位往外走，也没有再看我一眼。对于方雅婷的这个举动，我当时就愣住了，像是脸上被人狠狠地扇了一巴掌，顿时浑身燥热起来。眼看着方雅婷头也不回地离开了自习室，脑子里空白一片，脚步也不禁跟了上去。

就在经过方雅婷的座位时，我无意低头看见了方雅婷摊开在桌面上的复习资料与试卷，上面密密麻麻地写满了批改的痕迹，显然刚才方雅婷正为自己的考试拼搏着。我似乎一下子想到了些什么，连忙停下了追上前的步伐，心中有了另一番挣扎："还是不去了，现在的这个情形还不让人明白吗？我可怨不得她见着自己就一副忧愁的脸孔，毕竟人家正处于复习的最紧要关头，哪有时间、哪有心思来搭理我这个可有可无，甚至是可恨的人呢？每天都像影子一般附在背后，谁会感到自在舒服？都怪自己一直自以为是，自作多情，还以为人家对自己很在乎呢！哼，自己真是完全不识时务的人！"我用力抿着嘴唇，牙齿在下唇上留下了深深的齿印，让那刺痛警醒自己的内心："算了，算了，别丢人现眼了，要真的为方雅婷着想，便不要再去影响她复习……其他的事以后再谈，以后再谈……或许她根本就不想见到我。我实在不应该那么幼稚！"此时的我原本因病而显得无力的身躯此刻更感疲惫，寒意顿生，我不想再在这里逗留一分钟。这里就像是密封的空间，让虚弱的我有种要窒息的感觉！

我默默地朝着与方雅婷离去的相反方向走去，内心感到无比的落寞，自习室里的白炽灯刺眼得让我头昏目眩。其实方雅婷刚才根本就没有注意到我的到来，当时的她正接到了来自远方的苏小睿的短信，心中正乱得像一团麻线，无数的疑问正充斥着她的内心，牵引着她的每一条神经。最后她实在无心坐在那里，只好起来到外面透透气，心神恍惚的方雅婷完全没有在意身边的人，她抬头看我的表情与动作只是我单方面一厢情愿的想法而已！

唉！世事偏偏如此爱捉弄人，我和方雅婷各怀重重的心事朝着两个不同的方向走远，两颗本该消融的心又被无情的命运再次冰封起来……只是这漫长的寒冬还要延续多久呢？

自那次在图书馆遭遇了方雅婷的"冷漠"后，我便没有再去过那里，在没有搞清楚方雅婷对我的态度之前，我不敢贸然前去打扰她——尽管只是远远地望着，我生怕自己的鲁莽行动会影响方雅婷的考研冲刺。只是我始终认为那条以蓝蔚名义发来的短信是出自于方雅婷的。但为何方雅婷一边关心我的健康，一边见到我时却又如此的冷淡厌恶呢？这个问题令我相当困惑，这或许只能用那句"女人天生就是善变的动物"来解释吧。

可能是受到心情的影响，这几天我都不太想离开宿舍，每天除了上课、去饭堂，我几乎都留在宿舍里看书，我想用这种比较平和的生活方式去平复自己的情绪。

这天下午，天气很好，阳光慵懒地斜射进宿舍里，平时肉眼完全看不见的细小的尘埃在阳光中轻快地飞舞。李书南去了图书馆复习，而方岳与江锡则去上选修课了，只剩下我一个人在那里百无聊赖地看着书。此时宿舍里的固话突然间响了起来。我过去接通了电话："喂，你好！请问找谁？"我问道，但接通之后，对方却没声音。我以为是信号不好，又或是这台近似玩具的电话机械故障，便又"喂"了几声，这次我终于听到了话筒那边传来了很微小的一阵窸窣的声音，然后有人说话了："请问苏梓在吗？"

"是，我是。你好，请问……是谁啊？"我没想到的是这个电话居然是找我的，意料之外我只好礼貌地回应着，一边在脑海里猜测着对方是谁。

我只听对方轻声地"噢"了一下，似乎有点意外又有点惊奇，只听得对方继续说道："我是——我——"对方没有再说下去，随即便又是一阵沉默。

这回我听清楚了这个声音是一个女的发出的，但对方欲言又止的做法令我很是奇怪，她究竟是谁？尽管我一时未能判断她的身份，但那个声音却有一种说不出的熟悉感觉，在哪里听过呢？现在唯一可以肯定的是，我一定认识这个人，我肯定见过她的。

"我是谁并不重要。"她没有道出自己的身份,"我是受一个朋友所托,把一样东西交给你的……朋友——方雅婷,她看了之后会回来找你的,她会明白一些不曾知道的东西。你现在要做的是,马上联系方雅婷吧,赶快去找她吧……她——"

"小睿,小睿,是你吗?真的是你吗?我知道一定是你!"我迫不及待地打断了对方,在电话旁激动得几乎要握碎话筒,我大声地呼喊着这个熟悉的名字,似乎在召唤她的归来。

对方显然没料到我会如此激动,被打断的话语一时接不上来,又或是对方不知该如何应答我的问题。总之,对方又陷入了沉寂。

我也意识到了自己的情绪有点失控,这样的情绪对目前的情况来说毫无好处,反而会"吓跑"对方。于是我连忙降了几个声调,但仍是语速甚快地说道:"小睿小睿,千万别挂电话,别挂电话。我们可以慢慢谈,好好谈的。其他的先放一放,我只是想知道——你现在过得怎样?还——还好吧?我们都想念你……"苏小睿消失了半年之久再次出现,我当然最关心的是她的近况,以至于连我和方雅婷的那些破碎感情被我一下子压到了最底处。

话筒的那端还是一阵沉默,尽管只过了几秒钟,但我的心紧张得仿佛要跳出喉咙处,我深恐那边忽然挂掉电话后,我再次与苏小睿音讯隔绝。紧张中我似乎听见了对方的一声轻叹,正当我的心准备从最高处跌落深谷的时候,话筒那头最终还是传来了声音:

"谢谢你们还记挂着我……我现在还好,真的还好……"听到对方这么回应,无疑是默认了自己便是苏小睿。我的内心一阵狂喜,尤其是知道苏小睿亲口说出"我还好"的话语,更让我的心逐渐安定下来。只听苏小睿继续说道:

"梓,好久没有听到你的声音了。听到你的声音,让人感觉好温暖。和你们在一起的日子,好像发生在昨日一般,我只要闭上眼睛,便又似回到了以前那熟悉的地方,与你们谈天说笑,该多幸福啊!"

"是啊是啊,我们都怀念那时的时光,那你就回来啊!回来后你会过得更开心的。我和——和大家一定会很高兴的。"本来我想说"我和方雅婷"的,但忽然才想起我和雅婷已经没有任何关系了。况且我们分手便是由苏小睿引起的,再对苏小睿说我和方雅婷显然不太妥当。所以我连忙把"方雅婷"三个字打住,改为"大家"。

我刻意避谈"方雅婷"的名字,苏小睿当然能够觉察。所以她很快地把话题转到那边——其实苏小睿这次的突然出现,便与此有关。苏小睿说道:"我知道你是在安慰我。现在的你哪能开心得起来呢?雅婷姐她——都不在你身边了。说来惭愧,如果不是我的任性与自私，怎么会让你和雅婷姐弄成现在这个模样啊！我真该死，我真是害人的鬼啊！"苏小睿似乎有点激动，仿佛要把所有的愤怒都集中在自己身上一般。

"好了，小睿小睿，不要说了，这事与你无关，你不必自责……"我连忙打断苏小睿的话，清楚整个事件过程的我知道这事其实真不能全怨苏小睿。

"不，不，不！都是我的错，我的错！若不是我在小屋里任意妄为地对着你做傻事，雅婷姐的误会不会那么深。很抱歉，我后来一走了之，并没有想到事情会发展成另一个局面，害你们这么长一段时间里饱受煎熬！"

苏小睿停了一下，深吸了一口气努力调整好自己的情绪继续说道："为此，我得向你和雅婷姐真诚地道歉。为你们添了这些烦恼，甚至还差点毁了你们的感情……梓，我会为我的错误行为负责的……"

听到这里，我害怕苏小睿因愧疚或为自己的行为赎罪之类的而做出傻事，赶紧疏导苏小睿的情绪："我跟方雅婷的事，怎能都扯到你身上呢，我和她之间——这个——有很多因素的，就比如性格之类的……"

"你跟雅婷姐的事我都知道了，你不必瞒着我。我为这个悔恨得寝食难安……本来我打算不再与你们联系。但这次我知道我不能躲在背后，眼睁睁地看着你们的幸福毁于一旦。爱的感觉我也曾拥有，尽管我有着不幸的命运，正因为如此，我才更真切地知道爱的重要与珍贵。希望我的补救能弥补我犯下的过错，如果真能如此，那我即便以后要承受多大的痛楚我也心甘情愿……"

苏小睿的一番话让我明白了她这次突然出现的用意，她是打算来帮助我和方雅婷复合的。苏小睿如此看重我和方雅婷的感情，甚至不惜以一个"罪人"的姿态来祈求我和方雅婷的原谅，我的心中五味杂陈，只是我不知道苏小睿所说的弥补究竟指的是什么？难道她已经回来了，就在这校园附近？难不成她已经约了方雅婷，然后当着方雅婷的面来进行辩解力证我的清白？霎时间我的脑海中产生了无数猜测，脑子一乱一时间竟不知如何应答，支吾着说不出一个字来。

"梓，你还在吗？刚才我已经跟你讲过了，你现在就去找雅婷姐吧。真相就在那里，我相信她会回心转意的。今天我该说的都说了，再一次为我当时的无知与自私向你们道歉。时间不多了，我得挂电话了。请你们一定要和好，要幸福！一定要比我幸福！我祝愿你们！"

听到苏小睿说要挂电话的时候，我才一下子清醒过来。我清楚一旦苏小睿挂了电话，这以后真不知道是否还能有她的消息。我还有很多很多的事情要向苏小睿询问。此外，苏小睿口中的事情真相如何呈现呢？方雅婷凭什么相信呢？我刚准备要出声挽留苏小睿留在电话旁之时,那边苏小睿又发话了:"苏梓,再见!我会永远想念你的……"然后只听"啪"的一声,那边挂了电话,只剩下"嘟嘟"的电流声在我耳边回响……

我用力地握着话筒,一声又一声地喊着苏小睿的名字,激动之际眼睛有点潮潮的。可那冷酷无情的电流声不断地提示我与刚才那位温婉善良的女孩已经失去了联系,苏小睿再次"消失"在我的世界里。

我脑海里耳畔边充盈着的都是苏小睿的声音,我强迫自己要好好记着这次通话的每个细节,这是我为证明苏小睿曾经出现的证据。

"真相,真相……到底那会是什么呢?"我喃喃自语道。看来只有去找方雅婷,这真相才有露出水面的可能!苏小睿让我马上去找方雅婷,说明了方雅婷或许此时已经知道了事情的真相,她会相信吗?要她相信的话,除非那是……

我皱着眉头,似乎猜透了点什么:"那真相,莫非——莫非——苏小睿把当时的一切都记录了下来?!"

我越想越觉得有这样的可能,但如果真是如此的话,那不就意味着苏小睿要把当时的自己毫无保留地呈现给别人看吗?这对于一个女孩子来说无疑是自毁荣誉!这得有多大的勇气才能做出这样的牺牲啊。我想到这一点,心便剧烈地颤了一下,我对自己说:"我和方雅婷的事可以迟点再说清楚,事情的真相总会水落石出的。但如果要以苏小睿的尊严来做代价的话,我绝对不能接受。"想到苏小睿在远方不知正受着怎样的苦,我的心便像裹着一颗三尖八角的小石子,硌着心里十分难受。

当然这只是我的一些猜想,现在苏小睿这边是联系不上了,但她要求我马上去找方雅婷,并说会把一样东西交给她,还说事情的真相会让方雅婷明白的,看来这东西非同小可。目前只有先找到方雅婷,看看她怎么说、怎么做,才好判断事情的发展。

想到我这次要主动去找方雅婷,并且要提到与苏小睿有关的"敏感"事情,我不免有点胆怯。万一方雅婷什么都不知道——或者什么都没有收到,便会以为我是故意在她面前提苏小睿的事情,那方雅婷还不当场被气哭?但现在我别无选择,只能硬着头皮去了,到时见机行事吧。

我一路小跑着到方雅婷的宿舍楼下,我在那里停留了片刻,看看能否看到方雅婷的身影,哪怕是一个熟人也好,让她带个口信也行。但十多分钟过去了,我始终没有找到我要找的人。作为一个男生,我也不好意思在女生楼下望来望去惹人注意,便鼓起勇气用手机拨通了方雅婷的电话,想让她下来谈一谈。片刻之后,电话接通了,但响了两下又挂掉了。我不甘心,隔了三分钟,我又拨了一遍,结果这次是对方忙音,我有点沉不住气了，心焦地等了几分钟，再打了一次，这回对方提示关机了。

我呆在了原地，联想起前段时间在自习室里方雅婷那冷酷的表情，我觉得这是方雅婷不愿见我的表现，现在电话不接听，显然也是这个原因。这时我心里反而有点轻松，这就意味着苏小睿说要送过来的东西还没有到方雅婷的手中，否则方雅婷这边应该会有所表示。那我这时便可以赶在方雅婷之前看看苏小睿究竟送来什么，心里也好有个准备。

我知道一般寄送东西的收发地就是楼下的传达室，于是我跑去传达室那里看看情况。其时正是下午上课时间，出入的学生并不多，只见宿管大妈正拿着个鸡毛掸子在拂拭灰尘，她一抬眼便看到我在门前徘徊，眼睛一直望着室内的信件包裹等，便出来询问："你找谁？干啥事？"

我连忙回应："阿姨好，阿姨好！呵呵，我……是这样的，我今天上午托个朋友送了样东西过来，是拿给这栋宿舍五楼的方雅婷，不知阿姨有没有印象？你瞧我这记性，送礼物来还忘了在里面放纸条了，我想，我想先把东西拿过去整理一下，阿姨你看能帮个忙吗？"我情急之下瞎编了个谎话，好让阿姨不起疑心地让我把苏小睿送给方雅婷的东西取走。

"哦，方雅婷啊！我知道，我知道。"宿管大妈的语气缓和了一点，她打量了一下我，依稀记得以前我常来这里找方雅婷，知道我是她的男朋友，便也相信了我的话。

"嗯，今天上午是有那么一份东西给方雅婷，大小约莫这么大吧。"大妈用手比画了一下东西的尺寸——一个普通盒子的大小。"我看就是你说的东西了，中午方雅婷回来时，我便让她取走包裹了。不过，就在四五十分钟前吧，我就看到她匆匆忙忙地往外面跑走了。呵呵，我说小帅哥啊，是不是惹女朋友生气啦？买礼物道歉也得细心点嘛，你看看，小纸条都忘放进去了，哪能不生气啊？你赶紧……"

"行行行，大妈，我知道了。我会向她道歉的。我还有点事，我得先走了。"我没有心思跟这宿舍大妈乱扯，想着既然方雅婷已经收到东西了，并且已经不在寝室里，那我得马上去找她。

我转身要离开传达室时，忽然又想到了一件事，转身问大妈："那阿姨你有印象是谁送这东西过来的吗？"我想着会不会是苏小睿亲自来送的。

"不就是送快递的人嘛。他来了，把东西放下便走了。我代签收的。"

"哦，这样，好的，谢谢阿姨了。"我略带失望地离开了。

出了传达室，我马上掏出电话继续给打给方雅婷，结果还是提示关机状态。我不免有点担心起来，她跑着出去要去哪里呢？难道去找苏小睿，或者是去找我？为何现在又关机失去联系了呢？

　　我一边在校园里逛，眼睛一边不断地在搜寻方雅婷的身影，却一无所获。我又去了图书馆、自习室等方雅婷平时常去的地方，仍然是不见她的踪影。前后我跑了一个多小时，在校园里也来回走了好几遍，直走到两脚感到肿胀，脚后跟麻麻地酸痛。我喘着气，咽了咽干渴的喉咙，抬手抹了抹有汗珠渗出的前额，正想着接下去该去哪里找方雅婷，忽然感觉一阵凉风吹来。我环视了一下，原来自己不知不觉间来到了校园湖边柳树林的边上了，抬眼望去，那片林子仍然葱葱郁郁，细嫩的柳条随风轻摆。我的耳边又响起了方雅婷曾说过的话："这'柳'跟'留'谐音，在这里可以留住美好的一刻，是多么浪漫的地方啊！"昔日的温馨场面，方雅婷那灿烂的笑容都已成为回忆，感慨之中我想起了"人面不知何处去，桃花依旧笑春风"的诗句，那种欲见不能见的无奈与凄楚，真是让人心酸至极。

　　后来我和方雅婷分手时的情景也在我的脑海里涌现出来。对于那一幕我一直强压在心底，不愿在心里重温，但现在所有的细节如过电影般在我脑海中浮现，这更令我心里如灌满了铅似的，沉甸甸地压得我喘不过气。过了良久，我长叹了一声，心想到那边走走吧，就当是休息，也好让自己的情绪平静下来。

　　我坐在了我以前坐过的那片地方，眼前仿佛看到方雅婷正偎依在我的身旁，微笑着看着我，真有种恍如隔世的感觉。

　　脚上的酸痛感再次涌上来，我从幻想中清醒了出来，刚才恍惚中见到的情景可能今生不能再出现。现在方雅婷会在哪里呢？她是否已经不再愿意与我见面呢？我揉揉双腿，长叹了一声，准备再次去找方雅婷，这是我目前唯一能做的事。忽然身后传来轻微的声响——是鞋子踩在草地上的声音。我知道有人靠近了，我还来不及回头去看的时候，耳边便传来了熟悉的声音——我做梦都渴望再次听到的声音：

　　"梓，是你吗？你……你也来这里了？太好了……太好了！"

　　那声音虽然震颤，但难以掩盖里面包含的兴奋，极度惊讶的我只顾着转身，却一个字都说不出来。只见方雅婷向我走来，她泪眼朦胧，一副憔悴的样子，正快步地向我靠近。

　　我手足无措地站在那里，不知该是迎上去还是保持不动，转眼间方雅婷便来到了我的面前，我与她就这样面对面地站着，距离是如此的近——她的气息仿佛就在我的脸庞上浮动，好久没有这样与方雅婷近在咫尺地相处了。我的目光甚至不敢与她对碰，呼吸骤然急促起来，简直有了窒息的感觉！与我相反的是，方雅婷的眼睛一直盯着我，目光不断地在我的脸上游动，似乎要捕捉我的眼神，又似在拼命地把我看清楚。

方雅婷也开始变得语无伦次，她不停地说着："太好了！你来了，你来了……"方雅婷好不容易才把情绪理顺，这时她的目光也终于与我的目光对接上了——我鼓起了很大的勇气才敢与她正面对视，我发现方雅婷的眼中开始泛起白光，晶莹的泪水渐渐浸满眼眶，终于有一颗泪珠不堪重负，迅速在脸上划过一道弧线，坠落于柔软的草丛之中。我不忍心看到她落泪的样子，心中一阵颤抖，情不自禁地抬手帮方雅婷拭去泪痕——尽管我不知道方雅婷要哭的原因，我也不管这样冒昧地去为对方擦泪是否恰当——总之，我是不愿意方雅婷有一丝的不愉快。

没想到的是，在我抬手为方雅婷拭泪的那一刹那，方雅婷顺势迎了上来，擦着我的手臂一下子扑到我的怀中，紧紧地抱着我！她伏在我的肩膀上，我真切地感受到了她在轻微地颤动。我心中掀起万丈巨浪，我努力地遏制激动的情绪，费了很大的努力才说道："我来了……我是为找你而来的，你怎么了？我一直拨打你的电话，你没有接听，又关机了。我可担心了……是不是……是不是受什么委屈了？"

"不，不，我只是见到了你激动，我没有受委屈，倒是……倒是你受委屈了！我全都知道了，我知道了你的事情了。但我却依然很难过，为我自己那么狠心、那么无情而感到难过……你可能不会原谅我了！呜……"说着说着，方雅婷的眼泪又落了下来。

"怎么会呢？不会的，不会的。"我也紧紧地抱住方雅婷，给她安慰，也向她证明我对她是如此珍惜。通过刚才方雅婷的一番忏悔式的表白，我大致猜到了整个事情的过程，一定是苏小睿送来的东西，把真相最终呈现给方雅婷，才让方雅婷最终明白了事情的真相，她才会迫切地去寻找我。

方雅婷渐渐止住了抽噎，她可能也意识到自己的情感转变来得太突然，对于我来说，肯定心中还有着无数的疑问。于是她解释道："中午的时候我收到苏小睿的东西，我毫无准备地便出门了，途中我接到过你的电话，可是我忘了我的手机已经被我用到没电了，一接电话便自动关机了，此后便一直打不开，我急着去找你，但又找不着，情急之下，走着走着也来到这里了……"说着说着，方雅婷从衣兜里掏出一样东西，递给我看，并说道："小睿给我寄来这样东西，她附了一张小纸条，说我听了以后便会知道事情的真相……"

我把那东西接过来一看，竟是一支录音笔。我在手中翻看了几下，认得出是苏小睿的物品——我曾经见她使用过，她平时用来学英语，偶尔也记录身边的语音素材。想到这录音笔里面记录着苏小睿的声音——甚至是一两天前苏小睿还握着这支笔，这让我感觉到此时苏小睿离我是如此的近，我不免有些情绪激动，反复地拨弄着这支录音笔，却说不出一个字。

只听方雅婷继续说道："今天上午我回宿舍的时候，宿管阿姨把我叫住了，说有个包裹是给我的。当时我的心中除了略感唐突，隐隐中觉得这可能是与你或者是与苏小睿有关的。于是我赶紧找了一个人不多的角落，把包裹拆开看了，里面就是这支录音笔，还有一张小纸条——苏小睿写的，说是我听了这里面的内容便会清楚一切！看到这张纸条，我连吃饭的心思都没有了，在宿舍的顶楼阳台，躲在最安静的角落里去听里面的内容……这是你们的对话，应该是的……应该是你和苏小睿那晚在小屋里的事情……听着听着，我哭了，对不起，真对不起……呜呜……"说到这里，方雅婷好像又触动了内心的敏感点，情不自禁地又落下泪来。

在我手中拨弄的录音笔，可能无意中被我按动了开关，笔帽处闪烁着启动的微光，我下意识地又按动了播放键，这支笔便"沙沙"地发出了声音，首先传来的是苏小睿的声音："……来，你也来吹吹头发吧！你的头发也湿了不少……"

方雅婷见我按动了录音笔开关，她知道我也想听听里面的内容，便不再说话，拉着我在草坪上坐了下来，头靠在我的肩膀上——就像曾经我们在一起时的情景，与我一起去听这段关乎我们情感存亡的录音。

录音中传来一阵阵"哄哄"声，似乎是什么机械在运作，我稍微想了想，记起了当时应该是苏小睿正在为我吹头发。想到这里，我感到头皮都有点热热的，仿佛又回到了当时的场景，而苏小睿就站在我的身后。

时间一分一秒地过去着，当时的情景随着录音的播放仿佛放电影一样一帧一帧地再现于我的眼前。听到动情之处，我紧紧地握着方雅婷的手，为当时的那一刻而感到激动。

……

"我知道我不应该，也不可能得到你的爱，你真正爱的是雅婷姐……"苏小睿喘着气说道。

"对！你说得太对了！我爱的是方雅婷！其他的人都不要！"随着在录音笔里出现了我大吼一声的话语，方雅婷伸手把录音笔按停了。她泪流满面地看着我，说："我……我就在宿舍的顶楼上听到……听到这些，我再也忍不住了，我飞跑着要去找你！那一刻我才知道，你所受的委屈有多深！原来你并没有背叛我。你对我如此，我却……对你存有偏见与怀疑，其实，配不上你的人是我。"

"好了，好了，雅婷别说了。事情清楚了就好，我没有怪你，真的没有怪你。只怪事情来得突然，而且让人无从解释。现在我们在一起了，永远不分离了，好吗？"我越说越觉得自己的心好痛，也落下泪来。

"那苏小睿呢？能联系上她吗？我不怪她，梓，能让我见见她吗？你有办法的，一定有办法的！我要好好地向她道歉……"

"我也想找到她。今天我是接了她的电话，才来找你的。但苏小睿应该不想让我们找到她了。她总是把问题一个人来扛。"

方雅婷咬着下唇沉默了一下，缓缓说道："梓，我想再听一听小睿的故事。或许我们都能再理理头绪，能帮助小睿的话我们尽量想想办法吧。"

"好吧，事情是这样子的，这要从高中我认识苏小睿的时候谈起了……"我把身子往后仰了一下，思绪飞到了几年前的时光里，便开始了诉说苏小睿故事。这一聊就聊到了夕阳西下，太阳的余晖越过我们身后的假山群，又慢慢地挪移到我和方雅婷的身上，附近树上时而传来"扑哧扑哧"的鸟儿扑翅的声音，应该是归巢的鸟儿在那里戏耍着。可惜我们都无暇去欣赏这身边的自然美景，倒是归巢的鸟令方雅婷触景生情："梓，你看，鸟儿冬去春来，早出晚归，总有一个快快乐乐归来的时候。小睿呢？她能回到我们的身边吗？她是归去了，可是她能快乐吗？"

听着方雅婷那伤感的问题，我不知如何应答。不但是我与方雅婷，甚至包括远在北京的韩京都无法作答。我舔着发干的嘴唇，只能紧紧地握着方雅婷的手，因为只有这样，我的心才能稍稍安稳一点，失而复得的惊喜心情无人比此刻的我更能体会，我不能再失去方雅婷了。

就这样，已经身心疲累的我们，默默地头靠头肩并肩地坐在草地上，渐渐被夕阳余晖所吞噬……

47

我和方雅婷重新在一起的消息让熟悉我们两人的朋友们并不意外，毕竟我与方雅婷之前的感情十分好，后来闹分手了的确很令人惋惜，但大家都觉得我们重归于好也只是时间的问题——虽说绝大多数人都不明我们分手的原因。但明眼人都看得出来，无论是我还是方雅婷，分开之后都活在痛苦的回忆之中，要解除彼此的痛苦状态，就需要两个人化解矛盾，重新走在一起。

方岳作为知道内情的人，当然为我"沉冤得雪"感到高兴。在得知我们复合的那天，他整天笑呵呵的。他对我说："你这是平时积攒的善行发挥的功效啊！上学期的雷锋月，好人好事做了不少吧？你看你看，起作用了吧？我就亲眼看见你扶一位老奶奶过马路……又看见你帮邻居老大爷搬煤球！"

"你看小学作文选看多了吧？我帮了人之后还低头看着鲜艳的红领巾飘啊飘呢！况且，扶人过马路一定得是老奶奶老爷爷吗？换作小孙子不行吗？啊，我记起来了，上次你喝大了，咧着嘴倒在路边，是我把你扶回来的。这算好人好事了吧？"

"好啊！得意忘形了你，你在骂我是小孙子吗？去你的！"

"哈哈哈哈，这个梗你也听得懂，不错不错！"

方岳嘴上骂骂咧咧的，但一点都没生气。他一手勾住我的肩膀，说要为我庆祝一下，今晚他请我吃饭喝酒。有吃有喝的我自然不会拒绝他，于是马上跟他往外面走。

最近一段时间我也的确比较有空，虽说我与方雅婷已恢复关系，但我们风花雪月的时间着实不多：一方面方雅婷被学院安排去了一所调查机构实习，另一方面方雅婷实习归来，也要抽时间全力准备即将到来的一月份研究生考试，所以她的日常生活要精确到"分秒"来安排。作为她的男友，除了做好一些后勤的工作，在其他方面实在也帮不了多少，有时间见面我也会尽量让她早点回去好好休息。我们见面的地方也多是图书馆，大家坐在一起各自看书，一个星期抽点时间到湖边走走当散心。就这样平平淡淡的日子我们倒也觉得满足，毕竟比起之前的那段魂不守舍、身心备受煎熬的苦思日子好多了。"现在是冲刺阶段，怎么也得坚持下去，再苦再累咬咬牙就过去了。"我经常对方雅婷这样说。

相比于我和方雅婷的平平淡淡，方岳与蓝蔚的爱情"动作"可算比较大了。事情是这样的：进入了大四，蓝蔚的工作量明显多了起来，一边要实习，一边作为学院里的学生干部，又要做好"传帮带"的新老干部衔接工作，同时毕业论文又要准备开题写报告，她觉得时间不够用，便向方岳提议到外面租个房子，好安排各种工作。

听到这个提议，方岳瞪着眼睛愣了一下，心想这个提议行啊，想不到蓝蔚的思想这么放得开，不错。方岳把整个过程想得很美好，于是连忙鸡啄米似的点头赞成。

第二天方岳便开始着手去查找住房信息，选远近，比价钱，看环境，把大学周边的房子中介都跑遍了，最后选定了一间性价比最高的出租屋。他带着蓝蔚去看房子，蓝蔚对此也没有多大意见，点头同意了。方岳赶紧去交了订金，又交了一次月租，立马就赶去超市买一些生活用品，接着又连夜去那里打扫卫生，以便尽快与蓝蔚入住。那是我见过的方岳进入大学以来最忙碌、最充实、最有激情的一天。

经过两天的准备，那个小房间已具备了入住的条件。蓝蔚对方岳的勤快与配合极为满意，还奖励性地给了方岳一个吻。这一吻对于方岳来讲极具诱惑意义，仿佛带着点激情的气息，让方岳对未来的出租屋生活充满遐想。只是遐想总是美好的，现实却是冷酷的。那晚方岳与蓝蔚第一次在外面过夜，方岳摩拳擦掌地钻进被窝，想与蓝蔚来个亲密接触。谁知道蓝蔚一掌将他推开，说："我们一起睡可以，但只是睡觉，其他什么都不可以干。"

方岳瞬时懵了，反问："我们可是男女朋友啊，亲亲抱抱或者干点什么的，也正常啊。"

"我们平时约会不是亲了抱了吗？还不够？我可不是随便的人。"

"这个平时……这意义不同。你看，我们都在一张床上面了，难道只是聊天？再说，我们租个房子也是为了多点时间相处，不是吗？"说着，方岳又把手伸了过去，要抱抱蓝蔚。

蓝蔚听他这么说，也没说什么，就让方岳抱着，但之后不管方岳怎么说，蓝蔚都不肯让方岳有进一步进展。

方岳到了后面有点急了，他一个翻身就压到蓝蔚身上，伸嘴就去吻蓝蔚。但蓝蔚的力气也不小，奋力挣扎，一抬腿就几乎把方岳踹到床边。就这样，一个想更进一步，另一个则不让接近，于是这两个人便在被窝里你来我往地"打"了起来。

忽然蓝蔚放弃了挣扎，这让方岳一下子都不知如何进行下去了。这好比一场激烈的拔河比赛，酣战的一方突然松手，对方即使胜利了，也会觉得这比赛赢得毫无意义，没有一点胜利后的欢愉。方岳见蓝蔚没动静了，他也好像失去了进攻的动力，把身子一侧，精疲力竭地倒在了蓝蔚的身边，不停地喘着气。

黑暗中听见蓝蔚问："你觉得这样有意思吗？那你来啊！"

方岳答道："没意思。既然不愿意，勉强多没意思啊。"

之后两个人便在黑暗中一阵沉默。

"你也累了吧？能休息了吗？"最终蓝蔚首先打破了沉默。

"能抱着你睡吗？"

"……可以。"

第二天早上方岳一脸倦容地回到宿舍，立马被我们包围，就连李书南今天也把动作放慢了，一副不急着去图书馆看书的样子。当方岳一进门的时候，江锡便满脸坏笑地把门掩上了，"啪"的一声还反锁了门。我清了清嗓子，勾住方岳的肩膀说："岳兄，外面的房子布置好了吧？"

"嗯，好了。"

"哦！"我、江锡和李书南蛮有深意地互望了一眼。

"这个……昨晚你没回来睡啊，作为弟兄们可十分担心你的安全哪——你可是到了外面的房子睡了？"江锡兴奋得满脸通红，摩拳擦掌地问道。

"嗯，是啊。租了房子不睡，这是一种浪费。"

"你一个人吗？还是和蓝……"江锡急忙追问。我赶紧拉住江锡，用眼瞪了他一下，意思是说哪有这么直接问的，把方岳弄尴尬了到时什么内情都不肯讲了。

方岳倒没有觉得江锡这样直接有什么尴尬的，只是说："不就是和蓝蔚嘛。你说，我还能和谁睡？"

"噢！"我们三人一起欢呼起来。看样子方岳的态度还算老实，照这样下去估计等一下还有猛料爆出。我干脆把椅子搬来，把方岳按着坐下来，继续发问："怎么样怎么样，既然睡都睡了，把那个……事情，办了吗？"

问题一抛出，整个宿舍的空气都凝固了，连李书南收拾书包的动作都一并停了下来，沉静中只是听到了江锡"咕"的一声微弱的咽口水的声音。

方岳疲倦的脸色似乎有了点泛红的迹象，他似乎搞懂了我们想要问的问题，略干的嘴唇微微动了一下，然后摇了摇头，最后吐出几个字："没……没有，只是睡觉。"

"啊？真的没有？就……就在一起睡觉，就没有啦？"江锡有点急了。

"真没有！我说你们急什么？饭得一口一口吃，那个……什么也得一步一步来，我昨晚太累了，啥心思都没有了，需要补觉不可以么？"方岳一下子回过神来，开始精神奕奕地反驳起来。不过听他的语气，倒是显得比江锡还急躁。

"好啦好啦，大家都散了吧！各自干活去啦，我们让方岳大哥先休息一下，昨晚明显没有睡够嘛！今晚兄弟们再继续听精彩细节！"我笑着遣散大家，看样子方岳没有隐瞒什么，这些细节当然得慢慢套出来，现在急不来。

于是大家都散开各自忙活，江锡缩回电脑旁继续网游，李书南麻利地收拾好书包去图书馆了，临出门前还不忘招呼方岳："岳兄弟，加油！别气馁，下次加点力气一定能够成功的！回头见！"说完一溜烟似的跑下楼了。

这话气得方岳直想从书架上抽出最厚的一本书扔出去砸死李书南，而我和江锡则在一旁哈哈大笑。

48

"你真的不打算报考吗？这样我们就可以又在一起了……"

"嗯，不了。我看还是毕业后就找个工作，好减轻一下家庭的经济压力。嗯……不过我想毕业后可以在这里找份工作，就当是锻炼一下自己，积累一点经验吧。这样也可以留在这边陪陪你。当然我也很想提升自己，等将来工作后吧，条件成熟了我再考也行。"

"嗯，你有自己的考虑，我也不反对。无论你怎么选择，我都支持你……"

方雅婷顺利地考上了本校的研究生，五月初经过第二轮复试后进入体检环节，上一周在研究生处公示了拟录取的名单，方雅婷榜上有名，现在就是在等学校发来的通知了。当然，方雅婷现在也忙得很，毕竟本科毕业的论文答辩在即，这也不能马虎。但我和方雅婷都习惯了周日的晚饭后到附近走走，趁着习习凉风，我和她来到湖边闲逛。方雅婷原本想着鼓励我也去报考研究生，考上了便又能在一起了，她甚至羞涩地表示：听说研究生是可以到外面租房子一起住的，不用再受学校宿管的束缚。她还听说了，某某大学的一对研究生还结成了夫妻呢！方雅婷的这些话都在向我暗示，如果我考上了研究生，将来我与她之间的发展一定会比现在更迅速更深入！不过方雅婷也知道很多人因家庭背景、个人目标追求、精神价值取向等原因会有不同的选择，所以她对我的决定也是充分尊重的。

五月的校园早已有了初夏的味道，不少学子更是穿上了夏日清凉透气的衣服，放肆地彰显自己的青春活力。只是五月的校园却又在不知不觉地开始弥漫离别的气息，一年一度的毕业季在五月渐渐拉开了帷幕。这几天，在校园的校道上、图书馆正门、教学楼旁、校门前，都有不少不同院系的应届毕业生在合影留念或者照毕业集体相。他们穿着庄重的学士袍，整理着代表着不同专业领域颜色的披肩，拨弄着那垂在脸面的流苏，脸上洋溢着喜悦的神色，时而兴奋地大叫，时而三五成群地扎堆照相，时而又到处找人勾肩搭背地拍合照。毕业生们的"疯狂"引起了不少学弟学妹们的驻足观望，学弟学妹们眼中尽是艳羡。

几天前，教育科技学院安排了方雅婷这批应届毕业生照毕业相，我和方岳都到场参加了，帮忙拿拿相机，提提袋子，跑前跑后地帮方雅婷和蓝蔚做些琐碎的事情，好让她们两人轻轻松松地去尽情留影。

作为毕业合影那么隆重的事情，不少学生都去选了一束花来捧着照相，好为自己的照片增添光彩。方岳在这方面倒是一个细心的人，有一次他跟蓝蔚路过其他院系的拍照现场时，他捕捉到了蓝蔚眼中看到花时的那种渴望的神色。于是那天他特地去花店买了一束价值不菲的香槟玫瑰，当他捧着花送到蓝蔚的面前时，蓝蔚瞬间兴奋得不得了，那一脸的喜悦与幸福简直就像一个小小的太阳，晃得我们都睁不开眼睛了。蓝蔚给了方岳一个大大的拥抱，然后在众人羡慕的眼光中兴高采烈地捧着鲜花、挽着方雅婷去找地方拍照了。

方岳转过头来扬着眉给了我一个得意的笑容，我笑了笑，举起大拇指表示方岳这招做得好——女孩子嘛，就是喜欢送花这一套，反正每逢什么好日子，送花准没有错。

那段忙碌的日子过得挺快，随着方雅婷的答辩结束，六月也悄然来临——毕业的气息更浓了。其实方雅婷为了全力考研待在学校里的时间算是比较长的了，她的不少同学自上学期开始便不停地参加在各地举行的招聘会。有些找到单位的要提前实习，这个学期都没有怎么在学校里露过面，只是在写论文的最后阶段回来见见导师，还有就是答辩的时候赶回来。在毕业前的时刻再见面，同学们之间的情分似乎更深了，又是拥抱又是拉手的，因为大家都知道，毕业后能否再见已是一个未知数，搞不好现在见面会是彼此的最后一面。在那一个月里，学校附近的大小餐馆几乎爆满，都是各学院的毕业生在搞大大小小的毕业聚餐。

方雅婷的班级也搞了一次毕业酒会，几个主要的策划者包了一个有点规模的酒店宴会厅，并把现场布置得很有情调。酒会开始时大家都还很规矩，随着那群男生的敬酒环节启动，现场的气氛开始慢慢活跃起来了，看着男生们你来我往地喝起来，不少女生也顿时豪气大增，纷纷端起酒杯喝上几口。就这样觥筹交错了几个来回，大家都不再拘谨了，个个变成了话痨，在酒席间逮着谁就和谁聊，聊完之后仰头就是一杯酒，然后继续找下一个聊。劣质的红酒混着廉价的啤酒，轻易地就使这群尚未真正踏入社会的毕业生醉了，那些在席间还喝了些白酒的男生更是连舌头都伸不直了，说话结巴得不成样子。不过正是趁着这股醉意，他们的勇气说来就来，许多憋在心里四年的话今个儿全都倒出来了，有些人争着去向自己喜欢的女同学表白；有的像失散多年的兄弟重逢一般，抱头痛哭起来；有的冲上舞台，拿着麦克风嘶吼着歌曲，宣泄自己对社会、对工作、对人生的不满；有的以前有矛盾的，今天来个一笑泯恩仇，大方地向对方道歉，然后大家各自灌一瓶酒把心结都打开了……

那些女生绝大部分都喝得七八分醉了，兴致也很高。遇到向自己表白的男生，也不会觉得很尴尬——因为大家都知道彼此是没有可能在一起的，在众人的起哄下，笑着大方地拥抱了对方，也算是圆了对方一个心愿。还有些内心比较感性的女生虽然不会去跟男生拼酒喝，但还是私下几个女的围在一起，挨着肩膀拉着小手互诉衷肠，说着说着又是一把眼泪。这边刚把别人劝说得不哭了，自己又情不自禁地落下泪来，话没说上几句，手帕纸便用掉了半包，整个场面甚是伤感。

唉，毕业啊！它犹如一座丰碑，矗立在每个学子人生的分岔路中，它既是预示着一个新时代的诞生，又充满悲情地把青春张狂的学生时代埋葬。它那苦涩伤感而又不失温情的特质，注定成为每一个经历过的人的永不褪色的记忆！

蓝蔚作为班中比较外向的女生，又是班级、学院里的干部，来敬她酒的同学不少，因此她这晚也喝高了。方雅婷陪在她的身边游走于酒席之间，也被灌了几杯酒，脸红得像涂抹了浓重的胭脂，后来实在不胜酒力，只好退在一边休息，看着蓝蔚豪气地跟那些男女生干杯。

没有想到的是，在临近酒宴结束的时候，一个高瘦的男生红着脸，来到蓝蔚面前向她表白了，说他其实一直都对蓝蔚有好感，但却从没表露出来，后来看到蓝蔚有男朋友了，他就更把此感情放于心底。他觉得如果今天再不说出来的话就再没机会了，自己恐怕要后悔一辈子，现在讲出来了不求什么，但求心中无遗憾而已。

面对这突如其来的"表白"，蓝蔚愣了一下，其实她对这位高瘦男生的印象并不坏，没有想到他竟一直暗恋自己。如果他当时勇敢地表白，或许蓝蔚真的会选择他，那后来就没有方岳这回事了。感情的事也挺捉弄人的，或许有些时候的一念之差，又或是一时的退缩、畏惧，往往错过是一段好姻缘，甚至是一段美好的人生。

旁边的人看到如此，又是一阵起哄，不过今晚这类的事件不是第一次出现，所以谁都知道不会发生些什么。蓝蔚在众人的笑声中也笑了，按照之前大家的做法，大方地上前去抱了抱那个高瘦的男生。但令大家都没料到的是，蓝蔚在抱他的时候，忽然踮起脚尖，在那男生的脸颊上亲了一口！

这个"与众不同"的举动令周围的人瞬时兴奋起来，男男女女一同大叫，还有人不断地鼓动："亲一个，亲一个……"面对众人的呼喊，蓝蔚却摆摆手，示意到此结束了，然后抬眼望了望高瘦男生，笑着退开了，只留下那个男生傻傻地呆在原地……

方雅婷在一旁看到蓝蔚做出的"过激"行为，知道蓝蔚应该是喝醉了，连忙给我打了电话，让我和方岳一起过去，好接她和蓝蔚回去。

当我和方岳赶到的时候，毕业酒会已经结束了，有好几个男生还说要继续去找地方唱歌，有几个女生也响应着，他们便一群人吵吵闹闹地往市区那边走了。方雅婷和几个班干部把酒宴的费用结了，便扶着蓝蔚一起出来了。我和方岳马上迎了上去，递上早已买好的水好让她们两个醒醒酒。

方雅婷倒没什么,"咕咕"地喝了几口水,感觉清醒多了。蓝蔚一身酒气地在一旁嚷着还要去唱歌,方岳一把把她拉住,说:"你看你连路都走不稳了,你去了也只是睡觉,万一休息不好了,明天酒醒后你等着痛苦吧!"方岳在醉酒方面很有经验,深知酒后的那种痛苦感受,所以极力阻止蓝蔚这样疲劳作战。

我和方雅婷都很赞同方岳的建议,好歹把蓝蔚要继续去玩的念头打消,于是一行四人往校园方向走去。途中方雅婷说想跟我四处走走,好散散酒气,方岳看看伏在自己臂弯中已经进入半睡状态的蓝蔚,决定先送蓝蔚回去。就这样,我们在校园的门口处各自分开行动了。

方岳扶着蓝蔚走了将近半个小时,才回到了他们在外面租住的小屋。方岳把蓝蔚放倒在床上,想着该怎么帮蓝蔚醒酒。脱离了酒宴的喧闹,加上在外面又灌了风,蓝蔚只觉得天旋地转,头重脚轻,胸中恶闷难忍,这种感觉越来越强烈,后来实在忍不住了,跟跄着跑进洗手间"哇哇"地翻江倒海般地吐起来,直吐到跪在地上。这下可忙坏了方岳,一边要扶蓝蔚回床,一边赶忙去拿热毛巾帮蓝蔚擦脸,又端来温水让蓝蔚漱口,最后打了一盘热水帮蓝蔚洗手。

正在酒劲上的蓝蔚胃里刚舒服了点,又觉得浑身发热,嚷着要把衣裙脱下来,说着便拉开了裙子背后的拉链,顿时衣领敞开了一大片口子,蓝蔚还不断招呼方岳过来帮她脱了这衣裙。

方岳劝服不了酒醉中的蓝蔚,况且看着那裙子也沾上了些呕吐物,实在也是很脏,不换也不行,想着让蓝蔚把衣服换了,然后赶紧让她休息,便帮蓝蔚把裙子的拉链拉到了底,把她的裙子脱了下来。虽然方岳跟蓝蔚同住了一段时间,但一直没有发生过特别的事情,有时大家在屋子里换衣服也会适当地回避一下,所以像现在这种直接"玉帛相见"的情况,方岳也不免有点面红耳赤,但方岳倒不是那种乘人之危的人,这种"趁火打劫"的事方岳是不会做的。方岳赶紧帮蓝蔚穿上睡衣,又用被单把蓝蔚裹了起来,安顿她睡下,然后又去卫生间把里面的一片狼藉清理干净,同时把蓝蔚的脏衣服洗好。

当方岳忙完一切,躺回床上的时候,蓝蔚却伸来一只冰冷的手,迷糊地说:"方岳,我开始有点冷了,抱着我好吗?"

方岳知道这是酒后的正常反应,一般燥热之后就会转入发冷的阶段,于是把身子凑了过去,一边搂着蓝蔚,一边轻声安抚,让她尽快入睡。蓝蔚把头靠在方岳的肩膀上,顿觉一阵温暖,嘴里发出"嗯嗯"的声音,似乎又将睡去。

方岳也眯了眼想睡了,忽然听蓝蔚迷迷糊糊地说道:"嗯……岳,我真的不想与你分手……真的不想……离开你……但没办法,我毕业了,我……我要回家了……我们不可能在一起的……原谅我吧……呼——"话说到最后蓝蔚甜甜地入睡了,但蓝蔚的话在这寂静的屋中格外清晰,一字一句都打在了方岳的心上。酒后吐真言,这个应该是蓝蔚内心的真实想法了,方岳对此一点都不怀疑,同时也理解蓝蔚的决定。维系一份爱情有的时候不单纯是一个"情"字可以解决的,还取决于很多因素,工作、地域、家庭、生活圈子……种种差异的存在,两个人一旦离得久了,再浓的感情也会变淡,一切都充满着变数。聚少离多,有多少人能经受得起考验呢?有多少人愿意坚守呢?

因此对于很多大学情侣来说,毕业就意味着分手,这实在太常见了。蓝蔚不是第一个,也不会是最后一个。"好聚好散""说好毕业就分手"这些话方岳不是第一次听了,这几年在学院中也目睹了不少师兄师姐的分手大戏,当时自己只是看热闹的过客,没想到今天有机会当了一次主角。只能说人生如戏,或者说人生如梦啊!蓝蔚要毕业了,要走了,他们之间的爱情保质期即将到期,估计毕业之时,蓝蔚的分手宣言也该出现了。想到这两年跟蓝蔚在一起的时光,虽说小吵闹总是有的,但甜蜜的时刻也算不少。方岳的心里一阵发酸,其实他对蓝蔚也是不舍的,甚至为了蓝蔚,方岳愿意改一改自己的性格与脾气,蓝蔚那么好强,那就好好让让她、哄哄她吧,只是这已经没机会去做了。

从刚才蓝蔚的呓语中听出她对自己也是有感情的,到了分手那刻,自己和蓝蔚之间会如何呢?是潇洒地说再见,还是相拥而哭,又或是不辞而别呢?黑暗中方岳长长地叹了一口气,睡意全无。这时肩膀上的蓝蔚动了一下,方岳满怀深情地看了看蓝蔚,嗅了嗅她的发香,然后紧紧地把蓝蔚抱紧了,让自己的体温温暖着这个即将与自己分离的女孩……

第二天早上,当蓝蔚醒来的时候,方岳已经把早餐买了回来,他指着桌面上的粥说:"昨晚你喝醉了,喝多了容易伤胃的,喝点粥调调肠胃吧。来来,赶快去洗漱,趁热喝粥。"

蓝蔚含糊地"嗯"了一声,似乎在极力回忆昨晚自己酒醉后的事情,忽地她低头看到了自己换好了一身睡衣,马上知道了肯定是方岳帮自己换的,难道他对自己……蓝蔚心中一紧,手不由自主地捂了一下胸口,但随即发觉自己身上又没有任何异样,也没什么特殊的感觉,才稍稍放下心来。

方岳看到她这样,自然知道蓝蔚的心思,说道:"你昨晚吐得厉害,把衣服都弄脏了,不换不行啊,否则你怎么休息啊?我把它换了下来,还洗干净了。其他的……放心,我不会做的。"

听方岳这么说,蓝蔚倒有点不好意思了,她也模糊地记起了自己醉后的表现,多亏了方岳在身边照顾自己，否则现在都不知道有多狼狈了，更难得的是，方岳还是那种不乘人之危的君子，这一点让蓝蔚觉得方岳特别好。蓝蔚满眼感激地看了方岳一眼，说："岳，谢谢你，要你照顾了我这个醉猫一晚，嗯……有你真好，我这是真心话来的。"

方岳笑了一下站了起来，掏出手机看了看说："好了，我也该走了，一会儿还要上课呢。你今天没课吧？那就待在这里好好休息吧，喝了粥后再多喝点水，记得啊。"

蓝蔚赶紧下床，抱了方岳一下，说："那你路上小心。这样吧，放学后一起吃饭吧。到时我在东区饭堂等你。"

"好。那我们到时见。"

蓝蔚打算在毕业的时候跟方岳分手，这件事方雅婷是知道的。因为当时她们两人在宿舍聊天的时候曾谈论过，方雅婷因考上了研究生要留在本校，她与我的未来之路还算清晰。但蓝蔚毕业在即，蓝蔚与方岳的情感走向是怎样的，方雅婷还是比较关心的。

面对方雅婷的问题，当时蓝蔚只是淡淡地说："对于我来说，我接受不了异地恋。你想想，当两个人分隔两地，一个月都见不了几次面，要是平时出了点什么事，想找个肩膀靠一下都不可以。每天都只是电话、短信的，一旦挂线了，除了空虚还是空虚，我接受不了这样的感情！"

"那就是说……你一毕业就分手，对方岳就没有一点留恋吗？或者你们都不努力一下吗？"

蓝蔚停下了手中的事，扭头去看了一眼方雅婷，眼中闪烁着一点异样的光芒，说道："我毕业了，他还在读书呢，等他要一年的时间，一年啊，能发生多少事情啊！我与他……应该说还是有感情的，对他也有不舍，我不否认。但再浓的感情也敌不过时间与距离的消磨！要怪就怪我自己，当初为了排解大学的空虚时光，而选择了与方岳在一起，现在的结果也只能是我自己承受了……"

"那你有没有考虑过方岳的感受？难道就因为时间或是所谓的距离而匆匆结束吗？我的意思是，既然有感情了，为何不想办法在一起呢？"

蓝蔚显然也想到了方岳的感受，但她似乎不想再在这个问题上自找烦恼，她说："让我再想想吧……到时再说吧。"

方雅婷在私下跟我有谈过蓝蔚的一些想法，并问我方岳在这方面是怎么想的。我说，我倒是没有听过方岳有所表示，不过，一切顺其自然吧，让他们两个人好好琢磨琢磨该怎么做。该在一起的，终究会在一起；要分开的，怎么努力也是徒然的。他们要分手了也是大学这部大戏中的正常剧情，只是希望他们不要留下痛苦的回忆就好了。

初夏的感觉给人总是不太明显，或许是时间过得太快的原因，转眼间已进入六月下旬了。不少毕业生的行装已经打包完毕,该送人的送人,该卖掉的卖掉,该邮寄的邮寄,不少宿舍呈现出一片狼藉的景象。近一周里在校园的林荫道上,不少毕业生把自己的一些专业书籍、考研笔记或是一些不打算带走的物品拿出来摆卖。为了吸引顾客,各种雷人标语层出不穷:"哥卖的不是物品,是回忆。""师妹只要亲一口,各类书籍都拿走。""送出的是书,留下的是情。""请帮个忙!我的路费全在这书上了,好人一生平安!"等等。这种毕业前甩卖书籍物品的活动已举行了很多年了,已成为学校每年六月的传统特色,吸引了不少师弟师妹们前来光顾。

这个甩卖活动的出现,意味着这群毕业生下一周便要离校了,物在人在,物散人走,这颇有一种揪心的悲凄感觉!

方雅婷宿舍的几个女生也整理出几箱东西出去摆卖,几天下来也卖了几百块钱。于是她们几个便用这钱在外面小聚了一回,就当是宿舍的散伙饭。这几个女生平时感情也挺好的,餐桌上大家依依惜别,互相送祝福写赠言,并约定了何时到哪个同学的家再聚,气氛相当感人。

蓝蔚刚在一位女生的耳边谈了几句悄悄话,放在桌面上的手机震动了一下,是方岳的信息,问她下午是否有空,然后约她在平时常去的奇石公园见面,晚上再一起吃饭。

蓝蔚也没有多想便答应了。午饭后,蓝蔚便来到与方岳约好的地方,坐在石凳上一边把玩着手机一边等待。过了没几分钟,身后有人轻轻地拍了一下她的肩膀,蓝蔚扭头一看,首先看到的是一束蓝色的鲜花——捧花的人正是方岳。只见方岳笑嘻嘻地在石凳上坐了下来,把那束花郑重地递给蓝蔚,然后很深情地对她说:"生日快乐!蔚,我爱你!"

此刻的蓝蔚自然是惊得目瞪口呆,她自己都忘记了今天会是自己的生日,只听方岳笑着说道:"严格点说,其实还不是你的阳历生日,但我可没胡来,今天是你的阴历生日,我专门查了好几遍日历才出门的。嗯……我想着,等你阳历生日了,你可能……你都毕业回家了,到时我们见面不一定方便,或许我就不能陪在你身边了,所以就想着……想着今个儿跟你一起过了,总之今天你尽情地快乐吧,我是负责帮你制造快乐的!嗯,这花,这花你喜欢吗?"

蓝蔚听到方岳的解释自然一阵欢喜,方岳细心的表现也让蓝蔚心里如吃糖般甜滋滋,她嘴里应答着"喜欢,当然喜欢……"眼睛这才开始欣赏手中的这束花,一看,不禁轻声惊呼起来,原来方岳买来的这花竟是妖艳迷人且品种极为稀少的"蓝色妖姬"!

方岳见蓝蔚很是惊讶,脸上浮出些许得意的神色说道:"我猜你会喜欢的。记得有次跟你逛街的时候,你看到一对情侣捧着这'蓝色妖姬'走过,你眼里流露的欢喜与羡慕我注意到了。既然是你喜欢的东西，我怎么能不满足你呢？这花可不易找啊，我跑遍了大半个城区才找到的……"

蓝蔚既感激又疼惜地望着方岳，说："你真傻！其实也不用那么花心思的，就简单过过就好，你有这份心就行了。"话虽说是责怪的口吻，但那语气却温柔得不得了，任谁都能听得出这话包含着浓浓的蜜意。

忽的蓝蔚又想到了一个问题，问道："这花……挺贵的吧？你花那么多钱干什么？把伙食费用掉了吧？"蓝蔚口气有点急了。

"没事的，没事的！这钱我花得心甘情愿，古代有君王为博佳人一笑尚且烽火戏诸侯，为了让你开心，我这买束贵一点儿的花不算什么。放心，我的资金已经调配好了，不影响生活质量的。"其实方岳为了这次约会，不但花光了生活费，还向江锡借了好几百用于周转——当然这不能让蓝蔚知道，至于接下来的日子怎么过，那到时再算吧，总不至于会饿死在校园里吧。

蓝蔚听了方岳这样说才稍稍放心了点，况且这花也已经买了不能退，与其在惋惜花的不值，还不如好好享受此刻愉悦的心情。于是她马上热情地用手去挽住方岳的臂弯，笑着说："那我可不管你啰！行，我们走，一起逛街去！"

蓝蔚捧着这么一束娇艳的"蓝色妖姬"，一路上引来了不少行人的目光。蓝蔚的脸上一阵得意的神色，把方岳挽得更紧了。

方岳这人也的确贴心，为了好拿着那束鲜花，还特意背了个大书包出来——毕竟总不可能让蓝蔚或自己一整天都捧着花游街吧？一整个下午，方岳就陪着蓝蔚到处逛，在那些繁华的商业街区里来回穿梭，还在许多不知名的小巷里饱尝本地的特色小吃。到了傍晚时分，两人还未有饿意，便又商量着去看电影后再考虑吃晚饭的问题，这种无拘无束的吃喝玩乐直让方岳、蓝蔚两人大呼过瘾。

电影看罢已近八点，两人玩了一个下午都有点疲惫，便去找了间西餐厅解决晚餐。在饭桌上，方岳还不停地讲些笑话逗乐蓝蔚，只是不知为何，蓝蔚刚开始的时候兴致还比较高，但吃着吃着便渐渐静了下来，有点神不守舍的样子。方岳似乎也察觉到蓝蔚的情绪变化，他以为蓝蔚有点累了，便关心道："是不是累了，要不我们回去吧？我这就结账回去。"说着，就要提手招呼服务员过来。

蓝蔚却一把拉住方岳手，轻轻摇头示意还不想走，并说道："我们再坐一会儿吧，我……我有话想跟你说……"

方岳听蓝蔚这样说，便点了点头，同时把面前的杯碟挪了挪位置，把身子俯前了一点好听蓝蔚说话。

"岳,今天我真的过得很开心,我没留意到自己今天过生日,更没想到你会给我带来这么大的惊喜……谢谢你,真的我打心底感谢你……"

方岳嘴唇动了一下想说些什么,但蓝蔚又继续说道:"一直以来,你都对我很好,而且是太好了,我以前老是跟你吵吵闹闹的,现在想想很多时候都是自己在闹小脾气,幸亏你处处让着我,让我也有了被别人宠着的感觉。呵,其实像我这种人,不值得你对我这么好的……或许……或许……"

蓝蔚欲言又止,似乎不知怎么表达自己的意思,最后她深吸了一口气才讲道:"或许你会找到一个更好的、更适合你的人。你也知道的,我快要回……快要毕业了……但真心地说,我真的舍不得离开你……"蓝蔚说到最后声音颤了起来,语调带了哭腔,一时语塞不能再说下去了。

方岳一直在沉默地听,并且不时地轻轻点头表示自己在认真倾听,当听到蓝蔚的后半段话时,方岳已经知道蓝蔚想要表达什么意思了。后来蓝蔚情绪起来了,方岳赶紧用手握住蓝蔚的手,同时轻拍她的手背以示安慰。方岳轻叹了一声道:"你表达的意思我懂了。其实……应该说,我早就知道了你的决定。还记得你毕业酒会那晚喝醉了吗?那天晚上你迷糊中告诉我了一点真相。不过,我能接受这个事实,我也理解你的决定。真的,我不是在敷衍你,每个人都有权利去选择属于自己的明天。在感情方面,没有必要勉强对方必须为了自己而放弃什么,一旦勉强了就没有意思了,变味了的感情是不会有幸福的。所以……蔚,你不必自责或内疚,更不必因为与我分开而背负压力。无论什么时候,只要你觉得快乐,我都尊重你的选择。

"本来我想,要不让我主动一点提出分手吧,我来做这个'恶人',不要让你那么为难地向我说出分手。但后来……我想,还是把这个主动权留给你吧,让你来决定该什么时候说,万一你不想分了呢,我们就一起想办法走下去。况且,如果我来讲分手的话,那就等于你被我甩了,这说出去你多没面子啊。所以就算你我要分了,我都想让你保持高昂的姿态离开,那些伤心的没面子的事就让我来面对吧,我没问题的……"

蓝蔚听着听着眼眶便红了,并且很快便噙满了泪水,听到最后实在忍不住了,眼泪哗哗地留了下来,她的双手仍是紧紧地拉住方岳,任由泪水放肆地快速地淌过脸庞……

从西餐厅出来已接近十点了,两个人坐上最后一班回校的公车,一路上蓝蔚都偎依在方岳的肩上,一如其他情侣那般的亲昵与甜蜜。在大学站下车后,两人牵着手继续往校园里走,但大家的脚步比平时慢了许多,似乎不想早早结束这趟"旅程",因为这或许是他们最后一次并肩而行了。

走着走着，方岳说话了："前面就是路口了，我先送你回宿舍吧。你也还有不少东西要整理吧？况且要毕业了，你们几个女生应该会有很多话题要聊……"

蓝蔚看了看时间，想了想说："还是不回了。今天中午吃饭时大家都聊够了，我今天也累了。我们一起回小房子去休息吧。"

方岳听了蓝蔚这么说，也没有反对，"嗯"了一声表示赞成。

于是俩人从校园小径穿过，去了租住的房子。回到自己的小窝里，整个人都舒坦了。蓝蔚把那束蓝色妖姬整理好，摆在了房中显眼的地方，尽管室内的灯光比较柔弱，但那花仍显得娇艳夺目，像是在刻意为两位主人营造浪漫气氛似的。蓝蔚看着那花越看越喜欢，不由得痴痴地呆在那里……

两个人先后洗了澡，看着时间也不早了，便打算上床休息了。方岳招呼蓝蔚把被子蚊帐先整理好，然后见蓝蔚躺安稳了，才喊了一句："那我关灯啦！"灯熄后，方岳回到床边，却听见蓝蔚说了一句："哟，等一下，我好像忘了把卫生间里的热水器电阀关了。岳，你去看一下吧。"

方岳只好又下床，趿着拖鞋去卫生间检查了一遍，回来说："嗯，你已经关好了。我仔细看过了，没问题。"说着就爬上了床，准备找自己的被子盖上。岂料明明刚才还在的毯子，却不见了。正在方岳奇怪之际，漆黑中听到蓝蔚的声音："今晚我们两人盖一条毯子吧，我想挨着你睡……你进来吧！"

想起上一次蓝蔚酒醉了也是这样睡的，方岳觉得也没什么，况且今天是蓝蔚的生日，她有什么要求自然顺着她。所以方岳也没细想，翻开毯子就睡了下去。被子中一股淡淡的香味迎面扑来，这是属于女人的独特体香，方岳不由得心神一阵恍惚。

方岳躺下后与蓝蔚的肌肤接触后，感觉似乎有点异常，方岳的手再试探性地触摸了一下蓝蔚，这一摸可让方岳大吃一惊，原来被窝中的蓝蔚竟是一丝不挂的！方岳忽然紧张了起来："这……你怎么……哦——你刚才叫我去关电阀什么，是支开……支开我的吧？"

黑暗中蓝蔚不置可否，而是"扑哧"地笑了，她趁着方岳还未反应过来，摸索着爬上了方岳的身上，然后开始吻方岳的脸，去咬方岳的耳朵……这一夜注定是不平凡的一夜，该发生的全部发生了。

49

这一年的中秋来得比往年晚,几乎要连着国庆假期了,临近中秋的那几天,不少上班族都想办法调整年假,尽量把两个节假日连在一起,好过一个舒爽的长假。那些刚开学回校的大学生也无心恋学,老师如果在考勤上抓得不太严的话,都准备翘课,要么提前回家,要么就三五成群计划出游。

此时韩京拿着一叠复印资料走出行政大楼,心情终于轻松了一点。这几天一直在忙着申请保研的事,虽说自己的保研几乎是板上钉钉的事情了,但各项程序还是要循例走的,因此韩京要准备一些材料,还要不断往返于学院与研究生处盖章、签名等等,事情不难但甚是琐碎。今天终于把申请及相关资料递交给研究生处,意味着事情终告一段落,这无论怎样都是一件值得高兴的事。

凌丹早已等候在楼前的花坛边上,韩京轻松地走出来,就猜到事情已经办妥了,便笑着迎上去说:"好了,事情办好了。你该谢我了!说,打算怎么款待我?"

这段时间都是凌丹在一旁帮忙整理资料、复印文本,可以说有了凌丹的细心帮助,才不至于让韩京这个大男人手忙脚乱,申请保研的事才能办得又快又好。

韩京听凌丹这么说,知道她又在借机向自己撒娇开玩笑了,于是也笑着说:"嘀,我都快被你吃穷了,还怎么款待你呢?要不你先记着数,有机会还你!好不?"凌丹向韩京嘟了一下嘴表示抗议,然后便乖乖地跟在韩京后面了。

自从那次的"10010"电话事件以来,韩京与凌丹的心理距离大大拉近。一年多来,他们两人在别人的眼中俨然是一对情侣——总是在一起吃饭、外出、看电影之类的,凌丹在人前人后倒是很享受别人的这种认可。但韩京还是显得比较含糊,他从未正式在外人面前明确两人的关系。如果非得用一个词来形容他们两人的关系,那只能是用"暧昧"一词了。然而,让人没想到的是,这两人的关系在这个中秋节又有了新的变化。

由于中秋临近的缘故,校园里开始弥漫着一股过节的气息,一些开在学校里的商铺、小店、休闲吧等地方为了吸引留校的学生前来消费,纷纷大打"中秋"旗号,营造欢快的氛围,以各种醒目的标语或是诱人的折扣优惠来吸引众人眼球。

韩京与凌丹这次都不打算回家了,一方面假期人多且路途遥远,外出甚是不便;另一方面刚开学不久,感觉离家时间不长,回去的意义不大,不如留在学校,既经济实惠又能趁机休息一下。于是两人只是安排了参加某同学组织的中秋夜烧烤活动,其余的时间安排都打算走一步算一步。

为了庆祝节日，凌丹在上海工作的家人特地给她寄了月饼和一大堆的应节水果，凌丹把其中的一部分分给了韩京。韩京捧着那些吃的，自然又是连番感谢，但凌丹这时又凑上来，在他的耳边笑着轻轻说道："中秋那天我也准备了神秘礼物给你，你可同样要赏脸接受喔！"

韩京知道凌丹素来喜欢搞这些小心思，自然不会拒绝她的好意，只是好奇心驱使着追问道："哈，你还神秘兮兮的，能透露一下究竟是什么吗？"

"现在不能说，这是秘密！中秋那天你就知道啦！"凌丹扬起眉头，眼睛里流露出得意的神色，她调皮的样子甚是可爱，韩京觉得自己越来越喜欢凌丹的这个特点。

转眼间中秋节就到了，秋高气爽的天气让人感觉十分舒适。原本韩京约了凌丹到超市一起购买烧烤活动的一些用品，但凌丹却临时说自己有事忙不来了，却又不肯说自己在忙什么。韩京想到了她之前说的什么神秘礼物，怀疑会不会就是在弄那个。韩京不便追问，只得自己一个人前往选购，幸好凌丹之前早已拟好一份采购清单，韩京到了超市也只是照单全买，并无什么困难。采购完毕后，韩京把东西先送去指定的地点，看着时间也快五点了，便打电话联系凌丹一起到外面吃饭。电话那头的凌丹显然还在忙碌之中，但听她的语气她甚是兴奋，韩京也不知道她葫芦里卖什么药。一番商议之后，最后两人约了六点半在校门口见面。

韩京在街边找了一间书店进去消磨时间，将近六点半，韩京便来到相约的地点等候。可等到快七点了仍未见凌丹的身影。这是以前从来没有过的事情，韩京不免有点着急起来，正想打个电话去问个究竟时，暮色之中远远望见一个熟悉的身影在街头那边出现了。看那人的衣着打扮应该是凌丹，但只是凌丹看起来并不像往常那样微笑着走来，反而是脸带愁容，而且走路的姿势也有点一瘸一拐的！

韩京意识到肯定是发生了什么事情，赶紧飞跑去凌丹的身边，凌丹见韩京来了，便眼泪汪汪地站在那里，就像是一个需要被疼爱的孩子一样，见到了最可依靠的人，身子似乎也站不住了，颤抖着声音只说了个"京"字，脚一软作势便要倒地。韩京在旁把她扶着，细看之下才发现凌丹身上浅蓝色的衣裙被污泥水弄脏了一大块，右腿膝盖上有着明显的擦伤痕迹，手中提着的一个装有东西但已被压得扁塌塌的袋子。

这时韩京也无暇顾及是什么东西，连忙扶着凌丹在校道里找张供休息坐的石凳子安顿好凌丹坐下，然后又跑着去附近的小店里买来矿泉水、纸巾和应急用的创可贴。韩京平时在学校打球的时候也常有碰伤摔伤的情况，所以处理凌丹的这些皮外伤还是挺熟练的。他左手托着凌丹的右小腿，用沾了矿泉水的纸巾细细地帮凌丹一遍又一遍地清洗伤口，清洗完毕了又小心翼翼地贴上创可贴。在整个过程中，凌丹静静地伸着右腿，任由韩京为自己处理伤口，只是在弄疼了的时候才会轻轻地呻吟一两声，但她随即又会抿着嘴唇，生怕影响了韩京的"工作"。

忙完了这一切，韩京才长吁一口气，在凌丹的身边坐下，询问她究竟发生了什么事情。

凌丹小嘴扁了一下，一副要哭的模样，她说道："受伤倒是小事，我都可以接受。只是……只是我送你的礼物……却没了，你看我，想为你做的事情，总是办不好……"说着她指着身边那个扁扁的袋子，忍不住抽噎了起来。接着她便叙述了事情的经过：

原来凌丹在前来赴约的途中，发生了突发的事情：一位妇女载着孩子开着摩托车在校道里行驶，可能是孩子比较顽皮，母亲忍不住回头教训了他几句，没想到车子一下子失去了平衡，眼看着坐在后面的孩子要摔下车，刚好在旁边走着的凌丹马上冲上去托了那孩子一把，但自己却被那失控的摩托车蹭了一下，凌丹脚一歪没站稳，摔在了路旁。自己精心准备的礼物也被车子压得扁扁的，根本见不得人了。那个小孩早已吓得呜呜大哭，他的母亲则不住地向凌丹道歉。凌丹见那个孩子没受伤，也知道那对母子不是有意的，况且事已至此已无法挽回，于是也没有责怪她们什么，反而安慰了对方几句，最后那位母亲再次道歉后便离去了。

凌丹看着自己一身污迹，又看着已经损害的礼物，心中一阵酸楚，这难道是天意吗？注定自己不能为最重视的人带来一点浪漫惊喜吗？想到这里，凌丹心中甚是沮丧，但往回走是不可能的了，只得拖着发痛的右腿，提着残缺的礼物硬着头皮去赴约了。

听罢凌丹的事件经过，韩京这才知道凌丹之前所说的神秘礼物就装在那个袋子里，看来它可是花了凌丹的不少心思才完成的。韩京想现在自己能做的事便是欢喜地、毫无条件地接受这份礼物——无论它是完好的或是被损坏得面目全非，这是对凌丹的最好安慰！

于是韩京微笑着说："谁说礼物没有了，它不好好地在袋子里面吗？来来，让我看看！无论怎样，我都会喜欢的。"说着伸手就去拿那个袋子。

"别……别……还是不要看了……都已经坏了！"凌丹连忙伸手按住那个袋子不让韩京拿。

"其实……坏了也不要紧的。残缺的事物往往能留给人更深刻更震撼的感受。我都不介意了,你就当正常那样送给我吧。"韩京坚持去拿那个袋子。凌丹执拗不过韩京，只好把袋子让了出去，然后低着头红着脸不敢看韩京了。

韩京从袋子里抽出了一个被压得皱皱的纸盒，还未打开便闻到了一股扑鼻的清香，接着韩京解开了外面的丝带，揭开一看，里面竟是四个晶莹剔透的冰皮月饼。虽说几个冰皮月饼都被压得不成模样——甚至有些馅料还被挤得溢了出来，但可以看得出之前它们的样子肯定是十分精美漂亮的。

"哇！挺精致的！"韩京情不自禁地轻叹了一声，然后接着问："是你亲手做的？"

凌丹在旁边羞涩地点了点头，轻轻应道："嗯。"随后她看到自己的"作品"最终能重见天日，似乎又有了点勇气，忍不住向韩京说起了这些冰皮月饼的来历。

原来凌丹在网上知道了最近很流行制作冰皮月饼，临近中秋，就想着为何不自己亲手做几个来试试，还可以让韩京尝尝，给他一个惊喜。想到韩京能吃到自己亲手做的东西，凌丹心中一阵激动，脸上不禁泛起温热。主意打定后，凌丹在网上详细地了解冰皮月饼的制作步骤与方法，综合各家之所长，形成了一套适合自己情况的制法，同时开始准备材料。只是在宿舍这个地方根本无法施展手脚，大搞烹饪制作，凌丹必须另想办法。后来凌丹决定大着胆子跑去学校后门的一间小饭店里央求每天借用厨房一点时间。起初小饭店的老板娘怎么也不肯，凌丹便磨破嘴皮在那里说好话。老板娘对此甚是奇怪，便问为什么。凌丹只好把自己的打算和盘托出，说着说着都觉得不好意思了。

这老板娘也是性情中人，听到凌丹打算为自己的心仪对象制作一份点心作为礼品，不禁想起了当年自己也曾浪漫过、潇洒过，也很能体会凌丹当时的心情感受，于是应允了凌丹的要求。就这样，凌丹每天都抽出一点时间，趁着饭店每天休息时间的那一点间隙，赶去实践制作冰皮月饼。真正动起手来才发现，有些事情看似轻松，实则却颇费心机。凌丹的前几次试验都达不到预期的效果，不是太软就是太硬了。而且在忙乱中不是碰伤了手指便是擦伤了皮肤，急得凌丹差点掉下泪来。幸好热心的老板娘在旁指点帮忙，经过不断地调试比较，最终出来的成品效果无论是色、香、味等方面，都是令人满意的。凌丹看着这满意的成果，现场就连蹦带跳地呼喊起来。老板娘在旁也替凌丹高兴，笑着说："好啦好啦，你的那个他吃了一定会甜进心里的，保证你这次的尝试会成功！"

听着凌丹的叙述，韩京这才想起前几天就发现了凌丹的手上有几处伤痕，其时凌丹解释说是不小心擦伤的，自己当时真的相信了便没细问，现在听了才知道原来她是为了给自己制作礼物而受伤的。韩京暗怪自己粗心，也不懂得去关心凌丹，心中顿感内疚。韩京再次掂了掂手中那份精致的礼物，感到它的重量在自己的心中越来越有分量了。他仿佛看见了凌丹在那个狭小的厨房里忙碌的身影，满头汗水地在那里搅拌浆液，调试味道；她一个人满怀希望地在烘炉旁等待成品，发现成品有问题后的失望沮丧，都是独自面对承受；她会为了最后的成功而像一个小孩那样欢呼雀跃，目的只是想用自己最完美的作品去给自己最重视的人带来一份惊喜……

　　想着想着，韩京的眼眶开始发潮，在这一刻他真的被眼前的这位勇敢、坚强、执着、敢爱敢恨的女孩所感动！这种感动犹如能量蓄势已久的火山找到了宣泄的裂缝，在一瞬间便以惊人的速度喷薄而出，再也无法抑制，也不需要再抑制了。这一年多来，韩京之所以能从失去苏小睿的悲痛中走出去，与凌丹在一旁的默默陪伴与支持是密不可分的。更难能可贵的还在于凌丹的超强耐心以及对爱情的态度，她知道韩京与苏小睿之间的感情甚深，但她却从不要求或计较，在爱情问题上始终保持着强势但不霸道的攻势，默默在韩京的背后做好一切爱情的准备而却把爱情的最终选择权交给了韩京。对这样的做法，你可以说凌丹很愚蠢很盲目，但实际上这可能是最高明的一招，以不变应万变，以静制动，只要两人还保持有互动联系，那么一切都皆有可能。现实往往都是这样，谁一直坚持下去了，那笑到最后的人就是谁。

　　诚然，苏小睿与韩京的感情是真挚的，是纯净的，也发生在她与他感情最热烈之时，彼此的承诺是那样的感天动地。但现实的冰冷无情却屡屡冲击着他们稚嫩的心灵防线，几番波折之后，苏小睿与韩京的身心早已被折腾得疲惫不堪，抛开了狭窄的单纯的校园生活，他们抱着天真的幻想第一次在社会的激流中接受磨难考验，却不幸地触礁覆船。如今苏小睿已经远去，不知所踪，无论她是否情愿，都已成了不可回头的记忆，她那清秀的面庞与娇柔的声线，随着日子流逝已开始逐渐变得有点模糊——尽管韩京极力去追忆与苏小睿有关的一切，但他发觉这都是徒劳的。苏小睿仿佛跳上了岁月快车，那极速的车轮把韩京的记忆碾得支离破碎，那追忆不及、无可挽留的细节一度使韩京痛苦不堪。

　　感情再深又如何？承诺再真又怎样？努力再多又有什么意义？在很长的一段时间里，韩京都在不断追问自己这几个问题的答案，但每每总是郁郁而终，到后来韩京干脆以逃避的态度来处理，不去想苏小睿，不再想为什么，不愿在感情上再投入心思，那段日子里韩京的心情一片灰。所以尽管凌丹当时有着各种显眼张扬的暗示，韩京都装作懵然不知。现在回过头来想想，也幸亏凌丹的坚持，才让韩京重新有了爱的感觉，让韩京重新燃起对生活的激情与希望。在这层意义上，凌丹可以说是韩京的恩人。

　　"爱过了，痛过了，伤过了，恨过了，心也可以说是枯死了。但等到能够学会重新再爱了，人也就真正成长了。"韩京在心里对自己说这番话的时候，他决定了要跟凌丹在一起了，给这个执着的女孩一个机会，也就等于给自己一个重生的机会。

韩京从沉思中回过神来，伸手去捏了一大块冰皮月饼放入嘴中，甜甜的、凉凉的。绿豆蓉做成的馅滑而不腻，口感非常好，可以看出制作它的人用料十分精致，也相当用心。韩京不禁满意地点点头，大声赞叹道："嗯，嗯，很不错呢！"

凌丹看到韩京没有嫌弃那"不堪入目"的月饼，而且愿意品尝，心中已是十分欢喜，现在听到韩京发自内心的赞叹说好吃，她自然眉开眼笑，在旁眨着忽闪忽闪的大眼睛，惊喜地望着韩京。

韩京赶紧又撕了一块饼塞到凌丹的嘴里，好让她知道她自己所做的东西的确品质一流。正当韩京想继续品尝的时候，却发现盒子里还塞了一个小信封，看来是凌丹早已放在里面的。韩京很是好奇，把小信封里的纸抽出来看，上面那字迹正是凌丹的，只见上面写着：

"意外惊喜，意外惊喜！恭喜你成为凌氏甜品的第一位食客！为答谢你的厚爱，现进行有奖游戏，如果你幸运地抽中了绿豆蓉馅冰皮月饼，那么你还将获得凌小姐香吻一个！呵呵呵呵！"

这些字写得有些潦草，旁边还简单配有几朵小花，然后纸边上还有一些面粉的碎末粘在那里，看得出是在匆忙之际写的。估计是凌丹在成功制作冰皮月饼之后难以抑制兴奋的心情，一时兴起写下带有玩笑意味的小纸条，目的是想让韩京在吃的过程中再增加一点趣味。

凌丹在一旁猛然发现韩京在看那小纸条，忽然想起了自己在纸上写的内容，脸"刷"的一下泛起了红晕，忙用手去挡那小纸条，说道："我……我只是写着玩的啦，一时高兴，写了下来……你还是不要看啦！"

"呃……我已经看完了。是一个什么抽奖游戏……"

凌丹"啊"地尖叫了一声，迅速把头转向一旁，而且把头埋得低低的，不敢正面面对韩京了，但那片红晕却已经蔓延到她的耳根，并且内心怦怦直跳，让她感到口干舌燥。

"嘀，看来我真幸运啊！我刚刚吃的正是绿豆蓉馅的月饼。这样说……我是中奖啰？我来领奖品了，你可得兑现啊！"

凌丹听了韩京的话，简直不相信自己的耳朵，目瞪口呆地愣在那里，她甚至不敢抬眼去看韩京，只是脑海里反复回放着刚才韩京说的话，不断地判断这口吻究竟是取笑自己还是开玩笑又或是有其他的意义。难道他真的要自己去吻他一下吗？倘若他只是开个玩笑，那自己岂不无地自容？那要不要试一试呢，要不要呢，要不要……

正当凌丹思前想后之时，她只觉得垂落在耳旁的头发被撩了起来，然后看到韩京凑了过来，用手轻轻地捧起了自己的脸，面对面地把嘴唇印到了自己的双唇之上！

韩京吻了凌丹后，望着她那吃惊的双眼，笑着说："既然奖品没有发下来，那我只好亲自来领取啦。不介意吧？"说着，韩京又轻轻拉起凌丹的手，在自己的掌中摩挲着，继续笑道："以后还能继续吃到你做的东西吗？你可是有这方面的天赋啊，别浪费了。尽管在我身上做试验吧。"

凌丹总算明白过来这究竟是怎么回事了，她缓了口气，激动的心情稍稍平静，她感到自己的手在韩京宽大的手掌中是那样的温热舒服，真想就这样被他一直握下去。

手拉着手，带有象征意义的吻也有了，韩京与凌丹的恋爱关系可以说在这一刻低调地开始了。没想到一场小小的意外促使了这段关系的突破性进展，这个转变也让一向主动热情的凌丹也显得有点始料未及，自己习惯了被动地等爱情，现在一下子主动来了，反而让她不知所措。凌丹的口舌变得笨拙起来，坐在韩京的旁边，想说些什么却又张口结舌，不知该在此刻说点什么。

韩京解开了心结，等于是抛开了往日背负的思想包袱，整个人显得很轻松。他见凌丹有些困窘，连忙笑着说："我看哪，好吃的东西还是得赶紧下肚子，否则过了那份新鲜劲，就再也找不回那种感觉了。这月饼味道好，况且冰皮也放不了多久了，我们干脆把它消灭了再出发，好吗？"说罢，韩京捏起一个月饼递给凌丹。

凌丹也被韩京逗笑了，这一笑便把那稍显沉静的局面化解了，于是两人你一口我一口地把剩下的月饼都吃完了。甜甜的月饼在甜蜜的心情中来品尝，更显得滋味十足，两个人不时相视而笑，彼此的距离仿佛一下子又拉近了许多。

吃罢月饼，也该是时候去参加同学组织的烧烤活动了，但凌丹看着自己那身被泥水玷污了的衣裙，显得有些烦恼，正想着该怎么处理才好。在旁的韩京一眼便看出了凌丹的心思，说道："来！我帮你想办法。"说着拉起凌丹就来到校外，扬手叫停了一辆出租车，上车后韩京对司机说："到王府井百货商场。"

"去那里干什么？现在还逛街啊？"凌丹问道。

"到了你就知道啦。"

到达目的地后，韩京带着凌丹去了一家高档品牌的服装店，说是要为凌丹买一套新衣服，好替换她身上的那一件。

"不用在这里买吧？太浪费啦！如果要买的话，其实在学校附近买也是可以的……"凌丹小声地对韩京说道。

"为你买件衣服不算什么……这几年来，我还没给你买过东西呢，说来我也觉不好意思，这次就当是一点补偿。"韩京笑说，"况且你今晚做了点心给我吃，那我也回报一下你，权当中秋礼物吧，你就别推辞了。来来，看看这条裙子如何？"说罢，韩京从架子上取下一条粉色的连衣裙在凌丹面前比画着。

店中的导购小姐已经迎了上来，在一旁连声称赞这裙子很合适凌丹的气质。但凌丹自己打量了一下，却觉得款式不太中意，轻轻摇摇头否定了。导购员连忙又热情地推荐店中的其他款式。韩京在这方面不太内行，便嘱咐导购小姐介绍一下，同时让凌丹好好地挑，选到满意为止。

虽说店中的衣服价钱有点贵，但在经济上韩京还是不成问题的。因为韩京这几年来都能获得学校的奖学金，他平时除了买书，几乎都没怎么用过。而且韩京的家庭条件还是不错的。做家长的都想让子女在外读书吃得好些、穿得好些，尽管韩京一再向父母表示，自己只需基本的生活费即可，但韩京的母亲尤为爱子心切，给韩京的生活费给得很足。韩京无法说服母亲，只好由着她了，多余的钱便存起来，韩京打算以后工作了可以作为自己的一笔灵活资金使用。所以，韩京今天偶尔"奢侈"一下也是毫无压力的，只要凌丹喜欢，韩京就打算买下来。

凌丹身材高挑，气质相貌也属上佳，简直是天生的衣服架子，件件衣服在她的身上仿佛都很得体合身，那导购小姐全程赞不绝口。最终凌丹初定了两套，正考虑要挑最好的一套出来，她用征询的眼光去看韩京，想听听韩京的意见。

韩京走过来，问："这两件都觉得合适吗？"

凌丹点了点头，正想说说自己的看法，只见韩京就扭头跟那导购说了："就要这两件吧。把它们都包起来吧。"

那导购小姐欢天喜地拿着衣服去结账了。凌丹却有点急了，赶紧凑近韩京小声说："你还真买啊？我还想就试一试，找个理由说不合适就打算走了……算了算了，还是不买了吧？"

韩京却用手拉着凌丹，说道："千金难买心情好，既然两件都合适，与其花心思去纠结选哪个，不如都买下来皆大欢喜。你喜欢就好，我这是真心话……"

凌丹穿着一身靓丽的连衣裙，被韩京拉着手出现在位于校园后山的同学烧烤聚会时，瞬时引起了轰动。因为韩京与凌丹两人在学院里传的新闻虽多，但始终是"雷声大雨点小"，实际上大家从未真正见过他们有亲密的举动。韩京对此一直保持沉默的态度，一度让不少人觉得这两个人只是喜欢玩玩暧昧的好朋友。如今韩京与凌丹两个人以情侣的姿态出现在众人面前，自然让熟悉他们的人大吃一惊，但大家很快便由震惊转变为对他们的祝福，纷纷鼓掌以示鼓励。毕竟在大家的眼中，韩京与凌丹的确般配，而凌丹对韩京的爱意也早已是学院公开的秘密。现在凌丹以坚持与执着为她赢来了该有的爱情，两人尽管到现在才开始恋爱，但终归是一个完满的结局，让在场的不少人重新看到了爱的力量，感受到了爱的伟大，也重拾了去爱的勇气。在这层意义上，韩京与凌丹的恋爱确也值得大家佩服与祝福。

在大家的一片掌声祝福中，凌丹红着脸微笑不语，款款地在人群中落座，那正熊熊燃烧的炉火把她的脸映照得分外娇俏，而她的身旁，韩京也正用他那深邃而明亮的眼睛望着她。韩京那伟岸而挺拔的身影被火光拉得长长的，正偎依在凌丹的身上，像是在紧紧地拥抱着她……

50

"啊——那个——小苏，你把这些文件拿去复印，这几份是一式两份的。然后十点钟到编辑部那里，有一期稿需要找人核对。"负责杂志社办公室工作的钟主任安排道。

我连忙接过那叠文件，还没来得及问问细节，钟主任已经转身继续安排别人的工作去了。

这是我来这家在南方地区有较高知名度的杂志社进行实习的第二周。我已经充分感受到了在这里工作的压力与忙碌。可以说，从踏入这个实习单位起，就等于失去了自主安排时间的权利。我经常是被各个部门的负责人"请"过去帮忙，然后干着一样的事情——要么复印各种资料，要么就是抄抄、写写、改改。当然，作为一名实习生，我的工作热情还是很高涨的，抱着到各部门学习内部流程操作的心态，我积极主动地应对各项任务，加上工作效率高，单位领导与同事们对我的评价还算不错。

方岳没能跟我在同一个单位实习，他被安排到了本市的一个电视台里实习。电视台的工作同样琐碎忙碌，方岳形容自己每天忙得像条狗似的，但他却说喜欢这个充实的感觉，大脑是空白的，甚至可以忘却一些事情。

我知道方岳想要忘却的是与蓝蔚有关的事情，蓝蔚毕业那天，方岳、我和方雅婷都有去送她，方雅婷与蓝蔚拉着手说了好长时间的话，再次互相祝福并约定有机会了一定要再相见。当然最后的分别时刻，我们还是把时间交给了方岳与蓝蔚。我远远地看见他们两个在车站外的树下站着，彼此说的话不多——其实他们之间要说的都已经说完了，在这分别甚至是永别的时刻，有时无声反而更能让对方感受自己的要表达的内容，言语倒显得苍白无力。

这时方岳对蓝蔚不知说了些什么，在树下的蓝蔚忽然咧嘴笑了一下，然后笑着笑着她用手去拭眼睛，原来她又哭了。在又笑又哭中，她伸手去拉着方岳的手，急切地说着话，方岳认真地听着，点了点头，然后把蓝蔚搂在自己的怀里。整个世界仿佛一下子安静了下来，唯有风声拂过树叶的微响，似为这二人奏响伤感的离别曲。

这个场面太过凄美，我都不忍心去直视，身旁的方雅婷早已是眼泪盈眶，偎依在我的肩膀上。此时此刻除了祝福他们，尊重他们的决定，我们还能做什么呢？

蓝蔚走后，也宣告了方岳在大学里的恋情正式结束。方岳跟我透露，在暑假里他跟蓝蔚仍不定时地联络，互相关心一下近况，但彼此之间都很自觉地没有再谈情感上的事，就像是一对熟识的好朋友一样交往。有一点，方岳倒很自豪，对我说："我觉得自己的情商还是很高的，分手了就是分手了，别老是磨磨蹭蹭、欲断不断的，这样对谁也不好。彼此应该充分尊重对方，给对方也是给自己一个新的空间，这样日后见面了还能互相温情地寒暄，互相问问孩子的近况之类的……"

我赶紧打住方岳的话："哇，连孩子都想到了，方岳你对未来的想象很丰富嘛。不错，做事情有个长期的规划与周期目标还是值得鼓励的。那你有没有想过谁负责生男孩谁负责生女孩啊？要不要以后创造一下条件，让孩子在一起啊？你和蓝蔚做不成情侣，做亲家还是可以的。"

"去你的！你真的应该在杂志社里谋份职业，然后在那里吹啊编啊，搞个言情连载什么的，保证读者一大框。那些痴痴的小女生读者，每天都趴在杂志社门口的那个玻璃上，然后痴痴地喊着'梓啊梓啊'那样的。那个画面想想也是醉了。好好地在实习单位表现吧，以后争取留在那里吧。"

"方岳，你所描绘的画面太幼稚了！我简直不忍再听。看来你去电视台实习也是去对了，现在很多的弱智电视剧剧本均是出自像你这样的文学怪咖之手。"

我与方岳彼此之间毫无恶意的调侃从来没有间断过，这是我们生活的一种形式。一年之后我们可能已经各奔东西了，或许这些充满情趣的对话将会是我们大学中难忘的记忆之一，多年之后被我们提及仍能津津乐道。

方岳虽在嘴上说着对蓝蔚的事情毫不在乎，但我知道方岳仍未放下。一次我偶然瞥见方岳的手机里满是与蓝蔚的信息，手机相册里与蓝蔚的一些的照片仍保留着。有时方岳看着手机里的信息或是照片，总会一个人默默不语，长时间地处于一种似是思考又似回忆的状态。这个时候我们宿舍里的几个人是不敢打搅他的，就让他自己一个人好好待着吧，他要"走"出来的时候自然会出来，时间会让他做到这一点的。

或许方岳自己也想尽快走出那种郁郁不欢的状态，因此在实习期间找到释放压力的机会——他忘我地工作，学着写新闻稿，学采编室的工作流程，有空又去学习操作演播室里的仪器，活脱脱一个工作狂。一次偶然的机会，还让方岳火了一把：那天方岳跟着采访队外出直播一则新闻，去现场出镜的记者却得了急性肠胃炎，必须马上送医院，那新闻却要现场报道，紧急之际方岳挺身而出，说："让我来试试。"导播没有办法也只能临时做出决定让方岳来顶替。方岳倒没有紧张，拿着稿件迅速了解了本次新闻的报道要点，略略整理了下思路，调整了下呼吸，马上就提着话筒上场了。方岳本来就口才不错，加上作为实习生虽然毫无直播经验，但也少了条条框框的约束与播得不好被批评的压力，因此整条新闻方岳表现得落落大方，言语一反平时新闻的呆板与单调，嬉笑之间就把新闻要点交代清楚，期间还夹杂了几个冷笑话，让人忍俊不禁。节目直播出来后，经后期统计，居然成了今年至今以来最受欢迎的一期节目，而且电视台的公共邮箱一下子收到了上千封邮件，台里的公共电话也一度被打爆，问的都是有关方岳这个"记者"的一些情况。

这件事情让方岳很有成就感，顿觉得人生的精彩原来如此多，原来自己可以在很多地方做出成绩来。如果只是顾着男女之间的小小恋情，老是患得患失的话，那可真的是眼光短浅了。方岳想通了一些，对于失去蓝蔚的痛苦仿佛也减轻了一些，浑身有一种跃跃欲试的冲动，想要做更多的事情。人的改变，往往就在于一次的思想突变，改变的力量是惊人的，犹如核子的聚合反应那样，光彩夺目，令人惊叹。方岳决定在大四好好拼搏一番，利用有限的时间多干几件有意义的事情。

方岳把他的这些思想上的转变与一些感受跟我讲了，并告诉我，他打算地狱训练两个月，把英语六级拿下，还打算去考研，说即便考不上，也无悔了，好歹自己尝试过。在这个过程当中也能收获不少！

我不禁惊讶于方岳的这种想法，通常失恋过后的男子都会表现出一种寄情于工作、学习之类的愤青模样，关键是这种奋斗的激情能维持多久？有些人装着装着就装不下去了，往往继续以悲情失恋者的姿态出现在大家面前。当然，我的这些想法没有跟方岳表露过，方岳好不容易找到了一个逃离伤感记忆的方法，这个时候应该鼓励他，于是我说道：

"嗯，很好。你有这种心态值得表扬！你这叫作'浪子回头金不换'啊！"

"哈，我也是这样认为的。"方岳很自豪，但想想似乎有点不妥，"咦，这不对啊，我什么时候成了浪子了？你才是浪子呢！"

"浪子在现在来说，不是贬义词了好不好。我只是打个比方，强调的是你的一种放浪不羁、浪漫潇洒的心态。你不这样认为吗？如果你觉得浪子不好听，我们换个名吧，就叫你'浪客剑心'吧！虽说是个日本名，但好歹是个著名的卡通人物嘛。"

"……你还是叫我浪子吧……"方岳没好气地对我说。

"哈哈，祝贺你获得新生哈！"我对方岳说道。

……

我把复印机里的文件抽出来装订好，正考虑着下一份该印哪里的时候，兜里的手机来了短信，我琢磨着是不是方雅婷来信息的时候，打开却看到了韩京的名字。我忙点开信息看到是这样写的：

"兄弟，我跟凌丹在一起了。祝福我吧，祝福我新的开始。"

我情不自禁地"嘀"了一声，以表示我此刻的心情。既然韩京需要我的祝福，我就应该去祝福他。我按了"回复"键，想说些什么祝福的话，但拇指触到键盘时，却迟迟不能按下去，手指的关节像是僵住了一般。说实在的、此刻我的心情是复杂的，韩京和凌丹终于走在一起了，这是我之前预料到的。我对凌丹的印象并不坏，知道她对韩京一直痴心不改，所谓的"滴水穿石"，坚持久了，像韩京这样的"顽石"也终被感化了。他们两个走在一起也是好的，毕竟总是去挂念那已杳无音讯的苏小睿是无意义的，与其痛苦地、毫无价值地活在回忆之中，不如幸福地、充满希望地活在当下，这是正常人的正常选择。韩京的选择无疑是正确的，他走出了与苏小睿悲恋的阴影而投向新的生活，我应该为他感到高兴。韩京的选择意味着他翻过了苏小睿的那一页，我应该祝福他，但不知怎的，我还是犹豫了。

我的眼前浮现出苏小睿的身影，她在一片花海里轻盈地走着，慢慢地转过头来浅浅地向我们一笑，那笑容是那样的甜美，那样的清纯，令人怀念！可是转眼间，她便钻进了一簇花丛里，便再也没有踪影了。我恍恍惚惚地回到了现实里，看着手里的手机背景灯由明转暗，心中无限感慨：明眸皓齿今何在？徒留悲叹在人间。失去的终归是失去了，该放手时也应该要学会放手了。

我按动手机，把祝福的话发给了韩京，之后我把手机慢慢地放回兜里，整个过程很缓慢，而且心中满是虔诚与严肃，因为我知道，这一刻我埋葬的是一份曾经美好的回忆……

在适应了实习单位的要求与工作强度之后，我在实习期间还不算太辛苦，一方面我自己比较好学肯干，另一方面平时课余时方雅婷也能帮帮我出些工作上的主意甚至是分担一下实习业务上的事情。实习的时间感觉过得很快，三个月一眨眼便过去了。实习结束时，那家杂志社的领导对我的评价很高，说是很久没见过像我这么务实肯干的年轻人，还表示了如果毕业的时候，我愿意投身去那儿工作，他们会优先考虑。这对于我来说无疑是个好消息，毕竟找工作是毕业生的头等大事，现在有了这么一条"退路"，等到下学期毕业时，自己可以更从容地去选择。方雅婷对此更是十分高兴，因为如果我能留在那里工作的话，那么我就可以继续留在这个城市了，等她的研究生读完后，再在这里找工作，然后我们在这里买房子、结婚，一切都会朝着我们的目标前进。

实习结束后，很快这个学期也结束了。方雅婷的学习生活也结束得比较早，我们在学校里的事情也不多了，于是趁着人少就踏上了回家的路程。

方雅婷在回家之前还在我家那边逗留了几天——毕竟提早了几天回家，时间上比较宽松一点。对于与方雅婷谈恋爱的事情，我没有向家里人隐瞒，我父母也觉得在大学里谈个女朋友也是正常的事情，因此对于方雅婷的到来并没有展现出父母辈的威严与不悦，反而很是热情地招待了方雅婷，并对方雅婷的知书达理、温文尔雅感到满意。

方雅婷见我的父母对她热情友善，也感受到了我父母对她的满意，心中自是欢喜——毕竟在婚姻大事上，父母的意见与情感态度最为重要。能够让双方父母彼此满意，这对于未来在一起是十分重要的。方雅婷知道我也很优秀，也自信在不久的将来我去她家时，也一定能让她的父母满意。带着这份美好的感觉，方雅婷与我在车站依依惜别，登上了回家的火车。

每年的寒暑假，我与韩京总会聚上那么几次，不料这次寒假我虽然回来得早，但直到快过年的时候才见到韩京。原来韩京被凌丹邀请到了她在上海的家中作客了！

51

韩京在中秋节那晚正式与凌丹确立关系后，两人的关系迅速发展，毕竟平时他们之间已经很熟悉了，没确定关系前也经常聚在一起，包括逛街、吃东西、学习、课余娱乐等，可以说只是除了像情侣一般亲密接触外，其他的都没什么区别。现在无非就是一个从量变到质变的过程。对凌丹来说，她的恋爱热情一直不变，更是有越爱越热切的感觉。而韩京呢，自从那晚放下了心理包袱后，他那属于年轻人专有的爱情因子得到激发，他觉得自己这几年来都亏欠了凌丹，心里感谢凌丹能如此不离不弃地等待自己，否则的话，自己今天绝不可能有如此幸福的爱情。因此，韩京也尽量地对凌丹好，体贴细心地关心凌丹生活上的点点滴滴，借此来弥补这几年来对凌丹的亏欠。就这样，两个情感态度相一致的人便如漆如胶地处在一起，甚至在韩京前往某药厂的实习期间，处在几个区之外实习的凌丹也时不时去给韩京送饭加餐，惹得周围的人都艳羡不已。

实习结束后，寒假也不远了。身边不少人都开始计划回家或是外出旅游。这天，凌丹对韩京说："放假你也回Z市吧？横竖你也是从北到南回去了，不如你陪我回上海吧？你也可以到我家里玩几天，更重要的是……我爸爸妈妈想见见你。"说到最后，凌丹有点不好意思地低下了头——毕竟讲到与父母婚媒有关的事，女孩子总会害羞一点的。

韩京见凌丹眼中充满着期待，不忍拒绝她，又觉得今年放寒假的时间比较早便答应了。等学期一结束，韩京与凌丹便坐火车直接去凌丹的家中了。

一路上趁着空当，凌丹便向韩京讲起了自己父母的经商背景：凌丹父母在凌丹小学时便开始在Z市从事建筑与承建方面的生意，八年前凌丹父母的生意越做越大，于是前往上海开拓业务，为了市场的发展需要凌丹父母亲自前往上海坐镇，还在当地置了物业。这几年，凌丹每到了寒暑假便回去上海与父母相聚，反而在Z市待的时间越来越少了。

凌丹父亲的公司坐落在市中心，而他们的家也只是与公司有几个街区的距离而已。韩京随着凌丹坐了趟地铁，转了两个街口，便来到一片高档住宅区前，然后往里走，穿过一片清幽的园林小区，很快就来到了凌丹家里——一栋独栋的别墅。韩京此前没来过上海，不过从观察中也可以推断出凌丹的父亲生意一定做得很好很成功，这一片地区的房价不会低，而且看凌丹家的外观布置也应该是花了大价钱才有如此效果的。

凌丹把男朋友带回家中做客的消息她的父母早已获悉，这天她家专程设宴来招呼韩京的到来。韩京一进门，便闻到了一股淡淡的檀香味，抬眼望望周围的格局，充满了古典的气息：一副梨花木做成的屏风甚是有气势，屏风左侧的小花园里砌有假山水池，泉水汩汩地从假山上流出，水池中种有白荷，数尾小鱼正嬉戏于莲叶间。绕过屏风进入大厅又是另一番景观，中西结合的风格令人眼前一亮：硕大的水晶吊灯垂于厅的正上方，发出璀璨夺目的亮光，厅中摆放了名贵的沙发，墙壁上挂有大幅的名人字画，厅的一旁设有同样以名贵的梨花木做成的到顶柜子，摆满了玉石、根雕等艺术品。厅的另一侧的饭厅还设有一个小酒柜，背后的酒架插满了各式名酒……做生意的人讲究的就是这种气派，起码在排场上便能让你感受到他的实力。

韩京也是个见过世面的人，因此除了感慨生意人比较讲究排场之外，也没有什么特别羡慕的感觉。这时从里面厨房走出一位中年妇女，衣着得体，容颜保持得甚好，看样子应该就是凌丹的母亲江映雪了。只见她满脸微笑地迎上来，嘴里热情地说着："哟，回来了？来来来，请坐！这位是——小韩吧？"凌丹早已跟妈妈提起过韩京了。说罢，江映雪上下打量了一下韩京，似乎很满意。

韩京连忙点头并说道："是的。这次过来给伯母添麻烦了！"

"哪里，哪里。你是丹丹的……朋友，专程来一趟陪陪她，我们挺高兴的，怎么会麻烦呢。我们别光顾着聊了，到那边坐吧。"

"我爸呢？回来之后还没见着他呢！"凌丹问道。

"我这不是来了吗？哈哈哈……"只见一个中年男子从二楼的楼梯走了下来——正是凌丹的父亲凌高峰。他身材中等，脸型微胖，长相很斯文，一看应该是有文化之人。这种人在经商上一般很有优势，毕竟有知识作底蕴，凡事能高瞻远瞩，讲究深思熟虑，难怪他的生意能越做越大。

自小跟随父亲见识官场并在当老师的母亲的礼仪教育下成长的韩京，在这些场合里显示出了良好的教养素质。面对着这位成功的生意人——甚至可能是自己未来的岳父，韩京一点都不显紧张，他不紧不慢地迎上前，把身子挺得笔直显得很有精神，大方地伸手与凌高峰握手，并且很热情地说道："伯父好！我是韩京，是小丹的大学同学，初次见面请多多指教！"

凌高峰露出了很职业的笑容，一边握手一边说道："啊！闻名不如见面啊，果然是一表人才。丹丹，有眼光啊！"说罢，扭头向凌丹笑道。凌丹在那边听到父亲的话，羞得挽着母亲的手不敢作声了。

"这是第一次来上海吧？不嫌弃的话，小韩你就在这里落脚，这几天让丹丹陪你到处走走。千万别客气，当作自己的家一般就可以了。"凌高峰热情地招呼道。

"能在伯父的豪宅里休息，简直比住星级酒店还舒服啊。那就有劳伯父伯母的照顾了！"韩京笑着回答道。

就在韩京与凌丹父亲谈笑间，凌丹母亲已经把晚餐摆好了，同时招呼大家落座就餐。这顿晚餐做得很丰富，大多是上海当地的特色菜，还有就是凌丹母亲做的几款点心，样子相当精致，让刚从火车下来的韩京、凌丹赞不绝口。

凌高峰看起来心情也很不错。他特地从后面的酒柜里挑了一瓶珍藏已久的红酒，用温水把酒热好了，打开瓶塞之时，酒香顿时溢满了整个客厅。他倒了一高脚杯的酒递到韩京面前，笑道："呵呵，今晚这酒专为招待贵宾而开，大家都喝一点吧！小韩啊，今晚可要喝得尽兴啊！酒微菜薄，见笑了！"

韩京连忙站起来接过酒杯，落座前不忘再次感谢凌丹父母的盛情招待，然后把酒一饮而尽，显得相当有诚意。韩京与凌高峰把酒喝开了，之前还略显拘束的气氛顿时不复存在，大家开始天南地北地畅谈起来：一会儿聊韩京与凌丹的大学生活，一会儿听凌丹父亲讲述自己这些年来在商场上打拼遇到的人和事，然后他们也对目前社会上的现象问题发表见解等等。凌丹今晚也喝了一点红酒，或许是心情大好的原因，喝酒后的脸呈现出一片绯红，显得十分娇艳动人。

席间谈着谈着，在接近晚餐尾声的时候，话题开始落在了韩京的身上，作为第一次见面的客人——尤其是作为女儿的男朋友，凌高峰似乎十分想多了解一点韩京的情况。他问了韩京的家庭情况、是否独生子、平时的爱好兴趣等，韩京都一一如实作答了。

凌高峰点了点头，从一个古典的烟盒里抽出一根硕大的雪茄，在桌面上竖着敲了几下，又点着了火机在雪茄的中部来回烫了几下，像是不经意地问道："诶，小韩，看你这谈吐言行挺有礼数的，我猜是干部子弟吧？敢问令尊、令堂在何处单位高就啊？"

通过饭前饭后的接触，韩京对凌高峰的印象不错，尤其是对他独特的见解与丰富的人生知识感到佩服，而且人看起来很和善，像是那些通情达理的家长一般，让人很是信任的感觉。更重要的是，他是凌丹的父亲，自己无论作为后辈还是作为晚辈，都应该对对方坦诚相告。于是韩京也没考虑太多，便告诉凌高峰："哪里哪里，伯父过奖了。我就普普通通的一个平常人家子弟嘛。我妈是一位中学教师，我爸在省检察院工作。"

"哦？省检察院？我也认识一些朋友在省检察院工作，有些生意上的朋友也认识几个检察官，不知你父亲的名字叫什么？可能我也认识啊，哈哈。"

"伯父真是见多识广，人脉广博啊！我父亲叫韩明生。"

"韩明生？韩大检察长？哟哟哟，想不到韩大检察官的公子来我家做客了，哈哈，我可失礼失敬了！"凌高峰脸上露出惊讶的神色，"呵呵，我也是听朋友提起过你爸爸的名字，是位德才兼备的好领导啊！不过，我一直没有缘分与他结交，我认得他，他不认得我啊！看来，以后倒是有机会跟他会会面啦！"言下之意，凌高峰似乎在表示将来有可能成为亲家见面了。

江映雪听了也很高兴，说道："我也常听老凌生意上的朋友夸你父亲呢，看来丹丹的眼光还是不错的……嗯嗯，好啦，不说啦……"凌丹羞得连忙在一旁拉着母亲不让她说下去了。

韩京听到对方盛赞自己的父亲，难免有些高兴，他正想谦虚几句，不经意抬眼却发现凌高峰一边对父亲赞不绝口，同时眼神却有点闪烁，神色有点怪异，并且很快地斜着眼向着凌丹这边瞄了一下，明显的心不在焉。韩京心中觉得有点奇怪，莫非自己表达错了些什么？又或是家人背景原因让对方感到不适？但韩京又生怕是自己的错觉误会了别人，毕竟凌高峰正吸着雪茄，面前烟雾缭绕，有时在光线的映照下，事情看得不真切也是有可能的。韩京正在思忖之际，江映雪从凌丹身旁站了起来，优雅地提起放在木茶几上的一个精致瓷壶来为韩京倒茶，韩京这才明白过来，原来凌高峰是在示意自己的妻子为客人斟茶,韩京暗笑自己太敏感多疑。是啊,人家是正正当当的家庭,妻子贤惠女儿乖巧,哪会有别的心思啊。韩京一边释然了,一边端起那香茶呷了一口,顿觉口齿留香,看来这茶也是讲究之物,有品位的生意人的确不同。

这一顿饭吃完了都已八点多了,凌丹本还想带韩京在外面散步逛街,但韩京体谅凌丹今天在车上颠簸了一下午,而且今晚又才到家,正是要陪陪家人的时候,便提议说今晚不如好好休息一下,明天趁早再到外面逛逛走走。凌丹也不愿把韩京累坏了,觉得韩京的提议甚好,便与母亲一起帮忙整理客房让韩京休息。凌高峰饭后接了一个电话,说是公司要处理些事务要赶着回去开个短会,他临走前带韩京进他家的书房参观,说是爱看什么书随便拿,还让凌丹要好好陪着韩京。江映雪对凌高峰经常夜晚加班工作的情况习以为常,叮嘱了他几句要注意安全后继续忙自己的事情了。

凌高峰的书房靠落地窗的位置摆有一张大书桌,地边还有几盘翠绿的发财树,而两边墙壁则置有几个到顶的大书柜,里面的书都是整套大部头的,不过看样子似乎都很新,没有怎么动过的样子。估计作为生意人的凌高峰,书是买了不少但恐怕是装装门面,读的时间比较少吧。书柜的格子里有一些家庭合照,有几张凌丹笑容可掬地倚在父亲身边,活力无限。韩京甚有兴趣地看着凌丹幼年时的样子,不时问问凌丹当年的趣事。

凌丹则坐在她父亲的书桌旁的大班椅上,扭着身子转来转去,不时拿起父亲书桌上的小玩意来把玩一下。面对韩京的询问,她总是爽快地回应,脸上始终洋溢着快乐的笑容,似乎很享受这个两人独处的时刻。

作为理科生,韩京对那些长篇巨著不太感兴趣,倒是在浏览书架上一个不起眼的角落里,发现了几本有关天文类知识的丛书,这方面韩京倒是觉得有点意思,便抽出书来,打算带回客房里,趁着睡觉前打发下时间。不一会儿,凌丹母亲又端来糖水,招呼俩人出去品尝。这一顿夜宵直把韩京撑得饱饱的,韩京在心里不由得感叹凌丹一家人实在太热情好客了。

韩京洗漱完毕回到房间休息已是十一点半,凌丹与她母亲都已各自回房休息了。但韩京今晚吃得实在太饱,此刻睡意全无,故翻看着那几本从书房里带回的天文书籍,本想看着看着便会睡意袭来,岂料这书像是咖啡一样能发挥提神功效,使人越看越精神。韩京看着时钟的时针都快指向一点了,觉得不能再熬了,赶紧关灯躺回床上强迫自己入睡,只是在陌生的床上休息让韩京很不习惯,辗转难眠,迷迷糊糊中好像是进入了梦境,但感觉神智还是很清醒的。外面早已是一片静寂,后来不知过了多久好像听到外面的大门响了一下,估计是凌丹父亲凌高峰工作完回来了,他轻声地上了楼进了房间，然后外面又是一片静寂。

　　十多分钟后，正当韩京有点睡意的时候，走廊的另一端却传来轻微的开门声，这声音虽小，但经过走廊的狭小空间造成的回响在深夜之时却是十分明显。韩京听声音的来源应该是凌丹房间发出来的，韩京正想着是凌丹出去了吗？莫非凌丹也是睡不着，要出去走走，难道是过来找自己的吗？韩京知道凌丹的性格热情奔放，有时很难捉摸，现在说不定要过来找自己呢！那自己是否也该起来陪陪她啊？韩京心中有着无数的想法之际，突然听到门外凌丹在说话，似乎在喊自己的名字，开始韩京以为是幻觉，然后侧耳去听，真的是凌丹在喊，他马上下床打算悄悄地开门让凌丹进来，可走到门边，又听到有轻微的脚步声往另一边走了，似乎是凌丹往她父母房间的方向走去。

　　韩京心中甚是奇怪，蹑手蹑脚地把门打开一道缝向凌丹走去的方向张望，果然在昏暗中看到凌丹的身影走到父母的房间前，忽然凌丹父母的房间打开了小半边，里面的灯光瞬时斜射了出来，然后凌丹闪身进入了房间，门又被轻轻掩上了，一切又归于平静。

　　这个情况韩京倒是没有预料到，凌丹半夜出房门在自己房前叫了几声，却又不与自己相见，反而去了父母的房间，难道刚才凌丹的呼喊是为了试探自己有没有入睡？她到父母的房间难道是为自己而过去的？究竟什么事情让凌丹有如此神秘的举动呢？不过这件事虽然有点让人捉摸不透，但韩京毕竟是惯常于从理性角度分析问题的，因他知道凌丹的性格与为人，她有时也惯于做些出人意料的举动，又或许人家的确有些家事需要商量。

　　韩京把门掩好正想躺回床上休息，但人有三急，韩京思忖着凌丹没有那么快从父母屋里出来，自己快快去洗手间方便了就回，这样就不会产生尴尬场面了。

　　韩京打定主意，轻手轻脚地出去，赶紧去了一趟洗手间，在黑暗中正要从厕所往回撤之际，迎面扑来一个人影，两人险些撞上了！

　　韩京把脚步一收，定眼一看，原来那人正是凌丹！她正穿着一身蓬松的睡袍，端着个水杯一脸诧异地望着韩京——看样子凌丹半夜口渴了想下来倒水喝，凌丹也被这突如其来的情况吓了一跳。韩京连忙实话实说，解释说自己今晚喝了糖水，入夜后特别容易上厕所，没想到居然在这个时候遇上凌丹了，韩京趁着四处无人，上前轻轻搂了搂凌丹，贴着她的发际柔声说："丹丹，有没有吓着你啊？"

　　凌丹被韩京搂着，轻声地"咦"了一下，然后有点惊慌地四处望了下，推开了韩京，说道："嘘！别啦，我爸爸刚回来，可能没睡呢。你……你也想我啦？"说到后面，凌丹的语气有点娇羞。

韩京这才记起凌高峰刚工作回来,说不定真的随时出来,见到自己抱着她的女儿确实不太好解释,所以韩京也没敢继续搂凌丹,离开了一点距离后,才笑说:"想是肯定想的,你也想我的吧?"

凌丹笑着走向厨房里的茶几,边走边说道:"这个还用问吗?这是当然的事情。"

韩京得到了满意的回答,准备回房继续休息了,离开之际说道:"那我先回房了。你也别喝太多了,免得像我那样下半夜又要起来折腾……哦,对了,刚才你在门口喊过我吧?我以为你来找我呢。后来我见你又进了你父母的房间,怎知道又在这里撞上你……"韩京觉得还是把刚才碰到的事跟凌丹说说,他不是很习惯把疑惑憋在心里,反正也不是什么需要避忌的事情,直接问凌丹得到答案会更好。

凌丹在茶几边倒水的动作猛地停了下来,停了约莫两秒后,凌丹才恢复倒水的动作,把水装满后放下水壶,才扭头笑着说:"这……刚才你还问我想不想你哪,你看我都主动去找你了,你还问?本想过来见见你的,但我喊了两声,见你没回应,以为你已经睡了,又怕继续喊会真的吵醒你了。所以……另外你还记得我们回家前不是一起去王府井挑了块手表吗?那是给我爸爸的生日礼物!今天就是我爸的生日,我就想着趁着他刚回来,第一时间把礼物和祝福送给他!没想到被你看到了,早知道就叫上你一起过去啦!"

经凌丹一说,韩京也记起来的确有那么回事。那晚和凌丹逛街,她就想为父亲买生日礼物,她把平时做兼职的钱和父母给的一些零花钱攒在一起,虽说不多,但也有好几千块了。凌丹和韩京跑了几个手表专柜,经过反复比较最终选择了一块成熟稳重的机械表。

想到凌丹原来是为了这个原因而半夜爬起来去给爸爸送礼物,并且中途还敲自己的房门打算见见自己,韩京不禁觉得有些好笑,同时也觉得凌丹实在是任性中带有些可爱,他轻声笑着说:"早知道你会来,我开好门等你进来好啦!不用你试探得那么辛苦……"

"是吗?你想我半夜去房间找你吗?你……真坏啊!"凌丹端着水杯,轻轻甩甩那披散在肩上的头发笑着说,这笑中似乎别有意味。

韩京顿时语塞,不知该如何接话,脸上不禁红了一下,本来刚才自己的话只是一句玩笑,没想到在凌丹心湖里似乎投入了一个石块,瞬时泛起涟漪。韩京也觉得自己说的话似乎别有暗示,尤其在这个时候说有些不妥,很容易会让人产生歧义,显得自己不怀好意。韩京连忙澄清:"哎——哎,我的意思其实是……不是说让你过来找我——也不是不准找我,只是不是在半夜这——唉,你懂的啦。"

这边的凌丹早已笑得合不拢嘴——要不是环境所限，肯定会放声大笑。她见韩京越解释越慌乱，便说："好啦好啦，我明白啦。现在快回去睡吧，明儿还要外出游玩呢。我们两个别待在这里太久了，真的被我爸妈见到了，你啊，真解释不清楚了，走吧！"

第二天一大早韩京便起床了，梳洗后来到饭厅，凌丹母亲已把早餐弄好了，凌丹也早已起床在一旁帮母亲。正当大家落座时，凌高峰也从楼上下来了，他一看到凌丹和韩京在那里，马上笑说："谢谢小韩啊，你跟丹丹挑的生日礼物我很喜欢！这表的款式、颜色、大小多适合我啊！"说罢，他兴奋地扬起自己的左手，那块金属手表在灯光下闪着耀眼的光芒。

韩京连忙说道："伯父过奖了，这其实都是凌丹的功劳啊，小丹她对伯父比较熟悉了解，自然是她负责拿主意的，我只是在旁给个参考罢了。伯父是成功人士，气质过人，什么表在伯父手上自然都会生色不少啊！另外，今天是伯父的生日，在这里我祝伯父您身体健康，工作顺利，生意越来越兴旺啊！"

"哈哈……"凌高峰对于韩京的话显然十分受用，开怀大笑，"反正都是你们的功劳啦，丹丹跟你也……也不分彼此了吧？哈哈，丹丹今天得好好招呼小韩，带他到处走走玩玩，可别怠慢了客人啊。今天的消费什么的，可别省，爸爸都报销！"

韩京听了凌高峰的话好像话中有话，顿时有点不好意思了，心想着不会是昨晚自己跟凌丹在厨房里的窃窃私语被他听到了吧？

在另一旁的凌丹却没听出些什么意味来，她顽皮地吐了吐舌头，笑说："那太感谢老爸您了！韩京，我们吃快点，咱们今天有大客户支持我们的活动呢，赶紧外出行动！"

江映雪在一旁连忙制止凌丹，说："傻丫头你急什么，让人家把东西吃完嘛！小韩，你别受丹丹这任性的孩子影响啊，慢慢吃，好好吃……"

早餐过后，凌丹和韩京便从家里出发，直奔当地有特色的地方去玩了。对于他们这几年生活在北京的人来说，那些大型的商厦和品牌店几乎都是大同小异，不是他们选择要去的地方。作为繁华的上海城，必须到的地方肯定是东方明珠广播电视塔了。作为上海的标志性建筑，它的宏伟壮观的确让人印象深刻，凌丹带着韩京去了里面的太空舱、上球体参观，随后又在位于上球体里的旋转餐厅吃饭，饭后两人又去了紧邻外滩和苏州河的圆明园路，那里虽然离热闹的外滩很近，而且也只是一条全长不到300米的小路，但是很幽静。这里最大特点就是它一侧的老洋房，这些老洋房保留了二十世纪二三十年代建筑外观。这些老洋房很密集，非常壮观，在上海是挺少见的。当韩京凌丹两人到那儿时，那里已有不少人在拍婚纱照了。他俩逛了一圈后，随便找了个地方坐，凌丹的眼光一直都在瞧那些来往拍婚纱照的人，饶有兴趣地看新娘的服饰妆容等，而且还不时模仿新娘的动作姿势在韩京面前比画着，每当她看到有中意的地方时，总会扭头去问韩京："如果我那样穿的话，靓不靓啊？"

"那个妆容挺自然的，我化那妆的话，你觉得好看吗？"

"那个姿势好啊，就这样挨着新郎去照，照出来的效果一定甜蜜死啦！"说着，凌丹就在韩京身上靠着，似乎在构思自己在拍婚纱照时的动作与姿势。

韩京任由凌丹在旁边靠着，不时也微笑着插几句嘴。说实在的，他也挺享受这一时刻的，尤其是午后的阳光和煦照人，身边又偎依着可爱靓丽的凌丹，这种感受真是不可多得。

在圆明园路逗留约莫一个小时后，俩人又在附近走走逛逛，找一些街头的特色小吃品尝，不知不觉间便到了著名的外滩。此时天色开始渐晚，华灯初上，大上海的都市繁华才开始慢慢显露出来，只见沿江高楼大厦的灯光外墙纷纷亮起，五颜六色，华丽璀璨，犹如一张巨大的光网覆盖在这片广阔的大地上。韩京和凌丹并肩倚在栏杆上望海，任凭海风吹拂着脸庞。凌丹身上的"POSION"香水味依旧是那么熟悉，在这暮色朦胧的繁华都市街头显得格外诱人，韩京忍不住搂起了凌丹，贴着自己。凌丹则配合地把头倚在韩京的肩上，尽管双方都没有言语，但此时此刻还需要什么语言呢？这一瞬间的画面美得足以让人侧目。

"两位，打扰一下！你们两个靠在一起的感觉好极了，是否介意我照一张相？我会把相片送给你们的！"忽然后面传来一个声音。

韩京、凌丹回头一看，原来是一位拿着相机在拍街景的艺术家，他一脸真诚地对着韩京两人说道："当然了，我会自己留一张作为我的主题摄影内容，是关于街头恋人的，你们两个应该是热恋的情人吧？那正适合我的要求。你们刚才给我的感觉相当甜蜜……希望你们能答应我的要求！"

韩京还在犹豫着是否合适的时候，凌丹已经抢先开口了："照相是吧？嗯，我看还是可以的。我们不介意！记得把我们两个照得漂亮点。"说着，她笑着挽着韩京的手，已经摆出拍照的姿势了。韩京见是如此也不好拒绝，便搂着凌丹对着镜头，配合地露出灿烂的笑容。

那边的艺术家连忙校准镜头，闪光灯一闪，很快照片就出来了。艺术家自己保留了另一张，再次感谢后离去。

凌丹拿着两人的合照，只见照片上的两人亲密地靠在一起：韩京高大帅气，浓眉大眼，脸容棱角分明，透露着一股英气；一旁的凌丹美丽动人，笑靥如花，难得一见的少女的娇羞此刻袒露无遗，色彩缤纷的都市背景增添了几分浪漫的气息，把两人衬托得很美。

凌丹反复地看着，越看越满意，她兴奋地捧着照片对韩京说："实在太好看了！这是我有生以来最满意的照片！回去我得把它好好地用镜框镶起来，天天看着它……"

两人沿着江边往市区里面走，凌丹说要为韩京的父母买些礼物，好当作见面礼。凌丹说，这次韩京来自己的家见了自己的父母，看样子效果是很好的，自己的父母似乎对韩京很满意，接下来主要要看韩京的父母对自己的接纳态度了。韩京知道凌丹是为下次见自己的父母作准备，也便应允了。两人走了几间商厦，终于为韩京的父亲精选了几盒上等的好茶叶，而为韩京的母亲选了一条做工精美的品牌羊毛围巾和一双皮手套，尽显高贵华丽。韩京对这些礼物很满意，同时内心对凌丹的细心及周到充满着感激。

买完礼物从商厦走了出来，只见刚才还略显冷清的路上已经人头攒动，车水马龙的街道上热闹非凡，人们脸上洋溢着快乐，似乎来参加一个盛大的晚会一般。两人正奇怪着发生了什么事情，忽然夜幕里传来一声巨响，随即天空中炸开了一朵色彩绚丽的"大花"：红的、绿的、紫的、黄的……各色的火光映得地下的人群如同穿红戴绿般美艳，耀眼的烟火如同导火线一样引燃了人们的热情，顿时满街的人们发出了排山倒海般的欢呼声与掌声，纷纷涌到空旷的地方去欣赏这壮丽的美景。紧接着，天空中又连续射入数支烟花，层层叠叠地在夜幕中散开，犹如天女散花般坠落，照得大地一片光亮。

韩京与凌丹也被这一绚丽的景象所吸引，不知不觉地随着人流往江边走去，原来今天正是上海市承办的国际音乐烟花节表演日！这是当地一个举办了数届的传统节日，以其壮观、绚丽而被中外赞为是"中国最具亮采的节庆活动之一"。每年的这个节日来江边看烟花，已经成为上海市民及外地游客的一个"美丽传统"。

凌丹在这里生活了几年，对这个节日当然是有所了解，只是在外地久了没有想起来而已。这时凌丹想，这可是一年一度的盛事，恰好韩京来了，这可是营造浪漫制造回忆的好机会！于是凌丹自然兴奋起来，自告奋勇地要在前面引路，拉着韩京的手去看那最美丽的风景。

拥挤的人群中，耳边尽是人们的喝彩声、交谈声与嘈杂声，让人恍如掉进了一个巨大的音响里，习惯了安静环境的韩京一时之间恍恍惚惚。这个时候，韩京也只能跟在凌丹的后面，被凌丹拉着慢慢地挤向前方。

烟花在空中接连绽放，先是一轮密集的红色打头阵，紧接着一阵黄绿色，又一阵紫蓝色，阵阵彩光把周遭环境渲染得如同迷幻之境。韩京心中猛然颤抖了一下，因为眼前的这个情景好像似曾相识，在哪里见过呢？这种感觉怎么那么强烈呢？

韩京撩开记忆的迷雾。他想起来了，在高三毕业前夕，学校里也曾集体看过一次壮丽的烟花会演，当时他刚和苏小睿约定了未来，信誓旦旦地要为两人那遥不可及的未来而努力，为苏小睿的命运而进行奋力地抗争。韩京还清楚地记得那场烟花后，自己在楼梯偶遇苏小睿，自己却不敢相见，只躲在角落里喃喃地说着"小睿，我想陪你看美丽的烟花，在你最美丽的时候……"一眨眼便过去了四年，如今物是人非，苏小睿不知去向，而自己的身边人却已换成凌丹。

"苏小睿，苏小睿……啊，小睿你现在究竟在哪里呢？这么美丽的烟花，你能看见吗？你能和我一同站在这里静静地看看烟花吗？"韩京完全沉醉在往日的回忆之中，想到了自己曾经对苏小睿许下的诺言以及与苏小睿在一起的一幕幕画面。他的内心不由得一阵抽搐，一种莫名的失落感油然而生，与周围繁华热闹的氛围形成了极大的落差，大得足以让人头晕目眩！

忽然，在纷纷攘攘的喧闹声音中，轻轻地却无比清晰地传来了一声呼唤：

"京——京——是你吗？——京……"

这呼唤犹如春夜中的一声惊雷似的直灌韩京的耳朵，让韩京整个人怔住了。这声音是如此的熟悉，那曾是萦绕耳边令人心醉的声音，那曾是自己魂牵梦绕的声音，刚才自己还在回忆中苦苦追寻的声音，想不到在这个时刻如奇迹般地出现了！顿时，那种刻骨铭心的感觉又重新浮现于心头。韩京的呼吸立即变得急促起来，心脏的跳动瞬间急速提升。他马上停下脚步，回头四处张望，急切地去寻找那呼喊的人，可周围人来人往，人头攒动，自己又被人群拥着前移了数步，哪里还能见到什么人在那里驻足呼唤啊？

韩京内心开始急了，深恐这一错过，不知什么时候才能再听到那声音。他顾不上凌丹在前面拉着自己，用力甩开了凌丹的手，转过身逆着人流去寻找。他拨开人群，试图寻找那说话的人，但很快韩京便发觉这样做是徒劳的，于是他想着用同样的方式来回应，或许能引起她的注意。于是他一边走，一边喊叫着，可能是由于内心过于激动或紧张吧，以致声音都显得有些颤抖："小睿——小睿！是你吗？苏小睿，你在这里吗？"

韩京忘我地呼喊着，在人群中穿梭来走去，举目四顾但仍不见自己苦苦寻找的目标。韩京心急如焚，顿时心火直冲脑门，一时间感觉呼吸困难，冷汗直冒，胸口仿佛压着重重的大石，天旋地转之感骤然而来，两眼昏黑可能随时会晕倒！

在几近绝望之际，韩京右手边不远处忽然又传来了一声轻轻地呼唤："京！京！你在这里呢！"

　　这声音犹如不会游泳的落水之人抓住了最后一根救命稻草，一下子把韩京从崩溃的边缘拉了回来。这次韩京听准了方向，一下子扎进了右手边的人群中，用最短的时间来到了那个声音的发源地！韩京满脸期待地想见到那个想见的人，来到跟前却只见一个素不相识的年轻女子正笑吟吟地看着身边的一个高瘦男子。两人手拉着手笑得甚是甜蜜，看样子是一对情侣，那女的嘴里还不停地娇嗔道："京！京！刚才你跑去哪儿去啦？吓死我啦！"那男的也是一脸的歉意："呵呵，想跟你开个小玩笑，没想到把你吓到了……是我的错我的错……"说罢，两人亲昵地靠在一起挽着手走开了。

　　原来这只是一场误会！可能是韩京太过于沉浸在自己的回忆之中，以至于对任何涉及其中的字眼都特别敏感，所以在恍惚间误把别的情侣的亲密游戏当成是苏小睿对自己的呼唤。看看那对情侣渐行渐远的身影，韩京微喘着气呆呆地站在原地，内心无限失落，脑际间一片空白，极度兴奋紧张之后一股疲惫感很快地袭来，他甚至觉得地面有些摇晃——其实是他自己的双脚在抖动。半响之后，他才从自己的虚空的精神状态中回到现实，喧闹之声又渐渐在身边响起，很快便霸占了他的意识。他麻木地看了看四周的环境，才发现凌丹已经来到他的身旁了。她的脸色有些苍白，语气中带有些紧张，她问道："京，京，怎么啦，怎么啦？不舒服吗，还是掉东西了？要不我们回去一起找找？"

　　韩京略显尴尬地摇了摇头，也不知该如何向凌丹解释自己想要找些什么，自己刚才的失态不知是否也被她看出来了。他不敢正视凌丹的目光，勉强支吾地说："没……没……什么，刚才好像听到了……一个老朋友在……在叫我，我们都几年没见了，所以想着……想着回来看看……"韩京实在不擅长组织语言来圆谎，只好含糊地解释了，但想到自己也并没有对凌丹刻意地说谎蒙骗，因为的确是好像听到一位"老朋友"在叫自己，所以韩京的心里并不觉得有什么不妥。

　　在刚才的失魂落魄中回过神来后，韩京为自己刚才把凌丹甩下而感到十分内疚，他带着歉意地去拉回凌丹的手，总算找了一个人流相对比较少的地方，两人找了个石阶坐下，静静地看那烟花会演。

　　这场烟花会演的确精彩，来参演的多个国家的烟花设计绞尽脑汁地在花式、颜色、烟花编排上花心思，这绝对称得上一场精彩绝伦的视觉盛宴，只是韩京的观看兴致被刚才的"突发事件"影响了，总觉得那耀眼的烟花越璀璨，自己心中的遗憾与痛苦越明显。而身旁的凌丹虽说还是笑容满面地跟韩京说笑，但韩京还是看得出来她是在努力维持欢乐情绪而已——因为韩京感受到靠在自己身边的凌丹身体在微微地发抖，这说明了刚才的事情已经影响到了凌丹，也意味着凌丹刚才觉察出韩京的失态，只是凌丹把情感都压抑在心底，在他面前强颜欢笑而已。

想到这里，韩京的心又是一阵痛，这次他是为凌丹而心痛，韩京知道刚才自己的举动或许已经深深伤害了凌丹！有哪个女人愿意看到自己的男友在街头失去理智似的呼喊另一个女人的名字？然而凌丹却选择了不过问不追究，这是一种何等的气量！而这气量又是来自于一份何等深沉的爱！韩京想着想着，额头上已渗出了细细的冷汗，他仍不敢用愧疚的眼睛去看凌丹，只是伸手去把身体一直在微抖的凌丹搂紧。

搂着的两人都不再言语，默默地看着天空中的烟花亮了又暗，暗了再亮。明明灭灭的烟火让人心生感慨，只是每个人的生活经历不同，谁也无法真正体会别人心中的微妙感觉。就像韩京、凌丹二人那样，尽管挨坐得如此亲近，但彼此心中的那一份情愫又岂是三言两语说得清楚的呢？

随着一声巨响，夜空中闪过一阵最密集最耀眼的烟花，天空终于归于平静。会演结束后，人群在欢快的议论中渐渐散去，周遭的环境也慢慢地安静了下来。韩京与凌丹仍靠在一起，依旧不言不语，仿佛周围的一切都与他们没有关系似的。也不知过了多长时间，凌丹首先打破了沉默："时间也不早了，我们回去吧。"

"嗯，嗯。"韩京应允道。

于是两人站了起来，沿着江边往车站方向走去。一路上，韩京还是搂着凌丹的腰，似乎在用无声的行动来为自己刚才的失态弥补一般。凌丹也很配合地靠在韩京的肩膀上，她的情绪慢慢又回到了之前的状态，话语与笑容也渐渐多了起来，似乎刚才什么事情都没有发生一样。

坐过公交车，穿过繁华的街道，两人回到凌丹的家已近九点。但凌丹父母却不在家，凌丹看着空无一人的大厅，忽然拍拍自己的前额，说道："噢——我差点忘了，今天出门前老爸还跟我说过，今晚跟几个生意上的老搭档一起去吃饭庆祝生日了。饭后必然就是开台搓麻将，我看啊，今晚他不到三更半夜不会回来的！"

"嗯嗯，那伯母呢？难道也安排了节目？"

"我妈啊？她应该也会跟着去饭局吧。然后在那里陪我老爸打麻将啊，她和那几个老板的夫人们关系也熟，聊聊逛街、煮菜之类的话题，也能聊一整天呢！哈哈，还想着回来跟他们吃点宵夜什么的……你也累了吧？我去倒杯饮料给你喝……"凌丹边说边把买的礼物放在沙发上，然后便去厨房了。

"今晚的烟花会还不错吧？这么盛大的节目还真不多见，恰好你昨天来了，否则就错过了……"凌丹说着从厨房里出来，手里端着两杯满满的橙汁。

"嗯嗯，是啊，平日的确少见这样的盛景……哟！小心！"

韩京正说着话，凌丹脚下突然被地毯绊了一下，顿时失去了平衡，韩京马上去扶着她，人虽然是扶住了，但凌丹端来的橙汁却倒在了她的衣服上，韩京也不能幸免，胸前被淋湿了一大片。

这突发的情况，让两人一下子都手忙脚乱起来，韩京胡乱地去抽纸巾去擦那果汁，凌丹则小跳着去厨房拿湿毛巾来擦。但果汁的糖分多，即使擦干了，身上、手上都是黏糊糊的，让人很不舒服。

"没办法了，我得去洗一洗……嗯，京，不如……你也去我房间吧，把衣服换下来洗洗……我房里还有吹风机，等会儿用热风吹吹很快能干的。"凌丹看着韩京，用征询的语气问道。

韩京犹豫了一下，感觉去凌丹的房间有些不妥，但目前这是比较可行的办法，于是他点头表示同意，一路随着凌丹去她的房里。

凌丹的房间布置得很精致，色调也以少女们常见的粉色与蓝色为主，房的正中央放着一张宽大的床，上面还散放着许多衣服，床边便是一张梳妆台，上面也是有着许多女孩子独有的饰物小玩意和瓶瓶罐罐的化妆品，很是温馨的感觉。里面弥漫着一股淡淡的香味，韩京一闻便知是凌丹常用的"毒药"香水的味道。韩京在房里也不敢张望太多，毕竟这是凌丹的闺房，虽说自己是她的男友，但总得保持一点礼貌才好。

凌丹却丝毫没有显得尴尬，她一边把床上的衣服收拾在一边的沙发上，一边说着："今天出门没收拾房间呢，不过我在家就是这么随意，这才像自己的家嘛。随意点反而温馨，你可别介意啊，你先弄弄衣服，我等会儿再去……"

"哦哦。"韩京答应着便自己去了主卫里，待他把衣服洗好后出来时，凌丹也拿着衣服进来了。

"吹风机就在我床上，我已经拿出来了，你自己动手吧。我洗澡啦，别偷看啊！"凌丹吐了下舌头，向韩京开玩笑说道。

韩京被凌丹逗笑了，他也装作坏坏的样子说道："哈，那你得把门好好反锁了，否则我等会儿冲进来啦！嘿嘿……"说着还装腔作势地发出两声怪笑，做了一个要抓人的手势，吓得凌丹"啊"的一声缩回主卫里面，"嘭"的一声把门关上了，并且在里面大喊着："韩京你这坏人，老想欺负我！"

韩京见自己的"恐吓"起了效果，满意地笑了起来，然后便去吹干洗好的衣服，而主卫里也响起了"滴滴答答"的流水的声音。想到只是一墙之隔的位置正是凌丹淋浴的地方，韩京不禁有点心猿意马，但他还是很快控制住了心神，只想着快快把衣服吹干，然后自己再到楼下等凌丹出来好了。

约莫十分钟左右，正当韩京手中的衣服快干透之时，身后的主卫门"吱"地打开了一条缝，凌丹探出半张脸对韩京说道："京，能否帮个忙？把我的浴巾拿过来好吗？就在沙发上面的衣架上挂着的！嘻嘻……不好意思啊，平时我可是习惯了出来再穿的，今天忘记了你在了……"

"这个……好的。"韩京还是不敢正面去看凌丹的方向，一边答应着一边便去把凌丹的浴巾取下来，低着头走到主卫门前，伸手递给凌丹了。此刻凌丹早已缩回了里面去，只听她说道："啊，外面冷死了，我不出去了，你把浴巾伸进来嘛……对，对……再近一点好吗？再进来一点吧……"

韩京从门外把手伸得老长，却还未碰到凌丹的手，他喊道："丹丹，你在哪儿啊？这还接不到吗？你有那么怕冷吗？哟哟哟——啊！"

韩京在说话之时，忽然感到手腕处一阵温热，顿时失去了平衡，一下子撞开了主卫的门，整个人便被拉进了主卫！

主卫里面蒸汽迷蒙，白茫茫的一片让人如坠仙境，同时弥漫着一股浓烈的香味，韩京站定身子，透过雾气见到一个模糊的身影正缓缓显现，定眼一看，一丝不挂的凌丹赫然站在自己面前！韩京还来不及惊呼出来，浑身上下还淌着水滴的凌丹已经扑到自己的怀里，紧紧地把他抱住了！

"丹！这……"韩京已经讲不出第三个字，因为凌丹的嘴已凑了上来，堵住了他的嘴，她那柔软的舌头也同时缠住了他的舌头。

在这狭隘的空间里，湿漉漉的蒸汽在肌肤上凝成薄薄的水珠，两人的身体接触处显得特别润滑，感觉实在妙不可言，凌丹的热吻恰如一根导火索，把现场的情愫瞬间点燃。

韩京被凌丹拥吻着退到了主卫旁边的浴柜上，背靠着柜门，他刚把手里还拿着的浴巾往凌丹身上披，却被凌丹肩膀一抖，手一下扯掉了。

"丹，快披上吧！小心着凉！"韩京好不容易才从凌丹的热吻中挣脱了出来说道。

"不要！要是你怕我冷，那你把我紧紧抱住吧！只有你才能给我温暖！"凌丹微喘着气，双眼深情地看着韩京，说罢她猛然又把嘴唇压了过来，再次去与韩京吻了起来。这次凌丹吻得更为激烈！

韩京与凌丹拍拖了数月，期间私下也像无数情侣那样搂抱亲吻也不在少数，但像今天这样子，凌丹还从没有试过。韩京被凌丹压在角落里根本不好使劲，直到现在他也不知道凌丹为何突然要这样子做，她究竟要做些什么？眼看着情况有点失控了，韩京只得用力抱紧凌丹的腰——只有这样才能让自己平衡一点,好使力气挪动位置,就这样韩京好不容易抱着凌丹移动到了门边,韩京反手把主卫的门扭开了,瞬时一股清凉的风冲击浴室里,把里面那迷蒙的雾气卷走了一大片,余下的雾气也张牙舞爪地往外面扑去。

赤裸的凌丹被凉风吹着,不紧冷得打了个哆嗦,她那狂热的亲吻也随之停顿了一下,韩京知道她有点清醒了,便即刻拥抱着她往卧室的床那边走去。凌丹看到韩京把自己带向睡床,似乎也默认了韩京的这种主动的做法,便不加反抗地由韩京把自己推向床上,正当她以为韩京要反过来亲吻她的时候,一张厚实的棉被已经把自己包裹了起来。她一时还没反应过来,便惊讶地叫道:"京!京!怎么啦?!"

"这外面冷啊,你得先盖好被子,你听我说……你看我这身上的衣服都在里面弄湿了……"

"湿了那就脱掉吧!刚才我都说了,只有你抱着我才有温暖!"凌丹掀开被子,整个人几乎要跳起来,扑向坐在床边的韩京,好像生怕一转眼这个男人就会消失一般。

韩京不敢跟她较真,一来怕动作大了弄伤了凌丹,二来也怕固执的凌丹一直坚持真的会把她冷着了,所以凌丹扑上来韩京也没有躲闪,只好又顺势地被她拉倒躺在床上了,但韩京还是马上把身旁的被子扯了过来,把凌丹脖子以下的地方都遮盖了起来,两人就这样躺在被窝里了。

凌丹的身子这时候却开始微微抖动起来,不知是因为激动还是因为刚才的一番折腾着实受凉了。经过中间这么一停顿,凌丹的热情似乎消退了,她不再以疯狂的吻来向韩京表达情绪,此刻她紧紧地挨着韩京,用鼻子轻轻地摩挲着韩京的脖子,过了一阵,凌丹说道:"你身上的衣服湿了一大片,贴着我有点冷啊,能为我暂时放在一边吗?我想靠近你的胸膛,温暖一点……"

"这……好吧。"韩京想想自己没理由拒绝凌丹的要求,便答应了。他侧着身子从被窝里起来,把外面的湿衬衣脱了,放在了一边,然后又躺回凌丹的身边。

被窝中的两人都不再言语,韩京躺在柔软的枕头上,脑子里渐渐变得有点沉重,他双眼望着天花板,愈发有种很高远的感觉,身体也像是变轻了不少。

正当韩京的意识开始迷离之际,凌丹的嘴唇凑到了他的耳边,只听她轻声地说道:"不如……我们今晚就在一起吧……"

"在一起?我们不一直在一起吗?"韩京缓过神来,一时猜不透凌丹话中的意思。

"我的意思是……那个啦……我把自己都……都给你……今晚你也不要回去睡了……就在这里陪我……"说罢,凌丹娇羞地把头埋在韩京的耳后。

韩京似乎听明白了凌丹的意思，心中一惊，整个人瞬时清醒了，他急忙说道："那不行吧！你爸妈随时会回来的，看到我在你房里已是很不妥，要发现我在这里过夜，这可更不行，你爸妈会把我看成什么样的人？不了，不了……我看我现在就得起来了，我回房间里待着吧……"说着韩京就挣扎着从凌丹的身边坐起来，掀开被子就要下床。

凌丹以为韩京真的只是怕自己的父母回来，连忙把韩京拉住，把他又按回被窝里继续说道："不用担心的，他们平时去活动，一般通宵都不回来。所以……今晚就只有我和你了……我们正好可以做些想做的事情！"凌丹说着说着，又开始亲吻韩京脸颊、嘴唇。

这一次韩京没有答话，躺在被窝里也没有任何的动作，只是任由凌丹在自己的脸上亲吻着。

不知为何，韩京对于这些亲吻竟有点麻木的感觉，整个人的思维好像是混乱的，一些过去的片段不断浮现在眼前，耳边似乎有好几个声音忽远忽近地在说着话，眼前又出现了今晚——或者说曾经见过的绚丽的烟花，一朵接着一朵地在空中绽放。在那么数秒内，他好像完全脱离了这个所处的空间，身边没有凌丹，也没有她灼热的亲吻，韩京像浸在一潭静谧的湖水中，忘了整个世界。

直到被凌丹那颗尖尖的小牙磕碰了一下，韩京才从另一个世界里清醒过来。不知为何，韩京对于凌丹的主动有着一股不可压抑的抗拒的冲动，他脱口而出地喊道："别！别这样！"身子一侧，同时用双手拦住了凌丹。凌丹茫然地看着韩京，她不明白韩京为何要抗拒自己，难道自己这样做还不够吗？

"为什么？你不喜欢我这样吗？"凌丹的声音有点颤动，很快眼睛里便噙满了泪水。

韩京不敢去面对凌丹的目光，他只是摇摇头，但最后又点了点头。

"那你出去吧！"凌丹别过头，扯起床边的被子，把自己的身子遮掩起来。

韩京稍稍迟疑了一下，但最终还是翻身下床，轻声地说了一声："对不起，今晚我有点累了，我还是回去休息吧。"说完，默默地拣起衣服要往外走。

"是因为苏小睿吗？今晚你不是在江边呼喊着找她吗？"凌丹颤声问道，刚才红润的脸色也瞬时变得苍白。她没能忍住泪水，一串泪珠打湿了裹着身子的被子。

原来当时凌丹真的看到了自己那几近失态的一幕，韩京内心猛烈地一震，顿时停下了脚步，但没有立刻转身，他似乎也在思考这个问题——究竟自己是否真的在意苏小睿呢？那自己对凌丹岂不是一种欺骗？几秒钟的时间已经让韩京的思维变得混乱起来，思绪翻滚的韩京忍不住转过头去望凌丹，当他看到两行泪痕划过凌丹苍白的脸颊时，他的心暗暗地痛了一下，像在心脏的最里面裹着一颗三尖八角的石子一样，无论怎么挪动都是难受得要死。

韩京内心里一阵惭愧：是啊，苏小睿毕竟已经离开了，她早已不在自己的身边了，自己为何还要如此的念念不忘呢？真的要这样来折磨自己吗？折磨自己也罢了，但为何偏偏还要去折磨另一颗热切等待着爱来滋润的心呢？这样做也实在是太残忍了！自己这算是怎么回事？！自己已是凌丹的男朋友了，这次过来还见了对方的家长，自己却在这个时候为另一个女孩儿而魂不守舍，这算是一个合格的恋人么？这点事情都处理不好，自己还算是一个有责任有担当的男人吗？当初既然下了决定跟凌丹在一起了，就要对得起那份承诺。

韩京默默地转过身，来到了已哭得泣不成声的凌丹面前，轻轻地拨开贴在她脸上的凌乱的湿发，然后疼惜地把她抱着，让她的脸靠在自己的胸膛上，对韩京柔声说道："能陪陪我吗？今晚我……就在这里吧。我有好多话想跟你说……"

凌丹把脸埋在韩京的胸前，顿时感到一阵温暖，心里的压抑一下子释放出来，低声的啜泣开始渐渐高亢起来。凌丹此刻就像是一个孩子，在委屈后得到了理解原谅与爱抚，顿时"哇哇"地痛哭起来……

52

站在大学生活的尾巴上，我们感受得最深的是时间过得特别快，刚过完年回学校，好像还没有喘过一口气，日子一下就溜走了两三个星期。看着身边那些在校园里谈笑风生的师弟师妹，我们这些即将毕业的学生眼神里尽是羡慕。眼看着窗外老树的枝头开始冒出嫩绿的新芽，心里竟然会莫名其妙地烦躁起来，那些南飞鸟儿的清脆叫声，无论怎么悦耳，似乎总是带着一点离别的忧伤意味，让毕业生们不忍细听。

这学期回来后，班里的同学好像从没有到齐过。找到工作的，在学院里报备一下，就提前在用人单位工作了；没找到工作的，则搜罗各地区的招聘会信息，遇到合适的就马上赶去，每周都奔跑于各地，累并充实着；而也有些人丝毫不着急，估计是家里人早已安排了就业出路，所以他们依旧颓废，依旧我行我素，学校的课能逃的都逃，不能逃的想办法逃；当然也有些人直到现在仍未肯正视毕业就业的问题，采取的是逃避的态度，每天窝在宿舍里大睡或是流连于网吧，一副得过且过的样子……总之，毕业的众生相让人初步真实感受到了来自社会现实的压迫与紧张，我们就像一批运行在设备带上并且即将掉入社会熔炉的野矿石，经过高温的洗礼，最终冶炼出来的究竟是百折不挠的精钢,还是一堆黑不溜秋的铁渣呢?这个未知的未来既让我们充满期待与兴奋,同时也如一张笼罩在头顶上的大网,充满着压抑与彷徨。

方岳自上次"走红事件"后,信誓旦旦地说要创作本届毕业生的神话,打算利用最后一学期好好干一番,包括考英语六级、考研以及考取各种能考的证书。但世事难料,那些很励志的故事没有发生在方岳的身上。首先在考研上就栽跟头了,方岳的临时奋斗根本起不了作用,英语考得一塌糊涂,成绩差得不敢见人。然后由于抽了不少时间去复习考研的内容,使得自己大四专业课根本没去兼顾,想着临考前一晚搞下突击就能蒙混过关,岂料在第一科文字学考试时就碰到了难题。他一拿到试卷,大半张试卷的题目没见过,顿时冷汗渗得满头都是,但总算是凭着平时吹牛皮的水平,半蒙半猜地把卷子胡乱地答完。这么一考让方岳胆都颤了,回到宿舍吓得像狗一样缩在一角不敢作声,所谓"好的开始等于成功的一半",第一科都考成那样了,那接下来的几科怎么办?方岳总算是放下了轻敌的心理,赶鸭子上架似的老老实实窝在宿舍里看了几晚书,背资料背得昏天黑地,苦不堪言,几天下来把自己搞得面呈菜色,整整瘦了一圈。

那段日子,每当考完一科,方岳总是拉着黑脸,嘴里喃喃地诅咒着谁谁谁——估计是出卷老师的名字,那神色仿佛整个文学院的老师都亏欠了他一般。我们宿舍的三人看方岳这样的表现,都断定他肯定又挂了一科,心中默默为他"哀悼"一番。当所有的科目考完后,有几天的判卷时间,这几天方岳一直在我们面前渲染悲观的气氛,开口闭口就谈挂科,搞得我们都不禁提心吊胆起来,生怕自己沾上了方岳的晦气,然后一同陪着他挂科。

三天后听说考试成绩出来了,我们几个人第一时间冲去江锡的电脑那里登陆学生账号查询成绩。我们几个顺利过关后,终于轮到方岳查了。方岳哆嗦着手指输入自己的学号和密码,狠下心一按回车,眼睛一闭,一副英勇就义的模样。只听身边的我们传来一连串的惊呼声,忍不住睁开眼去看,细看之下自己都呆住了——居然全部显示及格!自己最担心的两科一科60分、一科61分,估计任课老师觉得在毕业班抓人太残忍,看着大家这学期的考勤、平时作业都可以,在判卷的时候网开了一面,只要不是太离谱的这次都放过了,颇有种"大赦天下"的意味。

在旁的我们纷纷祝贺方岳,说:"方岳你拜了哪方神佛啊,复习这几天吃的苦流的汗总算有回报啦。"方岳像是对我们的话充耳不闻,扶着电脑屏幕反反复复地看了几次,最终确认自己的姓名考号成绩全部没错之后,他的神色有点变化了,开始微微泛红,嘴唇也禁不住哆嗦着。忽然他在沉默中爆发了,猛地在电脑前怪叫一声——而且是很尖锐的那种,吓得一旁的江锡坐立不稳,"啊啊啊"地从木凳上歪倒了,我和李书南也被那声怪叫震得心都颤了几下。方岳怪叫声刚止，猛然又从座位上站了起来，咬牙切齿，紧握双拳，一张脸憋得通红，然后他小跑着冲到宿舍门前，"扑通"一下跪倒，仰天大喝一声："嘀！！！老天保佑！苍天有眼啊……"

我们另外三人看得傻眼了，面面相觑，想不到方岳在全科合格之后竟会兴奋成这个样子，真是让人哭笑不得。

江锡揉揉摔疼的屁股，说道："这货我看……我看是疯了吧？"

我接口道："《儒林外史》中的范进，中举后估计也就这副模样了……想不到在现在这个社会还会上演这样的悲剧。"

李书南很是紧张："真的是失心疯啊？这是病啊！要抓紧看！需要去报校医吗？要不要到隔壁找几个同学帮忙？"

正当我们三个人为方岳的状态担忧的时候，跪在门口的方岳忽然回头跟我们说："哥，现在只是兴奋得夸张点，怎么样，我的演技还可以吧？"

我们三人只好无语地默默走开……

方岳的大四下学期生活依然很充实忙碌。开学不久，他便收到了上学期实习单位的邀请，让他到电视台里做个实习记者兼编辑助理，除了能在毕业后优先录用，还付给一定的薪资酬劳，这样诱人的条件方岳自然应允。于是方岳便开始了两头奔波的日子——白天时间就到电视台里做做编辑审稿的工作；晚上在校的时间便鼓捣一下毕业论文的事；再稍微晚一点的时间，他便会拉我到外面吃个夜宵，喝点啤酒，聊聊白天工作中的烦琐事，或是谈谈论文的进展——他的论文论题定得有些大，要论证的内容比较复杂，方岳自己写着写着老是扯得太远，不得不又绕着圈子回来。大删大改是常有的事，整个过程甚是痛苦，常常急得他抓耳挠腮。他自己觉得老是去找导师咨询不是很合适。于是方岳在"危急"之时总会想到我，老是要我帮忙构思构思，或者说说修改的意见之类的。所以，在那段时间里，方岳请我吃夜宵请得特别殷勤。当然，我也不跟他客气，反正方岳也算是个拿工资的人，付点酒钱还是没问题的。

每次吃夜宵时，方岳总是很自觉地把请教论文的事放在首位，在等待上菜的过程中与我热切讨论，把当天要解决的疑问问完了，那些夜宵的小菜也刚好上来了。心中问题得到解决的方岳，此时总会恰到好处地亢奋起来，"噗"的一声开了一瓶啤酒就为自己和我倒满杯子，然后仰头先灌下一杯。三杯过后，方岳的话便开始多起来，多是谈自己工作时的感受。总的来说，出来工作才知读书时的快乐，在外面工作，一方面因工作量大而压力骤增，另一方面犯错成本会增大，自己的轻微错误可能会导致整个团队的准备工作都废掉，因而方岳总得绷紧神经来对待，搞得每天下班都像是跑了个马拉松似的，身心俱疲。方岳不止一次在我面前念叨："还是读书好！我们要及时行乐，把握住青春的尾巴，否则过了这村儿没这店儿了，出了社会工作，想要再体味大学的生活，就真的只能靠回忆来实现了。"

　　我默默地点了点头，承认方岳说得实在。看着身边那些每天来去匆匆的同学，无论在找工作的还是找到工作的，脸上始终都会暗藏着一丝的忧伤，那是一种只有处在毕业季的人才能体会的离愁别绪。大家彼此见面，都客客气气，面带着笑容，或许大家都知道，现在的见面算一次少一次的了，毕业以后各奔东西，何时再聚是一个大家都没有答案的问题。十年？二十年？很可能是一辈子都不会再见，现在能聚便是缘分，就让美好的温馨的笑容留在彼此的心中吧。

　　潮湿闷热的四月过去后，五月一下子仿佛直接进入了夏天的节奏，连那蛰伏已久的蝉也不知从何处冒了出来，趴在树上不紧不慢地拉起长调，提示着人们炎夏已经到来。

　　毕业论文的修改工作已进入最后的阶段，只要过了月底的答辩，那就等同于毕业了。这几天学院里的小道消息不断，说是导师们要严抓论文质量，铁定要抓出几个马虎写论文的学生，让他们过不了答辩。这些流言搞得我们这些人莫名地紧张了起来，每天除了吃喝拉撒睡，其余时间都在反复校对自己的论文，或是泡在图书馆准备资料，作好答辩的准备。那段时间可以说是大学中最煎熬的时刻，五月中旬那刺眼的阳光，那压在心头的答辩压力，对未来毕业前景的不确定……都成为我们终身难忘的记忆。

　　答辩如期进行，过程也比想象中顺利。当我看到主席台上那几个评委脸上的神色并不难看，我的导师也在那里露出了满意的笑容，我便知道自己应该能过关了。在那一刻，心头大石终于落地，如释重负的轻松感真的无法形容！

　　答辩结束后，众人的生活更显得百无聊赖，学院里公布了照毕业照和领取毕业证的日期，剩下的时间全部自己掌握。找到工作的可以提前上岗，想去找工作的，只要自己能安排好时间，写张假条到学院里就能批准。于是乎，一下子文学院里的毕业生走掉了三分之一，剩下的那部分则在学校里自寻节目，比如说整理杂物，清理出一批可以在毕业甩卖会出售的书籍物件等，又或是白天就聚一起打牌消遣，晚上则泡酒馆打桌球，尽情挥霍着这仅有的快乐时光。

　　那段时间里，我们班在校的男生都喜欢晚上到校门外的后巷酒吧去吃夜宵喝酒，一来晚上实在无聊需要找事情来消遣，二来可以和一群即将分离的同学聚聚，缅怀一下过去的种种事情。男生们坐下来缅怀同学情，这种情况下必然是觥筹交错放肆畅饮，每晚喝趴一两个是常有的事情。方岳是去喝酒的常客之一，我和江锡也常被方岳拉着去作陪。记得在照毕业照的前一晚,来喝酒的男生比较齐———一些外出找工作的同学也恰好回来了,连班长刘帅也参与其中,实在很难得。众人围坐一张大圆桌边,刚开始大家还低声交谈着,很快便互相吆喝起来,频频举杯互相敬酒,互相调笑戏谑,场面甚是热闹。

没想到的是,喝着喝着,同学老魏突然莫名地沉默了,然后竟哭了起来!我们都一脸愕然地看着他,不知他为何此时会哭。老魏哽咽着说:"今晚……今晚开心啊……我忽然不想毕业……"此话一出,整个场面霎时静了下来,我们都面面相觑,仿佛都被戳中了最隐蔽的痛处,心中有着说不出的难受。大家的脸上都开始浮现出哀伤的神色。

方岳看着现场气氛不对劲,刚想说两句玩笑话活跃下气氛,还没开口桌子那边又有人哭了,大家一看居然是班长刘帅。刘帅情绪来得很快,刚开始只是抽噎,两三秒后便声泪俱下,而且哭得很彻底,泪水哗哗地流下来。他摘下眼镜用手抹着眼泪,想说些什么,但又激动得一个字都说不出来。旁人关心地递上了一张纸巾,他把眼泪鼻涕擦干净,用沙哑的声音说道:"我难受……我觉得压力好大……难受啊!"刘帅酒后吐真言,趁着酒兴来抒发自己心中压抑已久的情绪。他大谈自己这几年来在开展班级工作中的种种难处,在学院里要对老师们言听计从,在班级里有时也得不到同学们的理解,真是左右为难。最近自己找工作也屡受挫折,弄得自己信心都没了,此时此刻看到老魏那毫无保留的哭泣,犹如把他内心的堤岸砍了一个深深的口子,他再也忍受不住了,心中的抑郁如决堤的洪水一样涌了出来,故放声大哭起来。

刚开始我们都还在一旁劝着老魏和刘帅,让他们看开一点,可那忧伤的情感像是会传染似的,很快地几个同学也开始沉默了下来,眼眶渐渐开始红了,然后又"嘶嘶"地开始抽噎。到了这个时候,再坚强的人也都会动容,我的内心里也一阵翻腾,眼睛也不由自主地暗暗发潮,一眨眼,泪珠便滴落下来,止都止不住。这时我的脑海里浮现出了种种画面,生活中开心的和不开心的,学习上的顺利的和不顺利的时候,一下子都涌了出来。然后苏小睿的笑容与离开,韩京的无奈与痛苦,我与方雅婷的误会与离合,方岳与蓝蔚的毕业式分手……开始轮番轰炸我的神经,让人在迷乱中真切感受到生活的无常与变幻,一切都是那么的飘忽不定,我们的再多努力又有多大意义呢?命运是否早已安排好了一切,只是等着我们去触碰呢?人的努力是否总是徒劳无功呢?那一阵阵的无助压抑在我的心头,我的泪水一股一股地涌出眼眶,仿佛只有这样才能把我心中的不快减轻一点。

我不知道其他人的感受是否与我相同,只是知道大家都哭了,包括方岳在内。每个人都哭一阵、说一阵，讲的都是自己心中无奈又或是自己不幸的遭遇与惨痛的经历，有家庭的、恋爱的、找工作的……一桌子的男生没有再顾及什么身份与形象了，也不理旁人经过时那诧异的眼神，大家有的趴在桌面上哭，有的互相挨着哭，有的缩在椅子上默默地哭……难得我们都卸下了生活的防备与沉重的"面具"，不是说"男人哭吧不是罪"吗？那就让彼此在痛哭中找回自我吧。

那一晚的痛哭，成为我们大学时光中最最难忘的一个场景。我觉得，人生中应该要有那么几次肆无忌惮、尽情释放心中情绪的时刻，哭过之后就是晴天，痛过之后便意味着成长，以后我们会走得更稳更坚定。或许这就是成熟的必经阶段吧。

第二天的集体毕业照上午便开始了。全班同学都穿着庄重的学士服，女生们手捧鲜花，整整齐齐地站在镜头前，用最灿烂的笑容来给自己的大学生活献上最美的一刻！正规相照好后，各种搞怪的姿势开始出现了，勾肩搭背的、挤眉弄眼的、抛掷学士帽的、跃起腾空滞留的……同学们也开始三三两两地私下合照，班上的帅哥美女自然是众人合照的对象，各位导师也被学生密密地围着求合影。校园里的各处标志性建筑下也挤满了来拍照留念的毕业生。

我班的男生们经历过昨晚的集体痛哭后，仿佛默契度也提高了很多，大家在拍照时彼此见面了，都点点头微笑一下，然后摆个姿势合照留念，不需言语便已知晓对方心意，这种心领神会的感觉相当的美好！拍照的活动整整进行了一天，直到夕阳西下，大家才脱下那学士服，拖着疲惫的身躯往宿舍方向走，但仍有不少同学眷恋黄昏的美景，还在湖边、树下抓紧时间多照几张照片，唯恐错过这一时刻。此情此景的确让人情不自禁地心生感慨：夕阳渐落还会有再起来的时候，但我们美好的大学生活却是一去不复返了……

在校的最后一个月，日子依旧过得匆匆忙忙，除了那离愁别绪依旧萦绕心头，其他的事此刻想来都没那么重要了。不过，有两件事还是必须得交代一下，两件都是感情的事，一件是江锡的，一件是李书南的。

江锡的恋爱始于大三的下学期。为了减肥，他大三便开始经常去运动场，当然更重要的是去"开阔眼界"，想着如何去结识运动场上的青春少女——这又是受到了方岳那邪恶的引导。这样坚持锻炼了一两个月，江锡的确发生了些变化，毕竟是每天出了汗消耗了脂肪，他的身材壮实了不少，整个人精神多了，感觉不再颓废。江锡个子本来就高大，经常出现在运动场上自然惹人注意，江锡自己也察觉到了，每次跑步的时候，草坪上总有几个跳健美操的女生在看自己，不时发出笑声。这让江锡好奇了，想着要不要过去问个清楚，又怕是自己自作多情闹笑话。

于是他回来求助于我和方岳，我听了笑说："这是个好征兆啊！你现在什么都不用做，每天继续跑。表情要装得酷一点，你越是冷越是酷，就越显得有魅力，现在女的都爱这一口。千万不要放下姿态去问，这样就显得被动了，以后就被牵着走了。你要想办法吸引她们主动过来问你，这样你的把握就大了。"

"那我总得去认识一下她们啊！万一真的对我有意思呢？"

"我看这样好了，"方岳插嘴补充道，"你瞅着找个机会，显示一下你的软实力，请她们吃个饭什么的，说话大方点，出手阔绰些——这是你的强项啊，我保证这样一来绝对有戏！"

江锡得到我和方岳的指点后，便着手开始行动。说来也巧，机会很快就来了，那天江锡运动后口渴难忍，便到场边的小超市里买饮料喝，没想到结账的时候，那几个女生也正拿着几瓶矿泉水结账。江锡和她们不期而遇，大家望来望去，想打招呼却又不知对方是谁，只好都笑笑。江锡忽然记起了方岳的教导——要找机会显示自己的大方、阔绰，现在机会来了。于是江锡转头对收银员说："这几位女同学的水都算我这里吧，免得一个一个结账太麻烦了。"然后，江锡又对她们几个说："虽然我们暂时都不认识，但我相信很快就认识了。先让我请大家喝点水，以水代茶，以表诚意。小小意思，希望你们不要介意啊！"江锡毕竟在文学院里浸了近三年，而且平时跟我和方岳待多了，耳濡目染之后说起话来一套一套的，这几句话说得既得体又大方，那几个女生自然欣然接受。

有了第一次接触后事情就好办多了，接着江锡又请她们吃了饭，互相还留了手机号码。几个女生大赞江锡为人憨厚老实，而且外形可爱——这也是为什么在运动场上看到江锡会发笑的原因。江锡被赞后心花怒放，接下去这段时间去运动场的劲头更足了。在这样一来二去的过程中，江锡与她们其中一个叫小雨的同届美术学院的女生走得特别近，后来两个人干脆就约会了，互相试探了几次觉得大家都挺有感觉的，于是两个人便开始谈恋爱了。为了庆祝江锡恋爱成功，我们特地要江锡请大家吃一顿——毕竟是我们把江锡劝去运动的，而且还为他出谋献策，怎么说我们也算是半个媒人吧。江锡与小雨的恋情发展神速，确立关系之后两人变得高调起来，约会安排得满满的。小雨是玩艺术的，经常拉着江锡去看画展，甚至跑到外地去看，至于吃住都是江锡包办。江锡对此也没多大意见，反正自己经济还吃得消。到了大四，两人为了常见面和安排课外活动，到外面租了房子，每到周末，江锡就肯定往那跑，两人的小日子过得十分滋润。

我们都以为江锡就此觅得真爱，能和小雨一直处下去。横竖也不用考虑将来的经济问题，只需要毕业了大家都待在一个地方，那结婚、工作什么的都好说。可没想到，事情就偏偏发生在经济上。在临近毕业前的三个月，江锡的家里出现了一些经济状况，据说是煤矿资金链出现了断裂，周转有些困难，尽管江锡的家族想尽办法去解决——包括把家里能用的积蓄都垫了进去，但情况似乎越来越糟且不可逆转。江锡在一次与父亲的通话中获知了这些情况，他父亲沉重地告诉他，说可能以后要过一段苦日子，下个月的生活费可能要减少一大半，语气中饱含辛酸与无奈。

家里的这些情况不可避免地对江锡的心情产生了影响，再加上当时写毕业论文，重重压力搞得他心情烦躁不安，人看来都憔悴了很多。小雨从江锡的口中自然知道了大概的情况，刚开始时她也不断地安慰江锡，一再鼓励江锡要乐观面对局面，说不定事情会有转机。

但随着日子的推移，江锡的家里也没有传来什么好的消息，江锡的生活水平直线下降，别说再去看书画展了，连两个人的基本伙食都成了问题。这时候小雨开始显得不耐烦了，脾气也变得暴躁了，老是逮着机会就与江锡吵架，骂急了便要摔东西。到了最后，小雨竟提出分手，江锡没想到在自己最落魄的时候，在自己最需要人关心支持的时候，小雨会做出如此无情的决定。难道过去两人甜蜜亲近的基础就如此地不堪一击吗？

江锡像不认识小雨一样地看着她，问她为什么要分手？

小雨面无表情，说道："我不想过苦日子。我自小就过怕了！我要过好的生活！你以前能给我，现在我看不行了，所以我得为自己再考虑清楚。"

江锡脸上的肌肉一阵抽搐，神色极度痛苦——是那种从内心深处发出来的痛，他颤抖地问道："那就是说，你爱的不是我的人，而仅仅是我能给你的所谓的好生活？就是所谓的——钱？"

小雨这次认真地看了看江锡，竟然笑了笑，说："可以这样说吧，我知道自己不配说什么爱不爱的，我也只是为自己着想。对不起，我可能让你失望了，你也不必再牵挂我了，就当从没认识过我吧。"说着，小雨便离开了屋子。

江锡目睹着小雨头也不回地离开，他的心此刻像被刀刻一般剧痛，他"扑通"一下跪倒在地上，心痛得大叫出来，那声音悲痛尖锐，回荡在整个房子里，却再也唤不回小雨那离去的步伐……

这一晚，他把我、方岳和李书南都叫了出来，然后他把身上的所有的钱都买了酒，他见了我们的第一句话就是："今晚一定要把我灌醉！能喝死了也是件好事。"

我们三人面面相觑，觉得这情况不妙啊，江胖子从来就不会这么作践自己，具体情况我们也不敢细问，只好陪着他喝酒。江锡借酒消愁愁更愁，大口大口地喝酒，一下子就有了醉意，然后他便开始哭，边哭边把小雨的事情跟我们说。我们听了之后也很震惊，没想到外表清纯的小雨竟也会是一个如此世俗势利的人。但每个人都有自己选择过怎样生活的权利，我们能怪她吗？现在只能尽力地安慰伤心欲绝的江锡。江锡越哭越难受，他伏在我的肩膀上，哭得像个小孩——这时候他太需要兄弟们的支持了。我挥挥手，示意方岳和李书南也一起靠上来，几个人簇拥着江锡，好让他感觉到我们的支持。李书南抱着江锡大喊着："胖子，别怕，有我们呢！有兄弟在，不怕！"

在江锡的"呜呜"声中，我拍着他的肩膀，大声地说道："都过去了！江锡，这件事就让它过去吧！就当是小雨给你上了人生的一课，虽然惨痛，但你无法逃避，就当是一种人生阅历吧，以后你就能带眼识人了……"

江锡依然哭得惨烈，我只觉得他把我抱得更紧了，不知他是否认同我所说的话？

世事往往十分奇妙，江锡家族的经济危机持续了两个月后，就在快要宣告破产之时，事情忽然有了转机。融资的渠道再次畅通，积压的资金得到了充分的释放，问题在短短一周内就有了根本性的变化，可以说，江锡的家族经历了一次从地狱到天堂的过程。但两个月里的家庭变化，却让远在外地的江锡成长了很多。

江锡家庭的经济危机解决之后，他请我们三个去喝酒。席间，江锡跟我们说，他前两天发信息给小雨，告之自己的情况，说家里没事了。

这下我们来劲了，连忙问："她回了吗？结果怎么样？"

其实正如大家所料到的那样，得知江锡又变为富家子弟后，小雨的态度来了个180°大转弯。又是打电话，又是发信息，反复说自己当时太冲动太幼稚，希望江锡能不计前嫌，好让大家彼此重新开始，毕竟一年多的感情不是说完就完的，自己这段时间里一直都很受折磨煎熬……事实上，自分手至江锡家情况好转这段时间里，小雨从来没有找过江锡一次。

听到这里，李书南开始急了，一把拉住江锡说："胖子，你可千万别再回头啊，那小雨要不得……"

我和方岳当然知道小雨肯定要不得，所以更关注这事的最终结局。

江锡为我们倒满了酒，说："我告诉她真相，就是想看看她后悔急躁的模样，还有看她如何来做那假惺惺的戏，真是越看越觉得可怕。幸亏发生了那件事情，让我看到了她的真面目。我回了她最后一条信息，七个字，就是："让一切随风！永别！""

我们几个相视而笑，举杯庆贺江锡从此走出旧感情，走向他的新生活。

与江锡的恋情变故并线发生的还有李书南的恋爱。他的恋爱可以说是震惊了整个文学院，因为大家都知道李书南是典型的学霸及书呆子，在院里以勤奋著称，他对认识的女生都兴趣不大，更别提交女朋友了。可偏偏恋爱的事情就发生在了他的身上，他的女朋友是邻班的一个斯文美丽的女生，而且为人温柔善良，文学修养极高，是大家公认的一位才女。照理来说，李书南其貌不扬，为人有点木讷老实，应该不会有女生注意到，可那女生就看上了李书南身上的那股认真劲儿，对学业的那种执着。因为李书南在读书期间顺利地拿下了英语六级、计算机三级等一堆资格证，连年拿了学院的一等奖学金，凭着优异的表现被推荐入党并被评为大学里的励志人物，可以说李书南的履历是相当过硬的。正是他身上的拼劲儿和积极进取的态度得到了那女生的暗自垂青。

他们两人常在图书馆的自习室里相遇，见的次数多了，便开始熟悉起来，彼此见面点点头，笑一笑。后来有一次，李书南不知哪里来的勇气，拿着一篇文章去问她的意见，她接过文章后很认真地看了几遍，然后密密地写了几页个人的见解与赏析，观点鲜明、内容详尽，这让李书南十分感动。后来，那女生也拿来一些英文文章让李书南翻译。总之自那以后，两人便有了互动，两颗单纯的心慢慢地靠近，进而有了温度并擦出了火花。他们两人都彼此欣赏，互相敬重。他们的恋爱，一切都是那么的自然与水到渠成，没有掺杂丝毫的功利与利益。可以说，这是我在大学里看到最美好的结局。

临近毕业的那几天，拿到毕业证的同学陆陆续续地要离校了，那位温柔的才女也在离开之列。她走的那天，李书南早早地帮她把大包小包的行李搬到楼下，然后一路小跑地叫来一辆出租车，又帮她把行李轻轻地放在出租车的尾箱，忙得满头是汗。那女生在一旁怜爱地拿着纸巾帮李书南擦汗，见他们如此亲密的同学无不发出啧啧的赞叹声。

终于到了要上车的时刻了，那女生迟疑着不肯上车，而是转身紧紧地抱着李书南，嘴里在喃喃地说着什么，眼里也闪烁着泪光。在这分离的时刻，我想这对恋人必定有很多深情的话要说。又过了五分钟，那司机按了按喇叭，示意女生该走了。李书南和那女生才稍稍分开了，两人凝神对视，然后仿佛心领神会似的把嘴唇凑了过去，四片唇紧紧地粘在了一起！

在大庭广众之下，一向木讷羞涩的李书南居然如此勇敢地与一个女生拥吻，这或许就是爱情的力量，在与心爱的人分别之际，任何事情、任何环境、任何世俗的目光都不能阻碍两颗火热的心靠在一起。尽管他的动作显得有些笨拙，而且有点生硬，但他们两人的这一吻仿佛就自带着一圈光环，让人侧目，让见此情景的人为之动容，附近认识他们两人的那些文学院的同学和师弟师妹们，纷纷用掌声祝福这对情侣。作为旁观者之一的我，也衷心祝愿他们能在未来尽快排除万难再相聚在一起，把这美好的感情延续下去，把故事划上一个完美的句点。看过太多在大学里的虚假的或是不切实际的爱情，我们的身边实在太需要这样真挚纯真感人的爱情故事了。

短短几天之内，原本热热闹闹的一层楼因毕业生的离去而变得越来越冷清，每天都有几位男生离开。我们循例上前道几声祝福，说几句"注意安全、后会有期"之类的话，然后互相拥抱一下，拍拍肩膀，作最后的告别。每走一位同学，心里就好像添了几个重重的砝码，气氛莫名地忧伤了起来。

江锡也回去了，他那几箱大行李让托运公司运走了，他被他老爸开着车接走时，他潇洒地向我们招手示意，话没多说，只是一直笑着。那车窗迟迟没有摇起来，他那胖脸一直伸出窗外看着我们，直到转弯处消失，那灿烂的笑容至今令我难以忘怀。

李书南与江锡是同一天走的，他的行李多是重重的书，他把书打包好，装上了一辆雇来的电动三轮车，打算运去火车站搭车。我和方岳一直帮他来回搬行李，我看着他那瘦小的身板拖着箱子往外走，心里有说不出的难受。李书南与我和方岳分别后，然后跳上三轮车和那司机交谈着，估计在交代行程路线，汽车很快载着李书南消失在街道的尽头。

方岳在电视台里兼职了数月，他和工作单位双方都比较满意，因此方岳打定主意毕业后就在那里签订工作合同，迟点等电视台公开招聘便去考试，只要达到基本的条件，录取是绝对没问题的。由于方岳的工作合同是九月才正式生效，这就意味着他的暑假是空闲的，他正好利用假期回家休整一下。因此方岳也收拾好行装，与我道别，相约九月再会。

方岳之所以约我九月见面，是因为我也打算毕业后留在这里。一来方雅婷还在本校读研，我可以陪着她一起生活，等她毕业后再作打算；二来我向之前我实习的单位——南方某知名的杂志社投递了应聘简历，很快就收到了对方的回复，说是愿意为我提供工作岗位，待遇福利也算优厚。因此我与家人商量后决定就在这里工作，毕竟机会难得，就当是积累工作经验也不错，况且现在交通便利，这个城市离我家也就几个小时的车程，要回去见父母不算难事。

宿舍里四人走了三个，我是最后一个离开的。我的个人物品也已整理完毕，有些寄回了家，有些就寄放在方雅婷的研究生宿舍里。我离开的那天下午，坐在宿舍的一角，看着空荡荡的宿舍，空荡的床板和地上到处是凌乱的废纸，心理空落落的，脑海里放电影般出现了很多在大学四年生活的片段，让人心潮难平……

告别的时刻到了，我默默地把其他三人留下的宿舍钥匙一一整理好，准备出去交还给宿管。推开门，走出去，转身要关门了，我稍稍迟疑了一下，最终还是轻轻地把门扣上了，在关门的那一刹那，我神色凝重，仿佛关闭的是一个世界……

53

毕业后，我趁着还没开始工作，便回了一趟家。方雅婷也放假了，也跟着我再次来我家做客，小住了几天。这一次的见面颇有点见家长的意味，方雅婷带了些礼物给我父母，把他们两个哄得不知有多开心。只是这次方雅婷待的时间不长，早走了几天，很遗憾没有见到我的好朋友——韩京。

韩京本科毕业了也回了家，他顺利地被保研。趁他回来的空当，我们两人相约见了几次。大家把彼此的情况都讲了，韩京感叹道："四年的时间过得飞快，以前我们常说什么光阴似箭、岁月如梭、白驹过隙之类的，当时一点感觉都没有！现在回过头来看看，好像这光阴真的一眨眼就晃过去了，其中的辛酸快乐看来只有在回忆里才能品咂体会了，真的像梭子一样，嗖地就过去了。有时真不得不佩服古人的智慧，把时间形容得如此贴切！"

我点点头，表示赞同，脑海里也飞快地闪过了过去这大学四年中的点点滴滴，细细一想确有时间飞逝之感，当年还是个热血上涌的愣头青，现在已经要接触社会工作了，不过人总归是成长成熟了，这点是无可否认的。

我问韩京，怎么这次不带上凌丹一起回来玩玩呢？韩京说，他也想邀请凌丹回来见见自己的父母，只是凌丹觉得现在见还有点早，一方面刚毕业工作还没稳定，会给人一种不够踏实的感觉，等找到工作后再来也不迟，另一方面自己毕业的行李较多，还是直接先回上海父母的家里比较好一点。韩京听了觉得也有道理，就没要求凌丹过来。二人初定了今年的中秋或是国庆时再来韩京家见父母。

我听了之后也觉得凌丹分析得很合理，看来她还是一位心思细密、考虑周全的人。我连忙盛赞凌丹为人不错，韩京这次捡到了一个宝贝。

其实韩京的心里也打着一番小算盘，因为自己寒假时去过凌丹家，对方父母对自己也算满意，现在他更迫切想知道家里人对凌丹的态度怎样。毕竟韩京曾经与父亲在自己的感情上面闹过矛盾。父子俩为此进行了数月的冷战。只是韩京现在静静想来，也清楚知道父亲当时的决定无可厚非，自己为了这么一场初恋而让父亲大费周章，显然是有点荒唐。现在情况不同了，自己名正言顺地谈了恋爱，凌丹看起来无论是相貌还是身份背景，都几乎无可挑剔，这回家里人该是满意了吧？

韩京与凌丹的关系其实已经有了更深的发展。就是在凌丹家的那晚，韩京被凌丹那真挚而热切的感情所打动，决定在凌丹的房间里陪伴着她。两个年轻人一开始的肌肤相亲而酝酿了足够的情感，两人再拥在一起的时候感情再次热炽起来，凌丹的主动让韩京有种迷醉的感觉。那蚀骨的暗香，那昏黄的台灯，那柔软的床褥，都是极佳的浪漫元素！那晚很美，使得韩京至今难忘！

两人折腾了一整晚，直到天快亮的时候，趁着凌丹父母还没回来之前，韩京才拖着疲惫的身躯溜回房间。有了这样一次的特殊经历后，韩京与凌丹之间等于捅破了最后一层纸，两人变得毫无避讳，寒假后回了学校更是不时约出来见面亲热，用如胶似漆一词来形容他们一点儿也不为过。

由于韩京保研留校，必须要回北京读书。凌丹可不愿意与韩京分开，因此毕业后她打算也在那里工作，陪着韩京。恰好凌丹父亲有朋友在当地开设了一个食品公司，正需要技术总监一职，凌丹作为名牌理工大学的优秀生还是能胜任的，在父亲的介绍下，凌丹便在这公司里上班了。为了生活方便，凌丹自己租了个单间，还买了张大大的双人床，为韩京置了床铺被席，好让韩京随时过来与自己同住。

我的情况跟韩京、凌丹二人恰恰相反——我要工作了，而方雅婷还在读书。我的工作单位为了照顾外地的员工，为我们都安排了单人宿舍。我分到了一个小单间，方雅婷也常过来这边与我相会聚餐之类的，但我们都没有选择租房子，一来方雅婷作为还在读书的女生，老是跑外面过夜，在同学或导师面前影响终归不好；二来可以节省下资金，将来用于买房子、装修什么的。我和方雅婷的短期目标已有了规划——等方雅婷毕业了，就再一同去找稳定的工作，总之两人尽量不分开，工作的地方定下后，便买房子，结婚就可以提上日程了。

回来这边工作后，生活也变得有规律起来，朝九晚五的工作节奏我还是挺快就适应了。加上大学同学方岳也在这个地方的电视台工作，有时晚上空闲，还能叫他过来这边喝喝小酒，聊天叙旧。只是方记者的工作越来越忙碌，他自己又比较积极，有时晚上还主动申请了采访、录播等任务，因此能约到方岳见面的机会也越来越少。当然我自己有时也有加班的任务，通宵审稿、编辑、排版的事情也参与了好几次。总之，忙碌的生活让人感到既充实又疲惫，每天自己就像是大海中的一条小鱼，被生活的浪潮卷着，翻涌着向前，向前，再向前……

我们所有人的生活都渐趋平凡、平淡，每个人都按部就班地走在自己为自己规划的路线上，尝试着一点一点去接近自己的目标，似乎一切看起来都很平静，很美好……

直至一次车祸的出现，把这平静的生活之水搞起了层层浊浪，我们数个人的命运被卷入了这股不可逆转的漩涡之中，浮浮沉沉，生死别离，谁能理得清其中的恩怨呢……

十二月中旬的时候，这个城市终于迎来了入冬以来第一股强烈的寒流，气温如跳水般一夜下降近十度，让不少人措手不及。

幸好细心的方雅婷昨晚看了天气预报，反复提醒我出门要穿够衣服。天气一冷，人也开始变得慵懒起来。可是偏偏在这个节骨眼儿上，杂志社的加班正式拉开序幕，因为每年到了年终之时，通常要开始策划年终的增刊内容，而且要多排几版，留在新年前后的那几期使用。我在杂志社的岗位是编辑部编辑，负责稿件的审核与文字修改，后期还要做校对等工作，我负责的栏目是一个情感专栏——可能领导觉得像我这样刚毕业的年轻人精力旺盛，情感丰富，在大学里或多或少会经历一些刻骨铭心的初恋、失恋、姐弟恋、兄妹恋等之类的感情事，在处理这些感情文章肯定颇有心得，所以就立马安排我做情感栏目的编委。

与我搭档的另一位编辑叫作青姐，是一个四十岁左右的女人，她是这个栏目的创始人，十多年来一直经营这个栏目，从当年的青春少女一路到今天的半老徐娘。青姐对于感情故事的审美一直没有变化，一味偏好那类文风柔弱的小清新文章，一旦见到此类文章她便两眼放光，如梦呓般反复品读，然后迅速进入角色，感受到动情处，脸上还会露出少女般娇羞的微笑，让我每次见了总忍不住想笑——当然，她作为我的前辈，我绝不能如此放肆。于是每次我都把笑声咽回肚子里，埋头继续我的编辑工作。

寒流进入本地的第二个晚上，那晚稿子特别多，我从下午两点开始埋头苦干，一直到七点多才发现肚子饿得打鼓，我赶紧到楼下吃了个快餐，然后再回编辑部奋战，这一干又干到了十点多。我瞅着时间不早了，趁着去茶水间休息，打了电话给方雅婷互相聊了一下今天各方面的事情，然后我叮嘱她早点休息。方雅婷"嗯嗯"了两声，也叫我早点回去休息，别累坏了身体。

挂了电话后，我回到办公桌前把剩下的一些琐碎工作处理好，把满桌的杂物整理了一下，便拍拍有点发硬的肩膀，伸了个懒腰，做好了回家的准备。忽然桌面上的手机急促震动起来，我以为是方雅婷又忘了跟我说什么事情，可一看来电显示，却是一个陌生的号码。我拿起电话看了看，想不出究竟是谁的号码，带着好奇按了接听键："你好！请问找谁？"

对方的语音环境十分嘈杂，我"喂喂"了两下，那边的人才反应过来，话筒里传来一个陌生的女声："喂，你好！请问是苏梓吗？"

"你哪位啊？你找苏梓干吗？"对于一些来路不明的电话，我向来不是很有好感，如果她再不透露身份，下一步我将毫不犹豫地把电话按掉。

"这里是市第一人民医院的电话……我要找苏梓……啊，你——你是苏梓的什么人啊？我这有急事找他……"对方继续要求苏梓来听电话，语气多少有点急促。

我一下子没反应过来，医院打来找我干什么？我心中隐约有点不好的预感，莫非有人出了什么事？绝对不是方雅婷，刚刚才和她通了电话，她好好的呢。难道是方岳？这可是怎么回事啊。在疑惑中，我不敢再回避对方的问题，惴惴不安地如实回答道："我……我就是苏梓。你那边医院吧？发生什么事了？"

对方找到了目标，语气稍微好了点："苏梓是吧？是这样的，我这边的急诊刚出了救护车去处理了一宗交通事故，伤者是一名女性。当时已经处于昏迷状态了，医生到了后，她稍微清醒了一下，反复说着'打电话给苏梓'，然后护士从她的包里发现了她的手机，里面就只有苏梓这个号码……医生刚才便叫我打电话过来……总之现在联系上你了就好，你赶紧来医院一趟吧！赶紧啊，别误了事情！"

我听得心惊肉跳，我在这边能认识的人有多少啊，现在无端冒出来一个出了车祸并且又认识我的女性？不会是青姐吧？

我连忙追问道："等等等等！先别挂电话，我想问问……想问问，请问你知道那女的名字吗？拜托了！我在想着会不会是找错人了什么的……"

对方迟疑了一下，想着会不会有找错人的可能性，她在话筒那边说道："不会错吧……她的名字好像是……叫作……"对方像是在极力回忆伤者的姓名，似乎在翻看着手头的登记资料，不一会儿，终于听那护士的声音再次响起："哦，找到名字了……她的名字叫作苏小睿，嗯嗯，对了，是苏小睿！你应该认识她吧？没错的话，你就尽快赶来医院吧……"

"苏小睿"这三个字使我犹如被重锤猛烈地撞击了一下，整个脑袋嗡的一声，然后一片空白。我连对方把电话挂了也不知道，忽觉得脚下一软，人一下子就瘫在转椅上。我霎时之间接受不了这个事实，过了好一阵子我才恢复了神智。我知道，我得必须马上赶去医院，不能有一点迟缓。

我深呼一口气，强迫自己迅速镇定下来，胡乱地把自己的物品收拾好，然后即刻飞奔下楼，跳上出租车就往第一人民医院里赶。

在车里我双手掩面，让自己的思绪稳定下来，好好想想这究竟是怎么一回事。苏小睿怎么会突然出现在这个城市呢？这过去的两年里她究竟过得怎样？她在车祸昏迷之际，点名要来找我，这其中有着什么秘密呢？

我一直想联系上苏小睿，好当面感谢一下她，因为当时正是苏小睿的挺身而出，用录音笔来澄清事实,才挽救了我和方雅婷的感情。况且,我和方雅婷一直都当苏小睿是自己的妹妹,想不到再见她的时候会是在医院里。现在惊闻此消息,怎能不令人惊慌失措、心急如焚呢?

在猜疑与深深的不安中,我坐车赶到了医院。我赶到急诊室,连忙打听苏小睿的住院情况。在护士的指引下,我来到住院部的临时病床区,在那里我不能立刻进入病房,只是在外面走廊的橱窗里观望,透过玻璃我看到了两年未见、一直让我们牵挂的苏小睿。

苏小睿正闭着眼睛躺在那里,远远看到她的侧脸有擦伤的痕迹,手臂上缠有纱布,床边有医生在那里做着检查和记录,还有两个护士在吊挂瓶和处理治疗后的杂物等。看情况苏小睿的情况还算稳定,我那紧张的心才稍微安定了下来,想着发个信息告诉方雅婷,但又怕事情在未了解清楚之前,会引起不必要的恐慌,只好等稍后咨询了医生再作打算。我在走廊的椅子上坐了下来,才感到一路赶来的疲劳,口干舌燥,心跳得莫名厉害,这个时候真的很想叼根烟来猛吸一口,好让自己能镇定下来。

过了十多分钟,病房的门推开了,医生和两个护士先后从里面出来,我马上迎上去询问医生:"医生!医生!我——我是里面那个病人苏小睿的朋友,请问一下苏小睿的情况怎样啦?有大碍吗?"

医生看了我一眼,然后又扫视了一下手中的病人记录本,才用他那职业性的冷淡语气说道:"病人在路上被一辆无牌的小汽车蹭倒了,汽车司机闯祸后逃逸了。幸好病人暂无生命危险,左肩膀脱臼,身体左侧、左手臂上有较大面积擦伤,盆骨位置和膝盖关节处有软组织挫伤。病人脑部可能受了撞击,入院时说有点晕眩感,估计有一定程度的脑震荡,所以要到明天再观察才能有最终的结论。其他的,都没什么太大的问题了。嗯,病人快要休息啦,你要探望她的话就抓紧点时间。哦,对了,稍后你到住院部收费处把相关的费用也一并交了吧……"

我连声说"好",再次向医生表示感谢。医生护士走后,我轻轻地推门进了病房,来到了苏小睿的床前,她正闭着眼睛在修养。

我很久没这样近距离看过苏小睿了,再次相见我觉得她似乎一点改变都没有,眉目间还有着当时的那股灵气,只是少了读书时少女的那股羞涩感。在病房柔和的灯光下,苏小睿的肤色显得比以前更苍白了,她的长头发披散在枕头的一侧,黑亮的头发衬托得她的脸庞更加动人。

我站在床边,不忍吵醒苏小睿,但我轻微的呼吸声还是引起了苏小睿的注意。她似乎感觉有人站在附近,忙睁开眼睛。当她看到是我时,眼睛里仿佛透出光线一般,她挣扎着要坐起来，一下子激动得话都说不清楚："你……你来了！怎么会……这是……我这是在做梦吗？"

我连忙把要坐起来的苏小睿按住，让她别动，说道："你好好躺着……好好躺着，别乱动，我就在这里……大家都是熟人了，客气什么？能再次见到你，我都已经觉得万分幸运了，但愿你一切安好吧。"我说到后面，也开始有点激动了，毕竟苏小睿太让我们牵挂了，此时此刻见着她，听着她的声音，怎能不让我动情呢？

苏小睿听话地躺了下去，我与她彼此客套了几句，话题自然是回到苏小睿出事故这个点上，还有就是苏小睿为何会忽然回来、她过得好不好。

"我回去之后结婚了。"苏小睿说得轻描淡写，她把看我的眼光收了回去，转而望着天花板，"后来我去做了医药的生意——你也知道的，我爸是药师，我嫁出去后，我夫家出钱给我开了家药店。这次我来这里是要洽谈一笔药材进货的事。对了，你今年也该毕业了吧？在这里工作？"

我点了点头，刚才从苏小睿的话里听得出她的生活似乎过得还好，她的丈夫看来对她也很不错，至少能支持她家做生意。看到苏小睿过上稳定的生活，我那紧张的心多少能感到轻松一点。

"我真没想过会在这里遇见你，想着你毕业后或许会回家工作吧。但毕竟你在这里读了四年大学，以前也听你说过雅婷姐考上研后，你会陪她读书的，所以你留在这里的可能性也挺大的。我来这里前,就把你的手机号存在手机里了,想着把生意谈好了，再看看是否能联系上你，见上一面。谁知道今晚在街上走着走着想想该什么时候找你，却没见到那车从拐角处飞窜出来……当我恢复一点意识时，依稀看到护士抬着我上救护车，之后……之后我又昏过去了，再睁开眼时，你就站在了我的身边。这真像是一场梦啊！"苏小睿声音尽管微软，但言语间还是听得出相当兴奋的。

我挪了一张椅子过来，坐到了苏小睿的床边，轻声说道："你因为想着见我，然后被车撞了，这样说，让我感觉自己像做了错事一样啊。你啊，下次直接给我打电话就是了，只要你想见我们，我们怎么也会来见你的。这是我的真心话，我相信大家也都是这样想的。"不知为何，当我说到"我们"时，心里想到了韩京，我相信韩京也一定会来见苏小睿的。

苏小睿微笑着点点头，她的脸上似乎因为多了笑容而显得有点红润了。她说道："谢谢你们的关心！其实……一直都是我不好，我自己总是任性，总是按着自己的性子来做事，为你们添了很多的麻烦，包括你，雅婷姐，还有……韩京。我感觉自己没有做对过一件事情……"

"好啦，好啦。"我连忙打断了苏小睿的自责式的话语，"过去的就让它过去吧。你现在过得好过得开心才是最重要的。你做任何事情，我们都是支持你的，你就像是我的妹妹一样，我想你永远地开开心心过日子。"

正说话间，病房门被推开了，一个护士探头进来说："探病时间到了，病人要休息了。家属快点离开吧。"

我看着时间也不早了，苏小睿现在也的确要好好休息，于是我站起来，帮苏小睿整理了一下被子，让她盖得舒服些，然后说道："你今晚好好休息吧。明天我和雅婷一起再来探望你……你受伤的事情我还没和她讲呢，免得她担心。不过这次她能见到你，我想她一定会很开心的，所以你得尽快恢复，知道没？"

苏小睿点点头，说道："好的，我答应你。麻烦你先代我向雅婷姐问好吧。"

我把东西都收拾好，向苏小睿道别后便要离开病房，走到门前却被苏小睿叫住了。只见苏小睿一副欲言又止的样子，我正想说话的时候，她好像终于鼓足了勇气，缓缓地说道："梓，你能联系上韩京吗？我想见见他。就让他一个人来，越早越好！"

苏小睿的要求完全出乎我的意料，我呆了有好几秒钟，心里却五味杂陈：苏小睿不是一直逃避着韩京吗？甚至私下断了与韩京的一切联系，偷偷地休学，静静地离开，让我和韩京黯然神伤了许久……如今苏小睿竟主动提出要与韩京相见，这究竟意味着什么？为了了却一个心愿？还是为了对当年的那一段酸涩的爱情有个最终的交代？更何况现在苏小睿已为人妻，韩京也找到了他自己的爱情，两个命运已经越来越远的人再相见了，会有一个皆大欢喜的场面吗？

很多的想法都只是在我脑中飞闪即逝，因为此时此刻，我无法拒绝苏小睿的要求。她和韩京曾经真心爱过，现在虽然彼此无法再在一起了，但人若一味地逃避现实，又能过得坦然吗？又能真正获得快乐吗？或许苏小睿很想走出那一步，彻底地摆脱束缚自己的感情枷锁。无论是作为苏小睿或是韩京的朋友，我都应该支持她。

我点点头，说道："好。我会联系他的。我想……我想，韩京也会想见你的。你好好休息，有消息我会通知你的。"

"好的。麻烦你了！"

苏小睿看着我把病房门轻轻掩上，然后听着我的脚步声在走廊外面越走越远，直至消失在走廊的尽头，她才轻轻地吁了口气，把头重重地靠在枕头上，身上被撞伤的地方在隐隐发痛，伤口也一阵火辣辣的刺痛，让人觉得难受。过了几分钟，苏小睿挣扎着起床，在床头的包里掏出了手机，拨了一个号码，电话很快接通了，苏小睿用微弱的声音说道："喂……是我。嗯……我还好吧，手撞脱臼了，头可能有点脑震荡……

这事我不怪你，这是我要求你做的……其他的就不说了，明天我会把钱打入你的账号。你自己看着办吧，离开这里，不要出现了。明白没？明白就好，我挂了。"

苏小睿按掉电话，把手机丢回包里，此时她感到自己的心突然跳得很快，她不知道自己所要去做的事情究竟是对还是错，事到如今还有路可退吗？一切的事情是否能好好地解决呢？想到纠结之处，苏小睿感到一阵晕眩感袭来，这应该是车祸后的后遗症吧。

苏小睿无力地再次靠在枕头上，眼睛直直地看着天花顶上那盏灯，那灯光虽不耀眼，但看久了仍会让人产生迷茫的感觉。苏小睿看着那灯的边缘渐渐幻成一团白色的光影，整个人都像是漂浮起来了，往事的点点滴滴此刻重临她的心头……

54

苏小睿把退学的手续都搞好以后，她知道自己要离开了，把行李都装点好，也没有告诉任何人，毕竟谁也帮不了自己，何必再去与他人联系呢？自己也不想再去解释什么。苏小睿本想与我和方雅婷正式道别一下，但想到自己之前在出租屋里对着我差点就做了件大错事，心里也觉得愧对于我，尤其是面对方雅婷时，自己的心里好像总是压着重担似的，那就干脆不见好了。

就这样，苏小睿收拾好行李，买好火车票，自己一人独自登上了回云南的归途。火车上，她还是觉得应该跟我道一声别——毕竟这两年里苏小睿备受我的照顾，她心里还是蛮感激我的，所以她斟酌了一下，发出了道别的信息。只是苏小睿去意已决，也不想我打电话前来追问或挽留，于是把电话卡也拔掉了，彻底与我们失去了联系。

苏小睿一路沉默地坐了一天一夜的火车才到达昆明，尽管坐车已很疲劳，但那里温润的气候让她还是觉得精神一振，于是她决定回家前再好好自己独处几天，到处游山玩水一番，也算是为自己的旧生活划上一个完满的句点。苏小睿在火车站里把行李寄存好，然后盘算了一下自己手头上的资金，在书摊处买了一份地图，为自己规划了合适的游玩路线。接下来的数天，苏小睿轻装前进，先把昆明当地的石林、滇池和世博园走了一趟；然后又转往大理古城玩了一圈，登苍山观洱海；最后去了丽江，随当地旅行团去了玉龙雪山、虎跳峡，然后在丽江古城里待了两天，尽情享受在那里的悠闲生活。在离开的前一晚，苏小睿漫步在丽江的酒吧街，看着迎面走来的游人带着满足的微笑，听着那随街飘荡而来的悠扬歌声，沿着那流淌于古城内千年之久的溪水，苏小睿感慨万分，未来的生活会是怎样的呢？自己是否再也享受不了如此令人神往的生活了呢？想着想着，苏小睿不禁泪流满面，待抹干泪痕，她才发觉自己已随着溪水来到了古城的边缘，那里人流已变得稀少，喧闹声也渐渐消去，古城的静谧此刻才显露出来，让人刹那间心安神宁。在溪水的一旁那里还开有一间小店，专卖那些纪念品与水灯。那看店的老妇告诉苏小睿，可以买一盏水灯，然后写下心愿，把它放入水中随水而去，它飘得越远，愿望便越有可能成真。

苏小睿点点头，在那里买下了一盏水灯，并向老妇借来墨水笔，沉吟良久，便在灯上写下了数行文字，然后她点燃了灯芯，把它放入溪水之中。水灯落水后显得十分轻盈，在水面上晃悠了两下，便开始起航了。它随着水流缓缓地前行，即使是碰到了溪水两旁的石渠也丝毫没有停滞下来，那幼小灯芯所燃起的火苗在漆黑中尤为显眼。苏小睿沿着小溪一直追寻那水灯的去向，希望能看到它飘得远远的，只是那水流的速度开始变快，加上河道弯道变多，很快苏小睿便跟不上了，只能眼看着那水灯忽闪忽闪地消失于弯道之间。苏小睿在溪边双手合十，默默念着自己的心愿……

离开丽江后，苏小睿交替地坐着火车和汽车辗转了数趟，才回到了自己的家乡——那个既熟悉又陌生的小镇槎洱。苏小睿回来兑现婚约的事在当地迅速传开了，大家都对苏小睿能够回来践约的那份勇气表示敬佩。苏药师夫妇看到了苏小睿回来，又惊又喜，知道女儿是为了自己能过上安宁的日子才主动践约的，既心酸又心痛。但至少离家多年的女儿总算能回来了，一家人终于能相聚了，以后纵有多大的困难也可以一起扛。

萨穆尔自然也获知苏小睿回来的消息，按照他早一两年的脾性，他早就召集一伙儿损友前往起哄闹事，好让苏小睿尽快嫁过去。只是不知为何，现在的他却有点害怕去面对这个情况。一方面，毕竟萨穆尔已过了而立之年，以前青少年时候的那股任性与叛逆的性情已有所收敛，而且自己在家乡里经常闹事，搞得乡亲们对他也很有意见，都在背后指责他，根本就看不起他，甚至连同萨穆尔的家族、亲人都一并看不起。这让萨穆尔多少感到有点压抑，走到街上总有种抬不起头的感觉；另一方面，当年跟随萨穆尔一起闹事起哄的几个损友，其中一个自己吸毒过量暴毙家中，另一个犯了重罪锒铛入狱，这些事件都给萨穆尔的内心很深的震动，忽然间他觉得自己的人生可能就这样废掉了，他的内心产生了深深的恐惧。

但即便萨穆尔内心曾多少有过那么一点儿的愧疚，但之前由于苏小睿一直都没有回来，加上自己的老爹病重得一日不如一日，家里也没有人去约束他。在那样的情况下，萨穆尔内心的那一丝羞愧还不足以让他悬崖勒马，他倒也干脆抱着破罐子破摔的心理，继续胡作非为,每天偷鸡摸狗地去搞些小钱回来吃吃喝喝。而他身边的那几个损友也正愁着每天没事可消遣,就不断怂恿萨穆尔以苏小睿不回来履行婚约为借口,不时上苏药师的家中生事,也好从中捞点油水。

不久之前,老菜农的病情忽然加剧,随时有生命危险,那些损友又出了个馊主意,就是要让萨穆尔上门逼婚,说是要用婚事来为老菜农"冲喜"延寿。他们就是想着苏小睿肯定不会回来,到时便可以又趁机大大勒索苏家一笔。万一苏小睿回来了也行,借着大搞婚事的名义,到时喜钱肯定也少不了。于是他们多方筹划,在村子里制造了舆论,所以不少人都觉得此事并无不妥,村中有几个好事之徒甚至还请到了族长出来主持公道。萨穆尔本来就没什么主见,加上对苏小睿一直不回来履行婚约也心生不满,因此头脑一热便随着一群当地无赖上门闹事,给苏药师一家带来了很大的压力。

在众损友的鼓吹下,萨穆尔还真在族长的带领下去了苏药师的家,煞有介事地要谈何时迎娶之事。

现在苏小睿真的回来了,萨穆尔反而怕去面对,毕竟老菜农私下已撕毁了当年的婚约,只是由于突发急病,才使得真相无人知晓。而苏小睿与自己的所谓"婚事"是他自己一手"导演"的好戏,于情于理自己绝对是理亏的,加上自己多年来在本地的口碑极坏,现在成年了多少有点愧对乡亲父老的感觉。只是自己又不能把当时强加于苏小睿身上的婚事的真相揭开,否则只会在村里身败名裂,更加无脸见人了,所以现在只能硬着头皮把这戏撑下去。萨穆尔把心一横,破罐子破摔的心态又出现了,想着"我是无赖我怕谁",自己都三十多了,总得要想结婚的事情,既然以前与苏家有过那么一段婚约,现在又阴差阳错地搅浑在了一起,干脆将错就错下去吧,可能这就是天意!

苏药师一家迫于无奈,而且苏小睿自己为了保住家人的名誉、地位、安全,也做出了履行婚约的承诺。就这样,两家人便开始为婚礼的事情做准备。

只是世事也实在是令人捉摸不透,偏偏事情在此时又有了转机。那天村子里来了一位走四方的游医,走过老菜农的家时觉得口渴难忍,便到老菜农家里讨碗水来喝,在交谈中无意说到自己擅长医治各种奇难杂症,尤其擅长针灸治中风。游医所说的症状跟病危的老菜农甚为相似,于是老菜农的家人连忙请游医入内为老菜农诊断病情,并恳求游医妙手回春,好救老菜农一命。

游医不发一言,马上俯身为老菜农把脉,细细诊断后,马上从随身的布袋里拿出一盒银针,现场为老菜农施针通脉,前后忙了两个多小时,只听久病在床的老菜农"哇啊"大喊一声,侧着头吐出了数口痰液,然后竟渐渐有了急促的呼吸声。

游医收拾好东西,谢绝了老菜农家人递上的分量不少的诊金,只是说了一句:"我和他有医缘！缘分让我今天来这里救他一命。这钱我不能拿。"说罢写了一副药方，叮嘱要按照分量来熬制中药给老菜农服用调理，然后他便大踏步离开了老菜农的家，再也没有人见过他了。

老菜农被游医医治后，竟渐渐恢复了意识，在中药的调理下，第二天竟能坐了起来，说话似乎也能听得清楚了。老菜农在家休养时，却见到了家中放置了很多婚庆的东西，便问家中究竟谁要办喜事，家里人不敢隐瞒，便把萨穆尔要迎娶苏小睿，办喜事来为老父冲喜延寿的事情都告诉了老菜农。

得知情况后，老菜农差点气得再次昏倒过去。他清楚地记得自己已经把苏小睿的那门婚事退掉了，并撕毁了婚约，没想到自己被不孝子萨穆尔气得突发中风。在失去意识的这段时间，萨穆尔居然无中生有，捏造事实，多次上苏家骚扰，硬是要苏小睿嫁给他。这等于是把老菜农置于言而无信的境地，这一点老菜农是无法接受的。

心急如焚的老菜农马上要求家人把他搀扶到苏药师家说个明白，同时也叫人去通知族长和萨穆尔一同前来，他要把事情当面说个清楚。

很快，老菜农和族长都来到了苏药师家，附近的好多乡亲也都闻讯而来看热闹。大家见到老菜农竟从病危的边缘挺了过来，都感到又惊又喜，纷纷说老菜农为人宅心仁厚，上天眷顾，这次转危为安，今后必有后福。

正当大家在为老菜农的康复而庆贺的时候，萨穆尔一身酒气、睡眼惺忪地进来了，原来昨天他一早便跑到县城里去联系婚庆的车辆。这事办完后，便继续留在县城里，找了三五个狐朋狗友去吃香喝辣的，然后又打牌赌钱，一直折腾到天亮才跑回家里，连自家的老父起死回生都不知道，刚才被人叫醒，让他马上到苏药师家里集合，族长和他老父都在那里呢！萨穆尔被人在熟睡中叫醒，心里已是不爽，但听族长也在那里，难道是与苏小睿的婚事又有什么变故？而且朦胧中又听得自己的老父也在那里，以为老菜农半夜时去世了，但家里并无哭丧之声，貌似不是那么回事。在疑惑中，他只得胡乱地披了件衣服，跟跟跄跄地往苏药师家走去。

一进苏药师的家，萨穆尔迎头便见到老父坐在厅中央，顿时睡意全无，惊讶得一句话也说不出来。只见屋里的众人都铁青着脸，便知道事情不妙了，只得硬着头皮，尴尬地在门口旁挪了张凳子坐了下来。

萨穆尔屁股都还没坐定，这边老菜农已经颤巍巍地举起手中的拐杖，要扑过去敲打萨穆尔，嘴里气愤地骂着："你……你这个败家子儿！你这个……畜生！畜生！连我的……我的话都不听！一边等着我这把老骨头死掉了，一边却编了个弥天大谎，你……你差点害了人家的好闺女啊！好在苍天有眼啊，让我还有一口气的时候，来打死你这个孽畜！"说罢，一拐杖便朝着萨穆尔的头打过去。萨穆尔自己做贼心虚，加上熬夜喝酒后身子发软，一时竟没有闪开老菜农的拐杖，被击中了肩膀处，痛得他龇牙咧嘴，大声喊痛。但他一直都忌于老父的严厉管教，再加上现在自知理亏，因此被老父打了也不敢作声。

在场的苏药师等人连忙上前把老菜农拉了回去，生怕他因气愤引发旧疾而危及生命，好不容易才把他劝住了。虚弱的老菜农刚才的一番大动作，几乎用去了全身的力气，现在已气若游丝，一味在咳嗽喘气。好不容易把气理顺了，老菜农才当着在场的人的面把自己当初如何取消婚事撕毁婚约，萨穆尔又是如何把自己气得突发中风，趁着自己病危捏造事实，强迫苏药师一家嫁女等事情一五一十地讲了出来。旁边的人边听边发出阵阵的惊讶之声，族长更是听得脸一阵青一阵白，看来他知道自己被萨穆尔等人利用了。当时想着萨穆尔难得有孝心要为老父延寿，况且之前老菜农也的确与苏药师一家有过媒妁之约，于是便应允下来当个主婚人，没想到整件事的过程是这样的。族长心中甚是气愤，望向萨穆尔的眼光也变得严厉起来，因为在当地对"仁义礼孝信"等传统观念甚为重视，萨穆尔却隐瞒事实，打着"孝"的名义欺上瞒下，并且是置老父的安危、信誉于不顾，私下捏造事实企图骗取婚姻，这已是"不仁、不义、不孝、不信"的做法了。按照族里的做法，简直可以把萨穆尔逐出村子，甚至可以在族谱除名！这是最严重的处理措施了，谁的家人遭遇这样的惩罚，对于这一家来说，是极为羞耻的事情，从此可以说在村子里再也没有什么地位可言。

萨穆尔自己也愣住了，他没想到老菜农会在这结婚前的紧要关头清醒过来，更没想到老父激动之下会把自己所做的坏事在族长等人面前一下子全抖了出来。这下他可知道自己闯大祸了，恐惧、焦急、慌乱等情绪一涌而上，脸色开始变得发白，身子也情不自禁地抖动起来，他想转身就跑，无奈脚上一点力气也使不上，一步也迈不出去。混在人群中的他的那几个损友，本来想着来给萨穆尔助助阵，必要时出来为萨穆尔辩解几句，但现在一看形势不对，生怕自己也粘连上那些要"驱逐除名"的罪名，连忙把身子一缩，全部混入人群里，一溜烟似的走了。那些有份参与筹备萨穆尔与苏小睿婚礼的人们也都感到脸面无光，出于泄愤的心理，纷纷用怨恨的眼光盯着萨穆尔，同时责骂之声四起，不绝于耳。

屋里的老菜农早已是老泪纵横，他当然知道自己把话出来的后果会是怎样，但他始终坚守着心中的那一丝正义与善良，不违背自己的良心，是非分明的做法绝对值得所有的人的尊敬，因此此时老菜农的号啕大哭的确令在场的人感到心酸与难过。

萨穆尔面如死灰，他知道事情已经无可挽回了，但这却又激起了他骨子里的那股倔强劲，他把心一横，咬牙喊道："我自己犯下的事我自己扛！娘的，大不了一死！老爸，是我错了！我这就一死，让你心好受些！"说罢，萨穆尔就冲向屋子角落放镰刀的位置，打算抹脖子自杀，幸好他身边站着一邻家的大哥，眼疾手快，一下把他拉住，随后几个年轻人也冲了上去，好歹把萨穆尔按住了。众人这才回过神来，其中有几个中年妇女是老菜农家中的亲戚，见此情况吓得马上就呼爹喊娘地失声痛哭起来，呼天抢地的哭声让人听了心寒。老菜农虽是痛恨儿子，但突见儿子要寻死解脱，自己也瞬时精神崩溃，从桌边扑倒在地上，也撕心裂肺地痛哭起来："我命苦哪——命苦哪！生了不肖子，自作孽哪！我注定孤独终老，天啊！你……你现在就收了我这老骨头去吧！收了去吧……"

就在大家正乱作一团的时候，忽然从角落里传出一个声音："大家都别乱了！我自己的婚事，自己能做主！"

说话的人边说边从角落里走了出来，众人一看，正是这桩婚事的"主角"之一——苏小睿。只见她上前把扑倒在地的老菜农扶了起来，让他在长椅上坐好，才转身对着大家一字一字地说道："我——苏小睿，愿意嫁给萨穆尔。至于是否算是履行婚约，我不管也不想管。大家现在都别哭哭啼啼的了，真的想帮忙的，就把这门婚事弄好吧。"

苏小睿的声音不大，但每一个字都如晴天霹雳般在这小屋子里回响，在场的所有人无一不被苏小睿的这个决定所震惊，人人瞠目结舌，围观的人更是敛声屏气，面面相觑，瞬时间整个屋子内外鸦雀无声，空气仿佛一下子凝结了。

最先反应过来的是苏小睿的母亲，她冲出来把苏小睿一把拉住，仿佛迟一秒都会从此失去爱女似的，嘴里喃喃地说着："你疯了？这事你做什么主？你……你……回来！回来！"苏药师也挤了上来，凑在苏小睿的耳边急促地说着什么，从神情上看也应该是劝说苏小睿放弃刚才那个决定。

众人这时才从震惊中回过神来，人群里"哄"一声炸开了锅，质疑声、询问声、讨论声此起彼伏，比刚才那乱糟糟的场面更热闹，声浪简直要掀翻屋顶。直到见到苏小睿举手示意有话要说才静了下来，大家急切地想知道苏小睿这峰回路转的决定是怎么回事。

只见苏小睿神情严峻中带点冷酷，她没有理会父母的拉扯规劝，面对众人大声说道："族长，还有各位在场的叔伯乡亲，我苏小睿虽是一个平凡的女子，而且婚姻之事理应听从父母的建议与安排，但这场婚事可以说是由我而起，况且作为婚约事件中的当事人，我想我还是有发言权和决定权的。

"我自小因婚约的问题而被迫离开家乡离开父母，这其中的辛酸与凄楚恐怕大家很难体会,现在我既然决定回来了,便下定决心不再离去,我要陪伴我的父母,服侍他们,好好尽孝,以弥补这些年来我的愧疚……"说到这里,苏小睿忍不住回头看了看在她身后的父母,眼眶忽地红了起来。苏药师夫妻听到此言也随即黯然神伤,默默垂下泪来。

苏小睿强压着心中的感情,稳定了下情绪,继续对大家说道:"况且萨老先生对我家有大恩,如果没有他,我父亲早已可能长眠于深山野林之中。萨老为人心地善良,宅心仁厚,想必村中的各位乡亲也都认同。他一直以来别无他求,只想着为儿子的将来做打算,就这样他与我父亲苏药师订下了我与萨穆尔的这一门亲事,尽管这样做有些荒唐,但为人父母者,这种做法我们可以理解。难得萨老先生一直深明大义,毫不偏袒小儿,甚至为了我的幸福而私下废了那婚约,无时无刻不为我和我一家人着想,在这一点上我感激涕零,后来萨老先生还因解决婚约的事情而气坏了身体,几乎因此丧命,我深感痛心与内疚。一直以来,他待我如亲生闺女般,这是我们一家都感受到的,我也一直想寻找机会好好报答他老人家给予我一家的恩情,也想待他如亲生父亲一样。

"人们常说:人无信不立。虽说萨老先生已私下废除了那纸约定,不再具备效力,但作为我本人,在三年前曾答应成年后会嫁给萨穆尔,现在我没有反悔,这是我的决定。况且,刚才大家有目共睹,萨穆尔打算以死谢罪,这证明了他内心中尚存羞愧之心,俗话说得好,'浪子回头金不换',人贵在知耻而后勇。只要萨穆尔能洗心革面,改邪归正,立志发奋,我苏小睿嫁给他又何妨?毁掉一个人容易,拯救一个人困难,与其逐萨穆尔出族,让萨家背负上沉重的精神负担,不如给他一个机会重新做人。这样,我既可以从此侍奉我的双亲,又能报答萨老先生对我家的恩情。从此两家人化解矛盾,都能过上好生活,那我苏小睿做牛做马也是心甘情愿的。

"所以,我的主意我拿定了。希望大家能理解并支持我的决定!在此,我苏小睿再次谢过所有的叔伯乡亲了!给大家添麻烦了。"说罢,苏小睿走上两步,深深地向四周鞠了一个躬,连声说'谢谢',然后径直走回屋子里。

苏小睿的一番肺腑之言打在了在场每个人的心坎之上,连苏药师夫妇都呆在原地,默默不语。众人也无不为苏小睿的胸襟与孝心所折服,况且苏小睿的话句句在理,让人信服的同时也引起了大家的思考,尤其对于如何处理萨穆尔的问题上,大家都已经有了基本的认识,真的正如苏小睿所说的那样,何不给人家一个改过自新的机会呢?

族长缓缓地站了起来,眼光扫过在场的每一个人,他说道:"事情的经过想必大家刚才都已经亲眼看到或听到,萨苏两家的婚约早已不存在,今天苏药师的女儿苏小睿主动要求成婚,那么萨穆尔不守信的说法也可以抹掉。况且——萨穆尔刚才打算以死赎罪的做法，证明了他确有悔恨之心，尽管没有用生命洗去罪孽，但其灵魂仍能得到净化，萨穆尔所犯下的不孝、不仁、不义等罪孽，亦可减免。我族向来以'扬善积德'为祖训，今日苏家女儿苏小睿奉孝宽宏，为我们立下了一个很好的榜样，她原谅了萨穆尔的过错，给了他一个重生的机会，当事人尚能以德报怨，我们为何不能宽厚待人呢？这是一件两全其美的好事、幸事！我们诸位乡亲父老该多包涵与理解，也算为他们祝福，也为自己积福！苏药师、苏夫人，你们作为小睿的父母，你们的意见如何啊？"

苏药师夫妇两人对望了一眼，隔了数秒，最后苏药师缓缓点了点头，轻声说道："我们还是顺了小睿的意见吧。做父母的，子女幸福快乐，我们就满足了。"

族长也点点头，连声说了几个"好"，随即他又来到老菜农的身边，嘱咐他好好养身子，萨穆尔和苏小睿的婚事他会继续操办，并承诺乡亲们一定会全力配合。

老菜农没想到这件耻辱的家事竟能有如此意想不到的结局，不但儿子能毫发无损地免受驱逐除名的重罚，而且自己一直为儿子操心的婚姻大事也顺利解决了——媳妇还是自己非常满意的苏小睿。这怎能不让老人家心情万分激动呢？面对着族长，老菜农激动得久久不能说话，张开的嘴里也只能发出"呵——哈"的笑声表示赞同。

萨穆尔满脸愧色地从地上站了起来，生平第一次羞于见人，平时霸道无赖的嘴脸全然不见，他低着头不敢看身边的人，默默地来到老父身边，在老父的低声责备中，搀扶着老人家拨开人群往家里走了。

剩下的乡亲们看着这件纠纷多年的事情到今天为止总算有个完美的结局，都为双方家庭感到高兴，其中有些负责办萨苏两家婚事的婶娘，也赶紧在场分了一下筹备婚礼的任务，然后大家各自散去。

话说苏小睿在前屋里向众人表明立场后，也不理会大家的讨论与惊奇的目光，独自跑回了自己的房间，"砰"地把房门关上。苏小睿背靠着房门，深深地喘了几口气，刚才她在众人面前把自己的想法一一讲了出来，看似平静，实质上她一直在压制着内心的紧张。幸亏苏小睿在大学里也参加过一些学院里的辩论赛之类的活动，算是练就了一些临场发挥演讲的本领，今天在众人面前讲话才如此头头是道。

苏小睿要嫁给萨穆尔的决定并不是草率做出的，而是经过这几天她深思熟虑后拿定的主意。其中有侍奉父母的原因，也有她自己的原因。刚才苏小睿在众人前讲的话其实也是她自己心里的真心话，这段时间在家陪伴父母，真的感受到了家庭的温暖，见到父母操劳的身影与憔悴的神色，苏小睿又怎么忍心那么自私地丢下父母而去外面寻找自己的幸福呢？父母这些年来在这里受到的压力与艰难，苏小睿想想都觉得心酸，心中的愧疚无论如何都冲刷不去，只有自己留在这里与父母相聚，减轻他们的压力与负担，哪怕自己是嫁给恶人萨穆尔，也是情愿的。

除却要侍奉父母的原因促使苏小睿做出这个决定，还有一方面是苏小睿自己的内心情感决定的，可以说这是苏小睿强制自己这样做的一个措施。因为自苏小睿离开大学回到了云南，想着从此会与韩京以及我们没有了联系，便不会再想念，但很快她发觉自己的想法是错的！分开方知情重，苏小睿自以为和韩京断绝了联系便不会再想他爱他，但岂知回到了家中，她发觉自己是多么地想念韩京。苏小睿常常倚窗北望，想象着韩京的点点滴滴，看着天边的变幻浮云，她又会在脑中编织韩京的模样，总之那想念如蚀骨的药水，牢牢地依附在她灵魂的深处，让她朝思暮想，晚上更是辗转难安。当然苏小睿也知道，此刻韩京也在通过各种方式来寻找着自己，无数次苏小睿都有冲动想去联系韩京，但她最终还是忍住了。是啊，就算自己找到韩京又怎样呢？让他放弃学业来找自己，还是要自己再次离乡背井远离父母去与他相爱？韩京只要离开了自己，必定会有远大而美好的前程，何必要拖累他来趟自己的这潭泥水之中呢？主意既定，苏小睿便暗下决心要断了对韩京的思念，但这刻骨的思念不是说断就断的，苏小睿最后把心一横，决定履行婚约嫁给萨穆尔，走进婚姻里，用生活的琐事以及对家庭的责任来冲淡韩京的印象，冲淡一切！

苏小睿这个决定在心中酝酿了许久，只是犹豫着什么时候跟父母详谈，没想到突然遇到了老菜农转危为安，出面来澄清真相的情况。她现场目睹了老菜农痛哭落泪的样子，又看到他痛斥萨穆尔后那绝望的眼神，看着这位一直疼爱自己并对自家有着大恩的慈祥老人，苏小睿真的很心酸，觉得这位老人实在太可怜了，经此打击后，恐怕老人家真的会抱恨而亡。苏小睿心中惋惜之时又见萨穆尔要寻死谢罪，这份冲动让苏小睿感受到了萨穆尔的悔恨之心，也就是说这个所谓的恶人其实还是有救的。原本就打算去践行这个婚姻的苏小睿在现场仿佛汲取了力量，鼓足勇气向在场的所有人讲明了自己的决定。说完后，她都不忍心去看父母的眼光，只觉得勇气消散后人有了虚脱的感觉，恍惚中自己便走回了房间。

苏小睿背靠着门，脑里一片空白，站了很久才发觉脸上湿了一片，原来是自己的泪水落了下来。她忽然意识到，自己刚才的那个决定已经把自己的人生完全翻到了另一个页面，什么都是新的开始了。那里没有繁华的城市，没有庄严的大学校园，没有了情同手足的好友，更没有了那个让自己魂牵梦绕的韩京……想到这里，苏小睿眼前有点发黑，手脚都酥软了，她挣扎着扑向床，任由那泪水漫延……

55

　　萨穆尔与苏小睿的婚事按部就班地筹备着，在族长的关照下，村中的人们干得分外积极。所有的聘礼、婚礼上要用的红绸、红烛、红绳等细节东西也在众多中年妇女反复地提醒中全部备齐，萨、苏两家更是忙进忙出，为了儿女的终身大事而费心操劳。

　　结婚当日，苏小睿头戴凤冠霞帔盛装出嫁。按照当地的惯例，叩拜父母，等待着新郎萨穆尔前来迎亲，待新人见面，照例是要在现场热闹一番，放鞭炮烧吉纸，再由一众红娘簇拥着去男方家里见父母，最后众人还要去宗族祠堂里给祖先上香，禀告先人，还要把写有一对新人姓名的红灯笼挂于祠堂之上，里面燃有红烛，并要点上三天三夜，寓意新人今后的生活红红火火，吉祥如意。

　　忙完一系列宗族的仪式后，一对新人便可以稍作休息，只需晚上喜宴时由男方出面招呼即可。而此时办喜事的两家人才真正开始忙碌起来，在当地像结婚那样的喜事要在家族的祠堂里连摆三天的流水酒席，招呼从各处赶来参加婚礼的亲戚朋友。萨、苏两家家族的亲戚齐上阵，简直把厨房当成了战场，杀鸡鹅、屠牛羊、宰猪狗，整个厨房里烟雾缭绕，肉香菜味混杂成一股令人垂涎三尺的浓重味道，那土灶里的火苗"扑哧扑哧"地跳跃着，仿佛也在为今日的喜事而大声喝彩。里面忙活的人们淌着热汗，两颊都是红扑扑的一团红晕，大家各自都有手上的工作，但彼此的兴致都很高。两家人的亲戚虽有些素未谋面，此时却不显得尴尬，男男女女之间互相调笑着、呼喊着。就在这嬉笑间，一道道美味的佳肴陆续完成，源源不断地供应给祠堂里那前来贺喜的宾客们享用。

　　外面的酒席现场更是热闹万分，宾客们觥筹交错，推杯交盏，放开了怀去吃，哪怕是路过此地的异乡客，只要能进来道声恭喜，都可以分得一份酒菜饱餐一顿。这样特殊的时刻，图的就是一个热闹与喜庆，也当是为一对新人积善祈福。

　　萨穆尔那天也穿得很正式，跟平时那流里流气的样子截然不同，刮了须根，弄了头发，整个人看起来精神了很多，一洗颓废的神色。刚开始他也不太适应自己的变化，面对着来贺喜的乡亲显得有点拘谨，见着了苏小睿和苏药师，还会觉得脸红得发烫，羞于抬头见他们。幸好现场人多，大家七嘴八舌地把气氛一直维持在热闹的程度上，才使得萨穆尔的窘相不会那么惹人注意。直到晚宴时刻，一天的仪式即将完成，萨穆尔才感到一丝的轻松，而且作为婚事的男主角，在晚宴招呼众宾客时，难免会成为大家举杯祝贺的对象。他平时的一帮狐朋狗友也围着他嚷着祝贺来敬酒，数杯暖酒下肚，萨穆尔的情绪开始高涨起来，交杯间想到今日是自己的人生大事，今晚之后自己便是有家室之人，心中不禁狂喜起来，身心不由得一阵放松，于是频频举杯开怀畅饮，直喝到晕乎乎的才罢休。

好不容易熬完了这一天的仪式，送完最后一批宾客后，萨穆尔才拖着疲惫的身躯回到了自己的新房。新房里的布置仍是以喜庆的红色为主色，红窗帘、红桌布、红床单，在台面上的一对红烛也燃得正旺，把整个房间的氛围烘托得更为温馨。萨穆尔和苏小睿的新婚大床垂着薄纱帐子，靠着墙边的萨穆尔隐约看到苏小睿穿着一身粉红的衣服背对着床外睡在那里。

萨穆尔刚才在外面与朋友们高谈阔论毫不顾忌，不知为何进入新房里却变得拘谨起来，甚至都不敢去靠近大床那边，只是在门口的藤椅上坐着，整个过程蹑手蹑脚的，大气都不敢喘上一口。但一天的劳累与应酬已使他十分疲倦，一坐下来眼皮不自觉地要粘在一起，萨穆尔实在熬不住了，就想着同床上躺着睡，于是鼓起勇气去撩开帐子，这下真切地看到了苏小睿的背影：只见她那柔柔的秀发披散在鸳鸯枕头之上，隐约闻到一丝发香；一段白皙的脖子和一条白嫩的手臂裸露在外面，透着诱人的气息；那身姿玲珑浮凸，单看背影就能让人心血贲张了。苏小睿似乎没有觉察有人靠近，依旧睡得很平静，身子随着呼吸有规律地起伏着。

面对苏小睿的背影，萨穆尔简直看呆了！他不由自主地掐了掐自己的脸蛋，怀疑自己是不是在做梦。苏小睿的美貌是大家都公认的，想不到这么一个温柔善良、美貌多才的女孩，竟会下嫁给一事无成的自己，这是要修多少世才能换来的福分啊？萨穆尔回想起自己数年来对苏药师一家所做的坏事丑事，想起自己在乡间坊里留下的坏口碑，又想起那天自己身败名裂差点要寻死之际，是苏小睿不计前嫌地挺身而出"拯救"自己……那份宽容与无私，让萨穆尔顿感自己配不上对方的万分之一。此刻萨穆尔眼中的苏小睿不是一个普通的妻子，而是一位降落凡间的仙子，具有神圣不可侵犯的感觉。他忽然觉得，苏小睿一定是上天派来拯救自己的，今后自己可得拼了一切去保护她，为她带来幸福。

由于一天的忙碌，萨穆尔根本没有梳洗，他低头嗅了嗅身上那浓重的烟酒味，看着身上斑斑点点的油迹，他觉得自己这样绝对不能睡在那神圣的苏小睿旁边，生怕玷污了对方。他赶紧退了下来，把帐子收拾好，又坐回那藤椅里，打算挨着桌子睡一宿。萨穆尔屁股一沾椅子，眼皮就跟着合了起来怎么也睁不开，那酒意、倦意涌到头上，一下子便睡得不省人事了。

萨穆尔的这一觉睡得十分沉，当他再次睁开眼睛时，艳阳当空，阳光透过窗子洒满了一地。萨穆尔花了两三分钟的时间才缓过神来，想起了昨天是自己的大婚日子，而自己的记忆最后停留在睡在新房的藤椅上。他猛地坐了起来，发现自己身上盖着柔软的床褥，外面的衣服也已换下。萨穆尔惊讶地看着这些变化，连忙翻身下床，一揭开帐子便看到苏小睿正坐在桌子旁沏着一壶喷香的花茶。她神态自若，落落大方，身上穿着新过门媳妇所定做的小褂子，脸上的红粉显然也是刚扑上去的，衬的那白嫩的脸蛋更美艳动人。

　　苏小睿看到萨穆尔从床上起来，淡然一笑，说道："起来了吗？不多睡会儿？我还想等花茶沏出味儿来了再叫醒你，村里的老人说这茶最是能解酒提醒的。既然起来了，赶紧去洗漱吧，然后再来喝……"

　　萨穆尔一看到苏小睿望过来，连忙把头低下，胡乱地在床边找着自己的外套，可是怎么也找不着，尴尬之时又听苏小睿说道："你的衣服我拿出去洗了，待会儿你还得去洗个澡，昨晚我可没那个力气搀扶你去澡房呢！"说着，苏小睿自己笑了起来。

　　"你啊，昨晚怎么不去床上睡觉呢？不是解开了帐子要上来了吗？后来又怎么在藤椅上睡下了？"

　　萨穆尔被问到了，总算有了个可以摆脱尴尬的理由，他挠着后脑说道："这新床、新被……我睡不惯呢！况且我一身的酒气、烟味，这一躺下来……别说床单被子全脏了，就连你整晚都睡不好了。那我干脆到旁边歇着，我本来就是一个粗人，将就一下也无所谓……"

　　"以前你是什么样的人，那也是过去的事情了。但现在你不同了，得把想法纠正过来。被子床单脏了又怎样，换了就是啦，人熬夜受冷病坏了，有得换吗？再说，哪有新郎新婚之夜都不上床与媳妇同眠的？说出来别人笑话呢！今晚可不能这样了。"苏小睿说话的语气很正经，正经得让萨穆尔不敢再有所辩驳。

　　萨穆尔还在不断地挠头，正想着自己现在究竟有什么"不同了"。虽说想不出个具体的东西，但他的确觉得实在是跟过去有点不一样了，现在有个人来"管"着自己了，这种"管"跟以往老菜农等人的"管"又不同。一直以来他从来不把别人的劝告、管教放在眼里——哪怕是老父的话，现在他却不敢违背眼前这个女子的话，头一次觉得有人"管"原来是件这么美好的事情，他愿意被管了——确切地说，他愿意被眼前的这个叫作妻子的人"管一管"了。

　　萨穆尔唯唯诺诺地应了苏小睿，下床跐着拖鞋就去洗漱冲凉了，然后回来喝了花茶吃了早餐，便携着苏小睿回老菜农家。按照当地习俗，结婚的头几天还有不少的仪式要进行，比方说要回丈夫家敬奉香茶给长辈，寓意合家团圆和气，然后照例要杀鸡还神，还有跨火盆、吃汤丸等习俗；第二天还要回娘家见岳父岳母等，只有当这一系列的流程完成，才意味着这门婚事完满结束。

随着萨穆尔与苏小睿的婚姻开始，两家人的生活翻开了新的篇章。婚后的萨穆尔真的被苏小睿管住了，性情也比以前收敛了不少。虽说为人还是有点好吃懒做，偶尔还会闹点小脾气，但毕竟现在是个有家室的人，而且妻子是让自己信服的人，在苏小睿的约束下，大的麻烦萨穆尔倒是没有惹过。

老菜农病后身子虚弱，但看到儿子的终身大事已了，心中的郁结解除了，再在中药的调理下，身子有了恢复的迹象。人人都说，老菜农好人果然有好报，以后可以慢慢享清福了。

苏药师夫妇也接受了苏小睿嫁给萨穆尔的事实，因为他们也舍不得再让苏小睿远离自己了，当时苏小睿所说的话也合情合理，既然能把问题解决了，从此以后又能一家人团聚，而且还报答了老菜农的恩情，这是一个皆大欢喜的事情。只要萨穆尔能改过自新、重新做人，以后苏小睿与他在一起也未必没有好日子。现在看来，苏小睿也的确能把萨穆尔"镇住"，将来这两口子同心协力把生活搞好，他们作为老人也能好好享受了。

苏药师自己一直也有一个心愿，就是开办药堂，光大祖业、现在生活既定，他便有了心思去完成这个心愿。苏药师一家勤劳，治家有道，兼之一向省吃俭用，也算有了一定的积蓄，但开办药堂谈何容易，需要一大笔费用。亲家老菜农本来也想资助苏药师，只是原本殷厚的家底在早些年被好吃懒做的萨穆尔用于赌博、赔偿等挥霍得剩得不多了。好在老菜农家那大儿子，当时也曾承诺过，说是如果苏小睿能应了这门婚事，他家会资助苏家开一家药堂。现在萨、苏两家好事既成，他自不会食言，通过各种门路调集了资金供苏药师创办药堂所用。随后又经过了一段时间的筹备，苏药师终于如愿以偿，在自家门面的基础上扩阔了不少，开办了一所药堂，从此在家坐诊服务社群。

苏小睿是理科出身，当年的数理化学得也相当不错，现正值父亲药堂开业用人之际，自己刚好能帮得上忙，加上自己对医药多少有点兴趣，打算迟点再去考个药师执照，便可以女承父业了。萨穆尔结婚后多了苏小睿的日夜监管，放肆的机会少了很多，只是他年少时读的书少，在当地名声与口碑也不好，因此想谋份工作也不太容易。苏药师便暂时也让他在药堂里帮忙，负责装卸药材，有时为病人熬熬中药，或是给村里或镇里的顾客送药。苏药师的想法是，让萨穆尔在大家面前干点实事，渐渐让大家改变对他的看法，以后慢慢地再谋其他工作。

对于这样的安排，萨穆尔自然没有什么意见，只是他对这些跑腿卖力的工作不是很感兴趣。早年的混混生活虽说一事无成，但他却在飙车中对修车有了一定的研究，于是老是想着自己开个修车店之类的，自己当个老板好赚钱。萨穆尔的这个想法虽然有点不切实际，但毕竟是他积极向上的一个表现，苏小睿自然很支持，鼓励他好好工作几年，并利用这段时间做好相关的准备，靠自己的努力去慢慢实现目标。

安定的生活过得飞快，一晃眼就过了数月。那天苏小睿在苏药师的书房里整理药方子，无意中翻到了一张有关医治急慢性咽炎的民间偏方，随后去询问父亲知道了这方子确有奇效。电光石火间苏小睿像是想起了什么："对了，这个病雅婷姐不是曾经提及过吗？说她的外婆深受这病的困扰，现在有了这奇方，何不发给雅婷姐，帮她一个忙啊！"

这个想法一出现，便再也抑制不下去了。虽说苏小睿早已下了决心不再与我们联络，免得大家为自己担心与牵挂，但感情毕竟还在，而且又是那么深，就像那地窖下埋藏的老酒，只有打开了，才知道那份感觉是如此的难忘。苏小睿犹豫了再三，还是用手机把那方子的信息发了过去，她想着或许方雅婷不知道是谁发去的，只要她能用那药方去帮她外婆治病就好了。

信息发出去后，不久便收到了方雅婷的回复，苏小睿从回复中看到聪明的方雅婷果然猜到了自己是谁，这证明了大家对自己一点也没有忘记。想到这里，苏小睿的心里一阵激动，她很想马上就打电话给方雅婷一诉离别之情，但还是忍住了。因为苏小睿也明白打这电话无多大意义，况且自己的经历说来话长，到时这些情况从方雅婷这里再通过我，传到韩京那里，韩京可能又会胡思乱想，耽误了自己的正事。所以苏小睿硬下心来，不再回复。

没想到，接下来收到来自方雅婷"……我已与苏梓分手，祝你和苏梓幸福"的信息让苏小睿看得心惊肉跳。这一下苏小睿坐不住了，她在书房里猛地站了起来，脑里"嗡嗡"地作响，竟有着天旋地转之感，险些扑倒在地上："怎么会这样？怎么会这样的呢？苏梓和雅婷姐分手了，为什么？从信息来看，雅婷姐是在怀疑我与苏梓在一起了，正因为这样才会分手的。这……这怎么会与我有关呢？这其中必然有误会！一定是有误会！我要告诉雅婷姐才好，好让他们尽快地和好。"苏小睿从晕眩中镇定下来，在回复中忍不住倾诉了一些自己委屈的情感与无奈的现实，并力劝方雅婷别冲动与我分手，并强调一切都是误会，让方雅婷好好与我谈谈，别断送了一段美好的情感。

苏小睿的误会一说却换来了方雅婷更为激烈的反应，方雅婷在信息里说道，那天亲眼看着我进入了苏小睿的房间逗留了数小时，并质问苏小睿——我颈上的吻痕如何来的，这一下子让苏小睿明白了事情的症结在哪里了。那一刻，苏小睿的泪水夺眶而出，她悔恨自己当时的任性与冲动引发了一场她无法预料的"情感灾难"——导致方雅婷与我分手。吻痕的存在，也必然令苏梓对此事变得无从解释，而且按照苏梓的性格，从保护自己的清白声誉这角度出发，也肯定不会把真相透露出去的，这无疑等于间接承认，这种委屈真能把人憋死！苏小睿想到这儿，泪水再次涌了出来。她心急如焚地想要向方雅婷解释清楚那事件的原委，但单凭自己的一面之词能让人信服吗？只有真实的证据才能还苏梓一个清白，让事情的真相大白，才能挽救这两位对自己爱护有加的好友的感情。苏小睿再次苦恼起来。

"真实的证据？证据？有了！我有办法了！而且我必须得那样做！必须得那样做！"苏小睿看着手机喃喃地自语道。她像是想到了什么似的，急忙冲出书房，回到了自己房间，找到了平时存放私人物品的盒子。她颤抖着双手打开盖子，在里面翻找着，最后她眼前一亮，悬着的心稍稍放了下来，拿起了里面的一支录音笔。苏小睿按了几下，一点反应都没有，莫不是坏了？她的心一下又掉了下来，心扑通扑通地又急跳起来。忽然苏小睿一拍大腿，才记得原来刚才忘了装电池，待重新装好电池再试了一下，那笔端的指示灯亮了，苏小睿又连按了几下，终于从里面听到了她要找的声音。

原来当时苏小睿用录音笔把自己与我的现场声音录了下来，其时苏小睿对自己的前途与爱情都已陷入既绝望又痛苦的阶段，她无比渴望能把生活中的一些美好的东西长久地保存下来，留作以后的回忆。那晚她想把自己献给我，同时也幻想着我就是韩京，以达到精神上的满足，于是她偷偷地把录音笔藏于床头里，把她和我在现场的一切都记录下来。在那个时候，我在关键时刻还是清醒了过来，明白到方雅婷才是我的最爱，并把苏小睿也骂醒了。苏小睿事后才感到十分后悔与惭愧，甚至是极度的自责！因此事后苏小睿再也没有勇气去听录音笔里的内容，只是把它当作是个人物品放了起来。今天通过方雅婷的信息，才惊觉自己当时的冲动竟带来了这么严重的后果，她极力想解决问题的方法，最终想到了这支录音笔！

"这支笔里有着整个事件过程的声音记录，也是苏梓对方雅婷专一忠贞的最好证明！相信方雅婷听到这些对话，一定能明白苏梓的真心的，那么这场误会必定能解决。"苏小睿想着。只是这些对话中，也有着许多苏小睿内心的独白，甚至不乏一些带有强烈暗示意味的情话，这等同于是让旁人毫无保留地窥探到自己的内心世界，这对于平时内向的苏小睿来说是一件相当羞愧的事。

苏小睿也没在这事的选择上纠结很久，因为她宁愿自己受苦受累，甚至是受辱，都不愿自己所爱的人、所珍惜的人受一点点的委屈！在对待自己的家庭与自己所爱的韩京，苏小睿可以牺牲自己的前途、婚姻幸福，现在为了自己两个好友的幸福，即使把自己自私、无知与任性全部暴露出来又何妨呢？如果只是自己受委屈、熬日子，能换来其他人的幸福快乐，那也是值得的！苏小睿紧紧攥着那支录音笔，重重地舒了口气，她按动手机信息告诉方雅婷，"我会还苏梓一个清白的……"

第二天，苏小睿便跑到镇上的邮局，把那录音笔寄了出去，总算是把焦急的心放了下来，只是过了几天，她又开始担心那笔是否能安全寄到？"万一没有的话，方雅婷与苏梓岂不是会继续分道扬镳？"想到这苏小睿又不安定了，她又去到镇上邮局，问那包裹有没有丢失或是退回，邮局工作人员回复说那包裹已寄了，刚刚不久分局那边才把确认单录好了。苏小睿吁了口气，但仍是不放心，她觉得还是要与我取得联系，确认一下才好。苏小睿在镇上大街徘徊了很久，最好还是鼓起勇气把电话打到了我的宿舍。电话被我接通后，苏小睿的心紧张得不知把话从何说起，好不容易把情绪稳定下来，在电话里一边为自己的错误表示忏悔，并要我马上去找方雅婷，真相会随着一件物品的到来而揭开的。苏小睿不敢与我聊得太久，生怕自己会按捺不住情感，而让远方的我们为她担心——如若不是为了要帮助我与方雅婷重归于好，苏小睿还真的没有勇气去打这个电话。

苏小睿再次向我表示了愧疚，并深深地祝福我与方雅婷之后，便决然地挂掉了电话。她呆呆地站在街头，默默地想："好了，既然把事情都交代清楚了，是时候该离开了。这次走了，就不要再出现了吧。自己也没有脸面去见方雅婷与苏梓——毕竟人家还差点为了自己的幼稚而抱憾终身。悄悄地离开，就像不曾出现过一样,或许是最好的选择，免得自己又惹出麻烦伤害了大家。现在自己已经走入了人生的另一个阶段，心里就不该再有太多的牵挂，幸福也好，痛苦也罢，生活总得继续，有苦有痛了，咬咬牙挺过去吧。"

春去秋来，夏冬交替，一晃眼两年快过去了，又到了这一年的初冬时候，云南的气候受冬季的影响并不是太大，仍是非常适宜的温度，每天照照那和煦的阳光，迎面吹着那不寒冷的东南风，让人感觉十分的舒适。

这天午后，苏小睿从父亲的药堂离开，准备回家——一般情况下，药堂下午会比较清闲，苏小睿便可以早点回家料理家务，今天她回家特别早，因为从今天开始她要忙于复习备考明年5月的执业药师证。这一两年来，由于父亲医术高口碑好，附近的好些村落甚至是镇里的人都慕名而来，因此药堂的生意尚可，而自己这段时间在店里帮父亲忙，也学到了不少医药知识，为了将来有更好更大的发展，苏小睿得要做好相关准备，考一个药师证便是其中重要的一环。

她的丈夫萨穆尔仍在药堂里帮忙，现在专职做装运药材的工作，为了方便他工作，前段时间两人还贷款搞了一辆营运的小货车给萨穆尔开。萨穆尔开着那小货车运货时可威风了，按着喇叭一直驶出村口，吓得小孩们都跑到一边，鸡狗到处乱窜，他却在驾驶室里哈哈大笑，有两次还开车把村里乡民的猪圈和茅草房给弄垮了，赔了不少钱。为此，老菜农、苏药师和苏小睿都数落了他不少，每次萨穆尔都口口声声答应下来，但过不久还是难免有犯浑的时候，看来萨穆尔那骨子里的赖皮性格还是改不掉的。

苏小睿回家后，发现萨穆尔也还没有回来，上午他开货车到邻近的镇上订购药材，一般情况下，现在应该到家了，"这家伙肯定又不知去哪儿偷懒了。"苏小睿一边这样想着，一边打了盆水洗手洗脸。洗漱完毕后她便回到了房里，正准备抽出昨天准备好的书开始复习，岂料一不小心，手背一下撞到了桌面上的一串饰品佛珠，那串佛珠的扣子并不牢固，坠地瞬间便分崩析离，珠子滚得满地都是，有些还跑到了床下。

苏小睿"啊"的一声轻呼，忙俯身去拣，好不容易才把周围的捡起来，但数目仍不完整，看来是有不少珠子滚到床下去了。苏小睿凑到床边去张望，果然见到最里面有几粒珠子，她不想等下次搞卫生时再来收拾，虽见着床下灰尘不少，但还是皱着眉头往里面挤，伸手又捡了两粒，又往前探了几步，苏小睿整个人都在床底下了才又捡几颗。正在这时，她好像听到了外面传来一点声响，似乎有人在喊自己名字，但由于在床下听得实在不是很清晰，又怕被下面的灰尘呛着，便没有回应，她想着应该是萨穆尔回来了，正要从床下出来时，却听到自己的房门被推开了，进来了两个人。苏小睿认得出其中两条腿是萨穆尔的，另外两条腿裤脚皱巴巴的，穿着一双旧牛皮鞋，两个人是说着话进来的。

"这屋子里没有人了吧？我们要谈的事可不能漏风啊……"那穿着牛皮鞋的男人说道，声音低沉而略带沙哑。

"没人哩！我刚进门不是叫唤了几句么？我家那娘儿们还在店里没回来。你尽管把事说说，说说…………先坐坐，来根烟？"萨穆尔自己先在房间里坐下了，递了烟给对方，自己也"啪"的把烟点上了，"嘶嘶"地吸着。

苏小睿在床下听得真切，心想："萨穆尔和对方有什么见不得人的话要说呢？还是在这里先听听再说，万一真的是什么坏事，我也好有个准备，一定要把萨穆尔劝住！"另外，那人的声音听起来挺熟悉的，好像在哪里听过。苏小睿想了想，记起了那穿牛皮鞋男子是谁了，他是萨穆尔的一个"朋友"，比萨穆尔年长五六岁，人称"鬼爷"，以前一直和萨穆尔称兄道弟，为人也颇讲义气，后来赌博输了钱，溜到外省躲债去了，前两年不知从哪里搞了一笔钱回来还了赌债，才又开始在家乡里活跃起来。平时不见他做什么正事，偶尔也会消失一两个月，说是到外面打工，回来后到处呼朋叫友去吃吃喝喝，经济上似乎挺宽松的，大家都不知他的钱哪里搞来的，不过村中的一些后生很是羡慕他有能力捞钱。前年萨穆尔与苏小睿结婚时，鬼爷也曾来祝贺，还送了一份厚礼，所以苏小睿对他的印象比较深刻。只是苏小睿总觉得鬼爷不是正路角色，哪有人不干活便有钱的？这钱肯定来得有问题。只是最近一段时间鬼爷与萨穆尔也没有什么接触往来，苏小睿也不好在萨穆尔面前说他的朋友。现在这鬼爷找上门来了，看样子似乎要与萨穆尔谈事情，他们会谈什么呢？苏小睿不禁竖起耳朵去听。

"穆头儿，我们可有多长时间没见啦？我算算……有半年咯！幸亏今天老哥我眼儿尖，在镇上看到了你，你也够爽快的了，掏钱请我吃了顿酒，够义气，真哥们！"鬼爷对萨穆尔交口称赞。

"小意思！我在镇上拉点中草药材，反正闲着也没事。见着朋友嘛，吃饭喝酒的算什么。你不说我还不觉得，我们半年没见了？老哥你到哪里发财啦？有财路可得指点指点兄弟……多少能赚点的，下次好吃的好喝的，兄弟我包了。"

"嘿嘿嘿，穆头儿，你现在还想往外跑啊？你娶了媳妇儿后，我以为你就开始夹着俩蛋睡暖炕了，以前的那种潇洒日子你过不惯的啦！你还是跟着你老丈人，扛扛药材，开开货车，晚上洗洗早点上床寻乐子好了……哈哈哈。"

"哟哟，鬼爷哥你这话是在笑话我不？说句实在话，我拉这破草药算啥玩意啊？出了两斤汗也换不来两包烟抽抽，我堂堂萨穆尔，以前好歹也是道上叫得出名堂的人物，有胆识有力气。我可不想过得如此窝囊，我也想挣大钱，不要让别人都看不起我，将来挣了钱了谁敢小瞧我！哼！"萨穆尔狠狠地抽了口烟，长长地吁了出来，白烟瞬时缭绕了他整个面庞。

"现在的人哪，眼都长头顶上了，你没钱谁当你是个货？没钱你只算个球！中午喝酒时听你发了一顿牢骚，知道你现在干这拉货卸货的活儿干得一肚子火，你还说要搞个什么汽修店什么的，看来遥遥无期啊……"

"鬼爷，甭提这个了，想想就觉得窝火！没钱搞个鸟啊！对了，鬼爷，中午喝酒时不是说着有好门路好财路介绍吗？说好来我家细谈的，怎么反而进门了还神秘兮兮的，搞什么鬼？"

鬼爷没有接话，默默地抽着烟，过了一阵儿才说："穆头儿，老哥我一直认同你的能力啊。看着你以前也和我聊得上，中午你请我喝酒,我感激你的情分！现在有好处了，兄弟我不会藏藏掖掖的。"鬼爷说到这里，顿了一下，忽然把声音压低了一点，说，"现在有一票生意。想不想来干一下？钱这个少不了你的！起码有这个数！"鬼爷两手的食指叠在一起，比画出一个"十"字。

"十……十千……一万吗？噢——噢噢——难道是十万？"萨穆尔的声音不禁激动起来。

鬼爷点点头，低声继续说道："对，就是十万。有兴趣不？走一趟，前后一个月吧，事成就付款，一次清。事情干得漂亮了，另外再加五万。"

这回萨穆尔坐不住了，两眼放着光，站起来双手来回搓着，然后拉着凳子往鬼爷那边靠，兴奋地问道："有这等财路，好啊！真能赚那么多，我萨穆尔趴着去做牛马都行，鬼爷，你好好说……咦？莫不是要我去贩毒吧？这杀头的事我可不干！有钱没命花！"说到后面，萨穆尔似乎清醒了一点，觉得这钱来得容易，事情绝不是那么好办的，因此他脸上的笑容一下子收敛了下来。

"不是贩毒！那事我也不干！"鬼爷再次把声音压低，"我们要做的是……把某人请过来，把他看好了不让他乱跑，然后管吃管喝，就这样！时间少则半个月，多则一个月，等事情办妥了，把人放了就可以收钱了，听懂了吗？"

萨穆尔把鬼爷的话反复琢磨了一下，疑惑地问道："鬼爷，你这要做的……要做的是……是绑人……实则是绑票吧？"

鬼爷不置可否，说道："别把话说得那么难听，什么绑人绑票的，我们说的是'请人'，反正他好好来便是，不肯来那我们也唯有强硬一点啦，我们不伤人不打人，低调点办事就行。穆头儿，本来这事也真找不着你的，只是我们这边出了点事，缺个人手，我看你人够义气，跟你也算一场兄弟，想着有好处也该提点下你。你不是开车挺厉害的吗？我们就缺个好司机，这样吧，你就负责帮我们开车，报酬只管付给你，其他的事用不着你，这样你的关系也就不大了嘛，万一出了事也怪不到你头上。你觉得怎样啊？"

萨穆尔显然被说动了，但脑子里还是在反复权衡利害关系，因此默不作声，又抽出一根烟点着，急速地抽着。

鬼爷是何等精明的人，他一看便知道萨穆尔已经心动，便不失时机地继续煽动着："放心吧，穆头儿，我鬼爷再怎么利欲熏心也不至于坑自己兄弟！这种差事我干过几票了，一点事也没有！你看我这钱来得容易，就是干这来的！"说到这里，鬼爷似乎想起了自己的"辉煌历史"，脸上一脸得意神色。

"你不是想自己当个小老板开家店吗？这里就有现成的资金，只要你点点头肯去干，钱很快便到手，到时村里谁还看不起我们的萨老板啊？相信我吧，这趟差事很好做，这次人家雇我们请的人是……一个学生嘛！不是什么难搞的角色，保证手到擒来，把他看好了半个月绝对完事！"鬼爷看到萨穆尔的神色，知道他大概有八成的机会答应，为了证明自己所言不虚，鬼爷从衣服的内袋里摸出一张纸，打开递给萨穆尔看，说着："这是我通过专门的渠道拿回来的资料，那些大老板通过门路找到我们，单子接下来了就去召集人手！——你看你看，我没骗你吧？就是这个公子哥儿……"

说着鬼爷把纸片弄得"簌簌"响，萨穆尔顺手把纸拿过去看，嘴里念叨着，也没有一个最终的答复。

鬼爷看到萨穆尔仍不作声，便把话说得紧一点："穆头儿，老哥我可是给你把馅儿抖得精光了，这口肥肉可不等人，别想着晾凉了再回头吃。你好歹给我个话儿，干还是不干？不干我也不勉强，我转个头便能找出个开车能手来。我可是想把美差留给你啊……"

萨穆尔把烟吸得"滋滋"响，当他吸到最后一口的时候，他猛地站了起来，把手中的烟蒂用力地往地下一丢，另一只手把拿在手中的纸片一扬，喊了一声："娘的！干！怎么不干啊？人无横财不发，马无夜草不肥！这次也该我萨穆尔翻身了，等我赚钱了，也让我家里的人夸声我好！"

可能是萨穆尔太激动的缘故，那扔向桌面的纸片被萨穆尔猛力挥手一扬，竟没有落到该落的地方，而是飘飘悠悠地滑向了地面，最终落在床边的位置！

苏小睿一直在床下听着萨穆尔与鬼爷的对话，越听越是心惊，想不到这个鬼爷竟是来教唆萨穆尔去干绑票这样的事情！这绝对是要惹上刑事的罪行，最令人痛心的是，萨穆尔居然被不义之财所利诱。一心想赚快钱换得大家的刮目相看，这种急功近利的心态最易被他人利用！真是蠢到家了！苏小睿躲在床下不敢露面，但脑里一直想着该如何把丈夫劝住，不去碰这伤天害理的事情，后面却又听到鬼爷说已接到目标的资料，心中正想着这究竟是一个怎样的人呢，没想到的是，这纸条竟鬼使神差地落到床边，位置就在苏小睿的面前！上面的文字图片她看得一清二楚！

苏小睿忍不住去望这纸片上内容，只见上面只是简单地写着几行字，下面附有一张黑白的人物照片。苏小睿凝神去看上面的字迹，并去分辨图片中的人像。这一看，可把苏小睿吓得魂飞魄散，全身控制不住地剧烈颤抖，身上的冷汗急剧地冒出，只见纸条上写着的内容是：

目标对象：韩京，男，24岁，G省人。北京xx理工大学研究生，现居住在北京，地址是……下面的黑白人像清清晰晰地呈现着韩京的一张正面生活照。

如果说名字与资料会有重复或弄错的时候，但那灿烂的笑容、深邃有神的双眼，苏小睿一辈子都不会忘记！这就意味着，他们的目标人物就是自己刻意想忘记的却又无法忘记的人——韩京！

苏小睿用力地按住自己嘴巴，生怕自己控制不住发出声响，她实在不明白韩京为何会成为这伙人的绑架对象？为什么要绑架他呢？是谁对韩京如此的仇恨呢？这些问题显然现在是无法解答的，但苏小睿清楚自己一定不会让这事情发生，她一定会豁出去阻止它！

正当苏小睿脑中闪过千百个念头的时候，忽然一只手出现在她的面前，苏小睿的心差点就从嗓子眼蹦出来，以为自己的行踪被发现了。她惊恐地望着那只手，不知下一步该如何是好？那只手伸了下来，然而并没有往苏小睿这里靠，而是把那张飘落在地的纸捡了起来。这时鬼爷的声音说道："别激动嘛！这张宝贝可不能弄丢！我们几个兄弟就指望这买卖赚笔钱了！好了，现在穆头儿你答应了就好，以后就是自家兄弟！具体的事情我们慢慢谈！你可得做好准备，跟我离开一段时间……"

"鬼爷……这事真的好办吧？说句老实话，我的心里挺虚的，怕出了乱子……"萨穆尔毕竟是第一次参与这种行当，怎么也想别人给他壮壮胆子。

"绝对顺利！不瞒你说啊，小子！把握大着呢！因为……因为这目标早就被我的老板盯上了！他的身边已经安排了内线，已经有好几年了。只要我们准备妥当，那公子哥儿绝对乖乖地上当！到时我们手到擒来，神不知鬼不觉的，我们坐着等收钱就好！"鬼爷看到萨穆尔愿意入伙，显然也处于兴奋的状态，一不小心把一些内幕的东西都透露给了萨穆尔。

萨穆尔连声称好，说："现在办事的确周密啊！你的老板手段实在是高呀！那我们什么……时候动身啊……"

"这个不急，等我安排好了，再行动……"

鬼爷继续简短地交代了几句话，然后看着时间也不早了，他说还要赶到另外一个镇去准备一点东西，得马上离开了，并让萨穆尔开车送他一程。

萨穆尔自然没有意见，两人便继续聊着其他事情，一前一后地往外面走了。很快，外面便传来小货车的发动机启动声音，萨穆尔载着鬼爷离开了。

苏小睿确定两人已经离开，才从床底下爬了出来，她像经历了一场大灾劫一样，只觉得天旋地转，浑身乏力，只能顺势躺在床上。苏小睿喘着粗气，过了很久才缓过神来，她不断暗示自己："现在千万不能乱，不能乱……要镇定下来，我要想好多的问题，好多的事情……"

苏小睿努力使自己镇定下来，她感觉自己从来没有像现在这样费心过，因为她要把所有细节想清楚，不能有丝毫差错，否则后果如何真的不敢想象！现在留给她思考的时间也不多了，萨穆尔估计一两个小时内便会回来，目前还不知道他将会在什么时候做什么事情，自己必须先有个计划，然后见机行事才好。

"萨穆尔看来是下了决定去做这件绑票的事情的了，我需要跟他坦白吗？按照他的性格，当场揭穿了他，可能会激发他的倔劲，他硬着头皮也要去干，就算是让我劝住了他，打消了他这个念头，那鬼爷也会重新再找人去部署计划，这样韩京照样会被伤害。况且鬼爷肯定会追问萨穆尔退出计划的理由，万一让他知道了是我从中作梗，甚至认为我们知道的东西内幕太多了，以后必然会来找萨穆尔或者我家人的麻烦，像他们这些做惯坏事的人有什么干不出来的？看来这个方法行不通。"

"其次，我可以报警吗？鬼爷一伙人目前并没有实施绑架的计划，我贸然报警只会打草惊蛇，到时也同样会把矛头指向萨穆尔和我。现在他们没有行动，而且也没有证据，警方也不能做些什么实质性的惩罚。就算真的是引起警察的重视，在他们行动中抓捕他们，但其中还有自己的丈夫啊，抓到他的话，他的前程可以说全没了，在这个地方他更加没脸见人。做妻子的去举报丈夫，虽说是大义灭亲，但旁人只会是看笑话，在背后也肯定会对我当时的婚姻动机指指点点，这也将会让我的家人蒙受巨大的压力，我家才过上一两年的好日子，我要重新把它摧毁吗？不行，绝对不行！那我难道就任由他们去绑架韩京吗？"

苏小睿一想到韩京的名字，心就莫名地狂跳起来，脑海里也不由自主地想起韩京这个人。好长的一段时间里，苏小睿都认为自己已经可以忘记韩京，因为自己有了丈夫，有了家庭，自己的生活也处于慢慢变好的阶段，将来自己会有孩子，一切的生活都已经与韩京无关。但不知为何，自己自结婚后却不敢想任何读书时的事情，每当想到读书的事情，她都立刻强制自己想别的事情，那种刻意的逃避，苏小睿是真切感受到的，至于原因苏小睿是清楚的——就是不想因此而想到韩京！苏小睿意识到这一点才知道她的心中还是有着韩京的，刚才在床底下听到韩京成为歹徒的目标，那种惊悚的感觉是只有自己最在乎的人出现危险才有的。

"现在韩京处于危险的时候，我绝不能袖手旁观！为了他，哪怕是我自己受伤害也在所不辞。那我该如何去救他呢？难道我直接去阻止鬼爷他们吗？这根本不可能，我一个女人去阻挡无疑是螳臂当车……那可以直接联系上韩京，让他知道这事，然后躲开或者提防吗？这个估计也是下策，刚才鬼爷不是说过了吗？在韩京身边，已经安排了内线接应了，万一我打的这个提醒电话，被韩京无意中吐露了出去，那肯定会被歹徒们知晓，那他们必然会加快下手或者是重新计划绑票，那韩京不就更加危险了吗？况且，韩京现在还记得自己吗？当年自己单方面和韩京切断了联系，韩京会怨恨自己吧？就算不怨恨，我和他已经两年多没联系了，我的话他会重视吗？他甚至搞不清这是个恶作剧还是我故意所为，要韩京相信我的话，必须得当面见着他，设法让他相信我的话是真实的、有根据的才行！"

"如今看来，我唯一能做的事便是不动声色，先让萨穆尔跟随着鬼爷去做这事情。毕竟现在歹徒在明处，我在暗处，这样我可通过萨穆尔的动向去了解一点情况，可以提前做好相应的准备。萨穆尔毕竟还是我的丈夫，也看得出他比较服我，万一真的到了最危急的时候，我还可以和萨穆尔有商量的余地，让他提供点计划和线索，可以让韩京最大限度地避免伤害……"

苏小睿在床上反复思考，不断考虑各种可能性，也在不断地比较各种方法的可行性，最终还是决定暂时不向萨穆尔摊牌，而是暗中留意他的动向，以不变应万变；其次是要尽快与韩京见上面，并且让韩京相信她的话，明白自己危险的处境，以便最快地查找出真相，解决问题；最后要让萨穆尔悬崖勒马，在保护萨穆尔的同时要严惩凶徒，否则坏人一次奸计不得逞，必定会卷土重来的！

苏小睿反复思量后觉得目前只能这样做了，她不知道自己这样做会有怎样的结果，但她知道她必须得这样做。苏小睿看着天色已不早，便做了点饭菜吃，萨穆尔直到七点多才回来，然后跟苏小睿说今天拉货人特别多，回来的路上又见了个老朋友，就约在外面吃了点东西，所以回来晚了。

苏小睿装作很平静地答道："哦哦，见着朋友吃个饭也正常，反正家里也热着饭菜，你晚点儿饿了也可以吃。"

萨穆尔今晚回来后的话特别多，估计是与鬼爷谈妥了生意，找到了发财的"门路"，心中甚是兴奋，说着说着还忍不住对苏小睿透露自己有了主意做生意，将来肯定能赚点钱，不会一辈子都开货车拉药材。

与萨穆尔的兴奋形成对比的是苏小睿的低调，她轻答道："哦哦，是吗？想做生意赚钱，这主意是好的，不过可……可不要行差踏错，为了赚钱就家庭什么都不管了。"苏小睿的话明显有着一层规劝的意思。

萨穆尔没有察觉到苏小睿话中有话，满不在乎地说："才不会行差踏错！我不过是去帮忙开……嗯——我赚钱还不是为了家庭嘛！哎呀，这些复杂的东西说了你也不懂，你一个妇道人家就不要管啦！"萨穆尔大大咧咧地说着，其实心里是害怕自己说漏了嘴，被聪明的苏小睿听出端倪来，因此马上转了话题："早几天不是听你说要考个什么证来着？又说要复习考试什么的，都弄好了吗？"

"嗯嗯，我今天开始复习，想着今天下午早点回家看书的……"

"你……下午回来啦？很早吗？"萨穆尔很是紧张，担心自己下午与鬼爷一起时被苏小睿看见了。

"原本是想早点回的,后来觉得有点不舒服,就没回……就在药堂里休息了一下……"

"哦——哦——"萨穆尔如释重负,继续说道,"怪不得回来见你脸色有点苍白,说话也不提神的样子。不舒服就早点休息吧,不过最近看你的身体都不太好,胃口也差了些,吐都吐了好几次了。明儿叫你老爹帮你开剂中药调理下吧。"

"嗯嗯,知道了。"

……

第二天,萨穆尔趁着在药堂吃中午饭的时候,向苏药师说道:"爸——嗯,后天我得去一趟外地,可能要半个月左右,提前跟你请个假啊!你看看店里还缺什么药材,我明儿开车,把药备齐了再出发!"

苏药师还没有答话,这边苏小睿却有点慌了,她没想到萨穆尔走得那么急,手腕一软,碗"咣"的一声滑了下来,幸好大家没怎么注意她的失态。苏小睿连忙掩饰道:"这碗太滑了——嗯,怎么走得那么急?没听你说过呀?"

"对啊,无端地怎么就要跑外地啦?"苏药师也问道。

"这个……我有个朋友,以前也算是个拜把子的兄弟吧,就是那个……那个二毛李栓子嘛,他也是搞货运的!最近他接了笔大单子,时间紧,便想着叫几个熟手的司机跑一趟长途。我跟他可没二话,既然叫上了,做兄弟的不好推托。跑这一趟可不是白跑喔,到时报酬会妥妥的。你们不是经常教我要勤快点吗?又说什么'不辛苦难觅世间财'!我这回可是铆足了劲来干这一票的!以后跑熟了门路,还愁不发财致富?"

苏药师点点头,说:"这样也好,男人嘛,往外面跑跑见下世面也是好事。不过,也别刚上手便想着以后怎么发财,先踏踏实实做好了这一次,别斤斤计较,人家见你踏实肯干,手脚勤快,以后有了门路才肯让你…………"

"老丈人,这个你放心好了。我萨穆尔以前就是凭着讲义气、敢担当出名的,我这一出手,事情准办好!"萨穆尔自己做贼心虚,怕老丈人继续往下问,自己的理由编不下去,连忙打断苏药师的话,胡乱地扒完了碗里的饭,找个借口溜出去了。而苏小睿没有插嘴,一直在低头默默地吃着碗里的饭,脑子里在想着下一步该如何去做,连萨穆尔吃完饭开溜了也浑然不觉。

过了两天,萨穆尔天还没亮便起来了,一直在外屋抽烟,快到六点时才回到房间取背囊出发,说是去会合几个同伴。苏小睿装作在睡梦中"嗯"了一下,待确定萨穆尔走后，苏小睿再也睡不着了，从床上一跃而起。她迅速跑到衣柜边，从角落里掏出一个小包裹，然后一层层纸剥开，最里面的是个小盒子，她打开盒子取出一个黑匣子，上面有一个小屏幕，苏小睿打开开关，屏幕上便显示出一副雷达的界面，上面闪烁着一个小红点，同时匣子里传出一串尖锐的警报声，苏小睿紧盯着屏幕上的小红点，直至它消失了不再出现。

原来那天苏小睿得知萨穆尔近日将要出发去会合鬼爷，便趁着下午回家复习的空当，迅速坐车赶去数十公里外的县城，在那里找了好几家店铺，买了一套定位追踪器。因为苏小睿知道，要想保护韩京，就必须知晓鬼爷等人一伙的动静，只要能跟踪定位了萨穆尔就可以了。可惜在那小县城里买不到好的设备，能买到的定位器属于入门级的，只能在5公里内有反应，苏小睿没办法只好把这个买下来，并把接收器偷偷藏在萨穆尔的皮鞋里，只要萨穆尔出现在5公里范围内，苏小睿手中的这个定位器便会发出警报，并显示跟踪对象的方位。

设备准备妥当后，当务之急便是要见到韩京：苏小睿这两天一直在冥思苦想，目前可知韩京应该在北京读研，这是以前听韩京曾提及过的，鬼爷的资料中也清晰地显示了这一点，这伙绑匪还准备前往北京动手。照这样看来，自己就这样前往北京是不行的，一来韩京没有脱离险境，随时会落入歹徒之手，二来北京这个地方自己不熟悉，也没有朋友熟人在那里照应，就算真的在那里见到了韩京，万一出现了状况自己也无法应对。想来想去，苏小睿觉得只有在自己读大学的城市见韩京是最合适不过了，一方面可以让韩京迅速离开北京，快点与自己见面，可以有更多的时间与韩京说明情况，其次自己在那生活了近两年，地形、交通等较为熟悉，安排见面的地点也容易安排，另一方面有几个朋友在那里照应——苏小睿已经通过以前的同学，知道了方雅婷在本校读研，苏梓、方岳等人都在当地找到了工作。所以去那里寻求帮助的话，这些人都将会竭力帮助自己的。

主意打定后，苏小睿决定当天便出发前往G市。她跑回药堂告诉父亲，说是自己通过一些朋友，获悉了在南方某市里有个执业药师考试的培训，自己想过去报名参加一下，好增加一点考试的信心。苏药师知道女儿做事认真，讲究完美，肯定想有更大把握地通过考试，便当即应允了，并且还笑说萨穆尔和苏小睿这两口子，要么就两个都待在家，要么一下子两人前后脚地离开药堂，真是夫妻同心啊！

苏小睿可没心思去听父亲的说笑，赶紧回去收拾了两件衣服，又赶紧到县城里坐最早的一班火车往G市！她要争分夺秒地去拯救自己心中念念不忘的人！

一路上苏小睿也在想着该如何才能在G市见到韩京，自己打电话去约不太现实，那只能通过苏梓来约了,毕竟苏梓与韩京是很要好的朋友。但万一韩京不来呢?或是韩京有事要忙,不能短时间赶来呢?看来必须得找个必要的理由,让苏梓通知韩京一定要来,而且最好是一个人来,时间越早越好。那该有什么方法呢?苏小睿在火车上苦思冥想,突然无意中瞥到旁边乘客摊开的一份报纸,头条新闻是一则车祸的内容,红色的标题显得触目惊心。苏小睿皱着眉头看了一下内容,电光石火之间她似乎想到了点什么。苏小睿不顾他们诧异的目光,一把抓起那份报纸看了起来,脑中已经有了约见韩京的办法了!

苏小睿默默地对自己说:"韩京的为人我是清楚的,他的爱是那样的炽热与执着,如果不是当年的我如此的决绝,断了与他的联系,我相信韩京会一直努力与我在一起的,哪怕让他放弃学业与工作,他也在所不惜。两年过去了,或许他会恨我,或许他已经和另外一个女生快乐地在一起了,但我知道,如果我在最无助最危险的时候要求见韩京一面,他必定会赴约!我不下地狱,谁下地狱?把自己置于最危险的处境吧,相信命运会让我们再见的!"

带着这个念头,苏小睿下了火车。望着站前川流不息的人群,望着那一片熟悉的城市建筑群,苏小睿感慨万千。但这个时候她无暇缅怀过去的岁月,她把所有的计划重新在脑中过了一遍,然后便开始行动。苏小睿在当地找了一个开黑车的司机,要他做一件事情,就是约定在某时某地开着车把她撞到,只要撞不死就是了,车祸后的一切后果全部由她来负责!当时那黑车司机一听对方这样吩咐,连声大呼"神经病",说着要把车开走。苏小睿从包里掏出一叠现金说是作为报酬,那司机才又犹豫了。在重金的诱惑下,那司机最终答应了,只是他多次好心规劝苏小睿说:"姑娘,咋那么看不开呢?你这么一个美丽的姑娘,花钱买罪受……唉……算了吧……"

"这是你情我愿的事情。我是雇主,你就甭管我的想法了,按着这纸条上的时间地点去做就是了。事后钱我一分不少地打到你账户上!这是订金!"苏小睿淡然一笑,把纸条和五千元扔进车里。

……

苏小睿的眼睛终于被那灯光刺痛了,她不禁侧了一下头,想换个姿势,却扯痛了身上的伤口。现在苏小睿才有点后怕,如果车再开快一点,或是撞的部位再偏一些的话,自己可能把性命也搭上了。说真的,当时被车撞的一瞬间,耳朵里的一切杂音全部消失,只剩下灌入耳中的呼呼风声,似乎天地一下子离自己远去,身体也不觉得疼痛,可能当时还在凌空的缘故吧。总之觉得身体很轻,像纸一张随风飞去,自己在空中便开始觉得意识渐渐逝去,在闭上眼睛的一刻,苏小睿在脑海中出现的最后一句话便是:韩京,我们终于能再见面了……

苏小睿知道自己被撞后，医院或警察一定会尝试找到自己的亲人，因此她把手机里的号码也都处理过了，只剩下我一个人的名字，这样医院里的人一定会首先找到我，让我去医院为她处理事情。

我刚刚已经去过医院了，苏小睿也把自己要单独见韩京的要求向我提出了，现在苏小睿就等着韩京的出现了。"他来还是不来？现在想想万一他真的不来，自己又该怎么办呢？我是否太过天真或单纯，以为韩京真的还那么重视自己啊？就算他真的来了，我又该以怎样的面貌去面对他？朋友还是前女友？韩京最终信不信自己的话呢？我能眼睁睁地看着他被别人绑架吗……"一连串的问题在苏小睿的脑中碰撞，仿佛要破壳而出，想着想着，苏小睿终于敌不过身体的极度疲倦，加上入院时打的镇痛药水起作用了，苏小睿眼皮越来越重，沉沉地睡着了。

56

随着入站火车的快速驶来，地面的震感明显增强，当那束刺眼的灯光晃过后，火车就渐渐慢了下来，最终停住了。车厢门被粗暴地打开后，首先跳下来的是睡眼蒙眬的乘务员，他把连接火车与地面的小铁梯摆弄好，才招呼车上的乘客下来。

这趟深夜的火车乘客不多，因此我很容易便从下来的乘客中一眼看到高大魁梧的韩京。我从站台的这边一路小跑，一边喊着："京！这里！我在这里！"

韩京背着一个背囊，看样子行李并不多，估计是走得很匆忙。我迎了上去，拍了拍他的肩膀，便和他一路往出站口那边走去。

韩京虽说是坐了大半天的火车，但此刻精神尚好，没有疲惫的感觉，他边走边抱怨道："我上午接到你的电话后，便立即请假赶来了，想着坐最早的火车过来的！没想到这班火车竟会误点到这个时候，一路上又麻烦不断，不是要临时停靠，便是前方修路要减速慢行，早知道我跑去机场坐个飞机过来，哪怕再转车也比现在强！哦，对了，梓，现在……小睿的情况怎么样？"

"嗯，还算稳定吧……白天的时候，雅婷过去一直陪着她，下午下班时我还过去看了她一次，医生今天帮她拍了头部的片子，有点脑震荡的症状。看情况小睿这次算幸运的了，只是肩膀脱臼，身体部分地方表皮擦伤，大脑没受多大撞击。我估计她这次是吓坏了，以为自己就这样便没了，所以她才……才想着要见见你吧！"

韩京皱着眉头，喃喃地说道："怎么会这么不小心？真的是会吓坏她的。"两人说着说着，已经出了站门。我在路边拦了个出租车，把韩京送到附近的酒店公寓里休息。

"这次就你一个人来？凌丹呢？她，知道你来看苏小睿吗？"

"她这两天刚好出差了，我便没有告诉她。况且，苏小睿不是说让我一个人来的吗？我听她的！"

我点了点头，然后我把苏小睿住院的地址与床号写给了韩京，说道："现在医院已经谢绝探病了，只能明天再去，你今晚先休息好，明天你自己去医院见见小睿。你们该有好多话要说吧，我还要上班呢，到时我们电话联系，有需要帮忙尽管叫我。"

"嗯，好的。辛苦你了，幸好有你在，小睿才能得到如此好的照顾！"

"小睿也是我的好朋友，帮助她照顾她，也是应该的。好了，你休息吧，再见！等这事结束了，我们几个人再好好聊聊！"

……

医院的消毒工作一般从早上开始，因此当韩京来到医院的时候，那股浓重的酒精味还很刺鼻。韩京捧着鲜花和水果来到了苏小睿病房外——这是韩京早上起来赶到附近的市场里买的。

其实昨晚韩京辗转难眠，想到能见到苏小睿了，心情便莫名地紧张。当年苏小睿与自己断绝联系，自己曾发了疯似的去寻找她，内心简直要到了崩溃的边缘。这两年，虽说有凌丹炽热的爱情包围着，但内心深处仍然有着苏小睿的一抹身影。

如今苏小睿重新出现，这让韩京又惊又喜，但同时也不无担心，因为他了解苏小睿的性格为人，当初她既然能决绝地离去，说明她有充足的理由不再想见自己。"如今莫非苏小睿遇到了什么突发的事情，需要我们的帮助？一切的答案会在等会儿的见面中得到解答吗？"

想着想着，韩京的心不由得紧张起来，尤其是站在门前将要敲门的时候，韩京深呼吸了一口，挺了挺腰板，努力让自己看起来精神一些——他可不想让苏小睿看到自己憔悴的一面。韩京轻轻地敲了下门，门没有上锁，一下子被敲开了一条缝，韩京往里面瞅了一眼，看到苏小睿微微转了下头，他知道苏小睿醒着便推门进去了。两个人就这样眼光接触了，他望着她，她也望着他，然后大家都同一时间笑了。韩京笑得很开心，一排整齐的白牙齿在洁白的房间里显得特别光亮，苏小睿也笑得很甜，两个许久没相见的人仿佛不用说话便知道对方的心意一般，那种感觉仿佛大家都不曾离开那样。

韩京一边把鲜花和水果放在床边的小桌子上，一边说道："这是你最喜欢的茉莉花，还有你喜欢吃的水蜜桃，挺新鲜的。等下我削一个给你吃。"

"谢谢！我知道你今天会来，苏梓昨天跟我讲了，但没想到是这么早！"

"早吗？我还嫌来得迟呢！昨晚我一下火车便想来见你，只是医院不允许，而且你也要休息。今天感觉怎样？医生怎么说？"

"还好。脱臼的地方复位了，身上的那些皮外伤也算小事。轻微脑震荡，休息几天就会好的，过几天没多大事儿我就出院，在这里躺着也没用，而且还烦扰了大家……"

"不急。你就在这里好好做好检查，等身体恢复了再说。"韩京说着拉了张椅子在苏小睿的床边坐下，继续说道，"一段时间没见，觉得你瘦了。嗯，还像以前吃得那么少吗？你得多吃点，营养要跟上。"

"你倒是没怎么变。比以前更成熟稳重了，这样挺好的……"

"其实，我们……我们都没有变吧？除了外表的一点点改变，其他都……"韩京的这句话似乎别有深意，他已经想急切地知道这段时间以来苏小睿的情况。

苏小睿没有马上回答，显然她也听出了韩京的话外音，她不知道该怎么回答。她也在想着现在见了韩京了，该要什么时候告诉他他正处于险境呢？

韩京没有继续追问，苏小睿也没有回答，两人一下子沉默了下来。可能韩京也意识到刚才的问题有点不妥，略带尴尬地往别的话题上说了："这几天你安心休养好了，我都在这里的。我跟学校请个假就是了。"

"哦，哦。你还在上学吧？读研了吧？读书可真好。那……那你女朋友不找你吗？"

"她……她出差学习去了。我还没告诉她。"韩京似乎不想在苏小睿面前谈女朋友的事情，因此声音变得有点小。

"是凌丹吗？"

"嗯。"

"我就猜到是她。高中时我就看出她很喜欢你。你们又是同一个大学的，自然会在一起。"

"我们在一起的时间也不算长。也是因为你走了之后……"韩京没有说下去，看了一眼苏小睿，生怕她不高兴。

苏小睿像是没听见一样，说道："开始了就好，慢慢便会长久了。呵呵，你还在读研，而且又有了女朋友，真没想到你还会来见我。"

"我怎么会不来呢？你想见我，我就算瘸了，也要赶来。小睿，这次你可不要不辞而别了，先把手机号码给我留下。"韩京半认真半开玩笑地说着，但听得出他真的很想知道苏小睿的下落，生怕苏小睿又消失不见了。

苏小睿笑了笑，正想说话，房门被推开了，进来的正是方雅婷，她是来给苏小睿送早餐的。方雅婷见着房里有个陌生男子，先是吃了一惊，后来想到我跟她提过的相关情况，便猜到这人便是韩京了。方雅婷高兴地连声说道："我认识你！我认识你！你就是韩京吧，苏梓常跟我提起你的。"

后经苏小睿的介绍，韩京也认识了方雅婷，他也很高兴，说："方雅婷的名字，我也是常听我兄弟说的。苏梓老夸你漂亮、能干、聪明、贤惠，今天算是真正认识了，我兄弟平时可爱吹了，但这次他真的没骗我。嫂子这真是好得无话说了！"

在场的三个人都笑了，气氛总算活跃了起来。方雅婷与韩京寒暄了几句，她知道苏小睿与韩京应该有很多话要说，便借口说自己研二的论文任务重，得抓紧时间回去看资料。她说，既然现在韩京来了，那就让他好好陪着吧。临走前，方雅婷回头说道："刚才我来的时候，外面一路阳光，很适合病人到外面走走。那小睿就交给你韩京啦，你们散步后可以到医生那里问问小睿的恢复情况，然后听听医生的建议。现在有韩京在，我可放心了！"

韩京看了苏小睿一眼，见她没有异议，便点点头，说了声："好！"

方雅婷走后，韩京便开始侍候苏小睿去洗漱，然后再吃了早餐。韩京把房间的窗帘拉大了些，外面果然一片阳光灿烂，他回头对苏小睿说："看来天气真的很好，冬日里的阳光晒在身上特舒服。我们出去走走吧！"

苏小睿想想也好，就趁着在外面散步的时候，把这次要见韩京的目的说说吧。只是苏小睿心中忽然又有了不想这么快告诉韩京的念头，因为她怕韩京听了后，可能就要离开了，她今天刚见到了朝思暮盼的韩京，难道又要让他离开吗？就不能再多看几眼了吗？

尽管内心有点纠结，但苏小睿对出去散步的建议还是点头表示同意。躺了两天的病床，苏小睿刚下床时还是有点不适应，身子一侧失去了平衡，就要歪倒下去，站在窗边的韩京眼疾手快，一个箭步冲上就扶住了苏小睿的肩膀，另一手有力地叉着她的腋窝，好让苏小睿的身子稳定下来。在搀扶的过程中，韩京强而有力的手碰触着苏小睿身上软绵绵的肉，尽管隔着一层衣服，但韩京还是很快地满脸通红，苏小睿也低着头，脸上也泛起了些红晕，低声说了声"谢谢"，然后便自己下床了。韩京不敢再这样去搀着苏小睿，连忙松开手，但还是怕她摔了，于是两手凌空在苏小睿身后扶着，生怕她再次摔倒。

两人就这样慢慢地挪到了医生办公室，他们先去了医生办公室，医生说苏小睿的恢复情况挺好的，然后交代了一下具体的注意事项。

两人谢过医生，出了住院楼，便在楼下的花园里散步，那里人不是很多，墨绿的草像一层厚厚的地毯那样铺在那里，用鹅卵石砌成的小径弯弯曲曲地延伸到草地中间的一座凉亭那里，那边还有些人工的景观与养鱼的小池。两人在草地上走了一圈，便在那凉亭里坐了下来。

"今天我一见你就觉得你气色很好，现在果然一切平安，恢复得很好。这实在是太令人高兴了。"

"嗯嗯，让你一直担心了！我也觉得没事便好，这算是不幸中的大幸吧……"

"只是可恨那个肇事的司机没有找到。我真想冲上去质问一下他，他这是开车还是谋杀？要抓住他了，我非得揪他过来向你当面道个歉！"

"算了吧。我倒没有怪他。反倒是因为他，我们才又见面了。"

"按照你这样说，难道这也算是因祸得福吗？"韩京说完，自己忍不住先笑了。

苏小睿也笑了，说："你还是那种幽默的性格，没有变啊。"

"那你……这两年，过得好吗？"韩京终于忍不住要去了解苏小睿所经历的事情，他有很多问题与感受要向苏小睿表达。刚才两人的再次见面，除了刚开始有点拘束，但经过一番接触，发现彼此的那种默契与感觉好像还在，连容貌都似乎与自己脑海中保存的那个印象一样，两人恍如只是隔日未见，一切都似乎在下一秒里可以延续。

"你应该能猜到的。我——结婚了。就是和那个萨穆尔。"苏小睿说完这句话，看到韩京眼里的光芒瞬时暗淡了，脸上的笑容也凝固了，使得他看起来十分滑稽。他的嘴唇颤动了几下，最后才吐出几个字："哦……哦……他……他对你……还好吧？"

"嗯嗯，还好吧。过着一种平静的日子,侍奉长辈,服务家庭,对我来说也很满足了。"苏小睿显然不愿过多地提到自己生活的内容，便反问道："你呢？目前的生活一定很精彩吧？你是个做事有目标、有毅力的人，读研也只是其中的一步，况且现在还找到了一个爱你的人，有着一份稳定的爱情。嗯，看来，我当初离开你是正确的！"

"谁说的？！才不是呢！"韩京听到苏小睿这样说，忽然有点激动，脸又一下涨红了，"若不是你的离开，我绝对不会和凌丹在一起的，为了你，我什么都可以放下！"

苏小睿没有作声，心扑通扑通又跳得厉害，心中也不禁在假想着如果自己当初真的没有离开的话，现在与韩京在一起会是怎样的画面呢？是否真的会如自己与韩京当初约定的那样，可以过上幸福的生活呢？这些美好的画面从苏小睿的眼前掠过，好像一伸手便能捕到。此刻，韩京一句句掏心窝子的话都在敲打着自己的内心，即使在微寒的初冬里也能感到阵阵的温暖。

但很快苏小睿还是从憧憬中清醒过来，她知道这些美好的东西不属于自己，不可能实现的事情越去想便越心痛，不如现实一些，或许心里会更好受些。这次自己来的目的，仅仅是为了先让韩京远离危险之地，来到这里暂避，然后告诉韩京他正处于危险之中，让他好提前准备并尽快寻求帮助，仅此而已。其他的私人感情掺杂其中，只会让事情走向复杂，而且还浪费了宝贵的时间！

苏小睿心中有了分寸，面对激动的韩京，她的语气反而开始变得平静冷淡了——这是苏小睿努力做出来的样子，她说道："你真的愿意？那先谢谢你的深情厚谊了。你放得下所有，不过我放不下我的家庭。刚才我说了，我结婚了！俗话说，'嫁鸡随鸡，嫁狗随狗'，我既然选择了这段婚姻，我就不后悔。我当初离开了你，也是经过我的考虑，所以，我也不后悔。我觉得自己做得挺对的……"

"你说谎！"韩京愤怒地低吼了一声，打断了苏小睿。

"我没有说谎！"苏小睿毫不示弱，语气坚决地反驳道。

"你的眼神，你的表情，你的一切都告诉我，你心里其实还有我！同样，我的心里也有你。你看，我从不在你面前掩饰，你又何必隐瞒呢？"

"这是你自己天真的想法与幼稚的推测！你以为自己什么都懂吗？"

"我懂！我清楚你的性格与为人，如果如你所说的那样，已经下了决心离开我，并且从不后悔的话，那你告诉我，为什么车祸后想要见我？难道你是怕以后都见不到我了，还是因为别的事情而来？但无论怎么样，你首先想到的是我！这足以证明你心里还有我！"

苏小睿一时语塞，不知如何反驳下去，她确实有点低估了思维逻辑严密的韩京，他那么聪明，很快便能从自己的反应与行为上看出端倪与不和谐，从而得出正确的结论。

苏小睿想了想，说道："我……我承认的确是有事情发生了，才想来见你。但仅仅就是这个目的，等一下我把事情告诉了你，我就马上离开！你自己好之为之！就当是我们这次从没见过吧！你听好了，我要告诉你……"苏小睿的心思被韩京猜到后，硬撑的底气显得不足，说话也开始结巴。

"不！不！"韩京再次打断了苏小睿的话，"这件事情是什么先不要说了！我觉得没有什么事情能比你的心中还有我这事情更重要！小睿，你想来见我，我实在太开心了！嗯？不过——等一下，等一下……小睿你发生了事情想来见我，这个事情很容易办到啊，你可以给我电话，可以来北京找我，也可以约个时间在某个城市见面也行。但怎么……怎么你是在车祸后才想见我的呢？莫非……"韩京皱紧眉头，理性思维在迅速发挥着作用。

"莫非……车祸是你故意制造出来的？为的就是让我一定要来见你。用平常的方法你没有把握能见到我，只有用这种方法，因为你知道我是最在乎你的，这样的话我一定会来！对吗？"韩京定定地望着苏小睿，等候她的回答。

苏小睿被韩京点破了自己的用意，内心竟有一丝的轻松感，看来真正懂自己的还是韩京。她如释重负后情感变得很是敏感，双眼很快便噙满泪水，她点了点头表示承认。

"你太傻了！"这下轮到韩京激动了，他连声音都颤抖了，明显带着哭腔，他情不自禁地拉住苏小睿的右手，使劲握着，嘴里不断地说着："你怎么能这样对自己，这样对自己？我心疼你！为了我这个人，你不值得那样做！"

"值得！"苏小睿的眼泪再也忍不住，哗哗地往下流，但这两个字却说得无比的坚定。

韩京用手指帮苏小睿揩干眼泪，他这才意识到问题的重要性——苏小睿不惜用车祸让自己来见她，这证明了这事非同小可，莫非是苏小睿遇到了什么极大的困难？难道是小睿她患了绝症要见自己最后一面？韩京的心头掠过一丝阴影，心里暗暗地沉了一下。他急忙去问苏小睿为什么要这样做，究竟发生了什么事。

苏小睿也知道这事的严肃性，个人的情感必须先放一边，她调整好了情绪，望着韩京正色道："京，你现在处于很危险的处境，有人在计划绑架你！你必须一切小心！"

这番话让韩京瞬时懵住了，他一直以为是苏小睿遇到了极大的困难才来见自己，没想到居然是自己的问题，而且这内容听起来相当令人震惊！有人要绑架自己？是谁啊？为什么要绑架自己啊？韩京以为苏小睿是在开玩笑，但看着苏小睿那严肃认真的模样，丝毫不是说笑的样子，况且这是苏小睿不惜用自己的生命安全换来的，他知道这事应该不是的。

韩京想了很久，还是毫无头绪。他茫然无助地望了望苏小睿，最后才问道："那……那你怎么知道……这事的？"韩京忽然想到这消息究竟源自哪里的问题，如果知道了消息的来源，或许可以辨明事情的真假。

苏小睿自然不肯透出是自己无意窃听到萨穆尔与鬼爷的对话才得知真相，毕竟她还要顾及着自己的丈夫，指望着能找个机会劝回萨穆尔，帮他脱去参与绑架的罪名。因此她便编了个借口来对韩京解释，就说自己前段时间前往外地购买药材时，在回程的火车上因累而困伏在桌上小休，无意中却窥听到邻座的两个男人低声在密谋绑票的事情！就在他们交换信息的时候，火车激烈颠簸，竟把其中一人手中拿着的纸条震落飘于地上，她趁机窥得纸上内容，得知对方目标正是韩京！事情十分紧急，自己别无选择，回家后再借口到外地参加考试辅导以骗过家人，然后只身前往这里，利用一次交通事故来重见韩京，同时也暂时把韩京带离险境。

　　韩京对苏小睿的舍身前来相救的行为相当的感动，因此对苏小睿的这番"加工"过的解释没有丝毫的怀疑。他还是在心痛地埋怨苏小睿不该为了他而让自己受伤，还说哪怕是自己真的被绑了并且受到百般折磨，也不愿看到苏小睿受到一点点的伤害。说着说着，韩京的情绪也出来了，眼泪也簌簌地落下了。

　　苏小睿、韩京这两个人一前一后的哭泣，把情感基调都调成了一致。两人的距离仿佛也拉近了，韩京还一直拉着苏小睿的手，苏小睿也没有挣脱开，在旁人看来这无疑就是一对儿亲密无间的恋人。

　　过了良久，还是韩京先清醒过来，他发觉自己还一直拉着苏小睿的手未放，忽然像醒悟到了什么，连忙松开了手并略带歉意地说道："小睿，对不起，对不起……我刚才太激动，做得太过分了，拉着你的手……我不该那样做，我知道，我们是无法在一起了，这是我内心最痛苦的地方！"

　　苏小睿抿了抿小嘴，点点头说道："这个我知道，我已经是别人的人，你也已经找到了自己的伴侣，我们之间本应没有交集，只是——我承认我的心里还有你，刚才我内心也有感动的时刻，你做的一切我都能体会、理解！因此我绝对不忍看着你被伤害。我来这里把消息给了你，能看着你平安，我的目的已经达到，我可以随时离开了。韩京，你也不必愧疚，回去以后对女朋友好一点，她应该得到你全心全意的保护——以及全部的爱！"

　　"凌丹为我付出了很多，我亲眼看到也亲身感受到，我不能也不该辜负对她的承诺，我不会离开她！只是我的心中始终有着小睿你的位置，我至死不忘！今天我见着你，有关你的全部回忆一下全都出来了，我知道你的心里有我，这让我更是难受。当初，如果你没有……唉……"说到最后，韩京露出痛苦的神色，长叹一声。

　　"这个世界上没有太多的如果！京，如果你真是惦记着我的好，便请你从现在开始好好保重，别让自己出什么意外。你过得平安、幸福，我的心也会踏实的，我的生活才算是有个寄托。"

　　"好！我答应你！小睿，我不会让你再担心，我一定会好好保重自己。但你现在也必须好好地恢复，我会在这里一直陪你的，直到你康复！就让我好好地照顾你吧，这是我唯一能做到的，你若不康复起来，我会一辈子内疚的！"

　　苏小睿不忍回绝韩京的要求，想想现在韩京留在这里总比返回北京安全，起码要等韩京跟家里人说了，找到歹徒们绑架韩京的原因，解除了危险才好。此外苏小睿也想多见见韩京，于是便答应了。

两人在那里又笑又哭的，脸上的泪痕被风吹干后怪难受的，加上外面风大，韩京不敢苏小睿在外面待太久，于是和苏小睿回病房里休息了。韩京征得苏小睿的同意，能留下来陪她，心里甭提多高兴了，在病房里忙着去倒水又忙着切水果，临近中午又争着去外面买回丰盛的饭菜，说是要给苏小睿增加营养。下午时又打电话向学院请假——最近他的科研任务不重，导师对他要求也很宽松，因此学院里也没怎么为难他。只是韩京始终没有把自己已经来了G市的事情和相关原因告诉还在外面出差学习的凌丹——尽管这两天凌丹都有跟韩京电话联系。一方面他不想让凌丹担心自己的安危，另一方面也不想她知道自己为苏小睿而来，免得她胡思乱想，做出些争风吃醋的事情。他打算等苏小睿出院后，身体也恢复得差不多，到时再找机会跟凌丹解释。

　　这天晚上，我没有加班任务，便和方雅婷再次去探望苏小睿。难得的是，方岳这次也来了，方记者最近刚忙完一个专题的拍摄，腾出了两天时间休息，本想叫我一起去吃饭，但从我这里听到苏小睿的事情，他十分惊讶，非得要去探望苏小睿，于是我们便一起来了。

　　方雅婷在今天早上已和韩京碰面了，但方岳还是第一次见韩京，但两人却早已通过我彼此都知道对方的存在，还知道了不少对方的趣闻轶事，因此两人见面了一点都没有生疏感，反而把相关事件与人物形象真正对上钩了。并且经我一提醒，很多故事瞬时鲜活起来，方岳与韩京两人相视不禁大笑一番。

　　当然苏小睿的伤情是大家最关心的，尤其是方岳，作为为数不多知道苏小睿过去历史的人，自然会对苏小睿过去两年的生活颇为关心。只是现在眼前的苏小睿变化不大，似乎回家后的生活也较为安稳，他也便放下心，心情大好的他在病房里不断插科打诨，把气氛搞得甚是活跃。

　　不知不觉已到了病人休息的时间，护士进来请我们离开，韩京不住地叮嘱苏小睿要好好休息，明天他将继续来这里陪伴。苏小睿看着韩京的眼光甚是不舍，也很有担心的意味，她也细细叮嘱韩京："你要小心，记着我提醒过的事情。"韩京不住地点头，好让苏小睿不再担心。大家纷纷与苏小睿道别，然后便一同离开了。

　　离开医院后，方岳提议大家难得见面，一起吃夜宵再聊聊，我看着时间尚早，方雅婷也没异议，我也想着和韩京好好聚下，于是一行四人来到了附近的一家烧烤店，叫上了几份凉拌与烧烤，开了几罐啤酒，就像是大学生那样子海阔天空地聊起来。大家先聊过去大学的生活，然后我和方岳各自聊工作的事，方雅婷与韩京正在读研，自然便凑在一起交流一下读研的经验。四人相谈甚欢，觉得这次见面实在是件太值得高兴的事情了，但这次的见面是由苏小睿而起，我们的话题很自然便转到苏小睿与韩京的见面上。

我们在座的人都大致清楚苏小睿与韩京的事情，都知道当年苏小睿为了不拖累韩京，放弃了自己追求幸福的权利，服从于命运而回到家乡与萨穆尔成婚，自此与韩京、与我们都失去了联系。这次她的出现却是因一次车祸，而且主动要求见韩京，这多少令我们感到意外。尽管能再见苏小睿对于我们几个好朋友来讲无疑是欢喜的，但大家的内心难免会有些惴惴不安之感，生怕苏小睿的背后有着什么难言之隐，而这其中的细节恐怕只有她要求主动见的、今天与她相处的韩京才知晓。

韩京当然能从我们的神色语气中感到大家的疑惑与焦虑，他几杯酒下肚之后显然胆量壮了点，而且这两天的身心疲劳也让他有了向好友倾诉的欲望，以减轻一下心里的压力。韩京沉吟了片刻，缓缓地向我们几个讲了这次苏小睿要见他的真正原因。当然，苏小睿刻意制造车祸来见他的这个细节，韩京没有和我们透露，他怕我们也纷纷去责怪苏小睿这样不爱惜自己，使得苏小睿承受负担。他只说，苏小睿从火车上获知消息后，便尽快地从那边赶到 G 市，想去找我联系他，岂料途中遇到车祸，幸好医院能及时找到我，最终让他来到这里与大家见面。

大家听完了韩京的叙述，尤其是听到苏小睿带来的消息竟是韩京成为绑架对象时，我们都惊骇得一瞬间停止了呼吸。这些看似只发生在影视作品上的情节竟然会出现在自己的身边，而且还是熟悉的人！我马上警觉地扭头四处张望，看看附近是否有什么形迹可疑的人向我们靠近；方雅婷也紧张地挽着我的手臂，把我的衣袖抓得紧紧的；而方岳显得镇定些，职业敏感性使他不断追问韩京这究竟是否是真的、苏小睿的话是否可信。

韩京举起杯喝了口酒，肯定地说道："是真的。因为我相信苏小睿！"

我们几个对望了一下，也选择相信韩京的话。因为我们都了解苏小睿，她对韩京的感情真挚而强烈，因此她的出现不是偶然的，绝对是发生了重大的事情才促使她来见韩京，而韩京又是最了解她的人。

韩京接着说："大家暂时不用担心吧。苏小睿说了，那帮人打算去北京找我，而我现在却在 G 市，所以我还是安全的。"

"那你接下去打算怎么办？一直留在这里？"方岳觉得韩京的这段故事很有新闻价值，因此显得比较热衷下文。

"那报警吧！由警方来处理！"我担心韩京的安危，从旁建议说。

"报警了，警察找谁去？目前绑架也未既成事实，警察无法下手的。"韩京看出了我们的忧虑，他笑了笑，让我们缓解一下紧张的情绪才说道，"那伙歹徒虽有计划，但最终是否选择下手却是未知的。刚才说了,他们原本在北京找我,但现在他们真去了的话,肯定会扑了个空,那他们该去哪里找我呢?一来二去,他们毕竟做贼心虚,很可能整件事就会这样不了了之。"

"话可不能这样说……你还是小心点为好。"我还是对韩京的安危表示担心。

"事实上,类似的情况,我以前也碰过两三次……"韩京缓缓说道,语气显得十分平淡,似乎早已对这些事习以为常了。

我们再次被惊呆,因为以我对韩京这么多年的认识与了解,以前从没有听过他说过类似的经历。

韩京面对我们惊诧的目光,点点头表示是真实的,他说:"嗯,苏梓,你也知道的,我爸是省里的一名干部。确切点说,是省检察院的检察长,他很忙的,几乎一门心思扑在各类案件上,在他手下定罪的人不在少数,为此他在外面结下了不少仇家。因此,有好几次我和我家人都收到了神秘的要挟,通过信件、电话什么的,说是要绑架啊、杀人啊、烧房子啊,描绘得有鼻子有眼的,很是吓人。的确刚开始我和我妈都害怕得心惊胆战。但我爸却毫无惧色,他说,邪不胜正,正义的阳光始终能驱赶所有的黑暗。他坚决不妥协,公正地把每一件案子办好。而那些要挟我们的人,估计也知道这样做于事无补,反而会加重几分罪名,最后都没有下文了。一开始,苏小睿和我说这件事情的时候我也挺惊讶的,没理出头绪来,不过,等我冷静下来,便猜到大概事情了。所以对于这次苏小睿说的事情,我相信会有,但情况远没有大家想得那么严重,或许这又是那些要被我爸定罪的人搞出的一些花样,我估计很快便会烟消云散的。大家都放心吧,我自己会小心的。这几天我就先待在这里,当是陪陪小睿,也当是避避风头吧。相信过一段时间后,一切都会好起来的。"

大家听到韩京的这一番分析,都不禁长长吁了口气,紧张的心才渐渐松下:既然韩京过去也曾遇到类似情况,凭他的经验来看,估计这也是一场闹剧。况且看到韩京高大魁梧的身材,只要他注意一些,要想绑架他倒不是件容易的事情。

我提醒韩京道:"那苏小睿知道这些情况吗?你最好和她说说,免得她日夜担心,她为了见你,遇到车祸了,幸好没撞中要害什么的……"

"说了,当然说了。她也说希望那样最好,但她还是反复叮嘱我要小心,小睿毕竟是个柔弱的女子,估计也是第一次遇到这种情况,难免会紧张的了……"

我和方岳都纷纷感叹苏小睿真是好,既温柔又体贴,善解人意,危难时刻总会想到别人,尤其对韩京。正当我们在夸赞苏小睿时,在旁一直没怎么作声的方雅婷突然说话了:"等一下……你们没有想过这其中有些不妥吗?"

我们再次怔住了，连韩京也疑惑地看着方雅婷，我一向知道方雅婷心思缜密，她这样问必然有道理，便连忙问她究竟想到了什么。

"嗯，大家有没想过呢？苏小睿带来的消息或许是真的，但她获知消息的途径是否太过简单了呢？小睿说的是在火车上休息时无意听到的，但火车行进时的噪音是很大的，照理来说别人的低声交谈不可能就这样让旁人听到的。除非对方说得特别大声，但那伙人谈论的可是绑架啊，这是刑事犯罪啊！他们可能扯开喉咙来谈吗？或者说，他们可能在这样的公共场合里谈这些事吗？而且，苏小睿还看到了什么写有韩京资料纸条之类的，这就更加有点牵强了，哪有那么巧的事情啊！所以我总觉得这里面有点蹊跷……"

我们听了都默不作声，都在思考方雅婷所说的话。韩京望了望我，也望了望方岳，我和方岳也交换了眼神，都觉得方雅婷说得有道理，不细想真的不知道，经方雅婷这样一提，似乎苏小睿的说法真靠不住。

"除非……"方雅婷似乎想到了什么，她看了看我，像是在征求我的意见要不要对韩京说出来。我点点头，示意她说吧。方雅婷才继续说道："除非苏小睿认识这些人！这样她才会比较确切地知道这些人将要下手。所以苏小睿她才急忙赶来这里，并让韩京离开北京。而且，苏小睿知道他们下手的机会很大，才会在韩京你解释后，仍然反复提醒你要小心。只是她碍于某些原因，不能直接告诉你真相而已……

"不过有一点肯定的是，苏小睿不会是歹徒之一——当然小睿也不会是那种人，她怎么会想着害韩京呢。如果她是同谋之一，她完全可以通过其他方式联系韩京，约他见面后直接下手。这样也都没有我们这几个人的事了。既然苏小睿亲自来找韩京，受伤后仍念念不忘，这足以证明了她其实不是同谋。小睿她是真心想来救韩京的！"

方雅婷的一番分析合情合理，让我们三个男的不得不信服。是啊，只有这样的分析才能解释苏小睿的言行。韩京不住地点头，嘴里喃喃地说着："照这样说，苏小睿认识的人……认识的人……会是谁呢？"韩京此时脑里十分混乱，竟理不出一点头绪。

"认识的人……可能她的朋友啊，或者是她的家人，又或者是萨穆尔！她的丈夫！一定是那混蛋！"我几乎脱口而出说出了那个名字。

"有这个可能！但不一定是他，这个范围很广。我们不能先入为主，免得坏事！"方雅婷还是比较冷静，她继续说道，"现在所有的情况都是猜测的，但这种可能性还是挺大的。我们要做好充分的准备，也就是说，假设我们所分析的苏小睿的情况是真的，那么，韩京，你的处境真的是非常危险！这次真的是有人来绑架你了！"说到最后，方雅婷的语气严肃起来，让我们不禁打了个寒战。

韩京一直在沉思的样子，待方雅婷说完后，他抬起头缓缓地说："谢谢你，雅婷！幸亏有了你冷静的分析，才找到了问题的关键点。也谢谢你对我安全的关心与提醒。我的安全固然值得考虑，但现在我却在想另一个更重要的问题——那就是，既然那些歹徒是苏小睿认识的人，那么他们也必然认识苏小睿！如果他们行动时失败了，也必然会追究原因，那就意味着……他们一定会找到苏小睿！到时他们肯定会迁怒于苏小睿，甚至会对她下手！也就是说，苏小睿也处在危险之中！不行不行……我得马上去一趟医院，我要确保苏小睿的安全！"说罢，韩京站了起来就要赶赴医院。

　　我和方岳连忙把韩京按住，劝他这个时候千万别冲动。我们告诉韩京，现在绑匪的目标是你，试想，这伙人认识苏小睿，万一他们发现了你，又看到苏小睿在现场，那岂不是把苏小睿也一同拉下火炕？你和苏小睿在一起只会让她更加危险！

　　韩京想想也是，只好颓然地坐了下来。他紧皱眉头思前想后，最终还是坚决地说："要来的始终会来，但既然苏小睿现在也有危险，我绝不能就这样缩在背后贪生怕死！小睿可是冒死前来救我的，我有什么理由在她身边却不保护她呢？我的危险或许会有，但我会想办法解决的。现在最重要的是保护苏小睿的安全。也恳请你们帮忙了！"

　　我们知道要劝韩京躲着不照顾苏小睿是不可能的事情，只好答应他，我们会尽力帮忙。但大家还是反复劝韩京多加小心，建议白天的时候韩京可以去陪陪苏小睿，晚上的时候便尽量分开，一来可以让苏小睿好好休息尽快恢复，二来晚上人流稀少，绑架的危险系数会剧增，我们希望韩京无论为了自己还是为了苏小睿，都不要冒这个险。韩京想了想，最终点头答应了我们的安排。

　　夜已深了，我们四人把事情讨论得有点眉头并且有了初步的安排后，便各自散了。大家最近这段时间都身心俱疲，都知道只有好好休息，养好了精神与身体，才能应对接下来出现的困难。

　　就这样又过了两天，一切都风平浪静。韩京那绷紧的心稍稍放了下来，这两天他白天就陪在苏小睿身边，跟她聊聊，陪她去散步。

　　苏小睿反复提醒韩京要注意安全，并问他有没有把这件危及他的事情处理好，韩京不想让苏小睿过于担心，便称把事情告诉了家人，已经让家人去处理了。苏小睿见韩京回答得如此肯定，这才放心。

　　这天医生来查房，建议说如果没有特殊的情况，再过三天就可以出院在家休息了。韩京看到苏小睿恢复得很好，心中甚是高兴，说是要等出院那天，好好跟苏小睿去庆祝一下。只是苏小睿最近的胃口不太好，早餐吃了点粥却总觉得胃不舒服，去厕所吐了两次，韩京很是紧张，怕是苏小睿搞坏了肠胃，想着让医生再来看一下。苏小睿摇摇手，说："不要麻烦了！其实也没什么，我读书时的肠胃也是比较差的。这样吧，你陪我去散散步，我顺便到医院门外买点肠胃药吃吃便好了。"

既然苏小睿这样说了，韩京自然不好拒绝，便等苏小睿拾掇完毕后和她往楼下走去。两人还没走到医院大门，忽然韩京的手机响了，韩京低头一看来电显示，眉头一皱脸色变了变，他有点尴尬地说："不好意思啊，小睿，我得接个电话，你稍稍等我，我马上就好。"

苏小睿知道韩京不方便，于是打个手势示意自己先去买药，回来再见。韩京此时已无暇回应，连连点头，然后一边听着电话走开了。

等苏小睿再回来时，韩京已经通完电话了。他略带歉意地说，刚才实在不好意思，顾着讲电话抛下苏小睿了。

苏小睿笑了笑说："没事啦。别把我看得太柔弱，我自己走走买点东西是没有问题的！"

"嗯——刚才那么紧张去听电话，让我猜猜是谁的？应该是凌丹吧？一定是她！"苏小睿话题一转取笑起韩京来。

韩京再次有点尴尬地笑着："你——真聪明啊！一猜便对了！"

"这还不好猜？看你紧张兮兮的样子便知道啦，被自己的女朋友知道你来陪一个女的，还不把你骂死呀！"

"骂倒是没骂，她出差学习提前结束了，回到北京不见我，肯定要问我去向。"

"哦？那就是说她知道你来这里啦？"

韩京没有马上回答，他把手腕抬起来看了看手表，算了一下才说道："凌丹她说坐下午的火车过来！估计今天晚上能到了。"

苏小睿听到凌丹也要过来，心中一时之间不知是啥滋味，有种空落落的感觉，但她还是取笑韩京："哟！看来凌丹不放心你啊，这下要亲自跑过来宣示主权了！她还是挺关心你的，好像高中到现在她都对你不离不弃呢！"

"小睿你就别笑我了。你知道我宁愿是跟你在一起的，不过凌丹真的为我付出了很多，我被她感动了。高中、大学，到现在工作了，她都在我身边，这样算算已经有好几年了。我的一举一动，她全都看着呢。当然我这是说笑的啦！哈哈！"韩京为了缓解尴尬，后半段话半开玩笑地说着。

然而这次苏小睿却没有笑，她听到韩京说"已经有好几年了"这句话时，心里忽然震了一下，这句话似曾在哪里听过呢？苏小睿思索着，尽管韩京在旁边哈哈笑着，但她的心头却莫名地涌起了一丝不安……

57

南江源远流长，它的源头可以追溯到四川西藏交界处，南江上游迂回曲折，江道狭窄，因而江水汹涌澎湃，声势甚是吓人。江水越往下游走，江道越是开阔，滋养了一代代人，很多城市依江而建，凭借着水利优势大举发展。省会 D 市便是其中一个依靠南江迅速发展的大城市。

南江从城市中间流过，把 D 市一分为二，人们常把江水的北边称为北区，反之另一边为南区。这两区的发展也见证了省会的繁荣昌盛。刚建市时北区最为发达，以火车站为中心点，那如蛛网的铁路网使得周围建筑林立，人来人往热闹非凡。后来随着社会经济发展，南江以南的南区逐渐被开发为休闲、娱乐、旅游的新区，大片的住宅建筑如雨后春笋般涌现。北区相比之下，倒开始显得有点萧条，但北区的沿江一带仍是 D 市最重要的地区之一，因为那里汇集了 D 市的大部分市政部门，每天从各地赶来办事盖章的人络绎不绝，这里是整个城市的政治中心。

作为早期的城市政府部门建筑，省检察院从外表上看已显得有些陈旧，但其二十层的高度无论从远近来看，都相当雄伟，而且正门上方中央悬挂着的国徽，更为整座建筑平添一股庄肃穆之气，让出入此楼的人无不肃然起敬。

这天正是周五的下午，因为临近周末的原因，来办事的人明显比工作日少了，忙碌了一周的各岗位的工作人员尽管挂着一脸的疲态，但精神明显兴奋了起来，毕竟明天开始可以暂时歇一歇了。大家趁着没事办的时候，纷纷互相调侃取笑，或是三三两两在谈论周末有何好安排。与某些处室谈笑风生的轻松氛围相比，位于十二楼的处室却显得相当紧张，里面的几个科员正着整理一摞摞的资料，并且不时会捧着几份报告去检察长办公室汇报或请示。

韩明生已记不清自己有多久没有享受过周末的假期了，似乎在他的时间观念里，根本没有周六周日的概念。他作为检察长，总觉得自己身上肩负着神圣的职责，要为人民办实事，为社会增贡献，而要做到这些，就必须要正确运用手中的权力主持正义，严惩藏匿于每一个角落的罪犯。

他刚看完助手呈上来的一份数据，皱了皱眉觉得有些不满意。他招手让那小伙子过来，用铅笔指着一组数字说："这里！你看这里！还需要再详细点，想办法再调多点宗卷来核查一下数据，一定要找够证据，把嫌疑人拿下来！这些人多一天在外面逍遥，说不定又多一些人遭罪！"

那助手见自己工作没做好被批了，脸一下子涨红起来。他接过文稿，不住地点头说："是是是，我马上去找，马上去找！"说完就退了出去。

韩明生摘下鼻梁上的眼镜，揉揉看文件看得发酸的眼睛，并且借着这短暂的时间来休息一下绷紧的神经。他在心中自我鼓励着："坚持住啊，快有结果了！再奋战一段时间，之后便能休息了。"

尽管韩明生接连的加班使得身体十分疲惫，但他的精神状态还是很好的，因为最近身边的很多事情都朝着好的方向发展，让他感到自己即使忙也是忙得有意义的。一方面，是他几年来苦心侦办的一个案件有了关键性的突破，很多的证据资料都一一被搜集回来，而且证据都指向了幕后的黑手，不过现在的数据资料还差一点，只要把这部分完成了，马上就可以申请批捕。这场维持数年有关坚韧的猎人与狡猾的狐狸之间的角力终于以猎人的胜利为结束，这样的结果让韩明生想起来就倍感自豪与兴奋。另一方面，近几年由于他工作能力强，办案效率高，因此上级领导很是赏识他，某位与他有交情的省委领导私下已经向他透露了，说是班子里打算提拔他，不久的将来将有重用。这对于韩明生来讲无疑是对他能力与成绩的肯定，这自然让他干活干得更有冲劲。

想到这些，韩明生微微点了点头，像是也在为自己的努力表示满意。这时他又想到了儿子韩京，自己在工作、事业上有了突破，在家庭上儿子也挺争气的，从高中开始学习成绩一直优秀，不久前还被保送为本校的研究生。

"儿子自小就挺聪明的，总是有些新奇的点子不时逗得大家哈哈大笑，想不到一眨眼孩子便长大了，韩京那孩子长得浓眉大眼，气宇轩昂，听他妈妈说在校园里很受女生欢迎。韩京的眼光也是不错的，选了个女朋友也是十分漂亮，那女孩叫凌丹吧。前段时间国庆的时候，专门过来见我们，为人热情大方，善解人意，嘴巴也很会说话，无论从哪方面，凌丹还是与韩京挺配的。现在的年轻人嘛，性格合得来便好，就让他们好好地相处吧。"

韩明生想着想着欣慰地笑了，他睁开眼睛，打算架上眼镜继续工作。但一阵敲门声急促地响起了，进来的是他的助手，那助手有点为难地说道："韩检察长，打扰了，外面有个人想要见您。"

"我不是说过不见客人的吗？给我推了吧！"韩明生有点不耐烦，因为以前总有些人以各种理由找他。有的想来替人说情的，有的想通过行贿来达到目的的，有的想借关系来干预案情的……对于这些人，韩明生向来没有好脸色，弄明来意后三几句话便打发他们出去，后来韩明生不胜其烦，干脆让助手帮他谢绝访客了。

"我也说了您在忙不会见客。但他说是你的特殊朋友，你会想见到他的。"

"特殊朋友？"韩明生糊涂了，心想是不是哪个好友来省里办事，顺道来见见自己？既然对方说自己想见到他，那必定与自己有关系，还是见见吧。于是他点点头，那助手见领导同意了，连忙退了出去。隔了一分钟，门被推开了，进来一个中等身材的中年男子，他身穿西服，戴着一副时尚的墨镜，显得十分干练，嘴角上挂着一丝微笑，手里提着一个名牌的黑手袋。他进来也不说话，只是在韩明生桌前的转椅坐下，然后摘下墨镜，仍旧笑着看着韩明生。

由于对方戴着墨镜的缘故，韩明生一时没认得出对方，直到对方不请自坐，韩明生才能近距离观察对方。但随着对方摘下墨镜，韩明很快便认出他的身份了。韩明生的脸色刷地一下变得铁青，他语气严厉地说道："你竟有胆跑到这里来了？还有脸自己坐下来？好啊，你想坐的话，我一定让你去坐，不过坐的是牢房！"

那中年男子依旧不愠不火，他把墨镜折叠好放回手袋里，微笑着说："今天我出差经过这里，我就知道你肯定在忙啊，所以特地跑来这里对你的辛勤劳动表示慰问，只要韩检察长肯赏面的话，我马上就去安排一下，我们也可以小聚小酌一下……"

"废话少说！如果你是来主动交代情况的话请赶紧去，免得我们来动手，或许我还能根据你的坦白减轻一点你的罪名！"

"我有罪吗？谁说的？你韩大检察长说的吗？现在是法治社会，办事情得讲究法律和证据。不过嘛，我今天来不是和你来研究我是否有罪的问题，我可是来找你谈正经事的……"

"道不同尚且不相为谋，你我何止是道不同，简直就是正邪两方！正邪不两立，我与你没有什么话好说的，你马上离开！"

"哎——老韩，我们也算是老相识了，你不是一直想找我的吗？现在我来了，怎么不肯多聊几句啊？"

"凌高峰，你别得意！你自己犯下的罪行难道真的可以蒙混过去吗？你公司通过做假账大量侵吞国家财产，同时伪造文件，为掩盖犯罪事实，你还涉嫌几宗买凶杀人案。你利用各种手段暂时洗脱了嫌疑，以为躲在上海便可以逍遥法外吗？这几年我一直都在搜集你犯罪的材料和证据，我不怕告诉你，你的好日子快到头了！你的假账我已查得差不多了，不用三个月，我一定亲自把你送进监狱！"韩明生一字一句地向凌高峰说道。

"好啊。那等你有了证据，再来向我问罪吧。在事实面前，我会承认的。不过在你下令抓我之前，我想让你先看看这个。"说着，凌高峰从黑手袋里拿出一个信封，信封鼓鼓的，似乎里面装着什么。

"凌高峰，你不用在我面前耍这一套！没用的！我韩明生决不受贿！你自己好自为之，好好享受最后的自由时光吧！"

"韩检察长两袖清风，这我很早便知道了，我也是敬佩得很哪。我当然不敢在你面前拿什么钱出来显摆，难道不怕你又无端多加我一条行贿罪吗？我只是想让你看看这两个人。"凌高峰从信封里抽出一沓照片放在桌面上，上面是一对年轻男女的合影，两人相依相偎，脸上洋溢着甜蜜的笑容，举止甚是亲密。

韩明生低头一看，一眼便认出了照片上的年轻男子正是自己的儿子韩京。他愣了一下，再细看照片上那女的，看着有点眼熟，不过不一会儿便想起来了，那女孩正是韩京的女朋友凌丹！"凌高峰怎么会有自己儿子和他女朋友的照片的？这……凌高峰——凌丹——难道他们是……"韩明生似乎想到了什么，整个人一下子就呆住了。他当时在家里见到凌丹的时候也曾问过凌丹父母的一些情况，那女生只是说父母是做小生意的，那时并没有怎么在意，只是想着这女孩挺不错的，对韩京也很好，自己其实也十分满意韩京选人的眼光。但真的没想到，世事竟如此的残酷，竟然安排了自己的儿子与对手的女儿走在一起了！

"丹丹是我最疼爱的女儿啊，我这做父亲的也希望她能嫁得好，过得幸福。当时韩京这小伙子来我家做客时，我就挺欣赏这个年轻人的，有胆识才华，一表人才啊！当我知道他是你家公子时，我可高兴了。我们可是一家人嘛！韩京如果当了我女婿的话，我这岳父必定支持女婿的事业，他读书读得好，我可以送他和丹丹一起到外国读书，回来了也可以帮我打理公司，甚至可以自己开公司。又或者他想进单位过安稳日子的话，那对于韩检察长来说肯定也是小事一桩了。我还打听了，韩检察长快要高升了，我想我还是可以借关系来促一促的。"

韩明生仍不作声，两眼定定地看着照片上的两人，身子在微微颤动着，不知是否在反复考虑凌高峰所说的话。凌高峰见韩明生没有反应，猜他肯定在做思想斗争，便又继续煽动道："韩检察长，您看有些事……是否可以再商量一下呢？说到底，将来可是一家人啊，难不成你这做父亲的，要把儿子的岳父给抓到监狱里吗？这让丹丹这媳妇以后如何面对韩京，如何面对你啊？唉，这两个年轻人相爱的路真是坎坷啊，多么好的感情，分了多可惜啊！"凌高峰把声音压低了继续说道，"韩检察长，我不会让你为难的，只要你手中的笔改一改，我自然会找人把罪扛下来，你安心结了这案子，然后步步高升，我就负责日后替你打点，那样丹丹和韩公子也可以快快乐乐地在一起了。丹丹那女孩子挺孝顺挺乖巧的，将来肯定会听你们的话，更重要的是一定能为你们韩家添丁的，哈哈……你意下如何啊？"凌高峰重新把笑容挂回了脸上，他觉得现在韩明生这样的反应，应该会最终采纳他的"建议"了。是啊，天下哪位父母不看重子女将来的幸福呢？

韩明生缓缓地从座位上站起来，沉默了数秒，然后猛地把桌面上的那沓照片抓起来往地上用力一甩，义正言辞地对凌高峰说道："正义是不容践踏的！儿女私情在法律面前也得让步！韩京作为我的儿子，如果他不理解我这个父亲的做法，那他是失败的，如果凌丹觉得可以因为私情而徇私枉法，那她也不配做我韩家的人，我回头便让韩京去跟她分手！凌高峰，我劝你还是及早自首，无论你最终判了什么刑，你都还有脸面去见你的家人，否则你将一辈子都会让灵魂身心饱受煎熬！现在请你马上离开，我相信再见你的时候，一定是在法庭上！"

凌高峰没料到韩明生会在沉默后有如此大的反应，而且正气凛然的话语一下子把他给镇住了，他之前的那股冷静瞬时被对方打散了。他知道自己今天来的目的达不到了，只好站起来冷笑道："你真是个顽固不化的人！我指点一条明路让你走你偏不走，到时后悔了别哭快快地来找我。我还是回去劝劝小丹，别一头栽进这不讲人情的家！以后在你韩家也只会遭罪！哼！"

外面的工作人员刚才在外听到韩检察长大声喝骂，以为里面起了纠纷，连忙推门进来看究竟发生了什么事。凌高峰见状知道不便说话了，于是冷哼一声，也不理散落一地的照片，架上墨镜，拨开人群，转身离开了办公室。

韩明生挥手示意让那些在门外的工作人员离开。他长叹一口气，疲惫地坐回椅子上。刚才凌高峰的这一出闹剧使得他更加的心力交瘁了，尤其是得知儿子韩京正和他的女儿恋爱，这的确让他意想不到。几乎可以肯定的是，如果自己最终搜集到足够证据去抓捕凌高峰，那么凌丹必定会无比怨恨自己，那么她和韩京结束恋爱是必然的事情，这就意味着要牺牲儿子的感情来换取这场公诉的胜利。但韩明生内心清楚，他必须要那样做，这是自己的使命，为了抓捕凌高峰，自己的工作组已经连续跟进了数年，花费了无数的心血和人力物力，才有今日的重大突破，这是不能说放弃就放弃的。正义的责任感也不允许自己这样做，凌高峰不受到法律的制裁，必然有更多无辜的人受到伤害，为了顾全大局，牺牲一下个人的儿女私情又有何妨呢？韩明生相信，韩京也一定懂得这个道理。

韩明生拿起电话，便想马上打给韩京告诉他一些情况，特别是凌丹的特殊身份，好让韩京有所心理准备。但他还是忍住了，因为他想起了以前曾拒绝过韩京的一个请求,好像是要去帮一帮一个叫苏小睿的女孩,看来那女孩也是韩京心里很重要的一个人,但当时自己以韩京年纪尚小纯属一时的青春冲动为由,拒绝帮忙,为此父子俩还大吵了一场。如今韩京学业有成,并又重新开始了新的恋情,自己作为父亲又出面去干预阻止,这让韩明生很是为难。况且,凌高峰一人犯事一人担责,与凌丹无关。倘若凌丹深明大义,坚决不与犯罪的父亲为伍,那她还是可以和韩京在一起的,自己也应该接纳她。所以现在断不能贸贸然便叫韩京与凌丹划清界限,这对他们两人是不公平的。看来还是要回去先和韩京的妈妈商量一下,她与韩京的感情比较好,说话也不像自己那样急躁,到时让孩子的妈好好把情况说一说,看看结果怎样再说吧。

凌高峰离开韩明生的办公室后,径直下了楼,出了省检察院的大门,门外早已有一辆黑色的奥迪高级轿车在等候。司机张扬是一个壮实的中年男子,他既是凌高峰的司机,同时也是跟随他多年的保镖。此时张扬正叼着根烟在抽,远远看见凌高峰走出来,他马上丢掉烟蒂,快步迎上前问道:"老板,怎样了,顺利吧?"

凌高峰脸色阴沉,摇摇头,拉开车门跳进了奥迪车里。

这边张扬也已迅速坐在驾驶座上,但他并没有急着开车,而是扭头去问凌高峰:"那……老板,是否该动手?"说着,他抬起右掌凌空劈了一下,眼睛里闪烁着一股吓人的光芒。

凌高峰望了一眼张扬,似乎还在考虑着什么,最后他抬手看了看手表,像是下了最后的决心似的,然后对着张扬点点头,说:"去吧。"

张扬得到指示后,拉开车门下了车,然后掏出手机开始打电话。凌高峰摇下车窗,从衣兜里掏出烟盒,抖出一根香烟,点着后深深吸了一口。他抬眼望望不远处的省检察院,只见夕阳的最后一线光掠过大楼的顶部,整座楼的亮色瞬时暗了下来,看来黑夜快要降临了……

司机张扬已经回到车上了,他向凌高峰汇报道:"已经安排好了。老板,还有其他指示吗?"

凌高峰摇摇头,他呼出一团烟圈,说:"开车!走吧,去老地方。"

张扬心领神会地开车了。凌高峰说的"老地方"是一家高级的私人会所,那里有间很精致的西餐厅,专门招待一些"有身份"的人,凌高峰十分中意那里的环境与西餐,每次来省城总会去那里消费。

这次凌高峰并没有招待其他客人,只是独自前来就餐,他需要借助这里清幽的环境好好想想自己接下来的退路。今天自己前去省检察院见韩明生,实在也是迫不得已。

当年自己的高远公司借着各种关系大肆敛财，甚至为了打击同行和掩盖罪行，还做出过买凶杀人的事，想着自己能有各种手段躲避法律的制裁，因此有些时候肆无忌惮，岂料案子落到了韩明生的手中，从此对方就和自己耗上了。韩明生一直都在查找自己违法犯罪的证据，誓要把自己捉拿归案。凌高峰见风头甚紧，不得已在八年前离开Z市逃往上海，借助其他生意掩人耳目，把这里的公司留给熟人打理，他在上海那边远程遥控，并依托各种关系企图阻止韩明生查案。可以说，这几年来他一直都和韩明生斗智斗勇，巧妙地躲过了几次追查。但随着韩明生的锲而不舍，凌高峰案的查办有了突破性的进展，韩明生获得了不少信息资料，矛头都指向了当年高远公司的负责人凌高峰。韩明生迅速指派人员进行侦查，务必要将凌高峰的犯罪事情查清楚。

凌高峰在上海收到了风声，知道再这样下去，韩明生迟早要把问题调查清楚，到时肯定会依法提起公诉。其他路都走不通，凌高峰唯有用最后的一招。他早就知道韩京是韩明生的儿子，而凌丹正与他在恋爱中，凌高峰便想让凌丹与韩京爱得难舍难离——因为他们关系越密切，对自己将来向韩明生讲条件时越有利，因为他可以借着这层关系去拉拢韩明生暗中放自己一马。凌高峰甚至还想等到凌丹怀上韩京的孩子后，再去向韩明生摊牌，这样就更有把握了，但没想到的是韩明生的资料收集得很快，随时都可能完成对自己的调查。因此凌高峰也只能孤注一掷提前去找韩明生了，不过以这么多年对韩明生的了解，凌高峰也知道靠这样的做法成功拉韩明生"下水"的机会并不是太大，因此为人狡猾的他也早已安排了后路。总之凌高峰知道，一定要想尽办法迫使韩明生在短期内停止调查或是更改调查方向，否则自己的末日很快就要到来了。这是一场不是你死就是我亡的斗争，凌高峰已经被逼到了悬崖的尽头！他将不惜一切代价来实现形势的扭转！

凌高峰把最后一块牛扒送进嘴里，那七成熟的牛扒香气扑鼻，汁多肉嫩，但美味的食物却没有让凌高峰有多大的快感。他再次看了看手表，想着张扬安排的事情该有结果了。想到这时，在包厢门口处出现了张扬的身影，但他的脸上却没有了之前的那股得意的神色，他甚至是有点慌张地来到凌高峰身旁，咽了口唾沫才低声说道："老板，事情有了点变化，他们说……他们说，目标不在北京！他不知去向了！"

凌高峰抬眼看了看张扬，也愣住了。他定了神地想了想，慢慢用白毛巾擦了擦嘴上的油腻，他示意张扬道："知道了，你先让他们待命吧。稍后我再下新的指令。你……你先出去吧。"

张扬"哦哦"地点着头退了出去。凌高峰从桌上拿起手机，拨了一个号码，很快对方接通了。凌高峰说道："你怎么把人跟丢了？他不在北京，你不知道吗？赶紧把他找出来，他在哪里尽快告诉我！另外，记着，这次跟上他后，千万不要再让他离开了！"

凌高峰挂了电话，身子重重地靠在椅背上。他觉得今天的所有安排都很不顺畅，办事也感觉有诸多阻滞，难道真的预示着自己的生活即将完场？

58

这一天，韩京还是和往常那般准时来到医院探望苏小睿，只是与往日不一样的是韩京的身边多了一个人的陪伴——凌丹。她捧着鲜花，步履轻盈地跟在提着水果和早餐的韩京的身后。韩京本就是高大英俊的人，现在身旁又跟着一位身材高挑、样貌姣好的凌丹，虽说是走在医院里，仍是十分的惹人注目，大家都向这对般配的情侣投来羡慕的目光。

两人很快便来到苏小睿的病房前，凌丹却争着去敲门，然后便推门进去了，岂料进门后发现里面却没有人，韩京随后也进来了，看到苏小睿不在房里也有点惊讶。正在此时，房里的卫生间门打开了，苏小睿脸色略显苍白地从里面出来，她见到韩京与凌丹来了，也微微吃了一惊。

凌丹很快反应了过来，她赶紧上去搀着苏小睿回床，嘴里叮嘱着："小心小心！你不舒服吧？脸色怎么那么白？赶紧躺躺、躺躺！"

苏小睿回过一点气来，她看了看凌丹，依稀还记得凌丹当年读书的模样，知道今天凌丹跟着韩京一起来看自己了，于是连忙谢道："真不好意思啊！让你一来这里便要来扶我这个病人！凌丹，你坐，你坐！看我这人，总是给朋友、同学们添麻烦。听说你前些天还在出差学习呢，回来应该休息的，现在却让你又来到这里了。"

"没事的，没事的，是我自己跑过来找韩京的！我刚回来才从韩京那里知道了你出了意外，你和韩京，是要好的朋友，他当然要过来看看你啦。我嘛，出差后正好有几天假期，也就就过来看看你，也可以陪陪韩京了。"凌丹笑着说道，但话语中处处显示出了她和韩京的关系，显然她是想让苏小睿知道这层意思。

韩京则比较关心苏小睿的身体状况。他凑到床边，关切地问道："怎么啦？又是胃不舒服啊？昨天买的药没吃吗？要不我等会儿再去帮你买点其他的药？"

凌丹望了望韩京，脸色闪了一下，但很快又恢复了正常，她顺着韩京的话说道："是啊，小睿，看样子你真的有点不舒服呢。不过我们又不是医生，胡乱去买药吃可能不仅治不了病,还会延误病情呢!韩京,我们就不要乱拿主意了。不如我回头去叫值班医生过来给小睿看下,让医生来诊断好了。"

苏小睿心思细密,刚才凌丹望向韩京的一眼已被她觉察到,而且又听到凌丹通过其他理由来不让韩京为自己买药,知道凌丹是不满韩京对自己的过度关心了,于是连忙说道:"不用了,先谢谢你了,韩京。其实,我昨天吃了药感觉好点了,只是今天医院里喷洒的消毒水味道太浓重了,我适应不过来,觉得胃不舒服,所以才……我歇一歇就好,不用再买什么药了。"

韩京用力地嗅了一下,觉得那消毒水的味道的确还在,想着苏小睿所言不假,便马上把病房的窗户打得最大,好让外面的清新空气吹进来。

凌丹倒依然显得十分热情,仿佛刚才那一瞬间的不满从来不曾出现过一般。她招呼苏小睿赶紧趁热把早餐吃了,然后又忙着去把花瓶里的旧花拿掉,换上新买来的鲜花。凌丹说,这是今天过来时途经花店时看到的,当时那束花开得正艳,叶上的水滴在阳光上闪闪发亮。她想苏小睿一定喜欢的,因此她马上买了下来,希望苏小睿能在有花香的环境中快点康复。

苏小睿听了十分感动,连声说谢谢。这两个人把话聊开后便开始熟络起来,你一言我一语地说着,韩京在一旁反而插不上话了,只好无聊地浏览病房里的免费报纸。

谈着谈着,忽然凌丹看看腕表站了起来说道:"好啦,我们得回去了,我得出去买些东西。我看小睿还得休息,等下我们出去时把医生给你叫进来。小睿,你得安心养好身子啊,免得大家都为你牵挂。"

韩京有点吃惊,他没料到凌丹这么快便要离开,神色显得有点不习惯。之前的几天他都几乎寸步不离地在这里照顾苏小睿,虽然他也知道凌丹来后,自己不可能总待在这里——毕竟苏小睿与自己已毫无感情关系,自己的女朋友在这里,难道能丢下女朋友不管而陪着另一个女的吗?这明显说不过去。但苏小睿冒着生命危险前来提醒自己要注意安全,现在自己却抛下苏小睿不管,他心里也感觉对不起苏小睿。韩京也想过把具体的经过告诉凌丹,但他又怕凌丹过于紧张担心,要让他连夜离开,那样苏小睿便更无人在这里细心照料了,况且韩京的心里其实是舍不得离开的,毕竟曾经让自己朝思夜盼、牵肠挂肚的苏小睿再次出现在自己的生活里。虽说这一两年随着凌丹的出现而稍稍淡忘了许多过去与苏小睿在一起的痕迹,但现在真实的苏小睿一出现,那些片段又重新鲜活起来,迅速地牢牢地盘踞于韩京的心头,让韩京产生了一股强烈的难舍难离的感觉!所以,韩京前几天陪伴在苏小睿身边的时间愈发长,他很珍惜与苏小睿在一起的时光,总之能多一秒就是一秒,他生怕这一次与苏小睿再次别离后便再也见不到了。

凌丹见韩京不置可否，便继续带笑向苏小睿说道："其实我也不想到处逛，待在这里聊聊天也挺自在的，况且出差学习的这几天把我累得够呛。只是没办法，我这次过来，单位的主管领导知道了我是过来陪男朋友的，就半开玩笑地说要我带点好吃的回去，旁边的同事听了也起哄着说要好吃的，领导和同事都这样说了，我好意思两手空空回去吗？想着过两天就回去了，今天趁着有空，想赶紧把事做了。要买什么我自己也拿不定主意，只好叫韩京去陪我了，小睿，我们只能回头有空再聊了。"凌丹说到最后一句，脸上也露出惋惜与不舍的神情，她踏前一步，拉着小睿的手说："韩京不是有个好朋友苏梓也在这里吗？你和他也熟悉的吧，实在有需要帮忙的，就给他个电话。当然啦，给我们打也行，只是怕我们在忙着，耽搁了你的事情就不好了，你先好好休息吧。先别想太多事情了。"

苏小睿看到韩京沉吟不语，知道他心中想着什么，她不想让韩京为难，于是连忙说道："行行，你们先忙自己的事情吧。其实我也没什么太大的事，医生都安排我这一两天出院了，可能是昨晚没怎么睡好，早上起来撞了些风，才引起肠胃不适的，我休息一下就好。小丹你和韩京一起去吧，你能来探望我，我已经挺感激的了！韩京，你快去吧，如果太忙了，这两天就不用再过来了，我让苏梓帮我出院便好。总之，韩京，你得保重！处处小心点啊！"苏小睿想着韩京的这次离开，不知是否能再见，于是在最后一句话里，仍不忘叮嘱韩京要时刻注意安全。

韩京自然明白苏小睿最后话里的意思，但凌丹就在旁边，韩京也不好说些什么。他望望苏小睿，然后点点头表示明白了。刚才凌丹也把要离开的理由说了，韩京也不便反对，想着去陪凌丹买完了东西再回来也不迟。况且苏小睿今天看起来的确有点虚弱，让她好好休息也是件好事，自己和凌丹在场反而会让苏小睿觉得拘谨，耗费了精神对身体恢复也不利。

于是，韩京也上前叮嘱苏小睿："那你再睡睡吧。等医生来了，你把情况说说，让医生来处理。我忙完了再来看你。对了，你后天出院时，我叫上苏梓、方岳他们，还有小丹也一起，大家去吃顿饭吧。人多一些也热闹一点，就当是庆祝你出院！这样好吧？"韩京说罢望望苏小睿与凌丹，像是在征询大家的意见。

苏小睿还没说话，反倒是正要挽着韩京的手臂出去的凌丹，听到韩京的建议后愣了一下，随即笑说："这个事情不急着决定嘛，第一要看小睿的身体状况；二嘛，要约齐了你那几个朋友才好。人家不是记者和编辑吗？要忙起来的话真是忙得连饭也吃不上。"

"他们会来的，会来的！我们都约好了。"韩京还是坚持自己的安排，认真地对凌丹说。

"那……那到时再看吧。好啦，好啦，我们走吧。"凌丹倒没有与韩京在吃饭的问题上纠结太久，只是催促着韩京快点离开。

苏小睿也说到时再说吧，她不想凌丹因为这事又对韩京产生不满。另一方面她其实也不想把自己出院搞得太过隆重，要麻烦苏梓等好朋友抽空过来陪她。对苏小睿而言，她能看到韩京平平安安、快快乐乐的才是最重要的，其他的都是次要的。

随着凌丹那清脆响亮的声音渐渐远去，苏小睿知道韩京与凌丹都走远了。她深深地吁了一口气，却仍然感到胸中的压抑丝毫不减，那股作闷作呕的感觉又上来了。苏小睿连忙调整自己的呼吸，好让这难受的感觉消缓一下，并且下意识地摸了摸小腹，脸上露出了一丝复杂的神色。

这时值班医生进来了，应该是韩京离开时去通知医生来看看苏小睿的情况，医生习惯性地抽出插在病床旁的病历看了一下，然后把夹在病历上的笔摘下，望了望苏小睿，用职业性的语气询问道："苏小睿是吧？刚才你家属通知我过来，你有不舒服的地方吗？"

"医生……我……我要求做个全身的检查！因为……我怀孕了！"苏小睿的声音虽然不大，而且由于紧张而显得有点断续，但语气却十分的坚定。

医生抬眼看了一下苏小睿，确认对方不是开玩笑，才问道："你怀孕？你猜的还是测的？"

苏小睿从衣兜里摸出两根验孕棒，只见细长的白色棉条上方有着一圈深深的红紫，与它下方的对照线形成鲜明的对比。苏小睿说道："这是我昨晚和今天早上测的，医生，这是怀孕的标志吧？"

医生看那验孕棒上的显示是怀孕了，但他仍建议苏小睿做个详细的检查才能最终确认。说着，他已经在病历上开检查单了，同时还提醒苏小睿各样注意事项。不过，听医生的语气，只要苏小睿的检查没有太特殊的情况，她还是能够正常出院的。

医生把检查单子都出好后便准备离开，却被苏小睿叫住了。苏小睿说道："医生，我还有个要求，就是……如果我真的确认怀孕的话，能否不要告诉任何人？就是包括我的那些亲人、朋友。"

医生眼睛里闪过一丝不解，但他还是尊重病人的意见与请求，便点头答应，只是他再次提醒，千万不能因为怕被别人知道了而伤害了胎儿，到时受伤的可是自己。

苏小睿点头表示明白了，并感谢医生肯答应帮忙。医生走后，苏小睿仰面躺在病床上，心里百味杂陈。她再次伸手去抚摸着自己的小腹，她似乎在那柔软的地方里感受到了生命的跃动，尽管这只是她心理作用而产生的幻觉，但在那一呼一吸之际，仍能让她心里感到莫名的温暖与激动，这是母亲的天性使然。

孩子是萨穆尔的，这一点苏小睿是肯定的。婚后苏小睿与萨穆尔一直有着稳定的性生活，只是因苏小睿的身子一向都较为虚弱，所以一直没有怀上。后来苏药师根据女儿的身体情况，采用了中药调理，才使得苏小睿日渐健康起来。这次终于让自己怀上了，这对于苏小睿来讲绝对是一个大惊喜。

苏小睿发现自己怀孕也是偶然的——否则她绝不会通过故意制造车祸来把韩京引来。苏小睿最近几周一直都感觉胸闷欲呕，在家里时已经有这种情况了，只是不太明显，药店里也忙得很，苏药师也没察觉出女儿怀孕了，只是以为苏小睿因饮食不当而导致消化不良，便只是开了几副中药来调理。苏小睿从未生育过，自然对这些反应一无所知。直到苏小睿见了韩京，都仍未察觉自己已怀孕，后来昨天起床她又呕吐了，她实在厌烦了这种感觉，便要韩京与她一起去外面药店买点止呕的药，岂料中途韩京去接了凌丹的电话而走开了。苏小睿独自去药店买药，当她把自己的症状告诉售药的大妈时，对方望了苏小睿一眼，笑说："姑娘你这可能不是胃病啊，依我的经验看，你这是怀孕的症状啊，你自己不知道吗？"

苏小睿一听吓住了，她这时才记起平时看的书上都是这样说的，怀孕的女子都会有喜酸易呕、腰酸尿频等症状，自己想想好像最近也有这样的感觉。只是平时从没往怀孕这方面想过，因此也没怎么注意。现在被有经验的大妈提醒，她才慌了神，在售药大妈的建议下，她买了两根验孕棒回去，当晚忍不住测了一下，显示怀孕，第二天她一早起来，又测了一次，这次的红圈的颜色更鲜艳了。她在厕所里望着那红紫圈呆了很久，心中喜一阵忧一阵，喜的感觉自然是自己当母亲了，忧的则是现在这样的局面不知该如何收拾，尤其是对萨穆尔的担心。苏小睿怨恨萨穆尔为何如此冲动鲁莽不长记性，为了赚快钱铤而走险，去参与干这犯罪的勾当，万一这事被发现遭到了警察的抓捕，那么萨穆尔至少要在牢里赔上十多年的青春，他真是傻啊！萨穆尔可知道，他已是一个孩子的父亲了？一个孩子的成长中没了父亲，该是一件多么可悲的事情啊！"萨穆尔啊萨穆尔，你现在哪里呢？希望你有感应，现在千万不能犯错，请你赶快收手，回到我——还有孩子的身边吧！"苏小睿喃喃道。

想着想着，苏小睿竟有了坐立不安之感，她甚至有点后悔的感觉，觉得自己太冲动，竟然想到用制造车祸来见韩京，万一这次伤及了腹中胎儿，这会让她悔恨终生的。

就在那恍惚间，苏小睿听到了外面有推门的声音。她赶紧把验孕棒藏在衣兜里，整理了一下衣服便从厕所里出来，便在门口处碰见了前来探望的韩京、凌丹二人。由于刚才心情的紧张与担心，苏小睿的脸色看起来十分苍白，被凌丹与韩京所察觉，她也便顺应地说自己有点不舒服以搪塞过去。恰好凌丹也要忙着去买特产送人，要求韩京陪同，苏小睿既不想让韩京为难，自己也正好需要一点时间来整理一下思路，便借口说想好好地休息一下，支开了韩京、凌丹二人。

医生离开病房后，苏小睿拿着检查单，抿着嘴唇想了想，然后从床头柜的抽屉里找到自己的手机，尝试去拨打萨穆尔的号码，可是这次仍然显示对方手机已关机。苏小睿离家至今已快一个星期了，这段时间苏小睿也曾尝试过去找萨穆尔，一方面想透过联系他知道一下那群歹徒的计划与行动安排，另一方面她也想知道萨穆尔是否安全。第一次打电话过去，电话还是能接通的，但萨穆尔说话的声音有点含糊，支支吾吾地说自己在开车，但却没有告知具体的方位，这次通话就聊了几句便挂了。第二次通话是苏小睿到达 G 市后打的，萨穆尔的声音仍是低沉的，他的语气听起来有点慌张，应该是有同伙在身边而不方便说话的缘故。最后他只是在电话里说，他那边工作的地区比较偏远，手机信号经常不好老是听不清楚，为了不影响工作，这段时间就不聊电话了，他尽快做好开车的工作，忙完了便回来！萨穆尔也没等苏小睿回答，便又把电话挂了。自此之后，苏小睿再打萨穆尔的手机都是提示关机，估计是萨穆尔的秘密行动必须要保持关机的状态。

这样一来，苏小睿不免为萨穆尔的安全而担心，他的手机关机是不是证明了他仍处在犯罪团伙之中？那也就意味着绑架韩京的计划仍未搁置，他们是在等机会，还是已经另有新计划，继续实施绑架韩京的活动呢？而且原计划实施不了，主要是因为韩京被自己紧急地"调离"了北京，那他们会不会对此"巧合"产生怀疑，进而去查找原因，那样会不会最终查到是因为萨穆尔的妻子暗中"捣乱"呢？那样一来，萨穆尔就危险了，罪犯们一定觉得是萨穆尔私下走漏了风声以致计划失败，按照歹徒们的心理，他们一定会怀疑萨穆尔出卖他们，必然会对萨穆尔下毒手！

苏小睿想到这里，心里马上紧缩了一下，冷汗也"嗖嗖"地冒了出来，那股作呕的感觉又强烈了起来，苏小睿甚至还能感到腹中的肌肉跳了几下。苏小睿连忙用手去抚摸着，她深深地吸了几口气让情绪镇定下来。她知道这个时候自己不能慌，就算情况再恶劣，也总得为腹中胎儿着想。如今看来，自己在瞎想也于事无补，况且情况可能没有想象中那么恶劣，韩京直到现在都没有出事，便是最好的证明！此外韩京自己对这事也有了心理准备，必定会处处小心加以提防，而且韩京已把这事告诉了家人，他的家人见多识广，也必定有稳妥的处理办法，最好能尽快惩处那主谋的人，别再让他祸害人间。至于那伙人或许看到计划实施不了，可能就地解散，萨穆尔已经在归途之中了，很快便能和自己联系上了。如果这次再能见到萨穆尔，自己一定会把他劝住，不能再让他铤而走险了。她要告诉萨穆尔，他已经是一个孩子的父亲了，得为孩子负责！

这几年的生活，已经使苏小睿变得比读书时期坚强了很多，做事也比以前更成熟了。苏小睿把思路整理好，便起床去做体检，检查结果显示已怀孕6周。由于早已有了心理准备，因此苏小睿一点也不觉得惊讶。她现在只盼事情快点结束，她在心中默默地祈求每个自己牵挂的人都最终平平安安。

这一天韩京没有回来，但他在傍晚的时候还是发来了信息，在信息中说自己要陪凌丹到处走走看看，可能赶不回来了。原来凌丹和韩京去买完特产后，凌丹又说自己既然来到这里，不如去当地的风景名胜玩玩。韩京执拗不过凌丹，想着去去便能回来，谁知一去便花了一整天的时间，来不及再去陪苏小睿了，因此给苏小睿发信息表示抱歉，顺道问问苏小睿的身体情况怎样了。

苏小睿回信息告诉韩京自己一切安好，让他好好陪凌丹。苏小睿这样回答一方面是不想让韩京担心自己，另一方面则是不想让韩京左右为难。从今天的情况来看，凌丹明显有点醋意了，虽然她来探望苏小睿时看起来热情主动，但苏小睿总觉得她是来向自己宣示"主权"的，包括她要求韩京陪她去买东西，那口吻既是撒娇，又直接地向旁人展示她与韩京的关系非同一般。再者，凌丹和韩京出去后，又想着拉韩京到处游玩，花了一整天的时间，这样做的目的显然只有一个，那就是不想韩京总是待在医院里陪着自己。而且今天韩京对自己的身体健康情况甚为紧张，当时苏小睿便瞥见凌丹一瞬间面露不悦的神色。这些情况都表明凌丹对自己是怀有"敌意"的。这也难怪，站在凌丹的角度试想一下，自己男朋友瞒着自己离开北京南下了，为的就是去看出了车祸的前女友，而且一陪便是数天，要不是自己提前结束学习归来，追问男朋友的去向，恐怕韩京还想继续瞒下去。这样的举动，作为女友有可能不醋意大生吗？因此当知道了韩京的下落后，凌丹肯定是要过来陪着韩京的，她这样做绝对是无可厚非的。

苏小睿轻叹了一声，觉得凌丹对韩京一定是爱得深入骨髓，曾听苏梓说凌丹是从高中开始一直到大学都在追求韩京，期间始终保持着热情，哪怕当时韩京一门心思都在自己身上，她也从不介怀，默默地努力着。直到自己退出后，凌丹最终用真诚感动了韩京，两人终于走在一起，所以也就不难理解为何凌丹如此在乎韩京了。反问一下自己，对韩京的感情有那么深吗？

想到这里，她内心有点隐隐的愧疚之感，觉得自己像是一个潜伏在旁窥探别人财富的小偷一样。"韩京的事情自己以后还是少理吧，人家已经是别人的男朋友了，将来也必定一是对好眷侣，虽说自己是为救韩京而来，但如果因此而令韩京心里再生波澜，那对凌丹来说是不公平的，也是残忍的！照目前的情况来看，韩京应该是度过了危险的时期了，自己也该'功成身退'，回去再想方设法去联系上萨穆尔，让他及早回头，同时积极配合警方去把鬼爷等一众意图绑架的犯人抓获，从根源上解决问题。萨穆尔只是一时糊涂受人教唆做了从犯，而且如果能主动投案、戴罪立功的话，相信他一定能从轻发落的。"

苏小睿觉得，自己尽快离开这里、离开韩京是最正确的。想到这里，她觉得多待在在这里一会儿都感觉难受，但毕竟思想上想通了，心情也变得稍稍轻松了一点。而且她当了母亲的喜悦感慢慢浮了上来，她觉得自己一定要保持好的心情，营养要跟上，这样对胎儿的成长才是有好处的。

傍晚时候，苏小睿去外面吃了一顿丰盛的晚餐，刚回到病房里，我和方雅婷便过来了。韩京知道自己不能过来，但又担心苏小睿，便给我打了个电话，让我有空过去看看苏小睿。我知道韩京此刻正和凌丹在一起，心中当然清楚韩京不得分身的难处，于是毫不犹豫地应允了。饭后正好方雅婷也有空，两人便一起前来与苏小睿聚聚。

苏小睿见了我们过来，假装生气地埋怨我："苏大哥，好啊！终于肯露个脸了？把好朋友都忘在医院里不来看一看。雅婷姐，你可得好好教育他！"

我笑笑说："这个可不能怪我。要怪你只能怪韩京！他来了，只想着和你待在一起，怎么舍得把陪你的时间让给我啊？我啊，也只好识趣点，少出现一点儿了！哈哈哈……"

方雅婷把带来的水果放下，才插嘴说道："你们两个啊，见面了便互相取笑。尤其是苏梓，口无遮拦的，小心你说的话一下子被那凌丹听到了，人家会怎么想啊？到时你的那位韩京啊，估计今晚可不好过呢！"

我吐了下舌头，虽知方雅婷是在吓唬我，但我还是忍不住回头看了看身后，看凌丹是否冷不丁地出现在我的身后，到时她迁怒于我，背后给我狠狠的一掌也够我好受的了。

"小睿今晚有气力说笑了，我看恢复得很不错吧。之前不是说过两天便出院了吗？"方雅婷在苏小睿身边坐下，关切地问道。

"嗯，是啊。原计划是后天出院的。不过，我想提前到明天出院吧。待明天医生检查完后，下午便可以走了。其实，我也康复得挺好的，在这里住着我也觉得不习惯。你们也不用为我过多的担心。韩京也可以早点和凌丹回去啦，他还有学习要忙呢！你们两个也不用专门过来，我自己明天办理出院手续就好了。至于韩京，也不用劳烦他啦，事后我再跟他说下就好。"

苏小睿打算提前出院的事我没有听韩京说过，他只是说要我后天去医院帮忙，现在苏小睿这样决定了，我也不知道韩京会怎么想。但苏小睿出院我肯定得来帮忙，于是我忙说："你自己出院怎么能行？那么多东西要处理，我明天跟单位请个假，我过来吧。韩京那边，我想我还是和他说一下吧，或许他还有些话想和你说呢。小睿你知道的，他总是担心你回去了后，再也找不着了……"

说到最后，我们三人都陷入了沉默，不知该把话题怎么往下接。还是方雅婷先开口道："提前出院是好事啊！在医院里躺着，人没事都觉得自己有事呢！我明天也过来，帮忙打点一下也是好的。"

"谢谢！真的很谢谢你们！我觉得自己很幸运，能有你们这帮朋友。我以前真的很不懂事，让你们一直担忧挂念着。我这次一定不会不辞而别的，我怎么舍得离开你们啊。"苏小睿说着眼睛也湿润了，此刻她的心中的确泛起了很多情感，毕竟这么多的人牵挂着她，这份真挚的感情让人无法不动容。

59

第二天，苏小睿接受了医生的例行检查，确认了身体基本没什么不适宜出院的情况，便要求医生开具出院的证明。医院里正好床位资源紧缺，因此对于已无大碍的病人都不再要求留院。苏小睿的出院手续办得挺顺利的，我早上十点多的时候便和方雅婷一同过来，我负责去帮苏小睿处理账单的事情，方雅婷则帮苏小睿收拾一下病床里的细碎物品。

昨晚我已给韩京打了电话，告知他，苏小睿明天要出院的事情。韩京显然没有料到苏小睿这样安排，因为明天上午凌丹又安排了去拜见这里一位做生意的叔父，说是受父亲所托，现在打好了关系，将来韩京毕业了找工作或许能帮上忙。凌丹为自己着想的一片好意，韩京自然不好拒绝，只好又应允了。现在得知苏小睿出院，韩京也只能到下午才能出现。韩京叮嘱我，一定要照顾好苏小睿，下午他想办法雇一辆车过来接苏小睿出院。

下午三点才过，韩京便风风火火地赶来医院，当然同行的还有凌丹。韩京一进病房便露出一脸的歉意，说："小睿啊，很抱歉，本来上午我要来帮忙的，只是我又不知道你改时间了，因此又安排了其他事情，幸好有兄弟苏梓和雅婷在这里。"说着，他向我和雅婷重重地点了点头，眼神里流露出感激的神色。

"是啊，幸好下午我们能过来，虽然没帮上什么忙，希望别见怪啊！对了，我们雇了一辆出租车，已经在医院外面等了，我们随时可以走了。小睿你去哪里住呢？大家有没有安排好呢？"凌丹看了我一眼，像是询问我是否已经安排好。

"已经安排好了！刚好我单位的一位女同事出差了，单位配的房间正好空着。昨天我已给她打电话，说是借给我的女性朋友小住一两天。她为人爽快，便答应了！这地方离我单位和雅婷的宿舍也算比较近，有什么情况我们可以随时照应。"

"行！等等我们就过去。京，你可以给司机打电话了。"凌丹说道。

"今天好不容易人齐了，这样吧，我马上去订个房间，我回头叫上方岳，今晚大家好好地吃一顿饭，当是庆祝苏小睿出院，也让我们一伙人好好聊聊！"我提议大家去聚餐，说着掏出手机就要去订位子。

韩京听了我的提议，露出为难的神色，皱着眉头没有说话。他身旁的凌丹用充满歉意的语气回应道："这个……提议很好，只是我和韩京怕是要缺席了。是这样的，今天上午我们去拜访了一位叔父，他老人家甚是高兴，一定要请我们今晚去外面吃饭，他老人家的辈分高、情面重，我和韩京得去赴约。因为之前我们都以为小睿是明天才出院，所以时间上安排得有些冲突了，大家见谅下吧，要不苏梓和这位美女雅婷，还有其他的朋友这次先和小睿吃饭吧？我们下次再做东。也随时欢迎大家来北京找我们！必定有最好的招待！"

苏小睿提前出院的事情是她临时决定的，所以也不能怪凌丹、韩京他们另有安排。我扭头去看看苏小睿，看她是否同意这次没有韩京、凌丹出席的饭局。

苏小睿神情平静，她只是淡淡地说道："就别为我的事破费了。既然韩京与小丹都有约，我们人也不齐，不如等下次再聚。我们以后见面的机会总是有的。况且我也想自己好好休息一下，恢复一下体力，好尽快回家。否则家里人可担心我了。好啦！我们出发了！劳烦苏梓了，还为我找了地方住。"

苏小睿都这样说了，大家自然不再提聚餐的事情，一行人出了医院，出租车早已在等候。由于苏小睿要去我同事那里入住，所以我和方雅婷也上了车。而韩京与凌丹今晚要去城市东边的鼎盛商业中心赴宴，他们与我们不同路线，因而没有上车。开车前，韩京伏在窗边不断叮嘱苏小睿一定要注意安全，有什么事马上给他电话，还说明天如果身体好些的话，大家再一起约吃饭。

苏小睿看着韩京脸上显示出来的关切的神情，语气里也充满着不舍，她的眼睛一下子便潮了起来，心里不知为何有种刀绞般的隐痛，她很想对韩京说上几句什么。可当她看到不远处站着的凌丹，她知道自己不能太感性了，否则后果难以预料。她没有说话，只是点了点头，表示听到了韩京所说的话，便低下头不再去看韩京了。

车缓缓开动了，很快便加速前进，拐过前面的路口一下子不见了影踪。韩京叹了口气，望着车远去的方向待在原地还是不动。

凌丹从后面走了过来，递上韩京的手套，说："戴上吧，天冷啊！我们也走吧，我们回去休息，准备好今晚的正事。还得预留路上赶车的时间，走吧！"凌丹挽着韩京的胳膊，拉着他离开了。韩京没有说话，只是默默地走着。

苏小睿随我们来到了她暂住的地方，我打开了门，把苏小睿的生活用品都搬了进去。这是一套一室一厅的房子，整体环境看起来很简洁干净。

"小睿，这里地方小，你将就地住着吧。我同事要去一个月呢。你不嫌弃，可以在这多住几天。过两天我放假了，我们一起再去碧湖划船！再去吃顿好的！上次我和你，还有雅婷划船，都已是两年多前的事情了。这次该故地重游一次啦！"我边把东西放好，边对苏小睿说道。

"这里挺好的！我也只是住一晚而已。一会儿我就去车站买明天回家的车票。"

"怎么这么快啊？你才刚出院呢，要不多住两天，我们两个都还没聊够呢！"方雅婷听到苏小睿这么快要走，极力地挽留她。我也在旁附和着，我想韩京肯定也不想苏小睿走得这么快，今天他没空来陪苏小睿，明天她又要走了，这还不让韩京急死啊？

"还是不了。我出来了好几天了，我和家里人说是来参加学习培训的。现在出了车祸，我怕家里人担心，也没敢和他们说。现在我感觉身体也没什么事，也该回去了，否则家里人真的会急坏的！况且你们个个都要上班、上学的，我留在这里，大家都碍于情面挽留，耽误了工作、学习怎么好？还是让他们早点回去吧。在这里能再次见到你们，还有韩京，我已经觉得很幸运了。雅婷姐，我们以后肯定会再见的，我答应你，一有空我就过来找你们玩。"

我和方雅婷觉得苏小睿讲得也有道理，毕竟出门在外，又发生了意外，既然平安了，想尽早回家跟家人见面是可以理解的。

从苏小睿此次回来的目的可以看出，她对韩京感情至深。而韩京对苏小睿的感情也始终留着一种说不清道不明的情愫。当然在苏小睿面前我们都装作不知情，现在看来，韩京的处境很安全，而苏小睿也打算离开，可能苏小睿已经得知危险已经解除，所以才放心离去。如今看来出现的问题都顺利解决了，苏小睿又重新出现在我们的生活里，我和方雅婷都感到高兴，提议说不如大家去吃个饭吧，但苏小睿说她肠胃还是有点不太舒服，胃口也差，还是自己吃点清淡的东西，然后去买明天的车票，回来早点休息才好。小睿还笑道："今天你们为我也忙了大半天，现在我就不妨碍你们两个约会啦，你们赶紧去找好吃的好玩的，轻松一下吧。"

我们听苏小睿说要休息，也就不勉强她。我们也知道苏小睿在这个城市生活了两年多，环境还是很熟悉的，所以也不太担心她的出行与饮食。把苏小睿安顿好之后，我们便离开了。

苏小睿在屋里小息了一会儿，看着将近五点了，便打算启程到火车站去买明天回家的票，顺道外出吃点东西。G市的交通很完善，苏小睿在这里也曾生活过，因此也没费多少周章便来到了车站，排队、购票前后才用了不到一个小时。不用赶时间的苏小睿在车站里晃悠着，看着那些熟悉的景物，想起了自己当年在这个城市生活的点点滴滴，记起了很多往事，心中泛起了无数滋味。就这样，她不知不觉便又来到了外面的公交车站，正想着该去哪里解决吃饭的问题，忽然她觉得斜挎着的提包轻微地动了一下。苏小睿心中一惊，以为有扒手在动她的东西，连忙低头一看，提包好好地在自己身边，附近也没有可疑的人。苏小睿想着该不是自己有幻觉吧，难道车祸后落下后遗症了？正猜疑之际，提包又明显地抖动起来，而且里面隐隐传出了短促的鸣叫声。

苏小睿心里正奇怪这是怎么一回事，突然她像是记起了一件重要的事情，脸色刷的一下白了起来！她哆嗦着手拉开了包的拉链，从最里面的夹层里拿出一个小仪器，只见那小仪器上正亮着一个小圆点，缓缓地向外移动着。苏小睿当然明白这意味着什么，她极为担心的事情最终还是发生了：萨穆尔还是随着那伙人从北京跟到了G市！看来他们没有放弃绑架韩京的计划，虽然可能在北京扑了个空，但他们应该是再次得到了线索，然后经过部署再前来的。苏小睿急忙抬头去环顾四周，看看能否在人群中看到萨穆尔的身影，但车站附近人头攒动，各式人物来往穿梭，哪能看到目标呢？苏小睿仅凭手中的仪器才知萨穆尔在附近，但那小圆点正在往外移动，证明萨穆尔等一伙人正往外走！

"韩京有危险了！"苏小睿意识到问题的严重性，她慌忙掏出电话，拨打韩京的号码，想通知韩京马上离开，可偏偏这个时候，韩京的手机却提示已关机。她低头去看那仪器屏幕，发现那小红点已经消失，这意味着萨穆尔已经离开了自己的范围了，看来他们已经在行动了！苏小睿急得快要哭了，跺着脚想去追萨穆尔，但茫茫人海中也实在不知该往哪里走才能跟得上萨穆尔。

正当苏小睿无计可施之际，忽然心中闪过了一个地方——鼎盛商业中心！对了，韩京不是说今晚和凌丹一起去那里和叔父聚餐吗？他必然会在那里，那么这伙绑匪也肯定会前往那里，无论怎样，她得马上赶去那里告诉韩京，让他赶紧离开，然后她得找个机会见到萨穆尔，怎么也得劝他马上走，然后再报警把其余坏人绳之以法！

主意既定，苏小睿一秒也不敢耽误，跳上路边的出租车，直奔鼎盛商业中心而去。沿路她一直拨打韩京的电话，但总是提示关机。苏小睿的心一下子悬了起来，莫非韩京已经遭到了意外？那凌丹呢？如果出了事的话，她应该会马上找我们，现在没有她的通知，估计他们两人现在还安全。

苏小睿也想到了马上给我或方雅婷打电话，好让我们能够第一时间赶去帮忙寻找并支援韩京，但她刚按下号码时却又按掉了，因为她知道短时间内无法向我们解释其中的所以然来。她担心我们一旦知道韩京将会被绑架，马上就会选择报警求助，那样一来，自己就无法再去拯救萨穆尔了。苏小睿就是害怕看到这一点，她不想孩子一出生便见不到父亲，现在只能是等自己先赶在警察之前，既要保护韩京的安全，又要把萨穆尔拯救出来。苏小睿的心怦怦直跳，这个时候她只能靠自己的力量了！

出租车在路上左拐右拐地前行，穿过数个街区，来到了目的地门口了。一路上苏小睿密切留意手中仪器上的动静，苏小睿想着应该是萨穆尔等人还没有到，心中稍稍放松了些，这样的话她便有时间去找韩京了。她从车上下来后继续拨打韩京的电话，但对方仍处于关机状态。她看着实在不能再等了，只好急忙进入酒店，打算在里面直接寻找韩京！

鼎盛商业中心是当地的地标建筑，前面是一栋楼高28层的大型综合性商厦，楼后还有一座现代化的商业中心，两栋建筑之间有连廊相接，整座中心占地数百亩，装修也相当豪华，光是大门就有五个之多，每天出入的人群极多，进驻的商家多达数百家，餐饮门店更是数不胜数，因此苏小睿在不知具体位置的情况下，要在这里去找韩京显然是大海捞针一样。而这里极为复杂的地形更让苏小睿忧心忡忡，因为一方面她根本不知道萨穆尔等人会从哪里进入，另一方面这里进出口极多，一旦韩京被绑架，他们可能会极容易从这里逃跑，如果计划失败，他们要四散逃离也是极简单的事情。看来，他们选择在这里下手明显是经过慎重考虑和部署的！他们有备而来，相信是务必要一举成功的，这让苏小睿更是担心不已。

苏小睿虽然内心焦急，但她知道现在最重要的是冷静下来，想办法寻找韩京。她暗自在心里分析：虽说这里饭店繁多，但有名气的就那么几家，宴请韩京、凌丹的那位叔父那么看重他们的到来，也必定不会随便订普通地方，既然选择来这里，也肯定会首选这里有名气的饭店好去尝尝当地的特色菜。现在只要自己去那几间有名的饭店问问，估计也能较快地找到韩京他们。况且韩京与凌丹这对俊男美女也会给人留下印象，或者去问问前台的服务员，相信只要他们来过，服务员会告诉自己。

苏小睿知道现在必须分秒必争，她马上就去大堂处查询了那几家有名的饭店位置，然后便匆匆赶去逐间询问。可是一连问了两间，无论是前台服务员，还是餐厅经理，他们都说没有留意到有这么两个人出现过。苏小睿的心不免有点着急，在内忧外困的情况下，苏小睿觉得腹部一阵抽搐，估计是胎气受了点影响。苏小睿扶着楼梯，不断喘着气，额头也冒出了一层细汗，但她一停下来，脑海里便浮现出韩京被劫持的画面，她仿佛能看见韩京脸上那痛苦的神情。苏小睿咬咬牙，迈开步子继续往下一家酒楼冲去。

目的地在中心的东北角，去那里需要搭乘两趟手扶电梯才能到达。正当苏小睿在手扶电梯上前往时，她猛然发觉包里的仪器又发出了警报的声音。苏小睿大吃一惊，知道现在情况已相当危急了。苏小睿连忙探头扫视整个中心的环境，试着在密集的人群中找到萨穆尔的身影。由于苏小睿的位置居高临下，她找了一阵便远远地望见了对面那两个高高的观光电梯在三楼处停了下来，随即从里面走出了四个形迹可疑的男子：他们每个人都戴着帽子，帽檐压得很低，但眼睛却不停地四处张望，身上的衣服也是素色，每个人肩上都挎着个黑色背包，看样子是从外地风尘仆仆赶来的。出了电梯后，他们几个相互交换了一下眼神，便四散离去了。苏小睿站的地方虽然离得较远看不真切他们的具体样子，但她还是在这四个男子中认出萨穆尔的身影！萨穆尔与众人散开后，便开始往楼下走，其余三人则往楼上走去。

苏小睿直纳闷：为何萨穆尔要单独行动呢？她细想了一下，想起了当时在家床底下窃听鬼爷与萨穆尔的对话中，鬼爷曾说只让萨穆尔负责开车接应。而他现在往下走，肯定是前往地下停车场等候消息了，一旦把人质劫持到手，歹徒们便会去停车场里找萨穆尔，众人就会从那里离开！

苏小睿目测另外三人应该就是去蹲点守候，在合适的时机就下手绑架韩京，但现时情况不明，甚至连韩京是否已经到达也未知。现场人流众多，苏小睿猜想现在应该不是他们下手的时机，估计是要等到韩京进入包厢后才会伺机下手。看来去追那三个人不实际，毕竟对方有三个人，万一自己跟踪他们时被察觉的话，他们完全有能力把自己先控制下来再去动手，现在只有去找萨穆尔才是最妥当的。一方面，萨穆尔是自己的丈夫，料想他也不会对自己怎样；另一方面，自己可以在说服萨穆尔之后，从他口中探听出这伙歹徒的计划动向，到时再绕开他们的视线想办法去通知韩京，并让韩京从另一条路线撤离。

苏小睿觉得这是目前最可行的做法。于是她连忙从手扶梯下去，小跑着到刚才萨穆尔等人离开的地方。她掏出那个小仪器，四处绕圈，她要根据信号来确定萨穆尔的去向。在尝试了几个方位后，终于屏幕上看到了小圆点，提示着在自己的右前方处。苏小睿抬眼一看，那边走廊尽头处有一扇推拉门，旁边的文字提示着是通往地下停车场的。苏小睿心想这肯定没错了，于是马上急匆匆地走了过去。

进入那扇门后，身边的喧哗声一下子减了大半，原来这条通道是用来防火逃生的，平时甚少有人从这里出入。苏小睿看着那阴暗的楼梯道，心中也着实紧张了起来，在那黑暗处后还有别的危险存在吗？苏小睿下意识地摸了摸腹部，她毕竟要考虑腹中胎儿的安全。但苏小睿要见萨穆尔的意愿十分强烈，这无形中给她平添了很多的勇气。她咬咬牙，决定还是往下走，她始终相信如果萨穆尔在那里的话，他一定会保证自己的安全的！

苏小睿把仪器的警报声关了，然后一边看着那红点的位置，一边慢慢地摸索着从楼梯往下走，转过了两段楼梯后，那里有一个宽阔的平台，是酒店内部的停车场，应该是货车的卸货通道。此时并不是运货卸货的时间，因此这里一个人影都没有，只有那一阵阵穿堂的风刮起来的轻微"呜呜"声。

苏小睿推开门进入了这个停车场，因为她看到屏幕上的红点显示的位置正是这里。苏小睿手心里的冷汗都出来了，她战战兢兢地慢慢移动着脚步，眼睛惊慌地看着周围的环境。她这时才真正地感受到了害怕，万一现在跟踪的这个人不是萨穆尔呢？那自己贸然出现在这里，会不会引起他的怀疑呢？对方为了不暴露踪迹，会不会对自己下手呢？苏小睿思前想后，但步子却没有停下来，仍是一步一抬头看那信号提示的是什么地方。

忽然，苏小睿停了下来，因为她瞥见了前面不远处的一根柱子后露了半截帽檐出来，地上也隐隐约约地出现了半个人影，显然那里站了个人！只是对方不想让自己看见，所以故意藏了起来，但由于戴的帽子帽檐过长，还是暴露了自己的位置。只见那团黑影一动不动，甚至连呼吸都屏住了。那人行迹如此鬼祟，一定就是刚才那伙人中的其中一人，也就是说，这个人很有可能便是苏小睿要寻找的萨穆尔！

苏小睿想到丈夫就站在不远处，不由自主地又向前踏了两步，她望着那人影，越发觉得那个人就是他！终于，苏小睿忍不住轻声试探问道："萨穆尔，萨穆尔，是你吗？"

60

　　空气在一瞬间仿佛凝固了。每一秒都显得特别漫长，苏小睿不知道下一秒钟将会发生什么。她喊了两声见对方没有反应，心知可能情况不妙，恐惧感骤增，正想转身就往回撤，忽然发现那半个人影似乎发生了抖动，那半截帽檐竟开始慢慢地探了出来，露出了小半边脸。

　　苏小睿的心紧张得几乎要从胸腔里蹦出来！她情不自禁地双手掩面不敢直视那人，在紧张到窒息之时，苏小睿听到了有人在喊自己的名字："小……小睿？你是苏……苏小睿吗？你……你……怎么来了？你怎么会来了？！"只见一个人迅速地从那柱子后面闪了出来，疾步跑到苏小睿的面前，一把拉住她的手臂，上下不断地打量着。苏小睿定眼一看来人，正是萨穆尔！

　　苏小睿惊魂未定，同时因紧张过度而一脸煞白，不断喘着气，嘴里却未能说出一个字。

　　这下轮到萨穆尔着急了，他实在想不出苏小睿为何会出现在这里，照理来说她此刻应该是在云南的家里。虽说自己已离家一个星期了，但之前也没有听苏小睿说过要出来，此时此地，萨穆尔看到了苏小睿真实地站在他的面前，怎能不让他大吃一惊？

　　萨穆尔知道此时情况紧急，也来不及细问苏小睿为何出现在这里，只想她能尽快离开，否则等一下出现状况了，可能会连累到苏小睿的安全！于是他拉着苏小睿的手臂往电梯口那边走，并说道："小睿！我现在没空跟你解释具体的事情，你现在马上走！马上离开！先找个地方住着，我……我稍后再联系你。"

　　苏小睿回过神来，她甩开了萨穆尔的手，却一把反拉着萨穆尔的衣袖，语气坚定地正色道："错了！萨穆尔！不是我走，而是你现在马上跟我走！"苏小睿的语气从来没有如此坚决过，这让萨穆尔也吓了一跳。他一下子愣在当场，目瞪口呆地看着苏小睿。

　　苏小睿长吁一口气，让自己镇定下来，她清楚现在每一分每一秒都是宝贵的，她无心再去编撰什么理由劝服萨穆尔，她决定把知道的有关真相直接向萨穆尔挑明："萨穆尔！我是清楚知道你来这里的目的的！因为那天我在屋子里无意中听到了你和鬼爷的对话，我知道你因为钱才来参与这个事情的！但是，现在你必须听我说，你不能再干这个事情了！赶紧收手！马上和我离开！趁事情还没有发生，你还是有选择的余地的！现在回头还来得及！"苏小睿言辞恳切地规劝道。

萨穆尔极度震惊，他实在想不到苏小睿居然连他在做什么事情都知道了！而且他听到苏小睿连鬼爷的名字都清楚，知道她所言不虚。为此萨穆尔感到十分不自然，毕竟他现在做的事并不光彩。但他还抱有一丝希望，以为苏小睿所知的情况不多，他支吾道："我……我没干什么啊。你女人家管什么！对了，对了，你……你……你怎么来的？是……是一路……跟踪来的吧？"只是萨穆尔的语气十分惊慌，连声音都颤抖了。

"我当然知道！你这是干犯罪的事情！"但苏小睿此刻没有心思去和萨穆尔解释其中细节，她只能扼要地向他说："不瞒你说吧，你们想要抓的人是我的好朋友。现在你必须告诉我他在哪里。我们得去救他，通知他马上离开！快！快！"苏小睿心急如焚，连声催促萨穆尔。

"什么？！你说……你说我们？我们去救他？"萨穆尔目瞪口呆，这突如其来的情况实在让他手足无措：自己的妻子突然从千里之外出现在自己的面前，然后她竟然知道自己的动向行踪以及将要干的事情，现在她又要和自己一同去救他们这伙人要绑架的目标，并说这个目标是她的好朋友！这一切都让萨穆尔都无法即时给出反应。

不过此刻萨穆尔也没太多的时间去考虑其中的细节，他很快便回过神来，只见他低头看了看手表，脸上尽是焦躁的神色。同时萨穆尔也意识到苏小睿现在留在自己身边是极其危险的事情，万一同伙恰好回来找自己，见到苏小睿在此，势必会上来盘问。如果到时他们知道苏小睿掌握了他们犯罪的意图，怕走漏风声，肯定会对苏小睿下毒手，甚至连自己也会被质疑，到时一并把自己干掉也不是没可能。

萨穆尔出于对苏小睿的保护以及自身安全考虑，他马上推开苏小睿，急着说："你你……你这是干什么？你懂什么？就知道在这里瞎胡闹！我干什么了？我就只是来开个车，至于……至于他们运什么，我不管！我干完了拿了钱就走！人家的事我们就不要管那么多了，苏小睿，你听着啊，你马上离开这里！找个地方先自己候着，我……我回头再去联系你！快走！快走！"萨穆尔的这番话虽然讲得隐晦，但已经暗自承认了他参与的事就是苏小睿掌握的事。萨穆尔见苏小睿丝毫没有要走的意思，连忙又上前推搡了苏小睿几下，示意让她立即离开。

苏小睿当然不会走，她对着萨穆尔正色道："萨穆尔，你好好想想！你以为你就真的只是负责开车便没有责任了吗？你这就算不是主犯，也一定是个从犯！况且你是在知情的情况下还选择这样子做，现在的侦查手段那么高明，你干了这桩坏事，警察破案是迟早的事！到时肯定会把你们每一个人都捉拿归案，那个时候你觉得你最终能脱得了关系吗？你说你是个开车的，警察会信吗？萨穆尔，你自己想清楚吧！"

萨穆尔被说得无法反驳，他低着头不敢正眼去看苏小睿，苏小睿见萨穆尔有点动摇，便马上往前走近两步，拉着萨穆尔的手臂，继续说道："我知道你是想通过自己的本事去赚一点钱，来证明自己的能力！萨穆尔，你能这样想，我真的感到十分的欣慰，毕竟你肯努力了，你不再是以前的那个碌碌无为的人了！只是我们要分清楚是非黑白，千万不能贪图那一点点的快钱，而把自己的前途命运都搭在里面啊！他们要做的可是绑架，这是犯罪的勾当！万一人质受害了，一旦定罪，你这一辈子就完了！这值得吗？萨穆尔，你的人生才刚开始，你就没有为我想过吗？还有，萨穆尔，你为我们的孩子想过吗？"说到后面，苏小睿忽觉得自己命途坎坷，心中一酸，忍不住便落下泪来。

"什么？！我们……我们的孩子？！这……小睿，小睿，你的意思是说你……"苏小睿刚才的话对萨穆尔来说无疑像五雷轰顶般震撼，他连忙捧起苏小睿的脸，着急地追问道。

"我怀孕了！是我们的孩子！"苏小睿望着萨穆尔，眼睛里噙满了伤心的泪水。

萨穆尔忍不住抬头仰天长啸了一声，脸上露出了兴奋的神色。他再也站不住了，转身在附近来回地踱步，边走边从衣兜摸出一根烟叼在嘴上，然后手哆嗦着打了几下火才把烟点着。他深深地吸了一口，又长长地吁了出来，他似乎要通过这样的方式来宣泄此刻心中复杂的情感！

"萨穆尔……我不想孩子一出生便失了父亲。你必须要悬崖勒马！否则，孩子将来长大后，一辈子抬不起头，一个罪犯的孩子能让人尊重吗？"苏小睿知道萨穆尔此刻已萌生退意了，她要把利害关系全部给萨穆尔说明白，好让他能产生足够的勇气做出决定！

听了苏小睿的话，萨穆尔整个人都蔫了，他没想到自己要干的"事"会给家庭带来这么巨大的负面影响！是啊，自己才刚刚过上一两年好的生活，娶了苏小睿这样的妻子，现在又有了自己的孩子，这一切来得不易，难道现在自己要亲手把它摧毁吗？一想到自己已经是有孩子的人了，萨穆尔的心一下子就像被揪住了，他从来没有想过自己会有这样的一天。以前自己在坊里乡间日日无所事事，惹是生非，大家包括家里人都对他失望之极，甚至认为他能娶上老婆都是一种不可能的奢望。现在他不但娶了妻，还有后了，这该让家里人多高兴啊，自己也能重新抬头做人了。如果一旦自己现在犯浑做傻事了，这等于是害了孩子。

而且说实在的，萨穆尔这些日子也是过得提心吊胆。他是以车手的身份加入的，一直很不被另外两人信任。听鬼爷透露，那两个人心狠手辣，都干过杀人放火的勾当，一旦被抓铁定是死罪，因此也变得肆无忌惮，抱着活一天爽一天的心态，只要是能赚钱的活都去干。在这四人的团伙中，萨穆尔也只认识鬼爷，那两个人很多时候也不愿和萨穆尔交谈，而且两人不时眼露凶光，让萨穆尔心神总不得安宁，生怕自己在事成之后成了灭口对象。虽说萨穆尔以前也做过不少小偷小摸或聚众打架等坏事，但毕竟都是在小地方作恶，面对那些杀人犯，萨穆尔心中还是有一阵寒意的，因此萨穆尔也早有了退出之意。只是那时离开了云南，返程遥远，路上鬼爷又一直拍胸脯说没事，他不得已才跟了过来，心里抱着侥幸心理，想着赶紧完事拿了钱便走人。现在经苏小睿这样一分析，知道这条路走下去必死无疑，看来必须得回头了！

萨穆尔思前想后，嘴里的烟抽得极快。他沉吟了一阵，呼出最后一口白烟，然后把烟蒂扣在手指间用力一弹，大喊一声："娘的！我不干了！谁要毁了我他妈的生活，我和谁拼了！"他转身望着苏小睿，脸上的神色甚是复杂，既有羞愧内疚又有想通了问题之后的轻松感。苏小睿此时早已是泪流满面，她看到萨穆尔在最后时刻做出了正确的选择，不禁扑上去紧紧地抱住了萨穆尔，心中激动万分，百感交集，此刻只有尽情地流泪才能宣泄她心中的感受。

萨穆尔提醒苏小睿现在不是可以放松的时候，得抓紧时间解决问题。他告诉苏小睿，歹徒们原计划是在七点半下手，地点就在韩京他们吃饭的包房里。一旦绑架成功，他们便会挟持人质从酒店的消防通道里撤退，一直来到这里的停车场与萨穆尔会合，萨穆尔只是负责开车，路线是直接开到G市的海港码头，那里会有船只接应。接下去的事情，鬼爷也没有向萨穆尔交代，只是说到时再等上面的通知安排。

苏小睿一看手表，现在已经是六点四十七分了，离他们下手的时间还有四十多分钟，看来必须得马上找到韩京才行。苏小睿正要动身，却被萨穆尔一把拦住，他喊道："你去干什么！你现在这情况能冒险吗？我不准你去，你必须给我待在安全的地方。我……我到时再想办法放了你朋友！"

苏小睿知道萨穆尔为自己的安全着想才不让自己前往，但她也知道现在萨穆尔对于救韩京也是毫无头绪，估计他只打算见机行事，看能不能摸准机会把韩京放走。但此举极为危险，绑匪们绑了韩京后有何打算，谁也不知道，万一到时他们把人质转移，萨穆尔根本不知道去哪里找他们。况且，萨穆尔单兵作战，万一在释放韩京的时候被人察觉，那是连他自己性命也搭上的事情，就算韩京逃脱了，在人生地不熟的情况下，再次被绑匪抓住的可能性也极高。因此，由萨穆尔来操作营救的实际操作不太现实。

苏小睿觉得最佳方法还是赶在歹徒们下手前知会韩京，只有这样才能占得先机。她正想和萨穆尔分析其中的要害，好让萨穆尔同意自己去找韩京时，忽听到在身后不远处的楼梯处传来了几声急促的咳嗽声，随即一连串脚步声也响了起来。

只见萨穆尔的脸色大变,神情极为紧张,他迅速把苏小睿一把扯过来,压低声音用极快的语速说道:"你现在赶紧走!马上走!不要回头!你蹲下躲在这里!"说话间,萨穆尔已经把还在惊讶中的苏小睿用力地往右后面的方向推去。那里正好有几台大型的货车并排停着,一排车头离墙处还有半米的距离,形成了一条窄窄的通道,苏小睿正好容身进去。

苏小睿在这特殊的情况下也变得十分机警,尽管刚才事发突然,但她看到萨穆尔如此惊慌,心知事情肯定危急,连忙弯腰闪进了那窄道。刚蹲下身子,便听有人叫萨穆尔,声音细长尖锐:"穆头儿,在这儿傻站着干吗,不怕招人看见啊?没事儿赶紧往车里坐着!对了,刚才你和谁说话来着,我怎么好像听到有人说话呢?"

躲在暗处的苏小睿听得清楚,不禁吓出一身冷汗,就怕那萨穆尔慌了阵脚露出破绽,会立马被对方发现,后果不堪设想!苏小睿想探头看看什么情况,但全身因紧张而绷得不能动弹。

萨穆尔没马上回答,而是一直在摸口袋的烟,摸出后先递了一根给那人,然后自己又点上烟,在烟雾缭绕中才答道:"阿南,这里鬼影都没一个,我找谁说啊?不过说真的,这里的确阴森森的,我在车里坐着心里总觉得发毛,就想着下车叼根烟,吸点火气壮下胆。后来,我想起以前别人教过我,说是念几句佛经,可以避邪驱魔,我就大声念了几句,纯属为自己壮胆!要不现在我继续念念,好让阿南你也提提气——观世音菩萨……"

"哈哈哈……别念了,念得我鸡皮疙瘩都起了一层!"阿南大笑几声,打断了萨穆尔的话,"穆头儿,可没看出,你长人不长胆啊?我阿南天不怕地不怕,谁敢来惹我,我腰里这货可不长眼,来一个我崩一个!哈哈哈……"阿南的声音本来尖锐,现在这样笑起来更让人觉得毛骨悚然。

"好好,不念,我不念,那阿南怎么下来了?计划有变?"萨穆尔试探道。

"我来拿点东西!鬼爷把那小药瓶留车上了,缺了它麻烦事可多了。另外嘛,我顺便下来看看你有没有开溜,万一你跑了,我们怎么办啊?哈哈哈……"阿南半开玩笑道,眼睛里却闪着狡猾的光。

萨穆尔听他这么说,也只好赔着笑,但心里知道这伙人疑心确实重,而且做事周全,到了最后时刻仍要下来查一下是否有什么新情况。这个阿南下来取药是假,来查自己岗才是真。想到自己根本没被信任,萨穆尔心里凉了一截,万一对方起了疑心,自己和苏小睿肯定不能活着离开。

阿南在车上翻找了一下,似乎找到了要找的东西。他把车门一关,招呼萨穆尔说:

"走吧！我们一起上！我和老张在包厢里候着时机下手，鬼爷在外面监视接应。他说，上面地形复杂，多一双耳目也算有个照应，让我把你也叫上去。既然这里这么安静，留一个人候着也没必要，你等下听我指挥，现在赶紧走！"

萨穆尔没有办法推托，猛吸了两口烟后点点头，他低头踩烟蒂时眼睛扫向苏小睿藏身的地方，那边阴暗处悄无声息，也不知苏小睿是否还在那里。想到自己刚见到妻子，又要分离，而且这一去是凶是吉仍是未知之数，未免有些担忧。

这边阿南已经连声催促，萨穆尔见拖不了时间，便只能随着阿南往楼梯那边走去。很快两人便消失于楼梯的转角处。

刚才萨穆尔与阿南的对话，苏小睿自然听得一清二楚，她也察觉到萨穆尔的处境十分危险，现在他又被带了上去，估计是阿南等人也不放心萨穆尔一人在下面等，生怕被人出卖，因此临时把萨穆尔也叫了上去好全面控制局面。现在丈夫这边不能依靠了，唯有靠自己，赶在歹徒下手前找到韩京！

在刚才与萨穆尔的谈话中，苏小睿已经得知韩京今晚赴宴的场所。她不敢迟疑，连忙从窄道出去，跑着冲出停车场，找到最近的电梯，然后直奔那酒店而去！

由于目标明确，苏小睿很快便赶到酒店门口，此时正是吃饭高峰期，客人进进出出，服务员忙于迎宾，因此苏小睿到后也没有工作人员上来询问，只当她是普通的食客来就餐。苏小睿知道韩京和凌丹已经到了，便想着直接去包厢里找韩京，正当苏小睿急匆匆地往那房间走去的时候，她突然通过走廊旁边的一块大镜子时瞥见了不远处正有一个戴着帽子的男人在看着这个方向，她心中一惊，装作没事地放慢了脚步，通过再次观察，苏小睿认出那个男人就是鬼爷！幸好鬼爷现在的注意力没在过往的行人身上，况且他对苏小睿的印象不深，所以并没有觉察到苏小睿的出现。

苏小睿心里惊了一下，知道这房间被人监视了。现在自己贸然冲进去，到时绑匪齐出，自己也成了瓮中之鳖，非但救不了韩京，连自己都深陷险境了，那样什么希望都没有了。况且听萨穆尔说，这个饭局是个陷阱，韩京的到来早在他们意料之中，那到底是谁设了这个局呢？又是谁走漏了风声呢？苏小睿心中闪过数个疑问，但她知道此刻绝不能轻举妄动。于是她快步走过了韩京所处的包厢，拐到另一边走廊从而避开了鬼爷的监视。

苏小睿惊魂未定，正想着如何才能把消息传递给韩京，焦急中抬眼见走廊尽头处有几个房间，上面牌子写着"员工专用，闲人免进"的字样，看样子是员工的工作间。苏小睿心生一计，马上闪进那员工工作间里。其时正是就餐高峰，几乎所有员工都在外面，再加上酒店的服务员流动性很大，因此苏小睿进去了，里面的人都没有在意。

苏小睿不动声色地在员工间里找到了一件酒店的工作服，迅速穿戴齐整，并且在消毒柜里取出了白口罩戴上，这样装扮起来，苏小睿从外观上与外面的服务员基本无异。苏小睿打算就以这身装扮进入包厢，把韩京救出去！

苏小睿看看手表，看到离歹徒计划行动的时间只有十分钟了，没有时间了。苏小睿深吸一口气，鼓足了勇气便走出员工间，直奔韩京的包厢。

转过走廊，离那包厢不远了，恰好前面又有一个服务员端着个大瓦煲要往包厢里送，苏小睿看她不方便开门，心想这便是进入房间的机会，连忙快步上前帮她把房门打开，然后随着那服务员入了包厢。

包厢装修得十分豪华，金碧辉煌，气派非凡。正中央的大圆桌坐着七八个人，看样子都是些生意场上的朋友，为首的是一个五十来岁的老板模样的人，正和身边的人高谈阔论最近的经济走势。看他的这副架势，应该就是凌丹今天拜访的那位叔父，今天的饭宴便是他安排的。而在他右手边坐着的那人高高大大，面目俊朗，正是韩京！韩京旁应该是凌丹，但此时凌丹却不在这里。苏小睿帮那服务员把汤放好，又协助把众人的汤碗放好，便退在一旁看着韩京。她多想韩京也能认得出自己，苏小睿刚想扯下口罩，好走过去让韩京认出自己，从而提醒韩京有紧急情况。只听得那席间的另一个中年男子忽然说道："对了对了，阿南！不见你好长段时间了！最近哪里发财了？这次老远从京城过来，可有大生意的内幕，挑些来给大家透露透露？"

只见在桌子下首的那个高瘦男子开腔道："张老哥这哪里话啊，我的生意还得你来提携提携啊，今天随我兄弟来这里沾沾光，希望一切顺风顺水。嘿嘿嘿……"阿南的声音细长尖锐，让听的人十分不舒服。

"阿南"这两个字如五雷轰顶般响在苏小睿的头上，尽管没亲眼看过他的人，但他刚才与萨穆尔对话时那尖细声音，苏小睿可听得清清楚楚。原来他们已经到了！想不到歹徒竟然装成作陪的客人混了进来，堂而皇之地坐在了饭席之上。听阿南的语气，刚才与他对话的必定就是另一个绑匪老张了，这番话无疑就是一个下手前的暗号，确认了安全后便打算在这包厢内来个里应外合，让韩京毫无反抗的余地！只是在这里却不见萨穆尔的身影，不知他被阿南安排到什么地方了。

这下子苏小睿不敢摘下口罩了，万一韩京认出自己，必然会上前询问，这样肯定会迫使阿南等歹徒提前发难，甚至会有伤害韩京的行为。苏小睿只能眼睁睁地看着近在咫尺的韩京，想去救他却无能为力。这时那端汤上来的服务员正准备出去时看见苏小睿还愣在那里，连忙低声提醒道："怎么了？你新来的吧？这里没事了，别傻站在这里碍事，快出去。你也奇怪，无端端戴什么口罩？走走走。"她嘟嘟囔囔地批评着苏小睿，拉着苏小睿出去了。

苏小睿没有办法，只得随着那人出来，那服务员出来后也没再搭理苏小睿，又赶着去做其他事了。苏小睿在门外急得眼泪都快出来了，她四处张望，又看见鬼爷那鬼祟的模样，此时他正不停地看着手表，似乎在等待着某个时刻的到来。苏小睿知道不能再等了，忽然她脑海里电光石火般想到了些什么，她马上转身再次推开包厢的门，大声地问道："请问韩京在这里吗？"

由于苏小睿心急如焚，刚才推门的力度稍显过大，那包厢的门砰地被推开。里面的众人都惊讶地望着门口处，只见一个服务员打扮的女子出现在门口，脸上还戴着口罩，把大半边脸遮得严严实实，显得十分怪异，没想到她没有解释闯进来的原因，反而开口就要找韩京。

大家惊诧地望着苏小睿，又疑惑地望向韩京，不知这个服务员与韩京有什么关系。韩京也是一脸的狐疑，不知自己为何成了这个素不相识的服务员突然要找的对象，面对众人射向自己的疑惑目光，显得有点不知所措。

对"韩京"这个名字极为敏感的阿南立即警觉起来，那阿南转过头来，抢先问道："怎么啦？找韩京什么事？"说着，身体已经斜斜地站起来，挡在了桌子的前面。

这时苏小睿才真正看清了阿南的面貌，只见他身材瘦长、结实，脸色白净，鼻子高耸呈鹰鼻状，目光凌厉。他的目光往苏小睿脸上扫视时，让苏小睿打心里感到一股寒意。

苏小睿知道此时更重要的就是保持镇定，任何的惊慌都会使对方怀疑，后果将会不堪设想。她避开阿南那咄咄逼人的眼光，只顾着往桌子那边望，并且努力把自己说话的腔调控制在平静的状态："我也不知什么事！是这样的，外面有位凌小姐说有要紧事见一见韩京。麻烦哪一位是韩京？跟我出来一下吧，凌小姐在等你呢！"

阿南回头快速地看了看韩京，只见韩京一脸的茫然，显然毫不知情，他又与老张对望了一下，老张也微微摇头，后又轻轻点了点头，示意他也不知何事，但既然说了是有要紧事，还是先应允了再看。

这边的韩京已经站了起来，他对着大家说道："哦，凌小姐？那一定是凌丹了！她刚说有点不舒服去了趟洗手间，不会是有什么情况吧？各位，我先去看一看，先失陪一下！"说着，便离台往门外走。韩京既然这样说，阿南等人自是不便阻拦，闪身让韩京过去了。

苏小睿领着韩京出了门口，然后避开鬼爷的方向，往另一边的走廊走去。韩京在她身边边走边问："喂喂，服务员，洗手间不是在这边吗？怎么你领我走这边呀……"

苏小睿没有回答韩京，她快步把韩京左拐右拐带到了酒楼的另一个楼梯出口才停下。韩京正想发火，忽然见面前服务员打扮的人把口罩扯了下来，韩京定眼一看，整个人都愣住了，原来站在面前的竟是苏小睿！韩京嘴巴张得老大却一个字都吐不出来。

此刻苏小睿也来不及和韩京解释太多，急道："韩京，你现在马上就从这里走！那些绑匪已经来这里了！这个饭局就是一个陷阱！那个叫阿南的人，还有那个老张都是坏人！准备对你下手了！"

"什么？！这……这……"韩京显然被这令人震惊的消息吓呆了。之前他对苏小睿舍命带来的消息很是重视，也认为可信，但这几天他一直都安然无事，于是对苏小睿的警告提醒有点不放在心上了，以为也像以往那般，恐吓只是虚张声势，没想到这事真的降临在自己身上了！如果苏小睿的话是真的，那刚才自己在包厢里可谓凶险至极！

尽管事发突然，但韩京对苏小睿还是非常信任的，他知道苏小睿向来谨慎细致，现在她告诉自己有危险，那无论如何也得先听苏小睿的话，待去到安全的地方再来向苏小睿打听具体情况。

苏小睿再次连声催促韩京快走，并且不住地叮嘱："记着，现在能跑多远就跑多远！我们先去一楼中心大堂那里，往人多的地方走，往交通便利的地方走！这样才不容易让他们下手……"说着就要和韩京往下走。

韩京这时才意识到问题的严重性，一下子紧张得快要窒息，他哆嗦着点了点头，迈开步子就要和苏小睿下楼，忽然他又停了下来，大喊道："糟糕！我不能走！凌……凌丹还会回包厢呢！她她……她……也会被捉的！趁着她还在洗手间里，我得回去救她！"说罢，转身又要回去找凌丹，想带着凌丹一起跑！

苏小睿死命地拉住韩京，说道："来不及了！他们很快便知道你是被我哄出来然后逃走的，他们必定会分头堵截你！到时你就插翼难飞了。现在这几分钟是逃走的黄金时机！况且歹徒们的目标是你，为了尽快抓住你，他们肯定不会顾上凌丹的，因此她是安全的。你现在回去无疑是自投罗网，他们肯定会马上动手绑人，凌丹见此也必然会奋力相救，这样的话连凌丹也搭进去了！所以说，你现在走是最佳选择！"

韩京仍有一点犹豫，看得出他真的是十分担心凌丹。苏小睿忙说道："这样吧！你现在马上离开，我回去找凌丹，看见她我会带她离开，然后再联系你！你快走吧！"

韩京虽处在千钧一发的紧要时刻，但也知这是唯一可行的方法。此刻韩京无法再多讲什么来叮嘱苏小睿了，他上前紧紧地把苏小睿抱了一下，说："小睿，你必须安全地回来见我！"说完，韩京深情地看了一眼苏小睿，便从消防通道往下走了。

苏小睿看见韩京动身，也马上把身上的服务员衣服卸下抛到角落里，然后捋捋头发又从原路折回，直奔洗手间去找凌丹。一路上苏小睿都不敢抬头看任何一个人，生怕迎面撞上鬼爷他们，在经过韩京刚才的包厢时，苏小睿的心几乎提到了嗓子眼儿，生怕里面突然窜出几个人来把她逮住向她索要韩京，但那扇门一直紧闭着，也不知里面是何情况。

苏小睿不敢多想，径直来到洗手间，她闪身进去，确定里面没有危险后，才开始低声叫："凌丹……凌丹……"叫了几声里面竟没人回应。苏小睿迅速地把里面的单间全部看了一遍，确认凌丹真的不在那里。这时苏小睿的心一下子紧缩了起来，莫不是凌丹已经回到包厢里了？他们看不见韩京回去，会不会马上就控制着凌丹以此来要挟韩京回去？那现在该不该马上报警，让警察来处理呢？

苏小睿努力使自己再次镇定下来，她想到刚才经过包厢时并没有听到里面有什么激烈的争吵声或打斗声，可以推断凌丹应该还没在里面，或许凌丹从洗手间出来后又转到别的地方去了。苏小睿心想，如果此时报警恐怕只会打草惊蛇，犯人四处散逃窜根本就无法抓捕，况且萨穆尔还在歹徒的团伙里不知状况，所以她还是想看看情况后再作打算。当务之急还是马上找到凌丹，然后和她一同离开，与韩京会合！

苏小睿正想从洗手间出去寻人，刚把手搭上门把儿时，忽然听到外面有人在讲电话，那声音说得不大，但那尖细的声音却是苏小睿熟悉的，说话的人正是刚才在包厢里的阿南！此刻他正站在女洗手间的外面，与苏小睿只有一板之隔！

苏小睿吓得大气都不敢出，但她知道这阿南说的事一定与韩京有关，于是她战战兢兢地把耳朵贴在门板上，只听阿南对着手机说道："他怎么会被人带走？我也不知道咋回事，你能找到他？好啊！你在哪儿？好，西门二楼停车场，我们预定的那个地方，你稳住他，把他带到那里，我们这就下去！"

苏小睿听到一阵脚步声急速而去，门外的声音也消失了，估计阿南已经离开。苏小睿慢慢地把门拉开往外瞄，外面早已空无一人，苏小睿从洗手间里出来，寻思下一步的行动。从刚才听阿南的通话推断，对方也应该是团伙里的一人，他说能够找到韩京，并且能够稳住韩京，那此人应该是认识并熟知韩京的。如果是刚才包厢里的人，韩京应该是不会再相信了，由此可以推测到这神秘人当时是不在包厢里的。难道是鬼爷？又或者是萨穆尔？！难道之前他们都跟韩京有过交往，而自己一直都不知道？！

想到鬼爷这个人，苏小睿忽然想起了一件事情，那就是当时听鬼爷说在韩京身边一直有人监视着他，平时可能以其他身份来接近韩京，因此对韩京的动向颇为清楚。难道这个线人也来到了这里？莫非与阿南通话的神秘人就是他？苏小睿越想越觉得有可能，因为只有这个线人才能接近韩京，从而再次把韩京带入危险的境地。现在阿南等人正赶去那里与他会合去抓韩京！

苏小睿知道情况十万火急，必须马上抢先赶到西门二楼停车场那里截住韩京，阻止阿南等人实施绑架。另外苏小睿还要去看一看究竟是谁一直作为线人暗中监视韩京，苏小睿就是要探知真相，去揭穿那人的假面具。因为此人如若不被揭穿，韩京永远都不会平安！

苏小睿快步离开了酒店，恰逢楼层的观光梯到达，她马上乘坐电梯直抵中心的三楼货品储存区（观光梯只能到达这一层），然后在那里找到通过西门二楼停车场的楼梯通道。苏小睿在门外探头往里看，只见里面极其阴暗，只有一盏瓦数不大的节能灯提供光亮，楼梯里面上下甚是安静，没有丝毫的动静。

苏小睿壮着胆子，摸索着往下走，想着自己应该是坐了观光梯的缘故，才能赶在众人之前到达，现在自己也正好伺机窥视一下谁先出现在这里等韩京——那个人必定就是那隐藏在韩京身边的线人了！

从货品储存区到二楼停车场需要经过两段楼梯，苏小睿一边蹑手蹑脚地往楼下走，一边竖起耳朵留意着上下楼梯有无传来声响。由于刚从外面光亮的地方进入黑暗的区域，苏小睿的眼睛一时未能适应，稍暗一点的地方都看得模模糊糊。正当苏小睿走到第二段楼梯的拐角时，忽然听到了下面出口附近传来了"咔咔"的声音，像是有人在推门，苏小睿下意识地抬头往那边望去，隐约间见到一个人正从门口出去，在门上的玻璃上只看到了一个人影快速闪过。

苏小睿担心那人是韩京，他这样冒失地冲出去相当危险，正想开口叫住对方，但苏小睿转念一想，此人应该不是韩京，因为韩京应该知道自己正处于险境，他要等候也必然会选择开阔的地方，以便应对各种突发情况，况且自己也一直叮嘱他要往人多的地方走，韩京应该会听自己的话。那么这人会是谁呢？为何他会如此慌张地躲闪呢？这个人会不会就是与阿南通话的线人呢？

苏小睿的心狂跳了起来，但好奇心促使她一步一步地往那门口处走去，她真的想去看看那个神秘的人影究竟是谁。待苏小睿靠近那门时，门外人影全无，只听风声从门缝处灌入，发生低沉的"呼呼"声。同时，苏小睿在这个位置里闻到了一股不浓不淡的香味，这香味似是熟悉，但霎时间却又想不起这香味在哪里闻到过。苏小睿轻皱眉头，不知这香味从何而来，也不知是否预示着什么危险。在疑惑中苏小睿轻推开大门，打算走到车场里看看能否发现蛛丝马迹。

正当苏小睿迈步要往外走时，忽觉背后人影晃动，一阵猛风袭来，苏小睿的颈背处重重地挨了一棍，她顿觉五脏六腑一瞬间凌空翻腾起来再急速蜷缩一般，气闷得仿佛要从胸腔里爆炸一样，然后只觉得喉头一甜，两眼皮变得无比的沉重，眼前天旋地转一般，周围的声音、光线也迅速消失……

苏小睿身体摇摆了两下，眼前一黑，身体软软地倒了下来……

61

苏小睿躺在一条小船上，眼睛看到的是灰蒙蒙的一片天，耳朵里却听不到海浪的声音，只有轻微的滴水声，像是在山涧中听见的泉水声一般。苏小睿好想探头去看看那水的源头，却发觉自己四肢乏力，连个指头也动弹不了。她只好闭上眼睛，继续躺在小船上随波逐流，不知这船要带自己飘向何方。正当她要进入半睡半醒的状态时，忽然在脑里无边的虚空中，一个名字像是霹雳般擦亮了灰蒙蒙的天空！

苏小睿几乎脱口而出地喊出"韩京"两字，但她发觉喊出来的声音就像被身边的寂静吸收了一般，在这茫茫的世界里，她的呼喊显得那么的渺小与无助！苏小睿的内心无比的焦躁，她咬紧牙关倾尽全力挣扎着坐起来，要凭着自己的意志来驱使这沉重的躯壳动弹起来！也不知坚持了多久，苏小睿竟发觉自己的身体慢慢地变得轻快了，明明手脚没有动，但身子却轻轻地浮了起来，那灰蒙蒙的天的中央竟渐渐地亮了，仿佛那里的云层越来越薄，竟可以看到一些人脸的轮廓了，他们的面容是那么的亲切，那么的温暖。苏小睿忍不住抬手想去抚摸一下他们，却发觉自己的眼睛还没有睁开，于是她努力地撑开眼皮，岂料睁开眼睛首先看到的是挂在上方的输液瓶，里面的药水正在有节奏地"嗒嗒"落下来。

这时苏小睿才有了一些真实的意识，周遭灰蒙的环境渐渐光亮了起来，耳边的寂静也被人的交谈声所代替，刚才轻盈的身子一下子沉重了下来。然后她感到背后一阵剧烈的刺痛传来，让她禁不住轻轻地呻吟了一声。

"小睿醒了！小睿醒了！"只听有人惊喜地喊着，然后脚步声响起，苏小睿用疲惫的眼睛看了看身边的人，周围的人迅速围了上来。

苏小睿眼睛微眯着，似乎不太适应刚醒来的感觉，她轻声问道："我这是……在哪里啊？"

"医院里！你现在感觉怎样了？"方雅婷俯下身来，把头凑到苏小睿旁边问道。

"那……韩京呢？我好像看到他……他还好吧？"

"小睿,我在这儿呢！在这儿呢！没事,我没事,你放心好了！"韩京也连忙靠上来,"你要好好休息,注意身子……"

苏小睿忽然想到了一件重要的事情,暗地里渗出一层冷汗,她连忙伸手去摸腹部,生怕失去了什么似的,她对着我们急说道:"叫医生过来！我要马上找医生！快！"

方雅婷连忙拉着苏小睿的手,说道:"小睿小睿你别担心！医生已经知道了！他就是之前接诊你的医生,他已把你的情况告诉我们了！你没事,你腹中的胎儿也没事！真的！你放心！现在你吊的点滴就是营养素,对安胎也是有好处的！"

"哦——"苏小睿长舒了一口气,她恢复了一点力气,便挣扎着要坐起来。方雅婷连忙拉了个枕头垫着,让她坐得舒服些。

我和方岳这时才插得上话,也围过来叮嘱苏小睿要好好休息,调理好身体。同时我让雅婷去倒点热水来,然后再去找点东西让苏小睿填填肚子。方雅婷点点头便去了。

我们几个也在苏小睿床前坐下。韩京先说话了:"医生当时看到晕倒的你也是大吃一惊——那医生就是你住院期间负责给你治疗的医生！他连忙对你进行检查,还连声问我们知不知道问题的严重性。我们几个当然说不知,那医生才告诉我们你已经怀孕了,这消息一说出来,我们当时都吓坏了……"

"何止是吓坏了,韩京这家伙简直被吓哭了。他一直追着那医生,说无论如何都要保住你和孩子,就差点要跪在医生面前了。"我指着韩京对苏小睿说道。

韩京的脸红了一下,但他还是坦承了这事实,说道:"真的是那种感觉！当时……我甚至愿意用一切来换取你的平安,还有你的孩子。小睿啊,你真不应该为了我而冒这个险,万一你有事了,我真的一辈子都会内疚自责,真心地感谢你,小睿！任何语言都无法表达我对你的谢意与歉意。"说罢,韩京的眼眶有点发潮,看来他的确内心受到了很大的触动。

"傻瓜,你没事了就好。我嘛,也没做了什么,你是我的好朋友,我不可能明知你有危难而不救。你现在安全地在这里,说明这事也就过去了,只是……之后的事情是怎样的？而我,又怎么会在这里,然后见到了你们？难道我还在梦中吗？苏梓、方岳,你们都已经知道了事情的经过了吧？"苏小睿开始回忆起之前她与韩京经历过的一次惊心动魄的"逃亡",只是自己在跟踪到西二楼停车场受袭击后,便一切都中断了,她现在就想弄清楚其中的过程是怎样的。

我和方岳都点点头,示意我们知道了。只听韩京向苏小睿缓缓道来:"当时我从楼梯往下走,心里就记着你说的话,要尽快地往人多的地方走,所以我打算在大堂的一楼处便推门冲出去。但就在走到二楼时,却被凌丹叫住了！我那时真是又惊又喜,因为我正担心着凌丹的安危！你也还在上面寻找她。凌丹当时也十分惊讶，她扬了扬手里提着的两瓶白酒，说她刚在洗手间里出来时想到了今天大家兴致都挺高的，喝点酒气氛可能更好些，到时让我多敬几杯酒，以后在长辈面前便好说话了。于是凌丹便到楼下的烟酒专柜去买了。她回来时苦于电梯一直满员，又怕大家等太久，所以从楼梯往上走了。岂料刚才从门口进来，便看到一个人影匆匆而下，定眼一看正是我，所以她马上叫住了我！

"我那时来不及细说什么，马上拉着凌丹往下走，把凌丹拉扯得上气不接下气，到了一楼人多的地方我才跟凌丹说了其中的利害！凌丹一听我差点要被人绑架了，当即便吓得面如土色，她也没有想到这次安排酒宴的叔父请来作陪的客人中居然混进了绑匪！因此她提议马上报警，让警察来处理这棘手的事情。

"我却觉得应该先确保你的安全才好，万一你在上面不幸被歹徒发现甚至被控制了，那警察一来，肯定会引起歹徒的恐慌，到时对你造成伤害便麻烦了。我提议凌丹一起在这里再等一等，看看你会不会走下来。这里附近的人流多，出口也多，估计歹徒就算发现了我们也不好下手。为了掩人耳目，我到附近的商店买来帽子、墨镜和围巾，把自己和凌丹乔装打扮了一番，这样混进人群里就丝毫看不出我们原来的样子。

"装扮完毕后，凌丹提议我俩分开来守候，这样可以提高碰见你的概率。于是我去大堂电梯间那里，而她则打算到附近的消防通道等候，看看你会不会从楼梯上下来。

这时忽然听到那边有人在惊呼，说是有人晕倒在楼梯间那里，然后见到一些商场的保安也迅速往那边赶。

"我的头嗡的一声炸了，我预感这出事故的人会是你或是凌丹中的一人。我随着人群冲出去，暗自祈祷千万别是你们两个。来到了那边的出口处，透过重重的人群，我看见保安和医护人员抬着一个女子出来，我细看那人正是你！

"我拨开人群冲上去，大喊着'我是她朋友！'

"抬着你的几个人见我神色紧张惊慌，因此其中一个人说：'我们也暂时不知她的具体情况！我们……我们也是刚接到电话通知，说是有人在西二楼停车场晕倒了，让商场马上派人过去，所以我们叫上单位的医护人员赶来了，初步判断是受了重物的打击。目前伤者处于昏迷的状态，我们刚才已经给医院打了电话，现在要把伤者送到医院作进一步的诊断。'

"不知何时凌丹也回来了，估计她也是听到了附近人的惊呼声才赶来的，她看到这样的情况，大概也猜到是怎么回事，连忙上前提醒我，让我和她赶快离开，可我怎么能抛下你呢？

"救护医生十分钟后赶到了现场,就这样我和凌丹就一直陪着你随着救护车回到了医院,一切安顿好后,我才有时间去通知苏梓、方雅婷、方岳等人。他们知道情况后,随即马上赶来医院与我会合,大家虽然都没经历过我傍晚时那段惊心动魄的历险,但完全可以感受到那时的惊险与紧张,想不到这个绑架的事情真的就这样毫无预示地发生了,如果没有你的及时出现和相救,恐怕我甚至是凌丹都可能已落入歹徒之手,现在肯定生死未卜!

"很快,医生的检查结果出来了,结果显示你人没有什么大碍。由于击中的部位不是头部,没有什么大碍,长时间昏迷有可能是颈上有着大动脉,造成了供氧不顺,所以你会醒得慢一点。所幸腹中的婴儿也没有什么大碍,但毕竟你昏迷时摔了一跤,剧烈的震动多少对怀孕有点影响,所以现在必须要休息、观察。我已经叮嘱医生,一定要用最好的最稳妥的治疗方法,保证你们母子平安。

"就这样,你在监护室里昏迷了十多个小时,苏梓和方岳决定轮流值夜,凌丹有点撑不住了,昨天的惊吓让她身心俱疲,竟有点发烧了,整个人一副精神恍惚、萎靡不振的样子。我便带凌丹回去安顿好,然后稍稍打了个盹,醒来又赶来医院看你了。没想到刚来不久,便听到苏梓的一声欢呼,你醒了!"

苏小睿听完韩京的叙述,总算清楚了自己遇袭昏迷后的大概经过,也怪不得在这里看不见凌丹,原来她也被这突如其来的事吓坏了。

苏小睿忽然想起了一件事情,不禁又仰起身来问韩京:"对了,为何昨天我找你的时候一直没找到呢?打你的手机关机了,如果能早点找到你,或许就可以让你避免去那个饭局了。"

"手机关机?找不到我?这个……"韩京轻皱眉头像是在回忆具体的细节,"哦哦,昨天凌丹把手机留在酒店了,后来她用我的电话联系了出租车来接你出院,后来手机一直就放在她那儿。说来也巧,我手机前一晚不知为何充不进电,出门才知电量少得可怜,估计就在那里待机,待着待着就关机了。唉,没想到就是这关机的这段时间出了问题!"

"所以说嘛,什么叫'无巧不成书'?真是什么坏的情况都遇上了,这简直就是拍电视剧啊!不过,电视剧总会安排大团圆结局的,现在大家都没事了就好,没事了就好!"方岳在旁边笑着说,在场的人听了他那玩笑的话,都不禁笑了起来,气氛一下轻松了不少。

苏小睿像是想起了什么,又追问道:"奇怪了,那晚的饭局上怎会有绑匪出现呢?这个私人的聚餐不是凌丹叔父安排的吗?莫非那个叔父也是同谋之一?

"凌丹叔父为了这件事也懊悔不已，那晚出事后他也赶来医院这里看望了我和凌丹，他说以前与这阿南、老张两个人从未谋面过，仅仅是以前通过几宗建筑生意有过几次电话联系。那天他们两人忽然到访，说是非得和他见面吃饭，谈谈新的生意，于是他想着干脆把见面也安排在我们的饭局中，多几个人作陪，场面热闹些也好。没想到，来的竟是两位想绑票的歹徒！这也可把那叔父吓慌了，说要报警，好歹当时我和凌丹把他老人家给劝住了，说我们会慢慢处理的。"

苏小睿听到韩京说会处理这件事情的，她的心里有种惴惴不安之感，因为她的萨穆尔参与其中，一旦韩京等人报警了，那么警察肯定会千方百计地去寻找线索，破案也是迟早的事，现在萨穆尔说不定已经落网了。

想到这些，苏小睿的脸色有点发白，身子也顿时感一阵发软，但她还是忍不住地去问大家："那……报警了没？警察没……抓到人吗？"她的语气中带着一丝的恐惧与绝望，只是大家都没有听出来。

谁知道苏小睿的这个问题竟没有人即刻答话，我们这几个人互相看了几眼，一副欲言又止的样子。后来，还是韩京发话了："小睿，这个问题其实……这样说吧，我们这次没有选择报警，我想……你也希望我们不报警吧？"

苏小睿默不作声，不知是被说中了心事，还是因为不知如何对答，大家陷入了沉默。

韩京顿了顿，才继续说道："其实大家都很关心你的，这我想你一定也很清楚。这次你说从云南家里出来办事，途中听到了有要绑架我的消息，马上过来通知我，甚至还为此出了车祸。我的心里对你真的是异常感激，况且我对你的感情有多深，你也是知道的。不过，事后再想想，还有雅婷、苏梓他们的分析，都觉得这次你的突然出现不太寻常。我们都猜，你不但知道绑架我的事情是真的，而且，这里面的人也应该是你认识的。

"我们知道，你肯定不是要谋害我的人，否则你不必千里迢迢跑来见我并提醒我要小心、注意，但其中你必有难言之隐。这件事情你肯定不想惊动警方，所以我主张先不要去报警，我也说服了凌丹要低调处理，大家也同意这样做，因为我们都怕令你为难。小睿，我们这些人都是你最可信任的朋友，对你也是一片真诚的。那……那你现在可否告诉我们一些情况呢？"

韩京的话没说完，这边的苏小睿已经忍不住在啜泣了。她心中一直深深埋藏的秘密现在被韩京一一说出，内心的那委屈的情感、无边的压力似乎一下子到了宣泄的口子，苏小睿的情感顿时失控。她伏在坐在身旁的方雅婷的肩上痛哭了一场。直到方雅婷连声劝说这样哭对胎儿不好，苏小睿才慢慢止住了哭泣。

待情绪平和了一点后，苏小睿才向我们讲出了整件事的来由，把自己如何嫁给萨穆尔，然后如何在最近无意中听到萨穆尔被拉拢参与绑架案后，自己怎样来到这里与韩京相见的整个过程跟大家说了。但至于鬼爷这伙人究竟因何而来，受谁所雇，这些事情苏小睿也不清楚。看来，要彻底知道真相的话，必须要交由警方来处理才行。

我们等人听了这个过程后都感到极为震惊，想不到这宗绑架案竟与苏小睿有着千丝万缕的关系，但也好在是与苏小睿有关系，才能让她带来消息，让韩京躲过一劫！世事往往便是如此奇妙，一切事情仿佛冥冥中自有注定一般，因连着果，果又成为下一段事情的因。苏小睿与韩京的命运交叠相连，互为影响，又相互弥合，这其中的经历令我们这些旁观者不胜唏嘘！

现在事情的过程都清楚了，接下去怎么做，就要看韩京的定夺，因为毕竟这事是冲着他来的，而且这事又关乎苏小睿的家庭与未来幸福。我们几人都不敢妄出主意，最后还是把目光投向韩京，看他如何打算。

韩京还在沉吟间，却听苏小睿说道："大家别为难！事情已经到这个地步了，韩京的处境每一秒都很危险！马上报警吧！我去救韩京之时，已经在地下车场里见过萨穆尔一面，当时我已向他说明利弊，他的心思也松动了，他也后悔干了这一票。他如果真能悬崖勒马、回头是岸的话，现在估计已经想办法离开那些人了，他会尽快与我联系。其实说实在的，如果萨穆尔真的仍然执迷不悟还留在那伙人之中，他被抓了也是活该！也算是给他一个血的教训，我可不能容忍与一个罪犯一同生活！"

苏小睿说着这话时虽是语气平静，但却异常坚决，我们都不禁对苏小睿这大义灭亲之举肃然起敬。

"报警吧！我可不想你出事。"苏小睿望着韩京，一再要求道。

"不，不，不！我暂时不能报警！"没想到韩京此时却与苏小睿持相反意见，而且韩京的语气也是很坚决的："小睿，你得听我说。对于目前的我来说，报警或许是最好的做法，但我现在真的不能这样做。小睿，你是骗不了我的，我知道你是为了我好，想我能够安安全全的，但我也不能只想着自己的安全，而去牺牲你的幸福与家庭！萨穆尔是你的丈夫，可你别忘了，他还是你肚里孩子的父亲！你得为孩子想想！萨穆尔不能有事！

"这几天我与你相处，在交谈中我看到你比以前成熟了很多，这份成熟来自于你对家庭的责任，以及对家庭的爱护。我感觉到了，你以前对萨穆尔或许是恨之入骨，但现在的你已没有了那股戾气，这或许是你当了妻子，现在又当了母亲的缘故吧。所以虽然你嘴里说着要去报警去抓那帮人，可以不顾萨穆尔的情况，但我听得出来你内心的颤抖，也感受得出你心里在隐隐作痛！"

韩京的一番话说得苏小睿再次眼眶发热，她心里感激韩京对自己如此的体贴入微，真的把自己的内心都看透了。在韩京面前，苏小睿觉得自己不必再装作坚强的样子，因为在他这里，自己可以找到最可信任的依靠。

韩京继续补充道："所以我不能报警！现在萨穆尔情况未明，如若他还和那伙人在一起，那他被警察抓住了，判了刑，他的下半辈子就完了。况且我最担心的，是那伙人这次作案失败，必然会去查找原因，万一他们查出了今天来搅局的人竟是萨穆尔的妻子，这伙人会怎样猜测萨穆尔呢？一旦报警了，万一警察办案时露出风声，他们还会相信萨穆尔没出卖他们吗？那样萨穆尔可能就更危险了！我可不想萨穆尔有什么个三长两短，这样对小睿来说，以后的路会很艰难的。"

韩京的分析十分在理，我们都默默点头。这些情况的确是需要考虑的，不能单从韩京的角度来简单处理问题。

方岳为人性急，对于这个棘手的问题，心里焦急的他不禁嚷道："这可怎么办？难道就这样在这里等绑匪来第二票？或者就任由他们继续逍遥法外，继续去贻害人间？现在小睿又受伤了，万一他们卷土重来，我们可防不胜防！我觉得，这警还是得报吧，至于小睿的丈夫，我们设法联系上他，再看看具体的情况。"

我和方雅婷，包括苏小睿，也都觉得报警是必要的，但萨穆尔这个因素的存在，让大家在做决定时总是有点顾虑。

韩京想了想，说道："大家都说得在理，这事得由警方处理，不过我们也得顾着小睿的情况。这样吧，我们再等三天！如小睿说的，萨穆尔如果真心后悔参与了这次绑架的话，他必然会想办法离开或逃走。况且那伙人首次行动失败，他们也怕警察找上门来，很可能一下子便就地解散、分头逃窜了。总而言之，我们要确保萨穆尔安全了，再做下一步的打算。甚至我可以不追究他们的责任，也不要让小睿今后的日子受到委屈！"

我们均知韩京是重情义的人，他一心想着要苏小睿好，大家也是明白的，自然对他的决定表示支持。我让韩京这几天一定要小心，有需要的话甚至可以搬到我宿舍里住，等萨穆尔这边一有了消息，马上便去警局报警备案，一定要把幕后黑手找出来绳之以法，这样才能免除后患。

韩京谢绝了我的好意。他说，凌丹现在病着，就让她在酒店好好休息吧。反正也就几天的时间，大家随时保持联系就好了。

苏小睿还是担心鬼爷这些人会卷土重来危及韩京的性命。她想了想，说道："必要的时候，我愿意说服萨穆尔到警局投案自首，我也不能因个人的家庭原因而任由罪犯逍遥法外。况且这次的绑架没有成功，萨穆尔也只是充当司机角色，又是自首并提供线索，这样我想他的罪一定会适当减免的。所以，只要他安全回来了，大家马上报警吧！"

韩京轻叹了一下，点了点头说："嗯嗯，到时再看吧。你先好好休息，你的身体和肚子里的宝宝才是最重要的。我这几天会留在这里，你好好休息，明天我们再来看你吧。"

方雅婷扶苏小睿躺下来，帮她倒了杯开水，一切安顿好之后，我们才与苏小睿道别，叮嘱她安心休养，一切问题总会顺利解决的。

62

苏小睿的康复情况良好，休息了两天，经医院的再次检查，苏小睿已无大碍，她胎中的孩子也一切正常，已经可以随时办理出院手续。对于这个好消息，我们都说，这肯定是孩子在保佑着她的妈妈，小家伙都懂得带来好运，小睿这次的经历必定会逢凶化吉的。

韩京连续两天都来探望苏小睿，但待的时间不算长，听说凌丹也病了两天，一直都低烧不退，被吓后她的精神状态不太好，一直要韩京陪着。韩京既要顾着凌丹，这边又惦记着苏小睿，只好两边都跑，显得很忙碌。

第三天早上，韩京又来到了医院，这次凌丹也跟过来了，她身上裹着厚厚的一层衣服，脸色有点苍白，嘴唇也有点发干，看样子是病后还未完全恢复的缘故。

苏小睿连忙招呼两人坐下，并询问凌丹现在的身体状况。凌丹说道："我的是小事，你的身体才是大事呢。不过照今天看来，你的气色还好，这可让大家都放心了！免得韩京总是记挂着，天天念叨着你呢！"说着，凌丹似笑非笑地望了韩京一下。苏小睿听出凌丹的话中有话，显得有点尴尬，韩京自是听出了其中的意味，连忙把话题扯开。

坐了一会儿，凌丹舔了舔发干的嘴唇，对韩京说："韩京，你看我们今天出门晚了，都忘记买点水果过来探病了，而且我今天的口特别干，可能发烧后水分流失了很多，你去买点吧，补充点维C，对大家都好！"

"哦哦哦，对对！是喔，出门时想着要买，没想到来的路上又忘了，我这就出去买！你们先坐坐。"韩京连忙站起来，便出去了。

房里就只剩下苏小睿与凌丹了，少了韩京在场，两个女人一下子便没了话说，病房里顿时悄无声息。苏小睿像想起了什么似的，忙说："你看我，你来了说口干了，我还没反应过来呢。我这就给你倒杯水。"说着，便起来把水倒好，递给凌丹。

"谢谢！"凌丹接过水杯，微微地呷了一口，"这次来是要亲口谢谢你的！就是韩京的事情，我没想到韩京在这里会遇到这么危险的事情！真的是多亏你不顾自己的安危来通知韩京，才让韩京和我能及时逃脱绑架，这事我现在想想都觉得手脚发软。"

"不过，小睿，说句心里话吧，谢谢归谢谢啊，有些话我是不得不说的。"

"哦哦，是吗？大家都是很熟的朋友了，有话不妨直说。"苏小睿在凌丹面前拉了张凳子坐下，然后笑了笑，"嗯，看来你让韩京出去买点水果，就是想和我说说话吧。"

"小睿真是冰雪聪明啊！人又漂亮，心思也挺细的，这也让你看出来了。"

苏小睿笑笑，不置可否，她望着凌丹，在等她继续说下去。

"听韩京说过，你之前一直都在家乡云南那边吧？大家都联系不上你。至于你因什么原因回去，韩京没有和我说，我暂时也不想知道。不过，你这次的突然出现，为的就是来见韩京吧。而且这见面也不是一般的见面啊，你还是过来救他的！这份情谊真的着实令人感动。"

"其实，这没什么，怎么说韩京也是我的朋友，他有危险我有责任去帮助他。"

"朋友，真的只是朋友吗？朋友的情谊足够让你不惜赶赴千里舍命过来相救？这朋友也太好了吧！"

"凌丹，你想多了，我和韩京没有别的交集了。"苏小睿知道凌丹话里的含义，于是解释道。

"有没有你自己清楚。我知道你们之间曾经有过一段情，在高中的时候我便已经看出了。虽然我也喜欢韩京，不过我那时倒没有说什么，毕竟你也很优秀，韩京喜欢上你也是很正常的事情，我只有羡慕啊，并且努力让自己变得更优秀，不断地去找机会接近韩京，包括与韩京考上同一所大学，这样我们才有更多的机会接触。"

"那看来，你当初的决定是对的，现在你如愿以偿了，真的和韩京在一起了。你和韩京也是般配的！绝对的郎才女貌。真心地恭喜你！凌丹，韩京和你在一起会幸福的。"

"我和韩京当然会幸福！呵，如果我连这点信心都没有的话，我早退出了。我跟韩京在一起是经过了漫长的考验的，他也是深思熟虑后才选择了我。小睿，说句老实话，你和韩京的那点感情已经结束了。过去他是属于你的，但现在不是，未来也不是，他是我的。"凌丹目不转睛地望着苏小睿，嘴角扬起一丝微笑，虽不张扬，但却饱含几分骄傲。

"你误会了,小丹,你说得对,我和韩京的关系已经结束了。我没有想过要和你争韩京。"

"你不想争又怎样呢?你突然出现了,然后又遇到了车祸。韩京听闻后瞒着我连夜赶来这里见你,你觉得这个举动正常吗?韩京是个重情义的人,这是他的优点,也是他的缺点。就是因为他太重情义了,所以他放不下曾经爱过的你,也是因为你当年的不辞而别,而让韩京心里总是有放不下、解不开的结。甚至我来到了这里,他的眼中也只会看到你,在我面前也总忍不住要提你的名字。这可让我……让我的心里觉得不是滋味啊。而且在我来之前,韩京已经和你单独待了好几天,你们之间就……没有发生点什么吗?"

"凌丹,你这样说话就有点侮辱人了!"苏小睿正色道,她的脸色也因激动而泛起红色,"你不相信我,我可以理解,难道你连韩京都不相信吗?如果两个人之间彼此都不信任,那还有必要在一起吗?"

"你们之间发生了什么,这个不是重点。现在这个社会,像韩京这样优秀的男人,有几段感情一点也不奇怪。况且你们曾经还是情侣呢,大家见面了,一时激情再起,发生了些什么也正常嘛,这个我看得很开的。你能给的东西,我凌丹也一定能给,不怕告诉你,韩京和我一起干那事的时候,特别的兴奋,你知道吗?我把他的情绪能充分调动起来。呵呵,他爱的肯定是我!"

"够了!凌丹,如果你想单独和我说的只是这些话,那现在就可以结束了!你先入为主地觉得我和韩京有暧昧关系的话,那无论我如何解释,你都觉得我是在辩解和遮掩。但我可以负责任地告诉你:第一,韩京没有做出有违你们感情的事情;第二,我是一个知道廉耻的人,我也不会和韩京有任何说不清的瓜葛,因为我已经结婚了,而且我也怀孕了。作为他人的妻子,作为一个准母亲,你觉得我会傻到还会乱搞男女关系吗?我见韩京的时候,正躺在病床上浑身是伤,你问问医生我能与别人发生些什么?凌丹,请收起你那因嫉成恨的龌龊心理吧!如果你一直抱着这样的心态生活,你和韩京是没有幸福的!"苏小睿的语气很是严肃,她那严肃的神情让凌丹也不敢正视。

苏小睿的回答中包含了很大的信息量,凌丹一下子也怔住了。她没有从韩京那里得知苏小睿已经结婚的情况,更不知道苏小睿已有身孕。苏小睿的这种情况,确实没有多大的可能会与韩京厮混在一起,自己刚才的很多想法都是基于自己想当然而说出来的,或者说是因为嫉妒而臆想出来的,在事实面前根本站不住脚,更何况自己连自己的男朋友都不信任,已然是理亏了一大截。

凌丹知道再纠缠下去只会让自己更加尴尬无趣，她倚在凳子上，刚才的那股气势消减了大半，似乎在想着什么。苏小睿也默不作声，两人就这样面对面地陷入了沉静。

过了半晌，凌丹长叹了一口气："好吧，苏小睿。刚才我失礼了，有些冲动的话说了出来，也无法收回了，有所得罪的话，只能盼你体谅了。只是……我真心地想对你说，请你离开韩京吧！你的出现只会让韩京迷失了方向。既然你坦白了你已经结婚了，而且也怀上了孩子，我应该可以相信你是一个有原则、守道德的人，你会忠于你的家庭。那就当为了你的家庭和睦、幸福着想，快快离开吧。我也将和韩京回去北京。只有你离开了，韩京才能和我过上我们想要的生活。"

苏小睿默然不语，说真的，她是理解凌丹的心情的。因为她也能感受到，韩京见到自己后的那种兴奋与激动，这是不正常的表现，这说明韩京真的还把她放在心上，对她的一举一动都十分上心在意。而她有时对着韩京心中也会有莫名的兴奋感，这其实也是个十分危险的信号。苏小睿一再提醒自己，现在的身份已经是怀孕的有夫之妇了，而韩京也已经走出过去，有了像凌丹这样优秀的人陪伴左右，未来将是幸福的。虽说她是出于关心朋友的角度前来送信，避免韩京受到伤害，实质上，这也是她心中还未放下或者说还未忘记韩京的一个标志。现在与韩京见面了，然而两人却在不知不觉间又似乎陷回到了过去。这无论是对苏小睿，还是对韩京，都是一个错误，只会将局面拖向一个无可挽回的深渊。不能再这样下去了，凌丹的醋意虽说来得让人尴尬，但却恰如一碗酸辣的热汤，给了苏小睿一个清醒的刺激！是该做决定了！

念及至此，苏小睿说："好，我明白了。这次我在这里能见到韩京，我已经觉得很满足了，而且还救了他一回。但我真的没有料到，我的出现会给韩京带来一些感情上的冲击，并且给凌丹你带来这么大的困扰。整件事归根到底都是由我而起，我是知道的，当时我极度不负责任，与韩京不辞而别，根本没把事情处理好，以至于现在让韩京在我这里还存有想法，其实我现在留在这里也真的没多大作用了。凌丹，我会尽快离开的。不过韩京被人绑架这件事情其实还没有结束，你要多留意下，尽快寻求帮助。"

凌丹说："韩京的这件事我们会谨慎处理的。这些绑匪估计也就是乌合之众，打算绑个学生哥来赚点快钱用用。我和他这两天就回北京，离开这个地方，那些人自然就没辙了。我也懒得报警，以免搞得满城风雨，我怎么回去上班？韩京的学业受到影响了怎么办？"

"凌丹，这事应该没这么简单。正所谓'冤有头，债有主'，这世上没有无缘无故的爱，也没有无缘无故的恨。这些人既然有备而来，应该也是有目的的。这一次他们无法得手，估计不会轻易善罢甘休。就算你们回到了北京，还是要小心。觉得实在没有安全感的话，马上寻求警方的帮助为好。"

"谢谢你的关心！但我不是说过了吗，这是我们的事情，你的建议我会充分考虑的。"凌丹的语气有点不耐烦，"你以为报警就有用？只会打草惊蛇，让坏人提前知道了风声，只会把他们逼得更急。到时，他们干出更狠的事咋办？实话告诉你吧，我已和我爸说过了，他认识很多黑白两道上的人物，他已经安排了相关的人物去查找幕后黑手了，到时再来报警也不迟。所以，小睿你就别瞎操心了，好好在这里休息，还有好好安胎吧。"

苏小睿的心咯噔了一下，心想，"如果真如凌丹所说，他家靠关系去查找背后的黑手，那么极有可能会查到萨穆尔，到时候凌丹会不会觉得作为萨穆尔妻子的我，也有作案的嫌疑呢？到了那个时候，恐怕会百口莫辩。不过幸好韩京他们是知道我的为人和真相的。反正不管了，是福不是祸，是祸躲不过！唯有听天由命了！

凌丹见苏小睿在思考的样子，觉得自己刚才的话起了作用，让苏小睿无言以对，便又说道："苏小睿，听我劝一句吧，多一事不如少一事，这是为你好！"

苏小睿猛然听到凌丹这句话后，心里总觉有点不对味，正琢磨着其中的意味时，韩京从外面提着水果回来了。

韩京放下水果，便招呼两人过去吃，但发现这两人依旧坐在那里不动，沉默相对，顿感这气氛不太对劲。他狐疑地看了看凌丹，又看了看苏小睿，一时不知怎么开口去探求刚才发生了什么事。

谁知韩京刚才的那一望却惹恼了凌丹。她觉得这里出了事情，韩京首先第一个望见自己，明显是认为问题出在自己身上，她感到了不被信任，因此心里冒火了，她"刷"地站了起来，裹了裹身上的衣服，说："韩京，我感觉还是有点不舒服，我们这就回去吧！"语气说得很坚决。

"怎么回事呀？怎么说走就走？刚才你们……"韩京看到情况不妙连忙追问。

"没什么啊，我让苏小睿好好休息！养好了身子就可以回去了，他的家人还等着她回去呢！况且她还是一个孕妇，在外面那么操劳干吗？"凌丹把脸别向一旁，话语中一点也听不出她对苏小睿的关心。

"丹，你这是哪里话？你没看到小睿还在这里住院吗？没事的人会住在这里吗？哪能说走就走，你这样说话不是在赶人吗？"韩京听凌丹这样的语气，大概猜到了是怎么一回事了，这让韩京也不免激动起来，毕竟苏小睿也是救过自己和凌丹的，现在却像是苏小睿来这里抢人似的，凌丹这样显得很没有风度和礼貌。

"对，我就是要赶她走，免得在这里生事。"凌丹嘴里嘟囔着，用小得只有她自己才听得到的声音说着。

"你说什么？丹，你这人怎么……"

"不不不，韩京，这与凌丹无关。凌丹说得对，我在外面太久了，的确应该回去了。反正现在的事情你们已清楚了情况，也有了更好的解决方法，我也不能帮到什么了。谢谢你们的照顾。"苏小睿连忙阻止韩京，她不想让韩京在自己的去留问题上与凌丹发生矛盾，毕竟凌丹跟自己说的话也不是没道理，自己是韩京的什么人呢？凭什么留在这里呢？这件事唯一和自己有关系的是萨穆尔，偏偏他却是绑架分子中的一员，万一这个事实被凌丹知道了，到时她对自己的"攻击"一定会更加不留情面，更加会阻止韩京与自己接触，那么自己何必留在这里自讨没趣呢？

凌丹看到韩京又在为苏小睿说话，句句都像是在质问自己，心里更是不爽。她一刻都不想留在这里，抓起手袋，说："你是不走了吧？那我自己走！你们两个都只会欺负我！"说到最后，她竟带着哭腔，一副委屈的样子，把头发一甩，转身就往外面走。

"谁欺负你了？！你这，凌丹，回来！回来！"韩京赶紧追出去两步，想拉凌丹回来，但她已经快步走了出去。韩京急得直甩手，他回头去看苏小睿，也不知该追还是不该追，神色十分的无奈。

苏小睿明白韩京的难处，她马上说道："还犹豫什么？赶紧追凌丹去吧！我们两个没什么事，凌丹她说的话也是合情理的，你也别管我的什么感受。凌丹为人性急，就这样跑出去了可能会不安全，而且她这两天还病着呢，出了什么事你这个做男朋友的责任很大的！我们的事，可以慢慢再说，韩京，赶紧去追凌丹！"

韩京在犹豫中得到了苏小睿的提醒，顿时思路清晰了。他感激地望了望苏小睿，连忙点点头说了句"那我回头再来看你吧"，便匆匆追出去找凌丹了。

病房里瞬时又恢复了平静，仿佛从没有人来这里踏足过。苏小睿长长地吁了口气，躺在白色的病床上，看着同样雪白的天花板，觉得整个世界都在摇晃。她自言自语地说道："小睿，你真的该走了……"

韩京再次回到医院的时候已是傍晚，街上的灯刚刚亮起，渐渐明亮的黄色街灯，让人在这冬天里感到一丝温暖。下午的时候，这个城市天色突变，先是下了一场又急又大的雨，然后又变成了绵绵不断的细雨，伴随着这场雨的还有一阵北风，这风雨的到来使得温度像是断线的风筝一样急落下来。

韩京走进了住院大楼，把湿漉漉的雨伞收了起来。他也被这突如其来的降温弄得有点不适应，更让他感到疲倦。今天早上凌丹闹着脾气走了，幸亏苏小睿体谅，让他赶紧去找凌丹。韩京知道凌丹的性子很倔强，不能来硬的，如果当面质问她刚才那些问题，可能会让凌丹更为抗拒，甚至她一赌气去干些伤害别人伤害自己的事也是可能的。因此，韩京想着好歹要先把凌丹稳住，其他的事情以后再说。韩京追到了一楼好不容易才找到凌丹，连忙把她哄住，暂时平息了一段风波。

两人回到酒店后，凌丹还在那里嘟嘟囔囔地对苏小睿表示不满，韩京也不敢作声，生怕又把凌丹惹激动了。后来凌丹看韩京不作声，心想着也不要太过分，便也渐渐不提这事了。凌丹本来病后刚恢复，下午吃了药后睡意顿起，韩京把凌丹安顿睡下后，想着出去走走，谁知下了楼，便又情不自禁地跳上了出租车去看苏小睿。毕竟今日凌丹的事情搞得有点尴尬，应去趟医院跟苏小睿解释一下。

一路上，韩京也在不断地回想今日的事情：照刚才的情况看，肯定是凌丹不满苏小睿与自己有过多的接触，心中泛起醋意，所以在言语上忍不住要责怪苏小睿。但我也承认自己最近的感情有点波动，内心最深处似乎总有些东西在骚动着，这些变化都是在再见苏小睿后出现的。她的出现，仿佛让我的世界出现了一道明媚的霞光，在霞光的沐浴下，我像是时光倒流般地回到了高三和大学年代，脑子里不断再现我与苏小睿相恋的每个片段与细节。甚至期间对苏小睿说过的每一句话都清晰可闻，所有的景象仿如昨日发生的事情。

韩京又想起了之前在上海和凌丹观看烟花会演时错认苏小睿时的失态，那时他已经在怀疑自己究竟是不是心里还惦记着苏小睿，只是当时那个念头被自己不断压制，再加上被凌丹的执着与热情所打动，他便一再否定对苏小睿的感情还存在。直到如今自己再见到苏小睿，那股念头再也抑制不了，心中一时之间暗流涌动，他便知道自己并没有忘记苏小睿，她的一举一动、一颦一笑，还时刻牵动着自己的心。所以这些天来，在凌丹面前韩京也忍不住时不时提起苏小睿的名字，从而引起了凌丹的不满与嫉妒。

韩京当然也能感受到来自凌丹方面的情感压力，他也一直自责自己怎么这么不理智与自私，身在福中不知福，难道这就是所谓的爱情盲目？

"凌丹对自己一往情深，也对自己十分的贴心，既然已经选择了和凌丹在一起，便应该全心全意地对待她，不该再心猿意马。更何况苏小睿已经嫁给他人，她有了家庭与丈夫，如果自己真的爱苏小睿的话，又怎能陷苏小睿于不忠的境地呢？这只能是归咎于命运的捉弄吧，或许这真的是上天的安排，让自己和苏小睿纵然有交集，但终归还是要分道扬镳。"

韩京正在心里感叹之际，车已开到了医院。他默默地下了车，暗忖等会儿见了苏小睿该如何解释，但始终没个头绪。但他知道苏小睿是个懂道理、识大体的人，到时见面了自然会知道如何开口。

想着想着，韩京便来到了病房门口，他敲敲门便推门进去了。

里面悄无声息，韩京以为苏小睿在休息，便轻轻掩上了门，又低声地喊了一声："小睿，在休息吗？"

见没人回应，韩京开门进到房里才发现，原来这里空无一人，病床上的被褥等都收拾得干干净净，仿佛从没有人在这里住过。韩京以为自己走错了房间，连忙倒回去看房号，发现并没有搞错。这时韩京才意识到，苏小睿可能已经退房出院，自己走了！

韩京的心瞬时抽搐了一下，有点接受不了这个现实，因为他知道苏小睿这么一走，肯定和上次一样会消失于自己的世界中。何时再见面，韩京一点儿把握都没有。苏小睿的出走，应该与今天上午凌丹的话有关。韩京顿感到一阵愧疚，因为他知道苏小睿一直都与自己保持距离，在感情上面立场很坚定，她忠于自己的家庭与丈夫，尽管韩京感受到了苏小睿心中对自己还存有那么一丝情愫，但自始至终并没有什么出格的行为，这让韩京也十分钦佩，也使得韩京也变得十分克制，不敢有任何的造次。现在韩京过来是想跟苏小睿就凌丹的事情说声抱歉，毕竟今天凌丹因吃醋所说出的话有点过激，对苏小睿来说是一种莫名的侮辱。韩京是最舍不得苏小睿受委屈，所以他觉得当面向苏小睿说清楚才好。

只是现在苏小睿人走了，韩京向谁说呢？难道要带着这一份愧疚过一辈子？而更让人担心的是，苏小睿的身子究竟恢复到能出院的程度了吗？她这样不声不响地出院了，万一身子有什么意外，甚至影响了胎儿的健康，这让他以后还怎么面对苏小睿和所有的朋友？

"现在怎么办，怎么办？"韩京追问了自己好几遍，心中都是一个念头——追！他看到洗漱间地面上的水痕未干，去摸摸保温瓶里的水也是温的，便想到苏小睿就算是走了，也应该是离开不久，现在去附近转转的话，估计还有机会碰见！

韩京不敢耽误，连忙奔出前台询问护士，苏小睿是不是办出院手续走了，不料恰逢前台值班护士才交班，刚上班的护士被韩京问得一头雾水，支支吾吾说要查什么记录。韩京心里早已急成一团，哪里等得及，抛下一句"不用查了"后，便跑出去找苏小睿了。

外面又下起了小雨，冷风夹着雨丝迎面扑来，似乎迫不及待地要和韩京来一场亲密的接触。韩京无暇再去找伞遮雨，只是把衣领立了起来，把链子拉到了尽头，使身子不那么受冷。他双手搭成凉棚遮在眼前，好让自己在暮色冷雨中能看到最清楚的人像，他不停脚地在医院附近的几个搭车点徘徊，又往人流密集的超市、饭店前张望，因快步疾走而踢起的水花溅湿了他的鞋与裤脚，他却浑然不知。

时间一分一秒地过去，夜色也紧随着时间的流逝而加浓，街上的行人也开始稀少，而韩京却仍然没找到心中要找的人，他的心里涌起的一丝丝绝望逐渐笼罩心头。他也不知自己在这附近走了多少遍，每一次赶到这里见不着苏小睿，总觉得她人会不会在另一处。于是马上又跑去另一个地方，尽管那个地方自己刚离开没多久。

就这样，韩京几个点来回往返地走，在路上也不断地张望，直至精疲力竭了才慢下了急促的脚步。他像丢掉了魂儿一样走在路上，脑子里没有任何的目标与方向，走着走着又走在了刚才走过的一条路线上。那里是医院后门邻近的一条商业街，有车站，有咖啡馆饭店等，人流较为密集。韩京来到这里被周遭的人声所影响，神智稍稍清醒了些，他发现自己浑身已被细雨打湿，双脚也是累得快迈不开了，但他却无心去找一家店进去歇息，生怕自己在里面时会错过了苏小睿的身影。他就在临街的一家咖啡店外的屋檐下站定，斜倚着一角，呆呆地望着大街。

看情况是找不到苏小睿了，这个事实让韩京感到无比的沮丧。他急促地喘着气，心里像被刀割一样，一阵一阵的剧痛，眼泪都快流出来了，但全身的力气似乎都用完了，此刻连流泪都那样困难，泪水噙在了韩京的眼眶里，在寒风中更感到热热的，让他更是难受。他那身子斜倚再也无力支撑，慢慢地滑落，韩京一低头，泪水才从眼眶里随着重力而下，溅在地上又是几滴水花。韩京的脸贴着店面外面的玻璃，冰冷感瞬时传遍了他的面颊，他呼出的气在玻璃上形成了一片白雾，那白雾并随着韩京的呼吸时大时小，时浓时淡。韩京长长地呼出一口暖气，那玻璃上的白雾显得更大了，韩京抬手用手指在雾气上写道："想你了，你在哪儿？"这完全是韩京此刻的真实感受，在如此特殊的环境里，韩京下意识地写出了心里想说的话。

韩京看着那一行字渐渐地由清晰变模糊，心中的感慨又出来了。正恍惚间，忽然他看到了在他刚才写字的地方——也就是玻璃的另一面，也出现了一根手指，那手指也飞快地在上面写着字。韩京仔细辨认了一下，看得出来上面写道："我也想你！"

尽管此刻韩京因找不到苏小睿而极度沮丧，但此时看到该情景仍不禁觉得好笑，心想肯定是自己刚才那痴情的一幕被里面的某个好事的年轻人看到了，用这种方式来调笑自己。不过韩京转念一想，"那也没什么，反正自己真的是那么想她，既不是矫情也不是做作，干吗怕别人取笑呢？也罢，既然如此，让我把名字也写上去吧，好让里面的人也知道我是为谁而发出的感慨！"韩京说写便写，马上又呵了一大口热气在玻璃上，然后在后面郑重地写上"苏小睿"三个字。韩京写罢后不禁有点得意，抬头冲里面笑了笑，心想着里面的人这下该知道我是认真的了吧。

由于室内外温差较大，因此那玻璃的里层是蒙了水汽的，韩京在外面往里面完全看不清楚，只看到了刚才那根写字的手指停在那里，从那细长的手形来看，估计还是位女生。韩京笑了笑，正想回头时发现那手指开始写字了，出于好奇，韩京还是仔细辨认了对方写的字。

岂料这一看韩京完全怔住了，因为对方写的竟是"韩京"两个字，那与她刚才写的连在一起便是："我也想你，韩京！"韩京脸上的笑容顿时僵住，他立刻像触电似的站了起来，整个人趴在那玻璃上往里面望。他不断地用手去擦那玻璃，试图擦去那片"迷雾"，因为他要看清楚里面的人是谁！只是那水汽是在里面的，韩京怎么擦也始终隔了朦胧的一片，只见里面的人影略过，依稀中看到的是一个美丽的女子身影正要往外走。

"一定是她！一定是她！！一定是她！！！"韩京按捺不住心中的狂喜，一跃而起，三步并作两步地跑向这店的正门，与此同时门从里面也打开了。一股温暖的气流从里面扑面而来，同时呈现在韩京面前的是一张熟悉的脸！一张韩京疯狂寻找的脸！——苏小睿此刻就站在韩京的面前，她同样是眼泛泪光，脸上还挂有泪痕，然而苏小睿却是笑着的，因为她的目光与韩京相对，在他炽热的目光中，她感受到了无比的安慰与幸福。

韩京没有说话，他激动地把苏小睿紧紧地抱着，生怕稍微松一点劲儿苏小睿就会再次消失不见。此刻任何言语都无法表达韩京心中的亢奋，这种找到自己最珍惜的东西的感觉真是妙不可言！韩京现在唯一能做的便是尽情地让眼泪流淌，还有就是把苏小睿紧紧地抱着，他希望这一刻能无限期地延长！

两人也不知抱了多久。原来苏小睿并没有出院，只是因为维修设备的原因，下午医院临时调整了病房，苏小睿被安排到了其他楼层，匆忙间苏小睿也没有及时知会其他人，后来她在病房里待着无聊，便独自一人出去散心，走累了便在附近的茶馆里坐坐。

后来外面下起了冷雨，苏小睿无法离去，也就是在那时，苏小睿无意往落地玻璃外面张望时看到了韩京在这附近找人的身影。苏小睿猜到韩京应该是在焦急地寻找自己，她正想出去招呼韩京却又忍住了，因为她想到了今天上午凌丹和自己说的话。

"当时自己不是下了决心要离开的吗？现在怎么能因为韩京来寻找自己便又动摇了呢，既然韩京不属于自己，又何必在意他的行为呢，我真的要适应一下不想韩京，不理韩京的做法了。"

想到这里，苏小睿扭过头，不再去看韩京的背影，转而低头去拨弄水杯中的茶叶，只是她越弄越觉得心神恍惚，还是忍不住不时地往外面看，到处去找韩京的背影。结果她看到了韩京来来回回在这街上出现了三次，每一次的神色都很焦急，她知道韩京找不到自己是那么的痛心，然而自己又何尝不是这种心痛的感觉呢？每一次见到韩京在雨中奔跑的样子，苏小睿的心便仿如坠入油锅煎熬一般。但苏小睿还是强忍着去见韩京的冲动——她不愿前功尽弃，自己答应凌丹要离开的，便要真正地做到！

苏小睿以手掩面，再次不去看韩京出现的方向。隔了数分钟，苏小睿再往外看时，却看到了韩京正向自己走来，苏小睿的心扑通扑通地跳了起来，不禁想到"难道是我的心思被韩京所感应，所以他朝我走来了？"然而韩京并没有进来，只是在外面的玻璃前坐了下来，此刻韩京与苏小睿只是隔了一层玻璃，薄薄的冰冷的玻璃两边是两颗渴望走近的心。透过玻璃，苏小睿仿佛看到了韩京头发上、脸颊上沾满的雨水，似乎感受到了韩京因寒冷而瑟瑟发抖，她伸出手想去帮韩京抹去雨水，却一下子触到了那冰冷的玻璃，把手指撞得痛痛的。

没想到的是，外面的韩京竟在玻璃上写字了。苏小睿一看韩京写到"想你了，你在哪里？"心中的痛点一下子被触及，感情再也控制不了，眼泪瞬时夺眶而出。韩京对自己如此的念念不忘，这份深情怎能不让自己感动？

苏小睿这一哭，她知道自己对韩京的感情是无法熄灭了的，尽管她知道这是错误的选择。但此时此刻，她宁愿一错再错，也要把她对韩京的感情真真切切地展露一次，哪怕将来自己背负骂名，这次也要轰轰烈烈地面对，因为只有这样，才不枉韩京对自己的真情与深情，自己也不会留下一辈子的遗憾！

因此，苏小睿动情地也在玻璃的雾气下写出了自己的内心告白，与韩京在一块玻璃上传递心中绵绵的情意。两个相爱的人在这一刻冲破了世俗的约束，打破了冰冷的界限，他们想勇敢地走在一起！

两个人同时在玻璃的两边写起来，激动地向对方奔去，终于在打开玻璃门的瞬间相遇了，两个世界终于连接在了一起！

韩京把苏小睿抱着的时候，感觉像是抱住了整个世界！他爱惜地低头看了看苏小睿，怕她在风雨中冻坏了，便拉开外套的拉链，把苏小睿拥得更紧些，正想对苏小睿说些什么时，却发觉怀中的苏小睿身躯猛然剧烈地抖动了一下！

苏小睿双手慢慢推开韩京，脸上的神色变得十分凝重，她低头像是在回忆什么，然后她忽然问韩京："你今天一天都和凌丹在一起吗？有睡在一起或是抱在一起吗？"

韩京不知苏小睿为何在这个时候突然问出这样的问题，一下子愣住了，不知从何答起。

"韩京，快告诉我！请说实话！"

"有吧，中午时她……她要我陪她休息，我就躺她旁边睡着了。这这……小睿，怎么啦？"韩京看着苏小睿。

苏小睿没有回答，她眉头紧锁像在思索什么，过了好一阵，她才幽幽地说道："难道一开始，我们就错了吗？"

说罢，苏小睿再次靠近韩京，深深地吸了一口气。在韩京身上，苏小睿闻到了一股淡淡的独特的香味，那味道是那样的熟悉，让苏小睿记起了一些重要的事情！

63

"你怎么好像看起来有点病怏怏的啊？该不是被我传染了吧？"凌丹看着坐在旁边的韩京。

"与你无关吧。可能……这几天太劳累了。昨晚在外面可能又被冻着了，感觉浑身有点不舒服。"韩京眯着眼睛，用手指揉着额头，看样子的确很疲劳。

"你可能要感冒了！那今晚你得早点休息。本想着明天就回去的，看情况不行了，你得多休息一天。我等等去买票，改后天走吧。你看怎样？"

"好，好，你拿主意吧！"

凌丹细心地帮韩京倒来温开水，又找来些感冒药让韩京服下，然后又到外面买来清淡的米粥来给韩京充饥。

"你今晚什么时候出去见你的同学啊？"韩京一边吃着粥一边问道。

"她啊，可能要到九点半以后吧。她那个时候才下班。说来也巧，她是我以前的邻居，我们关系可好啦。没想到今天在外面时碰上了，原来她嫁来G市了！大家聊着聊着，觉得得找个时间坐坐才好。我说择日不如撞日吧，就今天晚上！所以，我晚点陪不了你了，京，你可得听话喔！要早点休息，知道不？"凌丹靠在韩京的肩上撒娇道。

"行啊！你去吧！别说得我那么专制好不？你的朋友就是我的朋友啊，下次有机会邀请她去北京走走。你今晚自己出去，注意安全便好！"

"嗯嗯，知道啦。你快吃粥，吃粥！"凌丹笑着说。

晚上九点多了，韩京早早地洗了澡躺回床上，凌丹拿着温开水和药又来到床边，叮嘱韩京要再吃一次，并说药要按时吃才能起效。

看着韩京顺从地把药吃下，凌丹又帮韩京盖好被子，整理好被铺，她亲了亲韩京的额头，柔声说道："好好休息喔，我晚点就回来。"

凌丹整理好衣服，抓起手袋便出门了。她出了酒店上了出租车，报了一个城南的一所咖啡馆的名字。那司机估计是新手，一路上把车开得很慢，本来十多分钟的车程，竟多走了近半个小时的时间。凌丹尽管十分不满，但也没有什么办法。到达目的地后，凌丹付了车钱，便走进了咖啡馆。

这咖啡馆在城南一带小有名气，里面的包厢装修精致，整体格调高雅，交通便利，是不少人聚会休闲密聊的好地点。凌丹在侍应生的带领下，来到了二楼角落尽头的包厢。侍应礼貌地把包厢的门拉开了一条细缝，微微弯腰做了个邀请的手势后，便从原路退了回去。凌丹点点头，推门进去了。

包厢里面的光线偏暗了一点，空间倒颇为宽敞，整体设计以竹林为主题基调，在包厢的后侧还设有屏风，隐约看到那里还摆着茶几、古琴，感觉十分的清幽。包厢中央摆放有供客人聊天喝茶的桌椅，此刻已有一名女子坐在正对门的位置上，看到凌丹进来了，她也没有起来迎客，只是笑着说道："我也就比你早来几分钟。来，来，先坐下！"

凌丹却没有笑，她拉开椅子在那女子的对面坐了下来，靠在椅子上，借着顶上橘黄的灯光看着对方。

"我也不知道你平时喜欢喝什么，所以随意地沏了壶茶，你如果喝不惯茶，待会儿我们叫其他的。来，请吧！"说着，那女子端起一杯热茶递到凌丹面前。

凌丹迟疑了一下，最终还是伸手把茶杯接了过去，并说道："谢了！就喝茶吧。反正我也只是坐坐，苏小睿，你发给我的信息，我收到了，只是我看不明白。你说有些有关韩京的重要事情要和我说，莫不是你又不想离开了，继续留在这里缠着韩京？如果真是这样的话，我觉得我与你没有可谈的。同时也为你的厚颜无耻感到悲哀。"

"我要留下自然会留下，没有必要特地找你来宣布这件事情。不过也真的被你说对了，我是要留下，而且还有条件，那就是——请你离开韩京！"

"啊？你说什么？"凌丹似乎不相信自己的耳朵。

"请你离开韩京吧。我是认真的。"苏小睿再次说出自己的想法。

"这……哈哈哈哈，太好笑了，哈哈……"凌丹确认自己没有听错后，忽然失声大笑起来，"这是你自己一厢情愿臆想出来的吧？在医院里待久了，感到寂寞害怕了吗？韩京跟我的感情目前十分好，今天他生病了，现在酒店里休息，是我一直在照顾他。你觉得我会听你的吗？"

"你在照顾他？我看，不是照顾，是监视他吧？"苏小睿平静地说道。

"你？！苏小睿你胡说什么啊？我一直觉得你是个不错的人，才会让韩京曾经为你着迷，今天我觉得你不但无耻，而且为人还十分的歹毒，在你的口中，我竟成了坏人。这是你得不到韩京而心生怨恨吧？现在挖苦了我，心情舒畅点了没？那我可以走了吧？但愿我们以后也不要再见了！"说罢，凌丹猛地站了起来，拎起手提包就要走。

"先等一下。我不是说有些有关韩京的重要的事要说吗？如果你真心关心韩京的话，请你听完了再走。"

凌丹站住没有动，想了想，她把包扔回椅子上，坐了下来，说："好，看在韩京的面上。你说，我听。你说完我就走！"

"我知道了有关绑架韩京幕后黑手的事情。"

"什么？你知道？"凌丹脸色变了一下，但她很快又摇摇头，说道："不可能！绑架韩京的事情，我正在找人通过各种途径去查，有一定方向了自然会去报警处理。你苏小睿有什么能耐，说知道便知道？你真的当我是生活在童话里少不更事的小孩子吗？另外……"

凌丹似乎想到了什么，她目光犀利地望着苏小睿："另外，你刚才说我在监视韩京，莫非你的意思是——怀疑我是绑架韩京的凶手？"

苏小睿笑了笑，她倒没有回避凌丹犀利的眼光，她盯着凌丹说道："你说你们会去查，事实上，你认为能查到结果吗？而且，你是不主张报警的，依我看，你是不会也不敢报警吧？我说得没错吧？至于你是不是要绑架韩京的凶手之一，我可没那么说，但答案我相信你是清楚的。"

凌丹显然有点生气了，她欲言又止想反驳什么，但却又渐渐平静了下来。她眨了眨眼睛，整个人似乎慢慢放松了下来，她没有再保持刚才那种争执的姿态，反而松了腰骨靠在了柔软的椅背上。凌丹说道："小睿，论智力、论情商，其实我不比你差的。所以嘛，刚才你想着就通过那么几句反问来激怒我？这种方法显然行不通。你妄想随便污蔑我，或者希望我在激动的时候胡乱说错了什么，然后以此为把柄冤枉我吗？我劝你还是别动这个歪主意，我是不会上当的。我对韩京没有任何异心，我一心为他好，这个苍天可鉴。时间就是最好的证明！"

"这些年来，这些话应该说了很多遍了吧？说得自己都相信了自己。凌丹，这一点我真的很佩服你！我真心觉得你的情商真的要比我高，还有你的智商、坚忍、冷静，都在我之上。你能够在韩京身边一待就是数年，而且能够一直保持深情款款的姿态，我不得不佩服你！只是很可惜，你的任务到最后，还是没有完成。"

凌丹没有作声，脸上也没有笑容，橘黄的灯光下竟看到她的脸色有点铁青，隐隐透过一股怨恨的气息。半响她才说道："你继续说，我倒要看看你究竟要把我污蔑到什么程度！另外，我也十分好奇，你凭什么这样说我？你的理由是什么？"

"理由？我尽管说给你听听，让你明明白白知道情况也好。你和我一样，都是在高中时便与韩京相识了，从那时起，你便几乎就跟在韩京的左右，以各种理由留在韩京的身边，当然，直接扮作喜欢韩京，进而主动追求韩京是最好的方式，这样谁都不会有怀疑，甚至会觉得你长情、痴心、专一，为你以后接近韩京打下了良好的基础。我的这个说法，没错吧？"

苏小睿看到凌丹没有反驳，便继续说道："之后你与韩京考上了同一所大学，继续名正言顺地追求韩京，哪怕那时的韩京与我正在恋爱，你也毫无顾忌，继续扮演一个痴情少女的角色，一如既往地关心韩京，其实你的目的就只有一个，便是继续监视韩京。现在想想原因，为什么你要花那么长的时间待在韩京身边呢？为何当初不下手，而直到现在才安排人来绑架韩京呢？这个问题我曾思考了很长时间，百思不得其解。后来我想，这世界上没有无缘无故的爱，也没有无缘无故的恨，你这样做必然有着利益的驱使，才让你会如此用心地潜伏在韩京的身边。韩京一个学生哥儿有什么利益呢？我看主要的原因还是他的父亲吧。据我了解，韩京的父亲是省里的检察官，手中的案件关乎着很多官场上、商场上的人的身家性命。明白了这一点就好办了，换句话说，有人认为，谁做了韩家的媳妇，就等于是在官场、商场上得到了护身符。而你背后的人，我看也不是什么好人，必定有着不可告人的秘密或是被韩检察官起诉的对象，才会一门心思地想让你进入韩家，换来以后的平安。至于现在为什么要下手绑架韩京，依我看，必定是走韩家亲家的路线不通，而且被起诉逮捕的时间又越来越近了，所以迫不得已狗急跳墙要走歪门邪道，绑架韩京，以此要挟韩京的父亲收手不再追查，估计这就是你们动手的原因！

"你千方百计地接近韩京，想做韩京的女朋友，甚至于打算嫁入韩家，背后肯定是受到了高人指点，或者说是受到了背后真正的策划者的指使安排才这样做的吧？所以，当你在北京借口外出学习的时候，匪徒们就打算在北京下手，绑架韩京。后来发现扑了个空之后，你就马上'提前'结束了学习，即刻联系上韩京从北京专门赶来这里，名曰陪伴，实际就是定点跟踪，然后报告韩京行踪。怪不得那伙歹徒在北京失手后，马上就能准确地找到韩京所在的位置，赶过来伺机动手。你们安排的地点就在鼎盛商业中心，我估计那饭局也是你故意安排好的，什么去拜见叔父、晚上聚餐都是表面套路，你们就想趁着吃饭的时候下手，在包厢里绑架韩京，结果我及时出现把韩京从危险中救了出来。现在想起来，我也终于明白为什么当时你在北京又正好出差，然后吃饭时你又不在包厢里面了。你就是想趁着自己不在的时候让人动手，自己有不在场的证据，也便洗脱了嫌疑，哪有人会怀疑女朋友会设计绑架自己的男朋友的啊？这也是你的聪明之处啊。不过人算不如天算，最终你们还是功亏一篑，你的幕后指使人一定很失望吧？至于这个幕后的人是谁，现在我不知道，但随着你们阴谋的败露，我想他终究会露出真实面目的！

"好，我要说的话说完了。不知道有没有说错说漏的地方？请你补充一下。"苏小睿端起茶杯喝了一口茶，眼光一直停留在凌丹的脸上，她清楚凌丹这个人城府很深，如果不捕捉住她的细微神色，便可能被她闪烁其词地蒙混过去。

"啪——啪——啪啪！"凌丹没有说话，倒是鼓起掌来。她脸上浮现出了一丝微笑，她点着头笑说："说得太好了！苏小睿，不是我夸你，你真他妈的说得太好了！将来我建议你去做编剧，写的剧本一定大卖！你看，每一个细节都被你讲得天衣无缝，让听的人，包括我自己，都听着像是真的一样啊！这还能让人怀疑吗？既然你那么确定是我安排、参与绑架韩京的，那赶紧去报警吧！你看警察会把我抓起来吗？不会的！因为凡事都要讲证据，你在这里瞎说一通，编个故事然后就说谁谁谁参与了，不在场的就肯定是为了洗脱嫌疑而走的，然后在场的都是个个别有居心，一心想着去绑人去杀人什么的。呵呵，苏小睿，我觉得你是太天真了，还特幼稚呢！总之，我不承认你刚才说的话，除非你找到证据证明是我干的。"凌丹面不改色，但是眼光却始终没有与苏小睿相对。

"这些年来，你对韩京都体贴入微，照顾得无微不至。照理来说，你是爱他的。但现在看来，如果你爱他的话，又怎么会忍心去害他呢？你如此的冷血，是怎么做到的？除非——你从来就没有爱过韩京，所有的温柔、所有的甜蜜都是装出来的，是吧？我承认自己一直都对韩京存有好感，为了他的安全，我都不惜千里过来通知他，而你却能够把一直在口里念叨着爱的人出卖了，这可真是莫大的讽刺啊！凌丹你以后还怎么去面对你爱的人呢？你会为此而感到内疚吗？"

"苏小睿，你！你！"凌丹极力控制着自己的情绪，她眼睛快速地眨动着，但呼吸明显急促了起来。

"听我说了这么多，我想，你现在应该在后悔一件事情吧？"

"哼！我做事一向有分寸，我会后悔什么？"凌丹冷笑一声道。

"我想，你在后悔那天没有下手再重一点，把我打死在停车场里吧？"苏小睿毫不畏惧，语气变得咄咄逼人。

64

凌丹的脸色瞬时剧变,嘴唇抖动了起来。她紧张地左右望了一下,故作镇定地说:"嗬……没证据的话你又……又随便说了。你这样一说,我倒是要向你请教了。你……你怎么会认为是我干的?"

"是你的香水味!那天我被打晕前,我曾在楼道里嗅到了一股独特的香味。昨天,我在韩京的身上也闻到了相同的味道。而昨天也只有你一整天都在韩京的身边。"

"哼,笑话!原来你单凭这一点就认为我是共犯之一?难不成全天下就只有我一个人用这香水吗?碰巧那个打你的人,用了同一牌子的香水不行啊?"

"单凭香水我当然不能断定是你。但你左手上的伤却很能说明问题了。"苏小睿冷笑一下,"你隐藏得再深,也不可能改变你的生活习惯。我这两天都给你端茶递水,你都很自然地用了左手去接,这证明了你是一个左撇子!"

"我是个左撇子又怎样?能说明什么问题?"

"我醒来之后,在医院观察时,医生曾过来询问我的情况,他在记录完我的情况后说道,下手打你的人一定是个左撇子。我当时便好奇地问他为什么,他说是从我受伤的位置看出来的,如果正常人用右手下手的话,我被打击的地方应该是肩颈处的右侧,现在我受伤的位置是左侧,按常理来说会是一个左撇子下的手。而且从我肩颈处的淤青深浅程度看,下手的人的力度或者说是角度掌握得不够好,才会导致这瘀青程度有差异,同时按照力学的相关原理来说,下手打我的人也可能被反作用力所伤,他的手掌或者手腕等部位很有可能会受伤。医生对我说的这番话我比较认同,因为在我被打晕倒地的最后一瞬间,我还有那么一丝的知觉,我曾听到背后有人轻呼了一声'啊',估计是下手的那人自己也被震伤了。只不过我醒来之后不敢轻易下判断,怕是自己的幻觉,当时听医生这样一说,我倒愈发觉得那不是幻听,而且真的有人受伤了!

"因此,刚才我在给你端茶的时候,留意过你左手的情况,我看到你左手虎口的位置有明显的青肿,这也印证了医生的说法,也证实了我的判断——凌丹,应该就是你下的手吧!"

凌丹听苏小睿这样一说,下意识地即刻把右手挡在了左手之上,但她马上意识到这样做是多此一举,明显的做贼心虚,脸随即红了一下。

凌丹抬眼看了苏小睿一阵,终于点点头,她从包里拿出一个类似黑匣子的仪器,打开开关后随即抛在桌面上，说道："这是从国外买回来的设备，能够干扰一定范围内的所有录音。所以你别想通过什么录音器、手机之类的来录下我的言行。这个年头，一切都得小心才好。这个你认同吧？"

"既然你把话都说到这个份上了。我也只能把话摊开来说了。到现在为止，我总算知道你的厉害之处了。看来，你是早有准备来测试我了。每一个小细节都被你想到了，猜到了，而且都猜对了。嗯嗯，好，好，我承认，是我下手打晕你的！还有你刚才所做的推断，也全是真的。"

尽管早有心理准备，但听到凌丹亲口承认是她下的手，苏小睿还是感到无比的震惊。看来真相真的如她所料，那么接下去还会有什么更惊人的内幕呢？苏小睿只觉得心里开始加速跳动了，口干舌燥之感甚是强烈。

"也怪我自己平时训练不足，真正动起手来比较生疏，才会弄根棍子都弄伤了自己的手，还因此被你发现了端倪。看来真是'谋事在人，成事在天'啊！我们算来算去，就是没有算到中途会出现了苏小睿你这个情深义重的人，为了所爱的人不惜千里来救援。唉，可惜，可惜！只是，我还有一点不明白，为什么你会知道有人要去绑架韩京，然后成功地把韩京引开了呢？"

"这个你不必多虑。若要人不知，除非己莫为，你们铁了心要做坏事，哪有不透风的可能。"

"呵呵，别急。让我猜猜原因嘛。你能提前知道我们行动的计划与部署，肯定是有人泄露了风声。鬼爷、阿南等人都是多次合作的伙伴，他们不可能随便去说的，这次的行动我们加了一个新人进来，我想风声就是从他那里走漏的。怪不得昨天我听说他们之间起了纷争，还揪出了可疑的对象——好像就是那个新成员吧，他的下场啊……啧啧，苏小睿，莫非他与你有点关系，你认识他吧？"

苏小睿听到这里，不禁觉得眼前一黑，她知道凌丹说的人应该就是萨穆尔了！

苏小睿心想：果然那伙匪徒回去后即刻检讨两次动手失败的原因，最终把矛头指向了萨穆尔了。萨穆尔与我曾在地下车场见过一面，已经被我劝动了，随时想着脱离那伙人，可能在与那伙人周旋的过程中，由于慌张不慎露了马脚，结果被人识破。如此一来，萨穆尔现在的处境相当危险，如果那伙人心狠一点，萨穆尔可能早就被害了！

想到这里，苏小睿只觉天旋地转，心里像被刀狠狠剜着一般剧痛，腹中也忽然剧烈抽搐起来，肚中的胎儿也似乎感到异常的焦虑。她不禁绝望道："你……你们把他怎样了？请你们放了他。"

"看来这人对你很重要嘛。是你的兄弟？还是丈夫啊？嗯，我们也猜得没错，问题果然出在他身上。所以嘛，苏小睿你也别那么得意，别以为猜对了那么一点东西就咄咄逼人地来质问我。告诉你，我们也不是吃素的！我们也是用脑子来办事的，否则也走不到今天！"

苏小睿喘着气，强忍着心中的悲痛道："凌丹，悬崖勒马，回头是岸！与其助纣为虐，不如及早收手。你放了那个人，并且放过韩京，趁事情还没到最糟糕的时候，那么一切都还有回头的机会。否则你，连同你背后的所有黑手，都难逃法律的制裁！退一步想想吧，韩京和你在一起后，他也算是真心对过你，和你在一起的这些年月，你难道对她就没有一点感情吗？"

凌丹冷笑一声，说："我和韩京当然有感情！虽说我是有目的地去接近他，但他是那么的天真和傻气，有时候对我好起来，让我也挺感动的。但我却高兴不起来！这是因为有你——苏小睿的存在！明明我爱着他，但我却总生活在你的阴影里！刚开始的时候，我想着无所谓，日久见真情，他会被我感动的，但后来我发现他的心无时无刻不在牵挂着你，这让我很嫉妒：为什么我这么漂亮这么优秀，韩京却看不上眼？这激起了我的好胜心，这不单单是一个任务那么简单了，这还关乎着我作为女人的尊严！所以，我不但要霸占韩京的身体，还要把他的心夺过来，让他全身心地爱上我，只有这样，我才能感到满足。"

"那你现在做到了，韩京成了你的男朋友，也将要和你结婚了。既然你那么爱他，那请你放过他吧！如果让他知道了真相，他会多么的失望与愤怒啊。你就忍心看着他落入绑匪之手，忍心他受到伤害吗？就算你们诡计得逞，韩京父亲不再追查，你又能忍心看着你背后的坏人继续危害社会，让更多的无辜的人深受其害吗？"

"我不会伤害他的，我还要和他结婚呢。完成了这个任务之后，我会去'营救'他，反正我今晚和他说了，是出来见朋友的，我有不在场的证据。到时候他会感激是我救了他，当然我得到了韩京之后，我尽量收敛一点吧。前提是，你不能再掺和其中！"

"你就不怕我等一下就去找韩京，然后把一切真相都告诉他吗？他是很信任我的！"苏小睿说道。

"我让你离开，你就知趣点走吧。别忘了，你还有个至亲的人在我们的手中，另外，我们知道你的一切情况，如果你嘴巴乱说话的话，我们可以随时上门去拜访你们。为了你和你家人的安全，我劝你还是别来趟这浑水了！"

凌丹抬手看了看手腕的表，继续说道："更何况，现在这个点了，我们那几个人应该进入酒店房间了吧。韩京今晚吃了我放的加料安眠药，估计在睡梦中被带走了也不知道呢！希望他们不会伤着我的韩京吧！"

苏小睿倒抽一口冷气，想不到凌丹的手段如此迅速，她在与自己见面的同时居然先下手为强！

这时，在阴暗的角落里忽然传出一个声音："凌丹，你对我真是照顾有加啊！还有，谢谢你的爱意！绑架我了还替我的安全着想！"

韩京推开竹木屏风，大踏步地从后面走了出来，挡在了苏小睿的身前。

65

这一幕实在来得太快，凌丹整个人呆若木鸡，愣在原地根本说不出话来。她觉得像是在做梦一样，不可思议。她面无血色，颤抖着结巴道："这……这……不可能的！你……你明明吃了药，不是睡……睡着了吗？怎么……"

"待你走后，我把你给的药全吐出来了。你别忘了我是学化学出身的，那安眠药的药味我嗅一下便能知道！多亏小睿及早提醒我，小心你给我的一切东西，她说今晚之后，有关你的所有真相将会揭晓！当时我还半信半疑，我始终相信你不是那样的人，但刚才你亲口说的话，我一句不漏全听到了，真相太令我震惊了！"

原来韩京前一天晚上在街道上找回苏小睿，两人情不自禁热烈相拥，在贴身拥抱中苏小睿闻到了韩京身上的香水味，在电光石火间苏小睿想起了很多的细节。

当韩京听到苏小睿推断凌丹是参与绑架自己的人员之一时，吓了一大跳，同时满脸的不相信，他拼命摇头道："不可能的！不可能的！凌丹与我相识相知多年，对我又是一片真情痴心，这你也是知道的，而且她为人外向直接，如果她真的那么有居心，她无论如何都无法隐藏那么久而不被我察觉！一定是你多心想错了，我知道今天凌丹对你有所误解，但你没有必要把她想作是坏人，然后把她描述成犯罪分子，这……太可怕了吧！"

苏小睿知道韩京短时间无法接受她的说法，当然她自己也只是猜测，除非找到证据证明凌丹的确参与其中，又或者由凌丹自己在韩京面前亲口承认。"亲口承认？对啊！"苏小睿眼前一亮，一个大胆的想法从脑中形成，是啊，与其浪费时间找证据让韩京相信，不如试着让凌丹自己说出来更好。

于是苏小睿对韩京说道："京，你听我说吧，现在你就当我是自私也好，嫉妒凌丹也好，我也很希望是我自己想错了！凌丹一点儿问题都没有，这样她仍是你的女朋友，以后是你的好妻子！韩京，你也是清楚的，尽管我们是有感情的，甚至是相爱的，但毕竟我们是不可能在一起的！今晚我与你相拥，对我而言已经是最大的满足！况且，如果我污蔑了凌丹，我自己都没有脸再去面对你和凌丹，因为我搞了这么一场闹剧，我于心有愧，那我自己会自动消失！"

韩京没有说话，脸上却现出痛苦的神色，因为在他心中，凌丹和苏小睿他都不想失去，但苏小睿的这个做法，无论结果是真是假，韩京都将失去她们其中一个。

"你知道我是不会轻易对某人某事下结论的，也知道我不会去害你。我只是说，如果万一我猜的是正确的话，所有的问题才能真正地解决，最重要的是，只有那样你才能真正地脱离危险！这是我最关心的一点！"

韩京知道苏小睿的为人，而且她对自己的关心绝对是发自真心的，因此在听了苏小睿的分析后他内心也在犹豫挣扎。经过一番的思量，韩京的理性还是占了上风，因为他也被这事困扰了良久，究竟真相是怎样的，他其实也想知道，所以最终他还是同意了苏小睿的安排。

两人达成共识后，苏小睿便与韩京做了一些配合与安排。

首先，就是韩京回去后告知凌丹，苏小睿已经出院并决定明天离开了，他也决定与凌丹明天离开这里返回北京，好让凌丹对苏小睿减少戒心。然后，韩京在第二天的时候装作不舒服，要推迟回北京的时间，而苏小睿则秘密地给凌丹发信息，说是有韩京的重要事情要和凌丹说，要求单独见面。

凌丹果然中计，她从韩京那里得知苏小睿今日将要离开，现在苏小睿却又突然回来，这让她又气又好奇，便瞎编了一个要见朋友的理由，让韩京单独在酒店休息，而她则出来私下会见苏小睿，既想探听韩京的事情，同时也决心说服苏小睿不再回头纠缠韩京。只是苏小睿与韩京都没有料到的是，凌丹两面同时行动，这头去见苏小睿，这边却暗自安排了鬼爷、阿南、老张等人去酒店绑架韩京。为了使行动更方便，凌丹把韩京的感冒药替换成安眠药让韩京服下，想着在韩京睡熟后下手。幸亏韩京谨记着苏小睿的话，对凌丹所做的一切都分外小心，因此才在吃药的时候辨识出这并不是感冒药，趁着凌丹出门去见苏小睿时，他马上把药全吐了出去。

随后韩京按照昨晚与苏小睿的约定，尾随着凌丹下楼，他看着凌丹上了出租车，然后他迅速找到了早已停在附近等候的我开的车——我在昨晚的时候已经收到了苏小睿的电话，她已把她的全部猜想与推断告诉了我，并且要我去全力配合。当时我对于这个推断也是极度震惊的，但我也出于对真相的好奇，以及对韩京、苏小睿等人安危的考虑，我也答应了帮忙。因此我也按照约定早已来到韩京下榻酒店的附近等候。

接送凌丹的出租车司机也经过了我的收买安排，装作新手司机不认得路，选了一条较远的路慢慢开过去，好让我有足够的时间把韩京接到，然后马上抄近路送他去苏小睿约见凌丹的咖啡馆。韩京到达后，进入了苏小睿定好的房间，在屏风的遮挡下提前躲了起来。而我在车里，留在咖啡馆外面等候消息，随时做好接应工作。

　　苏小睿一再交代韩京，待会凌丹到的时候，无论凌丹说什么，都一定得沉得住气，一切都交由她来处理，成败或许就在一两句话之间。如果让凌丹提前看出了蹊跷的话，她可能马上就隐藏起来，再也无法从她那里得出半句真言，所以韩京必须得在凌丹把话说清楚之前，留在屏风后面。在真相未明之前，煎熬的时刻会特别漫长！

　　于是韩京在凌丹到达之后，一直暗藏于屏风之后。开始时，凌丹的表现相当冷静，苏小睿接连用语言刺激了她几次，凌丹都能保持着镇定，丝毫不漏破绽，让韩京觉得凌丹与以往没有不同——都是那样的好胜，都是那样的直爽。她不受苏小睿的语言挑衅，努力使自己保持冷静，但韩京转念一想，不禁打了个寒战，因为他怕如果凌丹真的是苏小睿所说的坏人的话，那她也太可怕了！因为她的冷静与忍耐注定了她会是一个冷若冰霜般的杀手，只是她平时对自己说的火热情话，是出自真心的，还是只是逢场作戏呢？韩京心中乱作一团麻，这种焚心的感觉让他在屏风后感到焦躁难安。

　　凌丹在开始的时尚能保持着冷静，一一化解苏小睿的问题，在一些关键的问题不置可否，从不给出正面的答案。但随着苏小睿的问题越来越尖锐，凌丹的语气明显有点虚了，苏小睿咄咄逼人的态度，把关键问题一个接一个地抛出，没有给凌丹任何思考、应变的余地。凌丹想不到苏小睿掌握的情况有这么多，尤其是她下黑手袭击苏小睿的事情也被识穿，这一下让凌丹乱了阵脚，在勉强抵赖了几句之后，凌丹知道自己已经暴露，再辩解什么也无济于事，才被迫在防录音仪器的掩盖下，最终承认了所有的事实！

　　在屏风后的韩京在得知真相那一刻简直万念俱灰！他整个人像筛糠似的颤抖起来，他无法想象跟在自己身边五六年之久的凌丹，竟然是个来监视他的人，目的是与他结婚，好为幕后的黑手搭建平台！凌丹他们下的是一盘多么大的棋呀！他懵懵懂懂地在其中充当着一颗棋子的作用，被人用绵绵的情话与所谓的痴情牵着走，到头来在凌丹眼中，他也只是被当作可被绑架要挟的对象。所有的情与爱，竟是如此的虚假，所有的温柔到头来只是梦一场，梦醒之后，所有的温柔连半分也不曾留下！

　　韩京绝望中继续听到凌丹对苏小睿说，已在今晚安排了人去酒店绑架他，在凌丹的口中竟是如此的轻描淡写，凌丹那温柔甜美的声音此刻却如毒咒一般刺耳，萦绕在韩京的耳畔毫无阻隔地狠刺他的内心，让他内心剧痛难忍。韩京再也无法按捺这股悲伤绝望的情绪，他推开屏风，悲愤激动来到这个熟悉的"陌生人"面前！

形势的急转直下让凌丹仿如从云端跌落深渊一样,她多年来在韩京身上苦心经营的一切瞬时毁于一旦。她实在不敢面对韩京那夹杂着失望、悲愤、怨恨的眼神,一向冷静自信的她此刻才体会到原来绝望无助的感觉是如此的!凌丹被韩京的质问一下子击倒了,她双脚一软跌坐回沙发上,她呆呆地想了几秒钟,忽然想到了什么似的,她大声地对韩京喊道:

"韩京,韩京!我知道我错了!是我错了!但我是爱你的!我真的是爱你的!韩京,我为你做了很多事情,只是你不知道而已,我……"

"够了!真的够了!"韩京一声断喝,打断了凌丹的话,"这个时候你让我怎么相信你!我对你的所有信任都毁了!都没了!"

"不!不!不是这样的!韩京,你听我说……"凌丹猛地站起来向韩京扑去,想要抓紧韩京,好像只有那样她才能把心中想说的表达出来。

韩京以为凌丹扑上来要伤害苏小睿,连忙把左手一张护着苏小睿,右手却拦在胸前,一下子把凌丹挡在身外,同时右手用力往外一送,把凌丹又推了出去。

凌丹这一扑本来就是向着韩京的,没有用上什么力度,加上刚才的一番打击已让她处于有气无力的状态,被韩京这样用力地一推,顿时失去了重心,"啊!"的一声,跟跄着撞在椅子上,由于韩京力度太猛,凌丹跌坐在地上。

凌丹散落的长发遮挡着脸,身躯很快微微抖动起来,同来传来"嘤嘤"的低泣声。她慢慢地扶着桌子站了起来,并在椅子上再次坐了下来。她双手掩面,失声痛哭,嘴里还喃喃地说着:"京……京……我错了,错了……我的心也痛啊,痛啊!你们谁知道我的苦啊……谁知道啊……"哭声撕心裂肺,令人听着也觉得心惊肉跳。幸亏这包厢做过隔音处理,外界很难听出这里面的动静,否则凌丹的这一哭嚷,肯定会引得周围的顾客前来张望。

韩京与苏小睿见凌丹如此大的反应也觉得惊讶,但可怜人必有可恨之处,凌丹的失声痛哭并没有让韩京心生怜悯的意思。他冷冷地说道:"你的痛苦完全是咎由自取的!从你选择参与这罪恶的勾当的那一刻起,便已经注定要承受痛苦的苦果。枉你口口声声地说爱我,但你的行为哪里有半分情爱之意?!我实在搞不懂,你为何要牺牲自己的前途,甘心出卖自己的灵魂去害人?你知不知道这有多傻?"韩京说到最后,颇有痛心疾首的味道。

"我知道,我全知道!只是你们不知道而已!"凌丹近乎歇斯底里地吼道,"你问我的灵魂在哪里?呵呵呵,我的灵魂早就被野狗吃了!"凌丹放下双手,露出通红的满是泪水的双眼,她的眼神里充满着哀怨与悲伤,在橘黄的灯光下,在凌乱的长发下衬着这么一双眼睛,让人感到一股莫名的寒意。苏小睿看到这眼光后一阵发抖,不禁紧紧拉着韩京的衣袖。

"你们知道冷入骨髓的感觉吗?你们体会过饥饿到肚皮贴着脊梁骨的感觉吗?当你衣不蔽体地被一群野狗追逐着,只要你跌倒了,下一秒便会被野狗分尸的那种深深的恐惧吗?啊?你们知道吗?"凌丹嘴里说着话,她的眼睛似乎不能对焦,空空洞洞的真的像一个没有灵魂的人。看到凌丹这样子,韩京与苏小睿都不敢答话,只是定定地看着凌丹。

"我是一个孤儿,我也不知道我的父母为什么要把我丢弃在那个小村庄里,我就靠着在村里东一家西一家地讨口饭吃活着,可能我的命贱不值钱,连天都懒得收回去,竟让我活了下来。六岁那年,我饿得实在受不了,为了填饱肚子,独自一人跑到野外去挖野菜吃。在那里惊动了一群野狗,它们估计也饿了好久吧,见我一个瘦小的女孩独自在那里,于是全都淌着口水朝我跑来。我吓坏了,我拼命地跑,拼命地跑,想着千万不要跌倒啊,可越是这样想,越是会发生这样的事情。我在一个小山坡上被小石头拌到了,一头便滚下了小土坡,我想这次死定了,谁知道我在山坡下竟撞到了一个人,他先把那群野狗吓走了,然后才扶起我。他对我笑着,问我有摔伤了没……他背对着阳光,我看不清他的脸,只到看了他的笑容,觉得他的笑容好温暖,像太阳一样。原来他那天是来野外玩的,恰好就碰上了我。后来他问起了我的身世,对着他我还能有什么隐瞒,一股脑地向他说出了我的身世。他听后,想了一会儿,然后撩开我那污秽肮脏的乱头发,抹去我脸上的灰土,用手指抬起我的下巴看了好一阵子,说了一句'看来是块好料子啊'。然后他又问我,问我是否愿意跟他走,他会把我当女儿一样看待,把最好的东西都给我……"

"啊?把你当女儿,难道他是……"韩京惊呼道。

凌丹没有理会韩京的活,继续自顾自地说道:"那天我几乎命丧野外,忽然有人说认我做女儿,从此让我过上好生活,哼,我连死都不怕了,其他还怕什么!于是我想都没想就答应了,反正在村里也没有人在意我的生死。从那天起,凌高峰就成了我的父亲,他帮我取了凌丹这个名字,他带我回去后,果然没有食言,他给我最好的生活,让我从此不愁吃穿,让我读最好的学校,请最好的老师来教我学习,教我琴棋书画,带我到处去游玩。我想要的好衣服好玩具从来不缺,我也过上了别人羡慕的公主似的生活!

"我是个懂得感恩的人!凌高峰给了我第二次生命,就算他让我死我也值得,毕竟如果不是凌高峰救我,我六岁时便死于野狗嘴下。我过了这么多年优裕的生活,我也算赚了。我不可能无端端地享受别人给我的优厚生活，我唯有用努力读书，每一样都认真学习，想以非常优异的成绩来报答他，他对我的进步与努力也感到十分的满意。

"凌高峰是生意人，他每天都很忙，接触的会见的都是大人物，有企业界的，有政府的……在他的主持下，他公司的业务越做越大，关系也越来越复杂。有一天晚上，他把我叫到了书房，跟我谈起了过往的日子，谈到了我的童年，我隐约中听出了他的用意，我觉得他是时候要用上我了！果然，凌高峰在谈话的最后，意味深长地问我，'如果爸爸有困难了，做女儿的能否帮忙呢？'

"这个问题其实我早就想过了，我知道我自己是什么出身，对于未来我可能不可把握，但我可以肯定的一点就是，我是绝不愿意回到童年的那个境地，那种死亡的恐惧与刻骨铭心的饥饿感，我一辈子都不愿再面对！我知道自己离不开凌高峰，他能给我温饱和满足。所以，我主动告诉了凌高峰，我会无条件地服从他、报答他！凌高峰很高兴。不久，他便把我送到了当地一个十分有权势的男人家中，那男人都五十多岁了，看到了我两眼简直要冒出光来，凌高峰走的时候没有带走我，只是让我陪那个老男人好好聊聊。哼！聊着聊着他就把我按到了床上……就这样，我陪了他三天，而凌高峰则随后在市场众多的竞争者中胜出，完成了几单大买卖，大赚了一笔，估计就是那个老男人作为报答还给凌高峰的吧！

"从那时起，凌高峰知道我的作用与重要性了。每当他有需要的时候，就会把我安排到不同的人家陪他们过夜，对这些勾当我也是见怪不怪了，想着就当是报了凌高峰的恩，等以后我自己出来工作，我便想办法离开他。凌高峰的生意做得大了，但有时为了达到目的，违法犯罪的、肮脏的事也干了不少，甚至还闹出了人命！上面开始派人来调查凌高峰，而且主管此案的检察官软硬不吃，把凌高峰咬得很紧，要不是凌高峰在地方上人脉广关系深，他早就落下法网。后来他被迫转移了资产并销毁了部分证据，前往上海避难，但我却仍留在这边继续为他收集情报，看管部分资产。

"后来，凌高峰通过途径打听到了那位检察官的儿子就在我读书的那个学校学习，并且与我同年级，为此他心生一计，指令我不惜一切手段要接近检察官的儿子，并要与他相爱，把他牢牢控制在我的手中，以后还要和他结婚。"

听到这里，苏小睿不禁望了望身前的韩京，大概她也猜到了那检察官儿子是谁了。

果然，韩京自己已脱口而出："你说的检察官儿子就是我吧？你就是在高中的时候主动结交我的！"

"对！说的正是你韩京！凌高峰是想通过这种方式，为他自己找几条后路：一是可以通过我来密切接触你，从你身上获得你父亲的信息；二是安排我与你相爱，甚至最终可以结婚生子。有了这层亲家关系，想必你的父亲韩明生会有情面可讲，私下放凌高峰一马；三是通过我来控制你，万一情况有变或事态危急，可以通过我监视你，进而控制你，以此作为要挟你父亲的筹码。这几年来，由于凌高峰的狡猾与一些背后的保护伞帮助，你父亲一直没有足够的证据来起诉凌高峰，让他就这么躲在上海继续运营他的生意。而我这些年来，受凌高峰的指示，就一直在执行这些任务，一步一步地接近我们的目的。只是情况有了特殊的变化，随着市里的一些当年保着凌高峰的保护伞被挖出，供出了很多凌高峰的犯罪证据，这让你父亲有了足够的线索去追查凌高峰的犯罪事实。凌高峰迫于无奈，只好启动了最后的一招，就是要我把你控制住，然后安排人绑架你，以此作为筹码与你父亲谈判。没想到请来的人在北京扑了空，凌高峰又让我再次跟来G市盯住你。在这里，我与苏小睿见面了，凭我的预感，苏小睿的出现绝不简单，为防夜长梦多，我再次安排了你到酒店包厢吃饭，打算在席间动手，岂料你还是能够在我们的眼皮底下逃脱。

"在那里我看到了苏小睿的身影，料想必定是苏小睿在这里从中作梗，果然让我在地下停车场里看到了苏小睿在跟踪我们。为避免让她发现我们，所以我才下手把她打晕了！我以为这一切都安排得毫无破绽，没想到，还是阴差阳错地被苏小睿发现了。以后的事情，你们都清楚了。"

凌丹把她的故事，把整个事件的前因后果都讲了出来。她讲完之后，整个人像是虚脱般软了下来，喘着粗气，看来这些秘密压抑在她的心中多年，已到了濒临崩溃的程度。今日在真相彻底揭开这样的重压之下，她才把内心隐藏的巨大悲伤与痛苦释放了出来，让她那颗早已麻木的心重新有了跳动的痕迹。

凌丹的唏嘘命运与不幸遭遇让韩京与苏小睿都沉默不语，两人面面相觑，心中都有着说不出的感慨。在这样的情况下，凌丹所说的话应该都是真话，凌丹虽说参与了凌高峰一手策划的绑架韩京的犯罪事件，甚至也帮助凌高峰做过很多见不得光的勾当。但正如凌丹自己所言，她的命、她的一切都是凌高峰给的，为了温饱与生存，凌丹不得不在命运面前低头，放下尊严，用自己的灵魂与身体去换取她不曾拥有的东西。这是人性中最残酷、最阴暗的一面！可怜的是，凌丹自小就要面对这种选择，才不可避免地滑下罪恶的深渊，犯下一个又一个的错误。这能完全怨凌丹吗？韩京与苏小睿都不知道该如何去面对这个事情了。

"苏小睿，我多少听过韩京说你的故事，但在我看来，我的命运比你更不堪。所以有时我也挺羡慕你的，起码你能得到韩京发自心底里的爱，我这一辈子都不曾有过那种感觉。"凌丹苦笑着，眼泪又簌簌地滴落下来。

韩京听到这里没有作声，只是别过头，没有再看凌丹。

"你们不是相爱了吗？韩京与你，甚至还见了家长啊，你怎能说韩京不爱你啊？"苏小睿着急道，因为她听得出凌丹其实是对韩京有感情的，照理她不会把自己爱的人往火坑里送才对啊！

"不是的！不是的！韩京的心里只有你！当时我主动去追韩京时颇为自信，以我的样子和多年来的才艺培养，认为韩京爱上我是轻而易举的事情，但没想到的是他的眼里只有你，我从他的眼神中就能感受到。大学时，他也一直与我保持距离，看我的眼神里没有一点的爱意。我为此甚是恼火，要知道之前有多少男人在我面前失去了理性，但韩京偏偏没有。为了争这一口气，我用尽浑身解数，目的就是要让韩京把感情投向我。我想，韩京的心暂时不在我这儿，肉体我总可以霸占吧。所以，韩京，你还记得在上海我家的那个晚上吗？那次我在我的香水里撒了催情的药水，在浴室中，我让你尽情地闻了，你就是那样在我的引诱中投入了我的怀中。"

韩京吸了一口冷气，想到了那个晚上与凌丹的一切事情，脸上不由得一阵尴尬。他说道："原来这一切都是你蓄意安排的情节！那晚你弄洒了饮料，弄湿了衣服，然后让我去你房间里，那晚凌高峰一整晚都不在家，看来这些都是你故意安排的吧？"

凌丹点点头，表示默认。

韩京回想起与凌丹相处的很多细节，现在看起来好像都是凌丹精心设计的引自己入局的阴谋。忽然他又想起了一件事，便又问道："那天晚上，我在你家住的时候，半夜起来发现你偷偷溜进凌高峰的房间，想必也是你在向凌高峰汇报成果，请示下一步安排吧？后来我在厨房里碰见了你，你还搪塞说给他送礼物！"

"那天晚上？"凌丹想了想，记起了那晚的事情。她忽然苦笑道："你错了，韩京，现在说来，恐怕你们会以为我还在撒谎！那晚我是主动去凌高峰的房间里的，但我不是去听他命令的，而是去求他！我去求他放过你——韩京！"

"啊？"韩京和苏小睿同时一声惊呼。

"我对凌高峰说，能否不要再让我去做监视、控制你的任务？这么多年来我们都没从他身上得到过什么有效的东西，不如放过你。凌高峰当时看着我，问我为什么有这个想法。我那个时候才意识到，原来韩京你在我的心中是如此的重要，我应该是爱上你了！真的爱上你了！我不愿你受到伤害，无论是身体上的还是精神上的，万一你以后发现我骗了你，那你肯定永远永远都不会理我了，也会恨死我的。我想到这一点就很怕。

"凌高峰见我沉默不语，然后笑着说，我一定是对你日久生情，对你有感情了。

我对此并没有否认。凌高峰想了一阵才对我说，这么多年来我也为他做了不少事情，也该让我自由了。但你对他目前来说很重要，只要能让他平安地度过这一劫，韩明生不再查办他，那他就成全你和我。在这事完成之前，我必须得听他的安排。凌高峰最后还答应我，就算真的绑了你，也绝不会伤害你，也保证我的身份不会暴露。所以，这是我最后一个任务，我多么希望能快快结束，然后与你在一起啊！但是……这应该永远不可能了……呜……"说到这里，凌丹神色黯然，声泪俱下。

"凌丹，你把爱看得太简单、太轻易了！不是说你为了爱我，就可以是非不分，明知帮助凌高峰是错的，却仍然执迷不悟地错下去！就算我一辈子都被你蒙在鼓里，甚至我父亲也因为我与你的缘故而徇私枉法，放过凌高峰，但以前还有以后被凌高峰违法犯罪所伤害的人，又怎么办？看着他们痛苦地挣扎，无奈地哀怨，而罪魁祸首凌高峰却能逍遥法外，你的良心过意得去吗？就算你能留着我的人与心，你难道不觉得愧疚么？！"韩京义正言辞地说道。

凌丹被韩京这一番严词震住了，她愧疚地低下头，半晌才说道："我知道我此刻再也没有资格说爱你，也没有什么脸面再见你们了，我的任务失败了，凌高峰也不会让我好过的。你们报警吧，就算让我在牢房里度过余生，我想我也没有怨言。"说罢，凌丹站了起来，缓缓地往门外走去。

"凌丹，你自首吧！把你知道的有关凌高峰的一切都告诉法庭，相信法庭会体谅你的情况，会酌情考虑对你的审判的。"苏小睿说道。

凌丹回头看了看苏小睿，惨然一笑道："凌高峰是我的恩人，虽然他是个十恶不赦的坏蛋，但不能由我来举报他，就当是我还他当初救我一命以及这么多年的照顾的恩情吧。你们要如何去逮捕他，还有我，那只能靠你们自己了！另外，苏小睿，你认识的人还活着，只是被我们的人打伤了，我回去想办法把他放了吧，我真的不想再多害一个人！"

说完，凌丹深深叹了一口气，推开门走了。

66

房间里就只剩韩京和苏小睿了，两人坐着，都没有说话。韩京并没有因为知道了事情的真相而感到半丝的喜悦，也没有因看穿了凌丹的真实身份而愤怒，反而愈发觉得心情沉重。他没有想到，凌丹的背景是如此的复杂与悲惨，她也仅仅是任凌高峰摆布的一颗棋子而已，凌丹的行为固然可恨，但实际上她的处境更可怜可悲。韩京想起过去和凌丹在一起的点点滴滴，虽知她只是带着自私的目的来接近自己，但却丝毫恨不起她来。

苏小睿也还未从刚才的震惊中回过神来，今晚她迫使凌丹讲出了真相，可以说是达到了预想的目标，真正使韩京认清了身边的人和事，也为将来解决韩京的问题找到了出路，但她没料到真相的背后是如此的触目惊心。凌丹的命运让苏小睿的心里像塞了铅块一般，她本来就是一个多愁善感之人，尤其是站在女人的角度，她能更体会凌丹的无奈与凄苦：凌丹将来一旦入狱，她日后的命运也必定是苦多于乐，这怎能不让苏小睿心塞呢？唯一所喜的就是从凌丹那里听到萨穆尔还活着的消息，但愿他能如凌丹所讲的那样被放出来，好让他们一家团聚吧。

韩京与苏小睿在房中感叹了一阵，才商量起这事该如何处理，两人都认同要报警处理，毕竟现在真相大白，线索也充足，只要报警了，相信警方能通过各种手段，顺藤摸瓜地最终揪出凌高峰这个幕后黑手，当然凌丹也必然要受到法律的制裁。只是韩京认为目前不是报警的时机，必须还要等凌丹回去后，设法把萨穆尔放出来才可以再作下一步打算，否则出了意外害死了萨穆尔，那可是追悔莫及的事情。苏小睿也同意了。

两人在房间打定主意，正准备离开。忽然关着的门外传来几声沉重的"砰砰"声，像是有人推门，却又推不进来。

韩京不知何人，赶紧把门推开了一条缝，只见凌丹就站在门口，她气喘吁吁，呼吸沉重，却说不出一个字！韩京心里有一丝不祥的感觉，便问道："你怎么又回来了？难道还想说些什么吗？"

后面的苏小睿为人细心，她发现凌丹脸色苍白，额头上冒着豆大的汗珠，即便是刚才激动的时候也未曾见她这样，因此觉得肯定出什么事了。苏小睿再低头一看，不禁惊呼道："啊！血啊！凌丹你怎么啦？！"

这时韩京才看到凌丹推门的手满是鲜血，她的右手一直紧紧捂着外套，但却见血慢慢地从里面渗出来。韩京马上掀开凌丹的外套，只见她腰腹部被捅了一个口子，鲜血不断地从捂着的指间流出。韩京没料到情况如此严重，手忙脚乱不知如何是好。

只听凌丹喘着气，艰难地说道："你们快走……快走吧！要绑架你的人……已经来了！我也……我被他们伤了……"

韩京、苏小睿吸了一口冷气，怎么那些人说来就来，而且凌丹不是他们的人吗，怎么连她也伤害？

但时间已经容不得他们有再多的思考了，韩京相信凌丹不会用生命来骗自己，他架起凌丹，招呼苏小睿道："那我们快走！"

"别管我！让我在这里吧，别让我拖累你……"

"别废话！跟我一起走！不能让你落在他们手里！"韩京固执地说道，搀扶着凌丹便往楼下走。

"别……别走正门，走后门吧。"凌丹虚弱地说道。

韩京与苏小睿不敢怠慢，连忙在楼梯处往后门方向拐去，刚走过转角，便听到后面有人说道："他们在二楼！这回别让他们跑了！连凌丹那婊子一起抓了！"随后是一阵"蹬蹬蹬"的脚步声。

韩京等人知道是绑架他们的人已经到了，幸亏凌丹及早一步来通知，否则后果不堪设想。

原来凌丹刚才出房间后，独自神色落寞地走在外面的街道上，忽然身后有人冷笑两声，说道："嘿嘿，我说为什么连续几次都扑空了，依我看，还是自己人出了问题！凌丹，你倒说说，你把那公子哥儿韩京藏哪里去了？"

凌丹回头一看，只见一个瘦长的人影跟在背后，定眼一看，此人正是参与绑架的阿南！他正一脸阴险地靠上来，挡在凌丹的前面。

今晚他们三人按照凌丹的安排，在指定的时间来到酒店房间里，原以为韩京吃了凌丹放的安眠药会睡得不省人事，下手十分方便，谁知进房后却不见一人，搜遍了房间也不见韩京的踪迹。鬼爷当场就发飙了，骂道："他娘的！又被凌丹那婊子耍了一道！说好的在房间里绑他，现在肯定是那娘们心软了，安排他提前跑了，把我们当猴耍！"

绑匪老张忽然醒悟道："糟了！我们赶紧撤！这婊子估计报警了，她能安排那姓韩的走，自然也肯定会通知警察，万一那些警察在附近候着我们，那我们现在岂不是自投罗网，赶紧撤！"

鬼爷与阿南一听，觉得老张讲得十分有理，连忙狼狈逃出。一路上，三人对凌丹骂不绝口，阿南啐了一口水，说道："待会儿见了那婊子，如果她不乖乖道出真相，我让她吃不了兜着走。"

鬼爷则马上给凌高峰打电话，骂骂咧咧地告知对方凌丹可能叛变了。凌高峰对此也十分不满，因为按照他的想法，第一次在北京时便应该把韩京拿下，但韩京却忽然离开了北京，他急忙召回"出差学习"的凌丹，让她马上去追查韩京的行踪。凌丹联系上韩京自然很容易，为避免再次出现意外，受到凌高峰指示的凌丹前往G市贴身跟踪韩京，并再次布局在酒楼包厢里下手，岂料韩京又在中途被人叫出，在众绑匪眼皮底下脱逃了。

凌高峰在那时就开始怀疑凌丹暗中通风报信，表面上顺从自己的意思，私下却与韩京连成一气，因为凌高峰知道凌丹对韩京起了情意，如果她为了爱的人而背叛自己也不是不可能的事。但凌丹在跟他汇报时一再强调解释那只是个意外，完全是因为韩京的一个朋友坏了事，并承诺会尽快完成任务，而且鬼爷等人也证实凌丹当时亲手打晕了一个来找韩京的女子，凌高峰才暂时信任了凌丹。谁知道第三次行动再次失败，这次凌丹却没有任何解释。鬼爷打电话过来的时候，先入为主地认为凌丹变卦了，语气十分肯定，把凌丹如何通知他们过来，又如何在房间里找不到人，现在又可能被警察盯上了等等说了一大通。

这下凌高峰恼了，他认为事不过三，连续三次策划的行动都失败，这会是偶然吗？必定是凌丹从中作梗，设计来反咬他一口，想与韩京在一起。如果鬼爷他们在那边被警察盯上了，一旦他们落网供出他的话，那么所有的事情都完了！所以情急之下，他也没有再过问细节，只是交代鬼爷他们，万一看出凌丹有何不妥，可以痛下杀手以除后患！同时，凌高峰还把凌丹的位置告诉了鬼爷他们，让他们马上到那里去找凌丹。

原来，凌高峰为人相当谨慎，连凌丹也提防着，前两年送给凌丹的一部名贵手机中早已暗中装了定位系统，平时不怎么启用，必要时便打开，随时可以通过电脑定位到凌丹的位置。

鬼爷三人得到了指令，不敢怠慢，马上由老张开着雇来的小车火速赶往凌丹与苏小睿会面的咖啡馆。到达后，鬼爷与老张先到附近了解地形路况，阿南则在附近把风，岂知就在这个时候被阿南撞上了刚从咖啡馆出来的凌丹。

凌丹回头见是阿南，也是相当惊讶，她没想到阿南会在这里出现，也不知道他又是怎么知道她的位置的。听阿南的语气，似乎对她很是不满，她细想之下，想必是他们在酒店里捉不到韩京，进而迁怒于她了，也肯定认为是她把韩京放走了。但此时凌丹哪有心情去与阿南解释，因此不耐烦地说道："我不必向你汇报！我自己会向我爸讲清楚！另外，你别在这里啰唆了，有时间就赶紧走吧！"凌丹说的后半句完全是出自真心的，她想到今晚之后，韩京、苏小睿等人可能会报警举报凌高峰，所谓树倒猢狲散，凌高峰一旦出事，鬼爷、阿南等他长期雇佣的打手肯定难逃一劫，所以才忍不住提醒了阿南一句。

岂料这话在阿南耳中却变了味儿，他觉得凌丹话中有话，等于间接承认了她背叛了凌高峰，并且已经报警，让他赶紧逃，似乎在等着看自己狼狈被捕的场面。阿南恼羞成怒，记起了凌高峰的话，顿时杀气骤起，他忽然故作惊讶地喊了一句："老张，你怎么把韩京弄来了？"

凌丹哪里料到阿南对她动了杀念，又听韩京被老张绑了过来，哪能不吃惊，回头一望却发现身后空无一人，正待转头去质问阿南，忽觉腹部一阵钻心的绞痛，低头一看，发现面前的阿南已给了自己一刀，顿时腹部那里血流如注！只听阿南狞笑说道："死婊子，居然敢和我们玩报警这一出戏？嘿嘿，可别怪我了！是你老爸放话了要干掉你的！"

阿南怕凌丹惊呼会惊动附近的路人，连忙伸手捂住凌丹的嘴，想把她拖到路旁的树丛中再下杀手。凌丹虽已受了重伤，但神智尚还清醒，在阿南拉扯自己那几秒钟，她从手袋里把防狼用的喷雾气掏了出来，趁阿南不备照脸一喷，阿南一声尖叫跪倒在地，神情十分痛苦。

凌丹就趁此挣脱开来，挣扎着往咖啡馆那里走。她清楚此刻自己已毫无退路，她没有想到居然是凌高峰要杀她的，阿南等人能准确知道她的位置，明摆着她也受到了凌高峰的监视。此刻凌丹才发觉自己在凌高峰眼中只是一个工具而已，当毫无利用价值之时，便会毫不留情地抛弃！这种冷血无情的"亲情"关系让凌丹极度心寒！

凌高峰的狠毒让凌丹见识了他的真实面目，觉得自己没必要再为他卖命了，这一刻她坚决地选择站在了韩京这一边。她知道此刻韩京与苏小睿十分危险，便强忍着剧痛回到咖啡馆里，幸亏鬼爷等人只顾着在附近勘察，并没有发现凌丹重新又进入了馆里，才让凌丹可以赶在他们到达前及时通知了韩京二人。

韩京和苏小睿搀扶着凌丹出了后门，顺着小巷走了一段路，找到了我停车等候的地方。

那时我正在车里焦急等着，此刻我见韩京和苏小睿步履匆匆地赶来，定眼一看还发现凌丹被他们搀扶着，狐疑间他们已到面前。韩京还未开口，我便已惊觉凌丹身上满是血迹，一看韩京二人脸上满是焦虑的神色，便知情况不妙，连忙跳下车，拉开车门让他们上车，我嚷道："快快快快！上车！上车！我们先去医院！"

我连忙又跳回驾驶座，急忙发动汽车，挂挡猛踩油门，马达顿时发生巨大的轰鸣声，小车急速向前窜了出去！

车厢里，我边开车边急切地询问："怎么这样子了？凌丹，没事吧？你……你们两个也都没事吧？？"

"总之一言难尽！回头再细说！现在赶紧去医院！救人要紧！"苏小睿急道。

韩京则拉着凌丹的手，同时脱下自己的外套裹着凌丹，好让她暖和些。好在韩京是学医之人，懂得一些临时止血的方法，他用力地按着凌丹的几处穴位和动脉，让血流得缓慢点。

"马上……马上……报警吧！他们几个……都是疯子，不肯……善罢甘……甘休的……"凌丹嘴唇发白，颤抖着说着。

韩京与苏小睿对视一眼都点点头，均觉事态已十分严重，凌丹是自己人，他们都下这样致命的重手，看来他们今晚对韩京是志在必得的，况且他们杀人杀红了眼，一旦落入他们之手，性命堪忧！

苏小睿连忙掏出手机，颤抖着要拨打电话报警，就在电话快要接通之际，突然之间一股强大的冲力涌了过来，车身被猛烈地撞击了一下，整辆车剧烈地震荡摇摆，在原地急速地转了两三圈！车里所有人还未意识到发生了什么，只觉得五脏六腑像翻江倒海般难受。韩京由于一直用手按着凌丹，根本没来得及反应，一头撞在车把手处，顿时头破血流，苏小睿也被撞得暂时失去了意识，手机一震之下都不知掉在哪里了。

我绑了安全带缓解了冲力，神智稍微清醒点，忙从车窗往外看究竟发生了什么事，只见一辆黑色的无牌小车从侧边拦腰撞上了我的车。从车速看，对方显然是故意这样做的，蓄意要撞我的车，企图截停我们！在这个时刻，除了是绑架韩京的那伙人还能有谁？

来者正是凶徒阿南等三人！

阿南被凌丹喷了一脸胡椒喷雾后，流了不知多少眼泪才勉强睁开眼睛，他骂咧咧地跑回自己开过来的无牌小车，开着车去接应鬼爷与老张。一来他想着方便等鬼爷他们绑着韩京下来可以逃跑，二来预防凌丹报了警，万一警察上来围捕，可以迅速驾车逃离。

刚来到咖啡馆楼下，就见到鬼爷、老张急匆匆地从里面出来，一见到阿南便抱怨："跑了！又跑了！他娘的！我下来揪着一个服务员来问，她说刚见他们往后面走了！"

"我在路上撞见了凌丹那婊子。果然是她出卖了我们。我给了她一刀子，估计重伤走不了多远！都上车！我们赶紧追！今晚非做掉他们不可！"阿南凶狠地嚷道。

刚开了一小段路，老张便嚷着："在这儿！在这儿！他们在那里！"老张贼眉鼠眼，但甚是眼尖，他看到了韩京他们搀扶着凌丹上了一辆小车，那车"呼"的一声走了！

"追！"阿南一个急刹，调转车头便加速去追，并且抄了一条近路，成功地从中途窜出，拦腰撞停了我的车！

67

我的车被阿南猛地从公路上撞落到坡底，车与底面朝天，车里的人都不同程度地受伤了，幸亏车翻滚的速度不大，所以大家都还能行走。我踢开车门爬出车，又赶紧从后座拉出韩京、苏小睿和凌丹。看着鬼爷他们被困在车里暂时出不来，事不宜迟，韩京马上背起凌丹，我拉着苏小睿便往旧厂房那边走，打算在那里暂避一下，好等待时机逃离。

我们选了一个车间推门进去，发现那里空间很大，一些大型的旧机械还未清理，零零散散地堆在车间四周，两楼是以前工厂的办公室、会议室等，可以暂作容身歇脚之用。

我们所有人的手机都不在身上，估计是刚才撞车时全都落在车上了，刚才急于逃亡，根本没时间再去寻找，所以现在无法与外界取得联系，唯有寄望能逃过鬼爷等人的追杀，然后再去找寻救援。

韩京把我拉到一旁，说道："兄弟！现在情况危急，我们四人待在一起动静较大，风险也大！一旦被发现了，我们就全军覆没了！这样，你带着苏小睿往一个地方躲！他们的目标是我，还有凌丹，对于你们他们可能没那么在意！万一他们发现了我们，你就别管我们了，你就带着苏小睿趁机往外走！这样能活一个算一个！"

"别傻了！我不会丢下你们的，况且凌丹这样子，你一个人应付不来的！我还是跟你在一起。"我说道。

"你听我说！凌丹现在不能折腾了，不能再动了！多亏她来及时通知我，我才能逃脱，她的伤也与我有关！我必须得在她身边照顾她！而你，得为苏小睿着想！她是无辜的，她因我卷入了这件事情中，我不想她受到任何的伤害！你是明白她对我有多重要！而且，她还有身孕，对她来说这是她重要的！兄弟，我把这个重托交给你，你得帮我！必须得帮我！明白吗？"

我咬着嘴唇，心里无比纠结，但韩京说得也有道理，此刻他最依赖的就是我这个朋友了！他想尽力保护苏小睿和她腹中的孩子，这一点我义不容辞。因此我点点头表示答应，同时我在附近搜索了一下，发现角落处有数根从机械上拆卸下来的长形铁条，便过去挑了两根一米左右的，掂了掂还算就手，分了一条给韩京拿着用来防身。

准备妥当后，我回去对苏小睿说道："我们分开行动吧！四人目标太明显，而且凌丹不适合再跑动了。让她和韩京往最里面躲躲。我和你一组，找个靠门的位置先躲着，伺机逃出去找支援，或者在外面弄点声响出来，把坏人吸引出去！"苏小睿想想也只能这样了。

忽然我们听到了远处有靠近的脚步声，估计鬼爷他们已经追踪过来。我们四人赶紧行动，韩京抱着凌丹躲进了二楼最里面的一间旧办公室里，并且从里面反锁着门，然后和凌丹靠着墨绿色的大档案柜躲了起来，连大气都不敢喘一下。

我和苏小睿则在靠近门口处的一台大型机械的底下藏了起来，同样敛声屏气，丝毫不敢动弹。我贴着苏小睿，只觉得她身子不断地微颤，我回头借着微弱的光线看了下她，但见苏小睿脸色煞白，脸上还渗出了汗珠。我连忙问她有没有事，苏小睿眉头皱了一下，说："我……我的肚子……感觉有点疼……我担心是不是孩子……"

我一听心想糟了，肯定是在车上的一番碰撞弄得苏小睿受伤了，而且心情又极度紧张，加上刚才一直狂奔快跑，估计是动了胎气。我连忙安慰苏小睿："没事的，小睿！再坚持一下，我们一定能脱险的！"

正说话间，车间的门"吱吱"地被推开了，外面闪进了三个人影，他们嘀咕了几句，便各自分头搜索了。

他们三人刚进来，眼睛未能适应黑暗，因此对于门口附近的地方找得不细，我和苏小睿在机器底下看到了一双人腿就在眼前经过，吓得连呼吸都停下了。好在那人没有停留，一下子就过去了，四周瞬时没有了声息。我在下面趴了一阵，感觉似乎安全了，觉得时间不能这样耗下去，否则让他们找到韩京就麻烦了！我伸手示意苏小睿留在这里，然后我慢慢地倒爬出去，打算先探探情况再招呼苏小睿出来。

谁知道我刚爬到一半的时候，忽觉得脚后跟一紧，然后被人用力猛地一拉，从下面拖了出去，我下巴磕破了皮，火辣辣的痛！黑暗中我听到一人在怪笑："哈哈哈，藏在这里以为你爷爷我不知道？地上都是你的脚印，爷爷我就是假装晃过去的，就是候着你这蠢货出来！"说着便把我拖出来一甩，甩在机床上，把我撞得天旋地转，胸膛一阵发胀！

此人正是负责一楼巡查的阿南，他以为拖出来的人是韩京，正想招呼鬼爷他们下来，用手电扫视我时，却发现我不是韩京，因此迟疑了一下，不知该如何处理我这个局外人。但他很快便意识到刚才开车的估计就是我，就想"杀人灭口，以除后患"。此时他眼露凶光，扬着匕首快步向我靠近，企图给我致命一击。

我刚调顺了呼吸，就不顾身上散架般的疼痛，站起来硬着头皮应战，眼看着阿南凶神恶煞地持刀逼近，心里顿时凉了一截，情急之中右手摸到了一团软软的东西，低头一看原来是用来遮盖机床的油毡布。这边阿南已经来到了身前,"嘿"的一下挥刀向我刺来!

我来不及细想,右手奋力一扯,把整张油毡布扯得如同大旗一般,从上至下地兜头朝阿南罩去!那油毡布上布满了灰尘与黑乎乎的油污,这样被我扬起来顿时尘土飞扬,那些油毡上的灰尘正好扑进阿南的双眼,本来他的双眼被凌丹喷后就十分敏感,如此一来更觉得双眼疼痛难忍,而且那油毡布甚是厚重,从上面一罩下来,他整个人都包裹在里面,被那浓重的油污味一呛,简直有种要休克的感觉,顿时坐倒在地,拼命地挣扎。

我哪肯放过这个反击的机会,冲上去就是一通乱踢,直到油毡布下的阿南没了声息后才停脚,估计他在里面被我打晕了。我喘着气,心想得赶紧带着苏小睿走。

我俯身轻声叫唤苏小睿,慢慢地扶她出来,正想带着她从门里出去,但见苏小睿脸色一变,惊呼道:"小心背后!"

我也算反应迅速,来不及回头马上身子下沉往地上一滚,但觉得左肩一阵剧痛传来,衣服被砍了一个口子,血正滴答往下流。我定眼一看,原来是阿南在背后偷袭!

这歹徒原来在油毡布下被我一阵乱踢,心知怎么挣扎也处于被动,干脆装作被打晕,而且那油毡布很是厚实,我的乱踢对阿南构成不了多少伤害。况且我个人实战方面经验甚是不足,根本没有想到阿南会留此后着,因此只顾得去找苏小睿,丝毫没有察觉阿南从油毡布下慢慢挪了出来,并捡起尖刀从背后向我袭来,幸亏苏小睿眼尖,看到我身后刀光一闪,意识到问题严重,急忙发声提醒,可惜我没能避开,左肩挨了一刀。

阿南趁势再次向我刺来,我侧身一闪,避开了,阿南回手又是一刀,我退后一步,刀锋从我胸前一寸前划过,甚是凶险!我急忙伸手去抓住阿南的手腕,同时身体前压,将阿南扑倒在地,右手照着他的脸就是几拳!

阿南身材虽瘦削,但力气却不小,一下子便将我踹开,起身又向我扑来。用手牢牢把我按住,右手举刀便要刺。

苏小睿这时突然从后面冲了上来,手里拿着刚才我预备着防身的铁条,照着阿南的背部就是一棍!阿南惨叫一声,从我身边跌下,他忍痛看到自己被一个女的坏了事,心中相当恼火,他先是重重地给了我一脚,让我疼痛得无法站立,然后骂道:"让我先废了你这婆娘!"说着手中的刀已向苏小睿刺去!

苏小睿方才见我身处险境,才鼓足勇气打出了那一棍,现在她早被阿南那气势所吓怕,哪里还有力气躲闪,只能闭着眼等死了。

眼看着悲剧就要发生，突然间从机械旁边的过道里闪出一个人影，大喝一声："谁也别想害我的妻儿！你这狗娘养的！"紧接着疾风一阵袭来，阿南还没看清对方是谁，头顶便被重重地敲了一铁锤，哼都没哼一声，当场头脑崩裂倒地毙命！

情况转换得实在太快，我和苏小睿都呆在了那里，苏小睿脚下一软，差点跌倒在地。那人马上冲上去扶着她，关切地问道："小睿，小睿，你怎么啦？还好吧，孩子……孩子也没事吧？"

苏小睿这才看到来救自己的人正是萨穆尔！她不禁又惊又喜，有点不相信自己的眼睛，以为是自己死后产生的幻觉，结巴道："我还好……你……你怎么会在这里啊？"

萨穆尔已经激动得说不出话来，紧紧地抱着苏小睿，当听她说没事时，不禁喜极而泣。

萨穆尔怎么会在这危急的时刻出现呢？原来，那天绑架行动失败，几个人回去后都心中不快，他们分析，一直以来都行动顺利，从没有像这次这样连续两次空手而回，必定是中间出现了问题。

鬼爷等人互相望来望去，最后把目光停在了萨穆尔的身上，阿南首先就按捺不住了，大声喝道："姓萨的！我看就是你坏的事！在停车场那时我便发现你神色有点古怪！一定是你漏了风声！妈的，你说是不是？"说罢，就上去揪着萨穆尔的领口，一副要生吞活剥萨穆尔的架势。

萨穆尔在与苏小睿会面后早就心神恍惚，老想着自己要当父亲的事，而且他哪里见过如此险境，被阿南一吓顿时慌了阵脚，支支吾吾地想要解释，却又说错了几句话，马上便被另外三人识穿。

老张从背后上来一棍把萨穆尔打倒在地，把他绑了起来，阿南觉得还不解恨，又把萨穆尔毒打了一顿，甚至还想着要灭口。幸亏鬼爷出言阻止了，毕竟他与萨穆尔是认识的，而且萨穆尔又是他找来的人，多少要顾及点情面，因此他说道："现在关键是办了正事，把人绑回来了再说，不要又额外生出事端！待事成后再来处理这个人吧！"

阿南、老张二人听罢也不好反对，便一直把萨穆尔锁在小房里，今晚想着最后一次行动，而且有着十足的把握成功，便把萨穆尔也弄了出来，锁在汽车的尾箱里。

后来，阿南驾着车撞击我们的车时，一下子把后备厢的盖子撞开了。当时鬼爷等三人全都一门心思下去捉韩京凌丹等人，哪里还记得萨穆尔还在那里。所以，萨穆尔等到他们全下去后，才挣扎着从后备厢里滚出来，挣脱了身上的绳索。

出了车祸，附近早就有一些路人在观望，后看到一个浑身是伤和血的人从后备厢里逃脱出来，均吓得不敢靠近。萨穆尔一边挣脱绳子，一边大声喊要出人命了，赶紧报警！他也没有理会有没有人报警，心里一直担心着苏小睿的安危。于是当绳子一解开，他便急忙顺着那土坡缺口滑了下去，顺着地上草地的痕迹，便一路跟着鬼爷他们过来了。

萨穆尔趁着黑摸到了车间，便听到角落那边传来打斗的声音，他不动声色地慢慢地挪动过去，路上还摸到了一把铁锤便带着以作武器。待来到现场时，他正看到我扶着苏小睿要出去，然后阿南突然施袭，把我割伤后，还马上挺刀要对苏小睿下杀手！

正所谓仇人相见分外眼红，阿南对萨穆尔之前下手甚是狠毒，早就让萨穆尔心里窝着火，现在看到阿南要杀害自己的妻子，不禁怒从心生，马上举起铁锤从侧面黑暗处杀出，阿南措手不及即刻被萨穆尔打翻在地，再也不能作恶了。

苏小睿看到萨穆尔安全归来，并且还救了两人性命，心中甚是欢喜，她赶紧过来看了一下我的伤情，并扯下一截衣服帮我包扎了伤口。幸亏那一刀只是伤了表面皮肉，对我来说应该问题不大。

只是现在不知道韩京的处境如何，我们商量着让苏小睿先出去报警，然后我和萨穆尔前去支援韩京，至少与鬼爷他们周旋一下，可以争取点宝贵的时间！

我们三人正说着，然后二楼尽头处隐隐传来打碎玻璃的声音，我们还来不及作出反应，忽然又听得那边传来"砰砰"两声枪声！

那枪声异常响亮，在整个车间空旷的空间里久久回荡！

我们心中一沉，一种不祥的预感在心中骤然升起！

68

"我觉得……有点冷，抱着我……抱着我……我感觉自己快……快不行了。"凌丹挨着韩京，声音微弱地说。

韩京把裹在凌丹身上的外套再搂紧一点，安慰道："别乱想！你会好好的！我们躲在这里暂时很安全，况且苏梓他们正去找支援，很快就会来营救我们。放心，有我在，怎么也得保护你！你一定要咬牙坚持住！"说着，韩京又帮凌丹检查了一下伤情，虽通过韩京的按压止血的方法，伤口得到了一定的控制，但伤口仍在渗血，凌丹由于失血过多，身体虚弱得很。

就这样，两人就在漆黑中偎依着，在静谧的空间里，两人挨得很近，彼此似乎能听到对方的心跳声。凌丹把头靠在韩京的肩上，隔了一阵说道："京，很对不起……

我骗你那么久……虽然我知道现在说这个已经没有意义了……但我必须得亲口对你说一句……"

"你真要对我表示歉意，就好好给我撑住！等你好了，然后再和我说。不过在最后关头你能够明辨是非，选择和我们站在了一起，我还是挺高兴的。"

"京，其实……我也不全是骗你的，有些真的是我真实的感受。嗯，你还记得那次我给你亲手做的月饼吗？"凌丹轻声问道。

韩京想了想，记起了那次中秋的约会，也就是在那天，韩京被凌丹的执着与认真所感动，为日后的感情发展打下了基础。

"嗯嗯，我当然记得。你做的月饼味道好极了，皮薄馅靓味甜。今年你得继续做给我吃啊！"

凌丹苍白的脸上浮现出了笑容，她说："是吗？真的做得好吃吗？我自己都没怎么尝过呢！那位教我做月饼的老板娘果然没有骗我，她说我只要用心做，我心爱的人一定能吃出甜味的！京，你知道吗？为了让你懂得我的心意，我还天真地滴了几滴我的眼泪进去呢，听人说，这样子会很灵验的。京，你会不会觉得我很……很傻啊？"

韩京鼻子一酸，强忍着悲痛笑说："不傻！哪里傻了！我不是吃了你的饼后就和你在一起了吗？看来那个传说是真的，我真的懂得了你的心意。对了，你怎么滴眼泪进去的？难道是想到了不高兴的事情？一定是想到我那时老是气着你吧。"

"当然……当然不是了！咳咳……"凌丹一时激动，气马上就接不上来了，她吸了几口气才道，"我反而是想到了和你在一起高兴的事才……才哭的，我那时边做边想你和我开心的时刻，比如想到我实习不开心时通过10010号给你电话后，你马上就过去陪我啦，想到你在湖边和我看雪，并且第一次抱我的情景……想着想着我便开心得想哭，眼泪就这样落下来了。"

"好啦好啦，你别说啦，说得我的心也难受了。"韩京再也忍不住了，他与凌丹相处那么久，当然能感受到凌丹的一片真情，现在回想起更觉得当时的场景是那么的难忘与深刻。

"不不不，我再不说，怕是以后再也没有机会了。京，我还有……一个小小的要求……就是让我再亲亲你吧……"

韩京点点头，把脸凑过去，凌丹仰起头，轻轻地吻了一下韩京的脸颊，然后才说："谢谢你，我满足了，谢谢……"

这时外面传来了轻微的金属碰击声，韩京马上警觉起来，示意凌丹别作声，再细耳侧听，隐约只听外面有人说："老鬼，看！这里有几滴血迹！他们就在这里，就在这附近！"

然后走廊里响起一阵急促的脚步声，跟着听见有人在附近的房间里出入搜查的声音，约莫过了几分钟，一束手电的光线透过窗户射进了韩京所处的办公室，那光束在房间里像是寻找目标似的晃了几下，随后又消失了。

韩京不禁捏了一把汗，想着该是躲过了他们的搜查吧。岂料那光束又照了进来，然后办公室的门把被扭了几下，听到外面有人在讨论了："这门怎么锁上了？莫非他们在里面？"

"对啊，其他房间都没上锁，我看那小子必定藏在里面！嘿嘿，这回可真是瓮中捉鳖了！鬼爷，你在这儿帮我候着，把着风，我这就进去把那孙子弄出来！"说着老张退后两步，猛地一脚踹在那门上。

那门的结构本就不坚固，哪经得起老张这一重脚，"砰"的一声就被踢开了。门上的灰尘扬了起来，老张打了两个喷嚏，一时半刻视线受阻未能进来。他在外面狞笑着："我知道你们在里面，懂道儿的自己出来免得遭罪，否则等下爷爷送你上路！"眼看着尘埃就要落定，老张提着刀便进来了，鬼爷则端着枪在门外等候，随时接应。

韩京在里面见被老张等识破了藏身地点，心里也是一阵怯慌，心想这回可真是没有退路了，身边又有受重伤的凌丹，况且对方有两人，而且都是心狠手辣的惯匪，硬碰硬的话他也绝对占不了便宜，这下必定命绝于此了！

韩京咽了口唾沫，手里紧握着长铁条，心想决不能坐以待毙，怎么也得拼一拼，最好能伤他一个半个！长铁条摩擦着韩京靠着的保险柜，发生"沙沙"的金属声，忽然，韩京像是想到了什么，连忙伸手去摸这大型保险柜，心里马上生出一计！

此时门"砰"的被踢开，隔了几秒，老张叫嚣着提刀要进来，韩京赶紧大声喊道："千万别伤害我……别伤害我……我跟你走就是了，大哥，别激动……"语气甚是惊慌。

老张哈哈大笑起来，想着韩京毕竟只是一个学生，哪有什么胆识与自己对抗，现在果然束手就擒了！他得意地走过去，用手电去照韩京，想着马上把他揪出来。

光束照到了韩京的身上，随着光线上移，老张看到的不是韩京惊慌的脸，而是韩京犀利的眼光，只听韩京大喝一声："啊啊啊！"双手奋力撬动早已插在墙壁与保险柜之间细缝的长铁条，随着一阵巨大的轰鸣声，那大型保险柜被韩京利用杠杆原理撬起，排山倒海般砸了下来！

原来韩京赶在老张进来前便想好对策，作为一个优秀的理科生，去计算什么杠杆支点的完全不是问题，他掂了掂铁条长度，选了一个最合适的位置作支点，然后又用示弱的语言来引诱老张，让他产生轻敌的心理，当他毫无顾忌地走进来时，正是韩京下手的好时机！

老张没想到韩京有这么一招，这大型保险柜倒下来的力度相当大，老张伸手去顶完全不起作用，只听他闷哼一声便被那铁柜砸在了下面。韩京马上飞身跳上铁柜上，跃起用力地跳了几下，下面的老张痛苦地叫嚷着，很快声音便低沉下去。

门外的鬼爷也被这突如其来的巨响吓到了，但见里面滚滚灰尘，老张一声惨叫后没有了声息，只是苦于里面环境漆黑看不清情况，他心想老张肯定是中了埋伏出事了，因此他也不敢贸然入内，只是举起手枪叫道："里面的人出来，否则我开枪了！姓韩的，看你哪里跑！"

韩京在室内把室外的鬼爷看得一清二楚，看到他手中举着手枪心中也是一寒，但韩京也知现在的反击时机稍纵即逝，趁着鬼爷未明情况惊慌之际，放手一搏，打他个措手不及才有取胜可能，如果等他回过神来，持枪的他绝对稳操胜算。

韩京的思考也就在一两秒之内，他主意既定，回头看了看奄奄一息的凌丹，心中猛然生出一股勇气，他抄起落在脚边的长铁条，在保险柜上助跑数步，向前举着长铁条从办公室的窗户处破窗而出！

"哐"的一声！玻璃窗先被韩京手持的铁条击破，然后韩京伴随着玻璃碎片猛地扑向在门外张望的鬼爷！鬼爷没有料到有人会从这个角度袭击自己，根本来不及反应开枪，便已倒在地上，手枪也不知丢到哪里去了。两人迅速地在满地玻璃渣子中扭打成一团，手脚被玻璃刮伤的地方不计其数，满地血迹斑斑，情况甚是吓人。

韩京年轻力壮，高中、大学时期苦练身体，练就了一身健壮肌肉，现在又是拼命的关头，因此在肉搏打斗中占着上风。他骑着鬼爷照面打了几拳，但鬼爷也不是省油的灯，虽说年纪较大，但打架经验丰富，他把腰一挺，一掀，便把韩京掀翻在一旁，他翻身压着韩京，用力地掐着对方的脖子，韩京也是把腰一抬，双膝猛地击向鬼爷腰背部，鬼爷一个踉跄从韩京身上扑跌出去，趴在了地上，手掌、面颊被玻璃碎刺出了一道道血口，更有一块尖锐的玻璃直接插入了鬼爷的左眼！顿时血流满脸。

鬼爷跪在地上痛苦叫了起来，不断在地上打滚，慌乱中，忽然他摸到了刚才被撞跌的手枪，像找到了救命宝贝一样，转身举枪对着韩京！鬼爷满是鲜血的脸此刻看起来狰狞无比："呵呵呵……你狠啊？狠给我看啊？你毁了我的眼睛，我他娘的这就干掉你！"说着，扣动枪开关"砰砰"射了两枪！

韩京清晰地看着对方手枪枪膛里迸发出耀眼的火花，但自己却毫无能力去躲避这射来的子弹，一瞬间空气像是凝固了一般！

说时迟那时快，韩京正闭眼等死时，凌丹忽然从房间里冲了出来，把韩京猛地推在了一旁，而那两颗子弹"噗噗"全部射进了凌丹的身体！凌丹连喊叫一声都没有，便倒在了血泊之中。

原来凌丹一直在房里密切留意着外面的动向，她想韩京未必会是鬼爷的对手，也不管自己身受重伤，忍着痛想出来协助韩京，抬头之际便见到鬼爷摸到了地上的手枪，她根本来不及提醒韩京，脑海里只有一个念头，就是不能让韩京受伤！她想也没想，用尽全身气力从房里跃出，推倒韩京为他挡了两颗致命的子弹。

韩京大叫一声"不！"也顾不上会被鬼爷再次开枪射击的危险，奋不顾身地扑到凌丹的身旁，把她从血泊中抱了起来。

鬼爷其时受伤也不轻，仅剩的右眼被血水所模糊，根本看不清韩京的方位，他眯着眼瞄了很久，才看到韩京在抱着凌丹痛哭，他再次举起手枪想下手，忽然后面一阵嘈杂之声，我、萨穆尔和苏小睿已经从楼下赶上来。我见鬼爷举枪欲射，即刻飞起一脚从背后踹倒鬼爷，萨穆尔随后赶到，又是一脚踢飞了他手中的枪。这时鬼爷已感到自己大势已去，于是放弃了挣扎，痛苦地躺在地上呻吟。

此时，工厂外面远远地传来了警笛声。

韩京没有理会大家如何处理鬼爷，仍是抱着凌丹失声痛哭。他抹去凌丹嘴角渗出的血，大声叫着："撑住啊！撑住！警察就来了！医生来了！"

但凌丹已经气若游丝，她微微睁开双眼，一副想说话的样子，但一张嘴便吐出大口大口的血，她的嘴唇动了几下，微弱地说了几个字，韩京悲痛地低下头，只听得凌丹说道："原……谅我……我……吧……京，我……爱……"

韩京没有听到凌丹把话说完，他抬头去看凌丹，凌丹闭上了眼睛，不再醒来。她的脸上还带着一点笑容，似乎在想着与韩京相聚时的甜蜜。

"凌丹！你醒醒啊！啊……醒醒啊……"韩京放声痛哭，几欲气绝。我和苏小睿也围了上来，看到此情景也不禁泪流满脸。

警察、医生很快地进入了案件现场，人声、车声瞬时嘈杂了起来。受伤的我们得到了医护人员的照料，鬼爷、老张等罪犯受了重伤，也被警察押着去医院治疗了。

不久，方雅婷、方岳也接到警方通知赶到了现场，方雅婷看到我伤成这样心痛不已，所幸的是苏小睿夫妇、韩京等人都活了下来。他们两人听闻了整件事的过程，都感到非常的震惊，并对死去的凌丹表示深深的惋惜，也对她悲惨的命运感到唏嘘与叹息。

韩京一直候着凌丹的遗体，直到她被医护人员盖上白布，抬上了救护车。他站起来，遥望着载着凌丹遗体的车渐渐远去，泪水点点滴落……

69

韩明生整了整身上的检察官制服，扶了扶帽子，好让帽子上庄严的徽章更正中一点。他脸上浮出喜悦的、满意的笑容，迎着阳光走出了法院，他还有着其他重要的案件要去处理。而他身后的法庭里，此刻正由法官严肃庄重地宣读着法院的裁决。

这一宗侦查历时八年之久、震惊全省的凌高峰案正式告破，案中的所有涉案人员均已全部到案，并且经过数月的侦查确证，所有涉案人员罪证确凿，在充足的证据面前，涉案人全部认罪。

其中，凌高峰作为案件主犯，犯下了贪污、受贿、买凶杀人、绑架等数项罪名，依法判处死刑，立即执行。

凌高峰妻子江映雪，作为帮助凌高峰打理高远集团的副手，涉嫌受贿、包庇、金融犯罪等罪名，数额巨大，情节严重，依法判处有期徒刑二十年。

林盛德（鬼爷）、张仁（老张）、梁子南（阿南）三人在凌高峰的指使下，参与多宗绑架、杀人、蓄意伤害的案件，其中梁子南已毙命不予追究，林盛德、张仁数罪并罚，依法判处死刑，立即执行。

萨穆尔受林盛德指使，收受佣金，参与绑架韩京一案之中，虽在最后时刻醒悟，并主动与犯罪分子斗争，阻止了部分罪恶发生，但在斗争中致梁子南死亡，虽然是为救妻子苏小睿而采取的过激行为，但仍属于防卫过当致人死亡，因此综合各方面情况，依法判处有期徒刑三年零八个月。

……

……

"你跟我一起回去吗？坐我的车？"韩明生对着走在前面的儿子韩京说道。

"不了，爸，我还约了人，我们要去看一位朋友。"

韩明生点点头，说："那我们到时回家再聊吧。我回去工作了。"

"注意身体，别忙坏了。"韩京提醒自己的父亲。

韩京走出法院，在街边上了我停在路边的车。

"我们走吧，嗯，把花都买好了吧？"

"在后面呢。这花挺难买的，我转了几家花店才买到。"

"辛苦了！没办法，她喜欢这花。"

我们开着车，一直来到市郊的墓园，韩京下车捧着一大束的金色郁金香，来到了一块墓碑前面。他蹲下来，把花庄重地放在碑前，用手摩挲着刻在上面的"凌丹之墓"四字。

"凌丹她是个孤儿，凌高峰、江映雪虽说是她的养父母，但都只是为了利用她才对她好，甚至还害她失去了性命。今天凌高峰已伏法，江映雪也将在狱中度过，凌丹在这个世界上已经没有亲人了。她是为救我而死的，那么现在，我就是她的亲人，以后我每年都会来这里祭奠她。今天我就是来告慰她的，告诉她仇已报，她在九泉之下可以安息了。"韩京一边说着，一边从西装的衣袋里掏出一张照片细细地看着——这张照片正是那次在上海外滩时，一位街头艺术家为韩京与凌丹两人拍的，照片上两人亲密地偎依着，笑容是那样的甜蜜。

沉默了好一阵子，韩京慢慢掏出打火机，把照片点燃，那火苗很快"滋滋"地吞没了相片上的两人，燃烧后的灰烬片片掉落，在半空中飘荡着，随后燃成了灰烬。

"这是凌丹最喜欢的一张照片，就让它去陪伴凌丹吧。"韩京伤感地说道。

我陪着韩京在墓前站立了良久，两旁的树被风吹得"沙沙"作响，似乎在为我们奏着一曲哀伤的离曲。

沿着小道，我们从墓园出来，我问道："现在凌丹的后事都处理完了，今天也来告慰了她，今后……有什么打算？"

"我得去一趟云南，我要去看看苏小睿，她的小孩儿应该也快出生了吧，萨穆尔还要在监狱里待一段时间，我过去看看能帮上些什么，我还答应了萨穆尔，等他的孩子出世后，我还得拍些照片给他看看呢，他也要感受下做父亲的喜悦。"

"那你对苏小睿就……就放下了？"

韩京望望我，笑了笑，他拍拍胸口说道："有些东西，放在这里，就可以了。苏小睿爱着她的家庭，萨穆尔爱着苏小睿，她会过得幸福的！她能过得幸福，我还要求什么呢？经历过这么一件事情，我感觉不会再爱了，呵呵，看来得需要点时间来静静。"

说着说着，我们回到了车上，我开着车一路驶出墓园，韩京看起来心情很好。他翻开车子的抽屉，说要听听歌，他翻了良久，找到了一张CD，他说道："这首歌我以前听过，我挺喜欢的。"说着就播放了起来。韩京开大音量，歌声很快便充盈了车厢：

"为了最华贵那些感受　不知已倦透

就算有没有转机　也去挽救

用去最后那半分温柔　但亦不足够

是你最后叫我这样看透

只能如此　虚浮如此
奢华完了　爱是一生的透支
当时无知　一心一意
疯狂完了　发现花光心意
为了对情爱那些要求　仿佛有内疚
是我过分有信心　爱到最透
上半世用去太多温柔　但亦不足够
下半世让我过生活已够
……
别怨　自愿去兜转
穷尽每一段
直到再也交不心血
爱已透支　不敢再试
挥霍尽了　我在透支都不知
爱已到此　不敢再试
一切尽了　发现花光心意
情贫穷了　发现多么不智
用去最后那半分温柔……"

"……用去最后那半分温柔……歌词写得真好啊。"韩京喃喃自语,像是若有所思,目光望向窗外。汽车快速驶过小路,满地的落叶被车轮高速辗压后纷纷飞扬起来,在空中撞击着,旋舞着,各自飘向未知却早已注定的命途……